브론테 자매 평전

The Brontë Cabinet

The Brontë Cabinet: Three Lives in Nine Objects

아홉 개의
사물을 통해 본
브론테 자매의
삶과 문학

브론테 자매 평전

The Brontë Cabinet

데버러 러츠 지음 | 박여영 옮김

muʃintree
뮤진트리

■ 일러두기

- 이 책은 Deborah Lutz의 《The Brontë Cabinet》을 우리말로 옮긴 것이다.
- 본문에 나오는 도서명은《 》, 잡지 · 논문은 〈 〉로 표기했다.
- 옮긴이의 주는 본문 하단에 표기했다.

토니와 패밀라에게

차례

:

들어가는 말

사물들의 사적인 삶

세상을 스쳐가는 모든 영혼은 만질 수 있는 것에 손을 갖다 대고,
훼손되기 쉬운 것들을 망가뜨리고, 보러 와서는 결국 사지 않는다.
신발이 닳고 깔개가 밟히듯이… 결국 모든 것은
있어야 할 자리에 놓이고, 영혼은 스쳐간다.

—메릴린 로빈슨, 《하우스키핑》

세상은 수많은 물건들로 가득하니,
우리는 모두 왕처럼 행복해야 할 터이다.

—로버트 루이스 스티븐슨, 〈행복한 생각〉

　에밀리 브론테의 《폭풍의 언덕》에 등장하는 이상한 침대는 늘
내 머릿속을 떠나지 않았다. 우리는 캐서린 언쇼에 대해 알기 전에
먼저 그녀의 '커다란 참나무 상자'에 관한 이야기를 읽는다. 미닫
이문이 달린 이 나무 상자는 꼭대기를 '마차 창문' 비슷하게 네모
모양으로 도려냈다. 마치 어딘가로 여행을 떠나려는 누군가가 그
안에 숨어들어갈 수 있도록 한 것처럼. 이 상자는 그 자체로 혼자
만의 자그마한 방인데, 아주 오래전 캐서린은 이곳에 달린 창턱에
작은 서가를 꾸미고 페인트칠 위에 자기 이름을 새겨넣었다. 한때
그녀는 여기서 책을 읽었고, 책 여백에 일기를 끼적였다.

잠자리에서 책 읽기를 좋아하는 사람으로서, 내 침대에 누워있을 때 특히 느끼는 것이지만, 나는 늦은 밤 램프가 어둠 속에서 따뜻한 빛을 발할 때 그 참나무 상자가 특별한 의미를 지닌다는 것을 깨달았다. C. S. 루이스의 《사자와 마녀와 옷장》에 나오는 옷장 속에서 아이들이 옷 사이를 헤치고 나아가 눈송이와 나뭇가지를 만났듯이, 이 침대는 상상으로 가득한 다른 세계들의 문을 연다. 히스클리프도 이 침대의 능력을 믿었다. 그는 죽은 캐서린을 만날 수 있으리라 믿고 그녀의 상자 침대 안으로 들어간다. 그는 거기서 숨을 거두고, 소설은 상자가 다른 세상, 즉 유령들의 세상으로 이어지는 입구 역할을 했음을 암시한다.

《제인 에어》《폭풍의 언덕》《빌레트》만큼 내가 늦은 밤에 벗 삼아 그 안으로 스며들어가서 머무는 책은 많지 않다. 심지어 어떤 면에서는 내가 그 세계 안으로 들어갔을 때 여주인공들이 나를 알아볼 것만 같은 생각도 든다. 나는 제인이나 루시[1]와 함께 방을 거닐고, 버사 메이슨의 감방으로 통하는 대기실에 앉아 흔들리는 촛불이 "맞은편 옷장 문에 비쳐 일렁이는 모습을 바라보는데, 열두 장의 판으로 나뉜 옷장 정면에는 12사도의 모습이 험상궂게 그려져 있고, 그 얼굴들이 각각 다른 판 안에 들어가 있"는 광경을 놀라움을 느끼며 지켜본다. 이 책들과 너무나 친숙해진 나는 다른 이들이 그랬듯이 책을 쓴 작가에게 이끌렸다. 그 소설들이 너무나 생생해서, 브론테 자매를 부활시켜 하루하루를 살아가고, 숨 쉬고, 육체로서 존재하게 만들고 싶었다.

---

1) 샬럿 브론테의 소설 《빌레트》의 주인공.

캐서린의 상자 침대와 사도들의 얼굴이 새겨진 옷장에는 생명이 깃들어 있어 그 얼굴들이 마치 옷장 밖으로 떠오를 것만 같다. 샬럿이 친구들과 함께 대저택을 방문했을 때 구경했으며《제인 에어》의 손필드 저택에 옮겨다 묘사한, 17세기 네덜란드에서 제작된 사도의 얼굴이 새겨진 옷장을 보았을 때 느낀 오싹함이 기억난다. 에밀리 역시 그녀가 직접 본 참나무 상자 침대를 근거로 글을 쓴 걸까? 그렇다면 그것이 지금도 어딘가에 존재하고 있을까?[1]

일상적으로 사용하는 물건들도 우리를 다른 시공간으로 데려갈 수 있다. 그리하여 옛 물건들은 고풍스럽고 특별한 의미를 띤다. 이를테면 내가 중고 가게에서 산 드레스 이야기를 해보자. 손바느질로 단을 감친 1940년대의 그 줄무늬 드레스를 보고 있으면 이런 생각이 든다. 이 옷은 어떤 광경들을 목격했을까? 이 옷을 입었던 사람은 이 천이 살갗을 스칠 때 무엇을 느끼고 보았을까? 아마 그 육체는 더이상 존재하지 않을지도 모른다. 하지만 나는 이제는 돌이킬 수 없는 지나간 과거를 촉감으로 전달하는 이 밀사密使를 통해 타인들의 삶에 어린 깊은 미스터리를 느낀다. 잃어버린 나날들의 질감은 그 소유물들에 자리 잡아 소유자들보다 더 오래 살아남았다. 찢긴 곳을 수선한 자국과 팔꿈치에 덧댄 천, 귀퉁이를 둥글린 자국 곳곳에 그 질감이 어려 있다. 이런 오래된 사물을 입거나 사용해 부활하게 한다는 것은, 그들이 누구였든 간에 이제는 부재하는 그들을 존중하고 문이 완전히 닫히기 전에 잠시나마 소환하는 것과 같다. 우리 역시 우연한 일로 흠집을 내기도 했던, 우리의 몸을 따뜻하게 해준 옷들을 뒤에 남기고 떠나게 될 것이다. 그것들이 우리가 떠난 자리에 남아 우리의 이야기를 전하게 될까? 우리의 옷들은 여전히 우리의 제스처를 간직할까?

　빅토리아 시대 사람들은 죽은 자의 소유물에서 그들의 흔적을 발견하는 데 지금의 우리보다 능했다. 그들의 문화는 우리의 문화가 흔히 그러듯 죽은 자의 육신을 꺼리지 않았다. 시신에 대한 감상적인 생각이 여러 부류의 사람들 사이에서 팽배했다. 임종은 대개 집에서 이루어졌고, 그 후엔 산 자들이 죽은 자의 방과 침상을 정리한 후 그것을 사용했다. 데스마스크가 여전히 만들어졌으며, 시신을 사진 찍는 풍습도 유행했다. 시신에서 잘라낸 머리타래가 산 자들을 죽은 자가 머무는 내세와 이어준다는 믿음도 있었다. 오감을 열고 과거가 스며든 나이트가운·반지·책 등의 사물을 마주하면 지나간 시간이 되살아났다.

　다음 장들에서 묘사할 유물들을 만졌을 때, 나는 오래전에 세상을 떠난 육신의 느낌에 사로잡혔다. 특히나 책들은 잉크와 먼지, 기름기 묻은 손가락이나 손바닥의 흔적을 잘 간직하고 있다. 브론테 일가는 책에 글을 끼적이고, 낙서를 하고, 서명을 남기고, 책갈피에 식물·그림·초청장 등을 끼워두면서 그들의 존재를 명백히 각인했다. 이렇듯 갖가지 방식으로 사용된 책들 중 일부는 독서라는 행위 이상의 것을 전하고 있다. 내 코에 의하면, 아마도 그것은 육신의 냄새다. 운 좋게도 나는 도서관과 박물관에서 그런 유물들을 (가끔은 장갑도 끼지 않고) 만지고, 돌려보고, 바짝 들여다보고, 심지어 냄새까지 맡을 기회가 있었다. 내가 얻은 엄청난 행운을 돌이켜볼 때, 오늘날 대부분의 박물관에서 우리가 유물을 만날 때 발휘할 수 있는 감각은 오직 시각으로만 한정되어 있다는 생각이 든다. 유리 너머의 유물을 우리는 그저 눈으로 볼 수밖에 없다. 그런 유물들이 계속 잘 보존되어야 한다는 생각 때문에, 그 차이가 얼마나 큰지를 실감하기는 쉽지 않다. 예전에는 그렇지 않았다. 17세기와 18세기의 박물관에서는 사적 측면을 지닌 소장품들을 활용하며 손님들을 불러모았고, 방문객들은 전시된 유물을 만져볼 수 있었다. 1786년에 한 여성은 영국박물관을 둘러보며 고대 그리스 유골 단지의 재를 어루만지고 이런 소감을 남겼다. "나는 그 감촉을 부드럽게 음미했다. 엄청난 느낌이었다…. 손가락 사이로 재 알갱이들을 부드럽게 눌러보았다. 한때 이 여성의 친한 친구가 그녀의 손을 잡았듯이." 1710년 옥스퍼드 애시몰리언 박물관을 방문한 자카리아스 콘라트 폰 우펜바흐라는 사람은 박물관이 "여자들까지" 입장시킨다고 투덜거렸다. "그들은 이곳저곳을 뛰어다니며 온갖 것을 만진다." 훗날 피트-리버스라는 이름으로도 알려진 빅토리아 시대 수집가 헨리 레인 폭스 선장[2]은 전 세계에서 도구와 예술품, 의식용품ceremonial item들을 모아 "옛 시대의 일상적 특징"을 드러내고자 했고, 사람들이 (지금은 옥스퍼드 피트 리버스 박물관에 있는) 그의 소장품을 보러 와서 "손에 쥐고 생각을 떠올려주기를" 바랐다.[2]

사물을 통해 역사를 복원하는 것은 몇십 년 전만 해도 흔한 접근법이었다. 고고학과 인류학에서 '물질문화material culture'(혹은 '사물이론thing theory') 분야를 빌려와 문학연구에 접합하는 일이 흔했다. 소설 속에 묘사된 사물을 통해, 이야기가 태동한 내력과 문

---

2) Augustus Henry Lane-Fox Pitt Rivers(1827~1900), 영국의 군인이자 고고학자로, 2만 점이 넘는 유물을 옥스퍼드 대학교에 기증했다.

화를 탐구하는 것이다. 예를 들어 일레인 프리드굿Elaine Freedgood 은 《제인 에어》에 나오는 마호가니 가구를 통해 대영제국과 그 식민지들에서 벌어진 벌목에 대해 이야기하고, 자기 자신을 억눌러야만 하는 제인과 그 외 다른 이들의 처지에 드러난 지배 행위를 통해 노예매매의 잔인한 역사를 논한다. 사물의 영역에 접근하는 최근의 방식은 더 급진적이다. 사물을 연구하는 형이상학자들은 사물들을 우리의 직접적인 접근과 지각 영역에서 벗어난 독립체로 여긴다. 그 매개가 철학이든 시학詩學이든, 우리의 인간중심적인 오만함에서 벗어나기 위한 하나의 방법이라 할 수 있는 이 같은 이론은 사물이 탐구할 가치가 있는 비밀스러운 실체를 지니고 있다고 본다.[3]

하지만 생기 없는 사물이 삶을 감추고 있다는 생각을 선호하는 만큼이나, 나는 사물의 의미―그 정지된 삶―가 우리 자신의 욕망과 열정, 우리가 기꺼이 되살려내고자 하는 어떤 그림자로부터 온다고 느낀다. 그런 이론들이 옛 신앙에 기원을 두고 있으리라 믿는다. 성자들의 육신의 일부, 그들의 옷, 그들이 만진 사물은 성유聖油와 향, 기적과 치유를 발산한다. 그것들은 돌연 피를 흘리거나, 눈물을 흘리거나, 공중을 부유하거나, 움직이지 못할 정도로 무거워지기도 한다. 역사학자 캐럴라인 워커 바이넘Caroline Walker Bynum이 설명하듯, 중세 가톨릭 신자들에게 물질은 창조력이 풍부하여 "잉태하고, 불안정하게 변하고, 서로 침투하는 존재로서, 풀이 될지 나무가 될지 혹은 말이나 벌, 모래, 금속이 될지 내기를 하는 것"이었다. 자연발생과 자연발화―살아 있는 육신이 죽은 물질로부터 생겨나거나 갑자기 완전히 사라져버린다는 옛 개념―는 19세기까지도 통용되었다. 액체가 모든 것에 침투하여 사물(과 인간)이 멀리 떨어진 상태에서도 서로 영향을 주고받는다는 '동물자기설animal magnetism'에 대한 믿음도 여전히 남아 있었다. 특정 보석이 '악의 눈길'을 피하게 해주며, 석판질의 '터치피스touchpiece'를 목걸이로 착용하면 왕의 손길 덕분에 치유의 힘을 얻을 수 있다는 믿음[3] 역시 마찬가지이다. 영국 법에서 사물은 매개체로 여겨졌다. 사람의 죽음을 유발한 소유물은 저주받았다고 여겨지거나 신에게 바쳐졌다. 교회나 왕이 그 물건을 몰수해가서 경건한 용도로 사용하게 된다는 뜻으로 이것을 '속죄봉납deodand'이라고 불렀다. 스코틀랜드에서는 배에서 떨어진 어부가 익사해 해변에 밀려오면 그 시신을 저주하고 '죄 없는' 동료들로부터 고립되어 홀로 썩어가도록 내버려두는 풍습이 20세기 초까지도 이어졌다.[4]

사물은 말이 없으므로 그들의 언어를 해석하는 것은 대부분 추측에 의존할 수밖에 없다. 내가 지금 이 책을 쓰듯이, 너무나 존경하는 작가들이 소유했던 물건에 대해 글을 쓸 때는 '과도 해석'의 위험이 가득할 수도 있다. 개인적 감정이 침묵 속에 지나치게 투영되어 역사를 개인의 향수로 바꿔놓을 수도 있다. 모든 전기傳記는 이런 위험을 내포하고 있으며, 특히 에밀리의 지팡이처럼 사물의 내력에 대해 알려진 바가 적을 때는 더욱 그렇다. 루캐스타 밀러Lucasta Miller는《브론테 신화The Brontë Myth》에서 브론테 자매가 각기 다른 의도와 다른 시대적 관심사에 의해 잘못 해석되어왔음을

---

3) 고대에는 왕의 손길에 치유의 힘이 있다고 믿었고, 그래서 왕이 만진 동전이나 메달인 터치피스를 간직하는 풍습이 있었다.

탐구한다. 그런 신화들이 브론테 일가에 대한 사랑에서 비롯되었음을 고려할 때, 나 역시 가끔 나 자신의 극성스러움에 웃지 않을 수 없다. 유물들을 곰곰이 들여다보면서, 예를 들어 에밀리의 책상 서랍장 나무에 생긴 긁힌 자국을 보면서 그것이 무슨 글자나 이니셜이 아닌가 생각하게 되는 것이다. 그것은 정말 죽은 이가 남긴 메시지인가, 아니면 그저 테이블에 부딪혀 생긴 자국일 뿐인가? 마치 내가 어떤 단서나 증거를 찾아 체액까지 검사하는 탐정이 된 기분이다. 하지만 이 사건에는 범죄가 존재하지 않는다.

과연 우리는 사물이 스스로 말하도록 내버려둘 수 있을까? 어쩌면 사물의 형이상학자조차도 이것이 가능하다고 여기지 않을지도 모른다. 내가 이 책을 통해 이루고자 하는 바는, 각각의 사물들을 원래의 문화적 배경과 브론테 일가가 영위한 일상의 순간에 갖다두는 것이다. 나는 그 사물들이 무엇을 '목격'했는지, 그것들이 사람의 환경 속에서 어떤 색채를 발했는지 말하게 하고 싶다. 이것을 성취하기 위해서는 서가 하나를 가득 메울 만큼 출간된 브론테 전기들에 기술된 전기적 배경을 일부 다뤄야 하는데, 그 책들 중 몇 권은 진정으로 탁월하기 때문에 더이상의 책이 필요 없다고 생각될 정도다. 추측을 동원해야 하는 순간도 간혹 있었지만, 유물에 나 자신의 생각을 너무 많이 투여하지 않으려고 조심했다. 실·종이·나무·흑석·머리카락·뼈·모피·양치식물·가죽·벨벳·재 들이 지닌 '눈目'을 통해 빅토리아 시대 여성들의 삶의 새로운 구석, 혹은 심지어 새로운 방 전체가 밝혀진다. 이 책에 나오는 대부분의 유물들에 대해 쓰인 글은 많지 않고, 있다 해도 극히 적다. 이 유물들과 그들의 빅토리아 시대 친구들은 나에게 진정 매혹적이었다. 이들이 앞으로 걸어나와 말을 하고, 심지어 책의 페이지에서 뛰쳐나오기를 진심으로 기원한다. 그들이 조금이나마 목소리를 얻어 풀려난다면 내 과업은 성취된 것이리라.

1장

⋮

작은 책들

나는 유익한 책 따위는 싫다고 말하면서 그 음울한 책의
겉표지를 집어들고 개집에 던져버렸다.
히스클리프도 자기 것을 같은 곳으로 걷어찼다.

—에밀리 브론테, 《폭풍의 언덕》

책 읽기는 내가 가장 좋아하는 일이다.
그럴 짬이 있고, 읽을 책만 있다면.

—앤 브론테, 《애그니스 그레이》

1829년 10월, 열세 살이었던 샬럿 브론테는 손에 잡히는 것이면 무엇에든 짧은 글을 썼다. 어릴 적 글을 쓸 때 늘 그랬듯이 그녀는 부엌 테이블에 앉아 있었을 것이다. 가족의 사랑을 받는 하녀 태비가 쿵쾅거리며 청소하고 케이크를 굽는 그곳에. 판석으로 지은 엘런드 지역의 그 부엌은 아버지의 서재 바로 아래였는데, 브론테 자매는 보통 그곳에서 글을 썼을 테지만, 빵을 반죽하고, 해시[4] 재료를 잘게 다지고, 개들에게 오트밀을 먹이는 일도 그 못지않게 많았을 것이다. 10월에는 비가 끊임없이 내렸고, 빗방울이 웨스트요크셔 주 하워스에 있는 그들의 집 유리창을 두드렸다. 난로 속에서 타오르는 석탄불이 습기를 몰아냈다.[1]

---

4) 고기와 감자를 잘게 다져 익힌 요리.

샬럿의 유년 시절은 어두운 사건으로 가득했다. 그들 가족은 1820년 4월 드넓은 황야 언덕이 내려다보이는 고지대에 자리한, 돌을 깎아 올린 회색 목사관으로 이사 왔다. 아버지 패트릭 브론테 목사는 하워스에서 종신직을 얻었다. 18세기에 지은 그 2층집은 사람으로 미어터졌다. 침실 네 개와 변좌 두 개짜리 야외 변소 하나. 이곳에서 열 사람, 즉 샬럿, 그녀의 부모, 다섯 형제자매, 붙박이 하인 두 명의 육체가 백일몽에 잠기거나 돌아다닐 곳을 찾아야 했다. 어머니 마리아 브랜웰은 날씨가 온화한 항구마을 펜잰스 출신의 남부 사람으로, 학식 있는 여성이었다. 마리아는 아일랜드 성직자 패트릭의 기품 있는 용모와 까칠한 듯 따뜻한 마음씨—마리아는 둘이 주고받은 연애편지에서 그를 '짓궂은 팻'이라고 불렀다—에 끌렸지만, 못 배운 사람들도 알아들을 수 있도록 케임브리지에서 배운 지식을 설교문에 쉽게 담아내는 사려 깊은 면모에도 매료되었다. 그는 성직과 가족 부양에 평생을 바치기 전까지 문학에 대한 포부도 지니고 있어서 간간이 시나 단편소설을 발표했다. 하워스로 이사한 후 몇 달 지나지 않아 마리아가 몸져누웠다. 암에 걸린 그녀는 2층 침실에서 7개월 반 동안 투병했다. 정신착란에 빠지는 때도 있었다. 아이들을 두고 떠나게 되리라는 근심이 그녀의 마음을 떠나지 않았다. 그녀가 흐느끼는 소리가 종종 유모의 귀에 들려왔다. "아, 가여운 아이들, 불쌍한 내 새끼들!" 1821년 9월 15일, 아이들과 남편 패트릭, 그리고 그녀의 자매인 엘리자베스 브랜웰이 침대 주위에 둘러 모인 가운데 마리아는 세상을 떠났다. 그녀는 바로 옆 건물, 교회의 궁륭 아래 묻혔다. 묘실의 벽 명판에는 "그대 또한 예비하라"라는, 그곳을 지나는 이들을 향한 권고의 말

이 새겨졌다.[2]

살럿의 아버지는 한 떼의 아이들과 함께 남겨졌다. 어머니와 이름이 같은 첫째 딸 마리아는 일곱 살이었고, 막내 앤은 두 살이 채 못 되었다. 얼마 지나지 않아, 아이들의 이모 엘리자베스 브랜웰이 옮겨와 함께 살면서 그들을 도왔다. 성직자의 자녀이면서 한쪽이나 양쪽 부모를 잃은 아이들을 위한 학교가 있다는 사실을 알게 되면서 패트릭의 시름도 조금 줄어들었다. 부유한 이들이 후원하는 코완 브리지의 성직자 자녀 여학교는 학비가 비싸지 않았고, 목사 봉급으로 대식구를 먹여살리는 데 급급한 패트릭에게는 딱 맞는 선택으로 보였다. 아들 브랜웰은 집에서 가르치기로 했고 앤은 아직 어렸으므로, 그는 나머지 네 딸을 그곳으로 보냈다. 어머니가 세상을 떠난 후 남은 아이들에게 어머니 같은 존재였던 맏딸 마리아와 둘째 딸 엘리자베스가 1824년 7월 학교로 떠났다. 8월에는 샬럿이, 11월에는 에밀리가 뒤를 따랐다. 학교 환경은 음울하고 잔인했다. 1847년 출간된 《제인 에어》에서 샬럿이 로우드 학교로 묘사한 그대로였다. 마리아와 엘리자베스가 폐병에 걸렸다. 1825년 2월 열한 살의 마리아는 병에 걸린 채 집으로 돌아왔다. 그해 5월 마리아가 세상을 떠났고, 자매들은 여전히 학교에 있었다. 마리아가 세상을 떠나고 몇 주 후, 같은 병으로 쇠약해진 열 살의 엘리자베스도 집으로 돌아왔다. 샬럿과 에밀리는 6월에 집으로 돌아와 언니의 죽음을 지켜보았다.

1829년 10월, 샬럿이 짧은 원고를 모으고 있을 때, 집안은 여전히 사람으로 넘치는 동시에 부재의 흔적이 고여 있었다. 몇 달 전에 쓴 짧은 일기에서 샬럿은 남은 식구들이 있는 장소를 짚어간다. 그들이 살아 있음을 스스로 확신하고 싶다는 듯이. "나는 부엌 테이블에 앉아 이 글을 쓴다." 그러고는 바로 옆에 있는 사람들 이야기를 하면서 죽은 이에 대한 언급을 삽입한다. "하녀 태비는 아침 식사 설거지를 하고, 가장 어린 앤은 의자에 무릎 꿇고 앉아 태비가 우리를 위해 구워준 케이크를 쳐다보고 있다." 복도 저편 응접실에서는 에밀리가 "뭔가를 닦고 있다"(아마도 방바닥이리라). 브랜웰 이모는 위층 자기 방에 있고, 남동생 브랜웰은 '아빠'와 함께 몇 킬로미터 떨어진 킬리로 〈리즈 인텔리전서〉지誌를 구하러 갔다.[3]

우울한 일들이 연달아 벌어졌지만, 그래도 샬럿은 그런 어린 시절에 재미난 이야기들을 잔뜩 지어냈다. 그리고 그해 10월에 그랬듯이, 그 이야기들을 담을 소책자를 만들었다. 여덟 장의 종이를 가로 5센티미터 세로 3.8센티미터로 잘라 반씩 접었다. 들쑥날쑥하게 잘린 흰 래그 페이퍼[5]의 끄트머리는 그녀의 가위질이 다소 서툴렀음을 보여준다. 샬럿은 손이 작았다. 친구이자 그녀의 첫 전기를 쓴 작가 엘리자베스 개스킬Elizabeth Gaskell은 샬럿과의 악수가 "손바닥 안에 작은 새를 쥔 듯이 감촉이 부드러웠다"고 했다. 훗날 그녀의 손가락은 섬세함을 요하는 그림과 자수를 능숙하게 해내지만, 열세 살은 아직 어린 나이였으므로 가위질은 마치 배 안에서 공작工作을 한 듯이 삐뚤삐뚤했다. 샬럿은 섬유질이 두드러지는 회갈색 소포 포장지를 가져다가 흰 종이들보다 조금 더 크게 네모

---

5) 낡은 면직물을 재생해서 만든 고급 종이. '코튼 페이퍼'라고도 한다.

모양으로 잘랐다. 그것도 반으로 접었다. 낱장들을 앞뒤 표지가 될 그 회갈색 종이와 한데 모은 뒤, 흰 실로 꿰맸다. 그렇게 하여 글을 써주기만을 기다리며 비어 있는 성냥첩 크기의 16페이지짜리 소책자가 초보의 솜씨로 완성되었다.[4]

그녀는 깃털 펜을 잉크병에 담가가면서, 몇 주 전에 쓴 초고를 그 책자에 옮겨 썼다. 진짜 책들의 서체를 본떠 인쇄체로 글씨를 썼는데, 글씨가 무척 작아서 확대경 없이는 알아보기 어렵다. 이 장 시작 부분에 실린 사진은 실제 크기의 두 배이고, 다음에 인용하는 부분은 그녀가 쓴 실제 글씨 크기만큼 작게 재현했다.

> 1829년에 헨리 더널리 선장이 살았는데, 그는 현세에서 1년에 20만 파운드를 벌었다. 그는 글래스 시에서 10마일쯤 떨어진 아름다운 영지의 주인으로, 편안하고 행복하긴 했지만 자신의 연수입보다 몇천 파운드 못 미치는 수준으로 살았다. 서른 살을 맞은 그의 아름다운 아내는 뛰어난 관리 능력과 분별을 갖추었으며 입을 자주 열지 않았다. 그들은 세 아이를 두었는데 첫째는 열두 살, 둘째는 열 살, 막내는 두 살이었다. 그들은 각각 오거스타 시실리아, 헨리 피어나싱(외가의 삼촌 이름을 따왔는데, 그 삼촌은 건실하게 사는 이들과 더널리 가秼 그리고 그의 아내 집안이 속한 계급에서는 그리 중요치 않은 인물이었다), 그리고 사이나 로절린드라고 불렸다. 당연한 일이지만 세 아이는 성격이 서로 매우 달랐다. 오거스타는—

샬럿이 만들고자 한 것은 당시 그녀가 가장 좋아했던 〈블랙우드 에든버러 매거진Blackwood's Edinburgh Magazine〉의 축소판이었다. 샬럿은 "가장 훌륭한 잡지"라며 그 잡지를 열광적으로 좋아했다. 샬럿, 브랜웰(열두 살), 에밀리(열한 살), 앤(겨우 아홉 살), 이 네 형제자매는 친구인 드라이버 씨로부터 빌린 스코틀랜드의 이 월간 정기간행물을 읽고 흠모했다. 이 잡지는 1817년부터 윌리엄 블랙우드가 펴낸 것으로, 당시 영국에서 흔했던 '잡문집'이었다. 유령이나 살인마가 등장하는 고딕풍 단편소설이나 시, 토리당 쪽에 기운 시각으로 현안을 다룬 정치 기사, 노래 악보, 그림과 책에 대한 리뷰, 술집에서 술주정뱅이들 사이에 오간 가상의 대화, 그 밖의 자질구레한 글들이 이 잡지에 실렸다. 글쓴이는 대개 필명으로 소개되었는데, 제임스 호그[6]가 사용한 필명인 에트릭 셰퍼드 같은 이름들이었다. 이 잡지를 따라 해보자는 생각을 맨 처음 한 건 샬럿의 남동생 브랜웰이었다. 그는 1829년 1월부터 작은 크기의 잡지 〈브랜웰의 블랙우드 매거진Branwell's Blackwood's Magazine〉의 편집자이자 주요 기고가로서 PBB, 버드 병장 혹은 대장, 영 솔트Young Soult 같은 필명으로 글을 쓰기 시작했다. 샬럿도 이따금 실명이나 트리 선장Captain Tree이라는 필명으로 글을 '기고'했다. 여러 달에 걸쳐 잡지가 6호까지 발간된 후, 샬럿은 그 '연속 간행물'을 넘겨받아 〈젊은이를 위한 블랙우드 매거진Blackwood's Young Men's Magazine〉으로 이름을 바꿨고, 브랜웰은 가끔 글을 기고하게 되었다. 1829년 8월 그녀가 펴낸 첫 호는 "천재 CB[7]가 편집"했다. 먼 훗날 이 작은 잡지들을 읽은 엘리자베스 개스킬은 "엄청나게 제멋대로에 뒤죽박죽"이라고 여겼다. 그 잡지들을 통해 샬럿은 "광기 직전으로 치닫는 창작력이라는 개념"을 품게 되었다.[5]

이 장의 서두에 사진이 실린 잡지는 샬럿이 제작한 〈블랙우드〉

---

6) James Hogg(1770~1835), 스코틀랜드의 시인·소설가·수필가.
7) 샬럿 브론테의 약자.

10월호이다. 여러 글과 함께 허구의 이야기, 시, 〈블랙우드 에든버러 매거진〉의 술집 대화록을 본뜬 '군인의 대화'라는 글도 실었으며, 맨 뒤에 목차가 있다. 마지막 페이지엔 광고도 있는데, '비결을 알려드립니다 씨'가 쓴《머리카락 마는 법》같은 책이나 물건의 광고이다. 이 잡지에서 가장 신랄한 글은 첫 번째 글인 〈은잔: 이야기〉인데, 샬럿의 경험으로부터 이끌어낸 장면으로 시작한다. 가족이 모두 모여 한 사람의 장편소설 낭송을 듣는 장면이다. 도중에 한 잡상인이 문을 두드리며 끼어드는데, 아버지는 그 상인에게서 돈을새김 무늬가 있는 은잔을 산다. 그 잔에는 저주가 걸려 있고, 아버지는 결국 꿈에서 그 사실을 알게 되며, 가족에게 불행이 덮쳐온다. 그 불행이란 아이들이 엇나가는 것으로, 막내딸 사이나의 경우는 유리로 만든 모형 배를 부수고 그 조각을 장미목 상자에 숨긴다. 어린 악당들의 뇌가 그들을 벌하는데, 갑자기 아이들의 몸을 벽에 밀어붙인다든가 "심장이 벌렁거리게" 만든다든가 하는 식이다. 브론테 가家 아이들은 어린 시절에 이런 어두운 슬랩스틱 유머를 무척이나 즐겼는데, 에밀리와 브랜웰의 경우는 커서도 이 같은 정서를 계속 유지했다. 정령을 물리치는 묘약의 힘으로 잔의 사악한 마법이 씻겨나간 후 모든 것이 제자리로 돌아간다. 이 글에 나오는 말썽쟁이 정령에는 브론테 가 아이들이 강박적으로 읽고 필사했던《천일야화》의 영향이 뚜렷이 드러난다. 샬럿이 영향을 받은 좀 더 섬세한 부분은 아무 의미 없던 사물들이 생기를 띠고 의미를 얻는 대목으로, 보물이 숨겨져 있는 돌문이 "열려라 참깨"라는 주문으로 움직인다든가, 바닷가에 버려진, 광기에 가득 찬 욕망이 담긴 낡은 램프를 손으로 문지르는 것 등이다. 샬럿의 이야기에 등장하는 정교한 크리스털 모형 배는 "보이지 않는 손길이 닿자", 마치 그럴 준비가 되어 있었다는 듯이 생명의 불꽃이 일면서 저절로 고쳐진다. 그 반대 현상도 일어난다. 사람이 사물로 변하는 것이다. 버드 선장은 돌이나 굴oyster 혹은 "바람에 휩쓸려가기 십상인" 헤더 벨 꽃무더기로 모습이 변하기 때문에 간혹 매우 울적해한다.[6]

여섯 아이들은 특히 두 가지 모순된 아이디어에 빠져드는 것을 좋아했다. 나무와 페인트로 만든 장난감이 있다. 그런데 그것이 움직이고, 숨 쉬고, 모험 속으로 뛰어든다. 브론테 가 아이들이 함께 지어낸 많은 이야기와 책은 그들의 머릿속에서 만들어낸 공상 속 나라와 사람들을 다루고 있다. 〈유리 도시 연맹〉 같은 이야기에서는 이런 초기의 인물들이 돌아다니면서 나름의 드라마를 펼친다. 한편으로 이 이야기들 대부분은 구체적인 실제 사건들과 관련되어 있기도 하다. 샬럿이 〈젊은이를 위한 블랙우드 매거진〉에 그려낸 '청년' 희곡들은 아버지 패트릭이 브랜웰에게 사준 열두 개의 나무 병정('12인') 세트로부터 태어났다. 샬럿은 1826년 6월 4일 밤, 즉 아버지가 리즈에 갔다가 그들을 위해 선물을 사온 밤이 어땠는지 차근차근 이야기한다. 브랜웰이 다음날 아침 누이들의 방에 뛰어들어와 보여준 나무 병정 상자는 엄청난 흥분을 불러일으켰다. 에밀리와 샬럿은 "침대에서 뛰어내렸고" 샬럿은 "병정 중에서 가장 예쁜 것 하나"를 낚아채 자신의 영웅인 웰링턴 공작의 이름을 붙이고 "이건 내 거야!"라고 선언했다. 에밀리의 나무 병정은 근엄해 보여서 '근엄이'라는 이름이 붙었다. 앤 것은 "앤 자신만큼이나 묘하게 생긴 작은" 병정으로, '기다리는 아이'라는 특이한 이름으로

불렀다. 브랜웰의 것은 나폴레옹의 이름을 따서 '보나파르트'였다.[7]

그날 아침의 글에서 브랜웰은 자신이 아프리카를 탐험하는 용감한 열두 병사를 사로잡은 커다랗고 무시무시한 괴물인 척하고, 또 같은 날 밤 아버지가 사다준 샬럿의 구주희[8] 핀들이 아샨티 부족인 양 가장해서 그들을 정복하는 전투를 벌이며 놀았다고 말한다. 그는 그들을 "상상조차 못할 만큼 크고 장엄한 홀로 데려갔다"고 하는데, 그곳은 실제로는 작고 누추한 누이들의 방이었다. 여기서 또 다른 괴물 셋이 등장한다. 그들은 모두 정령이 되었다. 브래니 · 탈리(샬럿) · 에미 · 애니. 그들은 병정들을 수호하기도 하고 그들이 주둔하는 도시에서 사악한 일을 벌이기도 했다.[8]

이 병정들은 그들의 군에 강제로 입대한 최초의 군인들은 아니었다. 열세 살 난 브랜웰은 〈젊은이들의 역사〉라는 글에서 자신의 재산 목록을 꼽고 있다. 1824년 여름에 '아빠'가 브래드퍼드에서 처음으로 장난감 병정 한 세트를 사다주었다. 두 번째 세트는 킬리에서 사온 것인데, 그해를 넘기지 못했다. 그들이 "망가지거나 사라지거나 불에 타거나 파괴되는 등 다방면의 사상자가 나서 '부상자를 남기지 않고 떠났!'기 때문"이었다. 그다음엔 두 무리의 터키 병사들이 왔고, 그다음에 앞서 말한 '12인'이 왔다. 1828년에는 '인도군'도 한 세트 샀다.[9]

이 모형 인형들의 세계에는 아이들이 만들어낸, 작은 '사람들'의 언어도 있는데, '옛 젊은이들의 말old young men's tongue'이라고 불

---

8) 9개의 핀을 세우고 일정한 거리에서 공을 굴려 쓰러뜨리는 놀이.

린 이 언어는 아마도 손가락으로 코를 쥔 채 요크셔 사투리로 하는 말이었을 것으로 짐작된다. 브론테 남매들은 이야기 속에 자신의 모습 그대로 등장하기도 했다. 이를테면 샬럿의 〈섬 사람들 이야기〉 첫 호에 사악한 대령과 그의 일당 때문에 지하감옥에 갇힌 학생들이다. "내가 지하감옥 열쇠를, 에밀리가 감방 열쇠를 갖고 있지 않았더라면, 부당한 고문은 계속되었을 것"이라는 언급이 나온다. 아이들은 이런 방식을 통해 다른 모습을 한 다중의 화자로서 자신들이 만들어낸 이야기 속에 발을 들였다. 또한 많은 아이들이 하는 대로, 그들의 몸이 페인트칠한 장난감 속에 녹아들어가 마치 그것을 자신의 피부인 양 여기듯이, 장난감을 그들 자신으로 여기고 이야기를 부여했다.[10]

몇몇 이야기는 그들의 장난감에 기초를 둔 반면, 다른 이야기들은 특정한 가구나 방을 통해 펼쳐졌다. 맥주를 보관하는, 돌계단을 통해 어둠 속으로 이어지는 서늘한 저장실은 헤아릴 수 없는 지하감옥과 감방의 모델이 되었다. 소녀 시절 샬럿과 에밀리가 함께 쓴 침대─당대에는 침대를 함께 쓰는 것이 흔한 관습이기도 했고, 사람이 많은 목사관에선 어쩔 수 없는 일이기도 했다─는 밤 시간이 되면 자유로운 창작의 무대가 되었다. 샬럿은 여기서 지어낸 이야기들을 '침대극'이라고 불렀다. 이 이야기들은 1827년 12월 1일 밤에 그 형태가 갖춰지기 시작했다. 2년 후에 샬럿은 "침대극은 비밀 이야기이다."라고 설명했다. "그 이야기들은 무척 좋았다. 우리가 만든 연극은 모두 굉장히 이상한 이야기들이었다."[11]

부엌의 불 앞에 앉아 있으면 상상의 나래가 펼쳐졌다. 샬럿은 1827년 12월 어느 날 밤에 〈섬 사람들 이야기〉가 어떻게 해서 떠올랐는지를 묘사한다. "11월의 찬 진눈깨비와 짙은 안개가 눈 폭풍으로 이어지고, 기세 높고 맹렬한 바람이 겨울을 다짐하던 어느 날 밤, 우리는 모두 따뜻하게 타오르는 부엌 불 앞에 모여앉아 있었다. 방금 촛불을 켜야 하느냐 아니냐를 두고 태비와 말싸움을 벌였는데, 태비가 승리를 거두는 바람에 켜지 못했다." 긴 침묵 후에 브랜웰이 나른하게 말을 꺼낸다 "뭘 하면 좋을지 모르겠네." 에밀리와 앤도 그의 지루함에 화답한다.

"자러 가면 되것네." 태비가 거친 요크셔 사투리로 대꾸한다.

"그것 말고 딴 거 없나." 브랜웰이 말한다.

"태비, 오늘따라 왜 그렇게 뚱해요. 우리가 모두 섬을 하나씩 갖고 있다고 상상해봐요." 샬럿이 끼어든다.

"그렇다면 나는 맨 섬을 가질 거야." 브랜웰이 대꾸한다.

다들 섬과 섬의 '우두머리'를 하나씩 고르는데, "7시를 알리는 음울한 시곗소리"에 상상이 깨어지고, 모두들 침대로 향한다.[12]

집 옆에 자라난 벚나무 역시 이야기의 소재가 되는 것을 피할 수 없다. 열한 살이었던 에밀리는 왕정복고 이야기의 한 장면을 재현하면서 찰스 2세 역을 맡았다. 그녀는 의회파 역할을 맡은 형제자매들로부터 탈출해 2층 침실 옆 벚나무 가지로 발을 디뎠다. 그 나무는 찰스 2세가 적들을 피해 숨었다고 전해지는 왕실 참나무 역할을 맡았다. 생애를 바쳐 완성한 장편소설 《폭풍의 언덕》에서 에밀리는 하이츠에 위치한 캐서린 언쇼의 2층 침실 바로 밖에 참나무 한 그루를 두었다. 소설 속에서 캐서린이 죽고 세월이 흐른 후, 그녀와 똑같은 캐서린이라는 이름의 딸은 그녀의 친척들에게 광분한 시아버지 히스클리프에 의해 갇혀 있다가, 이 나무를 사다

리 삼아 탈출한다. 격자 창 밖으로 빠져나와 가지에 오른 뒤, 땅으로 미끄러져 내려온다.[13]

몇 달 후, 이 참나무는 꿈속에서 캐서린의 혼령과 하나가 된다. 이방인 록우드가 갑자기 몰아친 눈보라 때문에 하이츠를 방문해, 죽은 지 오래인 캐서린의 침실에서 하룻밤을 지내게 된다. 휘몰아치는 눈과 울부짖는 바람에 참나무 가지가 창문을 두드린다. 록우드는 그 소리가 성가셔 창문의 빗장을 벗기려 한다. 창문 고리에 납땜이 되어 있음을 알아차린 그는 유리 너머로 주먹을 넣어 가지를 붙잡는다. 그의 손가락 끝에 와 닿은 것은 가느다란 나뭇가지가 아니라 "얼음장처럼 차갑고 작은 손"이다. 그의 손에 매달린 여자는 흐느껴울면서 자신이 캐서린이라고 말한다. 캐서린은 자신이 20년 동안이나 떠돌았다고 울부짖으며 들여보내달라고 간청한다. 잠에서 깬 록우드는 히스클리프에게 꿈 이야기를 들려준다. 그러자 히스클리프는 캐서린이 정말로 나타났다고 믿고는 격자창을 비틀어 열고 "제어할 수 없는 열정으로 눈물을 쏟는다. '들어와요! 들어와!' 그는 흐느껴운다. '캐시, 들어와요! 오, 한 번만 더 나타나줘요! 오, 내 사랑, 제발 이번엔 내 말을 들어요, 캐서린!'" 탈출 수단이었다가 나중에는 유령 같은 여자로 등장하는 이 나무는 신화 속에서 다프네가 아폴론의 구애로부터 벗어나기 위해 변신하는 월계수와 흡사하다. 캐서린은 마치 다프네처럼, 바람에 잎사귀가 바스락거릴 때 말을 한다.

《폭풍의 언덕》과 함께 브론테 가 아이들이 만든 이야기들은 실제 사물인 장난감·침대·부엌 불·나무 등을 통해 펼쳐지며, 그들의 작은 책에 기록되면서 다시 굳건한 사물로 자리 잡는다. 브론테 남매는 1826년부터 이런 작은 책들을 아마도 백 권 정도 만들어냈다(그중 다수가 유실되었으므로 정확한 권 수를 파악하기는 불가능하다). 남아 있는 것들 중 가장 오래된 책은 1826년에 샬럿이 앤에게 주려고 만든 앤에 관한 책으로, "어린 소녀가 있었는데, 이름이 앤이었습니다"로 시작하며, 여섯 장의 수채 삽화가 담겨 있다. 당시에는 종이가 비싸고 귀했기 때문에(이 부분에 관해서는 나중에 더 자세히 다룰 예정이다) 처음 책을 만들 때 작게 만들었을 것이다. 그들이 쓴 글씨는 하도 작아서 어른들은 읽을 수도 없었다. 그 책들은 그들만의 비밀이었는데, 책의 크기가 작았던 덕분에 아이들의 사적인 영역이 더욱 잘 지켜질 수 있었다. 숨겨진 환상의 세계로부터 가져온 그들의 작품은 오직 네 아이만을 청중으로 해서 기획되었다. 작은 책들은 다른 책들을 낳았고, 결코 끝나지 않을 듯 기나긴 시간 동안 이어져 십대, 이십대까지 계속되었다. 그들은 작은 책 만들기가 즐겁고 암시적이라고 생각했다. 일단 작은 글씨로 쓰인 책들은 그들의 자그만 손바닥과 손가락 끝에서 연장된 듯 그들의 어린 육신에 꼭 들어맞았다. 혹은 그 작은 육체들이 들어서야할 작은 세상에 걸맞은 크기였는지도 모르겠다. 그들의 몸과 그 책들의 크기에 대한 다른 관련성도 생각해볼 수 있다. 작은 페이지와 글씨는 그들의 손가락과 몸집을 커 보이게 했다. 그들은 스스로를 거인으로 상상하길 좋아해서 상대적으로 작은 물건들을 가지고 다녔다. 샬럿은 키가 1.6킬로미터인 '우두머리'가 다스리는 섬에 대한 이야기를 쓴다. 브랜웰은 자신이 요정 같은 병정들을 들어 나르는 거대한 괴물이라고 상상하기를 즐겼다. 하지만 그들은 이야기 속에서 피그미 여왕과 왕 역할도 맡았다. '유명한 작은 여왕'으로 분장한 샬럿의 모습은 그녀가 지은 〈섬 사람들 이야기〉에서 '쪼그라든 작은 노파'로 나온다. 극단을 오가는 신체 크기와 책들 덕분에 기발한 생각이 끝도 없이 쏟아졌다. 그들은 작게 축소된 공간 속에 무한한 영역을 집어 넣을 수 있었다. 또한 확장된 이야기들 속에 행위와 이동을 끼워넣어 빈틈을 메울 수도 있었다.[14]

현재 우리에게 남아 있는 책들은 모두 샬럿과 브랜웰이 만든 것이다. 에밀리와 앤이 만든 책들도 분명 있었을 테지만 지금은 모두 사라졌다. 아마 없애버렸을 것이다. 사라졌으리라 추측되는 다른 유물들은 마리아와 엘리자베스가 소유했거나 만들었을 물건들이다. 그들도 미니어처 책을 만들었을까? 샬럿이 《제인 에어》에서 로우드 학교의 헬렌이라는 소녀로 묘사한 바 있는 마리아는 조숙하고 지적인 성격이었다. 그런 그녀가 글쓰기나 수공예, 그리고 어린 동생들을 가르치는 일에 무관심했으리라 여기기는 힘들다.

1829년경, 브랜웰은 '푸로르 스크리벤디[9]'라는 갓 배운 라틴어 단어로 살아 있는 브론테 가의 모든 아이들을 묘사한 바 있다. 그들은 상상 속의 인물과 땅들을 '글로 써내는' 자신들의 능력을 공공연히 입에 올렸다. "그래도 계속해. 써봐! 넌 할 수 있어"하고 서로를 부추기고 설득하기 위해서. 어린아이들이 그렇게 글쓰기에 열광하는 것은 19세기 영국 중산층, 혹은 그 이상 계층의 문학을 좋아하는 아이들 사이에서 보기 드문 경우는 아니었다(물론 아버지가 채권자 감옥에 갇혀 있어서 열두 살 때 워런의 구두닦이 공장과 창고에서 병에 딱지를 붙이며 살았던 찰스 디킨스를 포함해 그 또래 가난한

---

9) furor scribendi, '글쓰기에 열광하다'라는 뜻이다.

아이들은 어린 나이부터 노동을 해야 했지만). 18세기 말, 젊은 제인 오스틴은 아버지가 사준 아름다운 공책에 반짝이는 상상력으로 멋진 사교계 소설의 패러디를 써나가며 '1권' '2권' '3권'이라고 제목을 붙였다. 존 러스킨은 겨우 일곱 살 때 붉은 표지의 45페이지짜리 공책을 만들고 거기에 직접 파란 줄을 그었다. 브론테 가 아이들처럼 '인쇄체'로 글을 쓰고, 삽화를 곁들이고, '해리와 루시'라는 제목을 달았다. (훗날 조지 엘리엇이라는 필명으로 알려진) 메리 앤 에번스는 열네 살에 학교 공책에 역사소설의 일부분을 썼다. 찰스 도지슨은 열 명의 형제자매와 함께 판지를 실로 꿰매어 표지를 만든 〈미슈매슈〉[10]라는 가족 잡지를 써내려갔다. 그의 이 종잡을 수 없는 유쾌한 글쓰기 성향은 어른이 된 후에도 계속 이어져, 루이스 캐럴이라는 이름으로 책이 출간되었다. 스티븐 가의 어린이들 역시 1890년대에 매주 가족 잡지를 만들었는데, 토비와 버지니아(훗날의 버지니아 울프)가 주요 필진이자 편집자였고, 바네사와 에이드리언도 글을 기고했다. 블룸스버리 그룹을 위한 훈련을 일찌감치 쌓은 셈이었다.[15]

이 아이들은 종이에 글을 쓰는 작가뿐 아니라 책을 만드는 사람도 되고 싶었다. 그 시대에 책은 귀하고 드물어서 소중히 다루고 필사하는 대상이었다(그렇다고 해서 이 장 앞부분의 인용문에서 히스클리프와 캐서린이 기도서를 다룬 것처럼 던질 것으로서의 용도가 아예 배제된 건 아니었지만). 출간된 책들은 비싼 소유물이었고, 20세

---

10) Mischmasch, 이 단어는 훗날 《거울 나라의 앨리스》에도 등장하는데, 독일어로 '뒤죽박죽'이라는 뜻이다.

기 이후처럼 마구 버려지지 않았다. 19세기 전반기에 책값이 비쌌던 이유는 출판산업이 기술적으로 다른 산업에 비해 뒤처져 있었기 때문이기도 했다. 1840년대까지 증기력은 수공업을 대대적으로 대체하지는 못했다. 이 시기쯤 풀칠한 종이들을 표지에 붙이는 떡제본이 처음으로 발명되어, 낱장들을 일일이 손으로 꿰매느라 시간과 비용이 많이 드는 수공업 사철 양장을 빠르게 대체하기 시작했다. 브론테 일가는 희귀하고 아름다운 책들이 존재한다는 사실을 아이들조차 잘 알고 있었다. 아이들이 초기에 쓴 글을 보면 "물결무늬의 실크 천에 금박을 입히고 글자를 새긴 프랑스 고전" 같은 호화로운 책들이 가족의 유산으로 등장한다.[16]

대부분의 중산층 가족들처럼 브론테 일가도 이동식 도서관에 가입하고, 도서 구입비를 할부로 지불했으며, 책 구매를 최소화했다. 브론테 가족의 장서 중 많은 것들은 후원자나 감사를 표하려 한 친구들의 선물이거나 아버지 패트릭이 케임브리지 대학 시절 상으로 받은 것이었다. 나머지는 1차(혹은 2차, 3차, 4차의) 중고품이었다. 어머니가 남긴 책들은 페이지 사이사이에 소금기가 있고 바닷물 냄새가 났다. 그 책들은 데번셔 바닷가에 좌초했다가 구조된 배에서 건져낸 것으로, 배에 실렸던 어머니의 화물 상자는 "박살이 나서" 대부분의 물건이 "강한 물살에 빨려들어갔다."[17]

브랜웰은 1829년 6월 〈블랙우드〉지에 오시안[11]의 신간 시집이

<hr/>

11) Ossian(?~?), 3세기경 고대 켈트족의 전설적인 시인이자 용사. 1765년 J. 맥퍼슨의 시집을 통해 이름이 알려졌다. 우울한 낭만적 정서가 담긴 그의 시들은 18세기 후반 많은 사람들에게 애송되었다.

도착한 사건을 철자법과 구두점이 틀린 삐뚤빼뚤한 글씨로 과장스럽게 썼다. 가상의 '버드 젠 TSC 병장'이 '지니어스 배니 사령관'에게 보내는 그 편지에서 그는 이렇게 설명한다. "1829년 5월 22일에 재개 이러난 일이 중대하다고 생가카여 이를 세상에. 널리 알리고저 이 글을 씁니다. 지니어스 탤리 사령간[샬럿을 가리킨다]이 작은 노란 책을 손에 들고 저한태 와쑵니다." 훗날《제인 에어》를 펴내고 유명 인사가 된 후, 샬럿은 출판사 사장으로부터 그의 회사에서 출간한 다른 저자들의 책이 담긴 상자를 받고 흥분을 감추지 못하는 편지들을 보냈다. 그녀는 그 책들에 대해 감사를 표했고, 가족들이 책을 읽은 후에 자신이 "그것들을 소중히 여기고, 깨끗이 보존하고, 온전한 상태로 돌려보내겠다"고 썼다.[18]

　브론테 일가의 책들 중 일부는 환생을 거듭한 나머지 지저분한 팰럼프세스트[12] 상태가 되었다. 브론테 가족이 너무 애용한 바람에 그런 상태가 된 책들 중 표본이 될 만한 한 권이 있다. 바로 샬럿이 학교에서 사용한《러셀의 근대 일반 지도》로, 흰 여백이 전혀 남지 않았다. 낙서, 숫자, 아무렇게나 쓴 글들이 잉크 지문과 함께 여백 없이 빽빽이 들어차 있다. 가죽 제본은 해지고 너덜너덜해졌으며, 페이지 끝은 많은 손가락들이 넘겨본 탓에 흙자국과 기름자국이 남고 새카매졌다. 또한 대부분의 페이지들이 떨어져나가고 모서리가 울퉁불퉁하게 뜯겨, 원래 분량의 4분의 1이 실종되었다. 이 책은 향기를 발산하고 있다. 이 책을 누르거나 들고 다니는 동

---

12) palimpsest, 양피지로 만든 옛 책의 표면을 긁어내고 그 위에 다른 글을 써서 여러 층의 글씨들이 겹친 상태.

안 책의 페이지들과 책등에 스며들었을 땀 흘리는 육체의 향기 말이다. 해지고 더러워진 책에 대한 브론테 일가의 사랑은 어린 시절의 글쓰기에도 나타난다. 브랜웰은 샬럿과 그녀의 글을 끝없이 놀려대는 글에서, 그녀의 허구적 자아가 글을 휘갈겨쓰고, 자리에서 일어나 "남자답게 기개를 떨치며" "더러운 손으로 원고를" 움켜쥐었다고 썼다. 샬럿이 쓴 〈펼쳐보지 않은 책의 낱장〉이라는 흥미로운 제목의 글에도 "더러워 보이는 지저분한 원고 다발을 주머니에서" 끄집어내는 꾀죄죄한 남자가 등장한다. 샬럿의 마지막 소설 《빌레트》에서 루시 스노가 연모하는 남자의 시가cigar 냄새 밴 책들은 그 남자를 떠올리게 하는 후각적 매체가 된다.[19]

책들은 망가진 정도에 따라 각각 목사관의 다른 방에 놓였다. 제본 상태가 좋은 책들은 패트릭 브론테의 서재 선반 위에 열을 지었다. 식구들이 열심히 읽어서 헐어버린 책들은 손님들의 눈에 보이지 않도록 2층 침실에 숨겨졌다. 온갖 종류의 책들이 "집 위아래"에 자리 잡았다. 사실 당시 집 안에 놓인 책의 상태와 위치는 그 집에 사는 사람들이 어떠했는지 말해주는 단서가 되었다. 예를 들면 노동계급은 성서를 제외하고는 책을 거의 보유하지 못했는데, 그들이 가진 성서는 보통 패트릭 브론테 같은 성직자가 부유한 후원자의 후원금으로 사서 그들에게 준 것이었다. 많은 19세기 소설들이 인물의 성격을 드러내기 위해 그들이 읽는 책을 소개한다. 브론테 가족은 이 장치를 소설 속에서 종종 사용했다. 책에 읽은 흔적이 많고 집 안 곳곳에 책들이 널려 있다면, 그 집안이 고상하고 학식 있다는 뜻이다. 소설가가 된 브론테 세 자매 중 가장 덜 알려진 앤은 두 번째 소설인 《와일드펠 홀의 소작인》에서 "한쪽이 벽난로에 맞닿아 있고 온갖 책들이 뒤섞인 채 꽉 들어찬 낡은 책장"이 있는 응접실을 배경으로 여주인공의 모습을 그려낸다. 화가인 젊은 아들을 두었고 스스로 생계를 꾸리는 헬렌 그레이엄은 비싼 장정의 책들을 살 여유가 없었다. 그래도 "수는 적지만 확실한 취향으로 고른 책들"이라는 묘사는 그녀가 진지한 독서가이자 사색가라는 사실을 우리에게 말해준다. 마찬가지로, 펼쳐본 적이 없기에 책등이 호화롭고 반짝거리는 책들을 지닌, 오로지 과시용으로 책을 보유한 인물들은 독자의 신용을 그다지 얻지 못하게 되어 있다. 그 책들은 그저 가구처럼 부유함을 전시할 뿐이다. 어린 시절 브랜웰은 작가 행세를 하는 샬럿을 놀리기 위해, 그녀가 "페이지에 금박을 입히고 파란 모로코 가죽 장정"으로 출간된 책의 작가라고 묘사했다. 겉모습이 그렇게 번쩍이는 책이라면 내용이 충실할 리 없다는 이야기이다.[20]

바닷물에 절었든, 꾀죄죄하든, 수공으로 만들었든, 혹은 너무 새것이든 간에, 브론테 일가와 당대의 책벌레들에게 책은 오감으로 즐기는 대상이었다. 곰팡이와 향기, 심지어 맛까지도 결부되곤 하는 종이로 만든 사물이었다. 오늘날의 전자책처럼 그냥 '내용'을 담은 케이스나 단순히 읽어야 할 글이 아니라, 손으로 다루고, 개인의 것으로 만들고, 감촉을 통해 감식하는 대상이었다. 표지가 종이인 상태로 구입한 책들은 대개 가죽으로 다시 장정하거나 소유자가 손으로 직접 다시 제본하기도 했다. 겉표지가 너덜너덜해지면 좋은 판지를 대서 다시 표지를 씌우기도 했다. 시인 로버트 사우디Robert Southey는 열광적인 장서가였는데, 버사와 케이트라는 두 딸을 두었다. 그들은 아버지의 책 1400권의 표지를 낡은 드레스 천으로 다시 제본해 아버지가 '코튼의 서재'[13]라고 불렀던 방 전체를 가득 채웠다. 책에 이름을 쓰는 일은 19세기 중반 이전까지는 무척 흔한 일이어서, 개인 서재의 책 중에서 손으로 글씨를 쓰거나 최소한 표지 안쪽에 장서표를 붙이지 않은 책은 거의 찾기 어려울 정도였다. 어떤 친구는 엘리자베스 여왕 시대에 교회의 낭송용으로 채택된 설교집 혹은 강론집을 패트릭에게 선사하면서 면지에 이렇게 썼다. "P. 브론테 목사의 책. 웰링턴에서 맺은 즐겁고 유쾌한 우정의 기념이자 바라건대 앞으로도 영원히 계속될 동일한 우정의 증표로 그의 친구 W. 모건이 증정함."[21]

브론테 가의 아이들도 아버지를 본받아 책에 줄기차게 이름을 적었다. 패트릭은 가난한 아일랜드 가정 출신으로, 젊은 시절 주의 깊게 책을 고르고 그 책들이 자신의 소유임을 표시해두었다. 책을 증정하는 장면도 대개 기록되었다. 샬럿은 1829년 작은 일기에 이렇게 썼다. "아빠가 마리아 언니에게 책을 빌려준 적이 있다. 오래된 지도책이었는데, 언니는 책의 빈 페이지에 '아빠가 이 책을 빌려주셨다'라고 썼다." 샬럿은 몇 년 전 세상을 떠난 언니 것이었던 그 교과서에 경모의 감정을 품었다. 언니의 성격을 드러내는 글씨가 적혀 있는 그 책을 성자聖者 같은 마리아의 유물로 여겼다. "이 책은 120년 된 책이다." 그녀는 말한다. "내가 이 글을 쓰는 지금도 이 책은 내 앞에 놓여 있다."[22]

성서처럼 귀중한 책의 경우, 적힌 이름을 통한 소유관계는 더욱

---

13) 고서 수집가인 로버트 브루크 코튼 경(1571~1631)이 기증한 책으로 이루어진 도서관으로, 훗날 영국도서관의 기초가 되었다.

복잡해진다. 다른 형제자매들처럼 샬럿도 자기 성서를 갖고 있었는데, 거기에는 그 책을 소유했던 사람들의 이름이 적혀 있다. 샬럿의 신약성서는 원래 1825년 6월 30일 마리아 브랜웰의 사촌인 제인 브랜웰 모건이 남편인 윌리엄 모건에게서 받은 것이다. 가장 먼저 적힌 서명은 그것이 로맨틱한 선물임을 알려준다. "W. 모건에게서 받은 J. B. 모건의 책." 제인이 사망한 후 엘리자베스 브랜웰이 그 성서를 물려받았다. 윌리엄 모건은 그 성서에 다음과 같이 써서 엘리자베스 브랜웰에게 주었다. "J. 모건을 기억할 수 있도록 W. 모건이 브랜웰 양에게 드림. 1827년 9월 29일." 브랜웰 이모는 죽으면서 샬럿에게 그 책을 물려주었고, 샬럿도 그 책에 자신의 이름을 적었다. 이 성서가 중요한 이유, 이 책이 오늘날까지 살아남은 이유는 이 책에 담긴 내용 때문이 아니라 책에 적힌, 손에 잡힐 듯 생생하게 드러나는 관계의 연결고리 때문이다.[23]

샬럿은 기억을 담는 장치로서 책의 속성에 대해 깊이 생각했다. 1826년 작은 책들을 만들기 시작할 때는 그냥 그 가능성을 즐기는 정도였지만, 이후에도 평생 동안 그 아이디어를 계속 활용했다. 그녀의 네 번째이자 마지막 소설 《빌레트》에서 등장인물 폴리나는 어린 시절에 알았던 한 남자의 모습을 다시 떠올리기 위해 그의 서재에서 책들을 꺼내든다. 그 책들을 넘겨보면서 거기에 적힌 이름들을 살핀다. 페이지를 넘기며 그들이 함께한 시간과 과거로부터 온 손에 잡힐 듯한 인사말들을 되새긴다. 그녀는 그저 책들을 보기만 하는 게 아니라 "손끝으로 그 이름들을 짚어나갔는데, 무의식적이지만 부드러운 미소가 떠오르면서 그 손길은 애무로 바뀌었다." 그의 성격과 그들이 함께 나눈 경험은 육체적 만남을 통해 재발견되기를 기다리며 종이와 잉크, 가죽에 스며들어 있었다.

에밀리도 개인적 기억을 담는 도구로서 책의 성격에 관심을 보였다. 《폭풍의 언덕》의 도입부에서 록우드 씨가 주인공 캐서린 언쇼의 침대에 누워 캐서린의 책과 글씨를 접하는 장면에서 우리는 그녀를 처음으로 만나게 된다. 앞에서 말한 악몽을 꾸기 전, 그녀의 방에 처음 들어간 그는 구석에서 송아지 가죽으로 장정한 몇 권 안 되는 '오래된 책들'을 발견한다. 구석에 쌓인 그 곰팡이 핀 가죽 장정 책들은 페이지들이 축축하고 미생물로 시커메져 있을 것만 같다. 그가 실수로 그중 한 권을 촛불로 태우는 바람에 방 안 가득히 가죽 탄내가 들어찬다. 마치 책이 미각과 후각을 일깨우며 요리하고 먹을 수 있는 무언가라도 되는 듯이. 불에 그슬린 책을 펼쳐 보니 "끔찍한 곰팡내가 나는" 성서였는데, 록우드의 시선은 곧장 면지에 적힌 "캐서린 언쇼의 책"이라는 손글씨로 향한다. 다른 책들에도 온통 캐서린의 낙서가 가득하다. 나날의 기록들 · 낙서 · 캐리커처가 "모든 여백"을 채우고 있다. 캐서린은 그 책들을 읽기보다는 책 속 혹은 책 위에 한 낙서를 통해 자신의 생각을 주장하고, 책 내용보다 자신이 겪은 일을 더 강렬하게 드러낸다. 캐서린은 책의 인쇄된 글자들을 자신의 친필 글씨로 밀어내며 그 책들에 자신의 존재를 불어넣었다. 그녀가 죽은 후에도 그 책들은 여전히 그녀를, 특히 그녀의 손과 육신을 환기시킨다.

《폭풍의 언덕》에서 캐서린이 남기는 글들은 브론테 일가 아이들이 실제로 했던 일들에 근거한다. 아이들은 모두 책을 공책이나 일기장 용도로 사용하곤 했다. 브랜웰은 윌리엄 모건이 죽은 아내 제인의 기념품으로 패트릭에게 준(이 과정 역시 당연히 책에 기록되어 있다) 그리스어 기도서의 뒷면지에 그리스에 관한 시를 연필로 적어두었다. 벨기에에서 공부하던 이십대 시절, 샬럿은 그때그때 떠오르는 감정들을 때 묻은 《러셀의 근대 일반 지도》에 기록해두었다. 마지막 페이지에 위아래를 거꾸로 해서 깔끔한 인쇄체로 쓴 그 글은 마치 짧은 일기와도 같다.

> 브뤼셀—1843년 10월 12일 토요일 아침—1교시—정말 춥다—불을 안 피웠다—아버지와 함께 집에 있으면 좋겠다—브랜웰, 에밀리—앤과 태비도—외국인들 사이에 있으면서 지쳤다, 울적한 나날이다—특히나 이 집에는 마음에 드는 사람이 딱 한 사람뿐이다—장밋빛 사탕과자 같은 사람도 있지만 사실 그녀가 색깔 입힌 분필일 뿐이라는 사실을 나는 안다.[24]

책들에는 글씨가 담겼을 뿐 아니라, 관계를 보존해주는 감정적 기념품들이 담기기도 했다. 당시에 책은 앨범, 선물용 장식책, 스크랩북, 비망록과 그다지 다르게 취급되지 않았다. 앤의 첫 소설 제목이자 주인공인 애그니스 그레이는 사랑하는 남자 웨스턴 씨에게서 앵초꽃 한 움큼을 받는다. 그녀는 그 꽃들을 성서 갈피에 끼운다. "나는 그 꽃들을 아직도 간직하고 있고, 앞으로도 계속 간직할 생각이다." 또한 인쇄된 책들은 물건을 담는 상자와 같은 용도로 쓰였다. 브론테 집안 서가의 1827년판 식물도감 갈피들에는 진짜 약초들이 끼워져 있었다. 갈색 가죽 정장의 《밤의 송가들》은 페이지마다 식물이 삐져나와 있었다. 소설이나 시집에는 오려낸 신문 조각, 평문, 기사 들이 끼워져 있었다. 편지, 서명들, 쪽지도 숨어 있었다. 책은 비밀을 숨기기에 좋은 곳일 수 있었다. 《폭풍의 언덕》에서 캐서린 언쇼의 딸은 스러시크로스 그레인지에 살던 시절, 하이츠에 사는 사촌 린턴 히스클리프와 편지 주고받는 것을 금지당한다. 그래도 그에게서 편지가 오면 그녀는 그 편지들을 책 사이에 넣어 숨긴다. 심지어 그녀는 그 관계에 반대하는 어른들이 방 안에 같이 있을 때조차도 책을 읽는 척하면서 그 편지들을 즐긴다.[25]

책은 순간을, 기억을, 정체성을 화석화했다. 브론테 일가는 스러져가는 시간을 붙잡으려는 기원의 글을 책에 남기기도 했다. 마치 책이 덧없는 순간을 고정하거나 미래를 예측하기라도 한다는 듯이. 패트릭은 책을 받으면 서명을 통해 그 경험을 기록하면서 '이 순간이 영원히 남기를 바란다'는 취지의 글을 종종 남기곤 했다. 일례로 호메로스의 《일리아스》에는 이런 글을 남겼다. "우등반을 계속 유지한 상으로 케임브리지의 세인트존스 칼리지에서 받은 상. P. 브론테. 앞으로도 영원히 간직되기를." 앤의 대모인 엘리자베스 퍼스Elizabeth Firth는 1823년 10월 앤에게 성서 한 권을 주었다. 그 책에는 패트릭이 쓴 듯한 다정한 글귀가 적혀 있다. "얘야, 기억하거라. 이 책을 주신 분을 위해서라도 늘 하느님께 기도하면서 이 책을 자주 읽고 평생 간직해야 한다는 걸." 그다음 페이지에 앤은 연필로 흐리게 썼다. "1841년 12월부터 읽기 시작. 다 읽을 때쯤 나는 어디서 무엇을 어떻게 해야 할까?" 샬럿은 종이와 책이 주술적 특성을 띤다는 것을 감지했다. 종이와 책이 있으면 마법처럼 시간을 보낼 수 있었다. 1829년 9월 25일, 그녀는 자신이 숭배하는 영웅의 전기 《웰링턴 공작의 생애》에 종이쪽지 하나를 끼워넣었다. 뭔가를 맹세하듯 그녀는 쪽지에 찰스와 아서라는 이름을 써넣은 후, 한쪽 끄트머리를 불태웠는데, 그들은 그녀의 소설 속 분신들이자 공작의 실제 아들들의 이름이기도 하다. 그녀는 그 행동을 다른 종이에 기록하고 그것을 접어서 간직했다. 그런 단계들이 정확히 무엇을 의미하는지는 알 수 없지만, 그 행동들 덕분에 페이지 사이에 끼워진 종잇조각들이 마치 마법의 구성요소처럼 느껴진다.[26]

하지만 브론테 일가 아이들은 책과 원고가 영원할 수는 없다는 사실도 알았다. 책은 물질이고 수명이 정해져 있었다. 브랜웰은 열세 살 소년치고는 꽤 조숙하게도 '젊은이들'의 '옛이야기'를 담을 복잡한 문학적 장치를 인상적으로 고안해냈다. '책장Leaf'이라는 이름을 지닌 어느 학자가 '옛 젊은이들의 말'로부터 '옮긴' 낡은 원고에 의지하는 글에서 그는 간혹 이야기를 중단하기도 하는데, 그는 자신이 다루고 있는 원고의 일부가 훼손되거나 분실되어 '훌륭한 도서관'에서조차 찾을 수 없기 때문이라고 말한다.[27]

이런 다양한 종류의 의미를 간직하기 위해서는 온전한 책 한 권 전체가 필요한 것도 아니었다. 때로는 책 안에 붙어 있거나 떨어져나간 종이로도 충분했다. 하워스 지역의 문구점 주인은 브론테 자매가 종이를 얼마나 귀중하게 여기는지 알고 있었다. 그들이 그에게서 사들인 종이의 양은 거의 탐욕스럽게 느껴질 정도였다. 그는 브론테 자매가 그 종이들로 대체 뭘 하려는 지 궁금해했고, 처음에는 아마도 잡지에 글을 쓰나보다 하고 추측했다. 종이 재고가 떨어져가면, 브론테 자매가 또 종이를 사 와서 자신에게 어떤 반응을 보일지 전전긍긍했다. 그가 그 마을의 유일한 문구점 주인이었기 때문이었다. 빈손으로 돌아가게 되면 그들이 실망할까봐 핼리팩스까지 16킬로미터를 걸어가서 종이 한 연을 사오는 일도 가끔 있었다. 종이를 하도 많이 사가서 좀 당황스럽긴 했지만, 그는 마을 사람들과는 매우 다른, 조용하고 감정적 깊이가 있는 그 소녀들을 만족시켜주고 싶었다.[28]

19세기 초반 영국 가정에서 종이는 집안일의 용도에 따라 변신을 거듭하며 사용되는 경우가 많았다. 종이 값은 매우 비쌌고, 따라서 덩달아 책값도 비쌌다. 19세기 후반 값싼 나무 펄프가 등장하기 전까지는 종이의 원료가 부족해 누더기천 같은 재활용품으로 종이를 만들기도 했다. 종이가 품귀현상을 빚은 시절이었다. 나폴레옹 전쟁 때와 같은 극심한 결핍의 시기에는 특히나 값이 더 올랐다. 1860년 재무장관 윌리엄 E. 글래드스톤이 폐지하기 전까지는 종이 값에 세금도 붙었다. 이렇듯 종이가 무척이나 귀했기 때문에, 신문이나 잡지 그리고 용도 폐기된 책의 종이조차 계속 재활용되었다. 브론테 일가 아이들은 종이가 비싸다는 사실을 잘 알았고, 실제든 상상 속 사람이든 비싼 종이를 살 수 있는 사람들을 부러워했다. 샬럿의 소설 속에 그려진 헨리 하딘지[14] 경은 배스에서 휴양하는 부유한 사람들이 사용하는 반짝이는 편지지인 "배스 우편국의 금박 입힌 종이"에 군 훈련 계획서를 써내려간다. 부자들은 세공한 금궤 안에 고급 양피지 문서들을 보관한다. 또 다른 인물은 자신이 사랑하는 여인에게 선사할 책을 처음에는 견지絹紙로, 그다음엔 "돋을새김 무늬가 있는 파란색 고압 견지로 포장한 뒤, 초록

---

14) Henry Hardinge(1785~1856), 영국의 군인이자 정치가.

색 밀랍으로 "오직 사랑으로L'amour jamais"라는 프랑스어 봉인을 찍는다."²⁹

그들이 쓴 소설 속에서는 오려낸 종이, 꼬아놓은 종이, 둘둘 말 아놓은 종이, 심지어는 책까지도 온갖 용도로 재활용되었다. 잘 못 쓴 시는 말아서 파이프 담배에 불을 붙이는 데 썼다(샬럿은 이런 식 으로 브랜웰의 시적 허영을 놀려먹었다). 샬럿의 소설《셜리》에 나오 는 셜리는 자신의 오래된 습자책을 하녀가 머리 지질 때 쓴 것이 틀림없다고 생각한다. 하지만 사실은 그녀와 사랑에 빠진 남자가 그녀가 떠난 뒤 그녀 대신 간직하려고 손에 넣어 소중히 보관하고 있었다. 글을 쓸 종이가 집 안에 전혀 없어서 책에 글이나 일기를 쓰는 경우도 있었다.《폭풍의 언덕》에서 딸 캐서린은 하이츠에 종 이가 너무 모자라다보니 글을 쓰기 위해 "찢어낼 책"조차 갖고 있 지 않다. 성서가 탄생과 결혼, 죽음의 기록장인 경우도 많았다. 가 난한 집에서는 글을 쓸 곳이 성서뿐이었기 때문이다.

브론테가 아이들은 구할 수 있는 종이는 무엇이든 재활용했다. 종이 쪼가리들 중 마음에 드는 것이 있으면 무엇이든 작은 책을 만 드는 데 사용했다. 1826년 앤에게 줄 책을 만들면서 샬럿은 잉크 자국으로 채우는 책이 아니라, 꾸미고 거주할 수 있는 방을 만들어 주듯, 얼룩이 있는 꽃무늬 벽지 샘플을 표지로 썼다. 갈색이나 회 색, 노란색에 가끔은 주소나 운송기관 관련 글씨를 아직도 알아볼 수 있는 소포 포장지나 신문은 샬럿의 〈블랙우드〉 연재물의 겉표 지와 책등을 이어붙이는 데 딱 좋았다. 1829년 1월에 나온 브랜웰 의 〈블랙우드〉 첫 호는《존 웨슬리의 생애》와 토마스 아켐피스의 《그리스도를 본받아》의 광고지를 두꺼운 갈색 실로 꿰매어 표지를 만들었다. 1828년에 브랜웰은 '우리 친구들' 시리즈 중 하나인 〈우리 친구들의 반란사〉를 악보 종이에 쓰고 소포 포장지로 감싸 초록색 실로 꿰맸다. 튼튼한 파란 종이로는 수없이 많은 원고들을 감쌌다. 샬럿의 이야기인 〈앨비언과 마리나〉의 면지에는 '엡섬 정제염, 웨스트 화학제약사 판매, 킬리 산産'이라는 라벨이 남아 있다. 표지로 쓴 또 다른 파란 포장지는 버려진 설탕 포장지였다. 이 포장지로 겉을 싼 책들에서는 아직도 달콤한 냄새가 난다.[30]

브론테 가 아이들은 부엌이나 응접실에서 가져온 익숙한 재료로 싸고 손수 만들어낸 그 친밀한 책들에 애착을 느꼈다. 19세기에는 흔한 일상이었던, 육체와 책의 이런 친밀한 관계는 오늘날 더이상 찾아보기 어렵다. 그 이유 중 하나는 과거에는 종이가 여러 번 사용되었다는 데 있다. 문학사학자인 레아 프라이스Leah Price는 사람의 몸을 감싸던 옷이 긴 재활용 과정을 거쳐 읽을거리가 되었다고 설명한다. 인쇄된 종이는 찬장 안에 깔거나 파이 접시 대용으로 재사용되었다. 치즈나 고기, 피시앤드칩스 같은 음식을 담는 포장지나 화장실 휴지로도 사용되었다(1860년대 이전에는 종이봉투가 널리 사용되지 않았다). 레아 프라이스는 종이가 음식 및 화장실에 관련되어 있었기 때문에 육체 및 육체의 기능과 분명한 연관성을 지니고 있었다고 지적한다. 많은 책들이 음식물 섭취와 배변이라는 과정을 통해, 눈(읽기)과 손(펼치기와 들기) 외에도 육체의 다른 부분들과 관련을 맺고 생의 다른 국면을 맞이했다. 브론테 가 아이들이 만든 미니어처 책의 표지들은 옷으로 생을 시작하여 양념 포장지가 되었다가 문학작품의 겉을 감싸게 되었다. 첫 소설 《교수》가 아홉 번 거절당한 뒤, 샬럿은 출판사에 원고를 보내면 읽히기도 전

에 버터 통 안에 대는 포장지나 가죽 여행 가방의 안감으로 쓰이지는 않을지 걱정했다.[31]

당시에 책들은 대부분 인쇄된 종이를 동물의 피부로 감싸 엮은 가죽 장정 방식으로 만들어졌다. 책 카탈로그에는 '송아지'나 '양' 같은 단어들의 약어가 등장해 책의 표지가 동물 가죽으로 만들어졌음을 분명히 알려주었다. 어떤 책들은 내지도 가죽이었다. 새끼 염소 피지나 양피지가 그것이다. 가죽들은 각기 고유한 냄새가 났고, 장서가들은 후각을 통해 어떤 가죽으로 장정한 책인지 알아내는 법을 익혔다. 책을 고기나 다른 음식과 연관 짓는 농담도 생겨났다. 돼지가죽으로 장정한 프랜시스 베이컨 경의 에세이는 "어떤 책은 맛보고, 어떤 책은 삼켜야 하며, 소수의 책은 씹고 소화해야 한다"는 베이컨의 경구를 곁들일 때 더 육즙이 풍부하다는 농담도 있다. 패트릭의 아일랜드인 아버지 휴 브론테(그는 자신의 성 브론테의 마지막 철자를 'ë'가 아닌 'e'로 표기했다)의 지도책은 손으로 엉성하게 다시 장정되어 있다. 책을 뒤덮은 그 거친 가죽의 일부에는 여전히 털이 삐져나와 있다. 그런 책들은 가죽의 육신이 한때 살아 움직였음을 생생히 증언한다.[32]

감상적인 사람들은 사람을 기리는 기념물을 책 안에 담아두기도 했다. 특히 머리타래는 책 속에 끼워두기 좋았다. 《빌레트》의 주인공 루시 스노는 비망록 한 권을 간직하고 있는데, 그녀는 그 비망록의 페이지 사이에 이제는 세상을 떠난 친구의 많은 머리카락을 끼워둔다. 낭만주의 시인 퍼시 비시 셸리Percy Bysshe Shelley의 붉은 가죽 일기장에는 누구의 것인지 알 수 없는 둥근 머리타래가 완벽히 보존된 상태로 튀어나와 있는데, 검은 밀랍과 의미를 알 수 없는 암호 같은 문장으로 밀봉된 상태이다. 야설野說에 따르면, 메리 셸리는 남편 퍼시 비시의 심장을 《아도니스》라는 커다란 판형의 종이 제본 시집(셸리가 키츠에게 바친 애가가 담긴) 안에 보관했다고 한다. 퍼시 비시 셸리는 1822년 이탈리아 스페차 만에서 폭풍을 만나 범선이 뒤집히는 바람에 익사했다. 이탈리아 보건당국은 그의 시신이 바닷물에 여러 날 씻기고 심하게 부패한 탓에 화장해야만 옮길 수 있다고 주장했다. 그의 친구인 리 헌트 · 바이런 경 · 에드워드 트렐로니가 비아레조 해변에서 화장을 주선했는데, 트렐로니는 신파조로 퍼시의 심장이 "온전하게 남아 있었다."고 주장했다. 트렐로니가 그것을 불에서 건져냈고, 메리는 그 심장(혹은 이 복잡한 전설의 다른 버전에 따르면 조그만 재 뭉치)을 가지고 영국으로 돌아와 그것을 책에서 뜯어낸 종이(혹은 비단)로 감싼 뒤, 표지 사이에 감추었다. 그들의 아들이 나중에 그 심장을 묻었고, 책은 옥스퍼드 보들리언 도서관에 기증되었다.[33]

또한 트렐로니는 퍼시 비시의 유해를 로마 신교도 묘지에 보내기 전에 재와 뼛조각 일부를 모아 보관했다고 주장했다. 그중 일부가 여러 도서관으로 보내졌다. 뉴욕 공립도서관의 포츠하이머 소장실에는 흡사 말린 나뭇잎처럼 보이는 그의 두개골 파편이 진품임을 증명하는 편지들과 함께 플라스틱 통에 담겨 보관되어 있다. 영국도서관에는 앞표지 안쪽에 둥근 구멍 두 개를 뚫고 유리를 댄 붉은 모로코 장정의 책이 있는데, 책을 열면 그 유리 안에 담긴 퍼시 비시 셸리의 머리카락과 메리 셸리의 머리카락을 볼 수 있다. 이 책의 뒤표지 안쪽에 나 있는 납골 항아리 모양의 구멍에는 퍼시 비시의 재와 뼛조각이 담겨 있다.《퍼시 비시 셸리: 그의 아내가 말하는 그의 마지막 생애 그리고 그의 머리카락과 재의 일부》라는 제목의 이 책은 그의 익사와 화장 과정을 상세히 기록한 메리의 편지를 비롯해 그의 죽음에 관한 기록들로 구성되어 있다. 책과 납골당의 중간쯤 되는 이 커다란 책은 그 사연에 어려 있는 연기 같은 향기를 풍긴다.[34]

브론테가 아이들은 공포스러운 매혹에 사로잡혀 신체 일부의 재활용이라는 주제에 깊은 관심을 가졌다. 해부와 시체 재활용에 관한 논의는 1820년대에 신문들과 〈블랙우드〉지에 격론을 불러왔고, 그것을 읽은 그들은 《유리 도시 연맹》을 포함한 그들의 많은 책에서 그 이야기를 다루었다. 1832년 해부법이 발효되기 전에는 처형당한 범죄자들의 시신만 해부용으로 사용할 수 있었기 때문에, 시신 및 시신 일부의 밀거래가 빈번히 발생했다. 학생들과 의사들의 연구와 강의에 사용할 시신이 계속 부족했기 때문에, '부활을 믿는 자'들이 갓 매장된 묘지에서 시신을 강탈해서 파는 사건이 이어졌다. 윌리엄 버크와 그의 동료 윌리엄 헤어는 그 시대의 악명 높은 부활 신봉자로, 판매할 시신을 확보하기 위해 사람을 죽여 1829년 교수형에 처해졌다. 게다가 으스스하게도, 버크의 피부는 포켓북을 만드는 데 쓰였다고 한다.[35]

브랜웰이 초기에 쓴 글에는 시체 강탈 사건이 자주 등장한다. 또한 브랜웰은 파리의 악당들을 창조했는데, 그들은 희생자를 나무에 묶고 산 채로 피부를 벗겨 그것으로 우산을 만들어 비바람과 햇볕을 가리고 다닌다. 또한 희생자의 뼈로 도구를 만들기도 한다. 1830년 6월 17일 샬럿은 못된 청년과 그 일당에 관한 이야기를 썼는데, 그들이 불법으로 시신을 재활용하기 위해 무덤을 파헤치다가 붙잡힌다는 이야기였다. 그들이 관 뚜껑을 열었을 때 흥미로운 사건이 벌어진다. "사실 그 관 안에는 뼈 대신 책들이 가득 들어차 있다. 이곳에는 그런 장물이 들어찬 관들이 수도 없이 많다." 몇몇 지역민이 도서관에서 장서를 강탈해왔고, 관을 보관 장소로 사용한 것이다. 시체와 책 모두 훔쳐서 되팔 가치가 있었다. 샬럿은 하나의 사물이 다른 사물로, 즉 책이 시체로, 시체가 책으로 바뀔 가능성을 탐구하고 있다.[36]

샬럿과 브랜웰, 그리고 다른 아이들은 삶의 유한함을 직접 겪은 경험을 통해 알았고, 왜 그런지 육신의 생존성은 그들의 마음속에서 책의 생존성으로 연결되었다. 삶의 모든 국면에 스며들어 영향을 미치는 죽음의 굳건한 증거가 사방에서 그들을 둘러싸고 있었다. "비석들이 끔찍할 정도로 빽빽이 들어찬" 교회 마당이 목사관 담장 바로 너머로 이어졌다. 묘지가 너무 빽빽하게 들어찼다고 불평하던 무렵인 1856년경, 그 묘지의 안장 건수는 4만 4,000건에 이르렀다고 한다. 샬럿은 엘리자베스 개스킬에게 목사관이 옛 무덤 위에 지어졌을 거라고 믿는다고 말하기도 했다. 장례식을 알리는 종이 자주 울렸고, 교회 마당 근처에 있는 석공의 작업실에서 '톡, 톡' 하고 묘석 깎는 소리가 들려오면 목사관에는 무거운 애도의 기운이 감돌았다. 근처 술집인 '검은 황소'에서 '아빌스arvills'라고 불리는 떠들썩한 장례 술판이 벌어지기도 했다. 몇 년 후 브랜웰은 누나들이 세상을 떠난 무렵 읽은 〈블랙우드〉지의 기사를 인용한다. 아마도 누나들의 장례식에서 느낀 감정을 떠올렸으리라. "누나의 관과 그것을 뒤덮은 벨벳 천이 처참한 진흙 속으로 천천히, 천천히 내려가던 그 시간은 다른 어떤 시간보다 끔찍하고 어둡게 이 땅 위의 우리를 뒤덮었다. 죽을 운명으로 태어나 죽음을 바라는 우리는 교회 마당을 벗어났다. 그 순간부터 다시는 되돌아갈 수 없을 것만 같은 그곳을."[37]

맏딸 마리아와 둘째 딸 엘리자베스가 죽고 얼마 뒤, 남은 아이들은 책 만들기에 집착하기 시작했다. 브론테 자매의 전기 작가들이 추측했듯이, 작은 책을 만드는 일은 그들에게 일종의 위안이기도 했을 것이다. 그들의 내면을 펼쳐낸 이야기와 작은 책들이 늘어가면서, 공백은 글로 메워지고, 세상은 사람들로 들어차게 되었다. 죽음이 깊은 창작의 원천을 파헤치도록 그들을 이끈 것이다. 책이 죽은 사람들을 대신할 수 없다는 것은 처음부터 너무나 명백했지만, 아이들은 죽음을 극복하는 행위로서의 글쓰기를 절대 멈추지 않았다. 그 유년기의 이야기들 속에 연이어 등장하는 통절한 마법이 하나 있다. 이야기 속에서 벌어지는 수많은 전투에서 죽임을 당한 인물들이 '다시 살아난'다는 것이다(특히나 브랜웰의 이야기 속에서). 인물이 되살아나는 과정은 다양했다. 그중에서도 정령이 마법을 써서 인물들을 부활시키는 플롯은 하도 자주 사용되어서, "늘 그랬듯이"라는 표현으로 지칭되었다. 물론 그 정령들은 브론테 가 아이들 자신이었으므로, 재주도 꽤 단순한 편이었다. 하지만 죽음을 꺾기 위해서는 여러 종류의 획책이 필요하다는 듯이, 다른 수단을 고안해낼 때도 있었다. 악명 높은 시체 약탈자이자 해부자인 흄배디 박사 같은 인물은 이틀 밤 이틀 낮 동안 담가두면 죽은 자가 되살아나는 '냉침冷浸 욕조'를 갖고 있다. 글쓰기와 작은 책 만들기는 그런 욕조와 같은 마법을 지니지는 못했지만, 목사관의 일상에 나름의 활기를 불어넣었다.[38]

책은 또 다른 위안을 주기도 했다. 책은 간직하고, 펼쳐보고, 제본하고, 분해하고, 낙서하고, 실로 꿰매고, 재활용할 뿐 아니라 소리 내어 낭송하는 대상이기도 했다. 19세기에는 문맹률이 높고 종이 값이 비쌌기 때문에, 책과 신문을 소리 내어 읽어주는 일이 흔했다. 서로 책을 읽어주는 것이 가정의 일반적인 오락거리였는데, 그 오락을 통해 가족끼리 교육을 돕거나 시간을 때우곤 했다. 맏딸 마리아는 하인들이 '아이들 공부방'이라고 부른 2층 방에서 동생들에게 신문을 읽어주었다. 일요일 저녁이면 가족이 모두 아버지 패트릭의 서재에 모여 교리문답을 듣거나 성서 구절들에 귀 기울였다. 어린 시절 에밀리는 낭송과 암기에 뛰어났는데, 이런 과정을 통해 능력을 습득한 것이 분명하다. 여름날 오후에는 브랜웰 이모가 패트릭에게 책을 읽어주었다.[39]

앤과 샬럿은 훗날 이런 경험을 소설 속에 묘사했다. 앤은 가난한 농민들에게 책을 읽어주는 장면을 통해 여주인공 애그니스 그레이의 선량함을 드러낸다. 샬럿의 《셜리》에서 캐럴라인 헬스톤은 어느 날 밤 사촌인 로버트 무어에게 자신과 로버트의 여동생을 위해 셰익스피어의 《코리올라누스》를 읽어달라고 부탁한다. 로버트와 사랑에 빠진 캐럴라인은 그가 셰익스피어 작품의 영웅 역할을 읽다가 개심하기를 기대한다. 그는 오만한 연설 장면과 비극적인 장면을 기가 막히게 잘 낭송하는데, 코믹한 부분이 나오자 그 부분을 캐럴라인에게 맡긴다. 그렇게 책을 함께 낭송하는 장면은 사랑의 장면으로 이어진다. 대사의 "깊고 빠른 흐름" 속에서 "듣는 이와 읽는 이의 심경과 마음"이 하나로 얽힌다. 책을 낭송하는 행위는 《제인 에어》에서도 에로틱한 분위기를 이끌어낸다. 로체스터는 제인이 처음 그를 만나 일하기 시작한 때부터 맹인이 되어 직접 글을 읽을 수 없게 된 결말부에 이르기까지 계속 그녀에게 책을 읽어 달라고 종종 청한다.

혼자 책을 읽는 행위 역시 풍부한 쾌락을 불러온다. 말없이 책을 응시하며 한 사람의 내면을 따라잡는 것은 아이들에게 매우 중요한 훈련 과정이었다. 목사관에서 홀로 시간을 보내기는 쉽지 않았다. 특히 자매들은 혼자만의 방을 갖지 못했고 침대도 나눠 썼다. 하지만 책 읽기는 어느 방에서든 가능했고, 책을 읽으면서 곧바로 혼자만의 세계로 빠져들 수 있었다. 집 안에서도 특히 창가는 남의 눈에 띄지 않으면서 책에 빨려들고, 그러다가도 문득 눈을 들어 황야를 바라볼 수 있는 자리였다. 에밀리는 종종 양탄자 위에 자리를 잡고 옆에 누운 개 키퍼의 몸에 한쪽 손을 올린 채 코를 박고 책을 읽었다. 응접실에서 다른 책을 가져와야 하는데 손님이 와 있으면, 에밀리는 아무도 쳐다보지 않고, 눈길을 던지거나 말 한마디 하는 법 없이, 필요한 책만 냉큼 집어든 뒤 자리를 뜨는 것으로 유명했다. 집안일을 도와야 하는 경우가 잦았기 때문에, 브론테 자매들은 다른 일을 하는 사이에 책을 읽고 (쓰는) 기술을 터득했다. 책들은 늘 부엌에 있었다. 그들은 케이크가 부풀어오르는 동안 책을 읽었고, 식구들을 위해 빵을 구웠던 에밀리는 "반죽을 치대는 동안 눈앞에 책을 펼쳐놓고 독일어를 공부"할 때가 많았다. 근시였던 샬럿은 기묘한 모습으로 책에 몰두했다. 그녀의 반 친구는 이렇게 회상한다. "책이 손에 있을 때면 그녀는 코가 거의 책에 닿을 때까지 고개를 숙였고, 고개를 들라고 하면 책도 같이 들어올려 여전히 코끝에 대고 있었기 때문에 웃지 않을 도리가 없었다."[40]

황야를 거닐 때도 그들은 손에 책을 들고 있었다. 브론테 가 '아이들'이 산책에서 돌아오는 모습은 같은 지역에 살던 직공들의 기억 속에 남았다. 그들은 손에 책을 든 채 소리 내어 읽으면서 눈조차 들지 않고 그들만의 세상에 빠져 있었다. 앤이 쓴《와일드펠 홀의 소작인》에서 여주인공은 책 한 권을 손에 든 채 한가로운 산책에 나선다.《셜리》의 캐럴라인 헬스톤은 책을 읽거나 스케치를 하기 위해 종종 야외로 나선다. 슬프고 외로울 때는 정원에 앉아 "삼촌의 서재에서 가져온 오래된 책"을 읽으면서 시간을 보낸다.《폭풍의 언덕》에서는 푸른 골짜기가 서재가 된다. 책은 낮잠을 자거나 백일몽 또는 공상에 잠길 핑계가 되기도 한다. 소설 속 인물들은 신문을 펼쳐든 채 하품을 하며, 애그니스 그레이는 "생각도 좀 하고 책도 읽을 겸" 책 한 권을 들고 산책에 나선다. 제인 에어는 때때로 열렬한 독서광이지만 그녀의 마음은 페이지 사이를 헤맬 때가 많다. 제인과 마찬가지로《셜리》의 캐럴라인 헬스톤도 책을 읽으려고 한다. 어느 대목에서 그녀는 "일요일에 읽기 좋은" 책을 하녀들에게 빌려준 상태이고, 하녀들이 부엌에서 조용히 그 책들을 읽고 있다. 그녀는 이미 그와 비슷한 종류의 책을 탁자 위에 펼쳐 두었다. "하지만 그녀는 그 책을 읽을 수가 없었다." 마음이 너무 번잡해서 "다른 사람이 쓴 책에 귀 기울이는 쪽으로 마음이 쏠리고 방황하는" 상태이다.[41]

실제로 읽히든 안 읽히든, 책들은 로맨스를 조장한다. 책을 펼쳐 놓고 있으면 다른 사람을 몰래 관찰하고 흠모하는 일이 가능하다. 샬럿의 소설에 등장하는 작품명과 동일한 이름의 여주인공 셜리와 사랑에 빠진 루이스 무어는 그녀의 기분이 좋지 않을 때도 그녀와 함께하고 싶어한다. 그 수단으로 그는 책 한 권을 뽑아들고 창가에 조용히 앉는다. 책을 읽으면서 그는 그녀의 모습을 이따금씩 훔쳐보는데, 그녀의 안색은 차츰 부드러워지고 밝아진다. 앤의《와일드펠 홀의 소작인》에서 길버트 마컴은 헬렌에게 구애하기 위해 그녀에게 책을 빌려준다. 그가 헬렌을 위해 월터 스콧의《마미언》을 휴대할 수 있는 우아한 장정으로 구입하면서 관계가 시작되고, 이렇게 이어진다. "그리하여 우리는 그림과 시, 음악, 신학, 지리학, 철학에 대해 이야기했다. 나는 한두 번쯤 그녀에게 책을 빌려주었고, 그녀도 답례로 책을 한 번 권했다." 어느 순간 견딜 수 없을 정도로 그녀가 보고 싶었던 그는 많이 상했지만 겉으로는 그다지 티가 나지 않는 낡은 책 한 권을 책장에서 뽑아들고 그것을 핑계 삼아 그녀의 집을 방문한다. 그녀의 책에 적힌 글씨를 보기 전까지 길버트는 오직 그녀의 성姓만을 알 뿐이다. 그가 그녀의 책상에 놓여 있던 험프리 데이비 경의《철학자의 마지막 나날들》을 펼쳐든 순간, 그들의 로맨스는 위험 국면에 접어들고 흐트러지기 시작한다. 그 책의 첫 장에는 그가 자신의 라이벌이라 믿는 '프레더릭 로렌스'의 이름이 적혀 있다.

소설《제인 에어》는 그 유명한 독서 장면으로 시작된다. 비가 쏟아져 바깥 산책이 불가능해진 것이 반가운 제인은 부모님이 세상을 떠난 후 마지못해 그녀를 키워준 친척인 심술궂은 리드 일가를 피하려 한다. 그들은 모두 응접실에 모여 있고, 그녀는 근처의 거실에 몸을 숨긴다. 이윽고 서가에서 책 한 권을 꺼내든 제인은 창가로 숨어든다. 붉은 면 커튼으로 장막을 쳐 은신처에 자신을 가둔 뒤, "터키인처럼" 다리를 꼬고 앉는다. 곧 그녀는 책 속의 세계로 빠져든다. 토머스 뷰익이 쓴 《영국 새들의 역사》(브론테 일가가 소유했던 책이다)가 그녀 앞에 펼쳐져 있고, 제인은 지금만은 행복한 순간이라고 느낀다. 책이 마법의 원으로 그녀 주위를 감싸고 있다. 한 권의 책으로 자족하고 내면에서 기쁨을 발견하는 자질을 키운 덕분에, 훗날 로체스터나 세인트존 같은 남성들이 그녀를 신비로운 존재로 여기고 갈구하게 된다.

열 살 난 제인이 누리는 이런 자유로운 순간은 길게 이어지지 못한다. 깡패 같은 사촌 존 리드가 보호받는 그녀의 공간을 침범한다. 그는 창가에서 나오라고 윽박지르고, "요 쥐새끼 같은 것이 커튼 뒤에 숨은 데다, 2분 전에는 나한테 눈을 흘겼다"며 그녀를 때린다. 그녀에겐 가장 가혹한 처사라는 걸 알면서도 책 보는 것을 금지한다. 열네 살밖에 안 되었지만 존은 자신이 외아들이고 아버지가 죽었으니 게이츠헤드의 모든 것이 자기 소유임을 안다. 돈 한 푼 없는 고아인 친척 제인은 그에게 완전히 의탁한 처지인 셈이다. 존은 무거운 책을 제인에게 던지며 폭행을 이어가고, 제인은 날카로운 책 모서리에 머리를 맞는다. 제인은 반격에 나서서 존에게 로마의 폭군 같은 노예 감독이라고 외치는데, 그것은 최근에 읽은 올리버 골드스미스의 《로마사》 덕분에 떠올린 생각이다. 존은 그 말을 알아듣지 못해 바보 처지가 된다. 이처럼 책에서 얻은 지식은 돈 없고 배경 없는 한 소녀에게 귀중한 힘의 원천이 되어준다.

샬럿과 에밀리, 앤은 많은 작품 속에서 책 읽기 또는 책 읽는 척하기를 어려운 상황이나 대하기 힘든 식구들로부터 탈피하는 수단으로 묘사한다. 《제인 에어》에는 헬렌 번스가 로우드 학교에서 당한 고통을 벽난로 앞에 앉아 누그러뜨리려 하는 장면이 나온다.

그녀는 "희미하게 일렁이는 깜부기불에 의지해 책 한 권을 벗 삼은 채 주위의 모든 것으로부터 벗어나" 있다. 외국 학교에 와 있는 《빌레트》의 루시 스노 역시 책과 종이로부터 위안을 얻는다. 마음의 위안은 책상 뚜껑을 들어올리고 "어느 책갈피에 자리 잡거나, 연필 끝 또는 펜 끝을 다듬거나, 혹은 잉크병에서 검은 잉크를 찍어야" 얻을 수 있는 것인지도 모른다. 여성들은 책에 몸을 던지거나 책 속에 얼굴을 묻고 눈물을 흘리기도 한다. 《와일드펠 홀의 소작인》에서 헌팅던 가의 결혼생활이 실체를 드러내기 시작하자, 남편은 신문 뒤에, 아내는 소설책 뒤에 몸을 숨긴다. 에밀리는 캐서린 언쇼의 딸 캐시에게 하이츠의 잔인하고 남성적인 세계를 회피할 유일한 수단으로 독서를 제시한다. 주위의 남자들이 말싸움을 벌이고 명령을 내리는 동안, 그녀는 난로 앞에 무릎 꿇고 앉아 불빛에 의지해 책에 몰두한다. 히스클리프가 읽을거리를 빼앗아가자, 그녀는 이렇게 외친다. "난 그 책들의 내용을 머릿속에 새기고 마음속에 담았으니, 그건 빼앗아가지 못할 걸요!"

결국 브론테 자매의 글쓰기는 책에 관한 것이었다. 그들은 책을 만들고, 읽고, 책에 직접 글을 쓰고, 책에 의지해 글을 쓰고, 책에 관한 글을 썼다. 샬럿과 에밀리 (그리고 이들보다는 덜 유명하지만 앤 역시) 책을 쓰면서 명성을 얻었다. 형제자매들이 모두 세상을 떠난 후, 샬럿은 어린 시절을 이렇게 회상했다. "우리 가족을 벗어나 다른 사람들과 교제할 동기는 없었다. 우리는 책을 읽고 공부하면서 오로지 우리끼리 서로 의지해 삶의 낙과 일거리를 찾았다." 이 장을 쓰게 한 브론테 일가의 작은 수공 책들은 1829년 당시만 해도 생기를 담고 있었다. 하지만 그것들 역시 상하기 쉬운 사물이었다.

망가지고 썩기 쉬운 그 유물들은 여러 가지 이유로 사라질 수 있었고, 실제로 그중 몇몇은 분명 그런 운명을 맞이했다. 어린 시절의 재능을 증언하는 그 증거품들을 다루고 그 페이지들을 넘겨보는 것은 곧 과거의 책을 펼치고 한때 그들의 손길이 머물렀으나 이제는 떠나버린 사물을 어루만지는 일이다.[42]

2장

:

깐 감자 한 알

당연히 그녀는 섬세한 자수나 시력을 망가뜨리는
레이스 뜨기, 까다로운 그물코 뜨개질,
그리고 그 모든 일 중에서도 가장 고된 스타킹 수선 같은 일에
수많은 시간을 들이는 것이 헛되다고 생각했다.
언제든 스타킹에 난 구멍 두 개를 수선하며
하루를 보내야 하고, 마치고 나면 자신의 '임무'를
고귀하게 달성했다고 생각해야 하는 것이다.

—샬럿 브론테, 《셜리》

1834년 11월 24일은 날씨가 맑았다. 정오를 조금 지난 시각, 부엌은 어수선했다. 앤과 에밀리는 하던 허드렛일을 잠시 내려놓고, 그들 자신과 가족이 앞두고 있는 일에 대한 짧은 글을 남겼다. 샬럿이 작은 책을 만들던 시절로부터 5년이 흘렀고, 세 소녀는 삶은 쇠고기 · 순무 · 감자 · 사과 푸딩으로 이루어진 식사 준비를 거들고 있었다.[1]

에밀리는 무지개 · 다이아몬드 · 눈송이라고 이름 붙인 꿩들에게 먹이를 준 참이었다. 앤과 에밀리는 "놀러 나가고 싶"지만, 둘 다 할 일이 쌓여 있다. "앤과 나는 몸단장도 하지 않았고 침대 정리와 공부도 안 했다." 에밀리는 자신들이 피아노 'b장조 곡' 연습도 마치지 못했다고 기록했다. 브랜웰은 일찌감치 드라이버 씨 댁까지 산책을 하고 돌아와서 새로운 소식을 전했는데, 에밀리의 기록에

따르면 "로버트 필peel 경이 리즈를 대표해 초청 받을 예정"이라는 소식이다. 필 경의 P가 소문자로 적힌 것은 에밀리가 사소한 맞춤법 같은 것은 그냥 무시해버렸기 때문일 수도 있지만, 화려한 저명인사의 이름 'Peel'을 평범한 동사인 '벗기다to peel'로 바꾼 고의적인 시적 농담일 수도 있다. 에밀리는 로버트 경에 관한 문장을 마침표 없이 끝내고 바로 다음 문장으로 넘어간다. "앤과 나는 사과 푸딩을 만드는 샬럿을 [위해] 사과껍질을 벗기고 있다" 에밀리는 국가의 정치를 평범한 영국 소녀들의 저녁 식사와 연결 짓고 있다. 몇 주 후 영국 총리가 될 부유한 로버트 필 경이라면 단언컨대 무엇이 됐든 부엌에서 껍질 벗기기 같은 건 해본 적이 없으리라는 사실은 분명하다.[2]

태비의 거친 요크셔 억양을 언급하는 다른 일기에도 다른 버전의 '필'이 등장한다. 에밀리는 이렇게 썼다. "샬럿 언니가 와서 자기가 푸딩을 엄청 잘 만들었다고 자기는 손은 빠른데 머리는 안 좋은 것 같다고 말했고, 태비는 방금 앤이 와서 깐 감자 한 알pillopatate을 만들었다고 즉 감자 한 알을 깠다pill고 했다. 이모도 조금 전에 부엌에 와서 앤한테 '네 발이 어디 있느냐'고 물었고 앤은 '바닥에 있어요, 이모'라고 대답했다고 한다." 샬럿이 자신을 깎아내리는 농담을 한 것인지, 아니면 에밀리가 그녀를 놀린 것인지, 그리고 브랜웰 이모가 앤에게 한 말이 무슨 뜻인지(어쩌면 난로 받침에 발을 올려놓는 앤의 숙녀답지 못한 버릇을 지적한 것인지도 모른다) 정확하지는 않지만, 어쨌든 에밀리의 보고는 슬랩스틱 코미디만큼이나 익살스럽다. '벗기다peel'가 '깐 감자 한 알pillopatate'과 '까다pill'로 이어지는 과정은 서로 다른 입에서 나온 단어의 소리를 가지고 노는, 이제 갓 재능을 꽃피우기 시작한 시인의 모습을 연상시킨다.

에밀리는 감자 깎는 칼을 들기 위해 펜을 내려놓곤 했다. 둘 다 브론테 가의 필수품이었다. 태비가 에밀리에게 일기 그만 쓰고 와서 껍질 벗기는 일을 도우라고 하면, 에밀리는 태비의 면전에서 뚱한 표정으로 펜을 내려놓았다. 태비가 "거기서 빈둥대지 말고 감자 깎어."라고 투덜대면, 에밀리는 태비의 말투를 흉내 내며 대답했다. "아이고, 아이고, 냉큼 받들지요." 하지만 펜을 내려놓기 직전 그녀는 자매들이 함께하는 상상의 세계 속에 몸을 담그기 시작한다. 집안일을 하는 순간에도 그들이 빚어낸 '곤달Gondal'이라는 상상의 세계는 일상과 분리되지 않는다. "아빠가 응접실 문을 열고 브랜웰 오빠에게 편지를 건네면서 '브랜웰 이걸 읽고 네 이모와 샬럿에게 보여줘'라고 했다. 곤달인들은 골딘Gaaldine 내부를 탐험 중이고 샐리 모슬리는 부엌에서 빨래 중이다." 에밀리는 일기장의 같은 페이지에 곤달인 중 한 사람인 레이디 줄렛의 긴 머리채를 그려놓았다. 마치 그녀가 그들과 함께 부엌 식탁에 앉아 있고, 그 긴 머리채가 종이에 스치기라도 한 듯이. 에밀리는 구두점이 거의 없는 실험적인 스타일의 글(당시에는 아직 존재하지 않던 용어로 말하자면 일종의 '의식의 흐름' 같은) 속에 중요한 일과 하찮은 일을 겹쳐 쌓으면서 일종의 동등함을 추구하고 있다. 국가의 정치적 사안과 세탁하는 날인 월요일을 맞은 목사관의 일상 그리고 그들의 글쓰기는 실제와 환상이라는 측면에서 똑같이 중요하다. 모두 그냥 그 시점에 '일어나고 있는' 일일 뿐이다. 두 자매에게는 이 모든 일들이 의미를 지닌다. 로버트 필 경이든, 사과와 감자 껍질을 벗기는 사람이든, 풍부한 환상의 눈으로 바라볼 때 모두 닥치는 대로 써내려가는 감상의 대상이라는 점에서 똑같은 가치를 지녔다.

위의 글은 앤과 에밀리가 '일기 문서'라고 불렀던 연작의 초기 글인데, 목사관의 일상적 운영, 특히 앤과 에밀리가 그 안에서 맡았던 역할, 그리고 노동과 글쓰기가 한데 얽힌 과정을 엿볼 수 있는 흔치 않은 기회를 제공한다. 이후 11년 동안 그들은 3년 혹은 4년 주기로 종잇조각 앞뒷면에 목사관에서의 하루하루에 관한 상세한 내용을 작은 글씨로 채워넣었다(각자 자기 이야기를 썼다). 그런 다음 종이를 작게 접어 5센티미터 길이의 양철 상자에 보관했다. 1840년대에 일기 문서들과 관련된 규칙은 더 늘어났다. 이 규칙들은 에밀리의 생일인 7월 30일에 쓰였는데, 그날 그들은 4년 전부터 쓴 글들을 담아놓은 상자를 열고 그것들을 읽기로 했다. 당시 에밀리와 앤이 읽던, 토머스 무어의《바이런의 생애》에 나오는 바이런 경의 일기가 이런 글쓰기의 원형을 제공했다. 도박, 음주, 권태, 격렬한 연애, 정부情婦들과의 만남이 가득한 바이런의 연대기는 열여섯 살, 열세 살 소녀들에겐 그야말로 흥미진진한 읽을거리였다. 그러나 일기 문서들에서 우리가 보게 되는 것은 바이런이 탐닉한 섹스나 마약(특히 아편) 이야기가 아니라 목사관의 소녀들이 만든 푸딩이 잘됐느냐 아니냐 하는 이야기들이다.[3]

이 일기들은 앤과 에밀리만 참여한 기획이었다. 샬럿과 브랜웰은 아마도 그런 것이 있다는 것을 알지 못했을 것이다. 1834년경, 형제자매 간의 편먹기 지형이 바뀌었다. 1827년경 에밀리와 샬럿이 함께한 '침대 연극'은 곧 사라졌고, 1834년 샬럿은 브랜웰과 함께 쓰던《유리 도시 연맹》을 이어가다가 새롭게 앵그리아 이야기를 엮어넣기 시작했다. 에밀리와 앤의 합작 원고는 사라져 영원히 미스터리로 남았지만, 그들이 쓴 이야기들이 당시에 언니와 오빠가 쓴 이야기들과는 다른 길을 걸었다는 사실은 명백히 남아 있다. 샬럿과 브랜웰은 전쟁과 소탕에 관한 드라마를 썼지만, 에밀리와 앤의 작품은 가정과 관련된 좀 더 '여성적인' 인물들에 관한 것이다. 샬럿은 1830년 8월 〈블랙우드〉에 에밀리가 쓴 〈페리의 땅〉이 지루하다고 불평했다. 그녀는 자신의 영웅인 찰스 웰즐리를 낯선 땅에서 방황하게 만들어놓고 그의 시점으로 글을 쓴다. 그가 곧 마주친 존재들은 이렇다. "모든 면이 완전히 다르다. 어깨에 총을 메거나 손에 총을 들고 정복할 곳을 찾아 나선 훤칠하고 굳센 남자다운 남자들이 아니라, 파란 리넨 상의에 흰 앞치마를 두른, 보잘것없고 무기력한 존재들뿐이다." 그들은 식사를 할 때 턱받이를 두르는데, "레이디 에밀리"의 아이인 먹보는 "가장 더럽고 때가 낀 턱받이를 두르는 버릇"이 있다.[4]

적어도 1년 넘게 유지되던 앤과 에밀리의 합동 글쓰기는 1831년 샬럿이 집을 떠나 머필드 외곽에 있는 로히드 학교로 가면서 더욱 굳건해졌다. 한 친구는 에밀리와 앤이 "쌍둥이처럼 떼어놓을 수 없는 동반자가 되었고, 누구의 방해도 받지 않고 가장 가까운 교감을 나누었다"고 증언한다. 이때는 아마도 두 사람이 함께 곤달의 세계를 창조해가던 시절일 텐데, 이 이야기로부터 에밀리의 놀라운 시詩들이 꽃을 피웠다. 이렇게 두 사람이 더욱 가까워지는 동안, 샬럿은 가족을 떠나 친교를 맺기 시작했다. 코완 브리지 학교와 달리 로히드는 그녀에게 큰 혜택을 주었다. 특히나 평생의 친구가 될 엘렌 너시Ellen Nussey와 메리 테일러Mary Taylor를 여기서 만났기 때문이다. 샬럿은 1832년 여름, 집으로 돌아와 자신이 배운 것을 여동생들에게 가르치며 군림하고자 했다. 그들을 가르치는 일을 떠맡아 단념하는 법 없이 지도하고, 비평하고, 심지어 그들의 행동과 이따금 그들의 글쓰기까지 통제하려고 했다. 에밀리는 지배하기 좋아하는 샬럿의 성향에 반기를 들었고, 때로는 언니를 사악하게 골탕 먹이기도 했다. 황야에 나갈 때면 자신보다 겁 많고 근시인 샬럿을 위험해 보이는 급경사나 높은 곳으로 이끌기도 했고, 낯선 동물을 무서워하는 샬럿을 몰래 황소나 사나운 개 옆으로 데려가서 언니가 질겁하는 모습을 보며 웃어대기도 했다. 하지만 앤은 성격 강한 언니들에게 순종적이었으며, 기꺼이 지도를 따르고 배웠다. 그녀는 몸만 자란 아기 취급을 받았다. 나중에 샬럿은 앤은 "온유하고 일관된 인내심으로 불쾌한 일들을 견디는 성품"이었다고 회고했다. 불평꾼에 시끄러운 반항자인 언니들과 달리, 그녀는 "더 온유하고 차분했"으며 "오래 참고 자신을 내세우지 않는 성격"으로, 마치 "수녀의 베일" 같은 평온함으로 마음과 감정을 감췄다. 이것은 가장 어리다는 이유로 앤을 다른 아이들보다 훨씬 더 오래 돌봐준 브랜웰 이모의 영향 때문일 수도 있다. 그녀는 인습에 얽매인 여성적 성격의 소유자였다. 어떤 면에서 보면 앤은 당대 사회가 규정한 여성의 규칙을 따른 셈이었다. 에밀리가 낯설고 격렬한 소설 《폭풍의 언덕》을 집필하던 1840년대에 앤은 자신의 교사 경험을 바탕으로 하여 언니의 소설에 비하면 단순하고 현실적인, 어느 가정교사가 겪는 일상의 시련에 관한 이야기를 썼다. 《애그니스 그레이》에서 밝혔듯이, 그녀는 자신의 소설이 다른 사람들에게 교훈이 되길 바랐다. 도덕적 지침 삼아 소설을 쓰면서 앤은 자신을 내

세우지 않는 교사로서 여성이 지켜야 할 바른 길을 순조롭게 설정해나갔다.[5]

세 자매 모두 가족의 여성 구성원들이 정기적으로 하는 노동을 수행했다. 집안일과 글쓰기는 모두 그녀들에게 친숙했고, 당시로서는 드물게도 함께 쌍을 이루었다. "젊은 숙녀들이 공부에 진지하게 열중하는 것은 바람직하지 않게 여겨졌다. 특히나 글을 쓰는 일은." 브론테 자매와 동시대에 자란 작가이자 독보적 지성인이었던 해리엇 마티노Harriet Martineau는 자서전에서 이렇게 말했다. 손님이라도 찾아오면 여성들은 "지식인 티가 나지 않도록" 주의하면서 "응접실에 앉아 바느질을 해야 했다."고 마티노는 회상한다. 마티노는 주로 이른 아침과 늦은 밤에 글을 쓰고 학문을 연구했는데, 낮 시간에는 "자신이나 식구들의 옷을 지어야 했기" 때문이다. 그녀의 첫 평론이 잡지에 실리자, 그녀를 아끼던 오빠는 엄숙하게 말했다. "얘야, 이제 셔츠 짓고 스타킹 꿰매는 일은 다른 여자들에게 맡기고 넌 이 일에 전념해라." 하지만 그 뒤로도 마티노는 "바느질도 할 줄 모르는 지식인 숙녀"라는 당대의 무시무시한 고정관념에 얽매이지 않은 자신을 자랑스럽게 여겼다. 그녀는 양쪽을 오갈 수 있음을 기쁘게 여겼다. 그녀는 글을 쓸 수 있을 뿐 아니라 "필요하다면 셔츠를 짓고, 푸딩을 만들고, 다림질하고, 수선하고, 바느질로 생계를 꾸릴 능력이 있었다."[6]

샬럿과 앤이 가정교사 일을 하기 위해 집을 떠나면서 허드렛일을 더 많이 떠맡게 된 에밀리는 집안일을 하면서 시를 쓰거나《폭풍의 언덕》의 구절들을 써나가는 데 능숙해져갔다. 하인들 중 한 사람은 다림질을 하면서 작품을 창작하는 에밀리의 모습을 이렇게 묘사했다. 그녀는 '무쇠 다리미'를 달구는 동안 종이에 뭔가를 끼적였다고. "다림질을 하든 빵을 굽든, 그녀는 늘 손에 연필을 쥐고 있었다." 1845년의 일기 끄트머리에 에밀리는 '뒤집기'를 빨리 끝내야 한다고 썼다. 뒤집기란 옷의 칼라나 소매 혹은 드레스 전체의 솔기를 뜯은 후, 안팎을 뒤집어 다시 꿰맴으로써 해지거나 더러워진 곳을 감추는 절약 기법이다. 또한 "손대야 할 일들이 너무 많다"고 썼는데, 여기서 '일들'이란 '바느질감'을 뜻했다. 빨리 끝내야 할 일들의 목록에는 글쓰기도 포함되었는데, 아마도 《폭풍의 언덕》 초고였을 것이다. 그녀는 1년 후에 그 초고를 마쳤다. 펜을 내려놓고 실과 바늘, 혹은 '깐 감자 한 알'을 위해 칼을 집어드는 일은 그녀의 글쓰기 과정의 하나의 리듬이 되었다.[7]

　《폭풍의 언덕》에서 일어나는 대부분의 사건을 '이야기하는' 화자가 이야기를 하면서 바느질을 하는 하녀 넬리 딘이라는 점은 우연이 아니다. 에밀리가 쓴 이 소설은 구조가 매우 복잡하게 얽혀 있는 것으로 유명한데, 그 부분적인 원인은 주의 깊은 관찰자인 넬리가 이 가족과 지역을 알지 못하는 이방인 록우드에게 이야기를 들려주고 있다는 점 때문이다. 소설이 시작되는 시점에서 주요한 사건들은 이미 다 발생한 뒤이다. 캐서린 언쇼는 오래전에 죽었고, 히스클리프는 자신을 업신여긴 두 가문에 복수를 마친 상태다. 록우드는 히스클리프의 소유인 스러시크로스 그레인지에 머물기로 할 때, 그 기이한 인물들에게서 받은 인상을 독자에게 밝히고 워더링 하이츠에 올라갔다가 거기 남아 있는 가족들을 만난다. 록우드가 병에 걸려 몸져누운 뒤 넬리에게 집주인의 사연을 들려달라고 요청하면서, 그들의 이야기가 그와 독자에게 알려지게 된다. 넬리는 '바느질감이 담긴 바구니'를 내려놓고 그의 곁에 앉아 바느질을 하며 이야기를 시작한다. 에밀리는 소설 속에서 이야기와 바느질을 병행하면서 한쪽의 리듬이 다른 쪽의 운율에 생기를 불어넣게 한다. 일감을 손에 쥔 하녀라는 존재는 마치 소설가 자신처럼 주변 사람들의 인생 이야기의 뼈대를 세우고, 새로 다듬고, 한데 엮어나가는 매개자와도 같다.

이야기와 가장 흡사한 바느질 작업은 아마도 '견본작sampler 만들기'일 것이다. 이 장 서두에 제시된 앤의 작품처럼, 견본작은 대개 종이에 잉크로 글을 쓰는 대신 천에 자수로 글을 '쓰는' 작업이다. 브론테 자매들은 어린 나이부터 '예쁜 장식품'에서 스타킹 수선 같은 지겨운 일까지 온갖 종류의 바느질법을 익혔다. 그들은 2층의 브랜웰 이모 방에 앉아 이모에게서 바느질을 배웠는데, 어린 시절부터 기술을 익히고 늘리기 위해 만든 것들 중 일부가 견본작이다. 앤은 열 살이 갓 넘은 1830년 1월에 이 작품을 완성했다. 지금은 거의 검은색으로 변색되었지만 갈색 실을 사용해 크로스스티치 방식으로 글씨를 수놓았고, 배경은 거칠게 짠 연한 갈색 천이다. 나방이 알을 까는 바람에 천 군데군데에 구멍이 났다. 테두리 한쪽이 2.5센티미터가량 지워진 것도 이 때문이다. 이 견본작은 앤이 지녔던 노동윤리와 책임감의 표상이며, 한편으로는 그녀가 그 철저하고 고된 작업에 들인 기나긴 시간을, 다른 한편으로는 아름다운 작품을 만들면서 그녀가 느낀 즐거움을 증언한다.[8]

가족의 모든 소녀들이 견본작을 만들었는데, 때로는 하나 이상을 만들 때도 있었다. 앤은 1828년에 이미 추상적인 문양, 알파벳, 숫자, 그리고 두 줄의 성서 구절로 이루어진 견본작 만들기에 착수했는데, 19세기 소녀들이 흔히 사용한 표준 패턴이었다. 맨 끝에는 이런 글이 수놓여 있다. "앤 브론테, 1828년 11월 28일에 견본작을 마치다." 언니인 마리아와 엘리자베스는 1822년에 각각 견본작 하나씩을 만들었고, 그것들은 그들의 짧은 생애에 관한 드문 증거가 되었다. 세월 그리고 아마도 햇볕으로 인해, 동생 것들과 똑같은 칙칙한 갈색 천에 수놓인 글씨의 색이 바랬고, 그래서 두 견본작은 탁본을 떠야 글자를 해독할 수 있는 오래된 묘비에 새겨진 경구처럼 보인다. 그들의 어머니인 마리아 브랜웰은 1791년에 견본작을 수놓았고, 그녀의 자매인 엘리자베스는 그 전 해에 하나를 만들었다. 샬럿과 에밀리는 각각 두 개씩을 만들었는데, 첫 번째 것은 앤의 것과 마찬가지로 알파벳으로 이루어져 있다. 샬럿의 두 번째 견본작은 1828년 4월 1일에 끝났는데, 거기에는 두려움과 고난으로 가득한 잠언의 문구들이 담겨 있다. "집안에 분쟁이 일어나면 그집은 바로 설 수 없다"[15]거나 "마른 빵 한 조각만 있어도 화목한 집안이 먹을 것을 많이 차려놓고 싸우는 집안보다 낫다"[16]는 등의 내용이다. 에밀리는 훗날 집안 살림 전체를 떠맡는 살림꾼답게 솜씨가 더 좋았다. 1829년 3월 1일에 완성한 그녀의 두 번째 견본작은 그들 자매의 작품들 중 가장 길고 가장 깔끔하다. 샬럿과 앤 모두 다음 행으로 넘어갈 때 단어를 쪼개거나 답답해 보이더라도 어쩔 수 없이 글자를 우겨넣는다. 반면 에밀리는 잠언에서 인용한 단어들의 간격을 깔끔하게 유지했고, 단어가 쪼개진 부분은 딱 한 군

---

15) 마가복음 3장 25절.
16) 잠언 17장 1절.

데뿐이다. 에밀리가 인용한 구절은 아름다운 자연 속에 드러난 천지창조의 서정성을 그려냄으로써 마음을 위로한다. "바람을 그 손안에 모아들인 자 누구인가?"와 "의복으로 물을 감싼 자가 누구인가?"[17]이다. 물론 브랜웰은 견본작을 만든 적이 없고, 집안일이나 요리를 도와달라는 요청을 받은 적도 없다. 그는 책임감이 강하고 자기수양을 위해 노력한 앤이 견본작에 자신의 성품에 걸맞은 문구를 힘들여 수놓았듯이 "여호와의 징계를 가벼이 여기지 말라"거나 "그 꾸지람을 싫어하지 말라"[18] 같은 말을 되새길 필요도 없었다. 물론 자매들이 직접 이런 성서 구절들을 고른 게 아니라 감리교도인 이모가 선택했을 가능성이 더 높긴 하지만 말이다. 내용이야 어쨌든 간에, 견본작은 브론테 자매들이 어린 시절부터 단어와 글자들이 '페이지'와 어떻게 상호작용하는지 생각하고 창작의 물질적 속성을 이해할 기회를 제공해주었다.[9]

견본작은 어린 소녀들에게 자수와 기초적인 읽고 쓰기를 가르치는 수단이었다. 원래 견본작은 바느질을 업으로 삼은 사람들이 나중에 참조하거나 잠재적 고객들에게 보여주기 위해 패턴과 기법을 견본 삼아 수놓은 것이었는데, 17세기 말경부터 점차 어린아이들이 자수를 배우는 용도로 활용되었다. 18세기와 19세기를 통틀어 모든 계급의 소녀들이 종교적 금언이나 도덕적 교훈을 수놓는 일에 매달렸다. 돈을 버는 수단이었던 다른 바느질거리와 달리, 소녀들의 견본작은 주로 액자에 넣어 기념품으로 간직했다. 그 네

---

17) 두 문장 모두 잠언 30장 4절이다.
18) 두 문장 모두 잠언 3장 11절.

모난 자수 천은 어느 청소년이 특정 시기에 어떤 나날을 보냈는가를 역사가들에게 알려준다. 많은 소녀들, 특히 가난했거나 고아원 또는 구빈원에서 자란 소녀들에게 그 견본작은 그들의 생애를 증언하는 매우 희귀한 기록이기도 했다. 견본작은 그들의 삶과 활동에 대한 유일한 기록적 증거인 경우가 많았으며, 날짜와 서명은 그들의 존재를 직접 느끼게 해준다. 대부분의 견본작은 표준 양식을 따랐기 때문에 그것을 통해 개인이 드러나는 경우는 거의 없지만, 그들의 가려진 삶 너머를 엿볼 수 있는 창문과도 같은 드문 작품도 존재한다. 지도와 태양계를 담은 견본작들은 그 제작자가 지리학과 밤하늘을 공부했다는 사실을 알려주었다. 애도용 견본작은 죽은 자를 기억하게 한다. 면직물에 실로 새긴 가계도는 먼 조상의 이름들을 더듬어 올라가 되살렸다. 어떤 소녀들은 가족과 애완동물이 그들의 집이나 마을(앤 윌러라는 소녀는 하워스 교회의 모습을 담은 견본작을 만들었다) 건물 앞에 뻣뻣이 서 있는 모습을 수놓았다. 가끔은 실 대신 사람 머리카락이 쓰이기도 했다. 전체를 검은 머리카락으로 수놓은 어느 견본작은 이런 글로 끝난다. "엘리자 예이츠, 아홉 살, 1809년 사일비 학교에서 만들었음." 일종의 세계 박람회인 만국박람회가 열린 1851년에는 많은 소녀들이 하이드 파크에 세워진 유리 가건물인 수정궁[19]을 수놓았다. 19세기 영국에서 만들어진 견본작 중 가장 독특하고 가슴 아픈 것은 애시버넘에서 보모 보조로 일했던 엘리자베스 파커의 것이리라. 1830년대에 만든 그녀의 견본작은 흰 천에 붉은 실로 고독과 절망에 대해 '쓴'

---

19) Crystal Palace, 1851년에 개최된 영국 만국박람회 건물. 유리와 철골로 지었다.

자서전이다. 그녀는 자살을 생각하고 있음을 토로했고 문장을 채 끝맺지 못했다. "내 영혼은 어떻게 될까. 그후에…."[10]

빅토리아 시대 여성들은 바느질을 통해 자신의 경험을 표현하곤 했다. 바느질은 하고 나면 일한 흔적이 사라지는 껍질 깎기나 반죽하기 등 다른 일거리들과는 달리, 가시적으로 남는 여성 노동이었다. 견본작들이 그렇듯, 손바느질 물품들은 만든 이보다 오래 남을 뿐 아니라 오늘날에도 당시의 무미건조한 작업을 그려보게 한다. 바느질이라는 행위는 일종의 공적 성격을 띠는데, 당시 여성들은 흔히 친구들과 함께 있을 때조차도 손을 바삐 움직여야 한다고 생각했기 때문이다. 안내서에는 미래의 배우자감을 매혹하기 위해서라도 바느질 기술과 우아한 손놀림을 과시하는 법을 익혀야 한다는 충고가 실렸다. 샬럿의 소설 속 어느 여성 인물은 자신이 사랑하는 남성이 방문했을 때 "흰 손을 과시할 수 있도록" 늘 "우아한 자수거리에 매달린다." 사교 활동의 일환으로서 바느질은 응접실 혹은 집안 곳곳에서 일어나는 온갖 일들과 함께한다. 바느질의 흐름을 통해 연정이나 비밀 고백 같은 사건들이 강조되었는데, 플롯상의 이런 합류점은 19세기 소설가들이 즐겨 사용하던 장치였다.[11]

브론테 자매들은 바느질을 소설 속의 필수불가결한 요소로 여겼다. 《제인 에어》가 런던에서 선풍적 인기를 끌고 '커러 벨Currer Bell'(샬럿의 필명)의 성별에 관한 소문이 돌았을 때, 해리엇 마티노는 "황동 고리를 바느질하는 장면에서, 이건 여성 또는 실내장식 업자만 쓸 수 있는 글이라고 생각"하면서 작가가 여성임을 깨달았다. 특히나 샬럿은 바느질에 드라마틱한 잠재력이 있음을 잘 알고 있었다.《제인 에어》의 앞부분에서 어린 제인은 리드 숙모에게 자신이 그동안 얼마나 잔인하게 학대를 받아왔는지를 이야기하며 맞설 용기를 낸다. 숙모는 바느질에 열중하면서 제인의 말에 무관심한 척한다. 빨랐던 숙모의 손길이 점차 느려지고 마침내 멈추자, 제인이 불의에 맞서 자신의 감정을 털어놓을 순간이 열린다. 숙모의 "무릎에서 일감이 미끄러져 떨어지자" 제인은 자신이 그 작은 전투에서 승리했음을 깨닫는다. 빅토리아 시대 소설에서 바느질감을 떨어뜨리는 장면은 그 사람이 마음 깊이 동요했음을 뜻한다. 《셜리》에서 로버트 무어가 깨끗한 마음으로 캐럴라인에게 청혼하기 위해 자신의 과거 연애사를 고백하자 캐럴라인은 바늘에 손가락을 찔리는데, 이 역시 같은 장치이다.《빌레트》의 루시 스노는 다른 여자들과 잘 어울리지 못하는데, 이런 그녀의 성격은 그녀와 반대로 신체 접촉을 통해 애정을 표현하고 다른 사람에게 '달라붙기' 좋아하는 지네브라 팬쇼를 떨쳐내기 위해 허리띠에 핀을 꽂아두는 장면을 통해 능숙하게 표현된다.[12]

바늘이나 핀, 기타 도구들의 움직임은 종종 여성 인물의 감춰진 감정 상태를 표현하는 데 쓰이곤 한다. 책을 빌려주는 행위가 그렇듯이, 바느질을 통해서도 로맨스가 피어난다. 셜리와 그녀의 연인 루이스 무어는 그가 "그녀의 바느질 자수를 헤아리고 바늘귀를 들여다볼 수 있을 정도로" 가까이 붙어 앉았는데, 이것은 육체적 친밀함에 대한 참으로 우아한 표현이다.《빌레트》의 폴 에마뉘엘 씨는 루시 스노가 실크와 구슬로 시곗줄(남성이 회중시계를 옷 안에 안전하게 보관하기 위해 사용하는)을 바느질하는 모습을 보고, 그 친밀한 선물이 다른 남자를 위한 것이라 생각해 질투심을 느낀다. 하지만 루시는 그것이 그의 생일선물이라는 사실을 비밀로 하고, 선물을 건네는 마지막 순간까지 그의 기분이 상하도록 내버려둔다.

수줍음을 타는 여성들은 바느질감 뒤로 숨는다. 로체스터는 손필드 저택의 응접실에 화려한 친구들이 모인 가운데, 제인에게 그 자리에 참석하라고 명하는데, 제인은 일찌감치 응접실에 들어가서 눈에 띄지 않는 창가 자리에 앉아 있다. 그녀는 블랑슈 잉그람 같은 이들의 눈에 띄지 않고 특히 로체스터를 향한 연정을 내보이지 않기 위해, 자신이 "만드는 그물 가방의 코바늘에 집중한다." 갈망과 환상을 "무릎 위에 놓인 은구슬과 비단"으로 좁히고자, 자신을 다스리려 애쓴다. 앤의 소설 주인공인 애그니스 그레이는 편치 않은 상황이 닥치면 바느질감을 가지고 창가로 향하면서 바느질을 하려면 환한 곳으로 가야 한다고 핑계를 대지만, 사실은 사람들을 피하고 싶다는 뜻이다.

바느질 도구 역시 한 여성의 내적 자아를 드러내는 힘을 지니고 있다. 인류학자 메리 보드리Mary Beaudry는 매일의 일상에서, 대개 다른 사람들과 함께일 때도, 바느질 도구는 그것을 사용하는 여성의 신체 및 그 여성의 몸짓과 행동에 밀접하게 결합된다고 말한다. 특히 빅토리아 시대에 재봉함은 이곳저곳에 놓였다. 바늘과 핀, 그리고 그 외의 도구들은 19세기 초에도 여전히 비쌌고, 브론테 자매처럼 상대적으로 부유하지 않은 소녀들은 바느질 도구들을 반짇고리(혹은 재봉함·재봉 가방·바구니·탁자)에 조심스럽게 간직했다. 그런 반짇고리 하나쯤 갖고 있지 않은 빅토리아 시대 가정은 상상하기 힘들다. 심지어 제인이 오래전에 헤어진 사촌들과 상봉하는 엄격하고 소박한 무어 하우스에도 "반짇고리 한 세트"가 있다.《빌레트》에서 루시 스노에게 반한 폴 씨는 많지 않은 저금을 털어 그녀를 위해 작은 집과 학교를 마련해주는데, 그 공간은 그가 제공한 "대리석 상판을 깐 작은 테이블" 위에 놓인 반짇고리로 완성된다. 예쁜 소품을 전문적으로 파는 런던의 '팬시의 사원'처럼 유명한 곳에서 파는 반짇고리는 보통 나무에 금속 부품을 대어 만든 것이었고, 파피에 마셰[20] 같은 재료로 만드는 저렴한 것들도 있었다. 반짇고리는 대개 필요한 도구 일습이 갖춰진 채로 팔렸다.[13]

반짇고리는 옷과 마찬가지로 여성의 성격과 지위를 드러냈다. 《셜리》에서 캐럴라인 헬스톤은 무어의 집으로 "자신의 작고 즐거운 바느질 가방"을 들고 간다. 《빌레트》에서 어린 시절의 폴리나는 "니스칠한 흰색 장난감 나무 반짇고리"를 갖고 있다. 그녀가 숙녀이자 부유한 여백작이 된 뒤에 "옛날의 그 흰 나무 상자는 호화로운 모자이크를 새겨넣고 순금의 도구를 갖춘 반짇고리로 대체되었다." 또한 반짇고리나 바느질 가방은 가난 또는 강요된 굴욕의 상징이기도 했다. 《제인 에어》에 나오는 고아들의 학교 로우드의 교복 원피스에는 "(스코틀랜드 사람의 가방 모양을 닮은) 삼베 주머니들이 여러 개 달려 있는데, 바느질 가방으로 쓰기 위한 용도였다." 로우드 학교의 원형이 된 코완 브리지 학교에서는 브론테 자매들에게 바느질 가방을 지참하고 오라고 했다.[14]

만국박람회에 자랑스레 전시된 최고로 정교한 반짇고리들 중 많은 것들이 이 행사를 기념하기 위해 제작되었는데, 그 뚜껑에는 수정궁이 그려져 있다. 가장 비싼 반짇고리들은 프랑스 왕궁에

---

20) papier-mâché, 종이 펄프에 아교를 섞은 재료.

서 온 것들이었다. '비밀 책'이라는 이름이 붙은 반짇고리 모델이 샤를 10세의 궁정에서 유행했는데, 오톨도톨한 자단 나무로 책 형태를 만든 것이었다. 19세기 초 프랑스 제국의 어느 반짇고리에는 상자 안에 딱 들어맞는 책 모양의 장치가 있었는데, 상자를 열면 여러 권의 책등이 보이는 형태였다. 상자 안에서 '책들'을 빼내면 기능이 무엇인지 알 수 있다. 둘은 바늘겨레이고, 하나는 바늘지갑이고, 또 다른 하나에는 비단 줄자가 담겨 있다. 이 반짇고리들은 우정의 표시나 증정품, 지역 봉사활동 등의 내용을 새기는 책과 같은 역할도 했다. 스트랜드 가街 188번지에 살았던 피셔라는 사람이 만든 상자 뚜껑에는 이런 말이 새겨져 있다. "바운디 양에게 드림, 스완지 지역 베다니 교회와 이후 아가일 예배당에서 오르간 반주자로서 무보수로 헌신하신 것에 대한 감사를 담아. 1875년 7월 15일."[15]

브론테 가 여성들도 당연히 반짇고리를 가지고 있었다. 브랜웰 이모의 것은 최소한 두 개 이상이었다. 하나는 뚜껑이 '중국식' 디자인이었고, 다른 하나는 '인도식'이었다. 생활에 조금 여유가 있는 많은 중산층 여성들이 그랬듯, 그녀는 영국인들이 보기에 부유함을 암시하는 이국적인 특성이 있는, 동방의 장인들이 만든 섬세한 상자를 구입했다. 자매들도 상자를 하나씩 갖고 있었다. 샬럿은 두 개를 갖고 있었고, 모로코 가죽을 댄 상자도 하나 더 있었던 듯하다. 그녀의 장미목 반짇고리는 당시에 흔했던 유형으로, 이모의 것보다 더 단순하고 (더 쌌으며) 안의 내용물이 손상되지 않고 고스란히 남아 있다. 윗면과 옆면에 자개를 박아 넣고 파란 종이로 안감을 댄 이 상자에는 열 개의 칸막이가 있고, 가운데 바늘겨레가 있다. 칸막이 선반을 들어올리면 견본천이나 기타의 물건들을 수납할 수 있는 더 큰 공간이 있다. 샬럿의 반짇고리에는 보통 그곳에 담겨 있을 법한 물건들이 들어 있다. 핀, 바늘, 실꾸리, 상아로 만든 실패, 레이스 조각, 리본, 끈, 단추, 훅, 상아로 만든 줄자, 조개껍데기로 만든 줄자, 자주색 비단실이 감긴 납작한 뼛조각, 그리고 도토리 모양의 골무함이다.[16]

본래 성격상 반쯤은 남들에게 노출된 물건이지만, 그럼에도 반짇고리는 사적 영역으로 여겨졌고, 그런 측면으로 인해 그것을 가까이 두었던 여성의 성향을 생생하게 드러내준다. 샬럿의 것이 그렇듯, 반짇고리의 공간은 뚜껑 밑이나 숨은 공간에 밀어넣은 주머니 등으로 깔끔하게 구획되었다. 당시에는 반짇고리 안에 비밀 칸을 두는 것이 유행이었는데, 바닥의 스프링을 눌러 서랍을 고정해주는 긴 나사를 풀어 서랍이 튀어나오게 하는 방식이었다. 오르간 연주자로 봉사한 바운디 양에게 증정된 반짇고리를 예로 들면, 바닥에 숨겨진 스프링을 누르면 비밀 서랍 하나와 거울 하나가 나온다. 또 그 시절 반짇고리들은 《빌레트》에 나오는 루시 스노의 반짇고리처럼 자물쇠가 달린 것이 대부분이었는데, 루시의 고용주인 교활한 베크 부인은 루시를 감시하기 위해 자물쇠가 있음에도 불구하고 반짇고리를 뒤지는 데 성공한다. 밉살스러운 아이들이 가정교사의 반짇고리를 뒤져 내용물을 꺼내는 에피소드를 통해 사생활 침해를 묘사하기도 한다. 특히 못된 아이가 애그니스 그레이의 바느질 가방을 뒤지고 그 안에 침을 뱉는 장면이 그렇다. 호감 가는 사람의 손길인 경우, 타인의 반짇고리 및 그 내용물과 친숙해지는 것이 환영받기도 한다. 폴 씨가 은밀한 사랑의 선물로 루시 스노에게 슬쩍 소설 한 권을 넣어둔 것이 그런 경우이다. 캐럴라인을 처음 만났을 때, 셜리는 반짇고리를 뒤져 비단 천조각을 찾아낸 뒤 그것으로 꽃을 묶어 캐럴라인에게 건넨다. 두 여자 사이에 전적인 신뢰와 헌신적인 우정이 시작되는 순간을 알리는 장면이다.[17]

빅토리아 시대 여성들은 반짇고리에 온갖 것들을 담았고, 그 물건들은 그들 매일의 삶을 증언하는 퇴적층이 된다. 샬럿의 반짇고리에서 우리는 사적 흔적이 깃든 물건들을 발견한다. 천을 자르는 데 쓰는 종이 견본, (아마도 손가락 보호용으로 쓰였을) 염소가죽 장갑에서 잘라낸 손가락 부분, 고래수염으로 만든 코르셋 조각, 비단 소맷자락 한 쌍, 아직도 온전한 알약들이 들어 있는 둥근 분홍색의 약 상자들.《셜리》에서 마틴 요크는 "어머니의 바느질 바구니에서 (약장용) 열쇠 한 다발을 꺼냈다." 앤은 그녀가 가정교사로 일하던 집 가족과 함께 휴가여행을 갔던 스카버러 해변에서 주운 돌들을 반짇고리 안에 담아두었다. 몇몇 돌들은 색을 돋보이게 하기 위해 나중에 윤을 내기도 했다. 샬럿의 반짇고리에도 산책하다 주운 조약돌들과 낙서를 한 종이들이 담겨 있다. 그리고 머리타래도 들어 있다. 샬럿은 (이제는 누구의 것인지 알 수 없는) 두 갈래의 머리타래를 반짇고리에 간직했고, 이로 인해 상자는 육체적 성격을 띤다. 《셜리》에서 캐럴라인은 로버트 무어 여동생의 반짇고리에서 그의 머리카락 타래를 발견한다. 그 덕분에 그녀는 로버트에게 자신의 반짇고리에 담을 머리카락을 달라고 말할 명분을 얻는다. 이제 연인의 육체의 일부가 그녀의 바느질 도구들과 뒤섞이고, 그녀의 상자는 에로틱함을 지니게 된다.[18]

빅토리아 시대 사람들은 생명 없는 사물이 생각하고 느끼고 말을 한다고 묘사하기를 좋아하는 경향이 있었다. 그래서 반짇고리와 그 안의 사물들도 생명성을 띠었다. 루이스 캐럴이 창조한 앨리스는 "인형 같기도 하고 반짇고리 같기도 한, 밝게 빛나는 무언가를 1분가량 쫓아 다닌"다. 샬럿 마리아 터커Charlotte Maria Tucker가 쓴 《바늘 이야기》라는 1858년의 이야기에서는 지각력 있는 한 바늘이 독자에게 자신이 겪은 일들을 들려주는데, 그중엔 '반짇고리 안의 대화'라는 장章이 있다. 가위가 인간들의 무능함 때문에 자신이 늘 비난받는다고 바늘에게 불평하자, 우월한 존재인 골무가 나서서 인간의 창조력과 그들을 위해 일하는 것이 얼마나 고마운 일인지를 설파한다. 《핀의 역사》[21]에서 핀 부인이 그랬듯이, 다른 바느질 도구들도 이야기를 늘어놓고, 수다를 떨고, 자신들이 어떻게 만들어졌는지 설명한다. 19세기에는 사물이 자신의 삶에 관해 들려주는 이야기들이 많이 나왔는데, 이 시기는 가정용품들이 대량으로 생산되기 시작한 때이기도 하다. 《바늘겨레의 모험》《은 골무》《우산의 회고록》《검은 코트의 모험담》 등이 그런 이야기들이다. 이런 이상한 이야기들이 인기를 누린 것은 부분적으로는 그런 물건들을 제작하고, 사들이고, 사용하던 사람들이 그 물건과 기계들을 자기 자신처럼 느끼게 되면서 찾아온 심리적 불편함 때문인지도 모른다. 만약 바늘과 핀 같은 사물들이 생명을 얻어 자신들이 유용하게 쓰이고 있다는 사실이 얼마나 좋은지 말할 수 있다면, 인간들 역시 자신의 활력과 기능을 잘 유지해나갈 수 있지 않을까. 만약 공산품인 반짇고리가 여성의 신체로서 연장된 것이라면, 여

---

21) The History of a Pin, 1798년 영국에서 출판된 동화.

성 자신도 기계나 나무와 좀 더 비슷해져서 마치 바느질 로봇처럼 하나의 설비품으로서 집안일을 수행할 수 있게 되지 않을까.[19]

반짇고리처럼 대량생산품이며 어디서나 흔히 볼 수 있는 물건으로 바늘함이 있는데, 바늘함에도 간혹 남다르고 독특한 성격이 부여되었다. 바늘함은 놀라울 정도로 다양한 모양과 크기의 제품으로 팔렸다. 인기 제품 중 하나는 상아로 만든 접힌 우산 형태의 작은 바늘함이었는데, 우산 '손잡이' 부분에 안을 들여다볼 수 있는 작은 구멍이 나 있어서, 안에 그려진 만국박람회의 수정궁 같은 관광명소 그림을 볼 수 있었다(이 제품은 발명자인 찰스 스탠호프 경의 이름을 따서 스탠호프 경境이라 불렸다). 직접 제작하거나 장식을 단 바늘함은 가까운 여자 친구들끼리 주고받는 선물이었고, 그것을 만드는 도안과 자수법이 여성 잡지에 실렸다. 어린 마리아 브론테는 죽기 전 돈을새김한 판지와 리본으로 만든 바늘함을 친구에게 주었는데, 거기에는 마치 책에 서명을 남기듯 이런 말이 적혀있다. "사랑하는 마거릿에게, 학교 친구 마리아 브론테가." 샬럿은 바늘을 꽂을 수 있도록 분홍색 휴지를 두 장의 플란넬 천으로 감싸고 흰 종이 표지를 댄 뒤 테두리를 리본으로 두른 소책자 모양의 바늘함을 만들어 친구 엘리자 브라운에게 주었다. 이 바늘함의 앞뒤 표지에는 꽃과 포도덩굴 모양의 바느질 자국이 있는데, 한때 자수실을 지탱했던 흔적이다. 샬럿이 미리 나 있는 구멍을 따라 색실로 장식을 수놓게 되어 있는 종이 카드 세트 같은, 가게에서 파는 기성품 재료를 사서 자신이 준비한 다른 재료에 덧댔을 수도 있다. 그녀는 자신의 바늘함을 직접 만들기도 했는데, 한 면에는 알들이 담긴 새둥지 모양을, 다른 면에는 스패니얼 개가 뛰는 모습을 그린 연필 스케치를 바탕으로 했다. 그녀의 가장 친한 친구였던 엘렌 너시는 그녀에게 '하우스와이프' 또는 '허시프hussif'라고 불리는 선물을 보냈는데, 그것은 가위와 바늘겨레가 포함된 경우도 있는 예쁜 바늘함이었다. 엘렌의 선물에는 '주부의 여행 동반자'라는 공식 명칭이 붙어 있는데, 샬럿은 이 선물에 대해 이렇게 생각했다. "정말 편리하다. 내가 ~하는 데 딱 필요했던 물건인데, 앉아서 혼자 만들 엄두가 차마 나지 않았다. 집을 떠날 일이 있으면 꼭 가져가야겠다. 작은 필수품들을 한데 모으는 수고를 절약해주겠지. 이렇게 다양한 수납칸과 거기에 딱 맞는 내용물을 만들기 위해 얼마나 심사숙고해야 했을까." '하우스와이프'는 반짇고리처럼 책 모양으로도 만들어졌는데, 책등에 '수필'이나 '시간을 수놓다' 같은 문구가 새겨졌다. 샬럿은 책등에 '기념품'이라고 새겨진 책 모양의 하우스와이프를 갖고 있었는데, 거기서는 바느질과 소설 쓰기, 수집이라는 행위들 사이의 깔끔한 균형감각이 느껴진다.[20]

바느질은 여성들의 유대감을 강화하는 접착제 역할을 했다. 집에서 많이 만들었던 바늘겨레는 바느질하는 사람이 타인에게 우정이나 헌신을 표시하는 선물이기도 했다. 브론테 자매들은 그런 것들을 많이 가지고 있었다. 바구니 모양의 것도 있고, 닫아둔 책 모양도 있는데, 책 페이지 부분에 천으로 된 쿠션을 대놓아서 핀을 꽂을 수 있었다. 샬럿의 바늘함 중 하나에는 이런 문구가 새겨져 있다. "C. 브론테에게, 신실한 친구이자 행복을 기원하는 A. M.이, 1835년 10월." 검은 천에 검은 핀을 꽂은, 죽은 자를 위한 애도용 바늘겨레, 그리고 핀을 깊숙이 꽂아 핀 머리 부분이 "영원히 신실한 친구"나 "당신을 영원히 사랑합니다" 같은 문구를 이루게 하는

'새김용 바늘겨레'도 있었다. 그 외에 시인 윌리엄 워즈워스를 기리는, 유리로 된 꼭대기 부분에 그의 묘비와 참배하러 온 그의 딸이 그려져 있는 바늘겨레도 있고, 만국박람회 기념 바늘겨레도 있다. 《빌레트》에서 루시 스노가 대모 브레턴 부인에게 선사한 바늘겨레는 기억을 되찾게 해주는 도구로서 큰 역할을 한다. 루시는 병들어 거리에서 쓰러진 뒤, 예전에 본 듯한 희미한 느낌이 풍기는 낯선 방에서 깨어난다. 그녀는 브레턴 부인의 머릿글자인 'L. L. B.'를 황금 구슬로 수놓은 "진홍빛 비단에… 아마사 레이스가 달린" 바늘겨레를 보고 깜짝 놀란다. 그것이 자신이 만든 바늘겨레임을 알아본 루시는 그때까지 잃고 살아온 우정과 사랑으로 가득한 과거와 다시 인연을 맺게 된다.[21]

처음 우정이 피어난 순간부터 깊어지기까지 손수 만들어 우편으로 주고받은 수예품들을 통해 샬럿과 엘렌 너시의 관계를 추적할 수 있다. 샬럿은 1839년에서 1840년 사이의 몇 달 동안 엘렌에게 줄 가방을 만들었는데, 그걸 마칠 틈이 없다고 탄식하는 편지들을 엘렌에게 보냈다. 엘렌은 손목을 따뜻하게 감싸줄 "작고 예쁜 소맷부리"를 샬럿에게 보냈고, 나중에는 "손목 장식들"과 옷깃 하나를 에밀리에게 보냈다. 둘 사이에는 "서로에게 보답하기 위한" 재료들이 오갔다. 1840년 엘렌이 샬럿에게 "터키풍으로 보이는 예쁜 물건"을 보냈는데, 샬럿은 "킬리에서는 끈과 장식술을 구할 수 없어서" 그걸 완성하려면 "한참 더 있어야 한다"고 썼다. 1845년 샬럿은 예쁜 슬리퍼 몇 켤레를 보낸 것에 대해 엘렌을 야단치는데 (그것은 두 사람이 서로에게 감사를 표하는 방식이었다), "그 보답으로" 엘렌을 보러 갈 때 뭔가를 가져가겠다고 말한다. 두 사람은 그런 선물들을 통해 상대의 솜씨를 칭찬하고 자신의 솜씨를 깎아내리곤 했다. 1847년 샬럿은 엘렌에게 이렇게 썼다. "이 볼품없는 레이스를 받아주겠니?… 여기에 어떤 모양으로 수를 놓아봤자 내 솜씨로는 망칠 것 같아. 너의 좋은 솜씨라면 이 끔찍한 것을 좀 낫게 만들어줄 수 있을 거야."[22]

바느질은 책 낭독과 마찬가지로 여성들이 함께 모여 시간을 보내는 수단이었다. 사실 이 두 가지가 동시에 이뤄지는 경우도 많았다. 한 사람이 책을 소리 내어 읽거나 이야기를 들려주면 다른 사람들은 바느질을 하는 것이었다. 샬럿은 바느질을 하면서 시를 외우는 특기를 개발했는데, 그중에서도 토머스 무어의 〈애도하는 자의 눈물을 닦아주시는 이〉〈동방의 하늘을 자유로이 나는 새〉 같은 시를 즐겨 외웠다.《애그니스 그레이》에서 애그니스와 메리 자매는 "불가에 앉아 바느질을 하면서" 즐거운 시간을 보내는데, 아마도 거기엔 앤 자신이 언니들과 함께 바느질한 경험이 반영되었을 것이다. 세 자매는 가끔 공동작품을 만들기도 했다. 그들이 함께 작업했지만 끝내 마치지 못한 색색의 퀼트 한 점이 그 예다. 어렸을 때 상상의 세계를 함께 꿈꾸고 그것을 작은 책으로 만들었듯이, 자매들은 그들의 아이디어가 물질화하여 오래 남을 수 있도록 집 안의 천조각들을 모아 퀼트를 만들기로 마음먹었다. 우리가 익히 아는 대로, 그들의 첫 소설 역시 여성들이 함께하는 집안일에서 흔히 볼 수 있듯 서로 도움을 주고받는 과정에서 탄생했다.[23]

함께 시를 쓰든, 구슬가방을 만들든, 집에서 키우는 개의 그림을 그리든, 브론테 자매의 미적 감각이 깃든 일감들은 주로 '수공예craft'와 연관되어 있다. 손님이 찾아왔을 때 안주인이 집안일에 헌신적이라는 인상을 받을 수 있도록, 중류층 여성들은 응접실에서 '장식품' 바느질 같은 일감을 붙들고 있는 경우가 많았다. 그런 기술을 익히려면 시간이 걸렸고, 그것은 여유 시간이 충분하다는 것을 상징하므로, 수공예는 특권을 의미하는 휘장으로서 집 안에서 가장 붐비는 장소에서 계급적 지위를 자랑스레 가시화할 수 있는 일이기도 했다. 샬럿의 친구 엘렌 너시의 응접실은 수공예품으로 층층이 뒤덮인 전형적인 빅토리아 시대의 생활공간이었던 듯하다. 한 쌍의 자수 그림, 자수 테이블보가 덮인 8각형 테이블, 방석과 등에 자수를 놓은 예비용 참나무 의자, 손바느질로 만든 소파 쿠션 두 개, 문짝에 셰익스피어의 글귀를 수놓은 호두나무 찬장, 손바느질로 만든 발판과 둥근 모직 쿠션, 수놓은 테이블보, 손바느질한 쟁반보, 그리고 손뜨개로 만든 깔개 열 개. 엘렌은 심지어 변기 커버에도 수를 놓았다. 여성들이 바삐 손을 놀린 일감으로는 물론 다른 종류의 것들도 있었는데, 조가비·밀랍·깃털·종이·모래 같은 것들을 유리 바닥이나 앞면에 꽃 모양으로 배치하는 공예품 같은 것들이다. 여성 잡지나 공예 서적에서는 여성들이 집에서 솜씨 좋게 열중할 수 있도록 박제술을 가르쳤다. 잎사귀의 살점 부분을 녹여 섬세하게 잎맥만 남기는 기술이나 해초로 콜라주를 만들고, 식사 후 남은 생선 비늘을 실크나 새틴에 꽃·잎사귀 모양으로 또는 장식용 테두리로 꿰매는 일 등이다. 남은 체리 씨앗으로 액자 테두리나 테이블, 반짇고리를 장식하기도 했다. 종이의 경우를 보아도 알 수 있듯이 빅토리아 시대 초기 사람들은 재활용 습관이 뼛속 깊이 배어 있었고, 가정에서 흔히 나오는 쓰레기들을 기발하게 재활용할 시간적 여유가 있음을 보여주기 위해 이런 보잘것없는 사치품들을 제작하곤 했다. 절약정신과 시간을 잡아먹는 조심스러운 작업의 결합물인 이런 수공예품 중에 '퀼링'이라고 불리는 종이공예가 있다. 작은 종이 띠를 둥글게 혹은 다른 모양으로 말아서 반짇고리나 함 겉면에 섬세한 장식처럼 붙이는 것이다. 샬럿은 엘렌에게 줄 선물로 퀼링 차 상자를 만든 적이 있다. 브론테 가의 아이들이 폐지로 작은 책을 만들었듯이, 종이는 퀼링을 통해 새 삶을 얻었다.[24]

하지만 수공예와 장식품 제작은 소수의 특권층을 위한 것이었다. 대부분의 일하는 여성들은 필수품을 만들기 위해 '평범한' 바느질을 했다. 그런 작업에 대한 대가는 충격적일 정도로 낮아서 여성들은 생계를 꾸리기 위해 밤낮을 가리지 않고 바느질감을 붙잡고 있어야 했으며, 그 결과 몸이 상했다. 1860년경부터는 바느질감을 두고 기계와 경쟁을 해야 했고, 일이 더욱 고되어졌다. 여성 재봉사들의 착취 문제는 빅토리아 시대의 매체들이 끊임없이 다루었던 주제로, 1842년 한 감찰관은 다음과 같이 말했다. "이 나라 어떤 계급의 사람들도 어린 드레스 재봉사만큼 일로 인해 행복·건강·삶을 그토록 악랄하게 희생당하진 않을 것이다." 재봉사들의 노동은 대개 특권 계급 여성들의 작업만큼 '가시화'되지 않았다. 재봉사들이 만든 작품들이 소중히 여겨지거나 간직되는 일은 거의 없었고, 설사 그런다 해도 그것을 만든 여성의 이름은 익명으로 남았다. 중류 계급 여성들의 경우처럼 바느질할 때 누군가 곁에 앉아서 작업에 찬탄하는 일은 거의 없었을 테고, 기본적인 것이 아니라면 변변한 반짇고리 하나 갖추기도 힘들었을 것이다. 장식품과 평범한 일감 사이에는 삶의 질과 관련된 큰 차이가 존재했다.[25]

브론테 자매들은 두 종류의 바느질을 병행했다(하지만 샬럿은 동생들보다 장식품을 더 많이 만들었던 듯 보이는데, 그녀가 동생들보다 더 오래 살았고, 장식품을 선물할 친구가 더 많았기 때문일 것이다). 지루하고 고된 바느질은 소녀들의 일과 중 많은 시간을 채웠다. 목사관 식구들을 위한 일감은 끝이 없었다. 1839년 브랜웰이 가정교사가 되어 집을 떠날 때 "셔츠와 깃을 준비해주느라 너무나 바빠서" 자매들이 온 시간을 그 일에 쏟아부었다는 일화가 있다. 몇 년 후, 샬럿은 브뤼셀로 떠나기 전날 밤 엘렌에게 보내는 편지에 "옷 수선 외에도 엄청나게 많은 속바지·잠옷·주머니·손수건을 만들어야 한다"고 썼다. 구멍을 조심스럽게 기운 샬럿의 검은 실크 스타킹처럼, 아직까지 남아 있는 그들의 옷에는 수선하거나 천을 덧댄 흔적들이 작게 남아 있다. 그들은 옷을 수선하거나 드레스의 안팎을 뒤집어 재봉했을 뿐 아니라, 드레스를 손수 지어 입기도 했다. 앤은 1845년 7월 31일 일기에 이렇게 썼다. "오늘 오후에 킬리에서 염색해온 천으로 내가 입을 회색 무늬 비단 드레스를 만들기 시작했다—이것으로 어떤 솜씨를 부리면 좋을까?" 그다음에는 끝도 없이 쌓인 바느질감에 대한, 일기에 흔히 등장하는 절제된 표현이 이어진다. "E.와 나는 할 일이 정말 많다—언제쯤 되어야 우리가 이 일감들을 규모있게 줄일 수 있을까?" 자신과 식구들을 위해 직접 바느질하는 것보다 더 나쁜 건 타인을 위해 바느질하는 일이었다. 품위를 유지하려는 중간 계급 여성에게 그것은 체면이 깎이는 일처럼 여겨졌기 때문이다. 샬럿은 가정교사로 일할 때 바느질을 해달라는 부탁을 받으면 불평을 했다. 스킵턴 근방 로더스데일의 존 벤슨 시지윅 가정에서 임시직을 맡았을 때, 샬럿은 시지윅 부인이 "엄청난 양의 흰 삼베로 테두리를 감치고, 옥양목으로 취침용 모자를 만들고, 거기에 더해 인형 옷을 만들라며 끝도 없이 바느질감을 안겨주는 데" 경악을 금치 못했다. 다른 사람의 아이가 가지고 노는 인형의 옷을 만들라는 요구는 특히나 짜증스러운 시간낭비로 여겨졌다.[26]

브론테 자매들은 소설 속에서 일상적인 바느질을 다양한 층위의 의미 전달 수단으로 사용했다. 《와일드펠 홀의 소작인》에서 앤이 메리와 엘리자 밀워드 자매를 묘사했듯이, 책임감 강하고 진지한 여자와 머리가 텅 비고 들떠 있는 여자를 대비시키는 데 쓰기도 했다.[27] 독자는 가족을 위해 자리에 앉아 "스타킹 더미를 수선"하거나 "결이 거친 시트를 감치는" 메리 쪽을 옹호하게 되어 있다. 반면 교묘한 거짓말쟁이인 엘리자는 "부드러운 자수감"을 다루거나 리넨 손수건 가장자리를 긴 레이스로 장식하는 모습만 보인다. 샬럿 역시 《빌레트》에서 스타킹 수선 같은 '허드렛일'을 루시 스노에게 떠넘기고 자신은 질 좋은 리넨 손수건에 수를 놓는 천박한 지네브라 팬쇼의 허영에 찬 행위를 통해 도덕적 교훈을 전달한다. 독자는 그런 행위를 하는 여성의 성격에 대해 의혹을 품고도 남는다.

하지만 샬럿은 그녀의 작품 중 가장 페미니즘 성향이 강한 《셜리》에서 바느질에 광범위한 사회적 무게를 부여한다. 캐럴라인 헬스톤은 할 일 없는 중산층 여성으로, 끝없이 이어지는 괴로운 노동 같은 것에 직면해본 적이 없다. 그녀는 그녀를 무시하는 여성 혐오자 삼촌과 함께 살면서, 사랑하는 남성을 만나는 일도 금지당한다. 캐럴라인은 고상한 여성들이 하는 바느질 · 독서 · 그림 그리기 · 자선활동 같은 일로 바쁘게 지내려고 애쓴다. 자선활동으로 그녀는 가난한 여자들을 위해 엄청난 양의 바느질을 하고, 돈이 필요한 이들을 돕는 바자회에 팔기 위해 장식품을 만든다. 집에 틀어박혀 끝도 없이 일하면서 그녀는 우울해진다. 의무적으로 시간을 때우려고 "끊임없이, 쉼 없이" 바느질을 하지만, 결국 마음이 흐트러져 "바쁘게 움직이던 손" 위로 흐느껴 운다. 그녀는 집에서 벗어나 바깥 활동을 해야만 한다는 걸 깨닫고 가정교사 일자리를 알아봐달라고 삼촌에게 부탁한다. 그러나 삼촌은 이웃들이 업신여길 거라는 이유로 가정교사 일을 하지 못하게 한다. 이 일을 계기로 그녀는 남성들은 일을 구하러 밖에 나갈 수 있는 반면, "여성들은 어엿한 직업도 없이 집안일과 바느질에만 매달려야 하는" 사회의 정의에 의문을 던지기 시작한다. 집 안에만 지루하게 틀어박혀 지내는 여성들의 "마음과 시각은 놀랄 만큼 편협해진다." 독립적이고 의지가 굳은 셜리는 바느질을 하면서도 "한 번에 5분 이상 한자리에 앉아 일하지 못하는 불운에 시달린다. 위층에서 부르는 소리 때문에 손가락에 골무가 끼워져 있거나 실이 바늘을 지탱할 틈이 없다. 위층으로 가서, 막 생각났으니 찾아오라고 하는 오래된 상아 장식 바늘함이나 예스러운 도자기 장식의 반짇고리를 찾아야 한다." 추측건대 셜리는 바느질만 하고 있기에는 너무 유능한지도 모른다. 적어도 샬럿은 그렇게 생각했던 것 같다.

제인이 손필드 저택의 지붕 밑을 거니는 《제인 에어》의 시작 장면은 널리 알려져 있다. 그녀는 우울한 시골 저택에 틀어박혀 가정교사로 사느니 혼잡한 세상 속으로 나가는 것이 낫지 않을까 하는 소망을 품는다. 그녀는 모든 여성이 자신들의 처지에 반발해 반란을 일으켜야 한다고 생각한다.

여성도 남성과 똑같이 느끼는 존재이다. 오빠나 남동생처럼, 여성들도 자신의 역량을 발휘하고 노력할 장場이 필요하다. 너무나 엄격한 속박, 너무나 깊은 침체 속에서 괴로워한다는 점에서 여성이 겪는 고통은 남성과 다를 바 없다. 여성이 집 안에서 푸딩을 만들고, 스타킹을 짜고, 피아노를 치고, 가방에 수나 놓는 존재라는 것은 더 많은 특권을 누리는 남성들이 가진 편협한 생각일 뿐이다.

이런 생각에 잠겨 있던 제인은 하녀 그레이스 풀이 3층 바느질 방에서 내는 목소리로 짐작되는 미친 듯한 웃음소리를 듣는다. 바느질 때문에 정신이 이상해진 걸까? 훗날 제인은 그 웃음소리의 주인공이 위층 작은 방에 갇혀 있는 로체스터의 미친 아내라는 사실을 알게 되는데, 이 역시 여성이 집 안에 갇힌 죄수로 묘사된 또 다른 이미지이다.

이 시대의 여성이 바느질을 거부하는 것은 인습 타파를 표현할 때 종종 사용된 방식이다. 19세기 초, 관습에 얽매이지 않은 여성 엘렌 위턴Ellen Weeton은 바느질에 신물이 난 나머지, 집안일의 영역에서 탈출해 영국 본토와 아일랜드를 아우르는 긴 도보여행을 떠났다. 그녀는 일기에 이렇게 썼다. "몇 년 동안 나는 추천할 만한 유용성이 전혀 없는 모든 종류의 바느질에서 완전히 손을 놓았다. 그것에 대해 생각한 바도, 할 말도 많지만, 장식품 바느질에 관한 이야기는 삼가겠다." 그로부터 얼마 후인 1850년대에 여성 참정권과 여성 대학 입학을 위해 싸운 페미니스트 베시 레이너 파크스Bessie Raynor Parkes(훗날 벨로크Belloc 부인이 된다)를 그녀의 사촌은 이렇게 묘사했다. "그녀는 코르셋을 입지 않았고, 자수도 놓으려 하지 않았다. 손에 들어오는 이단적인 책을 닥치는 대로 읽었고, 여성이 직업을 갖는 것에 관해 이야기했다."²⁸

이런 관점에서 견본작을 생각해보면, 억압적인 측면이 부각된다. 자선학교에 다니는 소녀들의 경우, 견본작을 만들거나 그 밖의 고된 바느질을 한다는 것은 종종 굴욕감을 불러일으키는 일이기도 했다. 그것은 노동 자체의 고됨을 각인시키기 위한 훈련인 셈이었다.《제인 에어》에 나오는 로우드 학교에서 고아 소녀들은 각자의 옷을 직접 만들고, 매일 몇 시간 동안 학과 수업의 일부로 바느질을 했다. 이야기 속에서 한 교사는 아홉 살인 제인에게 "2야드 길이 옥양목의 테두리 감치는 법을 가르치면서 바늘·골무 등을 함께 손에" 쥐여준다. 학교 교장이자 종교 근본주의자인 잔인한 인물 브록허스트 씨가 돈을 아끼려고 질 나쁜 바늘과 실을 구입하면서 이 작업은 더 비참해진다.²⁹

이 장의 서두에 제시된 앤의 견본작으로 돌아가보자. 거기에 담긴 메시지는 빅토리아 시대의 소녀들에게 강요된 순종, 교정과 질책을 받아들이라며 요구하던 순응성에 꼭 들어맞는다. 고맙게도 브론테 가문과 그 후손, 즉 그 특별한 소녀들은 바느질감을 내려놓거나 푸딩을 만들어 먹거나 일감이 줄어들면 돌아서서 글쓰기를 할 수 있었다. 앞서 말한 대로 앤의 장편소설들은 어떤 관점에서 보면 빅토리아 시대 여성들에게 공인된 방향과 마찬가지로 선생님 같고 교훈적이라고 볼 수 있다. 과연 앤은 자신의 견본작에서 탈출한 적이 있을까?

앤은 다른 자매들과는 다른 틀로 빚어진 사람이었다. 뒤로 숨는 수줍은 성격이었던 만큼 더 이성적이고 합리적인 수완가이기도 했다. 브론테 형제자매 중 유일하게 집 밖에서 일하는 것을 오랫동안 견딜 수 있는 성격의 소유자였던 앤은 요크 근방 소프 그린의 로빈 슨 가에서 그 집 막내아이가 더이상 가정교사를 필요로 하지 않을 때까지 5년 동안 가정교사로 일했다(샬럿이 한 곳에서 교사로서 가장 길게 일한 기간은 3년이 채 못 되었는데, 그녀는 그 기간에 신경쇠약을 얻었다. 에밀리의 경우는 6개월이 최장 기간이었다). 앤의 소설에는 유령이 스쳐가거나 다락방에 갇힌 광녀가 등장하지 않는다. 그녀의 현실적인 소설에는 악마적인 매력의 남성주인공이 출몰하지도 않는다. 사실 그녀의 소설에 나오는 남자들은 번드르르하거나 가슴 설레게 하거나 신비로운 구석이 전혀 없다.《애그니스 그레이》의 에드워드 웨스턴처럼 정직하고 근면한 일꾼도 몇 명 있지만, 대부분의 남성 등장인물들은 심지어 주인공조차 쩨쩨하고 편협하다. 《와일드펠 홀의 소작인》에 등장하는 길버트 마컴도 마찬가지이다. 같은 작품에 등장하는 아서 헌팅던처럼 고뇌하는 자기파괴적 인물을 그려야 할 때는 지루하고 잔인한 알코올 중독자로 축소시켜 끝을 맺었다. 앤은《애그니스 그레이》에서 불운한 결혼을 한 경박한 여성의 입을 빌려 "회개한 난봉꾼이 최고의 남편이 된다는 건 모두가 알고 있는 사실이다"라고 말함으로써, 당대에 유행했던 감성적 끌림(과 그 타당함)에 대해 독자로 하여금 의문을 갖게 한다. 앤의 입장에서 보면, 난봉꾼이자 낭만적인 남성 주인공은 여성에게 그들의 집안 살림과 옷 시중을 도맡아 하게 하고는 자신은 사냥과 도박, 다른 여인들과의 동침에 뛰어드는 이기적인 악당에 불과했다.[30]

앤의 소설이 빅토리아 시대 여성의 운명에 깃들었던 불의한 요소들에 대해 목소리를 높였는지에 대해서는 논의가 있을 수 있다.

《애그니스 그레이》는 《제인 에어》가 그렇듯, 여성 가정교사에게 부과된 활력 없고 우울한 생활을 그려내고 있는데, 그 방식이 좀 더 자세하고 끈질기다. 《와일드펠 홀의 소작인》은 여성이 폭력적인 남편 곁을 떠나기가 매우 어렵다는 것을, 설령 그런다 해도 법률 때문에 그런 여성이 아이들을 곁에 둘 수 없다는 것을 지속적으로 비판한다. 앤의 소설에는 플롯의 인습적인 토대 밑에 흐르는 저항이 분출하는 샘처럼, 지속적으로 전복을 꾀하는 무언가가 있다. 앤은 다른 브론테 자매들이 지녔던 환상과 열정으로부터 벗어나, 빅토리아 시대의 일하는 여성을 그렸다. 사실 어른이 된 앤에게 삶이란 대부분 그런 것이었으며, 거기서 벗어난 순간은 글을 쓸 때뿐이었다.

브론테 자매들은 바느질하고 채소 껍질을 벗기고 푸딩을 굽다가 글을 끼적이고는 또다시 집안일로 돌아갔다. 집안일 하는 기술은 그들을 당대의 여성으로 만들고, 그들이 쓴 소설에 현실의 필치를 더했다. 자매들은 집안일 덕분에 장편소설의 소재(그리고 그것을 쓸 테이블)를 얻었지만, 노동을 힘겨워했던 것도 분명하다. 장편소설 집필도 번득이는 영감과 로맨스에 의존할 수밖에 없는 단조로운 노동이 아니냐고 말하는 사람들도 있으리라. 독자들은 빅토리아 시대 여성들의 삶을 그들이 쓴 이야기뿐 아니라 그들이 꿰매고, 뒤집고, 감치던 직물과 옷감 조각을 통해 들여다볼 수 있다. 그 사물들은 당대에 일어난 일들에 대한 물리적 기념물인 것이다.

3장

⋮

산책길의 세 사람

가자, 지금 우리에게 불어오는 바람은
다시 불지 않으리니.

—에밀리 브론테, 〈D. G. C.가 J. A.에게〉

숲이여 너는 나에게 이맛살을 찌푸리지 않는구나.
유령 같은 나무들이 음울한 하늘을 향해
슬프게도 너의 머리를 흔들어대는데.

—에밀리 브론테, 〈무제〉

황야를 산책하는 것은 십대 시절 에밀리에게 모든 면에서 필수적인 일이었다. 황야 말고 부드러운 풍경은 소용없었다. 1835년 7월, 앤과 교환일기를 쓰기 시작한 지 1년이 채 되지 않았을 무렵, 16세의 에밀리는 교사로 발령받은 샬럿과 함께 로히드의 학교로 보내졌다. 그곳의 풍경은 온통 푸른 초장에 부드러운 굴곡이 져 있었다. 앤은 한동안 집에 머물렀고, 본격적인 그림 공부를 하고 싶어했던 브랜웰은 왕립 아카데미에 들어갈 목적으로 런던에 갔다. 에밀리는 학교에서 석 달밖에 버티지 못했다. (몇 년 후에) 샬럿은 에밀리가 자유와 매일 아침 눈을 뜰 때마다 떠오르는 황야 풍경을 너무도 갈망해서 병이 났다고 썼다. 샬럿은 "창백한 얼굴에 몸이 쇠약해진" 에밀리를 보고, 이러다 죽는 게 아닌가 싶어 그녀를 집으로 보내야 한다고 주장했다. 이때 에밀리가 쓴 시들은 탁 트인 황야 풍경을 다시 보면서 그녀의 마음과 육신이 해방되었음을 증언한다. 집으로 돌아온 후 에밀리는 "몰아치는 폭풍 아래 이리저리 흔들리는 히스꽃"이 물결치는 소리가 영혼에 들려온 덕분에 "무시무시한 용"으로부터 탈출했다고 썼다. 한밤중, 달빛, 그리고 빛나는 별빛은 "생명을 일깨우는 바람의 강력한 목소리"와 찬란하게 뒤섞여 기쁘고 신속하게 변신했다. 친근한 바람이 번잡함을 날려버리고, 언덕은 마음을 휩쓸어갔다.[1]

황야 산책은 매일의 일과나 다름없었다. 엘렌 너시는 브론테 일가는 먹을 때, 마실 때, 쉴 때만 집 안에 머물러 있었다고 과장스레 주장한다. "그들은 자유로이 펼쳐진 황야 언덕, 보랏빛 히스꽃 들판, 협곡, 골짜기, 그리고 시냇가에서 살았다." 형제자매가 다 함께 산책에 나설 때도 가끔 있었지만, 대개는 한두 사람이었다. 페나인 산맥으로 5킬로미터쯤 들어가면 사우스 딘 벡 협곡의 이름 없는 물줄기가 강과 합쳐지는 지점이 있는데, 앤과 에밀리는 이곳을 '물의 회합지'라고 부르며 즐겨 찾았다. 그들은 그곳, "세상으로부터 숨겨진" "끝없이 펼쳐진 히스 들판"에 앉아 드넓은 하늘을 하염없이 바라보았을 것이다. 그들은 다른 사람들로부터 벗어나고 싶어 했고, 당대 여성들에게 바람직한 것으로 여겨지던 조심스러운 몸가짐과는 거리가 먼 거친 놀이를 즐겼다. 길을 돌아가지 않고 개울물을 건넜고, 벼랑과 바위산, 습지에서 기쁨을 느꼈다. 그들은 이끼·종달새·뇌조·초롱꽃 들과 친숙했고, 동토와 흡사한 꽃과 동물의 서식지가 계절마다 변하는 모습을 관찰했다. 브론테 일가의 시와 소설을 보면 어디에나 고지대 황야 풍경에 대한 언급이 있다. 에밀리는 매일 이리저리 거닐면서 마주친 것들을 적어내려간 목록으로 시 한 편을 시작한다. "바위 협곡의 홍방울새/공중을 나는 황야 종달새/헤더 벨 꽃 사이의 벌." 로체스터 곁을 떠나 정처 없이 상실과 궁핍에 시달리던 제인 에어가 간 곳도 히스가 "뿌리 깊고 거칠게 자란" 거대한 황야였다. 그녀 곁을 지키는 친구는 오로지 "어머니 대자연"뿐이다. 히스가 무성한 황야로 곧장 나아간 그녀는 토탄을 베개 삼아 "이끼가 검게 낀 화강암 바위" 곁에서 밤을 지새운다. 그 순간 자연은 그녀에게 자애로운 집이 된다.[2]

에밀리가 바람 한 점 없는 학교를 견디지 못하고 집으로 돌아오자, 대신 앤이 학교로 보내진다. 샬럿과 앤이 로히드로 떠난 지 얼마 안 된 1835년 10월 중순, 에밀리는 홀로 시를 쓰기 시작했는데, 이렇게 시기가 일치한 건 우연은 아니었으리라. 언니와 여동생이 떠난 후, 에밀리는 산책자이자 시인으로서 자신의 자질을 느긋하게 추구해나가기 시작했다. 1836년 초에 처음으로 쓴 그녀의 시는 이렇게 시작한다. "차갑고 맑고 푸른 아침의 천국이/한껏 드높게 아치를 그리고 있다." 외로운 황야 산책을 바탕으로 쓴 시일 것이다. 그녀의 시들 중 많은 것들을 통해 당시 하워스 지역의 날씨를 정확히 추측할 수 있는데, 그 시들 대부분이 직접 경험한 것과 그날의 정확한 분위기를 바탕으로 쓰였기 때문이다. 그녀는 시를 통해 풍부한 환상과 만질 수 있는 실재, 즉 산책으로부터 얻은 것들을 뒤섞는다. 이런 산책은 영웅의 영화로운 행차나 친교와는 거리가 먼, 그녀의 천성과 그녀가 받은 '첫 느낌'을 따르는 단순한 행위였다. "나는 거닐 것이다." 그녀는 이렇게 말한다. "양치식물 우거진 계곡에 황혼이 찾아들고/산 옆구리로 바람이 불어오는 그곳을." 이 외로운 산들은 그녀에게 그 어느 곳보다 "더한 찬란함과

슬픔"을 드러내는 곳이었다.[3]

브론테 일가 중 산책에 깊이 빠진 또 다른 인물은 브랜웰이었다. 에밀리가 잠시 학교에 가 있는 동안, 그 역시 집으로부터 벗어나는 데 실패하고 금세 돌아왔다. 그에게도 고향의 풍경이 필요했던 것일까? 그가 런던에서 무슨 일을 겪었는지는 비밀에 싸여 있다. 왜 미술학교에 진학하지 않았는지 아무도 밝혀내지 못했고, 몇몇 전기작가들은 그가 아예 런던에 가지도 않았다고 주장한다. 런던에서 무슨 일을 겪었든, 어디에 갔든, 그는 1836년 1월에 에밀리와 아버지와 함께 집에 머물렀다. 앤과 샬럿 역시 에밀리가 그곳에 있었을 때와 마찬가지로 향수에 시달렸지만 그들은 배우고 가르치는 일에 더 집중하고자 애썼다. 둘 다 병을 앓았는데, 앤은 일종의 열병으로 사경을 헤매기 직전까지 갔고, 샬럿은 본인 스스로 '심기증hypochondria'이라 부른 신경증을 앓았다. 샬럿은 그리스어에서 기원한 이 단어를 본뜻인 건강염려증보다는 우울증에 가까운 뜻으로 사용한 것으로 보인다. 이 정신질환은 평생 주기적으로 그녀를 심하게 갉아먹었다. 그러는 사이, 브랜웰은 하워스에서 앵그리아 이야기를 계속 써나가고, 초상화가로 성공하기 위해 그림을 그리고, 실제 〈블랙우드〉지에 글을 싣고 싶어서 그곳에 글을 보내 약간의 성공을 거두었다. 그는 에밀리와 함께 혹은 홀로 산책을 나갔고, "작고 외로운 장소"라고 부른 나무들 사이의 한갓진 곳에서 쉬었다. 집에서 지낸 이 휴식기 동안 그가 쓴 시의 일부에서 이곳은 "아무도 모르고 찾지도 않는/햇빛과 산들바람이 있는" 행복한 곳으로 묘사된다.[4]

산책을 나서면서 브랜웰은 어쩌면 지팡이를 가지고 나갔을지도 모른다. 목사관 일대의 산들은 걷기에 험한 편이었으니, 튼튼한 지팡이는 꽤 유용했을 것이다. 비탈지고 미끄러운 바위와 벼랑, 좁은 길들이 꽤 있었고, 겨울에는 길이 얼어붙었다. 이 장 서두의 사진에 나온 지팡이는 아마도 그가 가지고 다닌 것일 텐데, 그만이 아니라 그의 누이들도 그 지팡이를 사용했을 가능성이 있다. 가족 안에 전해 내려오는 말에 따르면, 동네 사람 J. 브리그스가 단골 술집인 '검은 황소'에서 그에게 이 지팡이를 줬다고 한다. 요크셔 지방의 자생품종인 자두나무나 산사나무로 만든 듯한 이 지팡이는 손잡이 부분에 아마도 나무에 맺힌 마디였을 것으로 보이는 혹이 있고, 외피가 그대로 붙어 있는 상처 부분(아마도 가지가 자란 흔적이었을 것이다)이 눈에 띈다. 자두나무는 곧고 단단해서 인기가 높았고, 잘라서 외피가 붙어 있는 상태로 잘 다듬으면 대를 물려 쓸 수 있을 정도로 오래갔다. 가시나무로 지팡이를 만드는 기술은 아일랜드에서 왔고, 영국의 목재 세공인들은 19세기에 그 기술을 익혔다. 자두나무 지팡이는 1830년대에 이미 대유행이었다. 전원을 거니는 신사는 적어도 그런 지팡이 하나쯤 가지고 있어야 했다. 패트릭이 지팡이를 하도 열심히 사용해서 한 친구는 그를 '늙은 지팡이'라고 부르기도 했다. 샬럿의 소설 《셜리》에서 아일랜드인 목사보 말론 씨는 그런 지팡이 혹은 '곤봉'을 일종의 무기로 사용한다. 아마도 브론테 일가의 다른 물건도 맡아서 제작한 지역 목수가 브랜웰의 마디 진 지팡이를 잘라서 다듬어주었을 것이다. 그의 이름은 직업에 딱 들어맞게도 윌리엄 우드wood였다.[5]

브랜웰과 패트릭은 외출할 때 거의 늘 지팡이를 지참했다지만, 자매들도 과연 그랬을까? 대부분의 19세기 남성들은 각자 자신에게 걸맞은 보행도구를 사용했다. 도시 남성들은 끝부분에 은을 댄 말라카 지팡이를 사용했고, 시골 농부들은 양을 줄 세우고 사과를 두드려 따고 먼 길을 갈 때 의지할 수 있는 참나무 지팡이를 사용했다. 여성들은 노인이 아닌 이상 지팡이를 쓰는 경우가 거의 없었다. 대신 양산이나 그 비슷한 용도의 우산을 사용했다. 1876년 앤서니 레알이 지팡이의 역사에 관한 글에 썼듯이, 몇몇 대담한 여성들은 유연한 재질의 지팡이를 들고 "거리나 산책로, 경마장에" 나서기도 했다. 야외 활동에 열심인 여성들은 시골에서 험한 산을 오를 때 지팡이를 지참하기도 했을 것이다. 특히 옷차림에 별로 신경 쓰지 않고, 괴짜로 보여도 상관하지 않는 여성이라면. 에밀리가 이 경우에 딱 들어맞는다. 보랏빛 눈동자를 가졌고 자매 중에 가장 예쁘다고 여겨진 앤은 옷차림으로 나쁜 평가를 받은 적이 없는 반면, 샬럿과 에밀리는 평생 옷을 못 입는 걸로 유명했다. 샬럿은 어른이 되어서 런던을 방문했을 때 "수수하고 투박한 시골 옷차림" 때문에 자신감을 잃었고, 눈에 띄지 않는 옷차림으로 그것을 절충하려 했다. 하지만 에밀리는 몇십 년 전의 패션인 양다리 모양으로 부푼 소매에 그녀의 길고 가는 다리를 드러내주는 치마를 입고도 아랑곳하지 않았다. 하워스 마을 사람들은 세 자매가 선머슴처럼 무거운 부츠를 신고 다니는 괴짜였다고 말했다. 그런 남성용 신발은 지팡이와 잘 어울렸을 테고, 에밀리는 남성의 전유물로 여겨지는 액세서리도 주저하지 않고 사용했다. 패트릭은 에밀리에게 권총 쏘는 법도 가르쳤고, 전해오는 말에 따르면 그녀는 총을 잘 쏘았다고 한다. 정겹지만 거리가 먼 톱 위딘스 지역 농가를 찾아가기 위해 언덕을 올라야 할 때면 에밀리는 손에 지팡이를 들었을 것이다.[6]

영혼이 이끌 때마다 길을 나서기도 했지만, 브론테 일가는 한편으로 부지런한 보행자들이기도 했다. 어딘가를 가고 싶으면 걷는 수밖에 없었다. 간혹 2륜 마차나 지붕 달린 수레, 그리고 부유하고 관습적으로 살았던 엘렌 너시의 표현에 따르면 "소박하고 시골 농장 수레나 쟁기처럼 보일 법한 허름한" 쌍두 4륜 마차처럼 여러 종류의 탈것을 빌리기도 했지만, 어쨌든 그들은 마차나 말을 살 형편이 못 되었다. 1834년 9월, (32킬로미터 떨어진) 리즈에는 철길이 깔렸지만, 브래드퍼드 근방에는 1846년까지도 기차가 들어오지 않았다. 킬리로 오는 지선은 1847년 3월에야 개통되었고, 브론테 일가가 모두 세상을 떠난 1867년까지도 하워스에는 기차가 들어오지 않았다. 따라서 그들은 험준한 언덕을 넘어 킬리까지 13킬로미터 거리를 가서 책을 빌리거나 반납하고, 강의를 듣고, 행사에 참석했으며, 종종 깜깜한 밤이 되어서야 집으로 돌아오곤 했다. 타 지역으로 가는 주요 연결 지점인 브래드퍼드나 리즈로 가는 킬리 지역 정기 마차(여정 곳곳에 있는 여관에서 말을 바꿔가며 운행하는, 요즘의 시외버스와도 같은 교통수단)를 타러 황야를 걷고 들판을 가로지르기도 했다. 전문적인 초상화가(이것 역시 결국 그에게 맞지 않는 직업이었다)로서 스튜디오를 열기 위해 1839년 브래드퍼드에 거점을 두었을 때, 브랜웰은 황야를 걸어서 거의 20킬로미터 떨어진 하워스를 방문했다. 13세 또는 14세 무렵 그가 로히드 학교에 있는 샬럿을 찾아갔을 때에 비하면 이것은 아무것도 아니다. 로히드는 그들의 집으로부터 편도로 32킬로미터나 떨어져 있었다. 샬럿이 엘렌과 주고받은 편지에는 서로를 방문하는 것이 얼마나 번거로운지가 자세하게 기술되어 있다. 한번은 샬럿이 킬리까지 6.5킬로미터를 걸어간 뒤 브래드퍼드로 가는 마차를 잡아 짐을 싣고, 그런 다음 엘렌의 집이 있는 가머살까지 거의 9킬로미터를 걸어 한밤중에 도착하기도 했다. 패트릭은 자신의 교구를 모두 걸어서 방문했는데, 그의 말에 따르면, 지팡이를 들고 하루에 65킬로미터를 걸은 날도 있다고 한다. 에밀리는 《폭풍의 언덕》에서 언쇼 씨가 이유도 분명치 않은 지나친 결단으로 '긴 도보여행'에 나선 이야기를 그리고 있다. 그는 3일 동안 리버풀까지 편도 96킬로미터의 길을 다녀온다. 오는 길에 리버풀 거리에서 얼어 죽다시피 한 거무스름한 남자아이 하나를 두꺼운 외투에 둘둘 말아 데려와서, 죽은 아들의 이름인 히스클리프로 부른다. 허기로 반쯤 죽다시피 한 언쇼 씨는 앞으로 "영국에 속한 세 나라를 다 준다 해도 다시는 이렇게 걷지 않겠다"고 단언한다.[7]

이런 상황이라면 도보용 지팡이가 꽤 유용하게 사용된다. 걷는 사람과 지팡이 사이의 관계는 밀접했다. 좋은 지팡이는 사용할 사람의 키와 몸무게를 염두에 두고 만들어졌고, 걷는 사람의 보폭과 거기 기댈 신체를 고려해 나무 형태를 잡았다. 손잡이는 손 모양에 맞추어졌다. 시인이자 열렬한 산책자였던 에드워드 토머스는 이렇게 말한다. "세월이 느리게 흘러가는 사이, 우리는 표현법을 익히게 된다…. 낡은 지팡이가 손에 익고 손 또한 거기에 길들여지듯이, 우리는 약함을 강함에 싣고, 맹목을 시야에 의지하는 마음을 서서히 가지게 된다." 지팡이는 소유자가 어떤 사람인지도 드러내준다. 정처 없이 거니는 중 떠오르는 생각을 곧바로 적기 위해 지팡이에 뿔 모양의 잉크병과 펜을 달아두었던 토머스 홉스가 그 예이다. 지팡이든 막대기든 성자의 길을 지탱해준 물건은 성자가 세상을 떠난 뒤 귀한 성유물로 여겨졌다. 그것을 길들인 손길에 축복이 깃든 것처럼 말이다. 가령 시에나의 성 카타리나가 14세기 무렵 이탈리아 도시들을 여행하며 가난한 자들을 돌볼 때 썼다는 지팡이를 만지는 것은 신자들에게는 성녀의 육신을 만지고 영원에 접촉하는 것과도 같았다. 성자인 천주天主의 요한[22]이 지녔던 지팡이 조각은 그의 동상 안에 묻혔다고 한다. 여행자들의 수호성인인 성 크리스토퍼의 지팡이는 마치 살아 있는 생물처럼 신비로운 생명력을 지녔다고 전해진다. 그는 그리스도의 말씀에 따라 그 지팡이를 땅에 심었는데, 성서에서 아론의 지팡이가 뱀으로 변하거나 꽃이 피고 먹을 수 있는 열매가 맺혔듯이, 그 다음 날 그 지팡이에 꽃이 피었다고 한다.[8]

걷기를 좋아한 작가들에게 지팡이는 마치 성자의 막대기와 그 전설처럼 그들의 집필 생활에서 일종의 인격을 획득했지만, 신과의 소통수단이라기보다는 글쓰기를 보조하는 도구로서의 의미를 지녔다. 낭만주의 시인 새뮤얼 테일러 콜리지Samuel Taylor Coleridge의 영웅적인 도보여행은 시 창작의 과정이자 자연의 신성함을 찬양하는 그의 철학대로 살고자 하는 하나의 방편이었다. 등산이 널리 보편화되고 등산복과 장비가 갖춰지기 전, 콜리지는 도보여행에 알맞은 특별한 장비를 고안해냈다. 케임브리지 재학 시절 일찌감치 웨일스 여행을 나설 때, 그는 150센티미터짜리 지팡이를 샀다. 그 지팡이 한쪽에는 독수리가 새겨져 있는데, 콜리지는 편지를

---

22) Saint John of God(1495~1550), 포르투갈 출신의 가톨릭 성자. 에스파냐에 수도회를 설립하여 의료 봉사활동을 펼쳤다.

통해 그 눈은 떠오르는 태양을, 귀는 터키의 달[23]을 상징한다고 주장했다. 지팡이의 또 다른 쪽에는 그 자신의 모습이 새겨져 있다. 그는 에버게일에서 그 지팡이를 잃어버렸다가, 같은 여관에 투숙했던 다리 저는 노인이 "빌려갔"다는 것을 깨닫고 되찾았다. 수수한 일꾼의 상의와 바지를 걸친 채 방랑한 콜리지와 그의 일행이었던 대학 친구 조지프 헉스는 "기적을 행하는 성자의 무덤을 찾아 떠난 두 순례자" 같았다. 그들은 그 여행에서만 800킬로미터가 넘는 길을 걸었다. 훗날 콜리지는 영국 북서부 레이크 디스트릭트의 고원지대로 장엄한 여행을 떠나는데, 그때 휴대용 잉크뿔과 공책, 지팡이를 챙겨갔다. 그 지팡이들 중 하나는 빗자루를 등산용 지팡이로 가공한 것이었다.[9]

작가의 지팡이는 때로 성자의 유물에 버금가는 지위를 얻기도 한다. 디킨스는 앉아서 글을 쓰는 시간을 상쇄하기 위해 런던을 유랑하거나 그때그때 사는 지역을 즐겨 산책했다. 그의 미친 듯이 빠른 걸음을 따라잡을 수 있는 사람은 많지 않았고, 종종 그는 한 번에 32킬로미터씩 걷기도 했다. 그는 자신의 "자두나무 지팡이를 휘두르며" 걸었고, 간혹 글쓰기의 방편으로 걷는 동안 자신이 작품 속에 쓰고 있는 인물들을 실연해보기도 했다. 그러다보니 그의 휴대용 나침반과 끄트머리에 개 얼굴 모양의 조각이 희미하게 남은 상아 손잡이 지팡이는 소장의 대상이 되었다. 진화론을 입증하기 위해 바다 건너 여행을 떠나야 했던 찰스 다윈은 고래뼈와 상아로 만든 지팡이를 들고 산책한 것으로 알려져 있는데, 그 지팡이 끝에

---

23) Turkish crescents, 지팡이 모양으로 생긴 타악기로, 주로 군악대에서 사용한다.

는 해골 모양이 새겨져 있었다고 한다. 태비스토크 광장을 걷는 동안 자신도 모르게 소설 《등대로》의 구상을 떠올렸다는 버지니아 울프는 휘어진 손잡이가 달린 지팡이를 남기고 우즈 강에 몸을 던졌다. 이제는 뉴욕 공립도서관 버그 소장실에 모셔진 이 지팡이를 보며 그 끔찍한 사건을 떠올리는 사람들도 있으리라.[10]

지팡이는 이곳저곳을 방랑하면서 의미를 획득하게 된다. 순례자의 지팡이는 걸어온 길과 쓰임이 축적됨에 따라 가치를 지니는 대표적인 예이다. 종교개혁 이전 시대에 순례자들은 성자의 유골 앞에서 기도하고 죄 사함을 받거나 질병을 치유하고 불운을 물리치기 위해 캔터베리나 월싱엄 같은 성지로 순례여행을 떠났다. 순례여행은 길고 고되고 길을 막아선 강도들 때문에 위험이 가득했기에 그 자체만으로도 일종의 속죄 행위였으며, 지팡이는 길 위의 버팀목이자 동반자였다. 초서의 《캔터베리 이야기》에 등장하듯 순례여행을 핑계로 즐기러 떠나는 사람들도 있었다. 길 위에 늘어선 주막에서 에일 한 잔을 마시며 즐거운 담소를 나누는 이들에게도 지팡이는 빠질 수 없는 요소였다. 순례자의 지팡이에는 성자가 찾아든 장면을 그리기도 했고, 순례지에서 주는 휘장이나 타일을 사서 그곳에 다녀왔다는 증표로 부착하기도 했다. 긴 순례를 다녀온 순례자의 지팡이는 미덕을 드러내는 휘장과 작은 깃발로 뒤덮였다. 어떤 지팡이에는 묘지에서 가져온 성유물을 담는 칸이 달려 있어서, 성스러움이 깃든 여행용 성물함 역할을 했다. 순례자의 지팡이는 옛날식 여행 기념품이라 할 수 있는데, 유럽, 특히 독일에서는 이런 관습이 더욱 세속화되어, 장거리 도보여행자들이 주요 장소에서 작은 휘장을 사서 지팡이에 달거나 자신이 지나온 마을의 이름을 지팡이에 새기기도 했다. 지팡이는 마치 여권에 찍힌 도장처럼 그 자체로 여행의 좋은 증거품이었고, 지나가는 사람들에게 보여줄 수도 있었다.[11]

19세기 영국인들은 기념품과 지팡이를 동시에 사랑했고 그 두 가지를 합치기도 했다. 다음과 같은 글이 새겨진 구리 띠를 부착한 단풍나무 지팡이가 그 예다. "고인이 된 넬슨 경을 기리며, 1805년 10월 21일, 해군 대신께서 주신 H. M. S. 빅토리 호에서 나온 구리로 제작함." 이 기념품은 트라팔가 해전에서 넬슨 경이 사망한 일─치명적인 머스킷 탄환이 H. M. S. 빅토리 호에 있던 그의 어깨를 뚫고 들어갔다─을 더듬어보게 하는 물건으로, 대부분의 기념품들이 그러하듯 노스탤지어를 띤다. 이것은 현재에 머무른 상태에서 돌이킬 수 없지만 기억할 수는 있는 사건을 붙들어놓기 위한, 실패할 수밖에 없는 시도라 할 수 있다. 지팡이는 기념품이 됨으로써 약간 기묘하지만 일종의 휴대용 기억 저장소이자 성유물함이 되었다. 앞에서 언급한 브랜웰의 지팡이 역시 그런 기념품들이 간직하는 노스탤지어 덕분에 보관되었고, 거기에는 브론테 일가의 이야기를 복원하려는 의도가 담겨 있다. 하지만 남은 물건으로 역사를 복원하려 한다 해도, 그것 역시 불완전한 시도일 수밖에 없다. 그런 유물을 증거로 다루어도 결국 과거는 복원할 수 없음을 증명하는 통렬한 증거품이 될 뿐이다. 모든 전기와 역사서─지금 독자가 들고 있는 이 책을 포함해서─는 기념품이 그러하듯, 시간을 속이려는 노력일 뿐이다.[12]

특별한 장소·시간·사건에 애착을 갖는 사람들은 한정성을 담아내는 수단으로 이런 기념품들을 간직한다. 순례 혹은 다른 의미를 지닌 도보여행 역시 이와 흡사한 필요를 충족해준다. 반드시 현장에서 손에 넣은 것이어야 한다는 필요 말이다. 그런 기념품은 장소를 초월하는 영감을 이끌어낸다. 그러려면 성자의 유골이 보관된 바로 그 장소, 기적이 일어난 바로 그곳으로 가야만 하는 것이다. 그런 사원으로 가는 길에는 풍부한 역사가 겹겹이 쌓여 있고, 그 길을 걷는다는 것은 신체를 통해 그 역사와 교류하는 것이다. 에밀리의 경우나 그녀만큼 열성은 아니더라도 그녀의 가족처럼 자연 자체를 성스럽게 여기는 이들에게 좋아하는 오솔길을 걷는 것은 작은 순례나 다름없었다. 매일의 산책은 개인의 역사를 되살리곤 했다. 같은 땅을 밟으며 떠올린 생각, 일어난 일들, 그리고 인생에서 일어난 사건에 관한 기억들을. 그렇게 곰곰이 생각에 잠겨 하는 산책은 특히 에밀리에게는 글쓰기의 한 과정이었다. 그녀는 글을 쓸 "마음이 내키도록" 밖에 나가서 걷곤 했다. 새의 지저귐, 구름 낀 풍경, 산책 중 주워 모은 양치식물 잎사귀에 관한 세세한 묘사는 에밀리가 쓰는 글 대부분의 원전이나 다름없었다. 그녀는 1838년에 쓴 어느 시에 이렇게 적었다. "모든 잎사귀들이 나에게 행복을 이야기한다." 이보다 더 나중에 쓴 시 속의 여성 화자는 "구슬픈" 밤바람 소리와 별들의 "다정한 불"이 자신에게 다가오기를 바라는 소망과 환영 속에서 감춰진 욕망을 불러낸다. 심지어 에밀리는 작은 나무 발판을 황야에 가지고 나가 거기에 앉은 채 글을 쓰기도 했다. 그녀가 한 매일의 산책이 순례라면, 거기서 받은 은총은 예술적 영감이다. 펜과 잉크가 달린 토머스 홉스의 지팡이처럼 글자 그대로는 아니더라도, 그녀의 지팡이는 창작을 돕는 글쓰기 도구의 일종이었다고 볼 수 있다. 또한 그것은 황야를 떠돌면서

만날 수 있는 내면의 성소를 찾아 홀로 떠난 순례자의 지팡이이기도 했다.[13]

창조력에 박차를 가하기 위해 산책을 통해 예술을 추구하는 것은 에밀리와 그녀의 형제자매들에겐 매우 자연스러운 일이었다. 그뿐 아니라, 그들은 그것을 통해 윌리엄 워즈워스나 그의 가까운 친구이자 걷기 동반자였던 콜리지 같은 영국 낭만주의 시인들의 작품을 익혔다. 브론테 가 아이들은 모두 1830년대에 막을 내린 낭만주의의 마지막 몇십 년 동안 태어났다. 빅토리아 여왕은 1837년 7월에 즉위했는데(이 사건은 같은 달 에밀리의 일기에 언급되었고, 그녀가 쓴 곤달 이야기에 등장하는 여왕 가운데 한 명도 이때 왕위를 물려받는다), 브론테 가 아이들은 이 시기에 청소년기를 보냈다. 브론테 가 사람들은 빅토리아 시대보다는 낭만주의 시대의 소산으로, 그런 문학적 영향이 에밀리의 글쓰기에 드러난다. 앞서 말했듯이, 그들은 모두 바이런—악마적이면서도 매력적인 남자 주인공 히스클리프나 로체스터와 같은 종족인—의 독자였을 뿐 아니라 자연으로부터 가장 큰 영감을 얻었는데, 이것은 낭만주의의 특질이다. 브랜웰과 샬럿은 유명한 낭만주의 작가들에게 편지를 써서 충고와 도움을 청했다. 브랜웰은 1837년 워즈워스에게 시 몇 편을 보냈고, 나중에는 토머스 드 퀸시에게도 보냈다. 샬럿은 시인 로버트 사우디에게 편지를 썼고 1837년 3월 12일에 고약하기로 유명한 답장을 받았는데, 그 내용은 여성 작가의 정신은 "혼란을 겪기 쉬우니" 글쓰기를 멀리하라는 이야기였다. 그는 "여성에게 문학은 삶을 걸 만한 일이 아니다"라고 충고했다.[14]

워즈워스는 콜리지보다 더한 낭만주의자로, 후세 작가들로 하여금 외딴 시골 풍경 속을 거니는 일을 예술적 배움으로 삼게 했다. 워즈워스에게는 발걸음의 리듬이 시의 운율을 부르는 것이나 다름없었다. 하지만 자연 풍광의 답사는 그에게 좀 더 추상적인 의미를 지니기도 했다. 콜리지보다 몇 년 앞서 케임브리지에 재학 중이었던 1790년, 그는 "지팡이를 들고" 친구 로버트 존스와 함께 프랑스를 지나 알프스를 건너 이탈리아까지 걸어갔다. 그들은 칼레까지 배를 탔고 그다음엔 하루에 48킬로미터를 걸었다. 훗날 워즈워스는 어느 시에서 알프스를 넘을 때 "바람이 바람에 맞서고" "구름을 자유로이 풀어놓는" 광경, 그리고 그 외에도 형언할 수 없는 아름다움을 보았노라고 썼다. "영원의 표본이자 상징/처음이자 나중, 중간, 그리고 끝이 없는" 아름다움이었다. 세상 속으로 발을 내딛는 이런 감정은 그의 전 생애를 거쳐 간 다른 많은 발걸음 속에서도 발견된다. 누이 도러시와 함께 브리스틀로 여행을 떠난 그는 3일 동안 80킬로미터를 걸었고 그 경험을 이렇게 적었다. "와이 강둑을 다시 방문하는 [도보] 여행 동안, 틴턴 수도원을 벗어나 몇 마일을 걸으며 쓴 몇 줄의 시. 1798년 7월 13일." 이 글귀 전체가 전설적인 시의 제목이 되었다. 그곳 일대의 가파르고 높은 벼랑과 수도원의 폐허를 둘러싼 고립된 야생 풍경은 그에게 "축복받은 느낌"을 주었고, "사물의 삶을 들여다본다"고 믿게 했다. 두 다리로 걷는 그 단순한 여행을 하는 동안, 그는 "떠오르는 태양 빛/그리고 주위를 둘러싼 바다와 살아 있는 대기"에 비친 자신의 정신을 보았다. 산책과 여행 중 솟아난 시는 그 자신을 더 깊이 이해하는 계기가 되었고, 지상 어디에서든 영혼의 집을 찾을 수 있다는 느낌을 심어주었다. 어디라도 좋았지만, 특히나 그 장소였기에 더욱 그랬다. 그의 영혼은 그 하나뿐인 장소, 그 특별한 도보여행에서 만난 독특한 사물들을 통해 자연의 영역과 교분을 나누었다. 이런 한정성에 에밀리도 동조했다. 그녀는 17세기 초 영국에서 대장정 도보여행기를 펴내 명성을 얻은 토머스 코라이엇[24]이 말한 "작은 것들 속의 여행자" 혹은 상세한 것들을 기록하기 위해 이곳저곳 거니는 사람의 정의에 잘 들어맞는다. 에밀리는 낭만주의에 관한 글을 쓴 적이 없지만, 진정한 집은 자연 속에서 찾을 수 있다는 그들의 신조를 가슴 깊이 받아들였다.[15]

에밀리 그리고 동시대 사람들이 그랬듯이, 브랜웰도 콜리지와 워즈워스의 도보 예찬에 영향을 받았다. 결국 화가로 먹고살기가 어렵다는 사실을 깨달은 그는 1840년 레이크 디스트릭트 인근 브로턴 인 퍼니스라는 작은 마을에 사는 로버트 포슬스웨이트 집안의 두 아들을 가르치는 가정교사가 되었다. 그 지역은 워즈워스와 콜리지의 집이 있던 곳으로, 말 그대로 그들의 발자취를 따를 수 있고 그들이 겪은 '작가-순례자'의 삶을 살 수 있는 곳이었다. 브랜웰은 워즈워스의 소네트 책을 호주머니에 넣어 가지고 다니면서 콜리지 · 워즈워스 · 도러시가 즐겨 찾았던 더든 강을 따라 긴 산책에 나서곤 했다. 그는 워즈워스 스타일의 소네트를 직접 쓰기도 했는데, 산책 길 하늘에 치솟은 블랙 콤 산에 말을 거는 형식이었다. 브랜웰의 소네트에는 워즈워스 같은 환희가 부족했고 전반적으로 더 어두웠다. "히스로 뒤덮인 거대한" "무적의" 산꼭대기가 폭풍우 치는 하늘 아래에서 기뻐하고, "불안정한 기쁨 속에서 활력을"

---

24) Thomas Coryate(1577~1617), 영국 엘리자베스 1세 시대의 여행가이자 작가.

잃은 인간이 결국 그에 패한다는 내용이다.

워즈워스와 낭만주의 사상가들에게 산책은 창작 행위 이상의 의미를 띠었다. 평등주의를 천명한 그들은 걷기를 온갖 종류의 방랑자·노숙자·집시들과의 동지애를 선언하는 수단으로 보았다. 로버트 사우디의 성차별적 발언에도 불구하고, 반항적인 여성들은 그들이 처한 사회적 소외에 대해 발언할 수단으로써 걷기에 실린 정치적 급진주의를 수용하기도 했다. 황야로 발을 내디딘다는 것은 규칙에 얽매인 집 안을 탈출하여 더 자유로운 공간으로 들어서는 것이었다. 뛰어난 도보여행자였던 레슬리 스티븐Leslie Stephen은 1879년에 '일요일의 방랑자들'이라는 걷기 모임을 결성했고, 이 모임을 "체면이라는 감옥에서 벗어나는 가출옥 허가증"이라고 일컬었다. 사회라는 상자에서 벗어나 육신의 자유를 누린다는 것은 여성들에겐 쉽지 않은 일이었다. 교회에 가든, 공장이나 농장에 일하러 가든, 여성이 먼 길을 혼자 걸을 경우, 특히 그 여성이 그 지역 사람이 아니거나 중산층 혹은 상류 계급일 경우, 의혹의 눈초리를 샀다. 샬럿은 제인 에어가 손필드 저택을 벗어나 자신이 돈 한 푼 없는 처지임을 깨닫는 장면을 통해 그런 상황을 묘사한다. 그녀와 마주친 마을 사람들은 불신의 눈길을 던진다. 그들은 그녀가 창녀이거나 심지어 도둑일지도 모른다고 여긴다. 어느 하녀가 그녀에게 말한다. "이런 시간에 그렇게 쏘다니는 거 아니유. 굉장히 수상해 보여유." 여성 도보자는 성적으로 헤프리라는 생각은 '매춘부streetwalker'라는 단어에 가장 분명히 드러난다.[16]

브론테 자매와 거의 동시대인이자 웨스트 요크셔 지역 동향인인 앤 리스터Anne Lister는 규칙적으로 혼자 산책을 다니자 친구들과 이웃들이 충격을 받고 경계심을 품었다는 이야기를 일기에 썼다. 심지어 그녀는 1824년에 혼자 레이크 디스트릭트로 낭만주의적인 여행을 떠났는데, 남자 안내인 한 사람을 고용해 하루에 산길을 32킬로미터 이상 주파했다. 애인이 타고 올 마차를 기다리기 위해 핼리팩스의 집으로부터 고지대의 길을 걸어간 적도 있었다. "음울한 황야 산길을" 16킬로미터 이상 걸은 뒤 마차를 잡아탄 그녀는 여기까지 걸어왔다는 이야기를 마차 승객들에게 들려주었다. 그러자 승객들은 당황했고, 심지어 그녀의 기이한 행동에 "겁을 집어먹었"으며, 그녀의 애인은 "공포에 질렸다." 두 사람의 관계는 영영 깨어지고 말았다. 앤 브론테라면 앞에서 언급한 바 있는, 바느질을 경멸했던 또 다른 위대한 여성 도보여행자 엘렌 위턴의 삶을 책으로 쓸 수 있을 정도로 잘 이해했을 것이다. 엘렌 위턴은 여러 불쾌한 이들의 가정교사 겸 말상대companion로 일하다가 불량배와 결혼한 뒤 많지 않은 재산을 빼앗기고 내쫓겼다(몇 년 후 재결합하긴 했지만). 그녀가 진정으로 기쁨을 느낀 일은 산책이었다. 그녀는 긴 다리로 몇 킬로미터를 성큼성큼 뛰다시피 걷곤 했는데, 한 번은 하루에 58킬로미터를 걸은 적도 있었다. 위턴은 "내 동족이 찾아오지 않는 곳에서 내 정신은 내 다리와 마찬가지로 제한 없이 쏘다닐 수 있다"는 데서 기쁨을 느꼈다. 그녀는 특히 등산을 좋아했는데, 19세기 초 여성에게는 매우 드문 일이었다. 그녀는 장대한 풍경 속을 "거칠게 달리면서" 스릴을 느꼈고, 자신이 "들이마시는 공기처럼 자유롭고 구속받지 않았다." 남자들의 모욕과 공격이 두려워 즐거움을 망치고 길을 단축해야 하는 경우도 있었다. 그들은 그녀를 조롱하고 비웃었으며, 때로는 "이런 짓을 하면 안 된다"며

산을 오르려는 그녀를 막아서기도 했다. 앤 리스터도 길을 나섰다가 이런 곤란을 당했는데, 그녀의 겉모습이 남자 같았기에 상황이 더 나빴다(그녀는 남자보다 여자를 좋아했고, 여자를 뒤쫓기 위해 산책을 하는 경우가 매우 많았다). 한번은 어떤 남자가 그녀의 "엉덩이에 손을 대려고 했는데", 그녀는 우산을 무기 삼아 곤경에서 탈출했다.[17]

하워스 마을 사람들이 괴짜인 브론테 자매들의 산책에 익숙해질 무렵, 에밀리는 혼자 길을 나설 때 큰 개를 데리고 나가기 시작했다. 그러나 샬럿의 경우, 엘렌과 함께 긴 여행에 나선다고 하면 아버지와 이모의 반대에 부딪히기 일쑤였다. 하워스에 딱 한 대뿐인 전세 2륜 마차를 빌릴 수 없는 상황에서 엘렌과 바닷가 구경을 가고 싶을 때면, 샬럿은 킬리까지 걸어가서 브래드퍼드 행 합승마차를 타고 거기서 다시 10킬로미터 정도 걸어갈 계획을 세웠다. 하지만 집안 어른들은 그런 여행은 숙녀답지 못하다는 점, 특히 그녀가 이방인으로서 낯선 곳을 돌아다니게 된다는 점을 들어 반대하고 나섰다. 1850년, 명성을 얻은 그녀는 부유하고 작위가 있는 사람들로부터 초청을 받아 레이크 디스트릭트 지역을 방문했다. 같은 지역을 혼자 두 발로 쏘다녔던 브랜웰과 달리, 그녀는 모든 것을 마차 안에서 보아야 했다. 샬럿은 친구에게 보내는 편지에 "몰래 마차에서 빠져나와 언덕과 골짜기 사이로 달아나고픈" 마음이었다고 썼다. 하지만 그랬다가는 "여성-예술가"는 저런 식이라는 이야기를 들을 것이 분명해, "방황하고 싶어하는 별난 본성"을 억눌러야만 했다.[18]

당시에는 여행하는 여자는 뭔가 이상하다는 믿음이 널리 퍼져 있었기에, 걷기라는 행위는 반항의 한 형태가 되었다. 도러시 워즈워스는 걷기를 통해 자신의 힘을 주장하려는 여성들의 선도자였다. 그녀의 전기를 쓴 프랜시스 윌슨Frances Wilson에 따르면 그녀는 "육아실과 응접실, 잘 가꾼 정원을 대로와 샛길을 걷는 자유와 맞바꾸었다. 도러시는 그녀 자신과 남들이 기대한 삶을 박차고 걸어 나왔다." 그녀는 홀로 사는 나이 많은 친구인 바커 양과 함께 몇몇 산에도 올랐다. 그런 긴 산책 때문에 일가친척들에게 꾸지람을 들었는데, 오빠와 함께 하루에 53킬로미터씩 걷는 국토대장정에 올랐을 때는 특히 더 심했다. 그녀의 대고모는 "걸어서 시골을 돌아다니는" 짓에 절대 반대하는 편지를 썼다. 도러시는 굳건하고 의연한 태도를 보였다. "나를 비난하는 말들은 그냥 멀리하겠다. 나에겐 자연이 준 힘을 사용할 용기가 있다는 이야기를 들으며 기뻐할 친구들을 생각하는 편이 낫지." 용기와 육체적 힘이라는 말은 당시의 여성들이 사용할 일이 거의 없는 말이었다. 반항적이라는 낙인이 찍히기에 딱 좋은 말이었기 때문이다.[19]

도러시 워즈워스와 거의 동시대를 살았던 제인 오스틴은 이런 문제를 익히 알고 있었고, 《오만과 편견》에서 엘리자베스 베넷의 활기찬 산책 이야기를 통해 대담하고 급진적인 관점을 내비친다. 언니 제인이 빙리 일가를 만나러 네더필드에 갔다가 병에 걸렸다는 말을 들은 엘리자베스는 집에서 5킬로미터쯤 떨어진 그곳으로 걸어가야겠다고 결심한다. 어머니가 반대했지만, 그녀는 길을 나서서 "빠른 걸음으로 울타리를 넘고 성급하게 개울을 건너면서 들판을 가로질렀다." 그녀가 그 집에 도착하자, 빙리의 누이들은 그녀가 그렇게 먼 길을 혼자 걸어온 것이 "거의 믿기지 않는 일"이라고 말한다. 그들 중 하나는 엘리자베스가 "정말 어수선해 보인다"며 "얼마나 먼 길을 걸어왔든 간에, 발목까지 진흙탕에 빠져가며 혼자 쏘다니다니 대체 뭘 보여주려고 그런 거지? 자기가 얼마나 독립적인지를 자랑하려는 웃기는 수작이야!"라고 말한다. 오스틴은 얼마 전에 일어난 프랑스 혁명과 초기 미국 독립운동이 남긴 위대한 측면들 중에서도 특히 평등주의를 이 장면에 가미함으로써, 그러한 걷기가 논쟁을 불러올 뿐만 아니라 진취적인 일이기도 하다는 생각을 표현했다.

여성의 권리에 대한 요구는 19세기 후반으로 갈수록 점차 가시화되었고, 페미니스트들은 걷기가 평등을 주창하기에 딱 좋은 방식이라고 보았다. 빅토리아 시대의 가장 중요한 페미니스트인 화가 바버라 리 스미스Barbara Leigh Smith(훗날 보디촌Bodichon으로 성을 바꾼다)와 (바느질을 내려놓은 일화로 앞에서 언급한) 시인 베시 레이너 파크스는 그들이 사랑한 워즈워스와 셸리를 통해 도보여행이 지닌 자립성의 이념적 측면을 깨달았다. 그들은 보통 레이크 디스트릭트로 여행을 떠났지만, 1850년대에는 유럽 도보여행 길에도 올랐는데, 그렇게 남성 동반자나 안내인 없이 여성 둘이서만 여행을 다니는 것은 당시 영국에서는 전무후무한 일이었다. 여행에 나서면서 그들은 코르셋을 벗고, 치맛단을 줄여 다리를 자유롭게 하고, 검은 부츠를 신었다(이와 달리 브론테 자매들은 산책할 때 늘 입던 긴 치마를 입고, 그들의 유물을 모아둔 박물관에 소장되어 있는 고래뼈 코르셋을 착용했다). 두 사람은 여행할 때 입었던 옷을 나중에 여성 참정권 운동을 할 때도 착용했다.

몇십 년 전 제인 오스틴이 그랬듯이, 에밀리는 두 다리로 걸으며 인습을 깨뜨리는 여주인공을 탄생시킨다. 캐서린 언쇼는 "대담하고 건방진" 얼굴을 한 "도저히 어찌해볼 수 없는 말괄량이"로, 집안의 규칙에 반항해 어린 떠돌이 히스클리프와 함께 "아침부터 황야로 뛰쳐나가 하루 종일" 놀다 온다. 여성으로 자란 그녀는 실크 드레스 안에 자신을 쑤셔넣고, 점잖은 에드가 린턴과 결혼하고, 그의 집 안에 기거하지만, 과거에 누리던 거친 자유를 갈망하느라 마음이 두 갈래로 찢긴다. 마음이 혼란으로 가득한 그녀는 "스러시크로스 그레인지의 안주인"이라는 이름하에 자기 자신으로부터 추방당했다고 느낀다. "황야로 나가 다시 어린 소녀가, 반쯤은 야만인인 튼튼하고 자유로운 소녀가" 되고 싶은 욕망에 불타오른다. 겨울에 병에 걸려 죽어가는 중에도 그녀는 넬리에게 창문을 열어 황야에서 불어오는 바람을 느끼게 해달라고 부탁한다. "저 언덕에 핀 히스 사이에 있으면 나는 다시 나 자신이 될 수 있을 거야"라고 외치면서.

자유로워지려면 캐서린은 시간을 거슬러야 한다. 여성을 옭아맨 규칙을 탈피하기 위해, 성인 여성으로서 자신의 육신을 없애야만 한다.[20] 그녀는 이것을 '탈옥'으로 여긴다. 여성인 육신과 달리, 그녀는 독립적으로 성별을 넘어서고 세상 속으로 뛰어드는 워즈워스적인 존재이다. "나는 지쳤어." 그녀는 탄식한다. "이 육신에 갇혀 지내는 데 지쳤어. 한시바삐 저 빛나는 세상으로 달아나 그곳에만 있고 싶어. 눈물로 흐려진 눈으로 바라보면서 아픈 가슴으로 그곳을 그리워하는 게 아니라, 진짜 그 세상에 가서 그 속에서 살고 싶어." 이 소망을 이룰 유일한 길은 죽음뿐이며, 결국 그녀는 그 길을 향해 나아간다. 캐시는 삶과 죽음 따위의 하찮은 경계가 자신이 간

절히 바라는 것을 가로막게 내버려둘 사람이 아니다.

결국 캐서린은 죽은 후에야 그 세상에 가서 그 속에서 살게 된다. 에밀리는 몇 개의 문장을 통해 캐서린이 유령이 되어 황야를 떠돌고, 히스클리프 역시 죽은 후 두 사람이 황량한 황야에서 영혼으로 하나가 되리라는 암시를 남긴다. 캐서린이 죽어서 천국에 간 꿈에 관한 부분은 자주 인용되는데, 여기서 그녀는 자신의 내세에서의 미래를 본다. 워더링 하이츠에 살던 처녀 시절 캐서린은 넬리에게 기독교적 천국은 자신에게 답답한 곳일 뿐이라고 말한다. 꿈속에서 천국은 그녀의 집이 아니고, 그녀는 땅 위로 내려가고 싶어서 가슴 찢어지게 운다. "그리고 천사들이 화가 나서 나를 워더링 하이츠 꼭대기의 히스 들판 한가운데로 던져버렸지. 난 너무 기뻐서 울다가 잠에서 깼어." 그녀에게 천국은 어머니 대자연이 주는 것이지, 하나님 아버지의 것이 아니다.[21]

에밀리 역시 급진적인 여성 산책가 명단에 한 자리를 차지하고 있다. 황야에서 살다시피 하던 십대 시절부터 그녀는 곤달 이야기의 여성 주인공들을 통해 캐서린을 발전시켰다. 자신을 '산에 오르는 사람'이라 일컫는 아우구스타 G. 알메다가 그 예이다. 캐서린과 다른 점은 에밀리에겐 히스클리프Heathcliff가 없다는 점이었지만, 그녀에겐 주위에 남자 하나 없이 독차지할 수 있는 히스heath와 벼랑cliff이 있었다. 집 주위를 떠돌던 경험이 그녀를 이해하는 데 중점이 되긴 하지만, 그녀가 걸으면서 느끼고 떠올렸을 감정과 생각은 아직 명확하지 않은 채로 남아 있다. 도로시 워즈워스가 느낀 기쁨은 〈알폭스덴과 그래스미어 저널Alfoxden and Grasmere Journals〉에 남아 있지만, 에밀리가 느낀 감정은 남겨진 바가 없다. 에밀리가 자연과 맺은 관계는 그녀의 시에서 찾을 수 있지만, 여기에서도 그것을 곤달 이야기로부터 자아낸 공상과 분명하게 가려내기가 쉽지 않다. 에밀리는 그녀에 관한 수많은 전기와 샬럿이 언니로서 그녀의 이미지를 형상화하기 위해 해석해준 글들에도 불구하고 흐릿한 형상으로 남아 있다. 이런 비밀스럽고 부유浮游하는 이미지가 에밀리에겐 어딘지 모르게 어울린다.[22]

어쨌든 하워스 사람들과 그녀의 가족은 그녀가 밖으로 나가 자연에 동화되기를 즐겼다고 말한다. 교회 관리인은 에밀리가 개를 데리고 울타리를 지나다니는 것을 교회 창문 너머로 "수백 번은 보았다"고 말한다. "날씨가 어떻든 상관하지 않았죠. 황야를 너무 좋아해서 꼭 그곳에 가서 신선한 공기를 만끽해야 했어요." 산보하는 그녀의 유연하고 선머슴 같던 모습을 언급하는 사람도 있다. 아버지를 제외하고 목사관에서 가장 키가 컸던 그녀는 "황야를 터덜터덜 걸으며 개에게 휘파람을 불고, 거친 땅 위를 오래도록 걸었다." 샬럿은 에밀리를 "부드러운 비둘기가 아니라" "고독을 사랑하는 갈가마귀"라고 불렀다.[23]

에밀리의 내성적 성격에는 당대의 관습으로부터 등을 돌린 인습파괴적 측면이 있었다. 그녀는 가족 외에 누구와도 친교를 맺지 않았고, 그녀의 모습을 기억하는 사람은 모두 그녀를 깊이 알던 사람들이었다. "내 동생의 기질은 타고나길 사교적인 것과는 거리가 멀다." 샬럿이 에밀리에 대해 남긴 이 말은 유명하다. "그애는 환경 때문에 고독을 좋아하는 성향을 키웠다. 교회에 가거나 언덕을 오를 때를 제외하고는 거의 집 문턱을 넘어서는 일이 없다." 샬럿의 친구로서 가족이 아니면서 에밀리를 꽤 자주 만난 엘렌 너시는 에밀리가 속을 짐작하기 어려운 사람이고 "타인 앞에서 자신을 감추는 강한 힘"을 지니고 있었다고 말했다. 에밀리는 "자기 자신에게 규범을 부과했고, 자신의 여주인공으로 하여금 그 법을 지키게 했다." 이 시기쯤 에밀리는 독단적이고 남성적인 태도 때문에 '소령'이라는 별명을 얻었다. 훗날 한 교사는 에밀리의 강력한 이성과 반대나 어려움 앞에서 절대 꺾이지 않는 '강하고 독단적인 의지'를 기억하며 "그애는 남자로, 위대한 항해자로 태어났어야 했다"고 회고했다. 이런 불굴의 의지는 그녀를 둘러싼 가혹한 풍경 속에서 마음껏 발휘되었다. 캐서린이 히스클리프를 밀어붙였듯, 그녀는 자신이 원하는 만큼 강하게 밀어붙일 수 있었다.[24]

'윌더드Wildered'라는 말은 길을 잃고 헤매거나 떠돈다는 뜻의 옛 표현으로(이 말은 훗날 '어리둥절하다bewildered'라는 말의 어원이 된다), 에밀리의 시에 흔히 등장하는 상태를 묘사하는 말이다. 곤달 이야기에 등장하는 인물을 묘사할 때 이 표현은 슬픔을 담고 있다. "길 잃은 이방인인 그가 서글프게 서 있다/끝없는 황야에 홀로 Sad he stood a wildered stranger/On his own unbounded moor." "길 잃게 하는wilder me" 구름은 "길 잃고 부유하는 것들을 휘감는whirls the wildering drifts 산들바람이 그렇듯, 불안하지만 흥분을 불러일으킨다." 길을 잃는다는 것being wildered은 알지 못하는 것들 사이에 놓인다는 뜻으로, 작가 프랜시스 윌슨이 말한 대로 "순례자의 경계 상태pilgrim's liminality" 혹은 고정된 자신의 모습들 사이에서 헤매는 상태가 되는 것이다. 어느 시에서 "멀리 가 있다"라고 말했듯, 에밀리는 극단적인 탈출을 자주 입에 올리곤 했다. 그녀는 "멀리 가 있을 때" 가장 행복했다. 그 덕분에 그녀는 어떤 면에서는 자연으로 가기 위해 죽음을 맞이한 캐서린처럼, 그리고 틴턴 수도원에서 황홀경을 맞은 워즈워스처럼("그곳에서 육신이 잠들었을 때/내 영혼은 살아났다") "진흙의 집"에서 영혼을 지탱할 수 있었다. 바람 부는 밤과 밝은 달빛 아래에서 에밀리는 자신의 상태로부터 놓여나 "오로지 홀로"인 상태가 되었다. 그녀가 추구하는 숭고한 높이는 "무한한 광활함 속을/홀로 거칠게 방황하는 영혼"일 때에만 도달할 수 있었다.[25]

하워스 주변 지역은 "길을 잃기wildered"에 딱 좋은 곳이었다. 그곳의 황야는 완전히 황무지라고는 할 수 없지만 끝없이 완강하게 펼쳐져 있다. 주위를 조망하기 좋은 높은 곳에 오르면 허전한 언덕이 끝없이 이어져, 걷는 사람으로 하여금 길이 무한하다는 느낌을 갖게 한다. 그곳의 드라마틱한 외로움은 부분적으로는 양치식물이나 히스, 굵은 잔디처럼 억센 식물밖에 자랄 수 없는 울퉁불퉁하고 습기 많은 토질 때문이다. 드문드문 자란 나무는 늘 불다시피 하는 강한 바람으로 뒤틀리고 굽어 있다. 광활하고 음울한 하늘은 매순간 자신의 존재를 어필한다. 엘리자베스 개스킬은 샬럿과 함께 이곳을 처음 거닐었을 때, "굽이치는 언덕이 마치 세상을 휘감은 북유럽 신화 속 뱀처럼 여겨지고 북극까지 뻗어 있는 것이 아닐까 싶었다"고 느꼈다. 그곳은 "바람이 몰아치는wuthering" 곳으로, 이 단어는 에밀리의 사전에 추가된 또 다른 옛 표현이다. '어느 방향으로든whither'이라는 말의 변형인 '바람 불다wuther'는 격렬한 움직임, 소리, 힘, 그리고 특히 바람이 사물에 미치는 영향과 사물이 바람에 미치는 영향을 담고 있다. 이 말은 나무를 가격하는 거센 바람처럼, '공격, 습격, 제대로 된 타격이나 공격'이라는 의미로도 읽힌다. '떨다, 흔들리다, 나부끼다' 같은 다른 뜻은 강한 돌풍에 직면한 나무의 상태를 일컫는 것이기도 하다. 《폭풍의 언덕Wuthering Heights》에서 풍경과 집들은 그곳에 사는 사람들과 마찬가지로 그런 강풍에 걸맞게 형성되었다. 그곳에서 인간은 그 바람에 대담하게 맞서 각자의 힘으로 떨치고 일어서거나 완패한다. 그들은 소설 앞부분에 묘사되었듯이, "바람의 소동"을 말없이 증언하는 "덜 자란 전나무"나 "황량한 가시나무"와도 같다. 그들은 강한 북풍으로 심하게 굽어 있고, "햇빛의 자비를 갈망하듯" 사지가 한 방향으로 뻗어 있다.[26]

에밀리는 이런 "아무도 찾지 않는 외딴 곳"의 특성에 끌렸고, 샬럿이 적었듯이 그런 장소의 물질적 자아와 그것이 이끄는 내적 상태에 매료되었다. 1840년에 쓴 시 〈밤-바람〉에서 에밀리(혹은 그녀의 시적 자아)는 생각에 잠긴 채 한밤의 열린 창가에 앉아 있다. 부드러운 바람이 머리칼을 흩날리고, 집 안에 앉은 그녀가 놓치고 있는 아름다움을 일깨워준다. 바람은 나지막이 속삭인다. "황야는 얼마나 어두울까!" 그곳에서 잎사귀들은 나무에 "영혼이 깃든 듯한 본능"을 불어넣는 바람의 "무수한 목소리"를 낼 것이다. 하지만 "그 키스가 더욱 따뜻해질지라도", 그녀는 그 "방랑자"의 "구애"를 거절한다. 바람은 그녀에게 "오라"고 달콤하게 탄식한다. "네 심장이 그곳에서 편히 쉴 때/교회 묘석 뒤에서/나는 충분한 애도의 시간을 가지리라/그리고 너는 홀로 거하리—"라고. 밤의 마법에 취할 때는 그녀가 땅속에 묻혀 누울 때가 아니라 바로 지금이라는 뜻이다. 시는 모호한 줄표와 함께 여기서 끝난다. 그녀가 말하는 숲속으로 모험을 떠날지 말지 독자가 결코 알 수 없는 상태로.[27]

에로틱한 생명성을 찬양하는 시 속의 묘지는 일견 놀라움을 불러일으킨다. 하지만 결국 바람이 암시하는 것은 낭만주의 시인 존 키츠의 〈나이팅게일에 바치는 송가〉와도 같은 아름다운 죽음이다. 키츠의 이 시는, 너무나 아름다워서 시인으로 하여금 "아무 고통 없이 그 안에서 존재하는 것을 멈추기를" 갈망하게 하는 밤에 바치는 또 다른 노래이다. 에밀리의 많은 글이 그러했듯, 이 시는 다음과 같은 질문을 던진다. 자연의 달콤함은 인간이 그 안에서 자신을 잃고 무감각해지며 심지어 절멸하기 전에는 완전히 경험할 수 없는 것일까? 그 뒤엔 이런 질문이 뒤따른다. 인간이 죽으면 그런 달콤함을 계속 즐길 수 있을까? 에밀리의 글 속에서 이 질문에 대한 답을 구한다면 '그렇다'이지만, 대답은 늘 모호하고 경계에 걸쳐 있으며 완전히 드러나지 않는다. 캐서린은 소녀 시절 히스클리프와 함께 페니스톤 바위산에 올라가 그곳에 빠져들었지만, 그 일은 사건이 일어난 후 먼발치에서 본 관점으로 기록되어 있다. 그리고 죽음을 목전에 두었을 때 그녀는 다시 한 번 죽음이 선사하는 황홀한 자유에 빠져들지만, 그것은 소설 속에 제시된 것일 뿐이다. 1838년에 억제된 어조로 쓴 시처럼, 에밀리의 많지 않은 시 몇 편은 전원에서의 기쁨을 찬양한다. "황야로, 황야로, 높은 길이 지나는 그곳으로/맑은 하늘 아래 장미가 빛나는 곳으로!" 새들은 산책하는 사람의 기쁨을 반영하듯 노래한다.

> 황야로, 홍방울새 떨면서 지저귀는 그곳으로…
> 종달새 — 야생 종달새가 터질 듯한 기쁨으로
> 가슴을 채우는 그곳으로.

하지만 이 시는 그 특질상 도달할 수 없는 곳을 그리워하는 시이다. 시에서 화자는 강제로 "멀리 추방당해" 그리운 그곳을 추억할 뿐이다.[28]

그것이 무엇이고 어디이든, 진정한 자신으로부터 추방당한다는 것은 에밀리의 시들 속에 흔히 등장하는 표현이다. 에밀리의 시를 연구한 최초의 학자인 재닛 게저리Janet Gezari가 특징을 잡아냈듯이, 에밀리의 시들은 "자기 자신의 부재로부터" 시작한다. 이것은 캐서린과 히스클리프가 함께할 수 없게 되자 느낀 상태와 같다. 캐서린은 히스클리프를 "나 자신보다 더 나 자신 같은" 존재로 여긴다. "히스클리프가 사라진다면, 모든 것이 그대로여도 세상은 너무나 낯설어질 거야." 캐서린이 죽자 히스클리프는 자신의 영혼이 무덤 속에 있다고 탄식한다. "내 생명 없이 살아갈 순 없어!" 에밀리의 많은 시들이 사랑하는 이가 죽어 땅에 묻힌 뒤 연인이 무덤가를 서성이는 상황을 담고 있다. 〈회상Remembrance〉이라는 시에서 여성 화자의 "유일한 사랑"은 "차가운 땅속에… 멀리, 저 멀리 끔찍한 무덤 속에 차갑게 누워 있다!" 하지만 죽은 이에 대한 생각은 그녀의 머릿속을 맴돌고, "히스와 양치식물 잎사귀로 뒤덮인" 그의 고귀한 심장 속에 "날개를 접고" 있다. 북풍이 그렇듯, 이런 무덤에는 뭔가 사람을 끌어당기는 요소가 있다. 그녀는 "기억이 가져다주는 기쁨의 고통만으로는 만족하지 못"거나 그것이 불러오는 "가장 성스러운 번민"을 깊이 들이마신다. 그래야만 산 자들의 세상을 다시 찾지 않게 될 것이기 때문이다. 즉 그녀는 삶과 죽음이 서로 침투하는 저편, "세 걸음 떨어진 곳에서" 캐서린이 자신을 부르고 있다고 믿으며 행복하게 생을 마감한 히스클리프처럼, 그와 함께 죽고 싶은 것이다. 그녀와 함께하고 싶다는 욕망에 바쳐진 그의 외로운 삶은 그의 얼굴에 어린 "광휘의 시선"과 함께 캐서린의 상자 침대에서 끝이 난다. 캐서린이 그랬듯, 그 역시 자신의 죽음을 앞당긴다.[29]

잃어버린 것이 자아이든, 땅이든, 혹은 죽음으로 인해 사라지거나 죽음을 향해 탈출한 사람이든, 그것에 대한 그리움의 정서가 에밀리의 시 대부분을 지배한다. 시 속에 들려오는 구슬픈 부름, 부재로 인한 고통은 고통이 수반된 복잡한 환희를 불러일으키기도 한다. 그리움에 대한 이런 선호는 낭만주의 사상가들이 '동경 Sehnsucht'이라는 독일어 단어를 통해 표현한 바 있는 철학적 특성이다. 인간의 생명이 유한하다는 데서 비롯된 숭고함과 비극이 동경을 불러온다. 그것은 상실한 아름다움에 대한 일종의 집착이기도 하다. 에밀리의 시들은 시간에 얽매여 있으며, 우리는 시간 속을 살아가며 언젠가는 그것이 끝난다는 사실을 다룬다. 이로 인해 작품 속에 번민이 생겨나지만, 그와 동시에 시간을 뛰어넘는 순수한 생명성이 빛을 발한다.[30]

동경의 장소인 고향의 가혹한 환경은 영원함을, 늘 더 많은 것을 추구하게 했고, 이것이 에밀리의 작품 속 위대한 테마가 되었다. 샬럿이 느낀 대로, 그런 감성적 성향은 이미 그녀의 천성에 깃들어 있었고 고향 땅으로 인해 완성되었는지도 모른다. 샬럿은 에밀리가 꽃피는 히스의 "보라색 빛"과 "거무스름한 언덕 중턱, 음울한 동굴"의 그림자를 가슴속에 품은 "황야의 아이"라고 여겼다. 무한함을 동경하는 이런 사고는 외부에 그에 걸맞은 대상을 두게 마련인데, 에밀리의 경우 그 대상은 바람이었다. 그것이 흔드는 대상을 통해서만 볼 수 있는 존재인 바람은 빈 공간들을 뚜렷이 드러낸다. 그것이 어디서 와서 어디로 가는지는 아무도 알 수 없다. 바람은 '폭풍의 언덕'이라는 제목(근본적으로는 '바람의 장소'라는 뜻)뿐 아니라, 시 속에도 계속 등장한다. 시 속에서 바람은 한동안 잠잠했다가 신성한 기쁨으로 부풀어오르고, 나무들과 다시 반갑게 재회하는 변덕스럽고 자유로운 영혼이다. 서풍은 대기를 잔잔히 일으키고, 꿈과 휴식하지 못하는 죽은 것들과 꽃잎을 어루만지며, "새로 태어나려는" 맥박의 근원이다. 부드러운 목소리를 지닌 남풍은 땅의 "얼어붙은 무덤"을 깨뜨리고, "기쁜 마음으로 이곳을 헤맨다/겨울이 죽어가는 모습을 지켜보기 위해." "우울하고도 우울한" 동풍은 흐느껴 울고, 북풍은 으르렁대며 소리치거나 쓰디쓴 탄식을 내뱉는다. 그녀의 시 속에서 방황하는 대기는 "애도하듯 탄식하"거나 멀리서 불어닥치며 "히스의 바다 위로 탄식하면서 다가오는" 가을바람처럼, 슬픔의 언어이자 멜랑콜리의 글이다. 바람은 거닐면서 슬퍼한다. 그들은 비탄에 젖고, 불평하고, 애탄하고, 구슬피 울고, 불길하게 스쳐가며, 다시 땅 위에 내려앉으려고 암흑을 호출한다. 그들은 상실과 결핍의 존재이다. 밤바람은 "외로운 저녁 노래"를 부르는데, 그의 동지인 서풍이 그렇듯, 그것은 외로움의 물리적 표현이다.[31]

바람은 바깥으로 나가 그 안에 거하고, 육신으로 더 세찬 광풍을 맞고 싶다는 욕구를 인간에게 불러일으킨다. 1841년 7월 6일에 쓴 그녀의 시에서는 찬연한 돌풍이 세상의 옆구리를 휩쓸고 지나가며 마음속 기억을 산산조각 낸다. 산책자는 "으르렁거리는 태풍의 핵심"이 되고, 영혼 하나가 그녀의 온 존재에 스미어 "삶의 원칙이 강렬해지고/불멸 속에서 길을 잃는다." 바람 속에서 죽는 것은 결코 죽지 않는 것이다. 그것이 그녀를 "결국 영원의 집에 닿을 때까지" 떠밀어 무한 속에서 소멸하게 하기 때문이다.[32]

자연과 바람이 에밀리를 일종의 영적 초월 상태로 데려갔다면, 황야의 마법은 그녀로 하여금 육신 안에 거하며 육신을 통해 느끼게 했다. 산책은 육신 안에 거하는 한 방식이었다. 쉼 없는 걷기와 움직임을 통해, 그녀는 동경을 언어로 가다듬어 소리 낼 수 있었다. 에밀리의 시에 등장하는 호흡, 자연에 대한 감정적 반응으로 고동치는 가슴이나 떨리는 몸, 터져나오는 눈물 등은 에밀리가 자신이 다루는 주제와 신체적으로 얼마나 밀접했는가를 보여준다는 점에서 중요하다. 상상 속에서 그녀는 어떻게든 육신을 초월해야 했지만, 뺨을 스쳐가는 바람이나 살갗에 와 닿는 햇살을 느끼기 위해 육체와 함께하거나 그 안에 거하려 하기도 했다. 에밀리가 죽은 후 샬럿이 황야를 거닐면서 "히스 언덕, 양치식물 가지, 어린 월귤나무 잎사귀, 퍼덕이는 종달새나 홍방울새를 볼 때마다 그애를 떠올리지 않을 수 없다"라고 쓴 것은 너무나 당연한 일이다.[33]

이보다 더 공간에 긴밀하게 연결된 작가를 떠올리기는 쉽지 않다. 이것은 한 지역에 대해 글을 쓰는 작가로서 에밀리가 지녔던 재능을 증명해준다. 에밀리의 존재를 느낄 수 있는 곳이 있다면 그곳은 오직 황야라는 생각으로 황야를 거닐었던 많은 찬미자들의 대열 가장 맨 앞에 섰던 이가 바로 샬럿이었다. 집이나 방들, 심지어 에밀리가 사용한 물건들, 예를 들면 브랜웰의 지팡이 같은 것도 에밀리가 살았던 물질적 흔적을 히스 들판만큼 긴밀하게 전해주지는 못한다. 하워스 지역의 샛길들은 그 자체로 성스러운 유물이 되었고, 그 길을 걷는 것은 에밀리의 자취를 따라 그녀가 본 것들을 보고, 경험한 것들의 흐름을 재구축하는 일이다. 에밀리의 진정한 흔적은 몇 마일의 그 히스 들판에 남았다. 커러 벨이라는 필명으로 글을 쓴 사람이 실은 하워스 지역 목사의 딸이자 이제는 세상을 떠난 자매 에밀리 그리고 앤과 함께 영국의 그 작은 지역에서 태어나고 자라온 샬럿 브론테라는 사실이 알려진 1850년대부터 여행자들이 하워스 지역을 찾기 시작한 건 당연한 일이다. 19세기에 들어서면서, 숭배하는 작가들의 집과 그들이 다닌 지역을 찾아 그들과 교류하는 순례자들이 생기기 시작했으며, 빅토리아 시대에는 그런 즐거운 여행이 널리 유행했다. 워즈워스와 낭만주의자들은 도보여행을 유행시켰지만, 그보다 더 중요한 것은 그들이 개인 중심 사상을 믿었고, 그로 인해 숭배의 중심이 종교적 인물에서 국가적 인물로, 그다음엔 개별 인물로 넘어갔다는 점이다. 셰익스피어, 로버트 번스Robert Burns, 혹은 에밀리 브론테를 속세의 성자로 숭배해 그들을 위한 순례여행을 떠날 가치가 있다고 믿은 사람들은 과거에 성자의 무덤이나 유골을 찾아 여행을 떠난 이들과 크게 다르지 않았다. 그런 여행을 다룬 책들이 쏟아져나오기 시작했는데, 1847년에 출간된 윌리엄 호윗William Howitt의 책《영국 유명 시인들의 집과 장소들Homes and Haunts of the Most Eminent British Poets》과 1895년에 나온 시어도어 울프Theodore Wolfe의《유명한 영국 작가들의 자취를 따라 떠난 문학 순례Literary Pilgrimage among the Haunts of Famous British Authors》같은 책들이다. T. P. 그린스테드Grinsted는 1867년에 출간된 저서《세상을 떠난 천재들의 마지막 거처Last Homes of Departed Genius》의 서문에서 자신의 일을 이렇게 요약한다. "우리의 계획은 먼저 건물이나 지역을 그려내는 것이다. 그런 다음엔 거기에 누워 휴식을 취하고 있는 그들의 바빴던 삶을 일별하고, 그것을 통해 그들의 시작과 마지막을 독자에게 전달하는 것이다."[34]

존 키츠는 무덤으로 떠나는 문학적 도보여행이 시를 쓰기 위한 도제 과정의 일부라고 여겼다. 그는 1818년 시인 로버트 번스의 생가를 향해 총 1,033킬로미터에 이르는 도보여행을 떠났는데, 거기에는 레이크 디스트릭트 지역도 포함되었다. 그가 그곳을 방문한 건 "고난을 통해 더 훌륭한 풍경들을 가려내고, 더 큰 산맥을 오르고, 시에 도달할 수 있는 힘을 더 기른 뒤 책들과 함께 그 집에 도착하려는 생각" 때문이었다. 그는 번스의 집 앞에 몸소 서서 이미 번스를 집어삼킨 죽음을 향해 소네트를 쓸 생각에 뜨겁게 불타올랐다. "번스여, 천 일을 살아온 이 필멸의 육신이/이제 그대의 방 안을 채운다." 1850년 샬럿은 스코틀랜드 여행을 갔다가 그녀의 숭배 대상인 월터 스콧 경의 극장을 방문한다. 스콧이 애버츠퍼드 Abbotsford라 부른 그곳은 주요 여행지로 급부상했고, 나중에는 하워스가 그곳에 버금가는 여행지가 된다. 샬럿은 스콧이 그곳에 모아둔 기념품들에 대한 감상을 글로 남기지 않았다. 그곳에는 워털루 전투 2개월 뒤 스콧이 전장에서 직접 주워온 전투 유물이나, 친구가 선물로 준 워털루 전투 주요 격전지 근처의 개암나무로 만든 지팡이, 영국에 붙잡힌 14세기 스코틀랜드 민족주의자 윌리엄 월리스의 집 대들보로 만든 의자 등, 스콧이 역사를 붙들려는 향수 어린 충동으로 모은 물건들이 있다. 샬럿은 그 경험을 시로 남기진 않았지만, 당대의 다른 방문자들은 키츠가 번스의 생가에서 그랬듯이 그곳에서 월터 스콧의 육신과 교류하는 느낌을 받았을 것이다. 스콧의 존재를 강렬하게 떠올려주는 지팡이와 함께 그의 옷 한 벌, 머리타래 하나와 데스마스크도 함께 전시되어 있다. 어느 순례자는 스콧의 무덤가에 자라난 나무로 지팡이를 만들기도 했다.[35]

　사랑하는 작가가 태어나고 살고 죽은 그곳을 방문하고 싶어하는 마음은 브론테 자매의 팬이 생겨났을 때부터 이미 보편적이었다. 샬럿이 사망하기 전부터 하워스는 문학 순례자들의 순례지로 각광받았다. 브론테 연구자인 루캐스타 밀러는 브론테 가문의 첫 번째 스타인 샬럿을 둘러싼 '숭배'가 어떻게 전개되었고, 그녀를 향한 종교적 경외심이 하워스와 그 일대를 어떻게 둘러싸게 되었는가를 세세히 설명한다. 젊은 시절 버지니아 울프는 하워스와 브론테 자매들은 "떼어놓을 수 없을 만큼 결합된 관계"라고 썼다. 열렬한 황야 예찬론자이자 일요 산책인 레슬리 스티븐의 딸이었던 버지니아 울프는 1904년에 하워스로 순례를 떠났다. "하워스는 브론테 자매를 나타내주고, 브론테 자매는 하워스를 나타내준다. 그들은 껍데기 안의 달팽이처럼 서로 꼭 들어맞는다." 에밀리의 캐서린 언쇼가 교회도 가족묘지도 아닌 "담장이 낮아 히스와 월귤나무가 황야에서 타고 올라와 자라고 온통 토탄질로 뒤덮인 교회 부지 구석의 푸른 언덕"에 묻혔듯이, 브론테 자매 역시 토탄질의 황야 흙 속에 잠들었고, 따라서 많은 작가들이 말하듯 이들이 하워스 풍경의 일부라는 개념은 설득력이 있다. 에밀리와 샬럿은 교회 궁륭 아래에 잠들었고 앤은 스카버러에 묻혀 있지만, 1850년에 샬럿을 만난 매슈 아널드Matthew Arnold는 그들을 "하워스 교회 마당"에 불러모아, "그들의 무덤으로부터 당신[샬럿]의 무덤으로/파도치는 풀들!"이라고 썼다. 그는 서풍이 불고 물떼새가 부르는 소리에 그들이 영원한 잠에서 깨어나리라 상상했다. 브론테 자매들을 예찬한 에밀리 디킨슨은 샬럿의 무덤을 "이끼로 촘촘히 뒤덮이고/잡초가 군데군데 피어난" 새장으로(그리고 샬럿을 죽은 나이팅게일로) 묘사함으로써 착잡한 심경을 표출했다.[36]

하워스를 최초로 순례한 사람 중에는 도보여행가이자 페미니스트인 젊은 베시 레이너 파크스도 있었다. 낭만주의 시인들과 그들의 급진적 도보주의를 뒤따랐던 그녀는 에밀리 브론테와《폭풍의 언덕》또한 사랑했다. 그녀의 걷기가 에밀리가 만들어낸 캐서린에게서 영향을 받은 것이 아닌가 하는 추측도 있다. 엘리자베스 개스킬 또한 초기 순례자였는데, 그녀는 1850년에 다른 곳도 아닌 레이크 디스트릭트에서 샬럿을 만났다. 개스킬은 1853년 9월 목사관에 와서 머무르며 "황야를 휩쓸고 다닐 때" 샬럿과 동행했다. 그녀는 편지에 이렇게 썼다. "저 높다랗고 거칠고 버려진 땅! 온 세상 위로 솟아오른 침묵의 왕국들." 어느 날 황야를 산책한 후, 개스킬은 에밀리가 "거인족의 후예, 이 땅에 거했던 그들의 위대한 후손"이 틀림없다고 말했다. 1857년 출간된 개스킬의 샬럿 브론테 전기는 베스트셀러가 되었는데, 이 전기는 브론테 자매와 저작뿐 아니라 그들이 거한 공간에도 관심을 기울였고, 자매들과 그들의 작품이 그들의 고향과 불가분의 관계를 맺고 있음을 밝혔다.[37]

많은 순례자들이 그 뒤를 따랐다. 킬리에서 하워스까지 걸어온 다음, 교회와 묘지·목사관을 방문하는 사람들도 있었다. 1867년 한 방문자는 그들이 목사관 뒤편을 어슬렁거리며 "이 황야에서 불어오는 1월의 겨울바람, 맹렬하고 차갑지만 영광스러운 그 바람"

을 맞았을 거라고 썼다. 요크셔 지방을 돌아보는 더 긴 도보여행의 목적지에도 하워스가 포함되기 시작했다. 1871년 한 여행자는 그곳 황야가 황량하고 외딴 곳이긴 해도 "거칠고 자유로운 고독이 풍기는 매력"을 지니고 있음을 깨달았다. 그후 그는 많은 이들과 마찬가지로 브론테 자매들이 그 황야에 남아 있다고 믿으며 웃자란 풀밭에서 잠이 들었다가, "그 놀라운 사람들을 형성하고 키워낸 그곳의 자연과 사회가 오늘 나에게 미친 영향을 생각하다가, 나 자신이 누구인지 잠시 혼란스러워지는 일"을 겪었다. 1866년 펜실베이니아에서 온 에마 컬럼 하이드코퍼라는 낭만적인 소녀는 "한 마리 매가 되어… 그곳에 영원히 남고 싶다는 생각"을 했다.[38]

파크스·개스킬·울프가 그랬듯이, 하워스 여행은 여성 작가들의 글쓰기 훈련의 중요한 통과의례로 자리 잡았다. 실비아 플라스는 1956년 결혼 직후 테드 휴즈와 함께 이곳에 왔다. 그들은 톱 위딘스까지 걸어올라갔고, 플라스는 그곳의 두 갈래 길에 관해 일기에 썼다. 하나는 "자취가 희미해 길을 잃을 것 같지만 그렇지는 않은 길"이고, 다른 하나는 "낮은 언덕과 엇갈리는데, 세상의 중간처럼 사방의 늪지와 함께 언덕 위로 언덕이 이어지고… 영원과 야생, 고독이 있다." 나무 두 그루가 있는 톱 위딘스의 집은 "바람이 길게 불어와 정적 속에서 빛을 이어가는 곳"이었다. 플라스의 시 〈폭풍의 언덕Wuthering Heights〉은 황야를 거닌 경험에 의거한 것으로, 여기서 플라스는 바람이 "운명처럼 쏟아지고", 하늘이 "나에게 기대어왔다"고 말한다.[39]

에밀리의 영향을 받은 후대의 시들은 손에 손을 잡고 거닐며 자연의 결을 일상에 존재하는 그대로 바라보는 내용을 담고 있는데,

시인 앨저넌 찰스 스윈번Algernon Charles Swinburne은 이것을 "자연을 있는 그대로 사랑한 [에밀리의] 사랑"이라고 표현했다. 시인 앤 카슨Anne Carson은 고뇌에 찬 욕망과 에밀리 브론테에 관한 뛰어난 시 〈유리 에세이〉에서 에밀리의 시 속 관찰자를 세심하게 들여다본다. 에밀리는 이 관찰자를 'whacher'라고 표기했다. "말해다오, 관찰자여, 지금이 겨울인가?" 카슨은 에밀리를 이런 '관찰자whacher'로 묘사한다.

> 그녀는 신과 인간과 황야와 열린 밤을 관찰한다whached.
> 그녀는 눈과 별과 내부와 외부와 실제 날씨를 관찰한다whached.
>
> 그녀는 부러진 시간의 막대기들을 관찰한다whached.
> 그녀는 완전히 드러난 세상의 헐벗은 핵심을 관찰한다whached.[40]

하워스 교회가 (브론테 숭배자들의 맹렬한 반대에도 불구하고) 오염으로 인해 허물어지고 1870년 재건축되었을 때, 실내의 목재 부품들은 유물로 간직되었다. 기증자의 이름이 적힌 신도석은 귀중한 기념품이 되었고, 가구와 서까래에서 나온 참나무는 여러 점의 단지, 꽃병, 소금 단지, 촛대, 종이칼, 액자, 담배 상자, 타구, 베틀북, 그리고 적어도 한 점 이상의 '집필 책상'으로 재활용되었다. 그리고 당연히 지팡이도 여기에 포함된다.[41]

4장

⋮

키퍼, 그래스퍼,
그리고 집안의 다른 동물들

개는 목이 졸렸어. 검붉은 혀를 15센티미터쯤
늘어뜨리고, 축 늘어난 입술로 피 섞인 침을 흘렸지.

—에밀리 브론테, 《폭풍의 언덕》

"키퍼는 부엌에 있다." 1841년 7월 30일 에밀리는 이렇게 썼다.
에밀리의 개 키퍼는 집 안 다른 곳에 가 있을 때도 많았는데, 주로
개가 발을 들이면 안 되는 곳들이었다. 브랜웰 이모와 가정부 태비
는 벌주는 사람의 목을 물어뜯으려 한 전력이 있는 그 힘센 짐승을
무서워했다. 1838년 목사관에 온 키퍼는 얼마 지나지 않아 아무
도 없을 때 위층으로 올라가 침대에 뛰어들어 깨끗한 침대덮개 위
에 사지를 펴고 낮잠을 자는 습관을 들였다. 침대덮개가 더러워지
자 태비는 질색했고, 에밀리는 이러다가 개가 쫓겨날지도 모른다
는 걸 깨닫고는, 개가 또 그러면 자신이 나서서 말을 들을 때까지
개를 때려주겠다고 선언했다. 어느 날 태비가 와서 키퍼가 제일 좋
은 침대에서 낮잠을 자고 있다고 말했고, 샬럿은 에밀리의 표정이
굳어지고 단단해지는 것을 보았다. 에밀리는, 샬럿과 태비가 복도

에서 지켜보는 가운데, 낮게 으르렁대며 움직이지 않으려고 네 다리로 버티는 키퍼를 끌고 계단을 내려왔다. 에밀리는 계단 아래 구석에 개를 몰아넣은 뒤, 주먹을 움켜쥐고는 개가 물려고 덤벼들기도 전에 개의 눈가를 갈겼다. 그녀는 개의 눈두덩이 퉁퉁 부어올라 거의 앞이 보이지 않을 때까지 때렸다. 그리고 나서는 개를 부엌으로 데려가 상처를 직접 치료해주었다. 이 사건 이후, 그 고집 센 개의 충성심은 오로지 에밀리에게로만 향했다.[1]

이 장 서두에 실린 사진 속 개목걸이의 주인 키퍼는 에밀리가 받은 선물이었다. 정확히 무슨 종이었는지는 가려내기 어렵다. 키퍼는 "턴스핏turnspit에서 목양견까지 온갖 영국 개들의 특징이 뒤섞이고 거기에 하워스의 독특한 혈통이 가미된" 개라고 표현된 바 있다. 불테리어—불도그와 테리어의 혼종—에 가장 가까운 것으로 추정되는 키퍼의 피에는 마스티프의 피가 얼마간 섞였을지도 모른다. 견종의 분류와 표준화는 1830년대에도 아직 초기 단계였다. 영국에서는 1859년에 최초의 공식 도그쇼가 열렸다. 1873년에는 '커넬 클럽the Kennel Club'[25)]이 발족했다. 이때까지도 오늘날 우리가 '순종'이라고 부르는 품종을 완전히 발달시키지는 못했다. 예를 들면 1830년대의 불테리어는 오늘날의 불테리어보다 다리가 더 길었고, 보통 투견이나 오소리 사냥, 수레 끌기, 황소 미끼 되기(황소를 막대로 찌른 뒤 개로 하여금 공격하게 하는 놀이)에 동원되었다. 이 시기에 시골에서는 이런 '스포츠'가 인기가 많아서 하워스 지역에서도 1850년대까지 공공연히 행해졌다. 그러나 이런 놀이의

---

25) 견종 분류, 품종 육성, 도그 쇼, 홍보 등의 일을 하는 영국의 개 협회.

인기는 서서히 떨어져갔고, 1824년에 발족된 동물학대 방지위원회가 여러 가지 법안을 밀어붙이고 1876년에는 그것이 동물학대 금지조항으로 통합되어 힘을 얻기 시작하면서 그런 놀이가 마침내 금지되었다. 빅토리아 시대 여성들은 불테리어를 많이 키웠는데, 그 이유는 분명치 않다. 앞에서 키퍼의 종으로 언급된 '턴스핏' 종은 몸집이 작고 다리가 벌어졌는데, 이들은 주로 고기를 불에 돌려가며 굽는 회전기계를 작동시키는 노동견으로, 불테리어 및 불테리어 믹스견들과는 공통점이 별로 없다. 하지만 불테리어들도 일부는 다른 품종들처럼 노동견으로 살았다. 수레 끄는 개들은 대개 뉴펀들랜드 종으로, 수레나 탈것 · 짐수레 · 화물운반대 등을 끌었고, 강에서 배를 견인하기도 했다. 영국에서는 19세기 초까지도 개 가죽으로 만든 장갑이나 지갑을 살 수 있었다.[2]

키퍼Keeper라는 이름은 에밀리가 지었을 테지만 그 이유는 알 수 없다. 다른 개들과 달리 그 개의 임무가 뭔가를 지키는keep 것이었기 때문일까? 경비견으로서의 능력을 드러내기 위해서였을까? 그 개가 튼튼한 턱으로 뭔가를 물었다 하면 절대 놓지 않는 버릇이 있어서였을까? 아니면 그 개가 이를테면 비밀 같은 것을 지키고 있었기 때문일까? 키퍼나 그래스퍼 같은 브론테 가의 개 이름들은 그내셔 · 울프 · 그롤러 · 스래셔 · 스로틀러[26] 등 《폭풍의 언덕》에서 살금살금 돌아다니는 많은 개들이 그렇듯이, 개들이 애완용으로 키워지면서 사람 이름으로 불리기 시작한 시절과는 거

---

26) 그래스퍼Grasper는 '붙잡다', 그내셔Gnasher는 '이를 악물다', 그롤러Growler는 '으르렁대다', 스래셔Thrasher는 '때려눕히다', 스로틀러Throttler는 '목을 조르다'에서 각각 파생한 이름이다.

리가 먼 옛 시절의 개 이름들을 연상시킨다. 이런 이름들은 이빨로 침입자를 꽉 붙들고 놔주지 않거나 낯선 이의 발뒤꿈치를 수상히 여기며 서성대는 개들의 특성, 또는 그 개들에게 기대한 임무에 걸맞은 이름이다. 특히 '울프wolf'라는 이름은 개와 관련된 요크셔 지방의 오랜 역사를 떠올리게 한다. 고고학자들에 따르면, 중석기 시대 개들의 유골이 '스타 커Star Carr'라고 불리는 지역에서 발견됐는데, 그곳은 골풀이나 금작화가 자라는 지역 또는 늪지대에 보금자리를 짓고 사는 늑대들로부터 한밤중에 양을 지키는 곳이었다. 늑대로부터 갈라진 이 개들은 늑대와 개의 특성을 모두 보여주는 턱과 이빨을 가지고 있었다. 먼 훗날 브리튼에 온 고대 로마인들은 이 늑대개들의 목걸이에 메시지를 끼워 전달하게 하기도 했다.[3]

아마도 에밀리는 방대한 독서를 통해 이런 짐승들에 대한 오래된 이야기나 습관을 알게 됐을지도 모른다. 그렇게 해서 그녀의 시대와는 달리 짐승들이 독자적으로 살아가던 시대의 이야기를 터득했을 것이다. 중세부터 20세기 초까지 유럽에서는 인간을 해하거나 농작물을 망친 짐승들(곤충을 포함해)은 재판에 회부되어 사형을 선고받았다. 예를 들어 1522년 프랑스 오툉에서는 보리 이삭을 망친 쥐들에 대한 유명한 재판이 있었다. 저명한 변호사가 쥐들의 입장을 대변했으나, 쥐들이 법정의 소환에 불응한 탓에 절차가 복잡해졌다. 변호사는 쥐들이 원고의 고양이들이 무서워 오지 못하는 거라고 변론했다. 한동안은 이 변론이 먹혔지만, 결국 쥐들은 궐석재판을 받을 수밖에 없었다. 영국에서는 동물 재판이 흔치 않았으나, 1679년 미들섹스의 타이번에서 한 여성이 수간 혐의로 사형당했고, 그 상대인 개도 같은 운명에 처했다는 기록이 있다. 이보다 더 공식적인 예로, 양을 죽이거나 짓밟은 늑대 또는 개가 본보기로 목매달리는 경우가 흔했다(오늘날이라면 그냥 총으로 쏘겠지만). 셰익스피어의 《베네치아의 상인》에도 그런 처벌이 언급되는데, 이것을 보면 셰익스피어는 당대 관객들이 이런 관습에 익숙하리라 생각했던 것이 분명하다(셰익스피어를 잘 알았던 에밀리 역시 마찬가지일 테고). 《베네치아의 상인》에서 그라티아노는 샤일록을 이렇게 저주한다.

> 네놈의 그 더러운 근성은
> 원래 늑대 속에 들어 있던 흉악한 혼이,
> 사람 잡아먹은 죄로 교수형을 당할 때
> 교수대에서 빠져나와
> 네 몸뚱이로 들어간 것이다. 그래서 네 욕심이
> 살에 굶주린 늑대처럼 잔인한 것이다.

동물을 교수형에 처한다는 건 확실히 끔찍한 일이지만, 어떤 시각에서 보면 동료 피조물이 법을 통해 죗값을 치를 수 있게 한다는 점에서 이런 재판과 처벌에는 윤리적인 관점이 깃들어 있다.[4]

브론테 가는 19세기까지 서부 요크셔 지방에 전해 내려온, 동물과 그들이 지닌 힘에 관한 옛 미신과 친숙했다. 울새가 창문을 두드리면 집안 누군가가 병에 걸린다는 뜻이었다. 들새의 울음소리는 때로 인간에게 던지는 메시지로 해석되기도 했다. 되새의 울음은 '집세를 내라'는 뜻이었고, 큰 박새의 울음은 '앉으라'는 뜻이었으며, 메추라기는 "물 좀 줘! 물 좀 줘!" 하고 울었다. 《폭풍의 언덕》의 히스클리프는 이들 같은 존재다. 그는 "흉조를 몰고 오는 새" 취급을 당한다. 바다제비나 고양이, 제비, 올빼미, 암소, 집 안의 고슴도치 등은 날씨가 바뀔 전조였다. 크리스마스 이브에는 말과 황소가 마구간에서 무릎을 꿇는다고 전해졌으며, 이 특별한 날에는 벌들도 다른 소리를 낸다고 했다. 가족 중 누군가가 죽으면 즉시 벌들에게 그 소식을 전해야 했는데, 안 그러면 벌들이 죽거나 화가 나서 그곳을 떠나버리기 때문이었다. 샬럿은 크리스마스 즈음에 동물들이 출현해 집안의 죽음을 예고하는 이야기를 다음과 같이 시로 썼다.

> 늑대, 검은 황소, 혹은 고블린 하운드,
> 혹은 물에 젖은 긴 곱슬머리에 날개를 지닌
> 아름다운 요정처럼 변신해
> 난롯가에서 머리를 말리는 이들이 나타나는 건
> 한 지붕 아래 사는 누군가가
> 그해가 가기 전에 죽고 말리라는
> 확실한 징조.[5]

몇 년 후 《제인 에어》에서 샬럿은 제인과 로체스터의 첫 만남에 위의 시와 같은 믿음에 근거한 초자연적 분위기를 불어넣는다. 정령이나 유령이 말·노새 또는 커다란 개의 형상으로 인적 없는 길에 나타난다는 미신이다. 땅거미가 질 때 제인이 홀로 앉아 있는데, 말 한 마리가 다가오는 소리가 들린다. 그녀는 형상을 마음대로 바꾼다는 고블린의 일종인 '가이트래시'를 마음속으로 떠올린다. "긴 갈기와 커다란 머리를 지닌 사자와도 같은 짐승"이 조용히 스쳐가자, 그녀는 그 짐승이 "개와는 다른 기이한 눈을 지녔다"는 생각을 한다. 하지만 그 짐승은 '파일럿'이라는 이름을 가진, 로체스터의 뉴펀들랜드 종 개일 뿐이다. 곧이어 로체스터가 메스루어라는 이름의 검은 말을 타고 달려오는데, 그 말이 얼음 위에 미끄러지면서 그 유명한 로맨스가 시작된다. 에밀리도 기이한 마법의 능력을 지닌 동물들을 자신의 소설에 등장시키는데, 난롯불 속의 재가 얼룩무늬 고양이로 다시 태어난다든가, 하이츠 부지 외딴곳에 지옥의 개가 출몰한다든가 하는 식의, 딱 잘라 설명하기 쉽지 않은 방식이다. 어쨌든 키퍼에게 초자연적인 구석은 없었다. 에밀리가 키퍼에게 가한 폭력적 체벌은 지나칠 정도로 현실감이 넘친다. 키퍼라는 이름은 교수형에 처해지던 시절의 개들, 즉 너무 가난해서 개에게 도둑질을 시키는 사람들이 소유했던 혼혈종 혹은 '잡종' 개들을 떠올리게 한다. 19세기 후반 상류층이 개의 품종을 구분하기 전까지, 그런 가난한 개들은 한동안 '도둑개'라는 품종으로 따로 분류되기도 했다(도둑개라는 품종은 화이트 테리어나 그레이트 아이리시 하운드, 그 외의 많은 종처럼 한동안 존재하다가 사라졌다). 19세기 초의 이런 도둑개들을 그려보면, 《폭풍의 언덕》에서 히스클리프가 기른 개가 어떤 종류였을지 떠올려보게 된다. 에밀리의 소설에 등장하는 개들 역시 목매달린다. 어린 시절 헤어튼 언쇼는 한 배에서 난 새끼 강아지들을 의자에 목매다는데, 《폭풍의 언덕》에 등장하는 농가에서 바라지 않는 강아지들이 태어났을 때 처치하는 방식이 대개 이렇다. 히스클리프는 이저벨라와 함께 도망칠 때 패니라는 이름을 지닌 그녀의 스패니얼 개를 손수건으로 매달아 거의 죽일 뻔한다. 히스클리프의 이런 폭력성은 이저벨라를 대하는 방식에도 나타나는데, 그것은 그를 억누르고, 내쫓고, 세상에서 유일하게 소중한 존재였던 캐서린을 앗아간 부유한 특권층에 대한 복수의 일환이다. 심지어 그들이 오냐오냐 하는 강아지도 복수의 대상인데, 그것 또한 그를 깔아뭉갠 권력구조의 일부이기 때문이다. 그는 자신에게서 캐서린을 빼앗아간 집안에 속하는 "모든 존재를 목매달고 싶다"는 열망뿐이다. 히스클리프가 겪는 곤경에는 딱한 측면이 있지만, 동물에 대한 그의 태도를 보면 그가 과연 낭만적인 남성 주인공이 될 수 있는지 쉽게 말할 수 없게 된다.[6]

배경이 화려하지 못한 키퍼에 비해, 앤이 소유했던 검은색과 흰색, 갈색이 섞인 스패니얼 플로시는 상류층 개의 이름을 지녔고, 실제로도 부자들이 키우던 품종이었다. 아마도 소프 그린에 살던 앤의 부유한 고용주 로빈슨 가에서 선물한 개일 것이다. 빅토리아 여왕은 스패니얼, 그중에서도 비단결 같은 털을 지닌 킹 찰스 품종(소유주였던 왕의 이름을 따서 명명한)을 사랑했다. 여왕은 아직 공주였던 시절부터 그런 개 한 마리를 데리고 있었는데, 대시라는 이름을 붙여주고, 벨벳 목줄에 가끔은 '진홍색 재킷과 파란색 바지'를 입히기도 했다. 에드윈 랜시어는 여왕의 총애를 받은 이 작은 개의 초상화를 여러 차례 그렸는데, 그는 여왕과 앨버트 공을 비롯한 부유층으로부터 개를 그려달라는 주문을 받아 동물 초상화로 널리 명성을 쌓았다. 그의 가장 유명한 그림 중 하나는 1842년에 그린 〈현대풍의 윈저 성〉으로, 이 그림에는 여왕과 앨버트 공뿐 아니라 앨버트 공의 그레이하운드 개 이오스가 그의 무릎 앞에 앉아 경모의 눈으로 그를 올려다보고 있다. 여왕의 테리어 개 케어낙과 댄디, 아일레이도 뒷발로 일어서 있으며, 당시 유아였던 여왕의 장녀 빅토리아 공주도 서 있다. 공주는 죽은 새들을 가지고 놀고 있는데, 마룻바닥과 긴 의자 여기저기에 놓인 새들은 아마도 앨버트 공이 막 사냥에서 가지고 돌아왔을 것이다. 이 그림은 얼핏 보기에 왕족과 그들의 애완동물을 감상적으로 묘사한 듯 보이고, 당대의 사람들도 그렇게 받아들였을 테지만, 찬찬한 관찰자는 죽은 새들을 보고 잠시 멈칫할 수밖에 없다. 두 동물이 그토록 다른 취급을 받는 것, 즉 개는 사랑받고 새는 죽임을 당한 모습은 그런 감상성 너머에 인간과 동물의 불행을 가르는 철벽이 여전히 존재하며, 그런 면모가 이 그림이 완성된 후 얼마 되지 않아 영국이 해가 지지 않는 나라, 거대한 제국의 번영을 이룬 신호일지도 모른다.[7]

플로시 같은 스패니얼이나 테리어 들은 빅토리아 시대 런던에 커다란 시장을 열어 수지맞는 장사를 했던 철면피한 개도둑들의 주요 목표물이었다. 그들은 고깃덩어리를 던지거나 작은 개의 몸에 지방을 발라 개들을 꾀어낸 뒤 자루나 무릎덮개로 감싸 데려갔고, 거액의 몸값을 요구했다. 19세기 무렵 로버트 필 경, 케임브리지 공작, 서덜랜드 여공작, 스탠호프 백작 등이 이런 수법에 당했다. 테일러라는 남자가 이끈 '예쁜이The Fancy'라는 이름의 악명 높은 개도둑단은 1843년 엘리자베스 배럿(훗날의 엘리자베스 브라우닝)이라는 젊은 시인이 아끼던 코커스패니얼 개 플러시를 납치해갔다(버지니아 울프는 자신의 스패니얼 개 핑카의 경험에 의존해 개 플러시의 관점으로 이 이야기를 쓴 적이 있다). 배럿은 몸값을 지불했으나, 같은 개도둑단이 개를 두 번이나 더 납치해갔다. 주인이 빨리

몸값을 지불하면 이런 일이 흔히 발생하곤 했다.[8]

이는 여왕과 그 가족을 중심으로 한 빅토리아 시대의 개 사랑 열풍으로 인해 벌어진 일들이다. 애완동물 기르기는 오래된 관습이지만, 19세기에 와서 새로운 정점을 맞았다. 빅토리아 여왕은 개를 무척이나 좋아해서 평생 백여 마리의 개를 모았고, 그녀가 소유한 성들에 개집을 지어놓고 살게 했다. 여왕이 죽어갈 때도 포메라니안들이 그녀 곁을 지켰다. 역사학자 해리엇 리트보는 19세기 중엽 런던의 길거리 동물 장수가 2,000여 명에 달했고, 최소 열두어 명은 개의 놋쇠 목줄을 전문적으로 팔았던 것으로 추산한다. 인간의 감정을 지닌 개의 모습을 담은 그림과 삽화들, 그리고 그 못지않게 인간 같은 눈을 지닌 개의 모습을 그린 〈헤어질 수 없어〉〈새엄마〉〈최고의 친구〉〈조용한 슬픔〉〈주인을 기다리며〉 같은 제목의 시들이 인기를 끌었다. 빅토리아 시대에는 옷을 입은 개들이 라틴어를 가르치거나 해학적인 시를 짓는 모습을 담은 그림이나 개의 관점에서 쓴 이야기가 유행했다. 개가 죽으면 주인은 개를 박제하여 유리 상자에 담아 집 안에 전시해두었다. 빅토리아 여왕은 개를 사랑하는 마음을 자녀와 그들의 자녀들에게 물려주었다. 여왕의 증손녀 빅토리아 공주는 자신이 키우는 푸들의 털을 모아 숄을 짰다. 이보다 더 기이한 추모 행위로는 찰스 디킨스의 경우를 들 수 있는데, 그는 키우던 고양이가 죽자 발과 다리를 잘라 봉투 뜯는 종이칼로 만든 뒤 "찰스 디킨스, 밥을 기억하며, 1862년"이라는 글귀를 새겼다.[9]

에밀리는 이 같은 빅토리아 시대의 애완동물에 대한 감상이나 이상화에 젖지 않았다. 키퍼에게 벌을 준 에피소드에서 알 수 있듯이, 그녀는 동물을 사랑하긴 했으나 그녀와 동물 간의 관계는 위에 제시된 전통적 방식보다 더 복잡했다. 에밀리가 보기에, 빅토리아 시대 귀부인들이 애견의 비위를 맞추는 것이나, 자연주의자들의 주장처럼 개가 주인인 인간에게 복종하는 '천성'(빅토리아 시대 사람들은 이것을 '주인에 대한 애정'으로 해석했다)을 타고났다고 여기는 것은 개를 바라보는 정직한 관점이 아니었다. 개들은 필요할 때는 주도권을 놓고 싸움을 벌이는 이기적인 짐승이었다. 짐승의 천성을 얄팍한 문화적 겉치장으로 감쌌다는 관점에서 본다면, 그 시대의 개 역시 사람과 크게 다르지 않았다. 하지만 에밀리는 개가 천성을 정직하게 표현한다고 생각했고, 그 점에서는 개가 인간보다 낫다고 믿었다. 그녀는 학교에서 쓴 에세이에서 인간은 "개와 비교할 때 우위를 점할 수 없다. 개는 너무나 선량한 존재이기 때문이다"라고 했다. 그 글에 따르면, 과한 위선과 잔인함, 은혜를 모른다는 점에서 볼 때 인간은 오히려 고양이 같은 존재였다. 에밀리는 사람이 원하는 바를 얻기 위해 공손함을 가장하듯, 고양이는 사람을 싫어하면서도 밥을 얻어먹기 위해 그런 마음을 감춘다고 주장했다. 먹잇감을 가지고 노는 고양이의 행위는, (말 그대로) 애완견을 애정으로 질식시켜 죽이는 귀부인들이나 사냥하기 위해 영지에서 여우를 키우는 남자들의 행위와도 같다고 그녀는 생각했다. 그녀는 "고양이가 보여주는 배은망덕함의 목적은 알고 보면 적진을 침투하기 위한 것이다"라고 썼다. 그들의 이기적인 목적은 인간에게 먹이를 얻어먹는 것이기 때문이었다.[10]

샬럿이 불쌍한 동물들에게 마음을 연 반면, 에밀리는 동물이 지닌 불굴의 거친 천성에 이끌렸다. 엘렌 너시에 따르면, 간혹 그녀는 "미쳐 날뛰며 사자처럼 울부짖는" 키퍼를 자랑스럽게 여겼다고 한다. 에밀리를 알았던 사람들은 타인을 잘 받아들이지 않고 마음을 터놓지 않는 그녀의 성격을 뚫고 들어갈 수 있는 존재는 동물―특히 키퍼―이라고 생각했다. 개들은 그녀의 마음속 우물을 열 수 있었지만, 몇몇 사람들은 거의 불가능했다. 한 지인은 에밀리의 이 같은 점에 대해 다음과 같이 피력했다. "그녀는 어떤 인간에게도 관심을 두지 않았다. 그녀의 애정은 모두 동물에게 쏠려 있었다." 이 말은 다소 과장이겠지만, 전혀 사실이 아니라 할 수도 없었다.[11]

에밀리는 개들과의 육체적 친밀함, 개의 털과 혀, 피부에 와 닿는 입김을 소중히 여겼다. 에밀리의 무릎에 앉고 싶어했던 키퍼는 샬럿을 밀어내고 커다란 갈색 몸을 에밀리의 날씬한 몸에 최대한 밀착하려고 했다. 키퍼는 에밀리가 황야로 산책 나갈 때 동행했고, 카펫 위에서 책을 읽을 때는 옆에 누워 있었다. 에밀리는 자매들을 제외하고는 누구와도 그런 친밀한 접촉을 하지 않았던 듯하다. 어쩌면 그녀는 접촉에 목말라 개의 몸을 가까이 두면서 만족을 느꼈는지도 모른다. 에밀리에게 동물은 애완동물이라기보다는 가족에 가까웠다.[12]

굽히지 않는 성격 때문인지 에밀리는 자신과 맞붙으려 하는 불우하고 억센 개들을 선호했다. 샬럿은 〈블랙우드〉지 초기 시절에 에밀리가 자신을 개가 아닌 '커다란 황소'에 비유했다는 이유로 화가 나서 길길이 날뛰었다는 이야기를 쓴 적이 있다. 하워스 마을 사람들의 입에도 에밀리의 이런 억센 기질이 오르내린 적이 있다. 어느 날 키퍼가 길에서 다른 힘센 개와 맞붙었다. 하인이 집에 있던 에밀리에게 그 이야기를 하자마자 에밀리가 즉시 부엌에서 후추를 들고 나왔다. 개들이 서로 목을 물어뜯고 있었고, 사람들은 겁이 나서 개들의 싸움을 말리지도 못하고 가만히 서 있었다. 에밀리는 한쪽 팔로 키퍼의 목을 붙잡고는, 다른 팔로 개들의 콧구멍에 후추를 뿌렸다. 개들이 떨어지자, 그녀는 남자들이 "벼락이라도 맞은 듯 어리벙벙한 표정으로 서 있는 가운데" 키퍼를 끌고 집으로 사라졌다.[13]

하루는 몸이 아픈 떠돌이 개 한 마리가 혀를 축 빼물고 고개를 떨군 채 집 주위를 맴돌고 있었다. 에밀리는 개를 불러 물을 주려고 했다. 그녀가 다가가자 개는 그녀의 팔을 덥석 물어 상처를 냈다. 광견병에 걸리지 않을까 생각한 그녀는 감염을 막기 위해 바로 부엌으로 달려가 불에 벌겋게 달궈진 태비의 이탈리아제 프라이팬을 상처 부위에 갖다 댔다. 마음 약한 사람들이 놀랄까봐, 그녀는 시간이 꽤 지난 후에야 이 사건을 털어놓았다. 자주 언급되는 이 일화는 에밀리의 용감한 성격—이것은 진정 사실이다—을 증명해줄 뿐 아니라, 당시 광견병에 걸린 개에게 물렸을 때 어떤 식으로 대처했는가도 전해준다. 또한 우리는 이 일화를 통해 에밀리가 키퍼를 대할 때와 마찬가지로 자기 자신에게서도 물러서지 않고 오히려 더 강하게 싸우려는 마음이 있었음을 유추해볼 수 있다.[14]

다루기 힘든 개와 맞붙어 상처 입고 결국엔 개를 다스리려 했던 에밀리의 의지는 길들일 수 없는 자연과 힘겨운 한판을 벌이는 데서 친밀함을 느끼는 그녀의 일면을 보여준다. 사랑 때문에 상처 입은 적이 없다면, 그 사랑이 충분치 않았기 때문이다. 에밀리는 이처럼 어두운 철학을 소설 속에 끌어들였고, 그것 때문에 샬럿은 그 소설이 "아직 덜 다듬어졌고 주변의 소재를 단순한 방식으로 쓴 습작"이라 해도, 지나치게 거칠고 폭력적이라고 생각했다. 많은 빅토리아 시대 평론가들이 이처럼 울퉁불퉁한 이야기가 대체 어디서 솟아났는지 궁금해했고, 이는 지금도 마찬가지이다. 잘 자란 성직자의 딸이 어떻게 이토록 생생한 욕망과 악마 같은 잔인함이 깃든 소설을 쓸 수 있었을까? 당대 주요 매체 중 하나였던 〈콘힐 매거진The Cornhill Magazine〉의 한 논평가는 엘리자베스 개스킬이 브론테 자매의 정체를 폭로하는 전기를 펴내고 그들의 소설이 재조명된 후, 다음과 같은 전형적인 감상을 토로했다. "어쩌면 이 책은 무섭고, 생생하고, 지금껏 나온 가장 불쾌한 책인지도 모른다… 하지만 우리는 이 책이 세상물정을 거의 모르는… 한 가녀린 시골 여성에 의해 씌어졌다는 실로 놀라운 사실을 직면하고 있다." 물론 우리는 그녀의 독서 이력에서 그 원천을 짐작할 수 있다. 월터 스콧의 소설, 바이런의 시, (원전으로 읽었을) 그리스 비극, 셰익스피어 말이다. 요크셔 지방의 소문거리와 거친 지역 사람들 역시 한몫했다. 하지만 또 다른 원천 역시 간과할 수 없다. 에밀리가 개들과 맞붙으며 익힌 교훈들 말이다.[15]

소설에는 "다리 넷 달린 악마"라는 표현이 초장부터 등장한다. 《폭풍의 언덕》 초반, 응접실 장면에는 "밤색 암놈" 포인터 한 마리가 끙끙대는 새끼들에 둘러싸여 앉아 있다. 그 개는 낯선 사람에게 "늑대처럼 살그머니 다가와" 입술을 말아올리고 "낚아챌 기회를 노리며 군침을 흘리는 흰 이빨"을 드러낸다. "음침하고 더러운 털을 지닌 양치기 개" 두 마리도 보금자리에서 나와 "감시와 으르렁거림의 대혼란"에 가세한다. 히스클리프는 자기 개들이 양을 몰고 사냥하고 집을 지키는 등 일하는 동물이라는 점을 분명히 해둔다. 그 개들은 전부 "버릇없이 굴도록 길들인 적이 없고, 애완용이 아니"다. 그렇게 말한 뒤, 그는 그중 한 마리를 발로 찬다. 하이츠의 집 지키는 개들은 나중에 그레인지 근처에 사는 개들과 격투를 벌여, 후자가 다리를 절고, 머리가 부어오르고, 귀에서 피를 흘리는 등 상처를 입는다.

하이츠보다 교양 있고 점잖은 사람들이 산다고 여겨진 그레인지에서도 개들을 친절하게 대하거나, 개들이 낯선 이들을 환영하는 일은 없다. 그레인지 사람들과 처음 대면하는 장면에서 어린 캐서린과 히스클리프는 창문을 통해 어린 에드가와 그 누이 이저벨라가 강아지를 두고 다투다가 거의 동강 낼 뻔하는 모습을 본다. 스컬커라는 이름의 집 지키는 불도그가 슬그머니 다가와 캐서린의 발목을 문다. 히스클리프가 개의 입속에 돌을 밀어넣어 입을 벌리려 하지만, 개는 어느 하인이 "목을 조를throttle" 때까지 캐서린의 발목을 놔주지 않는다. 이 개는 훗날 "스로틀러Throttler"라는 이름을 가진 새끼의 아버지가 된다. 그곳은 모든 종류의 짐승에게 잔인함이 깃들어 있는 사나운 세상이다. 인간을 포함한 그곳의 피조물들은 그들이 당한 만큼 남에게도 잔악하게 군다. 앞에서 보았듯이, 언쇼 씨는 리버풀 거리에서 히스클리프를 떠돌이개를 줍듯 주워온다. "어디서 왔는지 아무도 모르는 아이"이다. 히스클리프는 '저것it'이나 '저놈thing' 같은 호칭으로 불린다. 하이츠의 불행한 개들과 똑같은 취급이다. 언쇼 씨의 코트 속에서 풀려난 "그것은 제 발로 서더니 주위를 둘러볼 뿐이었어요"라고 넬리는 말한다. "그리고 언쇼 부인은 그것을 문밖으로 쫓아낼 기세였죠." 처음에 '그것'은

'주인'의 방 밖 마룻바닥에서 잠을 잔다. 마침내 그것은 이름을 얻긴 하는데, 그것은 재활용된 이름, 즉 죽은 아들의 이름이다. 그렇다고는 해도 그 이름 역시 사람의 이름, 적어도 기독교식 이름으로 들리지는 않는다. 그에겐 성姓이 없고, '히스클리프'가 성과 이름 역할을 다 한다. 그가 결혼했을 때 그의 부인은 히스클리프 부인이 되고, 그의 아들은 린턴 히스클리프이며, 죽었을 때 그의 묘비명 역시 그저 '히스클리프'이다(만약 키퍼가 결혼을 했다면 그의 동반자 역시 틀림없이 키퍼 부인으로 불렸을 것이다). 그의 이름은 그를 둘러싼 주변 자연환경의 혼합물이며, 그에게서는 그 같은 요소들이 발산되는 것처럼 보인다. 캐서린은 그를 일컬어 "금작화와 현무암의 거친 야생"이라고 말한다. 에밀리가 세상을 뜬 후, 샬럿은 독자에게 양해를 구하는 것이나 다름없는 글에서 히스클리프가 "맹렬하고 야수 같은" 존재로, "황야의 화강암 조각"에서 "야수 같고 거무스름하고 사악한 머리"를 쪼아낸 것 같다고 말했다. 결국 그는 "인간 형상을 한 바위이며 육중하고 음울하고 위압적인 동상이자 바위이다."[16]

이 바위는 개와 같은 인생을 살 처지이다. 언쇼 씨의 아들 힌들리는 히스클리프에게 들일을 시키며, 히스클리프가 노예 취급에 반항하자 채찍으로 때린다. 무자비한 처사에 단련된 히스클리프는 집과 파티, 좋은 옷으로 대변되는 인간 세계에서 추방되어도 그다지 개의치 않는다. 그는 '도둑개'와 같은 종류의 인간이며 방랑자, 버림받은 자, '인도 군인', 집시, '극단주의자'이기 때문이다. 소년 시절 그는 거무스름한 얼굴 때문에 지역 치안판사에게서 이런 말을 듣는다. "꼬락서니에 나타난 본성이 발휘되기 전에 교수형에 처하는 것이 이 지역에 도움이 되지 않겠나?" 거듭된 학대로 인해, 그는 점차 사람들이 예고한 바대로 검은 '악마'가 되어간다. 음울하고 언짢은 성품으로 자란 그는 단정치 못하게 걷고 머리칼은 '망아지 갈기'처럼 덥수룩하며, "발길로 채여 마땅하다는 사실을 알면서도 자신을 찬 사람뿐 아니라 세상 전체를 원망하는 못된 잡종개" 같은 표정을 짓게 된다.

히스클리프는 동물에 관한 우리의 주제를 다시금 떠올리게 한다. 그의 삶이 짜인 방식은 개의 그것과 크게 다르지 않다. 마치 에밀리가 그를 창조해낼 때 개, 그중에서도 특히 키퍼를 염두에 둔 것이 아닌가 싶을 정도이다. 그는 캐서린의 충실한 애완견이다. 캐서린은 그를 가리켜 애정을 담아 "사납고 무자비하고 이리와도 같다"고 말한다. 그녀의 가장 큰 기쁨은 그에게 명령해 자신이 시키는 대로 하게 만드는 것이다. 이런 특성이 잘 드러나는 장면이 있다. 캐시가 난롯가에 앉아 있고, 히스클리프는 그녀의 무릎에 머리를 얹은 채 바닥에 누워 있다. 그는 종적을 감췄던 지난 3년간 신사 행세를 익혔으나, 이제 본성이 가면 너머로 빠져나온 것이다. 또 다른 예로는 린턴의 심장을 뜯어 그의 피를 마시고 싶어하며, "날카로운 식인자의 이빨로" 적들을 뜯어먹는 그의 모습을 이저벨라가 떠올리는 장면을 들 수 있다. 함께하는 마지막 장면에서 캐서린은 죽기 직전 튀어올라 그에게 안기고, 그들의 격렬한 포옹은 캐서린이 기절하면서 막을 내린다. 히스클리프는 이를 갈고 거품을 물며 마치 "미친 개처럼" 그녀에게 달려든다. 그 분노 어린 광경을 본 넬리는 그가 "나와 같은 인간 종족이 아니"라는 생각을 갖게 된다. 캐서린이 죽은 후, 히스클리프는 "인간이 아니라 칼과 창에 상처를 입은 야수처럼 울부짖는다". 그는 무덤 위로 몸을 던지고, 말 그대로 "주인에게 충실한 개처럼 죽고 싶어"한다. 캐서린을 향한 그의 영원한 충심과 사랑은, 길들지 않은 거친 잡종 개를 부르는 주인과 같은 그녀의 명령—동시에 그녀를 길들이는 그의 명령이 기도 한—을 갈구한다.

복수의 길에 접어든 히스클리프는 개의 단계를 지나 완전히 다른 종류의 짐승이 된다. 이저벨라는 이렇게 묻는다. "히스클리프 씨가 인간이야? 그렇다면 미친 것 아니야? 인간이 아니라면 악마일까?" 야만인이라는 낙인이 찍힌 덕분에, 그는 소설에 묘사된 대로 고블린, 시체 먹는 괴물, 동양과 서양의 악마, 악령, 흡혈귀 등 초자연적 괴물로 바뀐다. 소설 속에서 그를 이렇게 호칭한 적은 없으나, 개나 인간의 형상으로 변하는 가이트래시 역시 그에게 걸맞을 듯하다. 셰익스피어가 묘사한 목매달린 개의 혼이 인간에 스며들어 한층 더 야수 같은 형상이 된 것이다. 에밀리는 히스클리프를 그려낼 때 셰익스피어의 이 문구를 마음에 담고 있었는지도 모른다.

히스클리프의 손에서 자라다시피 한 힌들리의 아들 헤어턴은 히스클리프의 개와 같은 외피를 물려받는다. 그의 이름인 헤어턴 Hareton은 토끼hare를 연상시키지만, 그에겐 개의 가장 좋은 특질들이 구현되어 있다. 그는 자신에게 잔인하게 군 사람들(히스클리프, 그리고 한동안은 캐서린의 딸 캐시)에게조차 충성심을 가지며, 원한을 품거나 복수를 갈망한다는 것이 무엇인지 알지 못하는 듯하다. 그의 아버지 힌들리Hindley(사슴hind을 연상시키지만 '굶주린 늑대' 같은 시선을 지닌)는 술에 취해 아들을 집어던지고 귀를 잘라버리겠다고 말한다. "개는 그래야 더 사나워지는 법이지. 그리고 난 사나운 게 좋거든." 캐서린의 딸 캐시는 "그냥 무슨 개 같아… 아니면 수레 끄는 말"이라고 말하며 헤어턴을 비꼬는데, 여기엔 진실이 담겨 있다. 그는 소설 첫 부분에 등장하는 하이츠의 개들과 친밀하다. 그 개들은 낯선 이에게 흉폭하고 사납지만 그저 할 일을 하는 것뿐이며, 다른 환경에서는 제법 친밀하게 굴기도 한다. 록우드의 목을 향해 달려들었던 그 "털투성이 두 괴물"은 그를 제압한 후에는 그를 "산 채로 잡아먹기보다는 기지개를 켜고 하품을 하고 꼬리를 흔드는 일에 더 정신이 팔려 있는 듯 보인다". 그중 주노라는 개는 그를 "알아보고 꼬리 끝을 흔들어댄"다. 다른 한 마리는 캐서린의 딸 캐시의 얼굴에 "코를 비벼대"곤 한다. 캐서린의 발목을 물었던 스컬커도 그후엔 캐서린에게서 케이크를 얻어먹고 그녀에게 코를 꼬집히는 등 친근한 행동을 보이고, 스컬커의 새끼는 하이츠에 와서 히스클리프와 끔찍한 결혼생활을 하게 된 이저벨라의 유일한 친구가 된다. 스컬커의 새끼는 그녀의 손에 "인사하듯 코를 들이민다." 히스클리프가 그레인지에 접근했을 때, 풀밭에서 햇볕을 쬐던 큰 개는 짖을 듯이 귀를 세우다가, 히스클리프를 알아보고 꼬리를 흔든다.

《폭풍의 언덕》에서는 동물들―성격 좋고 잘 길든 이저벨라의 망아지 미니나 하이츠의 쿠션에 쌓여 있던 죽은 토끼들, 벌집의 벌들―만 다양한 게 아니라, 인간들 역시 동물과 같은 다채로운 성격을 가지고 있다. 먼저 캐서린은 "작은 당나귀" 같고, 비둘기 같은 눈을 지닌 이저벨라 린턴은 우리를 벗어난 양처럼 길 잃고 헤매고 "인도 제국諸國에서 온 지네"처럼 복수심을 품는다. 히스클리프와 이저벨라의 아들인 린턴은 병아리처럼 삐약삐약 울어대고, 강아지와 흡사한 모습이며, "문을 열어준 사람이 문을 쾅 닫아 자신을 다치게 하는 건 아닐까 의심하는 스패니얼처럼" 움츠린 채 문을 나선다. 헤어턴은 잡종 개 같을 뿐 아니라, "따분한 송아지"에 "털도 안 난 바위종다리"에 "괴상한 동물 새끼"로 묘사된다. 뛰어난 에밀리 브론테 연구자인 스티비 데이비스에 따르면, 에밀리는 "인간과 동물 사이에 세워진 경계"에 도전한다고 말했으며, 온갖 종류의 피조물들이 뒤섞인 난장판이 바로 삶이고, 인간과 비인간이 별로 다를 바 없다고 주장했다.[17]

에밀리는 파괴가 자연의 핵심적 원칙이라고 믿었다. "모든 존재는 다른 존재나 자기 자신이 존재하기를 그칠 때까지 멈추지 않고 죽음을 향해 가는 도구이다." 찰스 다윈이 《종의 기원》을 출간해(1859년) 자원이 한정된 상황에서 동물은 다른 종보다 환경에 더 적합하게 진화해야만 살아남을 수 있다는 개념을 널리 알리기 전인 1842년에 에밀리는 이렇게 썼다. 그녀는 때로는 어떤 짐승들, 특히 개가 은총을 받아 그 싸움에서 우위를 점한다고 믿었다. 새들 역시 구원받을 가능성이 높았다. 《폭풍의 언덕》에서 가장 음울한 장면 중 하나는 "뼈만 남은" 도요새 둥지에 관한 장면이다. 캐서린은 죽기 얼마 전 자유를 갈망하는 대목에서 그 새들을 묘사한다. "도요새는 예쁜 새지. 황야 한가운데에서 우리 위를 날아다녀." 캐서린의 죽음을 애도하며 뿌리 내린 듯 나무에 기대 선 히스클리프의 머리 위에는 한 쌍의 검은 지빠귀가 둥지를 틀었다. 캐서린의 딸 캐시는 천국과도 같은 가장 좋은 날은 종달새가 머리 위에서 울고 지빠귀·찌르레기·홍방울새·뻐꾸기가 "사방에서 음악을 쏟아내고… 온 세상이 깨어나 생생한 기쁨을 누릴 때"라고 말했다. 새소리는 에밀리의 시에도 여기저기 등장한다. 이른 아침의 울새 소리는 "활발하고 다정한 음악"이다. 1841년에 쓴 시에서 에밀리는 "나 자신처럼 홀로, 완전히 홀로"인 사슬에 묶인 새와 자신을 동일시하고 있다. 만약 그런 신세가 아니라면 그들은 이러할 것이다.

우리는 언덕에 동등한 기도를 바치리
대지의 산들바람 스치는 언덕과 천상의 푸른 바다에
그 이상 무엇도 바라지 않으리
우리의 마음과 자유 외에는

하지만 시는 그 새가 죽을 때까지 사슬에 묶인 신세임을 암시하고 있으며, 그것은 히스클리프도 마찬가지라 해야 할 것이다.[18]

사슬에 묶인 새는 우리를 다시 브론테 가의 실제 애완동물이라는 주제로 이끈다. 현대인인 우리의 눈으로 보기에, 키퍼의 묵직한 금속 목걸이는 개가 노동에 동원되고 그 피부가 피혁으로 쓰이던 시절을 이야기하고 있는 듯하다. 육중한 목에 맞게 두를 수 있도록 목걸이의 조절 가능한 청동 줄은 가장 넓게 맞춰져 있다. 살갗이 쏠리는 걸 방지하기 위해 끝 부분이 바깥으로 휘어져 있고, 한쪽에는 조절용 밴드를 현재의 위치에 맞게 잠글 수 있도록 작은 자물쇠가 달려 있다. 노예들도 이런 모양의 목줄을 찼는데, 당시 영국에서는 노예 소유가 불법이었지만, 미국과 다른 나라들에선 아직 합법이었다. 18세기 런던의 은세공사였던 매슈 다이어는 "깜둥이나 개를 위한 자물쇠, 목걸이 등"을 전문적으로 제작했다. 영국 외의 다른 곳에서 인간이 인간을 소유했듯, 키퍼의 목걸이는 그 개가 인간의 소유물이었음을 상기시킨다. 그 목걸이에는 그것을 착용한 개가 어느 집 소유물인지를 알려주는 다음과 같은 문구가 새겨져 있다. "P. 브론테 목사, 하워스." 에밀리와 키퍼는 다르게 생각했을지 몰라도, 십대 시절 에밀리는 키퍼의 진짜 주인으로 간주되지 않았던 것이다. 패트릭은 개에게 부과된 세금을 냈다(창문과 머리에 뿌리는 분에 세금을 냈듯이). 1796년부터 부과되기 시작한 그 세금은 명목상으로는 빈자를 위한 세금이었지만, 실은 나폴레옹 전쟁을 위한 것이었다. 개에게 부과된 세금을 내지 않으면 재산을 압류당할 수도 있었다. 재산을 빼앗겨 분노한 개 주인이 징수원을 살해하는 사건이 벌어지기도 했다. 이 세금은 빈곤한 계급에 속한 사람들이 개를 소유해 (비싼 사냥개를 데리고 사냥하는) 부유층의 장원에서 밀렵을 하고 개가 멋대로 돌아다니게 내버려둬서 사건을 일으키는 등 '무법 행위'를 하는 것을 막기 위한 것이기도 했다. 즉 이 세금은 반항적인 민중이 개를 데리고 불법행위—때로는 정당한—를 벌이는 사태를 막는 데 쓰인 셈이다.[19]

키퍼의 목걸이에 딱히 특이한 점은 없다. 가죽 목걸이가 더 흔하긴 했지만, 키퍼의 목걸이는 대체로 당시 개들이 많이 착용하던 목걸이 중 값싼 축에 속했다. 부유층은 신분 과시를 위해 금이나 은으로 만든 목걸이를 채웠다. 앨버트 공이 가장 아꼈던 그레이하운드 이오스는 정교하게 세공한 은목걸이를 찼다. 앨버트 공은 예쁜 금목걸이를 두른 불도그가 새겨진 상아 손잡이의 등나무 지팡이도 갖고 있었다. 개와 지팡이 둘 다 1841년 에드윈 랜시어가 그린 그림 〈총애받는 그레이하운드 이오스〉에 그려져 있다. 금속 목걸이가 두껍고 높았던 것은 다른 개나 동물의 공격으로부터 목을 보호하기 위해서였다. 같은 목적으로 목걸이 바깥쪽에 가시를 박아두기도 했는데, 그것은 개를 데리고 큰 사냥에 나설 때 도움이 되었다. 18세기의 개들은 멧돼지나 늑대 사냥에 나섰고, 중세 전쟁 시기에는 심지어 인간 사냥에까지 동원되었다. 마스티프·알런트·그레이트 아이리시 하운드 같은 종들은 전쟁터에서 병사들과 똑같이 싸웠다.[20]

개목걸이는 동이나 금속을 전문으로 취급하는 가게에서 살 수 있었고, 런던과 기타 대도시의 노점에서도 자물쇠와 함께 팔았다. 작은 것은 6펜스, 큰 것은 3실링가량이었다. 안에 천이나 종이, 가죽 등 부드러운 안감을 댄 것도 있었다. 당시 신문의 '분실물' 광고에는 개를 찾는 내용이 자주 등장하곤 했다. 딕시라고 부르면 알아듣는 검정색과 갈색 얼룩의 잉글리시 테리어를 컬트라 역에서 잃어버렸다는 식이었다. 길을 잃었거나 임시로 맡고 있는 개의 주인을 찾아주기 위해 황동 개목걸이를 묘사한 글도 자주 실렸다. 리즈 캐슬에 있는 개목걸이 박물관에는 중세까지 거슬러 올라가는 온갖 종류의 개목걸이들이 전시되어 있다. 다시 사용해도 될 정도로 튼튼한 그 목걸이들은 안쪽에 새겨진 문구를 읽을 수 있도록 뒤집은 상태로 전시되어 있다. 훼손된 문구들도 있다. 개목걸이를 훔친 도둑에게는 징역 1년형이 선고되었다. 이 개목걸이들은 수명이 무척 길어서, 간혹 보물 사냥꾼들이 바다 밑바닥에서 건져올리기도 했다. 1841년 10월, 난파한 로열 조지 호를 뒤지던 잠수부들은 당시 배에서 노동견으로 많이 쓰인 뉴펀들랜드 종 개가 착용한 듯한 황동 목걸이를 발견했는데 거기에는 "빅토리[아마도 개 이름], 토머스 리틀의 것, 1781년."이라는 문구가 새겨져 있었고, 잠수부들은 그것을 소유주의 친척에게 돌려주었다. 2005년에는 1770년 아르헨티나 해변에서 가라앉은 HMS 스위프트 호를 인양하던 중 '미들섹스 포플러 북가北街의 I. 차일드'라는 사람의 개목걸이가 발견되기도 했다.[21]

금속 개목걸이에 새겨진 글 중에는 일어난 일을 기념하고 소유 관계를 기록한 것이 많다. 장애물 뛰어넘기 대회에서 우승한 그레이하운드나 순종 대회에서 우승한 불도그의 은목걸이에는 개와 소유주의 이름, 대회 장소와 날짜까지 포함된 긴 문구가 새겨져 있다. 19세기 초의 어느 은목걸이에는 세 가지 문구가 따로 새겨져 있는데, 곰 미끼 대회, 황소 미끼 대회, 두 번에 걸친 닭싸움 대회의 우승 경력이다. 이런 문구가 새겨진 것도 있다. "아서 웰즐리 경(샬럿이 흠모한 훗날의 웰링턴 공작)으로까지 혈통이 거슬러 올라가는 불도그 챔피언의 목걸이. 혈통 대회에서 1등상을 수상함." 이 목걸이 바깥에는 두 줄의 문구가 추가되었는데 첫 번째는 "프랭크 레드먼드가 향사 해리 브라운 님께."라는 문구이고, 다음 것은 아마도 브라운이 누군가에게 선물했음을 나타내는 "K. C. G.의 W. H. 패튼-손더스 대장님께."라는 문구이다. 목걸이나 몸통에 모금함을 매달고 도시를 돌아다니며 자선활동에 참여한 개들을 기념하는 목걸이들도 있다. 윔블던 잭이라는 이름의 개는 "자선에 공헌한 바"를 기념하는 목걸이를 받았는데, 이 개는 사후에 박제되어 윔블던 역 유리 진열장에 전시되었다.[22]

개와 개 주인의 유쾌한 성품을 증언하는 목걸이들도 있다. "저를 쉬지 말고 뛰게 해주세요. 저는 S. 올리버의 개 비크넬이니까요."라는 문구가 새겨진 작은 목걸이가 그것이다. 시인 알렉산더 포프는 널리 유행하게 된 문구 하나를 만들어냈다. 그는 1730년대에 자신이 키우던 그레이트 데인 종 개 바운스의 새끼를 프레더릭 왕세자에게 선물하면서 개목걸이에 이렇게 썼다. "저는 큐에 사는 왕세자 전하의 개입니다/당신은 뉘댁 개입니까?" '당신은 뉘댁 개입니까?'라는 문구는 이후 많은 개목걸이에 새겨졌는데, 이것은 지위를 자랑하고 싶어하는 개 주인의 태도뿐 아니라 개 자신은 주인의 지위나 계급 따위에 개의치 않을 거라는 명백한 사실을 따끔하게 상기시켜주는 문구이다(물론 이 문구는 그 개들이 말 그대로 섬겨야 할 '주인'이 있는 '개'라는 점도 떠올리게 한다). 유명인사들이 키운 개들—예를 들면 키퍼—의 목걸이는 오늘날까지도 잘 보관되어 있다. 넬슨 경의 개 닐리어스의 은목걸이도 그렇다. 디킨스의 가죽 개목걸이에는 이런 문구가 새겨진 황동판이 달려 있다. "향사 C. 디킨스의 개/개즈힐 플레이스/하이엄." 로버트 번스는 "자물쇠가 달리고 문구가 새겨진 번쩍거리는 황동 목걸이"를 한 부잣집 개에 관한 시를 쓴 적이 있는데, 그가 사랑한 콜리견의 목걸이에는 "로버트 번스, 시인"이라고 새겨져 있었다. 샬럿은 어린 시절에 (마법의 액체가 담긴 욕조를 갖고 있는) '시신 강탈자' 흄 배디 박사의 '거대한 개'에 관한 글을 쓴 적이 있는데, 그 개의 목걸이에는 "외과의사, 무자비한 악당"이라는 문구가 새겨져 있다. 키퍼의 목걸이 문구는 이에 비하면 꽤 수수한 편이다.[23]

이제는 사라진 브론테 가의 또 다른 개목걸이는 아마도 그래스퍼의 것으로, 가죽으로 만든 것이었으리라 추정된다. 그들이 키퍼 이전에 키웠던 테리어의 일종인 이 개에 관해서는 알려진 것이 많지 않다. 에밀리는 1834년 1월에 이 개의 연필 초상화(사진 참조)를 그려 불멸의 존재로 만들었다. 목걸이 명판의 문구는 알아볼 수 없는 형태의 필치로 쓰여 내용을 확인하기 어렵다. 키퍼를 키우기 시작하고 몇 년 뒤, 앤의 개 플로시가 이 집에 왔다. 플로시의 작은 목걸이에는 키퍼의 것과 같은 내용의 문구가 담겨 있다. 에밀리가 가계부에 'F의 목걸이'라는 항목을 적어둔 것으로 보아, 1실링 6펜스짜리의 이 목걸이는 1846년에 그녀가 브랜웰 이모에게서 받은 돈으로 구입한 듯 보인다. 수많은 싸움과 모험을 겪어 닳고 움푹 패고 너덜너덜해진 키퍼의 목걸이에 비해, 플로시의 목걸이는 반짝반짝 윤이 난다. 많은 전기 작가들은 플로시가 캐벌리어 킹 찰스 스패니얼이라고 주장하는데, 이와 달리 앤과 에밀리가 그린 수채

화를 보면 잉글리시 스프링어 스패니얼에 더 가까워 보인다. 19세기에는 그런 개를 스프링잉 스패니얼springing spaniel이라고 불렀는데, 토이 스패니얼보다는 다리가 길고, 주둥이 역시 길고 곧으며, 등에는 곱슬거리는 털이 나 있다. 19세기의 사냥꾼들은 온갖 종류의 스패니얼을 교배하고 만들어냈는데, 그중 몇몇 종은 사라졌고, 캐벌리어 같은 종들은 1840년대 이후에야 나타났다.[24]

브론테 가에는 다른 동물들도 살았다. 딕이라는 이름의 카나리아, '작고 검은 톰'과 타이거라는 이름의 고양이들, 그리고 (여왕과 이모의 이름을 딴) 빅토리아와 애들레이드라는 이름의 거위 들이다.[25] 이들 중 초상화로 그려진 동물은 그래스퍼만이 아니다. 브랜웰은 집에서 키운 듯한 고양이의 옆모습을 연필로 그렸다. 에밀리는 황야에서 상처 입은 매를 주워와 건강해질 때까지 돌봤고, 네로라는 이름의 그 매를 그림으로 그렸으며, 실물로 남아 있지는 않으나 키퍼와 플로시, 고양이 타이거가 함께 있는 모습도 그렸다. 키퍼의 모습을 그린 1838년의 수채화는 잠든 모습을 담고 있는데, 이상하게도 개목걸이는 하고 있지 않다. 플로시 역시 카드게임 판에 끼어 있거나 (목걸이를 한 채로) 평화롭게 창밖을 내다보는 모습이 앤과 에밀리의 수채화에 그려져 있다. 에밀리는 등받이 없는 의자에 앉아 글을 쓰고, 키퍼는 에밀리의 발 위에 머리를 얹은 채 깔개 위에 누워 있는 동안, 플로시가 침대에 올라 가 자는 등 개에게 금지된 행동을 하는 모습을 우리는 볼 수 있다.

브론테 일가의 피에는 온갖 동물들과 친밀하게 지내는 특성이 흐르는 듯하다. 그들은 지역의 다른 동물들도 그림과 스케치의 대상으로 삼았고, 판화나 삽화 책, '사생'화도 모사했다. 브론테 가의 형제자매들은 특히 토머스 뷰익의 두 권짜리 책《영국 새들의 역사》에 열광했으며, 네 사람 모두 이 책들에 묘사된 동물들(과 문양 및 사람)을 베껴 그렸다. 샬럿은 '산 참새'를 그렸고, 브랜웰은 '새매'를, 앤은 바위에 앉은 까치를 연필로 그렸다. 그중 한 권의 책에서 에밀리는 하워스 황야에 사는 종류의 새를 알아보았고, 그것들을 섬세한 필치로 모사했다. '금은딱새'와 '고리지빠귀'가 그것이다.《제인 에어》의 도입부 독서 장면에서 제인이 무릎에 펼쳐놓고 환상에 빠져 읽는 책이 바로 뷰익의 역사책이다. 브랜웰은 뷰익을 찬양하는 수필을 썼다. 뷰익의 '조용한 시'가 "변하는 구름, 벌어지는 잎사귀, 이끼 낀 바위, 부딪는 물결을 통해 기쁨을 안겨주는" 단순한 자연세계를 관찰하고 숙고하도록 가르친다는 것이 그의 생각이었다.[26]

그래스퍼가 브랜웰의 개가 아니었다면, 그에게는 개가 없었던 것으로 보인다. 그에게 개가 없었다는 점은 좀 기이하다. 그는 총을 소유했고 황야의 토끼나 붉은 뇌조를 사냥하는 데도 참여했던 것으로 보이기 때문이다. 그런 사냥에는 세터나 포인터, 혹은 플로시 같은 스패니얼 개를 데려가 총에 맞은 새를 물고 오게 한다. 심지어 그는 죽은 새들과 책, 종이 들을 늘어놓은 테이블 뒤에서 팔에 총을 걸고 있는 자신과 누이들의 모습을 유화로 남기기도 했다. 그가 개를 키우지 않았다면 그 이유는 아마도 집을 떠나 생계비를 벌고, 유일한 아들로서 누이들을 돌봐야 한다는 생각 때문이었을 것이다. 1840년 그는 알 수 없는 이유로 레이크 디스트릭트에서의 가정교사 일을 그만두었는데, 음주 혹은 그 지역 여성을 임신시켰거나 하는 등의 비행이 원인이었던 것으로 추측되고 있다. 몇 달 후 그는 완전히 다른 직업을 구하게 된다. 핼리팩스 근방의 마을인 사워비 브리지에 있는 리즈-맨체스터 신新 노선 철도의 직원으로 근무하게 된 것이다. 1841년, 그는 그 일을 하면서 잡지 혹은 책에서 본 화가 에드윈 랜시어의 인기 높은 그림 〈늙은 양치기의 상주喪主〉에 관한 시를 썼다. 이 그림은 어둑한 가운데 주인의 관에 머리를 올리고 있는 콜리견을 묘사하고 있다. 브랜웰은 이 시에서 애도의 '형식'만 취하는 인간과 "가슴이 찢기도록 끙끙거리는" 콜리를 비교한다. 시 속의 개는 "오래도록 한탄한다/주인을 위해, 사랑에 권능이 있다면 주인을 되살릴 수도 있을 사랑으로." 이 개는 인간이 잃어버린 진정성 있는 감정을 지녔다. 죽은 주인을 앞에 둔 개의 충정을 그린 그림에 감동한 브랜웰은 어쩌면 가족의 죽음을 떠올렸을지도 모른다.[27]

목사관의 삶을 수놓은 많은 동물들은 형제자매들이 직업을 구해 집을 떠났을 때 그리움의 대상이 되었다. 1841년 로빈슨 가족과 함께 스카버러에 있던 앤은 다른 해와 마찬가지로 목사관에 사는 사람들뿐 아니라 동물들에 관해서도 일기에 열거한다. 앤은 목사관을 그리워하며 이렇게 썼다. "우리 집엔 키퍼가 있고, 작고 다정한 고양이가 있다가 없어졌고, 매도 있다. 야생 거위도 있었는데 날아가버렸고, 세 마리를 길들였는데 그중 한 마리가 죽었다." 로히드 학교의 생활은 실패로 돌아갔지만, 그래도 에밀리는 하워스를 떠나려고 다시 시도했다. 그러면서 그녀는 머물던 곳의 동물들과 친해지거나 집에 있는 동물들을 그리워했다. 1838년 에밀리는 핼리팩스에 있는 로힐 학교에 교사 자리를 얻었는데, 이때는 키퍼가 하워스에 온 지 얼마 안 되었을 때였다. 그녀는 황야(아마도 혁명가인 앤 리스터가 지나거나 적어도 그녀의 이야기가 회자되었을 길)를 산책하며 학교에 사는 개와 우정을 쌓았다. 에밀리는 학교의 버릇없는 소녀들 앞에서 자신이 좋아하는 건 오로지 그 개뿐이라고 말한 적도 있다. 이번에 에밀리는 그곳에서 6개월을 머물렀다.[28]

지난 2년 동안 여러 곳에서 가정교사 일을 했던 샬럿은 1842년에 또다시 에밀리와 함께 벨기에에 있는 학교로 떠났고, 그들이 떠나 있는 동안 몇몇 동물은 남에게 넘겨지거나 사라졌다. 에제 기숙학교에 머문 지 9개월이 된 1842년 11월, 그들은 브랜웰 이모의 사망 소식을 듣고 급히 집으로 향했다. 이때 에밀리는 자신의 매 네로와 다른 거위들을 누군가에게 줘버렸다는 것을 알게 되었다. 그녀는 네로가 죽었을 거라 확신했다. "백방으로 수소문했지만 소식을 들을 수 없었기 때문"이다. 이 여행 이후, 에밀리는 잉글랜드 북부 지역으로의 짧은 여행 몇 번을 제외하고는 평생 동안 동물들과 함께 집에 머물렀다.[29]

샬럿은 교사로 일하기 위해 혼자 브뤼셀로 돌아갔다. "깊은 감정적 수렁"에 빠진 그녀는 에밀리에게 보낸 편지에 목사관으로 돌아가고 싶다고 썼다. 특히 부엌에서 에밀리가 해시에 밀가루를 충분히 넣었는지, 후추를 너무 많이 넣지는 않았는지 감시하면서 함께 서 있던 때가, 그리고 "무엇보다도 타이거와 키퍼를 위해 양다리의 가장 좋은 부분을 남겨놓던 일, 타이거가 목사관의 접시와 고기칼 위를 돌아다니던 모습, 그리고 키퍼가 부엌 불 앞에서 바닥을 골똘히 들여다보던 모습이 그립다"고 했다.[30]

동물에 대한 앤과 샬럿의 태도는 에밀리와는 달리 단순해서 동의하기 어렵지 않다. 그들의 소설에 나오는 인물들은 동물들을 대하는 태도로 판단 가능하다. 《애그니스 그레이》에서 새를 산 채로 구워먹기 위해 덫을 놓는 소년에 대해 독자가 무엇을 느껴야 하는지는 분명하다. 애그니스의 털이 거친 테리어 스냅에 대한 웨스턴 씨의 친절한 태도는 그가 낭만적인 남자 주인공임을 알리는 신호이다. 《와일드펠 홀의 소작인》에 등장하는 주정뱅이 남편 아서 헌팅던은 대시라고 불리는 자신의 코커스패니얼을 흠씬 두들겨패는 반면, 남자 주인공인 길버트 마컴은 정반대로 세터 종의 얼룩개 산초를 사랑한다. 소설 제목과 같은 이름을 지닌 《셜리》의 여주인공은 마스티프와 불도그의 혼혈인 개 타르타르를 곁에 두는데, "사자처럼 덩치가 크고 갈색인" 그 개와 셜리의 관계는, 샬럿의 말에 따르면 에밀리와 키퍼의 친밀한 관계에 근거를 두었다고 한다. 소설 속 인물 캐럴라인은 동물들이 결혼할 남자의 성품을 판별하는 "참된 예언자" 역할을 한다고 생각했다. 이것을 셜리에게 설명하던 캐럴라인은 로버트가 좋은 남편감임을 깨닫게 되는데, 다름 아니라 그가 다음과 같은 이야기 속의 '그분'이기 때문이다. "목사관엔 검은 고양이 한 마리와 개 한 마리가 있어요. 검은 고양이가 무릎에 올라가고 싶어하고, 어깨와 뺨에 기대어 가르랑거리고 싶어하는 사람이 있죠. 그분이 지나가면 늙은 개는 개집에서 나와 꼬리를 흔들고 예뻐해달라며 끙끙거려요." 우리는 《빌레트》에서 몸집이 작고 엄격한 폴 씨가 스패니얼 개 실비를 귀여워하고 개의 이름을 부드럽게 부를 때 소설의 흐름이 바뀌는 것을 느낀다. 루시는 그에게 완전히 빠져버리고 만다. 삶의 마지막 순간의 앤에 관한 일화는 동물에 대한 그녀의 태도를 엿보게 한다. 스카버러에서 결핵으로 죽어가던 그녀는 해변에서 당나귀가 끄는 수레에 실려 이동한다. 더 빨리 달리기 위해 소년이 당나귀에게 채찍을 휘두를까봐 걱정이 된 그녀는 병으로 약해진 몸에도 불구하고 직접 고삐를 잡는다. 그리고 수레에서 내릴 때 소년에게 당나귀를 잘 돌봐달라고 부탁한다. 훗날 그곳에서 멀지 않은 해변에 있는 앤의 무덤을 찾아갔을 때, 샬럿은 앤의 개를 떠올린다. "어제 큰 개 한 마리가 해변을 뛰고 헤엄치고 물개처럼 파도에 맞서는 걸 보았다. 플로시라면 뭐라고 했을지 궁금했다."[31]

에밀리에게 심하게 맞고 개싸움에 뛰어들기는 했어도, 키퍼와 플로시의 사이는 나쁘지 않았던 것으로 보인다. 플로시는 똑같이 플로시라고 불린 강아지의 아버지가 되었다. "제일 앞서 나가고 활발한 짐승"이라고 불린 그 강아지는 1844년 샬럿의 친구 엘렌 너시에게 선물로 전해졌다. 그 수캐는 "버릇이 나쁘고 여주인을 곤경에 빠뜨"렸다. 이를테면 흰 모슬린 드레스를 망가뜨리는 "재앙과도 같은" 사건을 일으켰다. 1848년 앤은 엘렌에게 아버지 플로시 쪽은 "전보다 살이 쪘지만 여전히 양을 사냥하러 나설 만큼 기운이 넘친다"는 편지를 썼다.[32]

두 개 모두 그들의 여주인들보다 오래 살았다. 샬럿은 키퍼가 에밀리의 '임종'을 지켰으며 지하무덤의 장례식에 따라갔고, "추도사가 낭독되는 동안 신도석의 우리 발치에 앉아 있었다"고 했다. 키퍼는 에밀리가 죽은 후에도 아주 오랫동안 그녀의 작은 침실을 매일 찾아갔다. 앤이 스카버러에서 죽은 후, 샬럿은 아버지와 개들이 기다리는 집으로 돌아왔는데, 샬럿이 돌아오자 개들은 "기이할 정도로 날뛰며 좋아했다. 아마 그 바보 같은 녀석들은 내가 돌아왔으

니 우리 곁에 없는 다른 이들도 곧 돌아올 거라고 생각한 것이 틀림없다."³³

개를 가까운 벗 삼아 살도록 아이들을 가르친 건 그들의 아버지 패트릭이었을 것이다. 백내장 수술을 앞두고 그가 가장 걱정한 바는 이것이었다. "앞으로 다시는 키퍼가 내 무릎에 발을 올릴 수 없게 될까봐 걱정이다!" 1851년 키퍼가 세상을 떠났을 때 그의 마음이 어땠는지는 알 수 없다. 샬럿은 엘렌에게 보내는 편지에 이렇게 썼다. "지난 월요일 아침에 가여운 키퍼가 하룻밤을 앓은 뒤 세상을 떠났어. 고요히 잠들었지. 우리는 그 개의 충실한 머리를 정원 쪽으로 돌려놓아줬어. 플로시도 생기를 잃고 키퍼를 그리워해. 늙은 개를 잃는다는 건 정말 슬픈 일이야. 하지만 나는 키퍼가 자연스러운 운명을 맞은 것이 다행이라고 생각해. 사람들은 아버지와 나에게 개를 보내버리는 게 좋을 거라고 계속 말했지만, 우린 그럴 생각조차 하지 않았어." 3년 후 플로시가 세상을 떠났고, 우리는 이 사실을 또다시 샬럿이 엘렌에게 보낸 편지를 통해 알게 된다. "우리 불쌍한 작은 플로시가 죽었다는 이야기를 내가 했던가? 하루 정도 시름시름 앓다가 밤중에 고통 없이 조용히 세상을 떠났어. 한 마리 개라 해도 이별은 너무나 슬퍼. 하지만 그렇게 즐겁게 살다가 편안히 죽은 개는 아마 없을 거야."³⁴

마지막으로 살아남은 자식 샬럿이 세상을 떠나고 몇 달 후, 패트릭은 하워스 지역 교사인 서머스케일 씨로부터 마리당 3파운드를 주고 개 두 마리를 샀다. 빙리 지역의 지인인 정치가 버스필드 페런즈가 키운 개의 후손들이었다. 그중 한 마리를 케이토라고 이름 지었는데, 그 개는 한 살 반짜리 뉴펀들랜드 종과 리트리버 종의 혼혈견으로, 패트릭은 샬럿이 그 개를 좋아했을 거라 생각했다. 다른 개에게는 플래토라는 이름을 붙여주었는데, 워터스패니얼과 뉴펀들랜드의 혼종이었다. 브론테 목사관 박물관에 보관된 세 번째 황동 개목걸이는 이 개들 중 한 마리의 것으로 추정되는데, 키퍼가 착용했다가 몸집이 커지는 바람에 남겨졌다는 설도 있다. 두 개의 커다란 목걸이는 재활용되었을 것이다. 처음에는 키퍼가, 그다음엔 플래토와 케이토가 착용했을 것이다. 명판에 개 이름이 새겨져 있지 않으므로 가능한 일이다. 그다음에 이 목걸이를 받은 이들이 자기 개에게 채웠을 가능성도 있다. 세 번째 목걸이의 밖으로 굽어진 끄트머리에는 부드러운 검은색 개털 뭉치가 남아 있다. 그것은 어느 개의 것일까?[35]

5장

⋮

덧없는 편지들

나는 내 보물의 바깥쪽을 살피기 시작했어요. 수신인 주소를
검사하고 봉인을 조사하기까지 몇 분이 걸렸어요.
그런 종류의 편지는 서둘러 공략하지 말고
그 앞에 차분히 앉아 있어야 한다는 말이 있는데,
그 말이 맞는 것 같았어요… 봉인이 너무 아름다워서
깨뜨릴 수가 없었어요. 그래서 가위로 동그랗게 잘라냈죠.

—샬럿 브론테, 《빌레트》

1844년 1월, 브뤼셀에서 배를 타고 돌아온 샬럿은 에밀리와 동
물들과 재회했다. 한동안 그녀는 자신이 쓴 글을 가족에게만 보이
지 말고 세상에 내놓을 방법을 곰곰이 생각하기 시작했다. 그 첫
단계는 편지에서 시작되었다. 샬럿은 많은 훈련을 거친 후, 몇백
킬로미터 떨어진 사람들과도 편지를 통해 교분을 쌓는 법을 익혔
다. 그녀는 작은 책을 꿰매던 시절부터 오랫동안 글 한 장 한 장에
주술성이 깃들도록 노력해왔다. 손글씨와 서명은 개인의 성격, 그
리고 어쩌면 영혼의 일부까지도 전송했다. 샬럿은 편지를 통해 글
쓴이가 남긴 손길과 온기를 전달할 수 있다고 생각했고, 이런 믿음
은 그녀가 주고받은 편지 속에 드러났다. 샬럿은 엘렌 너시에게 편
지를 보내 키우던 개들의 죽음을 알리고 슬픔을 나눴다. 편지를 통
해 엘렌에게 바느질 공예품들을 보냈다. 그들의 우정은 우편을 통

해 싹텄다. 어른이 된 후 그들은 1년에 두세 번쯤 얼굴을 보았지만, 편지로는 일주일에 한 번 꼴로 교류했다. 엘렌은 샬럿이 보낸 편지의 대부분을 간직했고, 샬럿이 받은 편지들은 사라졌다. 샬럿이 세상을 떠난 후, 엘렌은 샬럿의 편지를 500통쯤 가지고 있다고 말했지만, 훗날 브론테 팬들과 그 편지들을 나누다가 100여 통을 잃어버렸다고 상심했다. 오늘날 추적할 수 있는 편지는 340통쯤으로, 그중 몇 통은 내용물 없이 봉투만 남았다.

서신 교환은 샬럿이 열다섯 살이고 엘렌이 열네 살이던 때에 시작되었다. 샬럿의 생일은 4월 21일이고 엘렌의 생일은 4월 20일로, 그들은 로히드 학교에서 만난 몇 달 후부터 서로에게 편지를 썼다. 편지는 샬럿이 임종을 맞을 때까지 끊이지 않았다. 샬럿은 침상에 누워 마지막으로 "편지 쓸 수 있을 때 답장 보내줘"라고 희미하게 연필로 썼다. 엘렌에게 보낸 샬럿의 첫 번째 편지는 머리 씨의 직류전기galvanism 강연(화학물질로 전기를 일으켜 대중에게 시연하던 강의로, 종종 죽은 동물의 근육에 전류를 흘려보내는 장면을 연출했다)에 같이 가자는 엘렌 언니의 제안을 거절하는 내용을 담고 있다. 간단하면서도 뻣뻣하게 시작된—"지난 주에 네가 편지를 통해 베풀어준 호의에 빨리 감사를 표할 기회를 갖게 되어서 다행이야"라든가 "네 편지를 받고 얼마나 기쁘고 놀랐는지 몰라" 같은 격식 갖춘 문구가 서두를 장식한다—이 여학생들의 첫 번째 편지는 서서히 긴장을 풀고 화제와 영역을 넓혀간다.[1]

샬럿은 춤추기를 '정강이 흔들기'라고 묘사할 정도로 편지를 통해 위트와 익살을 표현하는 법을 익혀갔고, 가끔은 '낙서쟁이 샬럿' '샤리바리' 같은 말로 서명을 대신하기도 했는데, 후자는 아마도 불협화음을 뜻하는 듯하다. 어쨌든 둘 다 자신이 편지를 잘 쓰지 못한다는 겸손의 뜻을 드러내는 표현이다. 어떤 편지에는 '너를 사랑하는 사촌'이라고 서명하기도 했고, 어떤 편지에는 CB라는 글자를 점점 작게 거듭해서 쓰기도 했다: CB, CB, CB, CB. 남자 이름인 찰스 선더Charles Thunder(그리스어로 브론테bronte는 '천둥thunder'이라는 뜻이다)라고 서명하거나 셰익스피어의 《템페스트》에 나오는 기형 괴물인 캘리반Caliban이라고 서명하기도 했다. 엘렌은 자신을 '메넬라우스 부인'이라고 불렀는데, 이것은 메넬라우스의 아내, 즉 파리스의 꾐에 빠져 트로이 전쟁을 일으킨 트로이의 헬렌이라는 뜻이다.[27] 어떤 편지에는 헬렌 · 엘레노라 · 헬레나 · 넬 · 넬리 등 엘렌이라는 이름으로 온통 장난을 쳤다. 때때로 현학적이고 으스대기 좋아하는 샬럿의 면모가 드러나는데, 프랑스어로 편지를 주고받자고 주장하는 대목이 그렇다. "애원하고 간청하는데, 제발 세계어로 답장을 보내줘." 어떤 편지에서는 수다스럽고 말이 많지만, 다른 편지에서는 자신의 고통스러운 내면을 측량하는 데 관심을 드러낸다. 1836년 겨울에 보낸 편지에서 그녀는 이 기술을 발전시켜 자신의 내면을 생생히 그려낸다. "지금 내가 처해 있는 이 우울한 상태 속에서 내가 정말로 진정한 회한을 느끼고, 사고와 행동에 관해 방황하며, 내가 절대로 절대로 도달하지 못한 신성에 다다르기를 갈망하는 것인지 분명치 않아." 이런 편지들을 통해 그녀는 정신세계를 섬세하게 색칠하는 언어를 계발해갔고, 《제인 에어》를 내놓기 위해 도달해야 했던 깊이를 찾아나섰다.[2]

---

27) 엘렌이라는 이름은 '헬렌'의 중세 영어에서 비롯되었다.

엘렌과 다른 사람들에게 보낸 편지에서 샬럿은 편지가 아름다워 보이기를 바라며 고심했다. 자신의 드레스와 머리 모양이 깔끔하기를 바라는 것과 글의 아름다움, 글의 간격과 우아함 등을 걱정하는 마음이 다르지 않았다. 그녀의 동시대인들에게 외양에 신경 쓰는 것과 편지에 신경 쓰는 것은 똑같이 중요했다. 가끔 그녀는 "고약한 글씨체"나 "이 지저분한 낙서 속의 온갖 실수"에 대해 사과하는 말로 엘렌에게 보내는 편지를 끝맺곤 했다. 어떤 추신에서는 이렇게 설명했다. "내가 쓰는 종이는 지저분하게 얼룩이 져. 하지만 다시 쓸 짬이 없으니 편지가 꾀죄죄하더라도 양해해주었으면 해. 다른 사람한텐 절대 보여주지 말고. 싸구려 종이를 쓴다는 게 너무 창피하거든." 다른 편지에는 이런 뻔뻔한 말도 썼다. "이 편지를 진귀한 서체의 견본으로 간직해주면 좋겠어. 정말 굉장하지 않니. 이 놀라운 검은 얼룩들과 읽기조차 어려운 글자들 말이야." 간혹 샬럿은 편지에 그림을 그리기도 했는데, 브뤼셀에서 바다 건너에 있는, "선택한 사람"(당시 엘렌에게 구애하던 남자)의 손을 잡고 있을 우아한 엘렌에게 보낸 편지에는 미화하지 않는 눈으로 자신을 바라본 자화상이 그려져 있다. 샬럿의 편지는 이렇게 끝난다. "다정한 넬, 잘 지내. 내 말이 과연 들릴까 싶긴 하지만, 이렇게 말하자니, 영불해협의 모든 파도가 일렁이면서 '잘-지-내'라고 외치는 것만 같아. CB."[3]

1836년 샬럿은 엘렌에게 편지를 보내면서 그들의 삶을 지탱해주는 편지를 음식에 비유하기 시작했다. "네 편지는 나에게 고기이자 음료수야." 이런 맥락에서 쓰인 편지 한 통은 읽기보다는 먹기에 더 적합해 보인다. "앉아서 몇 줄 적어야만 한다는 생각이 들었어… 만약 젊은 숙녀[엘렌]께서 이 편지가 제정신에서 쓰였길 기대한다면 꽤나 실망하게 될 거야. 나는 그녀에게 샐머건디[28]를 대접하고, 해시를 요리하고, 스튜를 끓이고, 오믈렛 수플레를 던져올리고… 거기에 애정을 곁들여 그녀에게 보낼 거야."《빌레트》의 루시 스노는 그녀가 사랑하는 남성 존 그레이엄 브레턴 박사에게 받은 편지를 음식처럼 여긴다. "생생하고 풍미 있는 사냥꾼의 음식, 영양가 있고 유익하며, 숲이나 사막에서 자라 싱싱하고 건강하고 삶을 지탱하게 해주는 고기와도 같다." 혹은 음료수에 비유하기도 한다. 같은 남자와 사랑에 빠진, 루시보다 어린 친구 폴리나는 그의 편지가 목마른 짐승에게 맑은 물이 솟아나는 샘과도 같으며, "세 번 거른 황금과도 같은 물이 콸콸 솟아오른다"고 했다.[4]

편지에 이처럼 풍미가 담길 수 있었던 것은 부분적으로는 편지가 글쓴이의 영적 혹은 육체적 부분을 간직하고 있기 때문이다. 편지는 신체와 연결되는데, 샬럿과 그녀의 동시대인들은 손으로 만질 수 있는 것이기에 편지를 소중히 여겼다. 예를 들어 샬럿이 창조한 루시는 브레턴 박사에게서 온 첫 편지의 물질적 감촉을 즐긴다. 그녀는 편지의 "흰 얼굴"과 "거인의 주홍빛 눈 같은" 봉인에 인격을 부여한다. 주소는 글쓴이의 "깔끔하고 명료하고 한결같고 결단력 있는 손"과도 같고, "능숙하게 떨어뜨린" 밀랍은 그의 "떨리지 않는 손가락"과도 같다. 편지는 그의 신체와 친숙한 사물이다. 잉크·종이·이니셜이 새겨진 밀랍 봉인은 그의 개성을 웅변한다. 그녀는 누군가의 감은 눈에 키스하듯, 봉인에 입술을 갖다

---

28) salmagundi, 17세기부터 먹기 시작한, 고기·해산물·야채를 혼합한 영국식 샐러드.

댄다. 특히나 글씨체는, 폴리나가 같은 남자로부터 편지를 받기 시작하고 말했듯이 글쓴이의 풍채를 대변한다. "그레이엄의 손은 그 자신 같아요…. 깨끗하고, 부드럽고, 유쾌한 글씨체가 나를 달래주는 것 같아요. 그의 그 깎아낸 듯한 얼굴처럼."[5]

책이나 상자의 경우에서 보았듯이, 브론테 일가와 그 동시대인들은 사람(혹은 사람의 일부)을 말 그대로 갖가지 종류의 용기容器로 여기는 성향이 있었다. 엘렌에게 보낸 어린 시절의 편지에서 샬럿은 다음번 편지에는 머리타래를 동봉해달라고 부탁했다. 앞으로의 우정을 서약하는 의미인 그런 기념품 교환에는 낭만적인, 심지어 주술적이기까지 한 성격이 깃들어 있었다. 앞에서 언급했듯이《셜리》의 캐럴라인은 사랑하는 남성에게 머리타래를 달라고 부탁해서 그것을 목걸이 로켓 속에 간직한다. 당시에 누군가에게 머리타래를 준다는 것은 육체가 결부된 에로틱한 약속과도 같았다. 제인 오스틴의《이성과 감성》에서 윌러비는 메리앤 대시우드에게 머리칼을 잘라달라고 부탁하고, 가족들은 그것이 확실한 약혼의 증표라고 여긴다. 나중에 그가 그 머리칼을 거절의 편지에 동봉해 돌려보내자, 그녀는 슬픔으로 무너지고 만다.[6]

브랜웰도 편지에 머리타래를 담아보내면서 그런 점잖지 못한 짓을 저지른 적이 있다. 담당하던 장부의 수치 계산이 어긋나는 바람에 철도 회사에서 일자리를 잃은 그는 앤이 일했던 로빈슨 가의 아들을 가르치게 된다. 그 집에서 일한 지 몇 달 지나지 않아 브랜웰은 37세였던 고용주의 아내 리디아 로빈슨과 은밀한 성적 모험을 벌인다(이 내용은 다음 장에서 더 언급할 것이다). 그는 아마도 자신의 정복 행위를 자랑할 요량으로 하워스 목사관의 하인이자 친구였던 존 브라운에게 자신의 연인에 대한 이야기를 써보내면서, 자신의 가슴 위에 "한밤중에 펼쳐져 있던 그녀의 머리칼에서 잘라 낸 머리타래"를 보낸다. 그러면서 그는 탄식한다. "떳떳하게 그럴 수 있다면 얼마나 좋을까!"[7]

엘렌 너시는 우편 요금이 많이 나온다는 이유로 샬럿의 요청에 응하지 않았는데, 어쩌면 샬럿의 우정이 지나치게 빠르게 불타오른다고 느꼈기 때문인지도 모른다. 샬럿은 화를 내며 이렇게 답장을 썼다. "머리칼을 안 보내준다니 정말 실망이야. 네가 정말 나의 다정한 엘렌이 맞는다면 나 역시 두 배의 우편 요금을 아까워하지 않겠지만, 똑같은 이유로 나도 너한테 내 머리칼을 보내지 않을 거야." 우편제도에 대대적인 개혁이 일어난 8년 후였다면 이런 작은 다툼은 벌어지지 않았을 것이다. 19세기 초에는 우편 요금이 무게와 거리에 따라 달랐고, 요금만 비쌌던 게 아니라 발송 시스템도 느리고 불안정했다. 편지가 두 장이거나 머리타래 같은 동봉물이 있으면 요금이 두 배가 되었다. 배달도 느렸을 뿐 아니라 발신인이 아닌 수신인이 집으로 찾아온 우편배달부에게 돈을 내야 했다. 따라서 머리칼을 보낼 수 없다는 엘렌의 거절은 두 배의 요금을 내야할 샬럿에 대한 예의 차리기로 보일 수도 있다. 그런 시스템에서 수신자가 돈이 없을 경우 편지는 받기 부담스러운 물건일 수도 있었다. 돈이 없어서 편지를 돌려보내야 하는 상황은 많은 이들에게 굴욕이었다.[8]

장난 편지나 팬레터, 증오 편지 같은 것도 그것을 받기 위해 돈을 내야 했다면 이야기가 달라진다. 논쟁을 불러온 정치서를 펴낸 샬럿의 친구 해리엇 마티노는 "온갖 장치, 예를 들어 신문 조각을 끼워넣거나 단신, 시를 베낀 종이, 온갖 욕설들이 적힌 종이로 묵직해진 편지"를 받아야 했다. 1832년 그녀가 《삽화본 정치경제학》을 펴낸 후에는 배달 수레가 필요할 정도이니 우편물은 그녀가 직접 보내는 편이 낫겠다고 우편배달부가 말할 정도였다.[9]

수신자가 요금을 내야 하는 편지라면 돈을 내고 받아볼 만한 가치가 있어야 했고, 많은 사람이 내심 불편함을 느끼거나 샬럿이 그랬듯 불안해했다. 수신자 요금 부담으로 인해 발달한 편지 쓰는 기술들이 있었다. 그런 기술을 가르치는 설명서들도 유행하기 시작했는데, 그 책들은 전통적이고 '여성적인' 방식의 편지를 통해 동성 친구와 감정을 교류하도록 여성들에게 권장하고 있다. 샬럿은 당시 많은 이들이 그랬듯이 읽는 이가 돈이 아깝지 않도록 꼭 읽고 싶은 편지를 쓰기 위해 노력했다. 특별히 할 말도 없으면서 편지를 보냈다간 수신자의 화만 돋울 수 있었다. 샬럿은 "내 편지는 우편 요금만큼의 값어치도 없어"라고 엘렌에게 변명한다. "그래서 네 마지막 편지에 답장하는 걸 미뤄온 거야." 샬럿은 또한 편지를 너무 자주 쓰는 데 대해서도 사과한다. "내 편지요금을 내는 것도 지겹겠지. 하지만 편지를 써야만 하는 상황이 자주 생겨."[10]

보통 편지는 한 장으로 끝맺는 것이 예의였다. 한 장을 덧붙이거나 심지어 봉투를 이용해도 요금이 추가되기 때문이었다. 샬럿이 엘렌에게 보낸 것과 같은 19세기 초의 가장 사적인 편지들도 한 장짜리 편지지를 접고 봉인한 뒤 편지지 바깥 면에 주소를 쓰는 것이 보통이었다. 반환할 주소는 아예 쓰지 않거나 편지 안쪽, 서명 아랫부분에 쓰곤 했다. 엘렌 같은 경우는 종이나 요금을 아끼기 위해 교차 쓰기로 편지를 썼다. 교차 쓰기란 두 장째 편지지를 사용하지 않고, 첫째 장을 가로로 돌려 이미 쓴 글과 '교차'시켜 직각으로 내용을 이어가는 것이다. 이렇게 편지를 쓰려면, 첫째 장을 쓸 때 여백을 주의 깊게 남겨둬야 '교차'시켜 쓴 글이 먼저 쓴 단어 사이의 여백에 알맞게 들어갈 수 있다. 그러기 위해선 글씨체가 정갈해야 했고, 읽는 쪽에서도 기술이 필요했다. 샬럿은 친구인 메리 테일러에게 엘렌의 교차 쓰기를 읽기가 어렵다고 종종 투덜거리곤 했는데, 엘렌의 글씨가 늘 깔끔하지만은 않았기 때문이다. 앤은 교차 쓰기의 달인이었다. 엘렌 너시에게 보낸 앤의 편지를 보면 그녀의 기술이 얼마나 뛰어난지 알 수 있다. 샬럿은 교차 쓰기를 거의 하지 않았는데, 간혹 그렇게 한 경우에는 읽기가 무척 힘들었다. 교차 쓰기를 하면 읽기가 힘들어져 내용을 비밀로 간직할 수 있다는 이유로 선호하는 사람들도 있었다. 어느 작가는 교차 쓰기의 유행이 지난 후 향수에 젖어 "교차 쓰기 한 글자들 사이의 그늘에" 비밀 메시지를 심어둘 수도 있었다고 회상했다. 제인 오스틴이 자매인 카산드라에게 편지를 쓴 방식은 교차 쓰기보다 드물긴 했지만 종종 쓰인 방식이었다. 한 장을 다 채운 후, 편지의 위아래를 돌려 여백에 글을 쓰는 방식이다. 아마도 오스틴은 편지 앞뒷면을 다 채운 후 덧붙일 말이 떠올랐을 때 그런 식으로 쓴 듯하다. 혹은 편지를 받아본 사람만 그 내용을 알아볼 수 있기를 바라며 내용을 조심스럽게 감추려 했는지도 모른다. 그런 편지는 읽기가 어려워서 모르는 사람의 눈에는 횡설수설로 보일 수 있었다. 편지 내용을 비밀리에 전달해야 할 경우, 특히 가족들과 편지를 돌려 읽게 될 경우에는 편지 맨 위나 아래에 한두 줄을 덧붙였다. 그러면 수신자가 읽은 후에 그 부분만 잘라낸 뒤 의심을 사지 않고 다른 사람에게

읽힐 수 있었다.[11]

공식적으로 보내는 편지는 절차가 복잡한 데다 느리고 비싸서, 다른 전달 방식이 우후죽순처럼 생겨났다. 19세기에 목적지에 전달된 전체 우편물의 절반이 불법적으로 전달되거나 비합법적인 우편배달부를 통해 전달되었다. 약삭빠른 사람들은 우편 요금을 아끼기 위해 여러 방법을 고안해냈다. 접은 신문 사이에 편지를 끼워 보내는 것도 한 방법이었다. 당시에는 우편을 통한 신문 배포가 무료였기 때문이다. 시가·담배·옷깃·해초·장갑·손수건·악보·자수 패턴·설교집·스타킹 등 온갖 물건들이 신문 사이에 끼워져 우체국을 통해 전달되었다. 잘 보이지 않는 잉크(우유를 사용하는 경우도 있었다)를 사용해 신문에 직접 글을 쓰는 것도 요금을 피하는 길이었다. 불법이긴 했지만 소포에 편지를 몰래 담아 보내는 경우도 있었는데, 기이하게도 대개 소포 요금이 편지 요금보다 쌌기 때문이다. 샬럿은 작은 메모나 경량지에 쓴 편지를 수예품에 끼워서 엘렌에게 보내곤 했다.[12]

같은 방향으로 여행을 가는 친구 편에 편지를 들려 보내기도 했다. 샬럿은 종종 이런 방식으로 엘렌에게 편지를 전해 친구의 우편 요금을 절약해주곤 했다. 아는 사람이 편지를 전달해줄 때까지 기다리는 경우도 있었다. "꽤 오래 기다려야 했어. 아는 사람을 통해 너에게 편지를 보내려고 말이야. 하지만 그렇게 될 것 같지 않아서 그냥 우편으로 보낸다"라고 샬럿은 엘렌에게 설명한다. 샬럿이 로히드에서 교사로 일하던 무렵, 엘렌은 자신의 오빠를 통해 편지를 전한 적도 있었다. 샬럿은 엘렌에게 이렇게 말했다. "식당 창가에 서 있는데, 네 오빠(조지)가 빙글빙글 돌면서 네가 들려 보낸 작은 소포를 던졌다 받았다 하는 게 담 너머로 보이더라." 샬럿은《빌레트》에도 이런 낭만적인 편지 전달 방식을 등장시킨다. 루시 스노는 어느 날 밤 학교 뒤편 정원을 거닐다가 발치에서 상아색 상자를 발견하는데, 그것은 창문을 통해 정원으로 던져진 것이다. 상자 안에는 꽃다발과 접힌 분홍색 종이가 담겨 있다. 루시는 다른 여인이 받아야 할 그 연애편지를 읽는다.[13]

엘렌이 우편 요금을 피해 샬럿에게 편지를 전달하려다가 불발로 끝난 적도 있다. 샬럿은 엘렌의 집을 방문했다가 우연히 우산을 놓고 온다. 그리고 브래드퍼드의 여인숙으로 그것을 보내달라고 부탁한다. 그런 다음 동네 우편배달부에게 여인숙에서 우산을 받아와달라고 부탁하지만 우편배달부는 그 부탁을 깜박했다. 그래서 우산은 여인숙에 한 달 동안 처박혀 있었다. 엘렌은 그 우산 안에 샬럿에게 보내는 편지를 숨겨두었는데, 시간이 흐른 뒤 그 우산을 회수한 샬럿은 낭패로 돌아간 그 일에 대해 편지를 쓴다. "편지 쓴 날짜를 보니… 네가 그걸 쓰고 그것이 내 손에 닿기까지 정확히 한 달 하고도 나흘이 걸렸네. 나는 그걸 지난 월요일에 받았어. 그때까지 그 편지는 황소 머리 여인숙에 놓인 우산 속에서 편히 지낸 셈이지."[14]

이렇게 사람들이 우편 요금 속이는 일을 마음 편히 저지른 까닭은, 부자들도 우편 요금을 내는 일이 드물었기 때문이다. 의회 의원들의 경우 우편 요금이 면제되어서 공짜로 보내고 받을 수 있었다. 이런 납인 특권―이 특권을 누리려면 의원이 편지 바깥 면에 서명을 해야 했다―은 광범위하게 악용되었다. 의원들은 가족의 편지에도 '납인'을 찍어주었다. 더 고약하게는 지인들끼리 그 서명을 돌려썼다. 납인을 팔기도 했고, 하인들에게 그것을 사용하게 하고 급여의 일부로 대신하기도 했다. 요금을 낼 여유가 있는 계층이 내지 않아, 여유가 없는 계층이 우편 재정을 전부 짊어진 이 현상은 부패의 악취를 풍긴다. 이에 대응해, 일부 지역에서는 좁은 반경에서나마 1페니씩 내고 편지를 주고받기도 했다. 샬럿이 살던 하워스와 엘렌이 살던 리즈 근방의 버스톨 지역은 브래드퍼드 관할에 속했다. '브래드퍼드 요크스 페니 우편서비스'라는 손으로 찍은 소인이 있는 샬럿의 1830년대 편지들은 편지가 제한된 시간과 공간 동안의 우편 수단을 통해 배달되던 시절의 증거를 담고 있다.[15]

개혁의 시기가 무르익었고, 1840년대에 이르러 우편제도는 나라 전체를 아우르는 1페니짜리 우표로 인해 혁신적으로 바뀐다. 무게가 1온스 이하인 모든 편지는 영국 전체에 보내는 데 1페니밖에 들지 않았다. 요금도 발신자가 내게 되었다. 1840년 1월, 샬럿은 이 소식에 환성을 지르며 엘렌에게 편지를 썼다. "난 이 1페니 제도를 양껏 활용해서 너한테 편지를 써볼 생각이야… 시간이 되는 한." 이런 값싼 제도가 가능해진 것은 우선 철도 덕분이었다. 1830년대에 최초의 철도가 놓였고 빠르게 확장되어갔다. 열차에는 우편배달 칸이 있었고, 그것이 우편배달 마차를 대체했다. 1페니 요금제의 출현으로 우편물 양이 전국적으로 폭증했다. 이제 가난한 사람들도 편지를 주고받을 여유가 생겼다.[16]

편지 쓰기에 일어난 온갖 변화는 샬럿이 엘렌에게 보낸 편지에서도 읽을 수 있다. 먼저 선불 요금 1페니를 내고 살 수 있는 공식 봉투가 전국적으로 새로이 선보였다. 그 봉투 디자인 공모에서 화가 윌리엄 멀레디가 우승했는데, 그 결과 절대 벗겨지지 않는 정교한 삽화가 있는 봉투가 탄생했다. 그다음엔 빅토리아 여왕의 두상을 둥글게 양각한 분홍색의 차분한 봉투가 멀레디의 봉투를 대신했다. 샬럿은 이 봉투를 편지 보낼 때 가끔 사용했다. 미리 인쇄된 봉투와 저렴한 요금 덕분에 크리스마스 · 밸런타인데이 · 생일 등을 기념하는 카드를 보내는 풍습이 생겼다. 기념품 가게에서는 또 다른 아이디어를 고안해냈다. 예를 들면 1860년대에 존 그린우드의 가게에서는 목사관이 삽화로 그려져 있고 '브론테 가족'이라는 문구가 적힌 카드를 팔았다.[17]

진정한 도약은 훗날 '우표'라 불리게 된 '우편 딱지'로부터 시작되었다. 이것에는 봉투와 똑같은 양식으로 여왕의 초상이 그려져 있었다. 최초의 것이 검은색이었기 때문에 '페니 블랙'이라는 애칭으로 불린 이 우표는 곧 밤색 이어서 적색으로 바뀌었고, 샬럿의 편지에서도 이 변화를 추적할 수 있다. '풀이 발린' 우표 뒷면에 물을 칠하면 그것을 종이에 붙일 수 있었다. 페니 블랙의 도입에 반대하는 목소리가 있었다. 침으로 우표를 붙이는 행위 때문에 콜레라가 퍼지지 않을까 하는 우려도 있었다. 하지만 결국 우표는 선불제 형식으로서 인기를 얻었을 뿐 아니라 거의 즉시 수집 열풍을 불러왔다. 어느 귀부인은 사용된 우표를 자신의 드레스룸 전체에 붙여 장식하기도 했다. 그녀는 1842년 10월 〈런던 타임스〉에 사용한 우표를 보내주실 '선한 분들'을 찾는다는 광고를 냈다. 샬럿의 봉투에 붙어 있던 우표들 중 일부는 오려내어서 없는데, 아마도 누군가의 우표 수집에 쓰였거나 검은 소인이 제대로 찍혀 있지 않았던 경우 불법이긴 해도 재사용했을 가능성이 크다. 심지어 우표는 화폐 대신 쓰이기도 했다. 편지로 보내기도 쉽고, 우체국에 가면 언제든 돈으로 바꿀 수 있었다. 샬럿은 가끔 우표로 돈을 갚기도 했다. 샬럿은 엘렌에게 "하프페니 우표를 동봉했어. 네가 역에서 나 대신 돈을 냈잖아"라고 썼다. 심지어 편지의 제유提喩로 우표를 언급하기도 한다. "당신의 그 지나치게 후하신 '여왕님 머리'를 이젠 한동안 쉬게 하시죠." 지나치게 자주 편지를 보내온 남성에게 그녀가 전한 부탁의 말이다.[18]

우표에 대한 열광만큼 봉투(공식 봉투 말고 다양한 종류의 것들)도 널리 쓰이기 시작했다. '작은 가방들'이라고 불리기도 했던 봉투는 예전에는 우편 요금을 낼 필요가 없는 사람들의 전유물이었지만, 이제는 표준이 되었다. 샬럿도 주소와 메시지를 담고 봉인을 찍은 커다란 편지지 대신 섬세한 봉투, 특히 명함 크기의 작은 봉투에 쏙 들어가는 작은 편지지를 쓰기 시작했다. 가끔 샬럿은 자신의 편지 외에 다른 사람들이 쓴 편지도 함께 보내곤 했는데, 덕분에 엘렌은 다른 사람들의 소식도 직접 들을 수 있었다. 샬럿은 그 작은 가방들을 유용하게 사용했다. 엘리자베스 개스킬에게 보내는 편지에는 목사관을 도배할 벽지 샘플을 동봉하기도 했다. 다른 편지에서는 친구에게 이런 요청을 남긴다. "다음번 답장을 보낼 때 제비꽃을 또 보내주세요." 그녀의 책을 출간한 출판사 사장 조지 스미스의 어머니에게는 손수 짠 아기 양말 한 켤레를 동봉한 편지를 보내기도 했다. 그녀는 이런 추신을 덧붙였다. "부정직한 우체국 직원이 이 편지의 내용물이 수표라고 생각할 경우, 이 편지를 넣어선 안 될 상자에 넣어버릴 것 같기도 하네요." '지저분한 레이스 1야드'를 엘렌에게 보낼 때도 우체국 직원을 걱정하는 말을 남겼다.

"브래드퍼드 우체국에서 이 편지를 열어보지 않았으면 좋겠어. 안에 말랑말랑한 것이 들어 있으면 자기들 맘대로 뜯어보는 경우가 있거든." 그 답례로 엘렌은 '작고 예쁜 소맷단'을 편지에 넣어 샬럿에게 보냈는데, 이때도 우체국 직원들이 봉투를 열어보았다. 밀랍 봉인을 녹여 개봉한 뒤 '검은 밀랍'으로 지저분하게 다시 봉인하면서 종이가 그을린 것이 그 증거였다.[19]

봉인을 훼손한 사람은 남의 일에 참견하기 좋아하거나 탐욕에 눈이 먼 우편배달부만이 아니었다. 샬럿은 밀랍 봉인을 종이만큼이나 열렬히 좋아했다. 서류나 상자에 봉인이 찍혀 있다는 것은 누군가 뒤졌을 경우 알아볼 수 있다는 뜻이다. 뭔가를 봉인한다는 것은 그것에 비밀스러운 생명을 불어넣듯이 호기심을 자극하는 깊이를 부여하는 행위이다. 샬럿은 어린 시절부터 봉인을 좋아했는데, 그 시절에 쓴 단편에는 웰링턴 공작이 '유령의 공문'이라는 문구가 새겨진 봉인을 피 묻은 편지에 찍어 보내는 이야기가 나온다. 다른 이야기에서는 도우로 후작이 사랑하는 여인에게 책을 선물하는데, 그 책은 예쁜 포장지로만 싸인 게 아니라, "'오로지 사랑만이'라는 모토가 새겨진 녹색 밀랍으로 봉인"되어 있다. 샬럿은 봉인된 책에서 "봉인된 장서들" 혹은 "쉽사리 봉인을 해제하거나 해독할 수 없는 상형문자 두루마리" 같은 타인의 마음을 떠올렸다. 하지만 샬럿의 편지에 따르면, 엘렌의 마음은 첫 번째 서신 교환 이후 점차 친근해져 그녀를 향해 열렸다. 그 편지들은 "잘 변하고 비뚤어지고 일관되지 못하고 어두운" 샬럿의 성격에 빛을 가져다주었다.[20]

봉인이 감추고 있던 내용을 드러내 실상 반대의 역할을 수행하는 경우도 있었다. 가족 중 누가 세상을 떠났을 때, 샬럿은 검은 테를 두른 편지지를 검은 밀랍으로 봉인해서 보냈다. 결혼 소식을 알릴 때는 엘렌에게 봉인용 흰 밀랍을 구입해달라고 부탁했다. 1840년대부터는 엘렌에게 편지를 보낼 때 문구와 모토가 인쇄되어 있는 색깔 있는 접착 종이를 봉투에 붙여 사용하기 시작했다. 문구가 새겨진 이 종이 봉인은 1851년 만국박람회에서 선보인 많은 신상품 중 하나인 접착제 발린 종이 봉투가 나올 때까지 10여 년간 크게 유행했다. 편지를 쓴 뒤 종이를 접으면 바로 봉투 형태가 되는 1840년대의 봉투는 한 장의 편지지로 이루어진 예전의 편지와 마찬가지로 봉인이 필요했다. 봉인용 밀랍(19세기의 봉인은 대개 진짜 밀랍이 아니라 셸락 수지와 붉은 안료를 섞어서 만들었다)은 이 시기의 봉투에도 여전히 필수였는데, 서신 교환이 늘어감에 따라 새로운 유형의 봉인인 봉함인이 선보이게 되었다. 봉함인은 페니 우표와 함께 세상에 나왔고, '물'을 바르면 종이에 붙는다는 똑같은 기술이 사용되었다. 샬럿의 책상에 놓여 있던 "쿠퍼 사社의 오리지널 금은 에나멜 접착지. 더욱 개선된 두 번째 버전"이 그랬듯이, 봉함인은 주로 세트로 팔렸다. 1840년 2월에 팔리기 시작한 둥근 마분지 상자 세트에는 빅토리아 여왕이 앨버트 공과 팔짱을 낀 모습이 그려진 봉함인들이 담겨 있었는데, 샬럿은 작은 로열블루 색의 것을 갖고 있었다. 이 봉함인은 여왕과 그 부군이 결혼하기 일주일 전부터 판매되기 시작했고, 그들의 로맨스를 상품에 노골적으로 담아냈다.[21]

채식주의나 속기술, 금주운동 같은 내용을 담은 홍보용 봉함인이 생겨나면서부터, 편지는 공공의 성격을 띠기 시작했다. 그런 봉함인 중에서도 크기가 꽤 큰 것에는 이런 문구가 적혔다. '수천 명의 여성들이/남성들의 음주로 인해/건강과 권리,/안식과 가정/심지어 생명까지도/위협받습니다/술 대신 차를 마시는/운동은 그것을 막아줍니다/그러니 여성들이여/이 소식을 널리 알립시다.' 차티스트[29] · 여성 참정권자 · 반전주의자 등 정치적 진보세력들도 메시지를 봉함인에 인쇄했다. '여섯 조항[30] 외에는 받아들일 수 없다/완전한/참정권'이나 '북이 울릴 때 법은 침묵한다' 같은 문구였다. 바이런 · 월터 스콧 · (브론테 가를 비롯한 일부 영국인들이 우상시했던) 나폴레옹 · 웰링턴 공작 · 셰익스피어 등이 그려진 봉함인도 살 수 있었다. 폴카 춤의 기본 스텝이 색칠 그림으로 그려진 봉함인도 있었다. 웨스트민스터 사원이나 틴턴 사원, 그리고 지하철 같은 역사적 기념물이나 장소에서도 봉함인을 팔았다. 상업적 광고 용도로 인쇄된 봉함인도 있었는데, 가장 먼저 나온 것 중 하나는 첼트넘과 그레이트 웨스턴 철도 노선 광고였고, 샬럿의 소설을 펴낸 출판사들도 '스미스, 엘더 사 발행/런던 콘힐 65번가' 같은 내용으로 광고용 봉함인을 찍었다.[22]

접고, 봉투에 넣고, 주소를 적고, 봉인을 찍으며 사람의 손길을 거친 편지는 세상으로 보내지면서 편지 쓰기 자체에 대해서도 이야기했다. 샬럿이 엘렌에게 보낸 편지의 봉함인—파란색이나 겨자색, 분홍색에 다이아몬드, 정사각형, 직사각형 모양이었다—에는 글들이 인쇄되어 있었다. 그중 몇 가지는 아마 둘 사이의 농담이나 메시지가 굳어진 것일 테고, 둘은 그런 봉함인 글귀를 통해

---

29) 1830~1840년대에 노동자의 참정권을 위해 싸운 운동가들.
30) 차티스트들이 목표로 내건 '성인 남자 보통선거권' '무기명 투표' '의원 급여 지급제' '의회의 연례적 개선' '선거구 평등' '의원 출마 시 재산 자격 철폐'의 여섯 조항을 가리킨다.

일종의 대화를 주고받았으리라 짐작되지만, 엘렌의 편지들은 모두 사라져버리고 말았다. '늦지 마', '너에게', '모두/잘 지내길' 같은 글귀이다. 우편체계를 직접적으로 언급하는 '요금 납부' 같은 문구도 있었다. 애정이나 사랑을 드러내는, '나를/잊지 마', '잘 지내길', '날 기억해줘', '곁에 없어도/날 잊지 마' 같은 감상적인 문구도 있었다. 샬럿의 어린 시절 이야기에 등장한 봉인처럼 프랑스어 문구도 있었다. '레스페랑스L'Espérance(희망)', '시 주 퓌Si je puis(내가 할 수만 있다면)', '투주르/르 멤Toujours/le même(언제나 한결같이)', 그리고 '샤캥 아 송 구Chacun à son goût(입맛은 누구나 다른 법)' 등이다. 간혹 충고의 말도 있었다. '오늘을 현명하게'나 '희망은/나의 닻이니'처럼 영성이 깃든 메시지도 두어 개 있었다. '진실' 같은 문구에 담긴 의미는 명확하지 않다. 진실을 강조하는 문구가 몇 개 더 있는데, 그 내용은 그다지 진실하다고 볼 수 없다. '시간이/모든 걸 밝혀준다.' 이 마지막 문구는 부유한 여인과 결혼한 엘렌의 오빠에 대해 샬럿이 걱정하는 내용의 편지에 부착되어 있었는데, 아마도 그 두 사람이 평등한 관계를 누리기는 어려우리라는 최종 언급일지도 모른다.[23]

문구가 새겨진 봉함인은 그 특성상 연애편지에 적합했다. 사적인 내용을 들여다보지 말라고 붙여놓은 것이긴 하지만, '곁에 없어도/나를 잊지 마' 같은 문구는 편지를 주고받는 사람들의 관계가 어떤지를 짐짓 보여주는 것이나 다름없다. 읽을거리가 넘쳐나니 봉투를 열어달라고 유혹한다. 샬럿이 봉함인을 통해 엘렌과 나눈 유희는 그녀가 '사랑L'Amour'처럼 보이는—확실하게 판독하기는 어렵다—글자들을 썼다가 잉크를 점점이 찍어 지웠다는 점에서 또 다른 의미를 지닌다. 샬럿은 엘렌의 집을 방문했다가 떠날 때 엘렌이 브론테 일가에게 주는 선물을 자신의 가방에 몰래 넣어둔 걸 뒤늦게 발견하고 화를 내는 척한다. 엘렌은 패트릭에게는 난로 과열 방지용 스크린을, 앤에게는 야생능금 치즈 한 병을, 에밀리에겐 옷깃과 사과를, 태비에겐 모자를 선물했다. 샬럿은 편지에 "일단 너에게 부드럽게 입맞춤하고, 그다음엔 부드럽게 때려줘야겠어"라고 썼다.[24]

이에 비해 에밀리가 책상과 그림 도구 상자 속에 담아둔 봉함인에는 수수께끼가 얽혀 있다. 그녀가 쓴 편지 중 남아 있는 것은 세 통뿐이고, 그중 어디에도 봉함인을 사용한 흔적은 없다. 사용한 흔적이 없는 봉함인을 간직하고 있었다는 것은 어쩌면 그녀가 알려지지 않은 인물과 서신을 주고받은 게 아닐까 하는 환상으로 우리를 이끈다. 용도를 파악하기 힘든 에밀리의 봉함인은 뭔가를 말해주기보다는 감추는 듯 보이는데, 이것은 에밀리의 비밀스러운 성격을 반영하는지도 모른다. 샬럿의 봉함인에도 모호한 의미가 담겨 있는 경우가 많았다. '늘 준비되어 있어', '청컨대 그렇게 하길', '부디 당신도 그러하길', '읽고 믿음을 가지길', 그리고 '오고 싶으면 와줘' 같은 문구들이다. 이 문구들은 어떤 상황을 떠올려봐도 그리 적합해 보이지 않는다. '반지를 가지고 와' 같은 경우가 특히 그렇다. 샬럿이 아니더라도 누가 누구에게 그런 메시지를 보낸단 말인가. 토머스 하디는 소설 《미친 군중으로부터 멀리 떠나》에서 이와 비슷한 밀랍 봉인을 중심 플롯에 등장시킨다. 배스시바 에버딘은 장난삼아 지역 농부인 윌리엄 볼드우드에게 '결혼해주세요'라는 봉인이 찍힌 밸런타인 카드를 보내고, 이것 때문에 그는 결국

연적을 살해하기에 이른다.[25]

에밀리의 봉함인은 그녀의 관심사를 드러내준다. 그녀가 사랑한 동물인 개 한 마리가 바위 위에 서 있고 그 위에는 '신실한', 그 아래에는 '굳건한'이라는 문구가 새겨져 있다. 다른 봉함인은 수수께끼 같다. 곰bear 한 마리가 나무에 기대서 있고, 그 옆에는 'it in mind'라는 문구가 있는데, 이것들을 합치면 '마음속에 새겨라bear it in mind'라는 뜻이 된다. 에밀리의 시에서 튀어나온 듯한 문구도 있다. 새장에 갇힌 새가 그려져 있고, 거기에 적힌 글은 '나갈 수가 없어요'이다. 땅 위를 기어가는 달팽이가 있고, 거기에는 '집이 늘 함께한다'라고 적혀 있다. 껍데기 속에 갇혀 있기를 좋아하는 그녀에게 어울리는 문구다.

에밀리의 책상에서 나온 흰색 봉함인 세트는 '클라크 사의 알쏭달쏭한 퍼즐 봉함인'으로, "도소매 문구점에서 살" 수 있는 것이었다. 이런 봉함인들은 대개 그림이 없고, 수수께끼 문구나 현대의 문자 메시지처럼 줄임말을 포함한 문구로 이루어져 있다. '난 네게 선의 외엔 빚진 게 없어IOU o but goodwill'라든가 '나를 소중히 여기는 당신U value me', '너와 나 사이엔 비밀이 없어U no secrets I' 같은 문구인데, 이런 문구로는 보낸 이와 읽는 이의 관계를 짐작하기 힘들다. 희롱의 문구, 이를테면 '나는 당신이 유혹으로/보여요ICUR/temptation'('유혹temptation'이라는 글자가 'ICUR' 아래에 있으므로, '당신은 너무 고고해 보여요I see you are above temptation'로 해석할 수도 있는데, 이렇게 하면 희롱의 뜻이 더 강해진다), '당신은 제게 눈길 한 번 안 주는군요U No love's lost I' 같은 문구들은 만약 빅토리아 시대 사람들이 이 문구를 우리와 다른 뜻으로 사용하지 않았다면, 상당히 옹졸한 말이다. '당신은 부지런한 일벌ICURA busy B', '당신은 탁월해요ICUXL(I see you excel)', '당신은 똑똑한 사람 URA YZ'(알파벳 'z'가 '제드'로 읽히므로 아마도 'you are a wise head' 라는 뜻일 것이다) 같은 칭찬의 말도 있다. 대놓고 낭만적인 문구도 있다. '당신이 보상이에요UR all price'와 '당신이 바로 그 사람U it is' 같은 문구이다. 기이한 유머감각을 지닌 시인이었던 에밀리가 이런 게임을 즐겼으리라는 건 쉽게 상상할 수 있다. 이와 같은(혹은 또 다른) 봉함인을 누가 받았는지는 여전히 가장 큰 수수께끼로 남아 있지만 말이다.

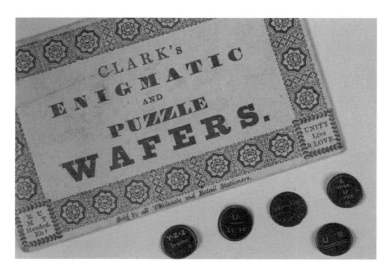

에밀리의 책상 속에 있던 '약간의 수수께끼' 봉함인과 그것이 담겨 있던 봉투. 진정 수수께끼와 도 같은 이 문구들을 대략 해석해보면 다음과 같다: (왼쪽에서 오른쪽으로) '현명한 두뇌는 행간에 숨겨져 있다', '그것은 당신 아래에 있어요', '당신은 날 오해하고 있어요', '당신은 그 모든 것 위에 있어요.' 맨 마지막 봉함인은 확실하게 파악하기 어려우나 마지막 문구의 뜻은 '늘 당신 곁에' 인 듯하다.

봉함인은 밀랍 봉인과 마찬가지로 내용물을 숨기면서도 발설한다. 이는 샬럿의 봉함인 세트 겉면에 적힌 사용지침에도 드러난다. "접착할 면에 물을 바른 뒤 편지에 대고 꾹 누르세요. 그러면 편지를 손상하지 않고는 열 수 없게 됩니다." 샬럿은 봉함인뿐 아니라 편지봉투 날개에 불로 녹여 쓰는 비싼 셸락 수지 대신 물로 붙이는 값싼 원형圓形 풀을 발라 편지의 비밀을 철저히 지켰다. 이런 풀은 보통 침을 발라서 붙였는데, 밀가루 혹은 다른 곡식 가루와 달걀 흰자, 젤라틴을 주재료로 하는 이런 제품에는 안료가 포함되어 인체에 해로울 수도 있었다(이런 풀 찌꺼기는 간혹 쥐나 해충을 잡는 데 쓰이기도 했다). 브론테 자매들은 이런 봉인 풀이 담긴 포장 상자들을 책상에 넣어두었는데, 그 상자들은 금속 재질에 상아 손잡이가 달려 있었으며, 누르면 점 모양의 패턴이 찍히는 봉인 도장도 함께 담겨 있었다. 이런 도장은 전통적인 밀랍이나 둥근 봉인 풀을 눌러서 찍을 때 쓰였다.[26]

우체국 직원이 양말을 돈으로 착각할지도 모른다는 샬럿의 말은 당시에 편지의 비밀을 지키기 어려울지도 모른다는 불안이 널리 퍼져 있었음을 시사한다. 페니 우표가 도입되기 전, 우체국 직원들은 우편 요금을 올리는 요인인 편지에 동봉된 물건을 검사하기 위해 편지들을 '캔들링'이라고 불리는 센 불에 녹여 뜯어보곤 했다. 개인적이거나 정치적인 우편물들을 이렇게 뜯어보는 행위는 페니 우편제도를 불러온 요인 중 하나였다. 페니 우표가 사용된 이후로는 동봉된 물건이 있는지 체크할 필요가 없어졌다. 하지만 페니 우표 도입 후 우체국에서는 더 큰 규모의 고위급 스캔들이 터졌다. 1844년 런던 우체국의 '기밀 부서'가 당시 런던에 거주 중이던 이탈리아 정치운동가 주세페 마치니에게 전달될 우편물을 뜯어보았고, 이로 인해 여론이 크게 악화되었다. 편지 검열을 조장한 장본인인 내무장관 제임스 그레이엄 경은 대대적으로 비난받았고, 특히 〈펀치〉지의 공격 대상이 되었다. 반反그레이엄 운동이 전개되기 시작했으며, 금속 '발톱'이 달린 금속 봉인이 발명된 것도 이 사건 때문이다. 이 금속 봉인은 개봉할 때 봉투를 완전히 찢어놓기 때문에, 몰래 읽고 다시 봉하기가 불가능했다. 반그레이엄 슬로건을 인쇄한 봉함인도 유행했다. 거기에는 여우 그림과 함께 다음과 같은 글귀가 적혀 있다. '보금자리에서 뛰쳐나오면 사냥당할 것이다.'('보금자리cover'라는 단어에는 '봉투'라는 뜻도 있으므로, 전체적으로는 귀족의 여우사냥을 빗댄 표현이다.) 공이를 한껏 뒤로 당겨놓은 나팔총이 그려진 봉함인에는 이런 말이 적혀 있다. '내용물이 당신에게 가닿기를.' 개인의 권리를 침해한 데 대한 폭력적인 분노가 실린 표현이다. '그레이엄 당하지 않기를' 같은 좀 더 간단한 문구도 있었다.[27]

반그레이엄 운동이 활활 전개되던 시기에, 샬럿은 브뤼셀에 있는 유부남에게 연서를 보내면서도 그의 아내가 가로채 읽어볼까봐 (실제로 그랬다) 전전긍긍했다. 브랜웰이 유부녀와 간통을 저지르는 동안, 샬럿 역시 그럴 수 있기를 바라고 있었던 셈이다. 지난 장章에 언급했듯이, 샬럿과 에밀리는 함께 브뤼셀로 여행을 갔는데, 형제자매 모두 스스로 먹고살고 조금이나마 가계에도 보탬이 될 수단을 찾아야 했기 때문이다. 조만간 아버지가 돌아가실지도 모른다는 걱정이 모두의 머리 위에 드리워져 있었다. 당시 패트릭은 예순 살이 넘어 이미 당대의 평균수명을 넘겨 살고 있는 상태였다. 그가 자식들보다 먼저 세상을 떠나면 수입이 줄어들 테고, 남은 것은 브랜웰 이모가 남길 얼마 되지 않는 유산뿐이었다. 샬럿은 가정교사로 일하려 했지만 잘되지 않았고 사태는 더 나빠졌다. 스스로 말했듯이, 그 '노예 상태'로 그녀가 얻은 것은 훗날 가장 유명한 가정교사 이야기로 남을 《제인 에어》의 소재를 구했다는 것뿐이었다. 세 자매는 목사관에 학교를 열어 함께 운영할 계획을 세웠고, 샬럿은 그 계획을 위해 기술, 특히 프랑스어를 더 갈고 닦아야겠다고 생각했다. 브랜웰 이모도 얼마간의 돈을 보태기로 해서, 그들은 비용이 대체로 좀 더 싼 해외에 나가 공부하기로 했다. 벨기에가 프랑스보다 학비가 좀 더 쌌기 때문에, 파리 대신 샬럿의 친구들이 학교에 다니고 있는 브뤼셀로 가기로 했다. 앤은 이미 로빈슨 가에서 급여를 (쥐꼬리만큼이나마) 받고 있었으므로, 에밀리가 내키지 않는 마음으로 샬럿과 동행하기로 했다.

브뤼셀에 있는 동안 샬럿은 그녀를 가르친 콩스탕탱 에제 Constantin Héger 선생에게 빠져 버리고 말았다. 그는 이미 다섯 아이가 있고, 곧 여섯째까지 볼 유부남이었다. 샬럿은 그를 '흑조'라고 불렀고, "매우 성마르고 까다로운" 기질에서 비롯된 그의 강력한 성품에 매료되었다. 에제는 간혹 "미친 수고양이"나 "미친 하이에나" 같은 모습을 보일 때가 있었다. 동물을 사랑하던 그녀의 눈에는 그런 짐승 같은 모습조차 사랑스러워 보였다. 학생인 그녀가 실수를 하면 그는 참을성 없이 성질을 부렸는데, 그녀는 특히 이점에 끌렸다. 에제는 차츰 샬럿을 좋아하게 되었고 그녀가 똑똑하다는 점도 알아보았지만, 그녀의 열정에 응답하지는 않았다. 그의 아내는 학교 이사였는데, 점차 샬럿을 의심하고 차갑게 대하기 시작했다. 에제를 만날 기회가 줄어들고 고립감을 느낀 샬럿은 어두운 불안의 늪에 빠져들기 시작했다. 이때의 심리는 《빌레트》에서 루시 스노가 아편으로 인한 환각에 시달리는 장면에 잘 드러나 있다. 샬럿은 갑자기 짐을 꾸려 하워스로 돌아와서는 에제에게 편지를 보내기 시작하는데, 편지에 드러난 마음의 혼란이 갈수록 심해진다. 그 편지들 중 지금까지 남아 있는 것은 네 통이고, 에제의 답장은 한 통도 남아 있지 않다. 우정의 말을 전하고 스승에 대한 존경의 어조를 유지하려는 와중에도, 그녀는 날것의 감정과 욕구를 숨기느라 고통을 겪었다. (지금은 사라진) 특별히 열렬했던 편지에 답장이 없자, 그녀는 자신이 "아는 모든 것 중 가장 큰 기쁨인" 그의 편지를 보내달라고 애원했다. 그녀는 언젠가 그와 함께하길 바랐고, 추신에 두 번이나 되풀이해서 썼다. "언젠가 뵐 날이 있을 거예요"라고. 이것은 놀라울 정도로 노골적인 말로, 빅토리아 시대의 행동 규범에 비춰볼 때 거친 욕망을 생생히 드러내는 것이나 다름없다. 샬럿은 유부남인 로체스터와 불륜을 저지르지 않기 위해 조심한 자신의 여자 주인공 제인 에어보다는, 동생이 훗날 창조할 소설 속 여주인공 캐서린 언쇼에 가까운 무모한 낭만성에 휩쓸렸다. 샬럿의 그런 폭풍 같은 언어는 에제에게 위협적으로 느껴졌을 것이다. 그는 편지를 네 조각으로 찢어 쓰레기통에 버렸고, 답장을 쓰지 않았다. 그의 아내가 그 찢긴 편지를 주웠다. 그녀는 크고 작게 찢긴 흰 종잇조각들을 접착제로 어렵사리 끼워 맞췄고, 대부분의 글을 알아볼 수 있었다.[28]

몇 달 후 샬럿은 두 통의 편지를 보내 그가 자신의 편지를 받았는지 물었다. "6개월 동안 당신의 편지를 기다렸답니다. 6개월 동안요. 참 긴 시간이었어요!" 추신에서 그녀는 이렇게 말한다. "당신이 저에게 주신 글들을 모두 제본했습니다." 이 글 중엔 그의 연설문 두 장도 포함된다. 이 제본에는 에로틱한 면모가 있다. 그녀에게 남은 그의 손길과 마음을 한데 모아 단장해서 더욱 완전하게 소유할 필요가 있었던 것처럼 말이다. 에제는 이 편지 역시 찢어서 버리고 답장을 거부했으며, 그의 아내는 이 편지 또한 쓰레기통에서 주워 흰 실로 느슨하게 꿰매 복구했다.[29]

이 일이 있은 뒤, 샬럿의 편지는 더욱 분별을 잃는다. 그녀의 다음 편지(이 장 서두에 실린 사진 참조)에는 그를 원하는 그녀의 모든 감정이 검열 없이 터져나와 있다. 그의 무시하는 태도 때문에 그녀는 낮이나 밤이나 "쉼과 평화를 잃었고", 밤마다 악몽을 꾸느라 잠을 이루지 못했다. 그녀는 그를 '나의 주인'이라고 부르며 자신의 다급한 말들에 대한 꾸짖음에 복종했지만, 자신이 그의 마음속에서 지워지는 것만은 거부했다. 안 그랬다간 그녀의 마음이 "불로지지는 듯한 후회로 갈기갈기 찢길" 터였기 때문이다. "가장 큰 육체적 고통을 당한다 해도" 그녀는 그에게 자신의 감정을 말해야만 했다. 그녀의 언어는 점점 더 비굴해진다. 심지어 자살할 마음을 내비치는 대목도 있다. "내 주인께서 우정을 거두신다면" 그녀에겐 남은 희망이 하나도 없으리라는 것이다. 그의 애정이 단 한 조각만 있어도 그녀는 그것을 바탕으로 살아갈 것이다. 그녀는 "그 작은 관심을 보존하는 데 매달려, 삶에 의지하듯 그것에 의지하겠다"고 말한다. "그런 작은 부스러기" 외엔 더 많은 것을 기대하거나 바라지 않지만, 그것조차 없다면 자신은 "굶주림으로 죽어갈 것"이라고 에제에게 썼다. 에제는 이 편지를 아홉 조각으로 찢었고, 그의 아내는 찢긴 조각을 또 다시 주워 실로 이어 붙였다.[30]

이 자기비하로 가득한 호소의 편지에, 에제는 아내를 시켜 자신의 말을 받아쓰게 해 샬럿에게 반년에 한 번만 편지를 보내라고 답장했다. 네 번째이자 마지막이 된 편지에서 샬럿은 그녀를 "견디게" 하고 "살아갈 힘을 준" 그의 답장 덕분에 차분해져 있지만, 그녀가 느끼는 결핍은 여전하다. 그녀는 그와 반년에 한 번밖에 교류할 수 없는 고통을 감내해야 한다며 탄식한다. 그녀는 그를 잊으려고 애쓰지만, 자신의 생각을 다스릴 수가 없다. 그녀는 "기억과 후회의 노예이자, 폭군처럼 머릿속을 지배하며 떠나지 않는 생각의 노예"이다. 그녀는 만약 답장을 쓰지 않으면 자신은 "슬픔으로 야위어갈 것"이라고 그를 위협한다. 에제는 알 수 없는 이유로 이 편지를 그냥 놓아두었는데, 어쩌면 아내가 앞서 도착한 그녀의 편지들을 간직하고 있음을 알게 되었기 때문인지도 모른다. 그는 그 편지가 낙서장이라도 되듯, 아무 생각 없이 한 귀퉁이에 동네 구둣방의 이름과 주소를 적어놓았다.[31]

샬럿이 남자에게 쓴 그 열렬한 편지들이 집안일─바느질·종이 재활용·수선─을 도맡은 여인의 손에 넘어가 복구된 것은 어쩌면 당연한 일이다. 훗날 클레르 조에 에제의 딸 루이즈는 어머니가 그 편지들을 간직한 이유는, 그 편지들에서 적절치 못한 열정을 느꼈고, 그 편지들이 '오해'를 낳을 소지가 있으며, 혹시라도 비난의 여지가 생길 경우 오직 샬럿 쪽에서만 에제에게 열정을 갖고 있었다는 증거로 삼기 위한 것이었다고 설명했다. 하지만 단지 그것뿐이었을 것 같지는 않다. 찢긴 편지를 실로 꿰매고 몇십 년 동안 보석 상자에 보관하는 행위에는 두 여인 사이의 골치 아픈 관계를 물리적 형태로 기념하겠다는 듯, 뭔가 강박적인 구석이 있다.[32]

어느 시점에서 조에 에제는 자신이 샬럿의 편지들을 보관하고 있다는 이야기를 남편에게 했고, 1856년 엘리자베스 개스킬이 샬럿의 전기를 쓰기 위해 정보를 수집하려는 목적으로 브뤼셀을 방문했을 때, 에제는 편지의 글귀를 그녀에게 읽어주거나 그녀가 직접 편지를 읽게 했다. 개스킬이 쓴 전기에는 가장 온순한 내용만 실려 있다. 세월이 흘러 샬럿이 유명해진 후, 에제 부인은 딸 루이즈에게 그 편지를 보여주었다. 루이즈의 말에 따르면, 자신이 그 위대한 작가에 대한 에제 쪽 사람들의 잔인한 처사를 비난하는 강연—강연자가 누구인지는 밝혀지지 않았다—에 다녀온 후 어머니가 그 편지를 보여주었다고 한다. 1890년 어머니가 세상을 떠난 후 루이즈는 그 편지들을 아버지에게 건네줬고, 편지들이 오래전에 없어졌을 거라 생각했던 에제는 화가 나서 그것들을 다시 "쓰레기통에 집어던졌"다. 루이즈는 예전에 어머니가 그랬듯이 편지들을 다시 쓰레기통에서 구출했고, 1896년 아버지가 세상을 떠날 때까지 아무 말도 하지 않고 있다가 남동생 폴에게 그 이야기를 털어놓았다. 두 사람은 1913년 영국을 방문하여 그 편지들을 영국박물관에 기증했고, 학예사들은 그 연약한 편지 조각들을 유리판 사이에 끼워 액자에 담았다. 그들은 그 편지들을 보관하기 위해 특별한 상자를 주문 제작했고, 니스칠 한 나무 상자 겉면에 일련번호를 적어두었다.[33]

샬럿은 에제가 자신의 편지를 찢은 사실도 조에가 그것을 이어붙인 사실도 결코 알지 못했지만, 조에가 편지를 읽었을지 모른다고 의심하기는 했다. 첫 번째 편지에 답장이 없자, 그녀는 조에가 그 편지를 가로채 남편 몰래 보관했을지도 모른다고 생각했다. 상상 속 문제에 대처하기 위해 그녀는 여러 책략을 시도하려 했다. 편지 중 한 통은 에제가 강의하던 학교 아테네 루아얄의 주소로 보내졌다. 다른 편지들은 브뤼셀로 여행을 떠난 여러 친구들 편에 보냈는데, 그녀는 그들에게 에제 교수에게 직접 전해야 한다고 부탁했다. 심지어 그것을 핑계로 더 많은 편지를 보내기도 했다. 그녀는 그에게 "이번이 제가 편지를 쓸 차례가 아니라는 건 잘 알지만, 휠라이트 부인이 브뤼셀에 간다고 하셨고 기꺼이 편지를 전해주신다기에, 당신에게 소식을 전할 행운의 기회를 놓칠 수 없어서 이 글을 씁니다"라고 썼다. 다른 편지에는 자신의 친구 조 테일러— 메리 테일러의 오빠—가 그에게 분명히 편지를 전할 것을 약속했다는 사실을 밝히기도 했다. "제가 아는 신사분이 브뤼셀을 경유하면서 당신께 편지를 전하겠다고 했어요. 그러니 당신이 직접 편지를 받으리라 확신합니다." 친구들이 그의 답장을 가져올 거라 기대했지만 그렇지 못했다는 점에서 그의 거절이 안겨준 굴욕은 배가되었다. 그녀는 에제에게 보내는 편지에 비통하게 썼다. "테일러 씨가 돌아오셨기에 저에게 전할 편지가 있느냐고 물었지요. 그분은 '아뇨, 없어요. 기다리셔야 할 것 같습니다'라고 했고, 저는 '동생분이 곧 돌아오시겠죠'라고 했어요. 테일러 양이 돌아와 저에게 말했습니다. '에제 씨로부터 답장이나 메시지는 받지 못했어요'라고요." 친구들까지 동원했지만 거절당한 이 일로 그녀의 상심은 더욱 커졌다.[34]

자신의 네 번째 편지를 에제 부인이 읽었다는 사실을 샬럿은 분명히 깨달았을 것이다. 에제 부인이 그 편지의 답장을 써보냈기 때문이다. 브뤼셀에 머무는 마지막 몇 달 동안 샬럿은 '나의 주인'의 아내가 자신의 애정을 눈치챘으리라 짐작했다. 에제를 향한 샬럿의 애정은 당사자들만의 문제가 아니었다. 조에 역시 설명할 수 없는 방식으로 개입되어 있었다. 조에를 향한 샬럿의 태도는 복잡한 감정들에 영향을 받았을 것이다. 그 감정들은 단순히 평범한 질투나 그의 애정을 향한 경쟁심뿐만 아니라, 싸울 가치가 있는 적수인 그 여인에 대한 선망이나 심지어 매혹일 수도 있다. 샬럿은 조에 에제라는 존재를 잊지 않았다. 하워스에 돌아오고 얼마 안 되어 그녀는 첫 소설을 쓰기 시작했는데, 처음에는 제목이 '주인'이었다가 나중에 '교수'로 바뀐다. 그 소설에 나오는 조라이데 로이터의 모델은 조에였다. 몇 년 뒤 《빌레트》를 쓸 때도 샬럿은 여전히 조에를 염두에 두고 좀 더 복잡한 성격의 인물인 베크 부인을 창조했다. 베크 부인은 주인공 루시가 학생들을 가르치는 학교의 교장으로, 영리하지만 음모 꾸미기를 좋아하는데, 여기에는 조에 에제의 모습이 생생히 그려져 있다(이 소설을 해적판으로 읽고 자신의 모습을 알아본 에제 부인은 격노했다). 소설 속에서 미남자 브레턴 박사에게 편지를 받은 루시는 베크 부인의 눈에 띄지 않도록 그것을 은박지 안에 접어 '작은 손궤'에 담은 뒤, 그 손궤를 다른 상자에 넣고 자물쇠로 잠가 책상 서랍 속의 상자 안에 넣어두었다. 이렇게 조심했건만 베크 부인은 감쪽같이 편지를 빼내 읽고, 자신의 감시 행위를 증명하기 위해 일부러 리본으로 묶어 느슨하게 내버려둔 브레턴 박사의 다른 편지 네 통도 읽는다. 여기서 교사인 수신자는 학생이었던 샬럿이 그랬듯 사랑하는 남자에게 편지를 쓴 것이 아니라 편지를 받았고, 여성 감시자는 타인의 관계를 엿보는 외부인이다. 이런 다시 쓰기 속의 인물과 자신을 동일시하면서 샬럿은 실제로 일어난 상황보다 더 깊숙이 상황에 개입해 적극적으로 행동에 나서게 된다. 실제 상황에서 샬럿은 상황 안으로 파고들려는 국외자였다. 또한 그녀는 앞서 언급한 분홍색 종이를 벽에 던지는 장면을 통해, 편지를 가로채 읽는 제3자를 감시하는 역할을 루시에게 맡긴다.[35]

'편지 가로채기'에 진력이 난 루시는 편지를 숨길 다른 장소를 물색한다. 학교 다락방을 떠올리지만, 편지가 눅눅해지거나 쥐가 갉아먹을까봐 걱정이다. 그녀는 편지를 땅에 묻어야겠다고 생각하고 고물상―"옛 물건으로 가득한 낡은 곳"―에 가서 두꺼운 유리병을 구입한다. "그런 다음 나는 편지를 작게 말아 유선지로 감싼 뒤 노끈으로 묶어 병에 넣고, 늙은 유대인 고물상에게 공기가 들어가지 않게 병을 밀봉해 달라고 했다." 상상할 수 있는 한 가장 정교한 편지 '봉인'법이다. 이 '보물'을 가지고 돌아온 그녀는 학교의 깊은 구멍이 난 오래된 배나무를 찾아간다. 그 구멍 속에 병을 밀어넣은 뒤, 연장 창고에서 찾아낸 석판으로 덮고 회반죽을 바른 다음 흙으로 덮는다. 마치 편지를 다른 세상으로 보내버리듯이. 그녀는 이 행위를 편지들, 그리고 그 속에 담긴 보답받지 못한 애정에 대한 슬픔의 '매장'이라고 부른다. 슬픔에 찬 그 과거는 "새로 잔디를 덮은 무덤" 속에 "수의를 입은 채 매장"되어야 했다. 시신에 빗댄 편지의 비유는 그 나무 밑에 검은 석판이 묻혀 있다는 전설로 인해 더 강렬해진다. "그것은 땅 밑에 깊이 파인 무덤의 입구로⋯ 그 안에는 어느 소녀의 유골이 있다. 그녀는 중세 시절 맹세를 어긴 죄로 수사들의 비밀회의의 결정에 의해 산 채로 그곳에 묻혔다는 것이다." 브레턴 박사에 대한 사랑으로 생생하게 되살아난 자신의 일부를 거기에 파묻은 루시 역시 일종의 생매장을 거행한 셈이다. 그뿐 아니라 루시는 심지어 자신이 택하지 않은 삶과 자신이 좋아하지 않는 일들과 여성이기에 많은 기회를 제한당하며 살아온 자신의 일부도 그곳에 파묻는다.

유골과 편지가 뒤섞이는 이 장면에서 샬럿은 편지가 (머리칼 같은) 신체의 일부를 담는 수단이기도 했음을 일깨운다. 그녀가 에제에게 보낸 편지도 그렇게 느껴진다. 그 편지를 쓰기 위해 그녀는 자신의 일부를 희생하고, 살 한 파운드를 베어 보낸 것과도 같다. 샬럿의 찢긴 편지가 실로 꿰매졌다는 사실은 27년 전 메리 셸리가 창조한 이야기 속에서 빅터 프랑켄슈타인이 시체 조각을 꿰매어 괴물을 창조한 과정과 흡사한 느낌을 준다. 하지만 샬럿의 성격과 제스처, 그녀의 손가락과 생김새를 더 자세히 떠올리게 하는 것은 에제에게 보낸 편지보다는 엘렌에게 보낸 편지들이다. 평생에 걸쳐 두 사람이 주고받은 편지는 시종일관 애정이 가득했다. 첫 번째 편지의 지나친 격식에서 벗어난 후, 샬럿은 다정하고 열정 깊은 편지들을 적극적으로 보냈다. 깨뜨리기 쉬운 얇은 봉인이 붙은 엘렌의 편지를 받으면 샬럿은 "기쁨에 떨었다." 엘렌의 편지를 읽을 때도 "흥분으로 온몸이 떨렸"는데, 샬럿은 이 같은 기쁨을 브레턴 박사에게서 편지를 받은 고독한 루시가 가슴 깊이 느낀 환희의 장면에도 불어넣었다. 편지의 인사말은 '친애하는 엘렌'에서 '나의 가장 친애하는 엘렌'으로, 그리고 '나만의 다정한 엘렌'으로 바뀌어 갔고, 편지의 서명은 '진실한 친구로 남을 것을/믿어줘, 너를 사랑하는 친구가'에서 '나의 다정하고 다정하고 다정한 엘렌, 안녕'으로, 그리고 '안녕, 나의 가장 사랑스러운 엘렌/나는 늘 네 거야'가 되었다. 두 사람의 육신이 떨어져 있는 기간이 너무 길어지면 샬럿은 슬퍼했고, "내 사랑", "내 곁에 있는 나의 위안자"와 함께하기를 소망했다. 집 한 채를 짓고 영원히 같이 살면서 헤어지지 말자고 제안하기도 한다. "엘렌, 너랑 같이 영원히 살면 좋겠어…. 작은 집에 약간의 돈이 있으면 죽을 때까지 다른 사람에게 방해받지 않고 너랑 행복하게 살 텐데." 샬럿은 빅토리아 시대 남성이 여성에게 구애할 때 쓸 법한 말들을 써가며 엘렌에게 애정을 고백한다. "내 사랑, 정말로 뜨겁고 식지 않을 마음을 너에게 보낸다. 만약 지금 추위가 네 곁에 있다 해도 곧 물러갈 거야." 양성애자였으며 버지니아 울프와 관계를 가졌던 비타 색빌 웨스트는 1926년 샬럿이 엘렌에게 보낸 편지를 읽고 이렇게 말했다. "샬럿의 성향이 정말로 어떠했는가에 대해서는 의심의 여지가 거의 없다. 그녀가 그 사실을 알았는가 몰랐는가 하는 것은 중요하지 않다. 어쨌든 이 편지들은 순수하고 분명한 러브레터다."[36]

샬럿과 엘렌은 당시의 많은 소녀들이 그랬듯 로히드 학교 시절부터 한 침대를 나눠 썼다. 엘렌과 함께 잠들면 샬럿은 숙면을 취할 수 있었다. "내 잠자리 친구가 그립구나. 그때처럼 깊이 잠들지 못하고 있어." 샬럿은 엘렌에게 보낸 편지에 이런 추신을 덧붙이며 자신의 마음을 인정하고 있다. "너를 너무 좋아하는 것 같아서 걱정이야." 두 사람은 난롯가에서 머리칼을 말리거나 한 이불을 덮은 채 민감한 주제의 이야기들을 나누곤 했다. 브뤼셀에서 에제에게 빠져들 무렵 샬럿은 그녀와 얼굴을 맞대고 힘든 이야기를 털어놓고 싶다고 엘렌에게 썼는데, 구체적인 내용은 명시되어 있지 않다. "어느 날, 아니, 어느 밤에 하워스나 브룩로이드의 난롯가에 발을 올리고 머리를 말면서 너와 [그] 이야기를 나눌 수 있다면 얼마나 좋을까"라고 그녀는 썼다. 머리를 만다는 것은 어려운 문제를 이야기한다는 것과 동일한 뜻으로, 전자는 후자의 약어나 다름없었다. 샬럿은 "조용히 '머리를 마는' 시간을 좀 갖자"며 친구에게 찾아오라고 권한다. 훗날 동생들이 세상을 떠난 뒤, 샬럿은 엘렌을 하워스로 불러 위로의 시간을 보냈을 것이다. 두 사람은 이야기를 나누었을 테고, 샬럿은 엘렌의 머리를 쓰다듬으며 그녀에게 기대고 이렇게 말했으리라. "내가 남자였다면 너는 내 아내 자리를 맡아놓은 거나 다름없는데."[37]

샬럿과 엘렌이 성적인 관계를 맺었는지의 여부를 우리는 결코 알 수 없다. 그랬다는 증거가 확실하게 남아 있지 않다. 사실 그것은 그리 중요한 문제가 아니다. 그들이 주고받은 편지는 분명 낭만적이고 심지어 에로틱하기까지 한 열렬한 사랑의 감정을 담고 있다. 샬럿은 요크셔 동향인인 앤 리스터처럼 여성을 연인이나 '아내'로 둔 경우를 알고 있었을 확률이 높고, 어쩌면 그런 사람들과 알고 지냈을지도 모른다.[38]

이것은 20세기나 21세기의 시선일지도 모른다. 어쨌든 샬럿과 엘렌의 마음 깊은 곳에서 우러난 진실한 열정은 당대의 관습을 충실히 따른 것이었다. 빅토리아 시대 여성들은 헌신적인 여성 친구를 둔 경우가 많았다. 이런 애착은 빅토리아 시대 사람들이 여성의 미덕으로 여긴 것들, 즉 감정과 다정다감함을 표현하는 데 매우 충실했음을 보여준다. 빅토리아 시대 여성들의 우정에 관해 연구하는 새런 마커스는 20세기 전까지 동성애에 대한 공포는 아직 만개하지 않았다고 설명한다. 19세기에는 여성이 다른 여성과 더 광범위한 방식으로 관계를 맺는 것이 용인되었다. 서로 입술에 키스를 하거나 팔짱을 끼고 걷거나 한 침대에서 잠들면서 평생 동안 파트너십을 이어갔고 동시대인들은 이것을 '결혼'에 비유하기도 했다. 이 모든 일을 여성성의 '자연스러운' 표현으로 보았다. 물론 일부 여성들은 오늘날 우리가 레즈비언 관계라고 부르는, 여성과의 에로틱하고 성적인 관계를 맺었다. 하지만 당시에 여성과 여성 간의 이런 의미심장한 결합은 대체로 오늘날 우리가 생각하는 '레즈비언' 범주에 속하는 것이 아니었다. 그런 범주가 매사에 완벽히 들어맞는 것도 아니겠지만 말이다. 마커스는 수백 편의 일기와 편지를 조사하면서, 빅토리아 시대 여성들이 다른 여성에게 열정적으로 끌리고, 특별히 매력적인 여성 친구를 두고 다른 여성과 경쟁을 벌이고, 다른 여성의 육체적 아름다움을 감상할 자유가 있었음을 밝혀냈다. 결혼하지 않은 남성과의 관계였다면 신중한 감시와 제한을 받고 비난도 받았을 정도의 자유를 같은 여성들 사이에서는 향유할 수 있었던 것이다.[39]

샬럿의 소설 《셜리》는 각각 남성과 결혼하긴 하지만, 그 누구보다 서로에게 홀딱 빠진 두 여성의 이야기이다. 샬럿은 팽팽한 긴장감이 감도는 동성 간의 교제를 소설 속에 담아내는 데 성공했다. 셜리의 가정교사인 프라이어 부인은 셜리의 가장 친한 친구인 캐럴라인에게 다정한 애정을 퍼붓는데, 그것은 집착에 가까운 열정처럼 보인다. 소설의 마지막 4분의 1 부분에 도달하기까지 소설 속 인물들이나 독자는 그 까닭을 알지 못하는데, 사실 프라이어 부인은 오랫동안 헤어져 있던 캐럴라인의 어머니였다. 프라이어 부인은 심지어 함께 삶을 꾸리자고 캐럴라이에게 제안하기에 이르는데, 그 대목은 많은 빅토리아 시대 소설에 등장하는 이성 간의 결혼을 흉내 낸 것처럼 보일 정도다. "너와 함께라면 세상 그 누구와 함께하는 것보다 행복할 것 같구나…. 너와의 사귐은 정말 특권과도 같다고 해야겠지, 가치를 헤아릴 수 없는 특권 말이야. 위안이자 축복일 거야…. 네가 날 사랑해주면 좋겠구나." 그녀의 간절한 소망은 자기만의 집을 마련하고, 거기에 캐럴라인이 "와서 함께 사는 것"이다. 캐럴라인이 병을 앓아 몸져눕자, 프라이어 부인은 캐럴라인을 두 팔로 끌어안는다. "부인을 늘 곁에 두려면, 제 병이 낫길 바라면 안 되겠군요"라고 캐럴라인은 말한다.

셜리도 결국 캐럴라인과 친교를 맺게 되는데, 이 둘의 관계는 이성애적 로맨스가 부족한 플롯에 생기를 불어넣는다. 샬럿은 셜리(당시에 셜리는 보통 남성 이름으로 쓰였다)를 '남성적인' 인물로 구축했고, 그 모델은 "건강하고 부유한" 상태를 가정했을 때의 에밀리였다. 셜리는 자신을 '향사'이자 '킬더 대장'으로 여긴다. 부모가 자신에게 "남자 이름을 지어주었고, 따라서" 자신은 "남자 역할을 고수하겠다"고 그녀는 설명한다. "나에게 남자 같은 구석이 있다고 믿게 되는 데는 그 정도면 충분했다…. 나는 내가 신사 같다고 느낀다." 셜리가 바느질을 싫어하고 휘파람 부는 법을 익히자, 그녀의 가정교사는 사람들이 "네가 남자 같다고 느끼지 않겠느냐"며 기겁한다. 셜리는 캐럴라인에게 "나의 차분하고 예리하며 사려 깊은 친구이자 권고자[캐럴라인을 가리킨다]가 돌아와서 얼마나 기쁜지 모른다. 그녀를 방에 앉혀두고 바라보며 이야기하고 싶고, 만약 혼자 있고 싶어하면 그러도록 해주고 싶으며, 그래도 기쁠 것 같다"고 말한다. 캐럴라인은 셜리가 자신의 '반쪽'과도 같으며, '자양분이자 위안물'로서 너무나 깊이 뿌리내렸기 때문에, 싸움이나 다른 사람에 대한 애정 때문에 흔들릴 리 없다고 느낀다.[40]

한 침대에서 밤을 보낸 날, 캐럴라인은 자신이 사랑하는 남자가 셜리에게 청혼한 적이 있다는 사실을 알게 된다. 뜬눈으로 이야기하며 "온 밤을 지새운" 뒤, 그들은 그 얽힌 매듭을 푼다. 그러고 나서야 캐럴라인은 셜리와 자신의 남자 사이에 아무런 애정이 없다는 것을 알게 된다. 두 처녀가 한 침대를 공유하면서 위안과 평안을 얻는다는 이야기는 샬럿이 글을 쓰는 내내 여러 번 반복한 테마이다. 《제인 에어》에서 로우드 학교 시절, 헬렌은 제인의 품에 안겨 죽어간다. 마지막 미완성 소설 《에마》에서 어느 근면한 학생은 상으로 교장 선생님과 한 침대에서 자게 된다.

《셜리》에서 밤을 지새우며 대화를 나눈 결과, 두 처녀는 형제와 결혼해 진짜 가족으로 영원히 연결된다. 아마도 샬럿은 이 플롯을 쓸 때 엘렌과의 사이에서 일어난 일을 근거로 삼았을 것이다. 실제로 엘렌의 오빠 헨리가 그녀에게 청혼한 적이 있었다. 샬럿은 그를 사랑하지 않았기 때문에 거절하지만, 한 가지는 받아들이고 싶어했다. "친애하는 엘렌, 그 제안엔 정말 마음이 끌리는 점이 하나 있었어. 만약 그와 결혼하면 엘렌과 함께 살 수 있고, 그러면 얼마나 행복할까 하는 거였지." 실제로 거의 실행될 뻔한 이 결혼은 두 여성 간의 일이었으며, 그들의 연합은 이성 부부의 결합보다 더 핵심적이었다.[41]

《셜리》에서처럼 성역할을 바꾸는 놀이는 샬럿의 전공이나 다름

없었다. 어린 시절부터 이야기를 쓸 때 그녀는 늘 찰스 웰즐리라는 남성의 관점에서 생각했으며, 첫 소설 《교수》 역시 남성의 관점에서 진행된다. 그녀는 편지에서 남성으로 가장하고 남자 이름을 쓰는 것을 재미있어했으며, 엘렌네 집에 놀러갔을 때는 그 집 식구들에게 자신을 '찰스'라고 불러달라고 했다. 소설을 쓸 때의 필명도 성별이 모호한 '커러 벨'이었다. 《제인 에어》처럼 여성이 이야기의 중심인 소설을 쓸 때도 그녀는 성별을 가지고 노는 것을 즐겼다. 속을 알 수 없고 권위적인 남자인 로체스터는 넝마를 뒤집어쓰고 집시 여인 흉내를 낼 때 매우 흥미로운 인물이 된다. 《빌레트》의 루시 스노가 학교 연극에서 멋쟁이 남자 역할을 맡아 지네브라 팬쇼와 희롱을 주고받는 장면은 풍미가 넘친다.[42]

전반적으로 볼 때, 소설 속 여성들이 주고받는 관계에 대한 샬럿의 시선은 멀고 광범위하다. 《제인 에어》의 경우처럼, 남성의 애정을 두고 형성되는 여성 간의 라이벌 관계는 예비 단계이다. 속물적인 블랑슈 잉그램이 로체스터에게 구애하지만, 훗날 밝혀진바 그는 이미 버사 메이슨과 결혼한 상태이다. '다락방의 미친 여자'인 로체스터 부인 버사 메이슨과 제인의 암호와도 같은 관계는 샌드라 길버트나 수전 구바 같은 페미니스트 학자들에 의해 훌륭하게 해독된 바 있다. 그들은 이 두 여성을 심리학적 쌍둥이 혹은 분신으로 보았다. 버사는 분노에 가득 차 있고 성적 에너지가 넘치며 반항적인 제인의 일면이다. 그녀는 그런 감정을 억압해야만 하는 가정교사에게는 허락되지 않은 분노를 품고 행동한다. 샬럿의 소설 속 여성들은 다른 여성을 위해 목소리를 내고 행동한다.[43]

엘렌과 샬럿 사이의 편지 교류에 몇 안 되는 빈틈을 만든 존재가 남성이라는 사실은 그리 놀랍지 않다. 샬럿이 아서 니콜스와 결혼하기로 하자 엘렌은 질투에 불타올랐고, 둘의 우정은 거의 끝날 뻔했다. 평생 결혼하지 않은 엘렌은 샬럿의 애정을 독차지하지 못한 슬픔을 간신히 극복했지만, 둘 사이의 교류는 완전히 회복되지 못했다. 아서는 두 사람의 편지가 "루시퍼의 성냥처럼 위험하다"고 생각했는데, 두 사람이 서로를 너무나 자세히 알고 있었기 때문이다. 그 편지가 다른 사람 손에 들어갈까 두려웠던 그는 샬럿의 "편지들을 받은 뒤 태워버리겠다고 확실하게 약속"하라고 엘렌에게 강권했다. 안 그러면 자신이 샬럿이 "쓰는 편지의 모든 글귀를 읽고, 서신을 검열하겠다"고 했다. 샬럿이 친한 벗에게 보내는 편지들을 읽고 내용을 고치겠다는 아서의 이 충격적인 위협은 폭력에 가깝다. 엘렌은 아서가 그들의 서신을 검열하지 않는다면, 자신이 "샬럿의 서신들을 직접 없애겠다"고 약속했다. 엘렌은 그 약속을 지키지 않았다. 아서가 그들의 서신 내용에 계속 끼어들었기 때문이다. 샬럿이 편지에 덧붙인 정보 덕분에 엘렌은 샬럿이 편지를 쓸 때 아서가 어깨 너머로 지켜본다는 사실을 알았다. 샬럿이 감시의 눈을 피해 지인을 통해 에제 교수에게 편지를 보내던 시절 느낀 것과 흡사한 감정을 엘렌 역시 느꼈을 것이다. 놀랍게도 샬럿은 아서의 이런 오만한 행동을 순순히 받아들였다. 자신의 여주인공이 그랬듯, 그녀도 그런 '남성적인' 압박에 일종의 스릴을 느꼈는지도 모른다. 독립적인 여주인공 셜리 역시 남편을 '주인'으로 여기는 걸 선호했다. "내 참을성 없는 기질을 다스리려는 사람은 인정해야 해…. 사랑하는 것이 불가능하지 않은, 두려워할 수 있는 남자." 이것은 그녀를 정복하고 제한해 "사슬에 묶인 사막 노예"로 바꿔놓

은 예전 선생에게 느꼈던 바와 일치한다.[44]

엘렌은 자신이 샬럿에게 보낸, 다년간에 걸친 그들의 애정이 담긴 수백 통의 편지들을 샬럿이 아서의 명령으로 태워버렸고, 남은 편지들도 그녀가 죽은 후 아서가 직접 없앴을 거라고 주장했다. 하지만 아서는 옛 편지들을 본 적이 없다는 입장을 고수했으므로, 그 편지들이 어떻게 됐는지 알아내기는 불가능하다. 엘렌은 샬럿의 편지 중 일부를 훼손했다. 샬럿의 서명을 잘라내 사인을 요청하는 팬들에게 보내기도 했고, 편지의 글귀를 잘라내 동봉하기도 했다. 편지 모음을 책으로 내려고 숙고하던 그녀는 이름들을 까맣게 지우고, 애정이 담긴 단어와 문구들 일부를 삭제했다. 패트릭 또한 유물 사냥꾼들에게 샬럿의 편지를 잘라주었다. 어떤 편지는 전체를 잘라 나눠주는 바람에 그 조각들이 전 세계에 흩어지고 말았다. 브론테 연구자인 마거릿 스미스는 샬럿의 세 권짜리 서간집을 발간하기 위해 그런 편지들을 복구하느라 엄청난 노력을 기울여야 했다. 1849년 6월 9일의 편지도 가위로 잘려 여러 조각으로 나뉘었다. 스미스는 그중 다섯 조각을 각각 다음의 곳에서 찾아냈다. 뉴욕의 모건 도서관, 캐런 비크넬 부인의 개인 컬렉션, 텍사스 대학교 해리 랜섬 센터, 더블린의 트리니티 대학, 그리고 요크셔의 브론테 목사관 박물관. 스미스의 이 수고로운 작업은 신실하며, 엄정함으로 점철된 여성들 간의 제휴의 결과라고 말할 수 있을 것이다.[45]

샬럿이 엘렌에게 보낸 편지 중 일부도 계속 미스터리로 남을 것이다. 1847년 8월 28일에 보낸 편지의 봉투 뒷날개에는 '안을 들여다봐'라는 봉함인이 붙어 있다. 그녀는 '들여다봐Look'에 펜으로 선을 긋고 'L'자 위에 점을 두 개 찍었다. 그리고 '안쪽Within'이라는 말 앞에 'S'를 그려 'Swithin'으로 만들고 그 밑에 선을 그었으며 'Swi' 아래에는 점을 세 개 찍었다. 이 봉투 안에 담겨 있던 편지가 사라진 바람에 봉함인을 그렇게 바꾼 이유는 명확히 밝혀지지 않았다. 아마도 그것은 7월 15일인 성 스위딘의 날Saint Swithin's Day을 언급하는 것인지도 모른다. 전통적으로 성 스위딘의 날의 날씨는 그날 이후 40일간의 날씨를 결정하는 것으로 알려져 있다. 7월 15일의 날씨가 맑으면, 그후 40일 동안은 간혹 비가 오거나 천둥 치는 날이 있다 해도 날씨가 대체로 맑다. 엘렌은 7월 말에 하워스를 방문했고, 네 여성—엘렌은 자신을 포함한 이들을 '4중주단'이라고 즐겨 불렀다—은 황야에서 오랜 시간을 보냈다. 그들은 7월 21일의 산책에서 환일(태양이 여러 개로 보이는 시각적 현상)을 보았다. 아마도 이 기이한 현상 때문에 그들은 기상예측과 날씨에 관한 여러 미신에 대해 이야기를 나누었을지도 모른다. 8월 24일은 성 스위딘의 날이 영향을 미치는 기간이 끝나는 무렵이고, 며칠 후 샬럿은 다른 봉함인을 붙여 편지를 보낸다.[46]

하지만 8월 24일은 샬럿에게 또 다른 이유로 인해 중요한 날이었다. 그녀는 《제인 에어》의 원고가 담긴 소포를 열차 편으로 스미스 엘더 출판사에 부친다. 그리고 기차역에서 요금을 선불로 내지 못한 대신 운반비용으로 우표를 더 덧붙인다. 샬럿은 엘렌과 깊은 정을 나누고 있었지만, 집필생활을 그녀와 공유하지 않았다. 훗날 《셜리》가 출간되고, 엘렌이 그 책과 《제인 에어》의 작가가 누구인가를 추측할 때까지도 그녀는 자신이 책을 썼다는 사실을 말하지 않았다. 아마도 샬럿의 봉함인에는 "안을 들여다보지" 않는 엘렌에게 숨겨진 마음을 알려주려는 세심한 힌트가 실려 있었는지도 모른다. 샬럿은 삶의 이런 측면을, 때로는 고통스럽지만 여전히 가장 핵심적인 관계를 맺고 있는 다른 중요한 여성들과만 공유했다. 바로 그녀의 자매들이다.

6장

:

책상의 연금술

그레이엄은 책상을 열고 갖가지 내용물들을 보여주며
그녀의 관심을 끌려고 애썼다. 도장, 밝은 색깔의 양초,
종이칼과 여러 가지 판화였다….

—샬럿 브론테, 《빌레트》

1845년 가을, 샬럿은 에밀리의 사적인 집필 공간을 뒤진 적이
있다. 그 덕분에 브론테 자매의 글들이 처음으로 책으로 출간될 수
있었다. 당시 샬럿은 자신의 글을 세상에 내보내기 위해 편지를 보
내 애걸하고 있었고, 에밀리는 홀로 조용히 시를 쓰고 있었다. 에
밀리는 함께 곤달 이야기를 쓰고 있던 앤에게조차 이 사실을 알리
지 않았다. 에밀리는 이제 27세가 되었고, 앤은 25세였지만, 둘은
여전히 6월 말 요크로 가는 기차 안에서 "교훈의 궁전으로부터 벗
어나기 위해" 환상의 세계 속 인물들을 가장하며 노는 사이였다.
하지만 여행 후 몇 주가 흐른 뒤, 앤은 (1845년 7월 31일 자) 일기에
이렇게 썼다. "에밀리 언니가 시를 쓰는 것 같다." 그리고 이렇게
이어간다. "대체 무슨 내용인지 궁금하다."[1]

현존하는 에밀리의 시 원고를 바탕으로 추측할 때, 그녀의 글쓰

기는 이런 식으로 이루어진 듯하다. 그녀는 낙서지나 편지, 산문을 쓴 종이, 혹은 연갈색 마분지 귀퉁이에서 찢어낸 종잇조각에 시구를 썼다. 그녀의 공책에는 한 번 혹은 두 번 접은 종이나 그보다 더 작은 기이한 종잇조각들이 담겨 있었다. 그런 낱장들 중 일부를 들여다보면, 그녀가 종이에 시를 쓴 뒤 여분을 남기지 않고 딱 그 크기만큼만 잘라냈음을 알 수 있다. 그녀는 샬럿과 브랜웰이 잡지를 만들던 작은 원고지에 시의 초고를 썼는데, 아주 작은 조각 위에 여러 개의 짧은 시를 빼곡히 썼다. 가로 7.5센티미터, 세로 6센티미터의 종이에 여덟 편의 시를 쓰기도 했다. 용도에 걸맞지 않을 정도로 작은 종이에 알아보기 힘든 필치로 빽빽이 쓰다가, 일부는 종이 끝에 가서 막힐 때까지 쓴 것처럼 보인다. 1844년에는 〈캐슬우드에서〉라는 제목으로 죽음에 관한 시를 썼는데, 곤달을 배경으로 하는 이 시는 당시 세상을 떠난 지 얼마 안 된 브랜웰 이모의 죽음을 알리는, 검은 테를 두른 애도용 편지지에 쓰였다. 시의 마지막 줄을 쓰고 나서 그녀는 이렇게 덧붙였다. "나의 임무는 끝났다."[2]

에밀리는 자신의 시에 가끔 화산이 분출하는 풍경이나 털 혹은 미끈거리는 피부로 뒤덮인 괴물들의 그림을 곁들여 그리곤 했는데, 날개 달린 뱀이나 비상 중인 새 등 그 짐승들은 마치 외계의 생명체처럼 보인다. 어떤 시에는 의자에 앉은 사람을 그렸는데, 어쩌면 자화상일지도 모를 그 그림 속 사람은 창문 너머로 황야를 바라보고 있다. 다이아몬드나 말굽 같은 여러 가지 기호를 그린 것도 있는데, 그것 또한 그녀만의 언어겠지만 이제 그 뜻은 명확하지 않다.

나중에 그녀는 공책에 담겨 있던 그 낱장의 종이들을 깔끔하게 다른 종이에 옮기면서 개고改稿를 한다. 공책의 시들이 연대순과는 상관없이 뒤죽박죽이었던 점 또한 그녀에게는 어떤 의미가 있었으며, 그 시들을 하나의 통일된 작품으로 보고자 하는 그녀의 마음을 만족시켰다. 몇 년 동안 그녀는 가장 좋은 시들을 개고하고 재배열하여 두 권의 새 공책에 옮기려고 했다. 한 권은 곤달에 관한 시들, 다른 한 권은 그 나머지 것들이다. 새 공책들을 완성하려면 최초의 공책을 낱장으로 찢어야 했고, 일단 새 공책에 옮겨 쓴 뒤(그 사이에 재고를 하면서)에는 버리거나, 혹은 새 공책에 옮길 가치가 없는 시가 같은 페이지에 있을 때는 그냥 줄을 그어 지우는 걸로 정서를 마쳤음을 표시했다. '곤달 시들'을 옮긴 공책은 붉은 겉표지에 6d라는 원래 가격이 적혀 있고, 책을 흉내 낸 속표지에는 포도넝쿨 장식이 인쇄되어 있다. 그 공책들은 에밀리에게는 출간된 책이나 다름없었고, 최종본의 독자는 오로지 그녀 자신이었다.[3]

에밀리는 시를 쓴 종이와 공책을 편지 · 편지지 · 인장 · 잉크 · 금속 펜촉 등이 담겨 있는 자신의 휴대용 책상에 보관해두곤 했는데, 이 물건들은 그녀의 사후에 책상에서 발견되었다. 책상은 보통 잠가뒀으며 열쇠는 그녀가 가지고 다녔다. 브론테 자매 세 사람 모두 이런 휴대용 집필 책상을 가지고 있었다. 브랜웰도 분명 하나쯤 가지고 있었을 텐데, 현재 남아 있지 않은 그 책상은 아마 누이들 것보다 컸을 것이다. 여성들의 책상은 보통 남성들의 것보다 "섬세했"기 때문이다. 1841년의 일기에 적었듯이, 에밀리는 그것을 '책상 상자desk box'라고 불렀다. 이 일기는 이렇게 시작된다. "금요일 밤, 거의 9시다. 비가 엄청 쏟아진다. 나는 거실에 앉아 우리의 책상 상자들을 정리한 뒤 이 글을 쓰고 있다."[4]

에밀리는 가끔 엉망이 된 장미목 책상을 가지고 작업하는 자신의 모습을 그리곤 했다. 종이(이 그림을 그린 바로 그 종이)는 보랏빛 벨벳을 겉에 댄, 잉크로 얼룩진 집필 상자 위에 놓여 있다. 상자를 닫으면 직사각형 모양이 되는데, 크기는 구두 상자보다 조금 큰 정도다. 뚜껑은 경첩이 달려 있는 경사면으로 분할되어 있는데, 뚜껑을 열고 평평하게 내려놓으면 글을 읽고 쓸 수 있는 경사진 공간이 생긴다. 이 상자는 뚜껑을 열어놓아도 워낙 작기 때문에 무릎 책상이라고 불리기도 했고, 테이블 책상이라는 이름으로도 알려졌다. 앞에 언급한 그림에서 에밀리는 자신의 작은 침실에서 등받이 없는 나무 의자에 앉아 무릎에 책상을 올려놓은 채로 일기를 쓰고 있다. 키퍼가 근처 깔개 위에 누워 있고 플로시는 침대 위에 있다. 다른 그림에서 에밀리는 책상 상자를 테이블 위에 올려놓은 채 경사면에 대고 글을 쓰고 있다. 같은 페이지에 그려진 또 다른 그림에서는 창가에 서서 바깥을 바라보고 있는데, 테이블 위의 책상 상자에는 글을 쓸 준비가 된 채로 종이가 놓여 있다.[5]

샬럿이 책상을 사용하는 모습은 그림으로 남겨져 있지 않지만, 책상 자체를 살펴보면 그녀가 책상을 어떻게 사용했는지 알 수 있다. 열린 책상 위쪽 칸에 잉크병을 세우게 되어 있는데, 샬럿의 잉크병 중에는 바닥에 아직도 마른 잉크 부스러기가 남아 있는 것도 있다. 갈색 벨벳을 댄 필기용 경사면에는 에밀리의 것처럼 잉크 얼룩이 있는데, 오른쪽 윗부분이 특히 까매진 것으로 봐서는 샬럿이 펜을 잉크에 적신 후 움직여 페이지를 채워나가는 동안 잉크가 그 위에 떨어졌음을 알 수 있다. 책상의 경사면을 열면 수납공간이 나온다. 샬럿은 이 공간을 온갖 잡동사니로 꽉꽉 채워놓았다. 파란 리본으로 묶어 작은 봉투에 넣어둔 앤의 머리타래는 그녀가 열세 살 때 아버지가 잘라준 것으로, 바로 이 공간 안에 자리 잡았다. 손으로 그린 옷깃과 소매 견본, 벽지 견본 같은 것도 담겨 있는데, 이것은 그 책상이 집안일과 집필 활동에 모두 쓰였음을 보여주는 흔적이다. 반짇고리와 책상 상자는 마치 사촌과도 같은 사이로, 양쪽 모두에 편지나 종이, 바느질 패턴과 천조각을 보관했다. 원고용지조차 별 구분 없이 담겼다. 샬럿은 동전지갑을 만드는 패턴지 사이에, 긴 사랑 이야기를 담은 〈잊을 수 없어〉라는 제목의 짧은 시를 써서 끼워두었다.[6]

작은 종이에 글을 쓰는 브론테 일가의 취향 이야기가 나왔으니, 그들이 작은 글을 써서 보관했던 미니어처 책상 이야기도 해보자. 이 나무 상자들은 에밀리와 앤이 일기를 담아두었던 양철 상자와도 연관된다. 이 물건들을 물려받은 샬럿의 남편 아서 니콜스는

OF EMILY BRONTË'S DIARY.

1896년 브론테 가의 책상 밑바닥을 꺼내 전기작가들에게 보여주었다. 집필 상자는 자매들이 여행할 때는 트렁크 역할을 했다. 글을 써서 접어 상자에 담은 뒤, 그것들이 다시 다른 상자로 옮겨지는 과정은 그들이 장편소설 원고들을 완성한 과정이라 볼 수 있다. 샬럿의 첫 소설《교수》를 예로 들면, 그 원고에는 한 번 혹은 두 번 접은 흔적이 있는데, 상자에 담는 과정을 거쳤기 때문으로 보인다. 1847년에 에밀리는 또 양철 상자를 샀는데, 전기작가 에드워드 치섬은 아마도《폭풍의 언덕》원고를 수납하기 위해서였을 것이라 추측한다.[7]

샬럿은 자신이 만든 인물 루시 스노에게도 똑같은 습관을 부여한다. 루시는 자신이 쓴 글일 경우에는 브론테 자매들처럼 철저히 감추려 하지 않지만, 사랑하는 남자에게서 편지가 오자 앞장에서 이야기했듯이 강박에 가까울 정도로 여러 겹 아래 철저히 감춰둔다. 먼저 편지를 은박지로 감싸 손궤에 넣은 뒤 자물쇠 달린 상자에 넣고, 다시 서랍 안에 숨긴다. 그러고도 베크 부인의 눈을 피할 수 없게 되자, 그녀는 편지들을 유선지로 감싸 노끈으로 묶은 뒤 병에 넣어 밀봉하고, 마지막엔 석판과 시멘트로 묻어버린다. 이런 전개를 보면, 브론테 자매들의 글이 책으로 출판된 과정이 거의 유물 발굴 작업처럼 느껴질 정도이다.

브론테 자매가 애호했던 감추는 습성은 당대에 널리 퍼져 있던 습성이기도 하다. 빅토리아 시대 사람들은 온갖 종류의 비밀 상자를 선호했다. 물건을 상자에 수납했을 뿐 아니라 그 상자를 또 다른 곳에 넣어두는 것을 좋아했다. 빅토리아 시대 소설 속 인물들은 물건 안에 물건을 넣는 일에 유독 공을 들인다. 소설가 조지 엘리엇은 레이스를 보관하는 상자를 갖고 있었는데, 여기에는 묘하게 감춰진 '가짜' 서랍이 달려 있다. 이것은 그녀의 소설 《플로스 강의 물방앗간》에 등장하는 일상적인 의식을 연상시킨다. 등장인물 풀릿 부인은 호주머니에서 열쇠 다발을 꺼내 그중 하나로 옷장 날개의 자물쇠를 푼다. 그리고 침대시트 사이에서 방 열쇠를 꺼낸다. 그 열쇠로 다른 방을 열고 또 옷장을 연다. 그 안에 담긴 겹겹이 싸인 은박지 아래에는 모자가 하나 있다.[8]

작은 모양새로 보아 브론테 자매들의 책상 상자들은 주문 제작품으로 보이지만, 당시 보통 중산층 가정의 여성들이 가지고 있던 것과 비교해 크게 다르지도 않다. 장식이 평범하고 모양새도 단순한 이 책상들은 샬럿이 어린 시절의 이야기 속에서 꿈꿨던 새틴나무에 다이아몬드 펜, 황금 잉크 스탠드, 봉함인을 담은 병 등과는 거리가 멀다. 페니 우편제도 덕분에 이런 책상은 어디에서나 만능이 되었다. 거기서 편지를 쓰고, 서신교환에 필요한 물품, 즉 우표, 봉함인, 유행하는 디자인의 봉투 등을 수납할 수 있었다. 우체국의 발전에 발맞춰 책상 상자의 가격도 더 싸졌고, 심지어 종이가 주재료인 파피에 마셰로 만든 제품도 등장했다. 조지 엘리엇은 자개로 장식한 검은색 파피에 마셰 상자를 가지고 있었다. 플로렌스 나이팅게일 역시 검은색 파피에 마셰 책상을 갖고 있었는데 그 뚜껑에는 죽은 새를 포함한 정물화가 그려져 있다. 이것은 그녀의 고향 근처인 더비셔에 사는 한 독지가가 보낸 선물로, 앞면에 이런 문구가 새겨진 명판이 있다. "크리미아에서 리 허스트로의 안전한 여행을 기원하며 플로렌스 나이팅게일 씨에게 드리는 선물/1856년 8

월 8일/크릭, 홀로웨이, 리의 거주자들이 존경의 뜻으로 전함."[9]

당시의 책상 상자들 중에는 칸이 수없이 나뉘어 있으며 스프링 장치가 숨겨져 있어서 손잡이나 버튼을 누르면 다른 모양으로 변신할 수 있는, 마치 동화에서 튀어나온 듯한 것들이 있다. 백화점에 가면 반짇고리는 물론 온갖 종류의 책상 상자를 살 수 있었고, 보석상이나 커틀러리를 파는 가게에서도 책상 상자를 취급했다. 1820년대에 런던 콘힐 56번가와 57번가에서 장사를 했던 토머스 런드의 '커틀러리 도매점'에서는 이런 광고를 냈다. "휴대용 책상, 의복 상자, 온갖 종류의 모로코 제품 취급." 1830년 런던의 리던홀 4번가에서 영업한 미치라는 이름의 제작자는 아홉 가지 크기의 마호가니 상자를 팔았다. '문구 상자'라고 불리기도 했던 숙녀용 책상 상자는 장미향의 종이와 '사랑의 종이Papier d'Amour'라고 불린 봉함인, 향기가 나는 여러 색의 잉크 등 호화로운 품목과 함께 구입할 수도 있었다. 소호 광장의 엘리자 바이엄이 만국박람회에 출품한 제품은 다양한 역할을 수행했다. "복합 문구 상자: 여행·집필·작업·의복·휴식 용 제품 보관. 숙녀의 여행 친구." 어떤 휴대용 상자에는 윗부분에 거울이 달려 있어서 화장품 케이스로도 쓸 수 있었다. 방열막이 달려 있어서 겨울에 난로 앞에서 편지 쓸 때 얼굴이 달아오르는 걸 막아주는 제품도 있었다. 숙녀용 여행 상자는 반짇고리 기능도 겸하곤 했으며, 작업 물품을 담을 수 있는 주름진 주머니가 달려 있었다. 그뿐 아니라 조절 가능한 경첩이 달려 있어서, 세우면 독서대나 편지 받침대로 쓸 수도 있었다. 엘리자베스 개스킬은 이런 다용도의 휴대용 상자를 갖고 있었는데, 그것은 브론테 자매들의 것보다 훨씬 호화롭다. 위쪽이 열리는 그 상자에는 문이 여러 개 달려 있으며, 그중 하나는 경사지게 세울 수 있고, 시계 받침대를 비롯해 온갖 칸막이와 받침, 서랍이 달려 있다. 루이스 캐럴의 《이상한 나라의 앨리스》에서 미친 모자 장수가 앨리스에게 "까마귀와 집필 책상의 공통점이 뭐게?"라는 수수께끼를 낸 것도 놀랍지 않다.[10]

많은 빅토리아 소설에는 잠긴 책상 장치를 비밀을 감추는 안전한 공간으로 사용하는 이야기가 자주 나온다. 앤의 소설《와일드펠 홀의 소작인》에서 아내를 학대하는 남편은 아내를 집 안에 가둔다. 그녀의 일기장에서 탈출 계획을 읽은 그는 집필 책상의 열쇠를 빼앗아 그녀의 중요한 사적 영역을 짓밟는다. 샬럿의 애독서인 윌리엄 메이크피스 새커리의 《허영의 시장》에서 영리하고 음모를 잘 꾸미는 가정교사 베키 샤프 역시 책상 상자를 하나 가지고 있는데, 그것은 그녀의 '개인 박물관'으로, 연애편지, 부자 애인들이 준 현금, 보석 등 그녀가 간통의 기념품을 보관하는 곳이다. 남편이 그 상자를 열라고 명령하면서 그들의 결혼생활은 끝난다. 베키에게 그 상자를 준 인물인 아멜리아 세들리는 자신의 집필 상자 속 '비밀 서랍'에 사랑하는 남자가 두고 간 장갑을 넣어둔다. 또 다른 등장인물인 노처녀 브리그스도 낡은 무릎 상자 안에 그런 비밀 공간을 갖고 있는데, 그 안에는 24년 전 "결핵에 걸린 글쓰기 선생"의 "노란 머리칼 타래"와 "글씨를 알아볼 수 없어서 더 아름다운" 그의 편지가 들어 있다. 책상과 마음속 안식처가 동일하다는 것을 알려주는 대목이다. 19세기 초반, 사실과 전설이 뒤얽힌 메리 셸리의 일화에서는 그녀가 휴대용 책상에 남편의 심장을 담아가지고 길을 떠났다는 이야기가 전해진다.[11]

샬럿은 《셜리》의 한 대목에서 셜리의 책상 속 내용물에 에로틱한 면모를 부여해, 책상과 육체의 결합을 또다시 이끌어낸다. 셜리의 응접실에 선 루이스 무어는 "그녀의 사랑스러운 단점들"을 찬미하며 그녀가 자신을 얼마나 절망적으로 "속박하고" 있는지를 숙고한다. 그는 "그녀의 온갖 것이 담긴 보고寶庫… 그녀의 보물상자"를 그녀가 열쇠를 꽂아둔 채 그냥 열어놓았음을 알아차린다. 그는 거기서 찾아낸 것들의 매력에 심취한다. "예쁜 도장, 은으로 된 펜, 푸른 잎이 달린 진홍빛 체리 한두 개, 작고 깔끔하고 섬세한 장갑 하나." "그녀의 흔적"인 이 물건들 앞에서 그는 외친다. "그녀의 발자취는 왜 이다지도 아름다운가?"

아마도 브론테 자매들은 교사 일과 가정교사 일을 할 때도 책상상자를 지참했을 것이다. 앤은 《애그니스 그레이》에서 자신의 경험을 바탕으로 한, 책상에 얽힌 끔찍한 에피소드를 들려준다. 애그니스가 맡고 있는 끔찍한 개구쟁이들이 온순한 선생님을 골탕 먹일 고약한 방법을 찾아낸 것이다. 한 아이가 다른 아이에게 소리친다. "메리 앤, 그 책상을 창밖으로 던져!" 애그니스는 "편지와 종이, 약간의 현금과 각종 귀중품이 담긴 나의 소중한 책상이 3층 창문 밑으로 떨어질 위기에 처했다"고 설명한다. 《제인 에어》에 등장하는 부유하고 속물적인 인물들 역시 가정교사의 "성가신 면"을 품평하면서, 그들이 어린 시절에 가정교사인 "딱한 얼간이 노인네"를 어떻게 괴롭히면서 즐거워했는지 늘어놓는다. 한 온순한 가정교사는 "무슨 짓을 해도 견뎠는데, 딱 하나 그 여자가 참지 못한 것… 그 덕분에 우리가 즐겼던 일"이 있으니, 바로 "책상 속 물건을 약탈하는 것"이었다. 《빌레트》에서 루시 스노의 고용주는 원할 때마다 루시의 책상과 반짇고리를 뒤질 수 있도록 루시의 열쇠를 손에 넣어 복제한다. 이와 같은 침범행위는 가장 가증스러운 행동이었는데, 가정교사의 책상 속은 잠잘 때를 제외하고는 거의 항상 남의 눈에 노출되어 있는 가정교사들의 몇 안 되는 사적 공간이었기 때문이다. 처음으로 가정교사 자리를 얻은 샬럿은 에밀리에게 보낸 편지(여기서 그녀는 동생을 '라비니어'라고 부른다)에서 "가정교사에겐 개인 생활이란 것이 없어"라고 말한다. 샬럿은 그 일을 "아이들의 더러운 코를 닦아주"는 일이나 잡다한 "궂은 일"로 보았고, 자신이 맡은 아이들을 "머리만 큰 멍청이들", "대들기 좋아하고 괴상하고 다루기 힘든 어린 것들", "오냐오냐 하며 키운 작고 성가신 것들" 혹은 "응석받이로 자라 버릇없고 사나운 것들" 같은 다양한 표현으로 묘사했다. 그러니 가정교사에게 자기만의 프라이버시가 있어야 한다고 느낀 것도 너무나 당연하다.[12]

제인 오스틴의 마호가니 책상 역시 소중한 공간이었는데, 오스틴은 경사면에 가죽을 덧댄 그 책상을 여행할 때도 가지고 다녔다. 1798년 다트퍼드를 여행하면서 '황소와 조지'라는 여인숙에 묵을 때, 그녀의 아버지가 선물했고 이제는 영국도서관에 안치된 그 상자가 사고로 서인도로 가는 이륜 마차에 실리고 말았다. 오스틴은 마부를 보내 가까스로 마차를 세우고 상자를 꺼내왔다. 오스틴은 말했다. "내 재산 중 그렇게 소중한 것은 없으니, 집필 상자는 내 전 재산이나 다름없다." 아마 그녀는 오른손이 닿는 바닥 쪽 비밀 서랍에 현금도 넣어두었을 것이다. 그 서랍은 경사면 꼭대기에 설치된 숨겨진 나사를 풀면 열리게 되어 있었다. 그런 숨겨진 장치는 빅토리아 시대 사람들에게 무척 소중했다. 서너 개 이상의 장치가 달린 책상도 있었다. 서랍을 여는 장치는 누르면 풀리게 되어 있는 탄탄한 스프링으로 만들어져 있고, 나무 덮개로 가려져 있다. 브론테 자매는 비밀 칸막이를 무척 좋아했지만 그런 책상을 살 여유가 없었다. 어린 시절 샬럿은 "비밀 스프링으로 움직이"며 깜짝 놀랄 만한 비밀 이야기를 써나가는 종이를 고정해주는 상아 손궤를 이야기에 등장시킨 적이 있는데, 이 이야기에서 두 여주인공은 너무나 친해서 서로의 아이를 바꿔 기르기로 한다.[13]

디킨스의 휴대용 책상은 현재 뉴욕 공립도서관에 보관되어 있는데, 전시관 안에 나란히 놓인 샬럿 브론테의 것보다 두 배쯤 크다. 샬럿의 것이 별 특징 없는 여성용 책상인 반면, 디킨스의 것은 황동을 정교하게 입사하여 장식했고, 남성적인 형태의 경사면은 무릎에 올릴 수 없을 정도로 크다. 책상 전체의 자물쇠를 먼저 열고 경사면 위쪽의 장치를 풀면 비밀 서랍이 나온다. 긴 나무 패널로 만든 펜 서랍과 잉크병 칸막이는 손가락으로 밀면 움직이고, 스프링 역할을 하는 탄탄한 황동 끈과 연결된 장치를 누르면 완전히 밖으로 꺼낼 수 있다. 이 칸막이 뒤에는 얇은 서랍이 세 개 있는데, 연녹색 리본을 조심스럽게 잡아당기면 꺼낼 수 있다. 상자 윗면에 붙은 황동 명판에는 "CD(찰스 디킨스)/개즈 힐"이라고 적혀 있는데, 이는 이 비싼 책상이 디킨스의 시골 별장에 딸린 호화품이라는 것을, 다시 말해 그의 재력을 개괄적으로 보여준다.[14]

이런 휴대용 책상을 애용한 또 다른 작가는 앤서니 트롤럽 Anthony Trollope으로, 그는 우체국에서 일하며 출퇴근할 때 기차 안에서 이 '태블릿'을 가지고 작품 중 많은 부분을 썼다. 오스틴과 마찬가지로 트롤럽도 여행할 때 이 책상에 돈을 넣어가지고 다녔는데, 1861년 그가 미국에 관한 책도 쓰고 사람도 만날 겸 그곳에 갔을 때 기차역 배달부가 짐을 던지다가 책상을 박살내고 말았다. "내 책상이 부서지는 광경을 보고 들었을 때의 고통은 결코 잊지 못할 것이다"라고 트롤럽은 썼다. 짐꾼은 그가 지켜보는 가운데 책상을 6미터가량 던졌는데, 그만 단단한 보도에 떨어져버렸다. "약한 안쪽이 박살나고 최후를 맞는 소리가 다 들렸다." 그 경험으로 인해 그는 미국이 야만적이고 구제불능의 나라라고까지 생각하게 되었다. 배로 여행하는 동안, 그는 목수에게 선실에서 사용할 책상을 맞춰달라고 주문했다. 새로 맞춘 책상 상자는 꽤 컸던 모양인데, 어느 여행길에서 "어떤 놈이 책상을 공처럼 떨어뜨리는 바람에" 안에 든 잉크병이 산산조각 났다. 그는 이렇게 썼다. "내 아름다운 종이들이 몽땅 얼룩졌을" 뿐 아니라, 맨 위칸에 "반듯하게 보관한" 셔츠 세 벌도 잉크를 뒤집어썼다. 그 안에는 포장을 뜯은 시가 100개비도 담겨 있었다. "잉크에 담갔던 시가 맛이 어떨지는 모르겠지만, 한번 시도는 해보겠다."[15]

휴대용 책상을 갖고 있다는 건, 그 주인이 여행을 하지 않는 사람이라 해도 (마치 오늘날의 랩톱 컴퓨터처럼) 집 안 여기저기에서 글을 쓸 수 있다는 뜻이기도 했다. 어느 방이 더 조용한가, 따뜻한가, 혹은 빛이 잘 드는가에 따라 옮겨다닐 수 있었다. 빅토리아 시대 소설 속 등장인물들은 종종 무릎 책상을 들고 여기저기로 옮겨다니거나 하인을 시켜 가져오게 했는데, 그것은 실제 관습이었다. 실상 사람보다 책상이 더 자주 옮겨다니곤 했다. 앤의 《와일드펠 홀의 소작인》에서 하그레이브 씨는 부인들이 바느질하고 책을 읽는 "오전용 거실로 책상을 보내"라고 시킨다. 여주인공은 잠이 오지 않을 땐 "내 책상을 드레스룸으로 가지고 오라고 해서 거기 앉아 지난밤의 사건에 대해 생각해보기로" 한다. 병상에 누운 어떤 남자는 약속을 취소하는 편지를 쓰기 위해 손님에게 책상을 가져와달라고 부탁한다. 그러자 손님은 "기꺼이 그러겠다고 하고, 즉시 그의 책상을 가져왔다."

1845년 겨울이 오자, 브론테 가의 책상들은 주로 실내에 머물렀다. 모든 형제자매가 실직 상태였다. 앤이 로빈슨 가의 일자리를 그만둔 지 얼마 안 되어 브랜웰도 해고되었다(지난 5년 동안 세 번째로 구한 자리였다). 아마도 그가 고용주의 아내와 저지른 일을 고용주가 알게 되었기 때문일 것이다. 브랜웰은 상심의 고통을 술로 잊으려 하거나, 샬럿의 표현에 따르면 "고통에 빠져 허우적거리거나 멍하니 있었다." 맥주, 진, 그리고 어쩌면 아편 팅크까지 복용했을 가능성이 있는데, 돈 많은 로빈슨 부인이 그의 입을 다물게 하려고 돈을 보냈기 때문에 이런 습관이 계속되었다. 그의 말에 따르면 "죽음과도 같은 사랑"에서 벗어나려는 수단으로 글쓰기에 열중해보려고도 했는데, 이때 그가 쓴 시의 대부분은 자살을 주제로 한다. 어느 시에서는 물에 떠내려가는 시신을 묘사하며 그 평온한 침착함과 차가운 망각의 '치유제'를 부러워하기도 했다. 장편소설에도 도전했는데, 어린 시절에 썼던 앵그리아 이야기로, 고통스러운 사랑—당연한 일이다—이 테마였다.[16]

그사이 샬럿은 자매가 브랜웰 이모로부터 각각 물려받은 약간의 유산을 가지고 예전부터 생각해온 학교 설립을 실행하려고 나섰다. 목사관에 학교를 차리면 다들 집에서 지낼 수 있고, 그들이 무엇보다도 바라는 바가 그것이었다. 세 자매는 안내서를 인쇄했고, 친구들에게 학생을 모집한다는 소문을 내달라고 부탁했다. 하지만 하워스의 접근성이 좋지 않았기 때문에 자녀를 보내는 사람은 아무도 없었다. 샬럿은 이 문제를 엘렌에게 이렇게 설명했다. "네가 누군가의 어머니를 설득해서 이곳에 아이를 보낸다면, 아마도 오는 길에 질겁해서 그냥 아이를 데리고 돌아가버릴 거야."[17]

늘 그랬듯이, 산책과 집안일, 독서와 글쓰기로 시간을 보내는 동안, 자매들은 집이 좁다고 느꼈다. 특히나 에밀리는 사람 많은 방을 견디지 못하고 어떻게든 혼자만의 공간을 찾으려고 애썼다. 1845년 가을, 그녀는 내면의 계발을 찬양하는 곤달 계열의 시를 쓰고 있었다. 샬럿이 에제에게 영혼을 내준 동시에 희롱과도 같은 편지와 봉함인을 엘렌에게 보내는 사이, 에밀리는 훗날 '옥에 갇힌 사람'이라는 제목으로 바뀔 〈줄리언 M.과 A. G. 로셸〉을 쓰는 데 열중했다. 이 시는 지하 무덤에 갇힌 어느 젊은 여성이 내면의 비전을 키우며 행복을 느낀다는 내용으로, 그녀는 "바람이 구슬프게 불어오고 별이 부드럽게 타오르"자, 자리에서 일어나 "이젠 갈망 속에서 죽을 수 있다"고 말한다. 우정이나 자유를 위한 몸부림조차 필요치 않은 그녀의 상상력은 얼마든지 속박에서 헤어날 수 있다. 10월에 에밀리는 이 시를 곤달 시를 담은 공책에 기록하고 있었다. 샬럿은 "우연히 이것을 발견했"는데, 고독의 영감을 다룬 시라는 점에서 아이러니한 일이다. 샬럿은 이 시를 어디서 찾아냈을까? 에밀리의 책상을 뒤지다가 발견한 건 아닐까? 에밀리가 책상을 잠가두었다면, 샬럿의 행동은 《빌레트》에 나오는 베크 부인의 행위에 맞먹는다. 샬럿은 그 공책을 가지고 가서 "혼자 몰래" 읽었다. 그 시들의 "특이한 음악성"에 감탄한 그녀는 자신이 공책을 봤다는 사실을 에밀리에게 고백했다. 에밀리는 격노했다. 이 사건과 동생의 반응을 설명한 샬럿의 말에 따르면, 에밀리는 자신이 "가장 가깝고 친한 사람들이라 해도 그들이 자신의 마음과 감정을 숨겨둔 은신처를 마음대로 침범하도록 내버려두는" 사람이 아니라고 말했다고 한다. 에밀리는 "자유의 침범"이자 자신의 사적 세계를 노출시킨 이 사건을 두고 참견쟁이 언니를 크게 꾸짖었다.[18]

성인이 되면서 두 사람의 사이는 점차 꼬여가기 시작했다. 친근함을 좋아하는 샬럿의 성향은 극히 내성적인 에밀리의 성향과 부딪쳤다. 감정적 문제가 깊이 얽혀 있는데도 가까운 곳에서 복닥거리며 살아야 하는 나날이 계속되자, 에밀리의 비밀 공책 사건 같은 충돌을 피할 수가 없었다. 샬럿은 에밀리의 굳게 닫힌 태도를 이해하지 못했고, 정면돌파 외엔 방법을 알지 못했다. 에밀리의 시 공책을 들여다본 샬럿의 행동은, 아마도 에밀리의 책상 속 은신처를 침범해서라도 동생의 마음을 이해하려는 생각에서 비롯되었을 가능성이 크다.[19]

샬럿은 동생의 화를 누그러뜨리려 애썼고, 그러기까지는 오랜 시간이 필요했다. 늘 그랬듯이 앤이 중재자 역할을 맡아 샬럿을 도왔고, 샬럿을 데려와 그녀 자신의 시를 낭독하게 했다. 이 일이 계기가 되어, 샬럿은 오래전부터 갈망해온 책 출간에 도전해보기로 했다. 그러려면 에밀리를 설득해야 했다. 훗날 샬럿은 세 사람의 시를 한 권의 책으로 엮어내기 위해 "애원과 이성적 설득을 총동원해서야 결국 내키지 않는 동의를 얻어낼 수 있었다"고 썼다. 자매들에게조차 시를 보여주려고 하지 않았던 에밀리가 동의했다는 건 신기한 일이긴 하지만, 어쨌든 그녀는 그들의 이름 머리글자를 넣은, 성별을 구분할 수 없는 필명을 써야만 한다고 주장했다. 커러Currer · 엘리스Ellis · 액턴 벨Acton Bell이라는 이름이었다. 샬럿은 훗날 자매의 정체를 알게 된 출판사들에게 이렇게 설명했다. "'엘리스 벨'이라는 이름은 어떤 직함에 갖다붙여도 어울리지 않는 이름이죠. '필명'으로 쓸 때 외에는요…." 그것은 "그"의 "마음이나 의도에는 거슬리는 일"이었다는 것이다.[20]

이런 필명을 사용하는 것은 세 자매에게는 전혀 새로운 일이 아니었다. 곤달과 앵그리아 이야기를 쓰던 어린 시절부터 그들은 비슷한 일을 해왔던 것이다. 이번에 그들은 손에 넣은 장난감 병정들을 자신들의 분신으로 삼아 글을 쓰는 페르소나로 변신시켰다. 벨 일가가 새로이 가장한 정체성인 글 쓰는 병사들—정령이나 왕, 여왕 등의 병사들—은 읽을 수 없을 정도로 작고 상자에 보관되거나 봉인되거나 잠겨 있는 원고들의 생명력을 되찾아와야 했다. 그들이 이런 정체성으로 가장한 것은 비밀을 지키고 싶어한 에밀리의 마음 때문이었지만, 샬럿 역시 "타조처럼 숨고 싶은 마음"이었다고 고백했다. 이것은 커러 벨이 사실은 샬럿 브론테라는 이름의 유명하지도 않은 성직자의 딸이라는 사실이 밝혀진 후에도 마찬가지였다. 사람들 사이에 숨어 지내고 싶어한 샬럿의 마음은 상찬을 듣고 싶은 마음과 동일하게 평생 동안 지속되었다.

그들의 시집은 출판사들로부터 여러 번 거절당했다. 결국 에일럿 & 존스라는 작은 출판사를 설득해 책을 펴내기로 했다. 작가들이 31파운드 10실링을 부담한다는 조건이었는데, 이것은 가정교사의 1년 치 연봉에 맞먹는 금액이었다. 《커러 · 엘리스 · 액턴 벨의 시집》이라는 그 얇은 책은 1846년 5월 세상에 나왔다. 녹색 천으로 장정하고 제목 주위에 기하학적 문양을 그린 이 책에는 보기 싫게도 상업적인 냄새를 풍기는 4실링이라는 가격이 제목 아래에 찍혀 있었다. 세 사람의 시는 순서가 뒤바뀐 채 실리기도 했고, 어떤 곳은 둘씩 짝을 지은 상태로 실려 있었다.

책은 딱 두 권 팔렸다. 하지만 가능성을 열어주었다는 점에서 이 책은 소기의 목적을 달성했다. 이제 요란하지는 않아도 어엿한 저자가 된 그들은 시집이 출간될 당시 집필한 장편소설을 출판사에 보낼 자신이 생겼다. 샬럿이 밀어붙이고 에밀리는 저항했던 이 일은 아마도 책을 출간하는 행위, 그리고 심지어 장편소설을 집필하는 행위에 진정한 추동력을 보탰을 것이다. 분노와 싸움이 결합된 이런 복잡한 협력 과정이 없었다면, 그들의 걸작은 출간되지도, 혹은 아예 쓰이지도 않았을지 모른다.

협동해서 장편소설을 쓴 그들의 집필 과정은 여러 장소에서 이루어졌다. 낮 동안엔 집필 책상이나 탁자, 혹은 침대 위에서 각자 글을 쓰고, 밤 9시가 되면 거실의 접이식 탁자 앞에 모여 플롯과 인물에 대해 이야기하고 서로가 쓴 부분을 읽은 뒤 피드백을 주고받았다. 밤에 실내에서 글을 다듬고 숙고하는 과정은 샬럿이 로히드 학교에 다닐 때 울러 양과 함께 했던 방식으로, 샬럿은 자매들이 세상을 떠난 후에도 혼자 그 습관을 계속 이어갔다. 이 글쓰기 '워크숍'은 각자가 첫 소설을 1년 안에 끝내는 원동력이 되었다. 어릴 때부터 써온 수많은 글들 역시 한 권의 책을 쓰기 위해 분발하는 데 꾸준한 밑거름이 되어주었다.[21]

샬럿은 윌리엄 크림스워스라는 냉철하고 침착한 남자 주인공이 등장하는 길지 않은 소설을 가지고 밤마다 참석했는데, 이 소설은

《교수》라는 책으로 완성된다. 앤은 어느 가정교사의 삶을 자전적 경험에 크게 의존해서 쓰고 있었다. 그리고 에밀리는 고딕적이고 초현실적인《폭풍의 언덕》을 작업 중이었다. 앞의 두 작품은 전반적으로 통용될 법한 이야기로, 빅토리아 시대의 일반적인 노동 환경을 현실적이고 꾸밈 없이 담아내고 있었다.《교수》의 초반 몇 장 후은 어린 시절에 쓴 이야기들을 재활용한 것이긴 하지만, 세상 물정을 깨달은 어른 세계의 이야기를 그리고 있다. 이에 반해《폭풍의 언덕》은 곤달 이야기에서 바로 튀어나온 듯한 작품이다. 밤마다 진도를 나가면서 샬럿은 이 작품이 담고 있는 초월적 열정에 우려를 표했다. 에밀리가 세상을 떠난 후에도 샬럿은 같은 입장을 밝혔다. 샬럿은 나중에 이렇게 투덜댔다. "폭풍의 열기와 전기에 감전된 듯한 분위기 때문에 당시 우리는 번개를 들이마시는 것 같았다." 샬럿은 그 이유가 동생이 끔찍하고 비극적인 것에 "지나치게 골몰해 있"기 때문이라고 생각했다. 그녀는 동생의 이런 면모가 "튼튼한 나무처럼 높고 곧은" 마음으로 바뀌기를 바랐다. 에밀리가 더 오래 살았다면 그럴 기회를 얻었을지도 모른다. 샬럿은 다음과 같이 불평했다. 에밀리가 "원고를 소리 내어 읽으면", "듣는 이"—샬럿 자신일 것이다—는 "가차 없고 무자비한 자연의 무시무시한 영향력, 길 잃고 타락한 영혼들 때문에 오싹해졌고… 밤에는 듣는 것만으로도 잠자는 중에 생생하고 무서운 풍경이 떠올랐고, 낮에는 마음의 평화가 깨어졌다." '듣는 이'가 '엘리스 벨'에게 이렇게 말하자, '엘리스'는 의아해하며 불평을 제기한 쪽의 진정성에 의문을 표했다. 에밀리 역시 샬럿의 소설을 비판했는데, 아마 《교수》에 활력이 부족하다는 지적이었을 것이다.[22]

샬럿은 가까운 사람들 사이에서 자신의 소설을 단련하는 과정이 중요하다고 여겼다. 이처럼 강한 성격들이 부딪혀 경쟁하는 상황이라 해도 마찬가지였다. 자매들이 세상을 떠나자, 홀로 소설을 집필한다는 것은 오로지 그녀의 머릿속에서 이루어지는 "우울한 침묵의 워크숍"이나 다름없었다. "내 곁에서 의견을 제시할 사람이 얼마나 필요한지, 글을 읽히거나 자문할 사람조차 없어서 내가 얼마나 낙담하고 심지어 절망하기까지 했는지" 그녀가 말로 표현할 수도 없을 지경이었다. 《폭풍의 언덕》에 대해 우려를 표하고, 작품의 가혹함을 좀 다듬으라고 권하긴 했지만, 사실 샬럿은 《제인 에어》를 쓸 때 그 영향을 깊이 받고 있었다. 열정과 광기, 그리고 감금이라는 요소에서 그녀는 에밀리의 소설에 큰 빚을 지고 있는 셈이었다.[23]

이 첫 소설 집필 과정의 다른 면모들은 재구축하기가 쉽지 않다. 초고 상태든 정서한 상태든 앤이나 에밀리의 소설 원고는 남아 있지 않은데, 아마도 곤달 이야기 원고들과 같은 운명을 겪은 것으로 추측된다. 앤은 보통 필기체로 시를 썼는데, 그녀의 원고에는 에밀리의 원고처럼 낙서나 그림 같은 것은 없다. 덕분에 그녀의 원고는 언니 것에 비해 훨씬 정상적으로 보이고, 독자를 만날 준비가 되어 있는 듯 보인다. 반면 에밀리는 그런 적이 아예 없었다. 앤은 시를 공책에 정서하고 일부는 직접 제본했는데, 아마도 대부분 가정교사 생활을 하면서 책상 상자에 놓고 썼을 것이다. 집필하지 않을 때는 행동거지가 고약한 주인댁 아이들의 눈에 띄지 않도록 책상을 잠가두었을 것이다. 나중에 집에 머물게 됐을 때, 두 번째 소설 집필에 열중하던 그녀를 관찰한 샬럿은 이렇게 말했다. "그애는 늘

책이나 책상 앞에 붙어앉아 있었다. 산책을 가자고 권하거나 이야기를 하자고 해도 거의 응하지 않았다."[24]

하인들의 말에 의하면, 에밀리는 시를 쓸 때처럼 집안일을 하는 도중에도 온갖 것에 글을 끼적였는데, 아마도 소설을 쓰느라 그랬을 것이다. 샬럿의 친구 메리 테일러는 샬럿이 앵그리아와 곤달에 관한 이야기를 끝없이 늘어놓는 모양새가 마치 그 집안 자매들이 "지하실에서 감자를 키우는" 이야기를 듣는 것 같았다고 말했다. "맞아! 우린 그런 식이지!" 샬럿은 이렇게 대꾸했다. 그런 방식으로 표현하자면, 에밀리는 지하실에서 거의 벗어난 적이 없고, 앤은 겨우 한두 계단 정도 내려갔다고 해야 할 것이다. 샬럿의 경우는 지하실에도 내려갔지만, 마찬가지로 다락방에도 올라간 셈이다.[25]

에밀리는 펜과 악전고투했다. 그녀가 펜과 벌인 결투는 책상 경사면뿐 아니라 그녀의 원고에도 뚜렷이 드러나 있다. 페이지마다 잉크 방울이 튀어 반대편까지 스며 있고, 뒷면에 쓰인 시구에도 번졌다. 그녀는 펜 끝으로 종이를 후벼팠다. 글을 쓸 때는 잉크 방울을 날렸다. 잉크의 침전물 때문에 펜이 막히기도 했는데, 그러면 에밀리는 펜 끝을 쓰던 종이의 여백에 비벼 침전물을 제거했다. 그녀가 사용한 압지에는 침전물을 닦아내느라 생긴 구멍이 있다. 펜 닦개가 있으면 잉크 침전물을 좀 더 깔끔하게 제거할 수 있었다. 샬럿은 손수 만든 펜 닦개를 하나 가지고 있었는데, 그것은 여성들이 흔히 손수 만들어 주고받던 공예품이기도 했다. 갈색과 녹색, 그리고 파란색으로 된 이 펜 닦개는 테두리에 구슬이 달려 있는데, 엘렌의 바늘 끝에서 탄생한 이 물건은 아마도 앤이 결핵으로 죽어가던 시절 보낸 위문품 안에 동봉되어 있었을 것이다.[26]

처음에 에밀리는 거위 깃털로 만든 펜과 격투를 벌였다. 그것은 그녀의 형제자매가 곤달과 앵그리아 이야기를 쓰던 시절에 썼던 종류의 펜이다. 소설을 집필할 때 그들이 사용한 펜은 나무 손잡이에 금속 촉을 끼워서 사용하는 펜이었다. 에밀리와 샬럿은 1831년 버밍엄의 단추 제작자였던 조지프 길럿이 특허를 낸 나무 펜과 펜촉을 책상과 그림 도구 상자에 깃털 펜과 함께 담아두었다. 깃털펜보다 편하고 글 쓰는 속도가 빠르며(물론 에밀리는 이것과도 힘겨운 싸움을 벌였지만) 값도 싼 촉 달린 펜은 페니 우편제도가 자리잡아 서신 교환이 일상화된 빅토리아 시대에 널리 쓰이기 시작했다. 샬럿은 나무 유액을 굳혀서 만든 고무 수지 펜도 사용했으리라 짐작되는데, 거기에 맞는 펜촉이 책상에서 발견되었기 때문이다.[27]

당대의 작가들은 펜에 생명이 있어서, 도장이나 종이, 잉크 같은 친구들과 함께 책상 속에 앉아 생각하고 꿈꾸고 말한다고 상상하길 좋아했다. 익명의 저자가 쓴《불운한 깃털 펜의 놀라운 진짜 모험 이야기》와 J. 헌트라는 작가의《펜의 모험》에서 펜은 이야기를 늘어놓는 역할을 맡았다. 후자의 이야기에서 펜은 이 작가에서 저 작가의 손을 거치는데, 그들은 모두 펜 자신보다 무능력하고 부정직한 자들이다. 그는 선원의 주머니 속에서 주머니칼·빗·코담배 상자와 어깨를 나란히 하기도 하고, 한번은 "숙녀들에게 낼 수수께끼"를 짓는 "유명한 미남자"의 손에 쥐어지기도 한다. 부도덕한 글을 쓰는 데 사용될 때는 그것을 참지 못하여 펜촉 안의 잉크가 공포로 얼어붙기도 한다.[28]

샬럿은 소설을 쓸 때 (어떤 종류든) 펜과 집필 책상만 애용하지는 않았다. 초고를 쓸 때는 연필을 썼는데, 그런 용도로 사용된 몽

당연필들이 그녀의 책상과 여러 상자 속에서 발견되었다(그중에는 '피트먼의 속기용 연필'도 있는데, 이것은 1840년대에 요크와 리즈 일대를 돌아다니며 속기술을 홍보하던 아이작 피트먼[31]이 광고용으로 제작한 것이다). 그녀의 초고를 직접 본 엘리자베스 개스킬에 따르면, 샬럿은 작은 손에 그런 연필을 쥔 채 '제본할 때 쓰는 판때기나 책상'에 종잇조각을 대고 글을 썼다. 근시인 그녀는 그렇게 해서 얼굴을 종이 가까이에 대고 글을 쓸 수 있었다(결국 그녀는 안경을 쓰게 되었는데, 책상에 한 벌이 보관되어 있다). 해리엇 마티노도 비슷한 광경을 보았다. 그녀는 샬럿이 "작고 네모진 종이책을 눈 가까이 대고" 연필로 초고를 썼다고 했다. 에밀리도 비슷한 방법을 썼을지 모르는데, 아마 그래서 연필로 남자와 여자의 얼굴을 낙서한 하드커버 책표지가 책상에서 발견되었을 것이다. 틈틈이 대고 글씨를 쓰기에 딱 알맞은 책받침인 셈이다. 샬럿은 침대 안에서도 그렇게 글을 썼다. 초기작들은 불면증이 찾아온 밤에 쓴 경우가 많은데, 그럴 땐 책받침과 연필만으로도 잉크병 없이 간편하게 글을 쓸 수 있었다. 또 다른 창작 공간이 생긴 셈이다. 이불 속에 엎드린 채 글을 쓰는 것이다. 출판사에 보내기 위해 원고를 깔끔하고 깨끗하게 정서할 때는 주로 경사대에서 잉크 펜으로 글을 썼다. 그녀의 책상엔 손으로 줄을 그은 종이가 있었는데, 아마도 정서할 종이 뒤에 놓고 글을 똑바로 쓰기 위해 사용한 듯 보인다.[29]

사실 종이를 잘라서 꿰매어 작은 잡지를 만들던 시절과 크게 달라진 것도 없었다. 곤달과 앵그리아 이야기를 쓰던 시절의 제작 방

---

31) Isaac Pitman(1813~1897), '피트먼 속기술'이라고 불리던 속기술을 고안해낸 영국의 교사.

식은 거의 그대로였다. 자매들은 협동으로 원고를 수정했고, 그러면서 샬럿과 에밀리는 여전히 작은 종이나 소책자에 비밀 원고를 써서 여기저기에 분산해두었다. 셋 다 이름(과 성별)을 바꾸었고, 어린 시절 책을 제본할 때 썼던 갈색 소포지에 원고를 싸서 부쳤다. 이제는 안쪽이 아니라 바깥쪽에 주소를 써야 우편배달부가 배달할 수 있었다. 이제 세 사람은 가족 말고 더 많은 '듣는 이'를 원하게 되었다. 하지만 서로의 원고를 읽어주는 일은 여전히 작업의 핵심 요소였다. 그것은 '벨 형제'들의 연합 프로젝트였다.

그들이 쓴 글이 독자에게 닿기까지의 길고 지난한 노동 속에서, 세 사람은 서로 간의 큰 차이에도 불구하고 뗄 수 없을 정도로 얽혀 있었다. 1846년 4월, 샬럿은 벨 형제들이 세 권의 장편소설을 완성했으며 이에 관심이 있는지 묻는 편지를 에일럿 & 존스 사에 보냈다. 그들은 관심이 없었다. 샬럿은 자매들의 비서 역할을 맡아 런던의 유망한 출판사 사장인 헨리 콜번에게 원고를 "보낼 테니 읽어주십사" 요청하는 편지를 보냈다. 한여름인 7월 초, 세 자매는 원고의 퇴고와 정서를 끝냈다. 이 시점에 샬럿은 콜번에게 세 사람이 책을 동시 출간했으면 좋겠다고 제안하면서 그 원고들을 "세 권짜리 소설 원고"라고 부르기까지 했다. 그녀는 세 권짜리 혹은 '3부작 소설'이 판매하기 쉬운 형태라는 사실을 알고 있었는데, 사실 그들이 쓴 이야기는 세 권으로 발간하기엔 좀 짧았다. 당시에는 3부작 형태의 소설이 인기가 높았는데, 단행본 출간에 큰 영향을 미치는 구독 대여점들 때문이었다. 소설이 여러 가지 플롯과 다양한 인물을 통해 당대의 사회상을 광범위하게 담아내야 한다는 통념이 지배적이었기 때문에 빅토리아 시대의 소설들은 어마어마한 분량을 자랑하는데, 이 분야의 대가는 디킨스였다. 3부작 형태가 표준이 된 건 그래야 대여점이 돈을 더 많이 벌 수 있기 때문이었다. 이런 '도서관'은 장사가 꽤 잘되었고 워낙 널리 퍼져 있었기 때문에 소설 창작에도 큰 영향을 미쳤다. 그들이 3부작 소설을 선호한 건 각각 다른 권을 독자에게 빌려줄 수 있었기 때문이고, 그래서 출판사에 다른 길이의 소설은 내지 말라고 압박을 가하기도 했다. 샬럿은 이런 점을 이용해 자매들의 소설을 동시에 출간하려고 했는데, 에밀리가 원고 계산을 잘못하는 바람에 《폭풍의 언덕》은 세 권으로 나누기는 어려운 딱 두 권짜리 분량이 되어버렸다.

콜번과의 이야기가 틀어진 뒤, "1년 반 동안 여러 출판사의 문을 끈질기게 두드렸다"고 샬럿은 말한다. 원고는 매번 "굴욕적이고 무뚝뚝한 거절"의 운명에 처했다. 어느 시점부터 샬럿은 단독으로 움직였고, 《교수》의 원고는 "런던 여기저기를" 홀로 터덜터덜 떠돌았다. 절약하려는 마음 때문인지, 아니면 마음에 스며든 '오싹한 절망' 때문인지, 샬럿은 원고를 포장했던 갈색 소포지를 재활용하기 시작했다. 한 출판사에서 원고가 반려되어 돌아오면 그 주소를 펜으로 그어 지우고, 그 밑에 새 주소를 썼다. 훗날 그녀의 소설을 전부 출간한 스미스 & 엘더 사에 도착했을 때 소포에는 서너 출판사의 주소가 적혀 있고 줄이 그어져 있었기 때문에, 받은 쪽에서는 그 내용물에 대해 긍정적인 시각을 갖기가 어려웠다.[30]

소포가 오고 가는 것을 지켜보던 세 사람에게는 희망과 실망이 교차했고, 그러는 와중에 아버지는 백내장으로 실명 위기에 처했다. 아직 정력적으로 활동할 수 있는 노인에게는 치명적인 사건이었다. 외과 수술을 권유받은 그들은 맨체스터에서 안과 수술 성공률이 높은 의사를 찾았다. 8월에 샬럿은 패트릭과 함께 그곳으로 갔고, 수술 당일《교수》의 출간을 거절하는 편지를 또 받았다. 이 편지는 옥스퍼드 가의 숙소로 보내졌는데, 아마도 에밀리와 앤이 하워스에서 보냈을 것이다. 샬럿은 절망하기는커녕 즉시《제인 에어》에 착수하기로 했다. 그녀는 맨체스터에도 분명 책상을 가지고 갔을 테고, 거기에는 종잇조각이나 소책자, 판자와 연필도 틀림없이 담겨 있었을 것이다. 그녀의 다른 작품들과 달리, 이 소설은 필터를 거치치 않고 그녀의 상상력과 자연스러운 열정 속에서 바로 분출했다. 아버지가 회복을 거치는 동안, 그녀는 맨체스터에 5주간 머물면서 학대받고 분노하는 고아 소녀 이야기의 초고 몇 장을 썼다.

하워스로 돌아왔을 때 패트릭의 시력은 서서히 회복되고 있었고, 샬럿은 여전히 분출하는 이야기에 매달려 있었다. 그녀는 앵그리아 모험 이야기를 쓸 때처럼 거기에 자신을 온전히 내던졌다. 몇년 전 그녀는 "도저히 참을 수가 없기 때문에 쓰고 있다"고 적은 적이 있는데, 이와 똑같은 강박적인 창작욕이 초가을까지《제인 에어》를 쓰는 동안 그녀를 꼼짝 못하게 붙잡았다 해도 과언이 아닐 것이다. 제인이 로체스터를 만난 장면부터 "쭉쭉 나아갔다"고 해리엇 마티노는 샬럿이 들려준 소감을 전한다. "3주 동안 꼼짝도 하지 않고 썼다. 그 무렵 샬럿은 여주인공을 손필드에서 빠져나오게 했다." 이 말이 사실이라면, 3주 만에 300페이지에 달하는 17장까지 썼다는 이야기다. 엘리자베스 개스킬은 그 시기에 샬럿이 밤잠도 자지 않았고, "이야기가 눈앞에 환하고 명확하며 뚜렷하게 펼쳐"졌다고 말한다. 그녀는 주변의 현실보다 인물과 사건에 더 깊이 사로잡혀 있었다.[31]

《제인 에어》를 쓰기 시작한 지 7개월 만에 샬럿은 집필을 끝냈다. 1847년 3월에 앞장들을 깨끗한 원고(현재 이 원고는 영국도서관에 소장되어 있다)로 정서하기 시작했고, 8월에 퇴고를 마쳤다. 7월에 에밀리와 앤은 그들의 소설로 처음 성공의 열매를 맛보았는데, 안타깝게도 그것은 절반의 성공이라 해야 할 것이다. 출판사 사장 토머스 코틀리 뉴비가 그들의 소설을 3부작으로 출간하는 데 동의했다. 《폭풍의 언덕》을 두 권으로 나누고 마지막 권에 《애그니스 그레이》를 넣기로 한 것이다. 하지만 이번에도 그들이 출간 비용을 대야 했다. 50파운드가 들었는데, 그것은 교사의 1년치 연봉을 훌쩍 넘는 액수였다. 뉴비는 책이 많이 팔리면 돈을 돌려주겠다고 했으나 약속을 지키지 않았다. 다 돌려줘도 될 만큼 책이 많이 팔렸는데도 말이다. 에밀리와 앤은 그들의 책이 얼마나 이익을 남겼는지 전혀 알지 못한 채 세상을 떠났다. 그사이에도 샬럿은 어떤 조건으로든 《교수》를 내겠다는 출판사를 구하지 못하고 있었다. 스미스 & 엘더 사는 거절이긴 하나, 격려의 내용이 담긴 편지를 보냈고, 다음에 다른 소설을 보내주면 좋겠다고 말했다. 그것은 어려운 일이 아니었다. 《제인 에어》가 완성을 눈앞에 두고 있었으니 말이다. 그녀는 8월에 이 소설을 기차 편으로 보냈다. 2주 후, 그들은 원고 출간을 승인했고, 저작권 양도료로 그녀에게 100파운드를 제안했는데, 그것은 당시에 흔한 관습이기는 했으나 그로 인해 샬럿은 인세를 받지는 못하게 되었다.[32]

《제인 에어》는 너무나 쉽게 쓰였기 때문에, 샬럿은 이 소설을 쓸 때 훗날 그랬듯이 책상 속이나 반짇고리 안에 있던 다른 집필도구—가위—를 사용할 필요가 없었다. 《교수》를 개고할 때를 비롯해 다른 소설들을 쓸 때 그녀는 말 그대로 글을 자르고 붙였고, 그 흔적이 원고에 그대로 남아 있다. 그녀는 (한 면만 필기가 되어 있는) 종이의 일부분을 조심스럽게 잘라서 잘라놓은 다른 종이나 백지, 혹은 새 글 위에 붙였다. 마음이 급했거나 감정적 동요가 있었는지 가위가 아니라 손으로 오려낸 페이지도 있다. 이런 종이 공작을 보면, 그녀가 엘렌에게 만들어 보낸 자수품이나 주름장식이 달린 차 통뿐아니라, 어린 시절에 만든 책도 떠오른다. 그녀는 이야기에만 통달한 것이 아니라, 종이 · 잉크 · 종이 자르기 · 붙이기 · 포장하기 등 만질 수 있는 실체로서 원고를 다루는 기술도 갖고 있었다.[33]

운 좋게도 샬럿은 괜찮은 출판사를 만났지만, 다른 자매들, 특히 앤은 그렇지 못했다. 스미스 & 엘더 사는 샬럿의 원고를 곧장 책으로 찍어냈으나, 뉴비는 앤과 에밀리의 원고를 내버려두다가 《제인 에어》가 출간되고 몇 달 뒤에야 책을 만들었다. '벨 형제' 중 한 사람의 다른 작품이 거둔 성공에 기대기 위해서였을 것이다. 이 책은 싸구려 종이를 자주색 표지로 제본해서 만들었으며, 'T. C. 뉴비 씨가 펴낸 인기 작가들의 신작'이라는 제목 바로 밑에 다른 책의 광고를 실었다. 이 3부작 책은 실수투성이였으며 작가들에겐 모욕이나 다름없었다. 특히나 앤은 불쾌할 수밖에 없었는데, 첫 권 제목에 이렇게 쓰여 있었기 때문이다. "《폭풍의 언덕》, 엘리스 벨의 3부작." 3부작의 3권인 《애그니스 그레이》는 언급되지도 않았다. 하지만 앤은 꺾이지 않았다. 뉴비의 천박한 태도에도 불구하고, 심지어 두 번째 소설도 그 출판사에서 펴냈다. 샬럿이 《제인 에어》를 집필하느라 활활 불타고 있는 사이, 앤은 아마도 1847년 초

반쯤부터《와일드펠 홀의 소작인》을 작업하기 시작했다.《제인 에어》가《폭풍의 언덕》의 영향을 깊이 받은 반면,《와일드펠 홀의 소작인》에는 에밀리의 영향을 받은 흔적이 없다. 오히려 앤의 이 소설은 히스클리프와 흡사한 잘생기고 열정적인 남자를 주정뱅이에 아내를 학대하는 남편으로 묘사하며《폭풍의 언덕》의 중심 테마를 비판하고 있다.《제인 에어》에는《와일드펠 홀의 소작인》의 영향으로 개고한 부분도 있는데, 아마도 자매가 밤마다 작업을 두고 대화를 나눈 결과일 것이다. 앤의 여자 주인공도 제인이 그랬듯 로체스터와 흡사한 정체가 분명치 않은 남성과 함께 시골 저택에 머물게 되고, 그곳을 빠져나가 살 길을 찾아야 한다. 하지만 앤은 낭만성과 그늘에 가려진 남성 인물의 깊이를 배제하고, 냉담하고 어려운 상황에 직면한 여성 주인공을 통해 법이 압도적으로 남편의 편만 들어주던 시절 여성들이 겪은 학대를 그려낸다.[34]

앤의 소설에 영향을 준 또 다른 인물은 브랜웰이다. 브랜웰은 알코올 중독으로 파멸한 아서 헌팅던의 모델이 되었다. 에밀리와 샬럿이 실연으로 인한 브랜웰의 절망을 통해 사랑에 빠진 남자, 즉 히스클리프와 로체스터를 그려낸 것이 아니냐고 말하는 이들도 있다. 어쩌면 그의 성격 일부가 남자 주인공 속에 섞여 들어갔을지도 모르지만, 그것은 극히 일부이며 직접적이지도 않다. 브랜웰은 누이들의 눈에 너무나 한심해 보였다. 샬럿은 엘렌에게 보내는 편지에서, 절제를 모르고 감정적이며 가족의 돈을 헤프게 써대는 브랜웰의 행동에 깊이 분노했다. 답이 없는 그의 정신 상태와 알코올 중독은 의지가 굳건한 히스클리프나 로체스터와는 비교할 수 없다. 그들은 에밀리와 샬럿이 소녀 시절부터 그들의 이야기 속에 끌고 들어온 바이런적인 인물들이다.

에밀리는 밤의 모임에 새 소설을 가지고 왔다. 이 두 번째 소설의 초고는 남아 있지 않은데, 많은 이들이 아마도 에밀리가 세상을 떠난 후 샬럿이 그것을 없앴을 거라 추정한다.《폭풍의 언덕》이 너무 충격적이라는 믿음과 동생의 평판을 지켜야 한다는 생각 때문에 빅토리아 시대의 관념으로 보기에 거슬린다고 생각되는 그 작품을 샬럿이 불태웠으리라는 추측은 힘을 얻었다. 에밀리의 책상에서 발견된 뉴비의 편지와 그 봉투는 두 번째 소설의 초고 일부가 존재했을 가능성을 뒷받침한다. 신문에서 오려낸《폭풍의 언덕》서평과 브뤼셀 옷가게의 영수증, 브뤼셀에서 참석한 음악회 프로그램, 그리고 벨기에 동전 몇 개─이것은 에밀리가 이 책상을 유럽으로 가져갔다는 증거이다─와 함께 책상 안에 들어 있던, 엘리스 벨의 주소가 적힌 붉은 밀랍이 찍힌 봉투와 편지는 많은 추측을 낳았다. 1848년 2월 15일 자의 이 편지는 엘리스가 작업 중인 두 번째 작품에 대해 언급한다. 뉴비가 액턴과 엘리스를 헷갈려─실제로 그는 그런 적이 있다─앤의《와일드펠 홀의 소작인》을 언급한 것일 수도 있지만, 에밀리 앞으로 보낸 편지일 가능성도 분명 존재한다.[35]

에밀리가 신작을 집필 중이었다면, 그녀의 집필 상자 안에는 글이 적힌 작은 종잇조각들이 들어 있었을 것이다. 그런 흔적이 존재하지 않는다는 건 좀 으스스한 일이다. 앞서 언급한《폭풍의 언덕》에서 캐서린의 기이한 침대가 그랬듯이, 그 책상에 뭔가 깃들어 있다는 느낌마저 준다. 그 '커다란 참나무 상자', 여백의 빽빽한 낙서와 함께 죽은 캐서린의 존재가 어려 있는 곰팡내 나는 책들. 나무 상자에는 마치 그녀의 자아 일부를 드러내듯, 캐서린의 이름이 서명처럼 새겨져 있다. 에밀리도 자신의 책상을 그렇게 여겼을 수 있다. 에밀리의 책상에도 손으로 줄을 그은 종이들이 있는데, 원고를 줄 맞춰 정서하기 위해 사용한 듯 보인다. 잉크가 묻은 압지, 세월이 지나 갈색으로 바랜 분필 조각, 레이스 조각, 상아 도장, 그리고 에든버러의 출판사이자 편지지 제작사인 콜드웰 & 로이드 사에서 만든 펜촉이 담겨 있던, 에밀리의 이름 머리글자 EJB가 적힌 빈 마분지 상자.

브론테 가의 열광적인 팬에게는 아무리 불가해하고 하찮은 것일지라도 책상 속에 남겨진 그런 물건들이 의미를 띠고 광채를 발하는 것처럼 보일 것이다. 에밀리의 책상 속에 남은 또 다른 종잇조각은 이야기를 간직하고 있다는 점에서 그런 유물에 깃든 불사성을 보여준다. 이 코믹한 접착 봉함인은 봉투에 붙어 있었는데, 물에 빠진 남자의 그림과 함께 이런 문구가 붙어 있다. "맨 섬과 베리-헤드Bury-head의 홍수." 에밀리는 여기에 잉크로 이런 말을 적어넣었다. "1844년 6월 20일 목요일의 볼턴 다리랑 똑같음." 이 목요일에 4남매는 집에 있었고, '볼턴 다리의 홍수'라는 단어 게임을 했던 것으로 보인다. 볼턴 다리는 실제로 하워스에서 20킬로미터 떨어진 곳에 위치해 있다. 혹은 누군가가 실제로 와프 강에 떨어져 머리head를 물속에 담근bury 적이 있어서, 이것을 재미있다고 여긴 에밀리가 간직해둔 것일까? 이 종잇조각이 에밀리의 사라진 두 번째 작품 원고와 뭔가 관련이 있다고 가정하면 상상의 나래 속으로 깊이 빠져들 수밖에 없다. (나를 비롯한) 많은 브론테 애호가들은 어느 시점엔가 반드시 이런 과정을 거치게 된다.[36]

에밀리의 책상 속 내용물을 어떤 증거물로서 '읽어내는' 일은, 에밀리의 사후에 샬럿이 이 책상을 몇 년간 가지고 있었고, 샬럿이 죽은 후에도 여러 손길을 거쳤음을 생각하면 좀 복잡해진다. 통제하기 좋아하는 샬럿의 성격으로 볼 때, 샬럿이 그 상자의 내용물로 뭘 했을지 누가 알겠는가? 그리고 거기에 남겨진 물품 중 몇 가지는 샬럿의 것이었다. 그중 하나는 벨기에의 친구로부터 받은 편지이고, 빈 봉투 하나에는 샬럿이 쓴 다음과 같은 글이 적혀 있다. "에제 씨로부터 받은 졸업증서, 1843년 12월 29일." 하지만 이렇게 물건들이 뒤섞인 상태는 세 자매가 처했던 상황을 반영하는 듯 보이기도 한다. 그들의 소설은 서로의 아이디어와 경험을 한데 뒤섞는 가운데 탄생했다. 타인의 책상에 자신의 물건을 보관한다는 것은 두 사람의 육체와 정신을 더욱 가깝게 끌어당기는 일이다. 샬럿은 엘렌의 집을 방문했다가 돌아와서 이런 편지를 썼다. "내가 네 필통을 가져와버렸다는 걸 알았어. 거기에 펜을 담아 내 작은 상자 안에 넣어뒀어." 누군가의 책상을 뒤진다는 건, 책상 주인으로서는 짜증스러운 일이겠지만, 일종의 애정이 담긴 행위로 볼 수도 있다. 샬럿의 《빌레트》에서 폴 씨는 정기적으로 루시 스노의 책상 속을 검사하고 그 증거로 시가 냄새를 남기는데, 그것은 참견하고 싶은 마음이 담긴 애정의 제스처이다.[37]

8개월 동안 형제자매가 전부 세상을 떠난 일이 샬럿에게 미친 영향을 가장 뚜렷이 증언하는 물건은 혼란 그 자체인 《셜리》의 원고다. 샬럿은 1848년경에 이 작품을 쓰기 시작했는데, 《와일드펠홀의 소작인》 그리고 어쩌면 에밀리의 두 번째 소설과 함께 이 작품을 두고 밤마다 자매들과 의견을 교환했을 것이다. 그녀는

1848년 9월 초에 첫 권 원고의 정서를 마쳤고, 원고는 말쑥한 상태로 정리되었다. 2권에 착수해 그 작업이 끝나갈 무렵 브랜웰이, 그 다음엔 에밀리가 세상을 떠났다. "때때로 쓰려고 노력은 하고 있습니다." 에밀리가 죽고 4개월 후에 샬럿은 출판사에 이런 편지를 보냈다. "하지만 처음엔 쉽지 않았어요. 이상하게도 원고를 보면 지난 12월에 겪은 상실이 자꾸 떠오릅니다. 이젠 이 원고를 읽어줄 '엘리스 벨'이 없으니 원고를 써봐야 쓸데없다는 생각이 들어요." 두 달 후 앤이 세상을 뜨자, 그녀는 다시 펜을 든다. 그 장의 제목은 '죽음의 그림자로 뒤덮인 계곡'이다. 앤이 죽은 후 정서를 마친 '깨끗한 필사본' 중 일부는 평상시의 깔끔한 글씨체와는 달리 고르지 못하고 알아보기 힘들다. 개조와 삭제가 늘었고, 문구들이 조각조각 나뉘어 잘리고 붙어 있다. 그것은 슬픔으로 가득한 마음을 물질화한 애도의 글이다.[38]

7장

∴

죽음으로 만든 물건

마음을 빼앗는 달콤한 미소를
반쯤 지워버린 기나긴 세월이여
세월은 꽃잎을 바래게 하고
그 얼굴을 썩어 눅눅하게 한다

하지만 그림 뒤에 감춰진
비단 같은 머리타래는
한때 그 자태가 어땠는지
심상을 마음에 전한다

—에밀리 브론테, 〈무제〉

　브론테 일가의 유물은 에밀리의 책상과 그 내용물처럼 뭔가가 어려 있는 듯 보일 때가 있다. 그중 자수정 목걸이는 실제로 에밀리와 앤의 머리카락을 꼬아 만든 것으로, 유령이 깃들어 있다 해도 그다지 놀라울 것이 없다. 머리카락은 시간이 흐르면서 색이 바래고 뻣뻣해지고 손상 입기 쉬운 상태가 되었다. 샬럿은 에밀리와 앤에게 자매애의 표시로 머리칼을 잘라달라고 했을 것이다. 아니면 한쪽 혹은 둘 다 사망한 후에 잘라냈을 수도 있다. 당시엔 죽은 이의 매장을 준비하면서 머리칼을 잘라내 애도의 한 과정으로서 장신구를 만드는 것이 일반적이었다. 샬럿은 그 머리칼을 보석상이나 '모발업자'(머리칼 장신구를 만드는 사람들)에게 우편으로 보내거나 직접 가지고 갔을 것이다. 다 만들어진 뒤에는 실제로 착용하면서 육체를 통해 자매들과 물리적으로 연결됨을 느끼고 그들이 어

디에 있던 그들의 손길을 느끼려 했을 것이다.[1]

1848년 초부터 목사관에서는 병치레가 시작되었다. 사랑하는 여인으로부터 추방당한 브랜웰은 술로 세월을 보내다가 새로 개통한 철도 회사에 일자리를 구하고, 시 쓰기, 심지어 장편소설 쓰기에 도전하기로 했다. 그러던 중 1846년 5월에 로빈슨 씨가 세상을 떠났다는 소식이 들려왔다. 이 소식에 브랜웰은 의기양양해졌다. 이제 애도의 기간만 지나면 사랑하는 여인과 다시 결합할 수 있게 되었다. 하지만 로빈슨 부인은 직업도 돈 한 푼도 없으며 주기적으로 술을 마셔대는 전직 가정교사보다 더 나은 남자를 만날 야망을 품고 있었다. 그녀는 여러 가지 책략을 써서 그를 멀리하는 한편, 그를 안심시켜 소문을 내지 못하게 했다. 하인을 보내 핑계를 대고, 심지어 돈을 보내기도 했다. 브랜웰은 감정적으로 기진맥진했다. 그의 말에 따르면 "사는 게 너무 비참해서" 식사도 끊고 잠도 자지 못했다. 그녀와 함께할 수 없음이 명백해진 뒤―그녀는 곧 부유한 친척과 결혼할 예정이었다―그는 술독에 빠져 직업을 버렸다. 돈이 떨어져야 술 마시기를 그만두었다. 누이들이 시를 쓰고 소설을 완성하느라 바쁜 가운데, 그는 자신을 죽여가고 있었다. 졸도와 섬망증, 환각으로 건강과 정신을 망쳐가던 그는 어느 날 밤 자신의 침대에 불을 지르는 등 위험한 사건들을 연이어 일으켰다. 마침 그의 방을 지나던 앤이 그 광경을 보고 불을 끄려고 했다. 그러나 불을 끄지 못한 그녀는 에밀리를 데려왔고, 에밀리는 브랜웰을 침대에서 끌어내 방구석에 앉히고 침구를 방 한가운데로 끌어낸 뒤 부엌에서 물을 가져와 불을 껐다(이 일이 《제인 에어》의 한 장면에 영향을 주었는지도 모른다. 에밀리가 제인으로, 브랜웰이 로체스터로 묘사된 것이다.). 전해지는 마지막 편지들 중 한 통에서 그는 친구 존 브라운에게 "5펜스가량의 진을 제발 구해"달라고 애걸했다.[2]

1848년 어느 시점에 브랜웰은 결핵에 걸렸고, 약해진 체력으로 인해 병은 급속도로 악화되었다. 그가 죽음을 맞이하자 다들 큰 충격에 빠졌다. 샬럿은 마지막 순간에 그가 "무도한 길에 빠졌던 나날"을 후회하는 듯 보였다고 생각했다. "죽어가는 순간에 그는 나지막한 목소리로 기도했다." 단말마의 고통이 너무나 커서 그는 거의 선 채로 몸을 뒤틀며 경련했고, 죽음이 찾아오자 아버지의 품으로 쓰러졌다. 그리고 얼굴이 "대리석처럼 평온해졌다." 그는 1848년 9월 24일 일요일 아침에 세상을 떠났다. 겨우 서른한 살이었다. 샬럿은 그의 안색을 바라보며 느낀 바를 이렇게 기록했다. "용서의 평안이 천국에서 그를 기다리고 있다는 걸 비로소 느꼈다." 샬럿은 그의 죽음을 크게 안타깝게 여기지 않았고, 그가 "휴식을 취하게 된" 것이 오히려 다행이라고 생각했지만, 패트릭은 "아들아! 내 아들아!"라고 울부짖으며 비탄에 빠졌다.[3]

브랜웰의 죽음이 딱히 성스럽지 않았음에도 불구하고, 놀랍게도 샬럿은 그의 죽음이 '좋은 죽음'이라고 여겼다. 죽음에 대한 이런 관념은 기독교의 영향을 받은 것으로, 18세기 후반 복음주의가 퍼진 이후, 브론테 일가 같은 프로테스탄트 복음주의자들 사이에 널리 받아들여졌다. 신께서 자신이 택하신 이를 더 평화로운 곳—보상이 가득한 낙원—으로 부르신다면, 그 죽음은 기쁜 일로 받아들여야 했다. 에밀리는 이런 생각을《폭풍의 언덕》에서 넬리 딘을 통해 표현하는데, 이것은 빅토리아 시대 복음주의자들과 죽음에 '선함'이 있다고 믿은 이들이 대체적으로 가졌던 생각이다. 넬리 딘은 캐서린 언쇼가 "한 마리 양처럼 조용히 죽었다"고 주장한다. "아씨는 한숨을 한 번 내뱉고 몸을 편 뒤에, 마치 어린아이가 눈을 떴다가 다시 잠에 빠져들듯 세상을 떠나셨지요."

많은 이들이 죽은 이의 안색을 통해 그가 천국으로 가고 있거나 그곳에 도달했음을 알 수 있다고 믿었다. 넬리 딘은 캐서린의 시신이 "완벽하게 평온"했고, "성스러운 휴식… 지상도 지옥도 아닌 휴식을 맞아 평안했다"고 말한다. 죽은 이의 시신을 바라보며 그녀는 "끝도 없이 환한 내세가 존재함을 느낄" 수 있었다. 망자의 얼굴에 어린 광채나 성스러운 빛은 그들이 도달한 빛의 장소로부터 온 것이라는 생각이 지배적이었다. 이런 임종 풍경은 빅토리아 시대 소설들이 즐겨 차용하는 장면이 되었다. 찰스 디킨스는 《돔비와 그의 아들》에서 어린 폴 돔비가 '황금색 빛'을 발하며 죽어가는 장면을 그렸다. 그 빛은 창가에서 쏟아져 그의 머리 위에 머물고, 그의 얼굴엔 이미 천국에 가 있는 그의 어머니의 형상이 어린다. 《낡은 골동품 가게》에서 어린 넬의 시신은 "신의 손길로 인해 살아 있는 듯 싱그러워" 보이고, 《올리버 트위스트》에서 죽어간 아이들은 잔인한 세상으로 인한 근심에서 벗어나 얼굴에 "천국의 외양을 분명히 드러낸"다. 죽은 이의 가족들은 이런 은총의 증거를 남기기 위해 임종을 지키고, 그 마지막 나날과 순간을 일기에 기록하며, 마지막 지혜의 말에 귀를 기울였다. 이런 기록들은 책으로 출간되기도 했는데, 1858년 결핵으로 사망한 소피아 리키의 죽음을 자매들이 기록한 일기 《맑고 환한 빛》 같은 책이 유명했다. 죽기 직전 "경이와 희열"이 그녀의 얼굴에 어렸고, 그녀는 이렇게 외쳤다. "그래, 이것이 천국이야. 아름답고 영화로워!"[4]

사후 예술이 성행했다. 믿는 자들은 시신 안 어딘가에 생명이 깜박이고 있다고 믿으며 그 증거를 고정하고 복제하고자 했다. 망자의 모습을 스케치, 그림, 혹은 데스마스크로 남기는 오래된 관습이 19세기에 와서 다시 부활했다. 브랜웰은 이모가 돌아가신 직후, 모자를 단정히 쓰고 평화롭게 잠든 그 모습을 스케치했다. 브론테 일가는 데스마스크(혹은 살아 있는 형상)를 만들지 않았으나, 당대의 다른 작가들의 경우, 사망 후의 모습을 마스크나 흉상으로 남기는 것이 유행이었다. 1870년 6월 9일 디킨스가 사망하자, 그의 딸 케이티는 그의 얼굴이 평온했으며 "아름다움과 비애"를 자아냈다고 말했다. 다음날 존 에버릿 밀레이와 토머스 울너 같은 화가들이 디킨스의 장원을 찾아왔다. 밀레이는 잠든 그의 모습을 연필로 스케치했고, 울너는 얼굴에 유화제를 바른 뒤, 그 위에 부드러운 석고를 얇게 발라, 세월의 풍상으로 얼굴에 남겨진 균열과 주름을 고정시켰다. 석고가 마르자 그는 그것을 벗겨내 흉상을 빚었다. 빅토리아 시대 사람들은 사랑했던 고인의 마스크를 만들어 침실이나 응접실, 혹은 유리로 뚜껑을 덮은 상자 안에 두곤 했다. 특히 머리타래는 기념품으로서 아주 특별한 위치를 차지했는데, 그것이 "세상을 떠난 이 그 자체"였기 때문이다. 엘리자베스 개스킬은 어느 여성에 관한 단편소설에 이런 면모를 담아냈다. 죽은 이들의 세밀화를 들여다보던 여인은 그들이 남긴 머리칼을 만지는 일이 더 가슴 아픈 일이리라고 말한다. "다시는 만지거나 쓰다듬을 수 없는, 사랑하는 사람의 육신이 이제 잔디 밑에 파묻혀 시들고 손상되고 있는데, 오직 그녀가 잘라낸 머리칼만이 그 운명을 피하고 있기 때문이다."[5]

에밀리는 브랜웰이 죽은 후 몇 달 뒤에 세상을 떠났다—어쩌면 그로부터 결핵이 옮았는지도 모른다.《폭풍의 언덕》을 펴낸 지 1년 밖에 안 된 시점이었다. 그녀의 죽음은 "영화로운 세계로 탈출"한 캐서린 언쇼의 죽음과는 전혀 비슷하지 않았다. 병은 1848년 10월에 시작되었다. 동풍이 "우리의 추운 언덕 위로 거칠고 날카롭게 불어오는 때"였고, 에밀리는 계속되는 기침과 끊이지 않는 흉통에 시달렸다. 샬럿은 엘렌에게 보내는 편지에 "그애가 너무나 마르고 창백해 보인다"고 초조한 어조로 썼다. 에밀리는 연민을 거부했고, 자신의 병을 입에 올리지도 못하게 했다. 매일의 일과를 똑같이 수행했고, 침대에 더 머무르는 법이 없었으며, 자신의 고통에 단호하게 맞섰다. 가을이 되면서 상태는 악화되었다. 열이 오르고 호흡이 가빠졌다. 샬럿은 에밀리에게 지역 내과의를 찾아가야 한다고 거듭 말했지만, 에밀리는 화를 낼 뿐이었다. 그녀는 "독이나 먹일 의사"를 곁에 들일 생각이 전혀 없었다. 에밀리가 계단을 오르다가 비틀거리는 소리나 억지로 쉬는 가쁜 숨소리를 듣고 샬럿과 앤이 바느질하거나 글 쓰던 손길을 멈추는 일이 잦아졌다. 그러나 에밀리 앞에서 그런 말을 할 수도 없었고, 그저 말없이 그녀를 지지해줄 수밖에 없었다. 이제 에밀리의 마음의 벽은 금욕주의로 인해 더욱 단단해져 있었다. 날이 갈수록 "딱할 정도로 약해진" 그녀는 숨을 쉬기 위해 거의 투쟁을 해야 했다. 샬럿이 의사를 불러야 한다고 주장해 "그녀의 심기를 거슬렀"지만, 에밀리는 "자연이 행하는 바를 거스르지 않겠다"고 고집스럽게 주장했다.[6]

11월 말경이 되자, 에밀리는 숨 쉬기 위해 애쓰는 단계를 넘어 가쁜 숨을 몰아쉬게 되었다. 훗날 샬럿은 이 암울한 시기를 이렇게 말했다. "매일 그애가 고통에 맞서는 모습을 볼 때마다 나는 그애에 대한 경탄과 사랑 속에서 번민했다." 다른 식으로 표현하자면, 에밀리는 "자기 자신을 동정하지 않았다." 절망에 빠진 샬럿은 의사 엡스에게 에밀리의 병증을 글로 써보내 충고를 얻고자 했으나, 에밀리가 자신의 증상을 말로 설명하기를 거부했기 때문에 그것 역시 수포로 돌아갔다. 에밀리가 죽음에 가까이 다가가고 있음을 받아들일 수 없었던 샬럿은 그녀가 병을 이겨낼 거라는 가냘픈 희망만 붙들고 있었다. 얼마 후, 샬럿도 에밀리의 죽음을 그녀의 삶의 일부로 받아들이게 되었다. "그애는 자기 앞에 놓인 어떤 과업도 주저하지 않고 해치웠고, 지금도 마찬가지이다…. 그애는 우리 곁을 떠나고 싶어서 안달이다." 죽기 전 날 밤, 에밀리는 키퍼와 그래스퍼에게 손수 밥을 주겠다고 고집했으나, 바닥에 깔린 판석 틈에 발이 걸려 복도 벽에 쓰러지고 말았다.[7]

임종 날 아침 에밀리는 자리에서 일어나 "가르랑거리며 숨을 쉬면서도" 손수 옷을 입었고, 그러는 사이 "서서히 죽어갔다." 엉킨 머리칼을 빗으려고 애쓰다가 상아 빗을 난로에 떨어뜨렸다. 그리고 다시 주워올 기력이 없어 그것이 타들어가는 모습을 그대로 지켜보았다. 하녀 마사 브라운이 방으로 들어와 빗을 꺼냈을 때는 불에 많이 타서 빗살이 얼마 남아 있지 않았다. 이후 에밀리는 아래층으로 내려가 바느질을 하려고 했고, 그녀가 그날 죽으리라는 사실을 깨달은 샬럿은 엘렌에게 "이 순간은 겪어본 적 없는 암흑"이라고 편지를 썼다. 정오가 되자 끔찍한 변화가 다가왔다. 샬럿은 결국 무엇이 급한지 깨닫고 황야에 나가 오랫동안 찾은 끝에 에밀리가 가장 좋아하는 히스 한 다발을 꺾어와 그녀에게 주었지만, 그녀는 더이상 그것을 알아보지 못했다. 응접실의 검은 말총 소파 위에 쓰러진 에밀리는 숨을 몰아쉬며 샬럿에게 속삭였다. "의사를 불러온다면 오늘은 만날게." 휠하우스 박사가 집으로 왔으나 소용없었다. "짧고 격렬한 투쟁 끝에" 서른 살의 에밀리는 "의식을 잃고 숨이 고요해지며 저항을 멈추었다." 12월 19일 오후 2시, 그녀는 결핵으로 세상을 떠났다.[8]

윌리엄 우드가 그녀의 관을 짰다. 그가 남긴 장부에 따르면, 길이 170센티미터, 폭 41센티미터밖에 안 되는 관으로, 그가 만든 성인용 관 중 가장 작았다고 한다. 가족은 장례식에 참석할 사람들에게 줄 흰 장갑을 샀고, 몇몇 사람들은 그것을 기념품으로 간직했다. 교회 바닥에 묻힌 에밀리는 더이상 "딱딱한 서리와 매서운 바람"을 느끼지 못했다. 샬럿은 그것이 그나마 위안이라고 생각했다. 검은 테를 두른 추도장 제작은 조지프 폭스에게 의뢰했다. 그는 '제과점' 주인이었는데, 그가 쓴 추도장은 그녀의 나이를 한 살 빼먹었고, 브론테Brontë의 ë 위에 붙은 '··'도 빼먹었다. 그 내용은 이렇다. "29세로 세상을 떠난 에밀리 제인 브론테를 기억하며, December XIX, MDCCCXLVII"[9]

장례식 다음날, 샬럿은 엘렌에게 애도의 편지를 썼다. 검은 봉인이 붙은 이 편지의 글씨는 비탄과 슬픔으로 인해 심하게 흔들려 있다. "이제 에밀리는 더이상 이 땅 위에 없어…. 그애는 너무나 아까운 나이에 죽었어. 우린 그애가 가장 빛나는 시절에 삶을 빼앗기는 모습을 지켜보았어." 편지지 위에 갈겨쓴 추신에는 봉인하려다 덧붙인 듯한 생각이 적혀 있는데, 여기서 그녀는 날것의 감정으로 호소하고 있다. "여기로 와줘. 친구가 곁에서 해주는 위로가 이렇게 필요한 적은 없었어." 다른 편지들에서도 그녀는 에밀리가 삶을 "빼앗겼다"는 생각을 이렇게 바꿔 표현하고 있다. "우리의 애정이 가장 깊을 때, 삶의 힘이 최고조에 달한 시절에 그애는 뿌리가 뽑혔지…. 한창 잘 자라고 있는데 밑둥을 잘린 나무처럼 말이야." 다른 편지에서는 쓰디쓴 어조로 이렇게 말한다. "이제 그애는 어디에 있지? 내 손이 닿지 않는 곳, 내 세상이 아닌 곳으로 그애를 빼앗겼어."[10]

에밀리의 얼굴에 죽음이 어린 것을 보았을 때, 샬럿은 거기서 내세를 읽어내고 그것을 믿었을까? 사후에 에밀리가 가 있을 곳에 대한 샬럿의 의문—"이제 그애는 어디에 있지?"—은 그녀가 의혹을 품고 있음을 함축한다. 사실 그녀의 말 자체에 이단적인 느낌이 묻어난다. 당대의 설교문이나 위로의 편지에 묘사된 천국은 사랑하는 이들이 아직도 지상에 머물고 있는 이들을 기다리는 곳으로, 너무나 친숙해서 중산층의 교외 지역과 별로 다를 바 없는 곳이다. 망자들은 그곳에서 살아 있을 때와 마찬가지로 활동한다. 육체의 모습을 그대로 유지한 채 성장하고, 선한 일을 계속 행한다. 샬럿 역시 그런 곳을 상상할 수 있을 때는 그런 내용의 편지를 썼다. "그애는 그곳에서 분명 더 행복할 거야." 엘렌의 자매 세라가 죽었을 때, 샬럿은 당대에 널리 쓰이던 말을 동원해 엘렌을 위로했다. "여기 있을 때보다 훨씬 더 행복할 거야. 추모의 첫날이 지난 후부터는 그애가 그곳에 간 걸 다행으로 여길 만한 이유를 찾게 될 거야." 샬럿의 책을 펴낸 출판사 사장 윌리엄 스미스 윌리엄스는 에밀리가 죽은 후 그녀가 더 높은 곳에서 순수하고 거룩한 존재가 되었을 거라는 편지를 보냈다. 그녀가 '천국의 고요함'으로 그녀를 애도하는 이들을 굽어보고 있으리라는 말을 샬럿이 믿기를 바라면서. 패트릭도 편지에서 그런 생각을 종종 설파하곤 했다. 어린 딸을 잃은 어머니에게 그는 소녀가 "제때 눈을 감았고, 영원 속에서 눈을 떴으며, 영광과 축복이 가득한 영원이 존재함을 결단코 의심하지 않는다"고 했다. 자신의 아내가 세상을 떠났을 때도, 그는 그녀의 "영혼이 영광의 집을 향해 날아갔다"고 친구에게 말했다.[11]

앤이 언니의 죽음에 어떻게 반응했는지는 알 수 없지만, 앤은 브론테가 사람들 중에서 가장 독실했고, 보편적 구원이라는 교리를 믿었다. 누군가는 얼마간 정죄의 불길을 거치겠지만, 결국 모두가 천국으로 들려 올라가리라는 믿음이었다. 에밀리가 세상을 떠나고 얼마 되지 않아 앤 역시 같은 증상을 앓기 시작했다. 하지만 그녀는 고집을 부렸던 에밀리와는 달리 의사의 조언과 처방을 꼬박꼬박 따랐다. 간유와 탄산철을 많이 마셨고, 그래서 구토에 시달렸다. 그다음엔 물 치료법(찬물에 몸을 담그는 것)과 '고드볼드의 채소발삼[32]' 약 처방에 동의했다. 차가운 목사관 판석 바닥에 발이 차가워지지 않도록 엘렌이 보내준 코르크 깔창도 사용했다. 3월경, 앤이 죽어가고 있음은 명백해졌다. 5월이 되자 앤은 해변으로 여행을 가고 싶다고 우겼고, 샬럿과 엘렌에게 자신을 스카버러에 데려다달라고 했다. 그곳에서 그녀의 생명은 급속도로 빠져나갔다. 세상을 떠나던 날, 앤은 갈 수만 있다면 당장이라도 집으로 가고 싶다고 말했다. 하지만 제 시간에 하워스에 도착할 가망이 없었다.

---

32) Godbold's Vegetable Balsam, 18세기 영국의 제빵사였던 너새니얼 고드볼드가 만든 약으로, 채소와 설탕, 식초, 꿀 등이 함유되었다.

그녀는 1849년 5월 28일 스카버러에서 28세의 나이로 사망했다. 샬럿이 그녀를 그곳에 묻어주었기 때문에, 앤은 식구들 중 유일하게 하워스 교회 바닥 아래에 묻히지 않았다.

앤의 죽음은 샬럿이 내세에 대해 간혹 비추던 의혹을 잠재웠다. 심지어 브랜웰이 죽었을 때보다도 더 평온했다. 샬럿은 앤이 일종의 성녀와 같은 존재로 낙원에 들었으리라는 친구들과 가족들의 관점을 공유했다. 앤은 "삶을 벗어나 신께 의지하는 가운데… 자신 앞에 놓인 더 나은 삶을 깊이 믿었다." 앤의 고요하고 기독교인다운 죽음은 에밀리의 가혹한 죽음과는 정반대로 보였고, 샬럿은 심지어 에밀리가 "죽어가는 눈을 밝은 햇빛으로부터 돌려버린" 반면, 앤은 어린 시절부터 늘 때 이른 죽음을 예비해왔다는 이야기를 만들어내기에 이르렀다. 엘렌이 묘사한 앤의 임종은 그녀가 성자와도 같았고 신과 가까웠음을 증언한다. 앤은 "한숨 한번 내쉬지 않고 속세에서 영원으로 향했다. 그녀의 마지막 순간은 너무나 고요하고 너무나 신성해서 죽음이라기보다는 승천에 가까웠다."[12]

앤과 달리 에밀리의 종교관은 늘 미스터리로 남아 있다. 어쩌면 그녀는 책으로부터 얻은 철학과 영성으로 자신만의 신앙을 형성했을지도 모른다. 자유주의 사상가이자 샬럿의 친구인 메리 테일러가 하워스에 찾아왔을 때 에밀리가 보인 반응에서 그 단서를 약간이나마 찾을 수 있다. 메리 테일러는 누가 종교에 대해 묻기에 "그건 신과 나 사이의 문제"라고 딱 잘라 대답했다는 이야기를 했고, 난롯가 깔개에 누워 있던 에밀리는 그 말을 듣고 "옳은 말이에요"라고 대꾸했다고 한다.[13]

《폭풍의 언덕》에는 천국에 대해 관습적인 태도를 지닌 넬리 딘으로부터 천국에서 쫓겨나 지상의 황야로 떨어진 뒤 기쁨의 눈물을 흘리는 캐서린에 이르기까지 사후 세계에 대해 갖가지 생각을 품고 있는 인물들이 등장한다. 시골 사람들은 캐서린과 히스클리프의 유령을 보았다고 전언한다. 젊은 목동은 죽은 연인들이 길을 날아 건너고 있어서 양들이 말을 듣지 않았다고 주장한다. 다른 이들은 "성경에 맹세컨대" 히스클리프가 "걷고 있었다"고 말한다. 캐서린은 히스클리프에게 "그들이 나를 열 길 땅속에 묻고 내 위에 교회를 얹을지라도 나는 당신이 내 곁에 있을 때까지 안식하지 않겠어. 절대로!"라고 약속한다. 그는 그녀의 말을 따라 늘 "유령이 존재함을 굳게" 믿는다.

소설 속에 등장하는 죽음에 관한 기이한 관념 때문에, 내세에서도 육체가 여전히 중요하리라는 듯이 시신이 지니는 가치가 커진다. 캐서린의 시신을 보기 위해 방에 들어간 히스클리프는 그녀의 목에 걸린 로켓 안에 린턴의 금발 머리칼이 담겨 있는 것을 본다. 그는 그것을 바닥에 팽개치고, 대신 자신의 검은 머리타래를 넣는다. 많은 사람들이, 죽은 자가 그런 것을 보거나 신경 쓴다는 듯이 무덤 속의 삶을 상상하며 사랑하는 이의 무덤 속에 기념품을 넣었다. 빅토리아 시대에 많은 인기를 누린 화가 존 콜컷 호슬리는 1852년에 사망한 아내 엘비라의 목에 작은 빨간색 벨벳 주머니를 걸어준 이야기를 일기에 썼다. 그 주머니에는 그와 모든 아이들의 머리타래가 담겼다. 그의 아내는 자신이 죽음을 앞두고 있다는 사실을 깨닫자 직접 그들의 머리칼을 잘라 각각 이름표와 자른 날짜를 라벨에 적어 붙였다. 호슬리와 그의 가족처럼 에드거 린턴과 히스클리프도 캐서린이 갈 곳에서 자신들의 존재를 대신하도록 육체의 일부를 담아 엘비라의 목에 걸어준다. 그들은 그 머리칼이 삶과 죽음 사이의 침투 가능한 경계를 넘어 미약하나마 심지 역할을 하기를 애절한 마음으로 바랐다.[14]

편지들과 원고들 역시 죽은 이들에게 의미 있는 사물일 수 있었다. 호슬리는 편지들을 소나무 상자에 담아 아내의 몸 옆에 두었고, 시인 존 키츠는 결혼하려 했던 여인 패니 브라운의 편지를 함께 묻어달라고 부탁했다. 그는 죽음을 앞두고 그녀에게서 편지를 받았지만, 열어보기를 두려워했다. 그래서 그 편지들은 봉인된 채 그녀의 머리칼 그리고 그의 누이가 만든 가방과 함께 묻혔다. 관 속에 글을 넣은 다른 예로는, 빅토리아 시대의 시인이자 화가인 단테 게이브리얼 로제티가 있다. 그는 자살한 젊은 아내 엘리자베스 시달의 관 속에 자신이 쓴 가장 최근의 시를 넣었다. 그는 그녀의 죽음에 책임을 느껴 속죄의 의미로 시를 쓴 공책을 관 속에 넣었는데, 결국 이것은 일시적 조치가 되었다. 몇 년 후 그 시를 출간하고 싶어서 아내의 관을 열고 축축하게 좀이 슨 그 공책을 그녀의 육신으로부터 회수해온 것이다. 실용적인 이유 때문에 관 속에 글을 넣는 경우도 있었다. 빅토리아 시대의 어느 여성은 친구가 죽으면 앞서간 그녀 아들의 편지를 관 속에 넣어주겠다고 약속했다. 하지만 친구가 죽었을 때 아들의 편지를 관 속에 넣어주는 것을 깜박 잊었다. 그 뒤 그 지역의 우편배달부가 사망했을 때, 그녀는 그의 관에 그 편지를 넣고 그가 내세에서 친구에게 편지를 전해주리라 믿었다.[15]

부장품—저세상에서 필요할지도 모르는 망자의 물건들을 포함해—의 필요성에 대한 많은 이들의 믿음은 초기 기독교 그리고 그보다 더 오래된 이교의 관습에서 왔다. 동전·빗·보석류·약병 등이 시신 옆에 나란히 놓였다. 내세에서 망자의 육신에 어떤 일이 일어날지 모른다는 생각—예를 들어 심판의 날까지 영혼이 육신 속에 머무는지, 아니면 죽자마자 심판을 받고 천국에서 육신과 다시 합쳐지는지—때문에 매장 시 가능한 한 육신을 온전하게 유지해야 한다는 생각이 팽배했다. 빠진 치아를 모아뒀다가 시신을 매장할 때 넣어줌으로써 온전한 육신을 갖춰주는 고대의 관습 역시 19세기 중반까지 계속되었다. 인체 해부를 격렬하게 반대한 부분적 이유 역시 육신이 천국으로 온전히 올라가야 한다는 생각 때문이었다.[16]

히스클리프의 머리칼과 함께 묻힌 캐서린의 시신은 히스클리프가 갈망하고 머물고 싶어한 비밀장소였다. 그는 자신의 몸을 그녀에게 포개고 싶은 마음에 한 번도 아니고 두 번이나 그녀의 무덤을 파헤친다. 그녀의 남편 에드거 린턴이 사망하여 그녀 곁에 묻히자, 히스클리프는 묘지기를 찾아가 관 뚜껑을 열 수 있도록 땅을 파게 한다. 토탄질의 흙 속에 보관된 그녀의 얼굴은 여전히 그녀다웠고, 그는 그녀 곁에 영원히 머물고 싶어한다. 묘지기는 그를 떼어놓기 위해 "갖은 애를" 쓰면서, "공기가 닿으면 시신의 얼굴이 상할 거라"고 말한다. 그리하여 히스클리프는 캐서린의 관 한쪽 면을 느슨하게 만들고는, 묘지기에게 돈을 쥐여주며 자신이 "죽어 그곳에 묻힐 때도 관 한 쪽을 느슨하게 해달"라고, "그러면 린턴이 우리 쪽으로 온다 해도 누가 누구인지 모를 테니까!"라고 말한다. 캐서린을 향한 그의 갈망에는 그녀의 시신까지 포함되어 있다. 그는 그녀가 "그 다정한 머리를 어릴 때 뵀던 그 베개 위에 누이기를" 바란다. 자신의 심장이 "멈춰버리고, 그녀의 뺨에 갖다 댄 자신의 뺨이 얼어붙는다 해도 상관하지 않"는다. 그가 땅속에서 파헤친 것은 한낱 '유해'가 아니라 캐서린 그 자체였고, 그는 두 영혼이 복음주의자들이 그리는 천국에서 만나는 것이 아니라, 그들의 몸이 땅속에서 하나로 융해되기를 바랐다.

두 육신—혹은 그 일부—이 무덤 속에서 얽힌다는 에로틱한 발상은 빅토리아 시대 사람들에겐 낯선 것이 아니었다. 예를 들어 17세기의 시인 존 던은 서로의 머리칼을 목걸이처럼 두름으로써 결국 함께하게 된 시신들에 관한 시 두 편을 남겼다. 〈유골〉이라는 시에서 화자는 무덤 파는 일꾼이 "뼈 위에 놓인 밝은 색 머리칼 목걸이"를 망가뜨릴까 염려한다. 두 연인은 이 목걸이 덕분에 "무덤에서 짧게나마 만나 서로의 곁에 머물 수 있다." 빅토리아 시대 사람들은 무덤을 일종의 혼인 침상으로 여기기도 했다. 1842년 앨프리드 테니슨은 시 〈록슬리 홀〉(존 던의 시들과 마찬가지로 에밀리가 잘 알고 있던)에서 "그대가 나보다 먼저 죽는 게 나으리… 마음의 치욕을 감춘 채 그대와 나란히 눕는 편이 나으리/ 서로의 팔 안에서 그 마지막 포옹 안에서 침묵하도록"이라고 되뇐다. 빅토리아 시대 작가 앨저넌 찰스 스윈번은 어느 시에서 자신(혹은 또 다른 자아)이 오늘 연인과 함께 죽어 "사람들의 시야에서 멀리 사라져/ 갈라진 진흙으로 결합하고 옷을 입으리… 죽음으로 하나 되고 밤으로 충만히 채워진 채"라고 말한다.[17]

갈망이라면 놓치는 법이 없던 에밀리는 가슴속에 욕망이 가득한 히스클리프를 창조해냈다. 그는 무덤 속에서 육신으로 캐서린과 만나기를 갈구하며, 잠시라도 그렇게 머물고자 한다. 하지만 그는 그녀가 지상의 존재이기도 하다고 믿는다. 자신을 끌어당기는 그녀에 대한 갈망 때문에 그는 거의 자지도 먹지도 못한다. 그녀의 흔적을 좇아 상자 침대에서 잠들려고 하면 그는 "쫓겨나고" 만다. 눈을 감는 순간 그녀가 "창밖에 어리거나, 판자문을 밀어젖히거나, 방 안으로 들어오거나… 하여 눈을 뜨고 볼 수밖에 없기 때문"이다. 마치 그녀의 영혼이 일상적인 물건들에 스며 있기라도 한 듯이, 그는 온갖 것들, 특히 집 주위의 매일 쓰는 물건들에서 그녀의 형상을 본다. "바닥도 내려다볼 수가 없어. 깔린 돌에조차 그녀의 형상이 어려 있으니 말이야!" 내세의 시선을 통해 바라보면 생명 없는 사물이 살아나고, 기묘한 특징을 띤다. 유리창을 두드리는 전나무 가지는 캐서린의 어린 손이 된다. 그뿐 아니라 창문에는 "반짝이는 달빛이 유난스럽게 어리고", 각각 C자와 H자가 새겨진 벽장 속의 낡은 공 두 개 중 후자에서는 안에 든 겨가 새어나온다. 캐서린은 이런 일들을 통해 히스클리프를 죽음의 세계로 이끌고, 히스클리프는 이제 죽음이 몇 발 앞으로 다가왔음을 믿게 된다. 스스로 일깨우지 않으면 호흡과 심장박동조차 잊어버릴 정도로, 그는 죽음에 대한 기대에 몰두해 있다. 이 같은 욕망은 결국 파국을 맞는다. 캐서린의 상자 침대에서 발견된 그의 시신은 마치 "좋은" 죽음에 대한 조롱처럼 보인다. 그의 얼굴은 "무시무시하고, 눈빛에는 살아 있는 듯 광휘가 어려 있"으며 입가엔 조소가 걸려 있다. 하인 조지프는 이것을 악마가 그를 데려간 징조로 해석한다.

사물(과 동물)에 내세의 그림자가 어려 있다는 이런 믿음은 오래된 시골의 관습에도 남아 있다. 죽음이 다가오면 가구와 그 외의 소유물들이 반응을 보이기도 한다. 주인이 죽는 순간 시계가 멈추며, 반사된 이미지에 악령이 깃들지 않도록 거울에는 천을 씌워야 한다. 근처의 사물들을 매만져 만사에 차질이 없게 해야 한다. 창문과 문을 열어두어 영혼이나 혼령이 쉽사리 드나들게 해야 한다. 검은 커튼과 옷은 죽은 자의 존재가 강화시킨 악의 힘으로부터 산 자들을 보호한다. 병으로 인해 캐서린 언쇼의 정신이 약해졌을 때 이런 염려 어린 생각들이 출몰한다. 예를 들어 죽음이 가까워지자 그녀는 거울 속에서 두 명의 자신을 보는데, 그것은 전통적으로 죽음이 임박했음을 알리는 징조다. 또 그녀는 베개에서 떨어져 나온 비둘기 깃털을 줍는데, 전승에 따르면 비둘기 깃털은 편안한 죽음을 막는 물건이다. 그 사실을 기억해내고 캐서린은 이렇게 말한다. "내가 죽지 못하는 것이 놀랍지도 않군!" 주술이 깃든 이런 사물들—시계 · 거울 · 깃털—중에서도 죽은 이의 머리칼은 특별한 위치를 차지한다. 죽은 이의 머리칼은 영혼의 세계에서도 생명력을 띠고 있으므로, 그것을 몸에 착용하고 있으면 산 자와 죽은 자 사이의 연결이 강화된다.[18]

머리칼은 신체의 일부지만 쉽게 떼어낼 수 있고, 인간이 죽어 육체의 나머지 부분이 썩은 후에도 광채를 간직한다. 휴대할 수 있고 보석이나 금속처럼 광택이 있으므로, 한 사람의 신체를 장식했던 머리칼이 타인의 장신구가 되는 것은 그리 어려운 일이 아니었다. 1840년대 경에는 머리칼 장신구가 대대적으로 유행해서 모발 기술자와 디자이너 · 제조업자 들이 낸 광고가 신문과 잡지에 홍수를 이루었는데, 그 작은 지면에는 당시 유행한 품목들이 기재되어 있다. 런던의 보석상 앤터니 포러는 1840년대의 유명한 제조업자로, 리전트 가의 상점에 50명의 일꾼을 고용할 정도였다. 만국박람회에서는 11점의 머리칼 장신구가 진열되어 호평을 받았는데, 그 호평이 실린 지면에는 빅토리아 여왕, 황태자, 그리고 함부르크 가 사람들의 머리칼로 만든 장식품 그림이 실렸다. "인간의 머리칼로 만든" 기다란 꽃병, "머리칼 속에 조화造花를 채워넣은, 풍요를 상징하는" 뿔 등도 인상적인 전시물이었다. 머리칼 장신구는 여성의 일손을 바쁘게 한 또 다른 집안일 중 하나로, 수예·종이띠 공예·자개세공·박제술 등과 함께 집에서 만드는 공예품에 속했다. 패션 잡지들은 집에서 머리칼 장신구를 만드는 데 필요한 패턴이나 만드는 법, 팁 등을 제공했다. 장신구를 전시하는 유리 상자나 유리 돔 안에 머리칼로 만든 화관을 전시하는 것이 유행이었고, 스케치나 그림에 머리칼을 활용하기도 했다. 어느 부지런한 여성은 머리칼로 십자수를 놓아 렘브란트의 그림을 재현했다. 샬럿은 "검은 머리칼로 수를 놓은 흰색 리넨 손수건"을 초기 단편소설의 장치로 활용했는데, 이것은 손수건의 주인인 남성이 자신의 머리칼로 수를 놓은 여성을 비밀리에 연인으로 두고 있음을 알리는 장치이다.[19]

1865년에 유행한 마크 캠벨의 《혼자서 만드는 머리칼 장신구》 같은 안내서에는 머리칼로 온갖 것을 만드는 과정이 설명되어 있다. 머리칼을 끓는 물에 씻고, 특별히 설계한 둥근 탁자(우편 주문으로 살 수 있다)에서 머리타래에 추를 달아 엮는 법 등이다. 이 장의 서두에 실린 사진 속 앤과 에밀리의 머리칼로 만든 팔찌에서 머리칼이 매우 촘촘하게 엮여 있는 것을 보면, 아마도 대개 그런 방식으로 작업한 게 아닐까 싶다. 물론 머리칼 끝에 금속을 붙인 것을 보면 집에서 작업한 게 아니라 프로의 솜씨다. 앤이 죽은 후 샬럿이 엘렌 너시에게 준 앤의 머리칼로 만든 목걸이는 다른 방식으로 만들어졌는데, 아마도 엘렌이 직접 만든 듯 보인다. 세상을 떠날 무렵 엘렌은 적어도 세 개의 머리칼 팔찌와 네 개의 머리칼 브로치, 반지 하나, 느슨한 머리타래 두 개를 갖고 있었는데, 그중 상당수가 브론테 가 사람들의 머리칼로 만든 것이었다.[20]

케이스 뒷면에 머리칼이 든 시계는 손쉬운 기념품이었다. 토머스 하디의 《미친 군중으로부터 멀리 떠나》에 나오는 트로이 병장은 패니 로빈의 많은 금발 머리칼을 간직한 채 배스시바 애버딘과 결혼한다. 배스시바는 트로이가 금시계 뒷면에 숨겨진 머리칼을 몰래 들여다보는 모습을 목격하고 불안과 질투에 휩싸인다. 그 시대의 장신구업자들은 반지나 브로치 같은 장신구 앞뒷면에 특별한 칸을 만들어 머리칼을 숨길 수 있게 했다. 브론테 자매들의 글에 종종 주요 요소로 등장하는 머리칼이 담긴 목걸이 로켓은 대개 열정적 사랑의 증표였다. 샬럿은 "중심에 박힌 보석을 열게 되어 있고, 그 안에 흑갈색 머리칼이 담겨 있는" 장신구를 착용한 아름다운 귀부인이 등장하는 이야기를 쓴 적이 있는데, 이 여성은 그녀에게 머리칼을 주었으나 다른 여자와 결혼하기로 한 어느 공작에게 사랑을 고백한다. 에밀리가 쓴 시에는 두 사람을 동시에 사랑한 이의 이야기가 등장한다. "아름다운 로켓 안에/ 라이벌의 실크 같은 고수머리가 담겨 있다/ 흑색과 갈색의 머리칼이 내게 귀띔해준다/ 이 지조에는 의심의 여지가 있다고."《폭풍의 언덕》에 등장하는 다른 로켓도 이와 똑같은 이야기를 들려준다. 넬리 딘은 캐서린의 시신이 안치된 방 바닥에 에드가 린턴의 연한 색 머리칼이 내팽개쳐져 있음을 발견한다. 로켓을 열어보니, 그 안에는 히스클리프의 검은 고수머리가 담겨 있다. 브론테 일가도 로켓이 있는 장신구를 여러 개 가지고 있었는데, 한 면이 유리로 된 작은 로켓 안에는 누구의 것인지 모를 머리칼이 들어 있다. 그런 간단한 장신구는 1850년경에 대량 생산되었고, 그 덕분에 대부분의 빅토리아 시대 사람들은 머리칼을 넣는 장식품을 살 수 있게 되었다. 앤의 머리칼이 담긴 샬럿의 브로치는 비싸지 않은 보통 물건이었다.[21]

산 자들 사이에서도 서로에게 애정 어린 손길을 건네기 위해 연인의 머리칼을 담은 로켓을 간직하는 일이 흔했다. 예를 들어 샬럿이 엘렌에게 머리타래를 보내달라고 조른 일은 죽음과는 아무 상관이 없다. 애도용 장신구에는 대개 검은색 에나멜을 칠하거나 흑석처럼 검은 물질을 부착하거나 경구를 새겨넣곤 했다. 빅토리아 앨버트 박물관이 소장한 황금 브로치의 경우 두 가지 색깔과 재질의 무늬가 서로 얽혀 소용돌이치는 형태인데, 거기에는 이런 글이 새겨져 있다. "마크 이섬바드 브루넬 경, 1849년 12월 80세로 사망. 소피아 브루넬, 1855년 79세로 사망." 애도용 장식품에는 흐느껴 우는 버들가지나 유골 항아리 혹은 묘비에 기댄 고전적인 여인상 같은 죽음의 상징도 흔히 등장한다. 풍경의 일부에는 버드나무나 구름 낀 하늘이 등장하는데, 작게 자른 머리칼로 그것을 형상화하는 경우도 있었다. 예를 들어 엘리자베스 개스킬의 소설 《크랜퍼드》에 등장하는 나이 많은 부인네들은 죽은 친구나 친척들의 기억을 간직하기 위해 그들의 "머리카락으로 만든 무덤과 흐느껴우는 버드나무" 모양의 브로치들을 많이 가지고 있다. 이런 장신구는 그들에겐 작은 무덤과 같으며, 그 머리칼은 시신을 대신한다. 오늘날 골동품점에서 누구의 것인지 알 수 없는 그런 머리칼 장신구를 보게 되면, 주인 없는 무덤이 눈에 선하게 떠오르는 듯하다. 이렇게 머리칼을 나눈 이들은 누구일까? 누가 이런 것을 소중히 간직했을까?[22]

브론테 자료 보관소들의 구석진 곳에는 온갖 종류의 관계를 나타내는 머리칼들이 있다. 일가와 관련된 거의 50여 종에 달하는 머리타래나 머리칼 제조품이 유럽과 미국 각지의 도서관과 박물관에 보관되어 있다. 가슴을 찌르는 기이한 물건 하나가 특히 눈길을 끄는데, 산 자들 사이에 오간 헌신의 증표인 이것은 결국 죽은 자들의 유품에 속하게 되었다. 검은 벨벳 배경 천에 일곱 가지의 머리타래가 테이프 혹은 바느질로 달려 있으며, 각각 브론테 일가의 이름과 머리칼을 자른 날짜가 그 위에 붙어 있다. 브론테 가의 보모 중 한 사람이었던 세라 가스가 모은 것으로 전해지는 이 머리칼들은 그녀가 브론테 가를 떠난 1824년에 잘린 것으로, 그중 예외는 1860년이라는 날짜가 붙은 패트릭의 머리칼이다. 그 머리칼은 말년에 패트릭이 세라와 연락을 주고받던 중에 전달되었을 것이다. 여기에는 모든 가족 구성원—마리아 언니와 어머니를 포함한—의 머리칼이 모여 있는데, 단 한 사람 엘리자베스의 것만 빠져 있고, 그 이유는 밝혀지지 않았다.[23]

머리칼 장신구를 직접 착용하고 그 감촉이 피부에 와 닿을 때 느끼는 친밀감은, 장신구들이 유리 진열장 안에 담겨 벽에 걸린 상태일 때는 짐작하기 어렵다. 죽은 이와 육체적으로 연결되어 있으려는 욕망은 중세 시절 성자의 머리칼을 휴대용 유골처럼 부적으로 착용했던 관습에 뿌리를 두고 있다. 그런 머리칼을 손닿는 곳에 지니고 있으면 기적과 건강, 행운을 가져다준다는 생각이 팽배했고, 그러면 꼭 성지를 방문할 필요도 없었다. 9세기에 샤를마뉴가 아내에게 준 사파이어 부적은 가장 유명한 초기 부적 유물 중 하나로, 성모 마리아의 머리칼과 예수가 매달렸던 십자가 조각이 담겨 있다는 설이 있었다. 1530년대에 종교개혁의 물결이 영국에 도착해 많은 성자들의 유골이 파괴된 후에도 이런 관습은 한참 동안 형태를 바꿔가며 지켜졌다. 한 예로, 찰스 1세에게 성스러운 권한이 있고 그가 순교당했다고 믿은 왕당파는 1649년 그가 참수형을 당한 후 그의 머리칼을 반지 안에 간직했다. 그 머리카락 중 일부는 참수대에 고인 그의 피에 젖기도 했다. 개신교도인 빅토리아 시대 사람들은 성자나 왕족의 유해 대신 사랑하는 사람들의 머리칼을 간직하고, 불멸이라는 축복을 지닌 그 사물을 통해 천국에 있는 그들과 연결되었다.[24]

하지만 19세기까지도 이교적 흔적이 여전히 남아 있었고, 그런 흔적은 머리칼이 지닌 종교적 기운에 마법의 느낌까지 더해주었다. 어떤 물질이나 보석은 부적의 성격을 띠고 있는데, 고대까지 거슬러 올라가는 믿음에 의하면, 그것들을 착용하면 병이나 비방, 그리고 '악의 눈길'을 막아준다고 했다. '두꺼비돌'(두꺼비 머리에서 생겼다는 돌인데, 사실은 멸종된 물고기의 화석화된 이빨이다)로 만든 반지는 중독이나 신장병을 막아준다는 설이 있었고, 루비는 영토와 지위를 유지하게 해준다는 말이 있었다. 대망막大網膜—신생아가 태어날 때 쓰고 나오기도 하는 얇은 막—을 지니고 있으면 익사를 피할 수 있다고 했는데, 영국박물관에는 19세기 초의 펜던트처럼 머리칼과 대망막을 엮어 만든 장신구도 있었다.[25]

빅토리아 시대의 머리칼 장신구는 사랑하는 이로부터 근본적으로 보호받는 느낌을 주어 널리 유행했고, 심지어 죽은 이의 무덤보다 더 오래가기도 했다. 머리칼이 동물적인 초감각을 띠며, 멀리 떨어진 육체나 사물을 눈에 보이지 않는 방식으로 이어준다는 믿음도 있었다. 머리칼은 그 자리에 있지 않은 원래 주인의 '육신'이나 존재를 그것을 소유한 이에게 끌어당겨준다는 것이다. 두 사람 사이의 연결고리 역할을 하는 셈이다. 샬럿은 어린 시절에 쓴 이야기에 "부드러운 고수머리 타래 두 개가 윤을 낸 금처럼 빛나며" 등장인물을 "죽은 자의 땅에서" 벗어나게 하고, 그가 정녕 가고 싶어 하는 곳, 그에게 머리칼을 준 두 왕자가 있는 곳으로 이끈다는 내용을 썼다. 다른 이야기에는 관이 열리고, 시신에서 머리칼을 잘라내고, 그것을 불에 던지는 "마법의 의식"을 거행한 후에 "매우 값비싼 다이아몬드 아래에 머리칼의 일부를 숨겨 작은 로켓 혹은 브로치"로 만든다는 내용이 나온다. 이 부적은 죽은 자의 아들을 모든 불운으로부터 보호해준다. 아버지의 애정의 손길이 그 머리타래 주위에 어려 있는 것이다. 《빌레트》에서 폴리나는 아버지와 남편의 머리칼을 넣어 만든 로켓을 몸에 걸고 있으며, 그것을 '부적'이라고 부르는데, "덕분에 그 두 사람은 계속 친구로 남는다. [그녀가] 그것을 몸에 걸고 있는 한, 두 사람이 싸울 일은 없다."[26]

머리칼 장신구는 이 시대의 소설들 여기저기에 등장해 갖가지 의미를 띤다. 엘리자베스 개스킬의 《메리 바턴》에서 죽어가는 창녀 에스터는 딸이 죽기 전 손수 잘라낸 머리칼이 담긴 로켓에 입맞춤하며 구원받는다. 남성들(그리고 간혹 여성들)이 머리칼로 만든 시곗줄을 착용하는 유행이 있었는데, 그런 시계를 착용한 남성은 중산층 이상으로 여겨졌다. 디킨스의 소설 《공통의 친구》에 등장하는 브래들리 헤드스톤 같은 노동자 계급 남성들도 자신이 중산층으로 계급 이동 중이라는 이미지를 심어주기 위해 그것을 애용한다. 앤의 소설《와일드펠 홀의 소작인》에 나오는 헬렌은 '머리칼 시곗줄'이 달린 작은 금시계를 갖고 있는데, 그것은 그녀가 남편으로부터 달아난 아내이긴 해도 믿을 만한 사람임을 독자에게 알리는 전통적인 기법이라 할 수 있다. 샬럿은 〈캐럴라인 버논Caroline Vernon〉[33]에서 이것을 추문에 가까운 정반대의 장면에 사용한다. 불륜관계인 정부에게서 머리칼을 얻은 한 남자가 극장에 가면서 그 "긴 머리타래로 만든 검은 시곗줄"을 "가슴에 걸쳐" 모든 이로 하여금 대놓고 보게 하는 장면이다. 애정과 관련된 음모가 깃든 또 다른 머리칼 장신구로는, 제인 오스틴의《이성과 감성》에 나오는 "땋은 머리칼이 가운데 든" 에드워드 페러스의 반지를 들 수 있다. 에드워드는 그것이 누나 패니의 머리칼이라고 말하지만, (에드워드와 사랑에 빠진) 엘리너 대시우드와 그녀의 동생 메리앤은 그것이 아마도 엘리너의 머리칼일 것이며, 그가 몰래 주워서 애정의 증표로 갖고 있는 거라고 믿는다. 사실 그것은 에드워드가 어린 시절에 사랑했던 천박하고 밉살스러운 루시 스틸의 머리칼임이 밝혀지자, 로맨스의 희망은 몽땅 깨진다.[27]

빅토리아 시대 소설의 많은 사연들이 머리타래로부터 시작된다. 보통 그 머리칼의 주인이 누구인가 하는 것이 미스터리의 핵심을 차지한다. 디킨스의 소설《올리버 트위스트》에서 고아소년 올리버의 부모가 누구인가 하는 것의 단서는 "머리타래 두 개, 그리고 성

33) 1839년에 샬럿 브론테가 쓴 '앵그리아 이야기' 시리즈의 일부.

姓 없이 '애그니스'라는 이름과 올리버의 출생일이 새겨져 있는 평범한 순금 결혼반지가 든 작은 금 로켓"으로부터 시작한다. 샬럿의 단편소설 〈비밀〉에서 어느 귀부인은 "작게 땋은 밤색 머리칼"을 넣기 위해 수정을 박은 반지 하나를 보석상에 주문한다. 복잡한 협박 편지 이야기가 담긴 이 소설에서, 부인은 전쟁터로 떠나는 남편에게 원래의 반지를 건네주었고, 새로 주문한 반지는 그것의 대체품이다. 부인은 남편이 난파사고로 죽었다는 소식을 들은 후 부유한 귀족과 재혼하지만, 첫 결혼 사실을 비밀로 간직한다. 그런데 협잡꾼들이 부정한 방법으로 반지를 손에 넣은 뒤, 그녀의 남편이 살아 있다고 주장하는 협박 편지를 보낸 것이다.[28]

샬럿은 그 애도용 장신구 속의 머리카락이 사실은 사랑하는 사람의 것이 아닐 수도 있다는 불안을 이야기 속에 교묘히 끼워넣었다. 당시에는 애도용 장신구를 만드는 일부 파렴치한 제작자들이 우편으로 받은 머리칼을 똑같은 색의 다른 머리칼로 바꿔치기하기도 한다는 이야기가 여성들을 대상으로 한 공예 및 패션 잡지에 실리곤 했다. 그런 목적으로—혹은 가발이나 헤어피스용으로—머리칼을 파는 여성들이 있었고, 업자들은 그런 머리칼이 더 두껍고 길고 건강해서 작업하기 쉽다는 사실을 잘 알고 있었다. '가짜' 머리칼이 든 장신구들은 불안하게도 임자 없는 '무덤'에서 파낸 것이 아닐까 하는 의심을 사거나, 실제로 그런 사기가 발각되기도 했다. 어느 작가는 〈가족의 벗〉이라는 잡지에 이렇게 썼다. "왜 우리가 얻은 소중한 머리타래나 다발을 잃어버리거나 다른 이의 머리칼로 대체당할 위험을 무릅쓰면서까지 남의 손에 맡겨야 하는가? 우리가 원하는 장식품을 우리 손으로 만들 수 있는데도 말이다."[29]

죽은 자의 머리카락이나 유해의 일부가 나타나는 유령 이야기는 빅토리아 시대 독자들에게 친숙한 하위 장르이다. 에밀리와 샬럿은 당대의 다른 작가들—특히 에베네저 스크루지처럼 과거에 집착하는 인물들을 그려낸 디킨스—의 모범을 따라, 유령이 깃든 집의 플롯을 구상했다. 어떤 면에서 보면 《폭풍의 언덕》은 전통적인 유령 이야기이며, 내러티브 전체는 소설 앞부분에 놓인 하나의 질문에 대답하기 위해 펼쳐진다. 기이한 상자 침대에서 잠든 록우드의 악몽에 나타난 방랑하는 처녀는 과연 누구인가라는 질문이다. '유령과 도깨비로 가득한' 《폭풍의 언덕》은 분명 《제인 에어》의 손필드 저택에 영향을 주었다. 침실에 불을 지르고, 신부의 베일을 찢고, 모두 잠든 한밤중에 사람의 생살을 물어뜯는 악령이나 도깨비 말이다. 《빌레트》에서 루시 스노는 오래전에 죽어 배나무 아래 묻혔다는 수녀의 유령을 몇 차례나 목격하고 지나친다. 위의 유령들의 정체는 샬럿의 소설들 속에서 규명되지만, 그 외의 다른 초자연적 현상들은 설명되지 않는다. 제인이 로체스터로부터 수백 킬로미터 떨어진 무어 하우스에서 그의 목소리를 듣는, 마치 동물의 초감각이나 연인 간의 텔레파시와도 같은 장면이 그 예이다. 고딕 성향에 빠져든 언니들과 달리 앤은 계속 현실주의자로 남았으며 유령 이야기를 쓴 적이 없다. 그녀의 소설 속에서 가정에 불화를 일으키는 존재는 바람을 피우고 아내를 학대하는 남편 같이 말썽 많은 인간들이다.

샬럿은 당대의 많은 사람들이 그랬듯이 초자연 현상과 전조를 믿었다. 유령으로 가득한 이야기를 썼을 뿐 아니라, 친구 메리 테일러에게 가끔 유령으로 짐작되는 목소리를 듣기도 한다고 이야기

했다. 어느 날 밤엔 유령이 이렇게 말했다고 한다. "오너라, 너, 드
높고 성스러운 감정이여/ 산 위에 빛나고 바다 위에 나부끼며/ 지
붕과 방패 위의 빛처럼 번득이는." 동시대인인 빅토리아 여왕 역시
머리카락 같은 사물에 유령이 깃든다고 믿었다. 1861년 남편 앨버
트 공이 급작스럽게 서거하기 전부터, 여왕은 사물에 경험과 기억
이 깃들 수 있다는 생각에 사로잡혀 있었다. 여왕과 앨버트 공은
갖가지 기념품들과 굳이 기념할 필요가 없는 사소한 사건들에 열
광했다. 1844년 스코틀랜드의 하일랜드를 방문한 그들은 기념으로
블레어 아톨 지역을 산책하다 주운 돌멩이들과 앨버트 공이 쏜 사
슴의 이빨을 담을 잉크병을 주문했다. 앨버트 공은 사슴 이빨로 목
걸이 · 셔츠 단추 · 핀 · 조끼 단추를 만들고 거기에 사냥 날짜를 새
겨넣었고, 여왕과 함께 자녀들의 유치乳齒를 모아 그것이 빠진 날
짜와 장소를 새긴 장신구를 만들어 담았다. 통통하고 작은 손과 발
이 자라서 귀여움을 잃기 전에 자녀들의 형상을 대리석에 새기기
도 했다. 앨버트 공은 아홉 자녀의 머리카락을 각각 담은 심장 모
양의 목걸이를 여왕에게 선물했다.[30]

앨버트 공이 서거한 후, 여왕은 그 끔찍한 상실의 순간이 담긴
현장을 그대로 보존했고, 매일 남편을 위해 침대보를 갈게 했으며
밤에는 침실용 탁자에 뜨거운 물을 준비했다. 그가 마지막으로 약
을 먹을 때 사용한 유리컵이 침대 옆에 그대로 있고, 책상에는 그
가 쓰던 압지와 펜이 그대로 놓였다. 모든 것이 그의 부재 상태 그
대로 얼어붙었다. 여왕은 남편의 긴 잠옷 한 벌을 옆에 두고 잤고,
그의 손을 동상으로 주조해 가까이 두었다. 남편의 데스마스크
뿐 아니라 무덤 모형도 만들었는데, 거기에도 데스마스크를 새겼

다. 또 왕실 보석상인 개러드에 남편의 머리칼을 보내, 최소한 여덟 점 이상의 장신구를 만들었는데, 그중에는 남편의 형상을 새긴 오닉스 카메오와 뒤편에 그의 머리칼이 담긴 황금 핀도 있다. 여왕의 이복 언니인 페오도라 공주는 앨버트 공의 머리칼과 가족 구성원의 머리칼을 섞어 만든 머리타래가 든 목걸이 세트를 여왕에게 선물했다. 여왕의 여덟 살짜리 아들은 "사랑하는 아빠의 머리칼이 든" 로켓을 목에 걸었다.[31]

여왕은 남편이 영혼의 형태로 아직도 주위에 머무르고 있다고 믿었다. 남편이 서거한 후 그녀는 딸에게 이런 편지를 썼다. "나는 이제 죽음과 아주 친숙해진 느낌이 든단다. 볼 수 없는 세계가 훨씬 가까워진 느낌이야." 여왕은 "사랑스러운" 그녀의 "천사"가 주위를 맴돌며 자신을 수호하고 있음을 전적으로 확신하며 강령회를 열기도 했다. 여왕 같은 영지주의자들은 죽은 자들이 매일 사용하는 물건들을 통해 산 자들에게 "말을 건넨다"고 믿었다. 강령회에 둘러앉아 있을 때 흔히 일어나는, 문이나 테이블을 '똑똑' 두드리거나 무거운 물건을 움직이거나 하는 일들 말이다. 그들은 영혼들이 보이지 않는 손길로 악기를 연주하거나 영매를 통해 글을 쓰게 한다고 보고했는데, 그런 글쓰기는 수동적 글쓰기 혹은 자동 글쓰기라고 불렸다. 영매가 수행하는 가장 어려운 임무는 영혼을 '물질화'하는 것이었다. 보통 커튼 뒤에서 의자에 묶인 영매가 죽은 사람의 형상을 나타나게 하는데, 분명 유령일 테지만 관객이 만지거나 손을 쥐거나 키스하는 등 그 실체를 '입증'할 수 있는 형태로 나타난다(이것은 대개 영매 자신으로, 결박 상태에서 몰래 빠져나와 변장을 한 것이다). 신봉자들은 그 가냘픈 형상이 일종의 최면을 거는 듯한 유동체나 기운의 형상인 '엑토플라즘ectoplasm'으로 이루어져 있다고 믿었다. 유명한 영매 플로렌스 쿡은 1870년대에 '케이티 킹'의 영혼을 '물질화'하는데 성공했는데, 이 유령은 내세의 기념품으로 관객에게 머리칼을 잘라주었다고 한다. 작가 해리엇 비처 스토는 1870년대에 열린 강령회에서 샬럿 브론테의 영혼과 이야기했다고 조지 엘리엇에게 말하기도 했다.[32]

사진가들은 영혼의 형상을 카메라로 붙들었다고 주장했다. 대개 애도하는 이들 근처에 그들의 슬픈 감정에서 표출된 듯한 희미한 흰 형상이 떠 있는 사진들이다. 이런 '영혼 사진'들에는 엑토플라즘이나 다른 종류의 유동체가 담겼는데, 영매의 몸에서 스며나오는 형상도 간혹 있었다. 이런 사진이나 공연이 날조라는 사실이 중요한 게 아니다. 1860년대와 1870년대에 영혼의 실재에 대한 믿음이 극에 달하여 20세기 초까지 탄탄히 자리 잡았고, 그로 인해 유해나 유물을 수집하는 데 보탬이 되었다는 사실이 중요하다. 1894년 토머스 월멋이라는 사람은 관객에게 다가오는 여인의 형상이 담긴 사진을 제시하며 '천사'의 형상을 한 샬럿 브론테를 영매를 통해 불러냈다고 주장했다.[33]

하지만 이것은 다 브론테 가의 자녀들이 모두 죽은 후에 일어난 현상이다. 그들은 영지주의를 받아들이지 않았다. 영지주의는 패트릭의 말년쯤에나 유행했기 때문이다. 그들은 사진도 찍지 않았다. 1830년대에 발명된 사진술은 1850년대까지 널리 확산되지 못했고, 설사 유행했다 해도 너무 비쌌으며, 사진을 찍으려면 사진가의 스튜디오로 찾아가야만 했다. 일가 중 사진을 찍은 이는 오직 패트릭뿐인 것으로 알려져 있는데, 1854년에 찍은 듯 보이는 샬럿 브론테의 유리 음화가 1984년 국립 초상화 미술관에서 발견되기는 했지만 진위 여부는 아직 논쟁 중이다.[34]

서서히 사진이 머리칼 수집을 대체해나가기 시작했다. 이 신기술과 더불어 많은 역사적 변화가 일어났고 머리칼 장신구 제조업은 쇠퇴해갔다. 19세기 말부터는 내세의 존재를 의심하는 종교적 세속화가 널리 퍼졌다. 죽음과 시신은 낙원과 영원이 아닌, 그저 의미 없는 상실이 되어갔다. 의학 분야에서는 박테리아·세균·질병에 관한 이론이 새로이 밝혀져, 죽음이 신성의 개입으로 이루어지는 일이 아니라 신체적 원인에서 비롯된 일임을 알렸다. 죽음의 원인은 신神이 아닌 질병이었으며, 육체(와 머리카락)가 천국과 이어진 창문이라는 생각도 더이상 믿기 어렵게 되었다. 이제 죽음은 승리가 아닌 패배로 여겨지기 시작했다. 의사의 기술이 딸리거나 환자의 의지가 무너지면서 패하는 것이다. 하지만 아름다운 시신에 대한 믿음을 제대로 박살낸 것은 1차 세계대전이었다. 수십만 명의 젊은이들이 떼죽음(솜 강에서 벌어진 첫 전투에서만 40만 명의 영국 병사가 사망했다)을 당하면서, 죽음의 물질성을 멀리하려는 성향이 널리 퍼지기 시작했다. 전쟁이 악화일로를 걸으면서 공동무덤이 개인 무덤을 대체했고, 많은 이들이 죽은 자리에 바로 묻혔으며, 무인지대에서 죽은 시신이나 산산조각 난 시신은 아예 묻히지도 못했다. 영국 병사의 시신 중 절반가량이 그렇게 잊혀버렸다. 시신에 대한 염증이 커져감과 동시에, 죽은 자를 간직할 새로운 기술이 머리칼 기념품을 대체했다. 1900년경 코닥이 브라우니 카메라를 인수하면서 카메라와 필름 가격이 매우 싸져서 대부분의 가정이 카메라를 구입해 정기적으로 스냅사진을 찍을 수 있게 되었다. 이제 머리칼을 잘라 고인을 기억하는 대신, 사진을 찍음으로써 마치 호박琥珀 안에 곤충을 간직하듯 순간을 간직할 수 있게 되었다. 목소리 녹음, 움직이는 이미지, 심지어 타이프라이터는 죽은 자의 신체, 심지어 종이 위를 스쳐간 그들의 손길 없이도 그들을 기억하게 해주었다.[35]

하지만 이런 감정적 변화는 1855년 3월 31일 샬럿이 39세가 되기 직전에 죽고 몇십 년이 흐른 뒤에 일어났다. 그녀의 시신을 찍은 사진이나 빅토리아 시대 사람들이 즐겨 만든 죽음의 기념품은 존재하지 않는다. 하녀 마사 브라운과 해나 도슨(늙은 태비는 샬럿이 죽기 얼마 전에 세상을 떠났다)은 그녀의 시신을 오래전 어머니가 세상을 떠난 침실에 뉘었다. 그들은 그녀의 긴 갈색 머리칼을 잘라 간직했다. 그들의 말에 따르면 생전에 그녀가 머리칼을 주기로 약속했다고 한다. 나중에 샬럿의 남편이 아내의 머리칼을 잘라두는 것을 깜박했다고 낙담하자, 마사와 해나는 자기들이 갖고 있던 머리칼을 조금 나눠주었다.[36]

엘렌은 샬럿의 임종 직후에 도착해서 가장 가까웠던 친구로서 마지막 경의를 표했다. 그녀는 상록수 가지와 꽃들을 "삶을 벗어난 형상에 도달한" 샬럿의 침상에 늘어놓았다. 그리고 샬럿의 남편, 패트릭, 많은 마을 사람들과 함께 샬럿의 작은 관이 어머니와 이모, 그리고 네 형제자매 곁에 묻히는 모습을 지켜보았다. 자녀를 모두 잃었음에도 불구하고, 패트릭은 천국에 대한 믿음을 버리지 않았다. 그는 딸의 죽음에 대해 이렇게 썼다. "우리는 그애를 잃었지만, 그애는 천국을 얻었으리라 믿는다."[37]

장례식이 끝난 후 엘렌은 샬럿의 머리칼을 소지한 채 집으로 돌아갔다. 그중 일부는 장신구에 담았고, 일부는 훗날 가까운 친구들과 브론테 팬들에게 나눠주었는데, 이 머리칼을 받은 사람 중 하나인 존 제임스 스테드는 그것을 영국도서관에 기증했다. 아서 니콜스는 자신의 이름 머리글자를 새긴 금반지를 갖고 있었는데, 반지의 작은 문 너머에 작게 자른 샬럿의 머리칼이 감춰져 있었다.[38]

·
·
·

8장

기념 앨범

제비꽃의 눈이 수줍게 빛나고
여린 잎이 양치식물 사이로 돋는다

—에밀리 브론테, 〈무제〉

비밀스러운 구멍 속에 여린 양치식물과 이끼가 돋을 때에야
우리의 언덕은 비로소 여름이 왔음을 알린다.

—샬럿 브론테, 1851년 5월의 편지

1851년 마지막 소설 《빌레트》를 펴냈을 때, 샬럿은 런던으로 여행을 떠났다. 《셜리》를 출간한 후 그녀의 정체가 서서히 대중에게 드러나기 시작했고, 그녀는 "유명인사와 교류하며" 소설가로서 경력을 다져가고 싶다는 의사를 표명했다. 런던 여행은 《제인 에어》, 그리고 덜 유명한 작품이긴 하지만 《셜리》의 저자와 알고 지내길 바라는 유명인사들과의 교제를 뜻했다. 그녀가 런던에 도착한 5월에 수정궁에서는 막 만국박람회가 열리고 있었다. 샬럿은 온갖 종류의 물건—머리카락으로 만든 그림, 정교한 여행용 책상, 반짇고리, 풀 바른 봉투를 만드는 기계 등—으로 가득한 거대한 전시회장을 여러 차례 방문했다. 그리고 아버지에게 이렇게 썼다. "굉장한 것이 한두 가지가 아니에요."

온갖 물건들의 독특한 집합소예요—산업이 발명해낸 건 뭐든지 있답니다—기차 엔진과 보일러, 완전한 설비를 갖춘 객실—호화로운 갖가지 탈것, 모든 등급의 마구馬具—너무나 아름다운 금은 세공품이 담긴, 유리가 덮인 벨벳 진열장—엄중한 감시하에 진열 중인 다이아몬드와 진주로 가득한 손궤… 동양의 정령이 창조했을 법한 바자나 전시회 같아요.

특히 그녀는 정해진 시각에 사람을 밀어내 바닥으로 떨어뜨리는 침대를 마음에 들어했다. 윌리엄 메이크피스 새커리처럼 게으른 작가들이 쓰면 딱 좋겠다는 생각이 들었다. 하지만 다섯 번째로 방문했을 때는 약간 피곤해져서 당황스럽고 "탈색되고 산산조각 난 듯한" 느낌이 들었다. 《빌레트》의 제목을 지을 때 처음 '쇼즈빌 Choseville', 즉 프랑스어로 '물건들의 마을'이라는 말을 떠올리면서 샬럿이 생각한 것이 바로 이 잡다한 사물들의 집합소였을 것이다.[1]

이곳에서 샬럿은 잠을 깨워주는 침대에 맞먹는 발명품 하나를 보았을 것이다. 런던의 의사 너새니얼 배그쇼 워드가 개발한 유리 용기였다. 양치식물이 스스로 자랄 수 있게 하는 이 워디언 케이스Wardian case(일반적인 어항의 절반 크기였다)는 큰돈 들이지 않고 이상적인 생육 환경을 제공했다. 워드는 자신이 몇 년간 닫아놓고 키웠다는 상자 두 개를 만국박람회에 선보였는데, 그것은 마법처럼 식물이 자라는 미니어처 세계였다. 워드의 상자와 그 안의 살아 있는 내용물은 하이드 파크에 유리와 철골로 지어진 아름다운 수정궁과 실로 멋진 조화를 이루었을 것이다. 커다란 유리 궁전 안의 작은 유리 궁전처럼 말이다. 사실 수정궁을 설계한 조지프 팩스턴의 본업은 유리 온실을 짓는 것이었고, 수정궁의 기초가 된 모델 역시 식물을 위한 작은 집이었다. 곧 워디언 케이스는 유행을 따르는 여성들의 응접실에 수예품과 박제, 그 외의 손으로 만든 다른 물건들과 함께 놓이게 되었다. 사육장·전시용 온실·유리 가공품의 생산은 1840년대부터 시작됐으며, 워디언 케이스는 1850년대부터 중산층 가정에 퍼져나갔다. 워디언 케이스는 오늘날의 수조 어항처럼 스탠드나 테이블 위에 올려놓을 수 있었고 창밖에 설치할 수도 있었다. 이 살아 있는 상자 중엔 수정궁 모양을 한 것도 있어서, 그 인기의 근본이 어디서 시작됐는지를 알려주는 기념품이 되기도 했다. 샬럿은 분명 이 살아 있는 상자에 매료됐을 터인데, 그녀에게 양치식물은 꿈과 추억의 장소를 상징했기 때문이다. 또한 그녀는, 우리가 이미 보았듯이, 사물을 상자 안에 수납하는 당대의 관습에도 이끌렸다. 자연에서 얻은 견본이든, 머리카락이든, 죽은 동물의 박제든 뭔가 생생한 것을 용기나 앨범, 책, 혹은 유리돔 안에 집어넣는 관습 말이다.[2]

워디언 케이스는 1850년대와 1860년대에 일었던 '양치식물 유행'의 일부였다. "댁의 따님들은 아마도 요즘 유행한다는 '양치식물광Pteridomania'이 되신 모양이더군요." 1855년 작가 찰스 킹슬리는 깃털이나 날개를 뜻하는 그리스어 'pteron'에서 파생된 양치식물이라는 단어 'pteris'를 언급하며 이 유행을 진단하는 용어를 편지에서 이야기했다. 곧 양치식물은 전국적으로 꽃이나 다른 식물을 제치고 정원사들이 가장 탐내는 식물이자 아마추어 식물학자들이 열광하는 표본 대상이 되었다. 양치식물은 공예를 즐기는 여성들이 앨범이나 책 사이에 끼워 수집하거나 흰 종이에 붙여 액자에 넣고 벽에 거는 가장 인기 있는 식물이 되었다. 양치식물광들은 생일 카드나 기타 축하용 카드에 양치식물을 그려넣기만 한 게 아니라, 실제 식물을 붙여서 보내기도 했다. 양치식물은 도안으로도 큰 인기를 얻어 접시·유리·커튼·벽지뿐 아니라 자수와 레이스 패턴에도 등장했다. 브론테 집안에는 흰 도자기 물주전자가 하나 있었는데, 바깥 면에 양치식물이 돋을새김으로 새겨져 있다. 진짜 양치식물 잎사귀를 물건 표면에 놓고 그 위에 먹이나 염료, 물감 등을 스프레이로 뿌리면 희미한 자국이 남는다. 그러고 나서 식물을 조심스레 떼어내면 '양치식물 공예품'이 탄생하는데, 이것을 '뿌리기 공예splash-work' 또는 '튀기기 공예spatter-work'라고 불렀다. 양치식물을 가지고 하는 이런 소일거리는 젊은 아가씨들 사이에서 인기였는데, 보통 칫솔이나 브러시의 빗살에 먹을 묻혀서 뿌렸다.[3]

양치식물에 대한 열광이 지나친 나머지 영국 땅에서 자라는 일부 종들은 너무 많이 뽑혀서 멸종될 위기에 처하기도 했다. 늑대처럼 전체가 멸종당하는 위기를 막기 위해 '양치식물법'을 통과시켜야 한다는 주장도 있었다. 역사가 세라 위팅엄이 일일이 열거한 바에 따르면, 19세기 후반 부모들은 딸들 그리고 간혹 아들들의 이름을 '펀Fern(양치식물)'이라고 지었으며, 집에는 '펀 뱅크Fern Bank ·펀 코티지Fern Cottage·펀 할로Fern Hollow·펀 하우스Fern House ·펀 로지Fern Lodge·펀 빌라Fern Villa·펀뱅크Fernbank·펀클리프 Ferncliffe·펀데일Ferndale·더 퍼너리The Fernery·퍼닐리Fernielee· 펀리Fernlea·펀리Fernleigh·펀모어Fernmore·더 펀스The Ferns·펀 사이드Fernside·펀우드Fernwood" 같은 이름을 붙였다. 이런 집들의 창틀·종석宗石·기둥 머릿돌에는 대개 양치식물이 새겨져 있었다.[4]

브론테 일가는 일찌감치 십여 년 전부터 양치식물광들을 뛰어넘어 양치식물을 사랑했다. 브론테 일가와 그 외에 문학적 소질이 있었던 사람들은 양치식물이나 다른 '식물 채집'을 하러 나가 그것을 들여다보며 낭만주의 시인들을 떠올렸다. 그중에서도 도러시와 윌리엄 워즈워스는 어둡고 축축한 곳에 숨어 자란 양치식물 같은 부드러운 식물들을 가까이서 관찰하며 흥미를 가졌다. 도러시는 그들이 살던 도브 코티지 주변을 산책하며 양치식물을 채집하고 화단에 심었으며, 그녀의 오빠는 그것에 대해 시와 산문을 썼다. "오래전 로맨스의 기슭에 홀로 앉아 있는… 양치식물이여." 워디언 케이스 중 인기가 높았던 한 모델은 폐허가 된 틴턴 사원의 창문을 본떠 만든 것이었다. 아마도 그는 워즈워스가 사원을 바라보며 쓴 그 유명한 시를 떠올리며 그 모델을 디자인했는지도 모른다. 그 시와 양치식물에 대한 사랑 모두 달콤한 멜랑콜리를 떠올리게 하는 쇠락한 장소·폐허·유적들을 감상하길 좋아하는 심성에서 비롯된 것이다. 양치식물들은 그늘진 곳에서 자라기 때문에 그것들을 떠올리면 자연히 오래된 벽, 구멍 뚫린 나무, 폐허가 된 예배당, 교회 마당의 묘석, 그 외에도 쓸쓸하기 때문에 사랑받는 곳들이 떠오른다. 애도용 장신구에도 종종 묘석과 마찬가지로 양치식물 무늬가 새겨졌다. 양치식물은 '화석화'시키거나 잎맥만 남겨두고 살을 제거한 뒤 탈색하여 '유령 꽃다발'이라고 불리는 애도용 장식품을 만드는 데 쓰였고, 망자의 그림이나 유해를 담은 유리 돔 안에 함께 보관되었다. 워디언 케이스 중에는 고딕 성당 모양을 한 것도 있고, 안에 작은 폐허가 담긴 것도 있었다. 야외 정원이나 양치식물 재배지 역시 무너진 성이나 사원을 모방해서 지었고, 그것을 배경으로 양치식물들이 옛 시대의 외로운 분위기를 풍기게 했다. 조지 글렌이라는 사람은 1854년 크리미아 전장에 있었던 친구에게서 피가 묻은 이끼를 얻어 자신의 워디언 케이스 속 '옛 폐허' 안에 심고 키웠다.[5]

양치식물에 대한 열광은 건축·디자인에 고딕 붐을 다시 불러일으켰는데, 그중 가장 유명한 대표자를 꼽자면 미술평론가이자 교수인 존 러스킨을 들 수 있다. 러스킨과 그의 추종자들은 중세 고딕 양식이 유기체에 깃든 창조성을 형식으로 표현하면서 발전했다고 생각했고, 신고전주의 같은 뻣뻣하고 깔끔한 양식들의 표면에 비하면, 장인의 영혼에서 곧장 솟아난 것 같다고 생각했다. 뒤얽힌 세부와 소용돌이치는 가지를 지닌 양치식물들은 식물 버전의 고딕 양식과도 같았다. 러스킨은 "돋아나는 양치식물의 나선 형태"에서 신의 손길을 볼 수 있다고 믿었고, 그것을 예술로 재현하는 것은 자연 속의 신을 찬양하는 것이라고 보았다. 러스킨은 양치식물 수채화를 그렸고, 고딕의 영향을 받은 건축물에 양치식물 디자인을 도입하도록 장려했는데, 가장 유명한 예로는 양치식물의 종류를 분명히 알아볼 수 있게 새긴 옥스퍼드 자연사 박물관의 기둥머리를 들 수 있다. 샬럿은 러스킨의 책을 흠모했고, 결혼 전 몇 달 동안《베네치아의 돌들The Stones of Venice》[34](그녀의 책을 펴낸 스미스 엘더 출판사에서 출간해 그녀에게 보내주었다) 전권을 읽었다. 물론 여기에는 그 유명한 '고딕의 본성'이라는 장도 포함되었다.[6]

---

34) 존 러스킨이 1851~1853년에 출간한 세 권으로 이루어진 책. 베네치아 미술과 건축사에 관한 내용을 다루고 있다.

하워스 목사관 거실에는 워디언 케이스가 놓인 적이 없는 것으로 보이지만, 브론테 일가는 창밖에 자라난 양치식물들을 보았고, 척박한 황야의 흙이 양치식물의 생장에 적합하다는 사실도 알고 있었다. 에밀리의 시에서 식물들과 그들이 자라는 야생의 땅은 은둔과 고독·무덤을 연상시키는데, 그것은 위안과 혼자만의 휴식을 가져다주는, 그녀가 거하고 싶어한 세계였다. 곤달 시에서 양치식물 잎사귀는 어느 무덤 위에서 "애도자처럼 탄식의 몸짓을 한다." 다른 시에 등장하는 산속의 거칠게 솟는 샘의 원천은 '양치식물과 히스'가 자라는 곳에 있다. 세 번째 시에서는 '양치식물 자라는 계곡'이 시인(혹은 그녀의 또 다른 자아)의 발길을 재촉하고, '거친 바람'과 마찬가지로 그녀 안의 '본성'이 된다. 양치식물에 대해 에밀리가 느낀 감정은 당대 사람들의 의식에 한 가닥 위안이 스민 고딕적 음울함이 깃들어 있었음을 반영한다. 작가들은 양치식물에 대해 글을 쓰면서, 그것을 통해 자신이 자란 늪지대의 풍경 묘사로부터 시작해 양치식물과 기타 다른 식물들(특히 이끼)이 토탄이 되어 집을 따뜻하게 해주고 히스가 자라나게 해주었다는 이야기를 풀어 갔다. 토탄이 압력을 받으면 석탄이 되는데, 빅토리아 시대의 화석 사냥꾼들은 석탄 속에서 무한한 옛 시절에 자랐던 양치식물의 자국을 발견하면 뛸 듯이 기뻐했다.[7]

하지만 양치식물이 이런 고대의 소멸과 싱싱한 녹색 동굴, 반짝이는 시냇물을 모두 대표한다는 생각에는 어딘가 흥미로운 모순이 있다. 워드의 상자는 원래 런던 화이트채플에 있는 그의 집의 소박한 정원을 묘사하려고 만든 것이었다. 그는 뒷마당에 물이 똑똑 흐르고 양치식물과 이끼로 뒤덮인 바위 정원을 꾸미고자 했는데, 인근 공장지대의 연기와 나쁜 공기 때문에 식물들이 죽었다. 어느 날 그는 나방 한 마리를 유리병에 넣고 '물기 있는 점토'를 별 생각 없이 함께 담아두었다. 그런 다음 병뚜껑을 덮어두었더니 놀랍고 기쁘게도 그 안에서 완벽하게 싱싱한 양치식물 하나가 돋아났다. 그는 이 섬세한 식물을 키우려면 공장의 '유독한 가스'로부터 이들을 보호해야 하는 것이리라 추측했다. 심지어 실내에서도 난롯불과 가스등(1850년대부터 사용이 급증한)으로 인해 식물을 키우기가 어려웠기 때문에, 워드는 온실을 소유한 인근의 친구로부터 도움을 받아 식물을 실내 오염에서 지키는 실험에 착수했다. 그는 '수생 서식지' 혹은 수조, 테라리움[35]—1890년대까지는 생기지 않은 단어—을 그 도구로 개발하고자 했다. 밀폐된 양치식물 재배장이 빅토리아 시대의 응접실로 들어오자 한 작가는 "이 도시의 답답한 분위기에서 푸른 시골길과 아름다운 풍경이 펼쳐져, 잊고 있던 기억마저 떠올랐다"고 감격했다.[8]

《제인 에어》에서 게이츠헤드, 로우드, 손필드 저택, ('소택지의 끝'이라고도 불리는) 무어 하우스 등 여러 집과 기관을 전전한 제인이 펀딘—'양치식물 계곡'—저택에서 로체스터와 함께하는 마지막 장면을 그려낼 때 샬럿은 위와 같은 연상작용을 염두에 두고 있었다. 제인이 리드 일가와 함께 유년기를 보낸 게이츠헤드 Gateshead는, 길 앞head에 놓인 모든 문gate들이 그러하듯 안으로 들어가려면 뒤에 있는 것을 남겨놓고 들어가야 한다. 리드 부인이 제인을 보내버린 자선학교 로우드Lowood는 '저지대low'에 있어서 건

---

35) terrarium, 유리로 만든 식물 재배 용기.

강에 매우 좋지 않으며, 빅토리아식 이론에 따르면 축축하고 수증기가 많아 공기를 통해 열병이 퍼질 가능성이 높은 곳이다. 로우드의 숲은 "안개와 거기에서 생겨난 유행병의 요람"으로, 형편없는 음식과 빈약한 의복으로 인해 쇠약해진 많은 소녀들이 티푸스로 죽어나간다. 형편없이 "질이 낮은low" 혹은 비윤리적인 방식으로 학교를 경영한 결과이다. 제인이 로체스터의 피후견인인 소녀를 가르치려고 간 손필드Thornfield 저택은 마치 가시thorn처럼 가슴을 찌르는 로맨틱한 끌림과 위험으로 가득하다. 제인이 사촌들과 만나는 무어 하우스Moor House는 많은 장점을 지닌 곳으로, 위치가 높고 늪이 있지만 전염병이 아니라 집을 데워주는 토탄이 나는 지역이다. 자갈이 깔린 길은 바람이 부는 양치식물 강둑으로 이어진다. 하지만 이곳엔 로체스터가 없고 그 대신 카리스마 넘치는 매력을 지닌 세인트존이 있다.

결국 제인은 양치식물 계곡에 다다라 거기서 생을 보내게 된다. 로체스터의 손필드 저택은 가시가 돋친 남성적인 곳으로, 그곳에 사는 여성들이 초조해하고 결국 광기로 치닫는 반면, 이곳은 부드러운 탄력을 지닌 곳이다. 많은 빅토리아 시대 소설에서 양치식물 재배와 수집은 로맨스와 밀회를 뜻한다. 어느 양치식물 전문가는 "양치식물과 소풍·사랑 이야기는 서로 잘 어울린다. 그래서 일부 '양치식물광'들은 불평이 많다"고 말한 바 있다. 양치식물이 주는 매력의 일부는, 이 식물이 '홀리다'라는 뜻의 그리스어 동사 'fascinare'에서 파생된 '매혹fascination'이라는 단어와 관계가 있다는 점에 기인한다. 빅토리아 시대 사람들은 꽃을 주고받으며 그것에 관련된 상징적 의미인 '꽃말'도 교환했다. 데이지는 순수함을, 엉겅퀴는 염세를, 양귀비는 위안을 뜻했다. '꽃말' 시리즈의 어느 축하 카드에는 공작고사리maidenhair fern 잎이 붙어 있다. 이 카드에는 '양치식물-매혹'이라는 라벨이 붙어 있고, 이런 말이 쓰여 있다.

이 작은 공작고사리 가지는
당신의 매력을
말보다 더 효과적으로 알려줍니다.
당신의 겸손한 거동, 사랑으로 가득한 마음,
"나는 정말 매혹되었어요"

시골 사람들이 이 양치식물 종에 'maidenhair fern'라는 이름을 붙인 건, 그 모양이 여성의 음모陰毛를 떠올리게 하기 때문이었다.[9]

독자에게 처음 소개될 때 펀딘Ferndean은 양치식물이 자라는 곳이 대개 그러하듯 뭔가 썩어 있고 그늘지고 병을 유발할 듯한 인상을 풍긴다. 그곳은 "좀 더 외지고 눈에 덜 띄는" 곳이므로 로체스터가 미친 아내 버사를 그곳에 있는 오래된 영지로 보냈더라면, 보는 눈이 많은 손필드 저택에서보다 비밀을 지키기에 더 수월했을 것이다. 그러나 그는 "숲속 한가운데 있는 건강에 좋지 못한 곳에 보내자니 양심의 가책"이 일었다고 제인에게 말한다. "습기 찬 벽" 때문에 그녀가 죽을 수도 있었기 때문이다. 버사가 불을 질러 손필드를 무너뜨린 후, 육체가 상하고 마음이 약해진 로체스터는 펀딘으로 옮겨가 살고, 제인은 아내를 잃은 그를 보살피고자 그곳을 찾아온다. 울창한 숲속에 "깊이 파묻힌" 펀딘은 이때부터 양치식물의 다정한 마음을 띤 곳이 된다. 제인은 어스름한 황혼녘에 이곳에

도착해 그늘진 곳을 향해 내려간다. "숲이 너무나 울창해서 음울한 나무가 어둠을 드리우는" 이곳에서 그녀는 마치 동화 속 소녀처럼 "숲속의 황혼" 가운데 거의 길을 잃을 뻔한다. 다음날 두 사람이 함께 산책을 나설 때 "들판은 반짝이는 푸른 하늘로 상쾌하다." 숲 속 한가운데에서도 그들은 "깊이 숨겨진 다정한" 장소를 만난다. 두 사람은 결혼한 뒤 아이들을 낳아 그곳을 사람들로 북적이게 한다. 하지만 양치식물이 던지는 무덤의 그림자는 여전히 소설 속에 어려 있다. 소설 말미에 이르면 인도에서 죽어가는 세인트존의 편지가 도착한다. 이 소식은 펀딘에 죽음의 그림자를 드리우고, 이야기가 끝날 때까지도 어른거린다.

빅토리아 시대 소설에서 양치식물은 초자연적 영역의 입구로서 소설에 동화적 성격을 부여한다. 요정들이 양치식물 앞에서 춤추는 장면이 그림으로 그려지고, 요정들은 보기 드문 양치식물 잎사귀를 자기들이 왔다 간 증표로 남긴다. 모습이 안 보이려면 양치식물 씨앗을 모으면 된다는 옛말이 있는데, 빅토리아 시대에도 양치식물과 관련된 민간전승이 흥했다. 만월滿月의 빛을 받으며 채집한 애기고사리moonwort fern가 '광증'에 잘 듣는다는 말을 믿는 사람들도 여전히 있었다(정신질환이 달moon과 관련된다고 믿었기 때문이다). 샬럿은 어린 제인이 유령이 나온다는 게이츠헤드의 붉은 방에 갇혀 있는 장면에서 이런 이미지들을 대거 활용한다. 제인은 거울을 들여다보는데, 거기엔 캐서린이 떠올린 광기의 장면처럼 "해 저문 길가의 나그네"의 눈앞에 나타난다는, "외롭고 양치식물 우거진 황야의 숲"에서 뛰쳐나온 듯한 "반은 요정, 반은 악마" 같은 유령이 그녀를 쏘아보고 있다. 제인의 요정 같은 일면은 한참 뒤의 장면에서 그녀가 가이트래시 같은 개를 앞세운 채 말을 달리던 로체스터를 처음 만날 때 다시 등장한다. 말에서 떨어진 후, 그는 그녀에게 자기 말을 홀리기 위해 나타난 요정이냐고 말장난을 건넨다. 결국 두 사람은 토탄불이 타오르는, 안락함만이 아니라 음울한 마법이 지배하는 고딕적 스릴이 넘치는 펀던에 은둔하게 된다. 이것은 양치식물이 주는 에로틱함의 일면이다.[10]

이 장 서두에 등장하는 앨범에는 샬럿이 아일랜드에서의 신혼여행에서 채집한 양치식물들이 눌려 보관되어 있다. 그녀는 수년간 알고 지내던 남자와 결혼했다. 아서 벨 니콜스는 그녀와 처음 만날 때 26세로 샬럿보다 세 살 어렸고, 부제 서품을 받은 뒤 1845년 5월에 패트릭 브론테의 부목사가 되었다. 니콜스는 패트릭처럼 아일랜드인이었고, 더블린 트리니티 대학에서 학사 학위를 받았다. 샬럿은 그가 '좋은 젊은이'라고 생각했지만, 여전히 붙잡을 길 없는 '주인'에게 예제를 갈구하는 마음에 빠져 있었다. 니콜스가 그녀에게 구애하려 한다는 이야기가 돌았으나 샬럿은 소문을 재빨리 진화했다. 엘렌에게 보낸 편지에서 그녀는 그와 "차갑고 거리가 먼 인사나 나누는 사이"일 뿐이라고 말했다. 지역 부목사들은 자신을 '노처녀'로 여길 뿐이며, 자신은 그들을 "정말 지루하고 속 좁고 매력 없는 '조악한 남자들'"로 생각한다고 말이다. 그녀는 《셜리》에서 그들을 한 떼의 멍청이들로 묘사함으로써 복수했고, 니콜스의 경우는 지역 정교회 반대자와 퀘이커 교도들에게 시달려 마음이 번잡한 인물 매카시 씨로 그렸다. 《셜리》의 작가의 정체가 알려진 후 하워스 지역 사람들은 《제인 에어》를 읽기 시작했고, 책에 대한 견해를 작가에게 직접 피력하기도 했다. 샬럿의 말에 따르면,

니콜스 역시 두 권을 다 읽고 《셜리》의 부목사들이 너무 우스워서 "웃음이 터지는 바람에 배를 쥐고, 손뼉을 치고, 발을 굴렀다"고 했다. 그는 패트릭에게 소설을 낭독해주면서 "자신이 등장인물로 묘사된 데 대해 자부심을 느꼈다."[11]

어느 순간부터 니콜스는 샬럿에게 빠져들기 시작했다. 그러나 상황은 낙관적이지 않았다. 그녀는 유명해지고 있었고, 그는 앞으로도 한동안 얄팍한 봉급을 받을 직급 낮은 부목사일 뿐이었다. 하지만 그는 브랜웰이 세상을 뜨는 모습을 지켜보았고, 에밀리의 장례식을 주관하기도 했다. 1851년, 샬럿은 엘렌에게 보내는 편지에서 니콜스가 아일랜드로 휴가를 떠나기 전에 목사관으로 차를 마시러 오라고 청했고, 그가 "그답지 않게, 굉장히 점잖고, 순하고, 논쟁적이지 않게 처신했다"고 보고했다. 만국박람회를 보러 런던에 간 그녀는 아버지에게 보내는 편지에 니콜스 씨를 포함한 집안 사람들 모두 잘 지내길 바란다고 썼다. 1852년 초쯤, 니콜스는 눈에 띄게 샬럿을 갈망하고, 그녀를 주시하고, 그녀의 시선을 붙잡으려 하고, 열에 들뜬 듯한 억제된 태도로 그녀를 대했다.[12]

결국 그는 그녀에게 청혼하기로 마음을 굳혔다. 어느 날 샬럿은 차를 마신 후, 아버지와 부목사가 서재에 가 있는 사이 응접실로 향했다. 니콜스가 그만 돌아가려는가 했는데, 그는 그러는 대신 응접실 문턱에 와서 섰다. 그는 안으로 들어와 그녀 앞에 선 채 말했다. "그는 머리부터 발끝까지 떨고 있었고, 죽은 사람처럼 창백했으며, 낮은 목소리로 간절하게 그러나 어렵사리 말을 했다." 평상시 침착하던 남자가 열정에 사로잡혀 있는 모습에 샬럿은 기이한 충격을 받았다. 그는 지난 몇 달간 너무나 괴로웠으며, 더이상 견딜 수가 없고, 얼마간 희망을 갈구하고 있노라고 했다. 그녀는 다음날 대답해주마고 그에게 약속하고 그를 방에서 내보냈다. 그리고 아버지에게 가서 이야기를 전했다. 패트릭은 니콜스의 주제넘음에 격분하여 거의 발작을 일으킬 정도였다. 이마의 혈관이 불거지고 눈이 충혈되었다. 샬럿은 아버지의 태도가 정당치 못하다고 생각했다. 그가 니콜스를 불러다가 '모멸'의 말을 퍼부었던 것이다. 그러나 그녀 또한 그와 사랑에 빠지진 않았다. 그녀는 그에게 거절의 편지를 보냈다.[13]

패트릭은 니콜스가 샬럿에 못 미치는 짝이라 여기고 그와 말조차 섞지 않았다. 그리하여 니콜스는 거의 먹지도 자지도 못하며 앓았고, 너무나 낙심한 나머지 그 상황을 피해야겠다고 결심했다. 그는 호주 선교자 자리에 지원했다. 샬럿은 전반적인 상황을 숙고하면서 니콜스의 "감정이 마치 지하수처럼 깊게 고여 있고 그 물줄기가 좁은 통로로 너무나 세차게 흐르는 상태"라고 생각했다. 집안 분위기를 감당하기 힘들었던 그녀는《빌레트》의 최종 인쇄 단계를 보러 간다는 핑계를 대고 런던으로 갔다. 몇 주 후 돌아온 그녀는 니콜스가 아직 머물고 있으며 그를 곁에서 떼어낼 방법이 없음을 알게 되었다. 저녁 예배가 끝나면 그가 길 끝에서 그녀를 따라왔고, 그녀는 그의 어둡고 우울한 표정을 측은하게 여겼다. 봄이 왔을 무렵에도 니콜스는 여전히 슬픔에 잠겨 있었고, 홀로 실연에 괴로워했다. 샬럿은 그가 자신에 대한 사랑으로 "거의 죽어가는 게 아닐까" 생각했다. 샬럿으로서는 외톨이가 된 불행한 남자에게 다정한 위로를 건네지 않을 수 없었다. 니콜스는 다른 곳에 일자리를 구했다. 하워스 교구에서 마지막으로 예배를 인도하던 그는 청중 가운데에서 샬럿을 보고 자제력을 잃어 안색이 창백해지더니 온몸을 떨기 시작했다. 그는 거의 "속삭이고 비틀거리면서" 가까스로 버텼고, 청중 가운데 무슨 일이 벌어지고 있는지 눈치 챈 여성들은 눈시울을 적셨다. 샬럿은 엘렌에게 "눈물을 감출 방법이 없었어"라고 썼다. 패트릭은 그 예배에 참석하지 않았는데, 그 이야기를 전해 듣고는 니콜스가 "남자답지 못한 어린애"라고 일갈했다. 마지막 순간까지도 니콜스는 앤의 스패니얼 개 플로시를 자기 방으로 불러 함께 긴 산책을 했다.[14]

떠나기 전날 밤, 니콜스는 서류 몇 가지를 가지고 패트릭에게 작별인사를 하러 왔다. 샬럿은 다른 방에서 그들이 나누는 대화 소리를 들었고, 니콜스가 집을 나서다가 정원에서 발길을 멈추는 소리도 들었다. 그녀는 밖으로 나가 인사 몇 마디라도 해야겠다고 생각했다. 밖으로 나간 샬럿은 다시는 그녀를 보지 못하리라는 생각에 "정원 문에 기대어 몸을 들썩이며 여성들이 우는 모습과는 달리 격렬하게 흐느껴우는" 그의 모습을 보았다. 그녀는 그를 위로하려 했으나, 그렇다고 해서 희망을 주지는 않으려고 노력했다. 하지만 그에 대한 샬럿의 태도가 조금 바뀌었다. 샬럿에 대한 그의 샘솟는 열정은 분명 그녀가 쓴 소설 속 남자 주인공을 연상시켰으리라. 니콜스에게는 로체스터의 모습을 연상시키는 구석이 있었다. 흔히 말하는 잘생긴 얼굴은 아니었지만 남자다웠고, 평범하게 생긴 여자에 대한 헌신도 그랬다. 그는 부유하고 유서 깊은 집안 출신이 아니었고, 커다란 저택도 없었고, 다락방에 미친 아내를 두지도 않았다. 그는 현실의 연인이었다. 간단히 말해보자. 샬럿에겐 그것으로 충분했을까?[15]

그것은 샬럿이 받은 첫 번째 프러포즈도 아니었고 두 번째 프러포즈도 아니었다. 엘렌 너시의 오빠가 프러포즈한 이야기는 앞에서 했다. 1839년에 하워스를 잠시 방문한 어느 아일랜드인 성직자도 그녀에게 구혼했다. 그녀가 거래하는 출판사의 제임스 테일러라는 관리 직원도 그랬다. 그 직원의 구혼이 그녀가 받은 마지막 구혼으로, 1851년 니콜스가 그녀에게 구애하기 시작한 지 얼마 되지 않은 때의 일이었다. 샬럿은 제임스 테일러의 구혼에 마음이 약간 흔들렸지만, 그의 외양이 어딘가 거슬렸다.

하워스를 떠난 후, 니콜스는 비밀리에 샬럿에게 편지를 보내기 시작했다. 상황이 진전되어, 그는 패트릭이 집을 비울 때 몰래 하워스를 방문하기에 이른다. 6개월에 걸친 연애 끝에, 샬럿은 아버지에게 모든 것을 말하고, 자신에 대한 니콜스의 사랑을 공식적으로 인정해달라고 요청했다. 패트릭은 그 요청을 받아들일 수밖에 없었으나 매우 비통해했다. 이후 니콜스는 정식으로 목사관을 방문하기 시작했다. 니콜스가 다시 구혼하자 샬럿은 그 구혼을 받아들였고, 니콜스는 패트릭의 교구로 복귀했다. 샬럿은 친구들에게 자신이 정말로 사랑에 빠진 건 아니지만, 이 확고부동하고 헌신적인 남자와 그의 애정을 '존중'하기로 했다고 말했다. 그녀는 그가 좀 더 똑똑하고 재능이 있었으면 하고 바랐다. 그가 지적으로 자신과 대등하지 못할까봐 걱정이었다. 그녀는 대체로 그에게 감사했지만, 그것이 결혼을 위한 최상의 토대라고 할 수는 없다. 엘리자베스 개스킬은 샬럿의 임박한 결혼과 그녀의 약혼자에 대해 딱 들어맞는 표현을 남겼다. "나는 브론테 양이 통제받고 명령받지 않는 걸 견디지 못하는 사람일 거라 확신한다! 그녀는 엄하고 굳고 지

배적이고 열정적인 남자가 아니고서는 행복해하지 않을 것이다."¹⁶

결혼 전에 샬럿은 할 일이 너무나 많았다. 니콜스의 서재에 달 초록색과 흰색의 커튼을 "수놓느라 너무나 바빴"는데, 그 방은 예전에 에밀리가 가끔 동물들을 넣어두던, '토탄을 두는 방'이었다. 식탁보 테두리도 사서 꿰매야 했고, 치맛단이 하나나 둘 정도 달린 얇은 흰색 모슬린 웨딩드레스도 사야 했다. 그녀는 친구들이 선호하는 실크 베일은 쓰지 않겠다고 했지만, 엘렌이 수놓은 레이스 망토는 두르기로 했다. 마을 사람들 말에 따르면, 흰색 보닛 모자는 '스노드롭' 꽃을 연상시키는 초록색 잎사귀로 장식했다고 한다. 제인 에어가 그랬듯이 그녀는 "바보처럼 보이고 싶지 않다"며 깔끔하고 비싸지 않은 베일을 골랐다. 청첩장은 '카드' 봉투와 '우편 봉투' 두 가지를 다 사서 흰 밀랍으로 봉해 보냈다.¹⁷

1854년 6월 29일 아침 8시, 샬럿과 니콜스는 하워스 교회에서 혼인했다. 몇몇 사람들만 초대받았다. 패트릭은 마지막 순간에 몸이 아프다며 침실에 틀어박혔는데, 사람들은 병이 아니라 분노 때문일 거라고 추측했다. 로헤드에서 샬럿을 가르친 마거릿 울러 선생(《제인 에어》에서 템플 선생의 모델이 되었다)이 신부를 대신 인도했는데, 오히려 더 적절해 보였다. 엘렌이 신부의 들러리였고, 니콜스의 친구들도 참석해 그중 한 사람이 예배를 인도했다. 간단한 결혼 오찬을 든 뒤 샬럿은 회색과 라벤더색이 섞인, 목에 벨벳을 두른 실크 드레스로 갈아입었고, 두 사람은 신혼여행을 떠나기 위해 급히 쌍두마차에 올랐다. 킬리 기차역까지 마차로 간 뒤, 웨일스로 갔다가 니콜스의 고향 아일랜드로 갈 예정이었다.¹⁸

그들은 니콜스의 가족과 지내기 위해 더블린이나 바나허처럼 바쁜 도시와 마을을 지나기도 했지만, 대체로 찾아다닌 곳은 샬럿의 말에 따르면 '거칠고 외딴 곳들'이었다. 아일랜드 남쪽 해안의 킬라니에서 샬럿은 양치식물을 채집해 앨범에 담았다. 그곳에서 양치식물을 수집한 사람은 그녀만이 아니었다. 그곳은 빅토리아 시대의 '양치식물주의자'들이 즐겨 찾는 장소였고, 심지어 1861년에는 빅토리아 여왕이 앨버트 공과 함께 찾아와 정원에 심을 양치식물을 모으기도 했다. 킬라니에는 50여 종 이상의 양치식물이 있는 것으로 알려졌는데, 그중에서도 키 큰 고비와 킬라니 펀Killarney fern이 유명했다. 투명한 잎 덕분에 '필름 같은 양치식물'로 불린 킬라니 펀은 1724년 요크셔에서 최초로 발견되었는데, 주로 폭포나 샘 가장자리, 혹은 동굴 안에서 자랐다(지금은 매우 희귀한데, 빅토리아 시대에 너무 많이 채집했기 때문이다). 워드는 만국박람회에 선보인 케이스 중 하나에 킬라니 펀을 심었고, 샬럿의 앨범에도 킬라니 펀으로 보이는 양치식물 잎이 한 장 있다(라벨이 붙어 있지 않아 확정하긴 어렵지만). 용감한 메리 테일러는 뉴질랜드에서 샬럿에게 이국적인 양치식물 잎들을 보냈는데, 아마도 그 앨범 사이 어딘가에 끼워져 있을 것이다. 샬럿이 자신의 '채집'에 대해 딱히 언급한 적은 없으므로, 우리는 그녀가 식물 채집통—특별한 종을 보관하는 용도로 쓰인, 손잡이가 달린 둥근 양철 상자—을 썼는지, 혹은 흡습지 사이에 식물을 끼워 말려서 모았는지 알 길이 없다.[19]

질투심 많은 양치식물 수집가들의 모험담은 잡지에도 실리곤 했다. 〈펀치〉는 데번에서 양치식물을 찾아 나선 네틀리 양이 "장이라도 보러 나가듯 반드시 알파인 스틱과 바구니를 들고 나섰다"고 묘사했다. 네틀리 양은 "멋진 양치식물 천지예요"라고 소감을 밝혔다. 양치식물 때문에 수집가들이 벼랑 끝이나 급류에 접근하는 일이 잦았고, 사고도 수없이 일어났다. 1867년 제인 마이어스 양은 스코틀랜드 퍼스셔의 그레이그홀에 있는 벼랑에 돋아난 양치식물을 채집하려다가 52미터 아래로 추락해 사망했다. 킬라니에서 사고를 당할 뻔했을 때 샬럿 역시 양치식물을 채집 중이었을 것이다. 말을 타고 던로 협곡—벼랑 사이로 난 길—을 지나던 그녀는 내리막길에 접어들어 말에서 내리라는 안내인의 말을 듣지 않았다. 말이 미끄러지더니 떨다가 갑자기 "미쳐 날뛰기" 시작했고, 뒷걸음치다가 그녀를 발굽 아래 돌 위로 내동댕이쳤다. 그 순간 샬럿이 땅에 떨어진 것을 알지 못한 니콜스가 말이 그녀 주위에서 날뛰는데도 고삐를 붙잡았다. 죽을 거라고 생각한 샬럿은 남편과 아버지를 두고 떠날 일을 걱정했다. 하지만 다음 순간 니콜스가 땅에 떨어진 그녀를 보고, 당장이라도 그녀를 덮치려는 말의 고삐를 놓았다. 샬럿은 남편의 도움으로 몸을 일으켰고, 기적적으로 한 군데도 다치지 않았다. 그녀는 이 이야기를 친구에게 들려주면서 "무시무시한 유령의 형상이 갑자기 스쳐갔다"고 했는데, 그것은 죽음을 언급한 것일 수도 있지만, 그 협곡 일대에 전해오는 이야기나 민담과 관계된 것일 수도 있다. 그 지역에 '호수의 유령'이 출몰한다는 이야기가 있었다. 말에서 떨어진 뒤 그 사건을 죽음의 예고로 받아들이고 '마법'을 연마하여 기이한 형상으로 변했다는 오도너휴로스의 유령이다. 전설에 따르면 그는 7년에 한 번 말을 탄 모습으로 여행자들 앞에 나타난다고 한다. 이것은 신혼여행 중 양치식물 때문에 일어난, 로맨스가 가미되고 고딕적 요소와 동화적 요소가 깃든 모험담이다. 미신을 신봉하는 사람이라면 샬럿이 오도너

휴와 똑같은 일을 겪었다고 받아들일지도 모른다. 이 일이 일어나고 1년이 못 되어 그녀가 세상을 떠났을 뿐 아니라, 그녀가 사고를 모면한 일 또한 일종의 '마법'이었다고 보는 이들이 많기 때문이다 (이 문제에 관해서는 다음에 자세히 이야기하자).[20]

샬럿처럼 양치식물을 모은 수집가들은 잎사귀들을 말려 앨범뿐 아니라 화집 또는 각각의 잎을 보관하는 캐비닛이나 상자 같은 표본집에 넣었다. 양치식물을 앨범에 부착하려면 두꺼운 종이에 대고 줄기를 꿰매거나 가지를 고정할 수 있도록 미리 뚫려 있는 작은 구멍에 끼워야 했다. 이런 앨범들은 '양치식물 책'이라고 불리기도 했는데, 샬럿의 책은 검은 가죽으로 장정하고 금박으로 테를 둘렀다. 앨범을 구성하는 각각의 묵직한 페이지들에는 끈이 꿰매져 있고, 그 사이에 줄기를 끼워넣게 되어 있다. 잎사귀의 위쪽과 아래쪽을 고정하기 위해 갖가지 투명 접착제들—양치식물 제작 기법서에서는 밀가루 풀·아라비아고무·부레풀·동물성 점액풀·녹말풀 등을 추천했다—이 사용되었다. 움직임을 잃어버린 잎사귀가 바람에 살랑거리는 섬세한 느낌을 내도록, 앨범에 부착할 때 양치식물이 움직이는 것처럼 보이도록 위치를 조절했다. '양치식물 수집가 앨범'처럼 표본용으로 만들어진 앨범들은 일반적인 양치식물 종에 관한 묘사가 한 면에 인쇄되어 있다. 반대쪽에는 식물을 담을 수 있는 액자가 부착되어 있다. 이것저것 다 귀찮은 사람들은 말려서 누른 양치식물이 담긴 기성품 책을 사면 그만이었다. 1850년 윌리엄 가디너가 출간한 《영국의 양치식물과 그 동지들의 모음》 같은 책에는 각각의 식물 옆에 장식문양과 그것에 관한 정보가 곁들여져 있었으며, 양치식물 애호가들이 주로 찾는 여행지의

기념품점에서 여행자들을 대상으로 팔았다.[21]

빅토리아 시대 사람들은 그야말로 갖가지 앨범들의 제작자로, 한 권의 책으로 이루어진 작은 박물관을 만드는 큐레이터처럼 온갖 방식으로 사물을 배열하고 수집했다. 앨범은 워디언 케이스와 마찬가지로 수집하고 저장하고 분류하는 행위에 열광한 빅토리아 시대의 한 부분이었다. 특히 일종의 영구적 시스템을 통해 과거를 저장하는 분야에서는 더욱 그랬다. 빅토리아 시대 앨범의 선조 격으로 '인용문 책'이라는 것이 있다. 좋아하는 문구를 베껴 써 독서와 지적 활동을 기록하는 책이었다. 이런 문구 편찬 활동은 빅토리아 시대에도 이어졌고, 오늘날에도 (공책이나 일기 등) 여러 형태를 통해 존재한다. 아서 니콜스도 인용문 책을 갖고 있었다. 그는 그 책에 시와 산문에서 읽은 구절을 간직하고, 외가 쪽 가문인 벨가의 가계도를 그리기도 했다. 인용문 책은 대개 비망록으로 활용되었고, 손으로 쓴 요리법이나 자수 패턴, 스케치 등의 기본지식을 저장하는 용도로도 쓰였다. 이 책은 대개 사적인 물건으로 취급되었으나, 가끔 어린이들을 위한 교육용 책이나 후세에 전할 유산처럼 선물용으로 만들어지기도 했다. 시인 펠리샤 히먼스[36]의 인용문 책이 그 예로, 이 책은 적절하게도 시인 엘리자베스 배럿 브라우닝에게 전해졌다. 19세기 초 신문 가격이 저렴해지면서 인용문 책을 만드는 제작자들은 인쇄 매체에서 오린 것들을 담고 손으로 쓴 기록을 덧붙일 수 있는 인용문 책을 제작했는데, 이것이 '종잇

---

36) Felicia Dorothea Browne Hemans(1793~1835), 영국의 여성 시인. 엘리자베스 브라우닝, 롱펠로, 테니슨 등에게 영향을 주었다.

조각들scraps'을 편찬하는 책의 시조가 되었고, 다음 세기에는 '스크랩북'으로 불리게 되었다.[22]

앨범은 친구와 가족, 유명인사들의 교류 흔적을 더듬을 수 있는 사회적 공간의 역할을 하기도 했다. 인용문 책의 친족이라 할 수 있는 '서명 앨범'은 반쯤은 공공의 성격을 띤 것으로, 손님들이 펼쳐볼 수 있도록 거실에 놓이기도 했다. 운 좋은 여주인은 그 집을 방문한 유명한 손님들이 남긴 시구나 스케치, 사인 등을 통해 자신의 사회적 위치를 증명할 수도 있었다. 유명인사를 친구로 둘 형편이 못 되는 이들은 앨범을 만들기 위해 돈을 주고 서명을 사거나 서명을 구걸하기도 했다. 패트릭이 샬럿의 편지에서 오려낸 샬럿의 팬들에게 보낸 손글씨나 엘렌이 오려서 보낸 샬럿의 편지 서명들은 대개 모두 서명 앨범 속으로 직행했다. 1858년 에식스에 살던 메리 제섭 도크러는 패트릭에게 편지를 보내 샬럿의 손글씨를 나눠달라고 애원했다. 그녀는 패트릭이 보낸 다음과 같은 답장을 "내 책―남의 것 아님"과 그 밑에 "나보다 ~한"이라는 글귀뿐인 샬럿의 작은 손글씨 견본과 함께 마블지로 장정한 앨범 속에 간직했다. "친애하는 부인, 동봉한 글은 제 아끼는 딸 샬럿의 손글씨 중 드릴 수 있는 전부입니다. 존경하는 P. 브론테 드림." 해리엇 마티노는 유명 작가가 된 후, "서명을 갈망하는 이들이 앨범에 넣고 싶다고 끈덕지게 요청"하는 바람에 친구와 나눈 "개인적 서신이 약탈당하고 있다"고 불평을 털어놓았다. 물론 브론테 자매의 가장 흥미로운 서명은 세 자매가 각각 '커러 벨' '엘리스 벨' '액턴 벨'이라고 쓴 작은 편지의 것일 것이다. 이 서명을 요청한 사람은 단 두 권 팔린 그들의 시집을 출판사를 통해 구입한 두 사람 중 한 명인 프레더릭 이녹으로, 그들의 소설이 발표되기 1년 전인 1846년에 이 서명을 얻었다. 이녹과 그의 동시대 사람들은 이런 서명에 정서적 애착을 느꼈다. 서명은 훗날 사진이 그러하듯 그들에게는 개인의 자아를 포착하고 전달해주는 수단과도 같았다.[23]

앨범에 글을 남기는 사람이 꼭 유명인일 필요는 없었다. 많은 여성들(가끔은 남성들도)은 함께 어울리는 친구들에게 우정의 앨범 혹은 '기념품'으로 남기기 위해 글을 써달라고 요청했다. 1845년, 아직 유명해지지 않은 샬럿은 루커 양이라는 사람의 앨범에 기념 삼아 독일어 시를 적어주었고, 엘렌 너시의 앨범에는 프랑스 시인 샤를 위베르 밀부아예의 〈아픈 젊은이〉를 적어주었는데, 그 시인이 실제로 젊은 나이에 죽었다는 사실을 주석으로 덧붙이고 그 시가 프랑스 시 중 가장 시적이라고 생각한다는 견해도 곁들였다. 술로 자기파괴의 길을 걷던 1846년, 브랜웰은 친구 J. B. 릴런드가 살던 핼리팩스에 머물렀다. 그 동네 여인숙집 딸 메리 피어슨이 브랜웰에게 앨범에 글을 써달라고 두어 번 이상 부탁했고, 여기에 실린 그의 시와 스케치는 그의 괴로운 마음을 대변한다. 그는 자신의 시 몇 편과 바이런의 시 몇 줄을 적어넣고 황폐한 얼굴을 한 남자의 얼굴을 스케치하고는, '슬픔의 결과'라는 제목을 달았다. "휴식을 갈구하다"라는 글귀가 새겨진 교회 마당의 비석도 그려져 있다. 연필 자화상도 있는데, 그는 같은 페이지에 침몰하는 배를 배경으로 무릎 꿇고 흐느껴우는 한 남자를 그렸다.[24]

1831년부터 만들어지기 시작한 로히드 학교의 학교 앨범은 어린 학생들의 기발함과 재능으로 가득하다. 짙은 색 가죽 장정에 그리스풍 겉옷을 걸친 여인이 꽃에 둘러싸인 모습이 돋을새김으로 장식되었으며 속표지와 면지에 분홍색 물결무늬 실크를 댄 이 앨범은 런던의 드라퓌 사에서 우정 앨범으로 특수 제작되었다. 대부분의 여학생들이 종이 '액자'를 댄 페이지에 글을 쓰거나 그림을 그렸는데, 페이지에 액자 모양이 인쇄되어 있거나 그림을 포켓에 꽂을 수 있게 되어 있었다. 어떤 페이지에는 빈 악보가 인쇄되어 있어서 구매자가 악보를 채워넣을 수 있었다. 손으로 쓴 '서문'은 이런 문구로 시작한다. "이 책을 호기심 어린 눈으로 살펴볼 이들은/여기 쌓인 축적물에 뭔가를 보태야 한다." 그리고 "속된" 농담 같은 것은 쓰면 안 된다는 규칙도 쓰여 있다. 첫 장에는 샬럿의 친구인 메리 테일러가 그린 '폐허가 된 교회' 스케치가 있고, 맞은편에는 성을 그린 완성도 높은 수채화가 있는데, 이것 역시 메리 테일러의 솜씨이다. 샬럿은 7페이지에 버밍엄에 있는 성 마틴 목사관(데이비드 콕스의 그림을 모사한)을 연필로 그렸고, 다른 소녀들은 풍경·꽃·종교적인 장면을 그렸다. 직접 쓴 시들도 실려 있는데, '앨범에 글을 쓰고 싶어하는 마음에 관하여'라는 재치 있는 제목을 붙인 시가 'H. H.'라는 서명과 함께 곁들여져 있다. 성서와 밀턴의 책에서 인용한 문구들이 나머지 페이지들을 채웠다. 서명이 없는 어떤 수채화는, 그 그림이 담긴 것과 흡사한 앨범을 그린 것인데, 이것은 앨범을 둘러싸고 끝없이 확장되는 문화에 관한 재치 넘치는 코멘트라 할 수 있다.[25]

이런 앨범들은 공동체(학교·응접실·이웃)가 나눈 추억의 기념물로서, 19세기 말부터 사진이 떠맡은 기능을 수행했다. 초록색 모로코 가죽으로 장정하고 책등에 '우정의 기념품'이라는 글귀를 새

긴 예쁜 우정 앨범이 한 권 있는데, 1795년에서 1805년 사이에 펠리시아 도러시 브라운(훗날의 히먼스)의 조카 앤 와그너가 만든 것이다. 여기에는 친구들과 가족들이 쓴 헌사와 인용문이 수채화·머리타래·콜라주·오려낸 종잇조각·실루엣 그림 등으로 아름답게 장식되어 있는데, 와그너 본인이 직접 만든 것도 많다. 어느 페이지에는 갈색 머리타래가 분홍색 리본으로 부착되어 있고 그 옆에 이런 글귀가 적혀 있다. "이 머리카락을 널빤지 삼아/우정이 우리의 마음을 하나로 묶어주기를/너의 신실한 벗, 엘리자 브룩스, 1795년 6월 15일, 리버풀." 샬럿의 《셜리》에도 이와 비슷한 앨범이 나오는데, 캐럴라인 헬스턴이 지닌 에나멜을 입힌 기념품 책들이다. 친구들을 너무도 소중히 아낀 캐럴라인은 애정의 순간들을 기념하고자 한다. 그녀는 친구인 시릴 홀에게 건넨 꽃다발에서 꽃 몇 송이를 가져온다. 그리고 작은 앨범 사이에 은 집게로 집어두고 날짜와 함께 이런 문구를 쓴다. "나의 친구 시릴 홀 목사님을 위해 간직함." 시릴은 잔가지 하나를 그의 '포켓판 성서' 안에 끼워넣고 그 옆에 그녀의 이름을 쓴다. 선물용 앨범 또한 애착을 드러내는 한 방식이다. 저명한 식물학자이자 초기 양치식물 전문가 마거릿 스토빈은 1833년에 친구인 워커 양에게 양치식물 앨범 두 권을 선물했는데, 그 앨범을 보면 그녀가 그것을 만들기 위해 주변의 희귀한 양치식물 종을 찾아 헤맸음을 짐작할 수 있다. 스토빈은 더비셔에서 모은 꽃과 식물들을 눌러 말려서, 자신보다 어린 친구인 플로렌스 나이팅게일에게 선물했다.[26]

앨범들은 눈으로만 즐기는 게 아니라 만질 수 있는 용도로 만들어졌다. 특히 한때 살아 있던 것들이나 페이지로부터 솟아난 듯 보이는 사물들은 금방이라도 앨범을 뚫고 자라나거나 밖으로 뛰쳐나올 듯했다. 빅토리아 시대의 어느 앨범은 해초, 잎맥만 남은 잎사귀, 말린 꽃 등으로 불룩하다. 신원이 밝혀지지 않은 이 앨범의 수집가는 카드에서 알록달록한 색깔의 새들을 오려내 진짜 깃털을 달아 붙였다. 밸런타인 카드·크리스마스 카드·엽서 등을 수집하는 우편 앨범에 대한 '열병'이 그 뒤를 바짝 추격했는데, 이야기의 형식에 따라 정렬해야 한다는 부담감 때문에 오래가지는 못했다. 모험을 기록한 기념품들로 채워진 여행 앨범 또는 여행자 앨범도 있었다. 예를 들어 레이디 에밀리아 혼비는 크리미아 전쟁터를 방문한 기념으로 그곳의 야생화를 앨범에 끼움으로써 휴대용 전쟁 기념품을 제작했다. 소설가들은 인물들이 지닌 우울한 서정 같은 성격을 드러내기 위해 이야기 속에 앨범을 끈질기게 등장시켰는데, 윌키 콜린스가 1875년에 출간한 《법과 귀부인》에서 피츠-데이비드 소령은 고급 가죽과 파란 벨벳으로 장정하고 은 자물쇠를 매단 장식품 앨범을 소중히 여긴다. 그 앨범에는 머리타래들이 "각 페이지의 중앙에 정갈하게 부착되어 있고" 글이 덧붙여져 있다. 각 페이지는 그의 연인이었던 여성들이 준 글들이 '사랑의 기념품'으로 실려 있는데, 각각의 글들은 그 애정행각의 결말이 어땠는지를 알려준다. 첫 페이지에는 매우 연한 담갈색 머리칼과 함께 이런 글이 적혀 있다. "나의 사랑스러운 매들린. 영원한 지조의 여성. 아아, 1839년 7월 22일이여!" 찰스 디킨스는 《데이비드 코퍼필드》에서 앨범에 장식하기 위해 러시아 영주의 손발톱을 얻으려는 사교계 여성들을 통해, 기억을 꼬치꼬치 저장하고자 하는 이 같은 열광을 비꼬기도 했다.[27]

경험 · 우정 · 사랑의 순간들은 앨범을 통해 기념되고 조절되었다. 상자나 케이스, 진열장과 달리 앨범은 사물을 페이지에 남길 뿐 아니라 연대순으로 머물게 할 수 있었다. 앨범의 소유자는 손님과 함께 앉아 페이지를 넘기면서 이야기를 곁들이기도 했다. 마치 사물의 자서전처럼 앨범이 한 장 한 장 순서대로 펼쳐질 때마다 이야기가 솟아났다. 빅토리아 여왕은 테마별로 구분된 앨범들을 수단 삼아 자신의 삶의 이야기들을 붙들고자 했다. 여왕은 어린 소녀 시절부터 해초 앨범을 만들었다. 나중에는 여러 종류의 장식용 앨범 시리즈가 구성되었는데, 대부분 그녀가 발주한, 틀에 담긴 수채화들이었다. 예를 들면 그녀의 애완동물을 그린 '동물 앨범'이 수도 없이 많았고, '기념 앨범'에는 자신이 방문한 장소와 참여한 의식, 다른 사건들을 기억하기 위해 연대순으로 기록해두었다. 이 대목에서 질문 하나가 떠오른다. 만약 앨범에 담기지 않은 사건이 있다면 그것은 실제로 일어난 일일까, 아닐까?[28]

샬럿은 양치식물 앨범만 만들었다. 그녀의 앨범은 로체스터와 제인이 정착한 양치식물의 고장 펀딘과 두 인물에 얽힌 복합적인 에로티시즘, 그리고 그녀가 왜 니콜스와 결혼했는가에 관한 암시로 우리를 이끈다. 타인에게 앨범을 보여줄 때면 보통 그것에 얽힌 이야기를 하게 된다는 점을 떠올릴 때, 과연 샬럿이 이 양치식물 앨범을 누군가에게 보여준 적이 있는지, 만약 그랬다면 어떤 순서로 이야기했을지 궁금하지 않을 수 없다. 어쩌면 여행 이야기, 즉 그들이 돌아다닌 아일랜드의 각 지역과 그들이 거기서 본 것에 대해 이야기했을지도 모른다. 그것은 가족 외의 사람들에게 보여주기엔 너무 사적인 내용이었을지도 모른다. 이 양치식물들을 모으고 앨범에 눌러 간직한 시기는 아마도 샬럿이 남성과 처음으로 성적인 경험을 한 시기와 일치할 것이다. 그녀가 왜 이 앨범을 만들었는지는 알 수 없다. 샬럿은 자신이 무엇을 느꼈는지 앨범 안에 아무것도 적지 않았다. 신혼여행에서 돌아온 후, 그녀는 엘렌에게 어쩌면 남편과의 성생활을 암시하는 것인지도 모를 알쏭달쏭한 글 몇 줄을 담은 편지를 보냈다. 그녀는 6주간의 결혼생활이 자신의 "생각의 색채"를 바꿔놓았다는 말로 설명을 시작한다. 그녀는 "아무에게나 무분별하게 결혼을 권하는" 유부녀들의 행동은 "욕먹어 마땅하다"고 믿는다고 말한다. "누군가의 아내가 된다는 것이 여성에게 얼마나 큰일이고 이상한 일이며 위험한 일인지" 이제 알았다는 것이다.[29]

그렇기는 해도, 편지들을 볼 때, 샬럿은 남편에게 점점 더 깊은 애정을 느끼게 된 듯하다. 그의 "친절하고 끝없는 보호"가 특히 마음에 와 닿았고, 그의 애착 덕분에 자신의 "그에 대한 애착도 점점 더 강해져간다"고 그녀는 말했다. 이것은 그의 육체·손길·애무·키스 등과 관련 있을지도 모른다. 그들은 대부분의 나날을 황야에서 오랫동안 산책하며 보냈다. 결혼 후 몇 달이 흐른 뒤 샬럿은 남편을 "나의 사랑스러운 아이my dear boy"라고 부르며 그가 점점 더 사랑스러워 보인다고 느꼈다. 그녀가 병에 시달리기 시작했을 때도 그녀가 보기에 그는 "너무나 다정하고 선하고 의지가 되며 참을성이 강했다." 그녀는 이렇게 덧붙였다. "내 마음은 그의 마음에 엮여 있다."[30]

그녀의 서명을 두고 벌어진 일들에서 보았듯이, 샬럿은 죽기 전부터, 사후에는 더욱더 앨범 속에 '수집되는' 존재가 되었다. 목사관과 황야, 하워스 지역이 브론테 자매와 뗄 수 없는 곳이므로, 이 장소들 역시 스크랩북의 대상이 되었다. 1859년경 제작된 어느 기념 앨범에서 익명의 제작자는 앨범의 한 부분을 하워스 방문 경험에 할애했다. 한 페이지에는 패트릭이 떨리는 손으로 서명한 종잇조각에 그 지역에서 주운 담쟁이 잎 두 장을 정성스럽게 장식해서 붙였고, 편지지나 잡지에서 오렸을 법한 목사관과 그 일대 묘지의 그림에는 "샬럿 브론테의 집"이라는 설명문을 곁들였다. 하워스 지역을 담은 엽서로 앨범을 가득 채운 수집가도 있었다. 사진기가 더 싸지고 휴대가 간편해진 후에는 사진을 찍어가기도 했는데, "1903년에 찍은 풍경"이라는 제목을 단, 이제는 제본이 풀려버린 어떤 앨범은 브론테 생가의 유명한 풍경을 많이 담고 있다.[31]

'브론테' 스크랩북 더미는 19세기 말부터 기록 보관소에 보관되기 시작했으나, 오늘날에는 대부분 잊혔다. 앨범을 만든 사람들은 오늘날 대부분의 기사나 책에 등장하는 화가 조지 리치먼드가 그린 샬럿의 초상화 인쇄물을 그녀의 사진 대용품으로 삼아 앨범 페이지에 붙였다. 마틸다 폴라드라는 사람은 1888년으로 거슬러 올라가는 브론테 일가에 관한 신문기사들을 모아 1894년에 '스크랩'이라는 제목을 붙인 분홍색 앨범을 완성했다. 브론테 가의 하녀 마사 브라운의 친척으로 보이는 하워스 지역의 브라운 양은 암녹색의 책 한 권을 '앨범'으로 만들었는데, 전면에는 돋을새김이 되어 있고, 남자 모자와 지팡이 앞에 앉은 개의 그림이 붙어 있다. 이 책은 신문기사들로 가득한데, 브론테 일가에 관한 기사들이 대부분이다. 알뜰한 앨범 제작자들은 더이상 읽지 않는 책들을 활용해 앨범을 만들기도 했다. 오려낸 기사를 책 본문 위에 붙이는 방식이었다. 윌리엄 스크러턴과 J. 햄블리 로는 브론테 가에 관한 이야기들 중 중요한 장소의 이미지들을 모아 《템플판 성서 사전》에 붙였는데, 제본이 버티고 두께를 유지하도록 본문을 일부 뜯어냈다. 호스폴 터너라는 사람은 《1898년판 주식 연감》을 가지고 신문과 잡지에서 오려낸 기사들로 브론테 앨범을 만들었다. 잔유물·종이·글을 사랑한 샬럿의 품성—그 형제자매들이 어린 시절 재활용 종이들을 표지로 활용해 만든 작은 수제본 책들을 기억하자—으로 볼 때, 그녀는 아마도 자신을 기리고자 하는 이런 종이 박물관을 흡족하게 여겼을지도 모른다. 그런 앨범의 버스럭거리는 페이지들을 넘길 때 삶의 소음이 되살아났을까. 아니면 그것들은 그저 한때 존재했던 죽은 그림자의 반영일 뿐일까.[32]

9장

⋮

유물의 이동

오랫동안 잠가둬 몇 년 동안이나 닫혀 있던
서랍과 벽장 선반을 정리한다는 것,
우리가 벌인 일이 얼마나 기이한지 모르겠다!
방이 여전히 얼마나 외로워 보이는지!
이 옛 시절의 보물 더미는 또 얼마나 이상한지,
고통과 기쁨을 일깨우는 과거의 기념품들.
보석으로 잠근 이 책들,
글자는 바래고 금박은 닳았다.
인도 나무에서 온 나뭇잎 부채들―
인도양의 진홍색 조가비들―
반지 안에 그려넣은 작은 초상화들―
한때는 분명 너무나 소중히 여겨졌을 것들.
사랑과 믿음으로 지켜졌을 것들,
그리고 소유자가 죽음을 맞을 때까지 착용했을 것들,
이제는 카메오와 도자기, 조가비들 사이에 놓여 있다,
이 낡은 선반의 먼지 쌓인 공간 안에.

―샬럿 브론테, 〈기념품들〉

　　"저는 적절한 사람을 통해 샬럿 브론테의 침실 창문 아래쪽 창틀 전체를 구입했습니다." 보스턴의 기자이자 정치가였던 찰스 헤일은 유럽 여행을 하다가 걸린 병에서 회복되던 중인 1861년 11월 8일 어머니에게 이런 편지를 보냈다. 그는 하워스에 체류하는 동안 편지를 쓰기 시작했고, 친구인 엘리자베스 개스킬의 집에 머무는 동안 끝맺었다. 1861년 6월 패트릭이 사망한 뒤, 새로 부임한 목사 존 웨이드가 목사관 개축을 시작했다. 헤일 같은 브론테 순례자들은 그 덕분에 진짜 목사관의 파편들을 손에 넣을 수 있었다. "그 창문은 그녀가 가장 즐겨 앉던 창문이에요"라고 헤일은 편지에 자랑했다. 또 그는 실내의 목세공품도 가져가서 유리창과 함께 액자들을 만들고 그 안에 사진을 담은 뒤, 샬럿 브론테가 "음울한 풍경을 바라보았던 바로 그 매개체"를 통해 사진을 들여다보았다. 헤일의 말은 이어진다. 그의 사진들은 "그녀가 앉아 있을 때 그녀를 감싸준 바로 그 나무로 테를 두를 것"이라고. 그는 에밀리가 개싸움을 용감하게 뜯어말린 이야기를 그에게 전해준 하워스 지역 목수 윌리엄 우드를 만났다. 묘지기의 아내는 "책들 중 한 권에 등장하는, 고리버들로 만든 작은 인형 요람"을 그에게 보여주었다. 묘지기는 가족이 키운 개들이 정원 어디에 묻혔는지 알려주었다. 또 그는 패트릭이 예배를 집도하는 동안 샬럿이 앉았던 신도석에도 앉아보았다. 헤일은 또한 패트릭이 "41년 넘게 매일같이 사용했다는 하인용 줄과 축"에도 손을 대보았다. 브론테 생가에서 가지고 온 전리품이 너무 많아서, 헤일은 런던으로 가는 기차를 타기 위해 킬리로 향하는 길에 윌리엄 우드에게 운송을 도와줄 것을 부탁해야 했다.[1]

문학인이 남긴 '유해'의 찌꺼기나 부스러기라도 얻고자 열망하며 그런 장소에 몰려갔던 빅토리아 시대 사람들은 과거의 종교 순례자들과 다를 바가 없었다. 신자들은 예수 그리스도가 매장되고 부활했다는 전설이 내려오는 무덤 바깥을 밝히는 등잔의 기름이라도 받아가려고 했다. 그 땅의 흙이나 작은 조약돌까지도 성유물로 취급되었다. 그런 물질들은 성찬용 빵이라고 불리며 성스러운 곳의 축복을 간직하고 있다는 믿음을 주었으며, 심지어 그것을 먹는 경우도 있었다. 성스러운 땅의 기념품인 소량의 흙을 빻아 물에 갠 뒤, 성스러운 약이라 여기며 마신 것이다.[2]

빅토리아 시대 사람들은 이와 유사하게 언어로 그들에게 축복을 내린 작가들을 흡입하고자 했다. 작가 토머스 하디는 많은 이들이 그랬듯이 로마에 있는 존 키츠의 무덤에서 제비꽃을 뽑아갔다. 스트랫퍼드에 있는, 셰익스피어가 심었다는 오디나무는 기념품 장식에 쓰려는 사람들 때문에 껍질이 벗겨졌으며, 시인 로버트 번스가 '하일랜드 메리'라 부르며 많은 시와 노래에 등장시킨 마거릿 캠벨과 작별한 장소의 가시나무 역시 같은 일을 겪었다. 번스의 생가를 방문한 사람들은 인근의 나무로 제작했다는 보증이 붙은 바늘겨레, 쟁반, 컵, '장식품 상자', 그리고 그 외의 다른 기념품들을 사들였다. 은총의 잔유물이 천재가 머물렀던 곳에 스며 있고, 휴대할 수 있는 물질이 되어 유령 같은 형태로 머물고 있을지도 모르기 때문이었다.[3]

《폭풍의 언덕》과 황야가 그러하듯이, 허구와 실제 지형이 일치한다는 듯, 작가 자신보다 땅이 작품과 더 풍부하게 연관되는 경우도 있었다. 작가 및 작품이라는 이중의 의미를 지닌 황야를 방문하는 여행자들은 히스 가지를 꺾어 편지에 동봉하거나 책 사이에 끼웠는데, 특히 《폭풍의 언덕》이나 개스킬의 브론테 전기를 일종의 안내서처럼 지참한 경우가 많았다. 번스가 〈탬 오섄터〉라는 시에서 기린 앨러웨이 커크 같은 장소나 그 근처에 묻히고 싶어하는 문학 애호가들도 많았다. 좋아하는 이야기나 시 속에 묻혀 그곳에서 부활하거나 그 안에 영원히 거하고 싶다는 듯이.[4]

훗날 많은 여성 작가들이 하워스를 찾았는데, 1904년 황야 여행을 떠난 버지니아 울프 역시 개인적인 사물들에 애착을 느꼈다. 그녀가 가장 "감동 받은" 것은 박물관에 진열된 원고나 편지들보다는 "그 작고한 여인의 작은 유물"이었다. 샬럿의 신발과 모슬린 드레스를 본 울프는 그런 것들이 "원래는 그것을 착용했던 육신보다 먼저 죽어야 하는 운명임에도 불구하고" 아직까지 살아남았다는 사실에 강하게 이끌렸다. 그런 물질적 잔유물 덕분에, "하찮고 덧없지만 그것들이 남아 있는 덕분에, 샬럿 브론테는 여성으로서 되살아났다." 실비아 플라스는 "레이스와 인동덩굴이 달린 샬럿의 신부 관冠"과 "에밀리가 죽음을 맞은 소파" 등 자신이 "기억의 방"에서 본 것들의 짧은 목록을 일기에 적었다. 그리고 이런 말도 남겼다. "그들은 이것을 만지고, 저것을 입고, 유령들을 연상시키는 집에서 글을 썼다."[5]

샬럿 역시 자신이 존경하는 영웅들에게 종교와도 같은 숭배의 감정을 느꼈다. 그들이 만졌던 것을 만지고, 같은 매개를 통해 보길 원했다. 어렸을 때 그녀는 웰링턴 공작과 그의 일족에 관한 이야기를 잔뜩 썼다. 성인이 된 후에는 소설가 윌리엄 메이크피스 새커리를 흠모하여 《제인 에어》의 2판을 그에게 헌정하기도 했는데, 이 일 때문에 많은 추측이 생겨났다. 이 소설이 새커리의 삶—새커리의 아내도 버사 메이슨처럼 미쳤고, 자해를 막기 위해 감금되었다—을 모델로 한 것이며, '커러 벨'은 새커리의 가정교사가 아니겠느냐는 추측이다. 나폴레옹을 숭배한 샬럿은 브뤼셀의 학교에 있을 때 그가 세인트헬레나 섬에서 맞은 고독한 최후에 관해 "유배당하고 붙잡혀, 불모의 바위에 묶였다"는 내용의 에세이를 썼다. 에제 교수는 나폴레옹에 대한 그녀의 깊은 존경심을 눈치 채고, 마호가니로 만든 나폴레옹의 관 조각을 그녀에게 주었다. 그 관 조각은 20여 년간 세인트헬레나에 묻혀 있던 그의 시신을 발굴해 파리로 가져가서 재매장하는 과정에서 부서진 것으로, 관은 흑단으로 대체되었다. 샬럿은 에제로부터 그 관 조각을 받은 순간을 기록했는데, 출처에 관심이 있거나 자신의 책에 서명을 남길 때 그랬듯이 정확히 알 수 없는 이유로 종이에 기록을 한 뒤, 그 종이로 관 조각을 둘러쌌다. 샬럿은 1843년 8월 4일 오후 1시에 에제가 그녀의 교실로 걸어 들어왔고, 친구인 르벨 씨로부터 받은 그 '유물'을 그녀에게 건넸다고 썼다. 그녀의 글에 따르면 르벨 씨는 나폴레옹의 조카인 아실 뮈라 왕자의 비서이고, 주앵빌 왕자가 세인트헬레나 섬에서 나폴레옹의 유해를 직접 옮겨왔다고 했다. 르벨은 나뭇조각에 프랑스어로 그것이 진품임을 입증하는 글을 써두었다. 그 쪼개진 나뭇조각에 아무것도 쓰어 있지 않았다면 쓰레기로 오인되어 버려졌을 것이다. 그리스도가 썼던 가시면류관 조각이라고 일컬어지는 작은 조각들이 수정과 황금·보석에 둘러싸여 있듯이, 그 글이 적힌 종이가 나뭇조각을 둘러싸고 있다. 그 덕분에 사물이 의미를 얻고 생명을 띤다.[6]

나폴레옹의 사망과 그의 시신에 얽힌 이야기와 달리, 샬럿의 죽음은 너무나 조용해서 대부분의 친구들은 그녀가 교회 궁륭 아래 묻힐 때까지 그녀가 죽어가고 있다는 사실조차 몰랐다. 그녀의 남편과 아버지 그리고 몇몇 하인들만이 그녀의 병세와 마지막 가는 길을 지켜보았을 뿐이다. 여러 차례에 걸쳐 치러진 나폴레옹의 장례식 같은 떠들썩함도 없었다(그녀가 남긴 유물들을 둘러싸고 숭배 현상이 일어나긴 했지만). 관에서 떨어져나온 나뭇조각도 없었고, 데스마스크도 관 덮개 조각도 남지 않았다. 샬럿의 시신에서 잘라냈다는 신체 일부—나폴레옹의 성기가 잘려나가 팔렸다는 소문처럼—도 없었다. 팔린 것은 머리타래뿐이었다. 넬슨 경의 죽음을 통해 이런 유물 수집이 얼마나 철저히 이루어졌는지를 알아보자. 넬슨 경은 트라팔가르 해전에서 어깨에 머스킷 탄환을 맞고 몇 시간 뒤 세상을 떠났다. 탄환을 제거한 사람은 외과의 윌리엄 비티였는데, 그는 견장의 끈 몇 가닥이 붙은 이 탄환 조각을 로켓에 보관해 두었다. 1844년 빅토리아 여왕은 이것을 선물로 받았다. 왼쪽 어깨에 구멍이 뚫린 넬슨의 군복 상의와 피로 물든 스타킹, 시신으로부터 잘라낸 땋은 머리타래, 죽을 때 차고 있던 시계는 모두 박물관에 모셔졌다. 그 운명의 전투에서 그가 탔던 HMS 빅토리 호를 기념하는 기념품 상자가 유행했고, 그 안에는 배의 잔해나 그의 머리칼, 그 외의 기념품들이 담겼다. 넬슨의 동료들은 그와 그의 병사들이 나일 전투에서 날려버린 프랑스 전함 로리앙 호의 주 돛대 일부를 재료로 사용한 관에 넬슨의 시신을 안치해 매장했다. 서양사에서 넬슨과 나폴레옹이 차지하는 거대한 위치를 볼 때, 그들의 죽음을 취급하는 방식이 샬럿의 경우와 너무나 달랐던 것은 그리 놀랍지 않다. 하지만 (뼈와 재, 심장의 일부가 보관된 셸리의 경우까지 갈 것도 없이) 디킨스의 마지막 순간을 기록한 언행록을 들여다보면, 샬럿보다 15년 뒤에 사망한 그의 죽음이 나폴레옹의 죽음에 비할 만큼 요란했음(성기 절단 문제만 빼면)을 생각해보면, 그 차이는 충격적이다.[7]

샬럿의 죽음은 다른 의미에서 영웅적이었다. 동시대인들 사이에 거의 인식되지 못했다는 점에서. 당시에는 여성들만 걸리는 질병이 공공연히 언급되지 않았고, 남성들이 병에 맞설 때처럼 용감하게 그려지지도 않았다. 하지만 지금은 샬럿의 사망 원인이 과도 입덧 혹은 임신으로 인한 극심한 구토였다는 사실이 정설로 알려져 있다. 그녀는 결혼하고 6개월부터 몸이 아프기 시작했다. "위장이 갑자기 정상적인 상태를 벗어난 듯"했고, 엘렌에게 편지로 설명했듯이 "무력한 멀미가 연이어 찾아왔"는데, 이것은 그녀가 임신했을지도 모른다는 사실을 알려준다. 메스꺼움과 구토는 점점 더 심해졌고, 그녀는 야위고 쇠약해져 침상을 떠날 수 없는 지경에 이르렀다. 죽음이 가까워졌는지도 모른다고 생각한 샬럿은 남편에게 전 재산을 남기며 그가 늙은 아버지를 잘 돌봐주리라 믿는다는 내용의 유언장을 썼다. 그녀는 태어나지 못한 아기와 함께 결혼한 지 9개월 만에 사망했다.[8]

샬럿의 힘 있는 여성 친구들이 그녀의 병세를 마지막까지도 알지 못했다는 점은 안타깝기 그지없다. "내가 그 사실을 알았더라면!" 엘리자베스 개스킬은 그 사실을 전해듣고 울부짖었다. "내가 그곳에 갔다면, 설사 그들 모두가 내게 화를 내더라도, 그녀가 살 수 있도록 내가 적절한 조치를 취할 수 있었을 거라는 생각이 든다." 과연 그녀가 아기를 유산시키도록 그들을 설득할 수 있었을까? 니콜스나 패트릭, 혹은 샬럿이 그 방법을 고려하려 했을까? 1855년 영국에서 낙태 시술은 불법이어서 암암리에 행해졌다. 위험하긴 했으나 널리 퍼져 있었다. 1850년대와 1860년대의 의학 기사들을 보면 '임신 중절'에 반대하는 의사들(당대엔 의사들이 전부 남자였다)의 목소리가 높았음을 알 수 있다. 1862년 기자 헨리 메이휴는 "약물과 기타 도구에 의해 죽음을 맞는 수없이 많은 태아들"에 관한 글을 썼다. 낙태를 원하는 여성들은 대개 여성 친구나 산파의 조언을 받아 약초나 조제약을 사용했다. 지역 약초업자나 약재상들은 박하유와 향나무 기름, 진과 화약 등을 섞은 약을 팔았다. 이런 약들은 대부분 '월경 촉진제'로서 "차단된 월경을 회복시켜주는 약"이라는 설명하에 팔렸는데, 근육경련과 구토를 유발했으며, 때로는 유산을 유발하기도 했지만 대개 실패하는 경우가 더 많았다. 임신중절약 광고는 "여성용 약"이나 "여성 신체질환 완화제" 같은 완곡한 표현으로 포장되어 신문에 실렸다. '프랭 부인'이라는 이름의 회사는 다음과 같은 라벨이 붙은 '마법의 약'을 팔았다. "어머니가 되고자 하는 분들은 복용하시면 안 됩니다." 간혹 지역 여성들이 입소문을 통해 낙태 시술을 하기도 했는데, '할머니' 같은 이름으로 불린 이들은 코바늘이나 뜨개바늘 같은 것으로 유산을 유도했다(때로는 이로 인해 감염이 일어나 사망에 이르기도 했다). 성공을 거둔 낙태 시술자들은 자신들의 영업소를 귀부인들을 위한 "임시 휴양지"라고 광고하기도 했다.[9]

개스킬은 독실한 기독교 신자였지만, 여성들이 피임이나 출산을 예방하는 정보를 접하지 못할 때 직면하는 문제가 어떤 것인지 알고 있었다. 그녀는 유니테리언 파 성직자인 남편을 도와 맨체스터의 빈자들을 위해 일했고, 미혼모와 임신한 창녀들이 겪는 어려움을 자신의 소설 속에 연민 어린 시선으로 담아냈다. 온갖 계급을 아우르는 광범위한 여성 친구들을 둔 개스킬은 분명 낙태에 관해 얼마간의 정보를 알고 있었거나, 적어도 적절한 정보를 알려줄 여성을 알고 지냈을 것이다. 어떤 의사들은 여성 환자의 목숨이 위태로울 경우 비밀리에 낙태 시술을 해주기도 했으니, 개스킬이 의

사를 알아봐줄 수도 있었다. 아니면 약초나 조제약 등을 염두에 두었을까? 지금의 눈으로 볼 때, 적어도 개스킬이 뭔가를 시도할 기회라도 있었다면 좋았을 거라는 생각을 하지 않을 수 없다. 샬럿이 서른아홉 살 생일을 무사히 보낼 수 있었다면, 또 어떤 책을 쓸 수 있었을까?[10]

패트릭은 대가족 중 마지막으로 남은 일원이 되었다. 그는 아이들이 어렸을 때 미국으로 이민을 간 보모에게 경악의 심경을 담은 편지를 썼다. "당신과 당신 언니 낸시가 손턴의 우리 집을 찾아왔을 때는 내 사랑하는 아내와 여섯 아이들이 모두 살아 있었지요. 하지만 이제 모두 갔다오. 여든 살의 경계에 선 나만 홀로 남았어요." 그가 다른 편지에 "어마어마하게 무거운 슬픔의 짐에 짓눌려 있다"고 쓴 것도 놀랄 일이 아니다. 하지만 그에게는 천천히 시들어가는 그의 건강을 돌봐줄, 새로 얻은 아들이 있었다. 샬럿의 사망 2년 후 개스킬이 펴낸 샬럿의 전기가 큰 인기를 얻자, 패트릭과 니콜스는 처음엔 조금씩, 나중엔 급류처럼 꾸준히 밀려든 순례자들과 기념품 수집가들을 처리해야 했다. 가족 기념 명판을 새로 만들기 위해 기존의 명판을 떼어내면서 패트릭은 이 문제를 염두에 두었다. 교회 내부에 걸려 있던 옛 명판에는 죽은 가족들의 이름이 가득 차서, 나중에 기록된 이름들은 끄트머리에 조그맣게 적혔고, 그의 이름을 새겨넣을 자리는 아예 없었다. 그는 묘지기에게 옛 명판을 부숴 정원에 묻으라고 했다. 찰스 헤일 같은 사람들이 집어가는 일이 생기는 걸 원치 않았던 것이다. 헤일은 벽에서 떼어낸 명판에 관해 편지에 이렇게 썼다. "니콜스 씨는 이 돌조각들을 묻으라는 말을 무시했고, 나는 너무 무겁지만 않다면 이것을 미국으로

가져갈 생각입니다."¹¹

1861년 6월 12일, 마침내 패트릭은 여러 질병에 굴복해 84세의 나이로 세상을 떠났다. 수백 명의 지역 주민들이 장례식에 참석했고, 마을 상점들은 존경의 의미로 하루 동안 영업을 쉬었다. 브론테 일가의 가족 무덤은 가족의 마지막 육신을 받아들였다. 새로 완성된 가족 명판에 마지막 이름이 새겨졌다. 아서 니콜스가 자연스레 부목사에서 담임목사로 승진하는 일은 이루어지지 않았고, 마을 사람들은 물론 니콜스 자신도 그 사실에 놀랐다. 위원회에서 근소한 차이로 그를 반대하는 쪽이 우세했는데, 그 이유는 아직도 밝혀지지 않았다. 니콜스는 위원회가 선택한 브래드퍼드 지역 성직자인 새 목사 웨이드에게 목사관을 비워줘야 할 입장이 되어 짐을 쌀 수밖에 없었다. 갈 곳이 없어 당황한 그는 바나허에 사는 이모와 함께 살기로 했고, 작은 책들과 앤과 에밀리의 일기들까지 모두 포함된 브론테 가의 원고를 가지고 떠났다. 또한 그는 서명이 있는 가족 서가의 많은 책들도 가지고 갔다. 자매들이 만든 견본작 중 일부도 그와 함께 아일랜드로 갔으며, 책상 상자와 반짇고리 및 그 내용물도 마찬가지였다. 개 한 마리와 개 목걸이들, 샬럿의 옷 일부와 가족의 머리타래도 가져갔다. 패트릭의 얼마 안 되는 기념품들도 가져갔는데, 패트릭은 유언장을 통해 재산의 거의 전부를 그에게 남겼다. 말년에 결국 두 사람이 매우 가까워졌다는 것을 보여주는 사실이다. 딸들을 브뤼셀의 학교에 데려다주는 동안 만든 프랑스어 문구들이 담긴 패트릭의 공책 역시 그의 소총과 마찬가지로 니콜스가 간직했다. 소유욕 그리고 아마도 질투심 어린 애도의 감정 때문인지 니콜스는 샬럿의 침대를 부숴, 다시 사용되거나 유

물 사냥꾼들이 집어가는 일이 없도록 했다.[12]

　니콜스는 목사관에 있던 물건을 모두 가져갈 여력이 없어서 지역 경매인 크래그 씨를 불렀고, 남은 유물은 그렇게 뿔뿔이 흩어졌다. 광고를 크게 내지 않았기 때문에, 경매는 1861년 10월 1일과 2일에 걸쳐 브론테 애호가들이 모르는 사이에 진행되었고, 경매 3주 뒤 도착한 헤일을 포함해 그것을 놓치고 안타까워하는 이들이 많았다. 이웃들이 각자 필요에 맞게 물건들을 사들였는데, 변좌나 침대 커튼 · 담요 · 매트리스 · 단지 · 바구니 등이었다. 책들도 많이 팔렸는데, 대부분 경매 카탈로그에 제대로 명시되어 있지 않고 그냥 "작은 책들" "낡은 책들" 혹은 "잡다한 책들"이라고만 기록되어 있다. 몇 가지 잡동사니들은 감상적인 이유에서 팔리기도 했고, 그 외 몇 가지 물건들은 실용성과 감상이 결합된 이유에서 팔렸을 것이다. 브론테 자매에게 종이를 대주던 문구점 주인 존 그린우드는 하녀 마사 브라운, 마사의 동생 존, 브랜웰의 친구였던 묘지기가 그랬듯이 골동품 몇 가지를 샀다. 에밀리가 죽음을 맞은 검은 말총으로 만든 소파는 하워스 지역 주민인 윌리엄 허드슨이 구입했는데, 아마도 자기 집 응접실에 놓으려는 목적이었을 것이다.[13]

　지역 주민들은 브론테 여행자들을 대상으로 돈을 벌 수 있음을 깨달았다. 그린우드는 브론테 일가의 편지지를 팔았고, 헤일은 1861년 어머니에게 보낸 편지를 그 편지지에 썼다. 브론테 자매의 원고를 출판사에 보내고 받는 일을 했던 우편배달부 에드윈 페더는 기념품 조달자가 되었다. 그는 교회 근처에 가게를 열고 패트릭의 사진과 조지 리치먼드가 그린 샬럿의 초상화, 니콜스의 사진, 교회 내외부와 목사관을 묘사한 그림이 담긴 엽서를 팔았다. 1860

년대에 그의 가게에서 팔린 한 장의 엽서는 전면에 온갖 그림이 담겨 있다. 옛 교회가 허물어지자 페더와 기타 수집가들은 기념품을 만들기 위해 참나무 목재를 손에 넣었고, 그것으로 소금 상자·촛대 같은 상품을 만들었다. 이것은 20세기부터 가속화되어 오늘날에 이른 여행 기념품 산업의 초창기 형태라 할 수 있다.[14]

브론테 '유물'들은 돈을 불러오기 시작했다. 마사 브라운은 패트릭과 니콜스가 준 편지와 아이들이 만든 소책자, 샬럿의 결혼식 베일과 그녀가 신혼여행을 떠날 때 입은 실크드레스 같은 것을 기념품으로 받았다. 마사는 죽을 때 그것들을 다섯 자매들에게 물려주었는데, 가난했던 그들은 그 물건들을 사용하거나 팔거나 사용하다가 팔 수도 있었다. 아직까지 남아 있는 샬럿의 드레스 중 일부는 다른 사람의 몸에 맞게 수선되어 있다. 마사의 동생 앤 빈스(브라운)는 브론테 자매가 사용하던 회색 알파카 천에 레이스를 둘러 작은 앞치마를 만들었다. 그녀는 이 앞치마를 사용하다가 나중에 브론테 유물 수집가에게 팔았는데, 이는 그 천의 전 소유주에 대한 추억과 검약 정신이 결합된 자세라 할 수 있다. 유물 수집문화는 여성들의 가내 수공예와도 밀접하게 얽혀 있다. 기념품들은 여성들의 손에 의해 집 안에서 쓸 수 있는 무언가로 탈바꿈했고, 나중에 다시 기념품으로 간직되었다. 혹은 장식 문화와도 관련된다. 샬럿의 드레스 조각은 인형 옷이 되었다. 이 앞치마와 인형 옷은 브론테 가 아이들의 소책자 표지를 장식한 벽지와 샬럿이 엘렌에게 만들어준 작은 차 통 안에 가득 담긴 돌돌 말린 종잇조각들을 떠올리게 한다. 나폴레옹이나 디킨스, 셸리의 유물을 가지고 이런 집안용품을 만든다는 것은 상상조차 하기 힘들다. 현재 런던 디킨스 박물관에는 디킨스의 요강이 소장되어 있다. 그 요강이 박물관으로 모셔져 거기서 은퇴하기 전에, 누군가가 그것을 사용한 적이 있을까?[15]

브론테 박물관을 세우려는 첫 움직임에서 많은 기금이 모이지 않았다는 사실은 좀 놀랍다. 마사의 사촌 프랜시스와 로빈슨 브라운이 나서서 일을 주도했는데, 지역에 남은 유물 대부분이 수년에 걸쳐 그들의 손에 들어간 후였기에 규모도 작고 어딘가 허술할 수밖에 없었다. '브라운의 금주 호텔 및 브론테 유물 박물관Brown's Temperance Hotel and Museum of Brontë Relics'은 1889년 메인 가에 문을 열었다. 이 박물관은 나중에 블랙풀로 옮겨갔고, 1893년에는 시카고 만국박람회에 참여해 버팔로 빌의 '서부 황야 쇼'와 멀지 않은 곳에 부스를 차렸다. 1898년, 결국 브라운의 소장품 대부분이 경매에서 팔렸는데, 여기에는 마사가 샬럿의 시신에서 잘라낸 머리타래와 수많은 바늘겨레 · 펜 닦개 등이 포함되어 있었다.[16]

니콜스는 1864년 아일랜드에서 사촌 메리 벨과 결혼했지만, 그를 아는 사람들이 증언했듯이 그는 자신의 진정한 사랑은 샬럿뿐이라고 여겼다. 소파 위에 걸린 샬럿의 초상화뿐 아니라 위층에 보관된 샬럿의 웨딩드레스와 장갑 · 구두 등을 보며 메리의 기분이 어땠을지 궁금해하는 사람들도 있을 것이다. 출처가 의심스러운 어떤 이야기에 따르면, 메리가 어느 날 소파에서 낮잠을 자고 있는데, 샬럿의 초상화가 그녀의 머리 위로 떨어져 잠시 기절했다고 한다. 뭔가 시적인 진실이 깃든 이야기이다. 남편이 세상을 뜬 후, 메리는 1907년과 1916년 소더비 경매에 그 물건들을 내놓았고, 덕분에 상당한 돈을 손에 쥘 수 있었다. 누가 그녀를 탓하랴.[17]

세상을 떠나기 전, 니콜스는 샬럿의 원고들의 상당량을 팔거나 남에게 빌려주었다. 그의 첫 번째 아내의 명성은 갈수록 높아져갔고, 열광적인 팬들이 그를 만나러 아일랜드까지 찾아왔다. 기자이자 브론테의 팬인 클레멘트 쇼터는 1896년에《샬럿 브론테와 그녀의 친구들》을 비롯해 브론테의 전기들을 펴냈는데, 니콜스와 친구가 된 덕분에 자매들의 편지, 에밀리와 앤의 일기, 많은 소책자들 및 브랜웰의 원고 한 다발을 손에 넣을 수 있었다. 니콜스는 쇼터의 연구를 위해 많은 문서들을 빌려주었다. 훗날 사우스 켄싱턴 박물관(현재의 빅토리아 앨버트 박물관)에 꼭 기증할 것을 다짐 받은 뒤 상당수를 팔기도 했다. 쇼터는 엘렌 너시를 찾아가 샬럿이 그녀에게 보낸 편지를 팔라고 부탁했고, 니콜스의 경우와 똑같이 훗날 그것들을 공공기관에 기증하겠다고 약속한 뒤 편지들을 사들였다. 쇼터는 장서가 토머스 J. 와이즈와 함께 일했는데, 브론테 일가의 원고를 손에 넣는 데 드는 돈의 대부분을 그가 지원했다. 시간이 흐르자 니콜스와 너시는 특히 편지들과 관련해 쇼터와 와이즈가 어딘가 수상하다고 생각하기 시작했다. 니콜스가 샬럿의 머리타래를 잠시 아무 데나 둔 적이 있는데, 그것은 결국 쇼터의 손에 들어갔다. 니콜스가 돌려받았을 때 그 머리타래는 "길고 두꺼운 다발이 아니라 몇 가닥 정도로 애처롭게 줄어들어 있었다."[18]

노동자 계급 출신인 와이즈는 평생을 원고와 희귀본, 문학적 기념품들을 모으는 데 헌신해 '애슐리 도서관'—그가 살던 런던 북부의 혼지 라이즈, 애슐리 로嗝 52번지 집의 이름을 딴 것이다—이라는 이름의 어마어마한 컬렉션을 소유하게 되었고, 그 소장품들은 결국 대영박물관에 팔렸다. 와이즈는 알렉산더 시밍턴과 손잡고 브론테 가의 중요한 초기 편지들을 한데 모았고 '브론테 소사이어티'의 회장직을 잠시 동안 맡기도 했는데, 진지한 장서가이자 위조범이자 사기꾼이라 할 수 있다. 그의 주요 수법은 희귀한 초판본을 복제한 뒤 진품 또는 작가가 개인적으로 제본한 '초기본'이라고 우기는 것이었다. 그는 이런 방식으로 앨프리드 테니슨·엘리자베스 브라우닝·조지 엘리엇과 기타 작가들의 시들을 얇은 소책자로 위조했다. 나중에는 자신이 출입할 특권을 누리던 대영박물관의 물건을 훔치기까지 했다. 희귀본의 페이지들을 뜯어내 자신이 가지고 있던 판본에 덧붙였다. 와이즈의 책 사랑은, 옛 거장들의 그림을 숭배하는 마음으로 모사하다가 그것을 진품으로 속여 파는 화가들과 마찬가지로, 결국 위조에까지 이어졌다. 그가 번 돈의 대부분은 자신의 소장품에 더할 진품 원고와 희귀본을 사는 데 쓰였고, 그의 부정직함은 애장 행위의 동력으로 작용했다.[19]

와이즈는 브론테 일가의 원고들을 기증할 마음이 결코 없었다. 일부는 자신의 소장품으로 간직했고, 일부는 돈을 위해 팔았다. 그는 샬럿이 손수 만든 작은 책을 해체하는 방식으로 "가짓수를 늘렸다." 1839년에 에밀리가 완성한 시 공책을 쪼개 각각의 페이지들을 액자에 넣었다. 브랜웰의 원고나 샬럿 혹은 에밀리의 원고도 팔았는데, 그것들의 가격이 점점 더 올라갔기 때문이다. 그가 펴낸 《브론테 일가의 산문과 시 목록Bibliography of the Writings in Prose and Verse of the Members of the Brontë Family》은 그의 속임수가 포함됐다는 점만 제외하면 브론테학 연구자들에게 매우 중요하기 때문에 결국 공식적으로 인정받았다. 지금까지 알려진 바에 따르면, 브론테 일가의 작품들 중 그가 위조해서 만들어낸 것은 없지만, 일부 편지들과 책에 남겨진 서명은 알 수 없는 손에 의해 만들어진 가짜이므로 계속 의심해봐야 한다. 예를 들어 샬럿이 "프랑스어 공부에 도움이 되라"며 파리에서 에밀리에게 보냈다는 프랑스어 운문 〈다윗의 시편〉의 글씨는 샬럿의 필적이 아니다. 간혹 샬럿이 가족과 나눈 편지라는 물건이 불쑥 나타날 때가 있다. 예를 들어 샬럿이 로마에서 보냈다는 편지가 있는데, 그녀는 로마에 간 적이 없다. 진짜 브론테 유물이라고 알려진 것들 중에는 이보다 더 영리하게 위조된 것들도 있을 것이다.[20]

브론테 가 유물들의 진품 여부는 박물관과 학자들 사이에서 처음부터 큰 걱정거리였다. 1893년에 결성된 브론테 소사이어티는 2년 후 요크셔 페니 뱅크 위쪽, 메인 가의 언덕 위에 박물관을 열었다(이 박물관은 1928년 브론테 가의 옛집으로 옮겨갔다). 1950년대에 브론테 소사이어티의 회장은 '브론테주의'를 둘러싼 '맹목적 숭배'와 브론테 유물을 둘러싸고 '지난 세기'에 벌어진 사냥꾼들 사이의 질투 어린 문제들에 대해 염려를 토로한 바 있다. "웨스트 라이딩 지역 여기저기에서 하워스의 브론테 일가가 사용했다는, 별 근거 없는 오래된 피아노들의 음색이 울려퍼지고 있다. 그 악기들이 전부 진품이라고 가정한다면, 목사관의 모든 방들과 부엌, 토탄 광에까지 피아노가 한 대씩 놓여 있었다는 얘기가 된다." 그는 '브론테 가의 요람'이나 에밀리의 초상화 및 사진이라고 주장하는 것들이 얼마나 많은지에 대해 한마디 했다. 하지만 동시에 브론테 소사이어티가 "진위가 의심스러운 것들"을 열심히 가려내고 있다는 말도 덧붙였다. 브론테 소장품들을 열심히 들여다보는 오늘날의 연구자들이라면 그런 검사가 얼마나 꼼꼼했을지에 대해 당연히 의문

을 품을 수밖에 없다.[21]

이 장 서두에 실린, 샬럿과 에밀리의 이름이 긁히듯 새겨진 타원형의 흑석판을 들여다보자. 브론테의 열성 팬이라면 누군들 이것의 진위를 의심하고 싶겠는가? 이 장신구들은 작가의 손길과 흔적이 깃든 자필 원고나 '서명'처럼 전율을 느끼게 한다. 1834년의 일기에 남겨진 에밀리와 앤의 공동 서명이 그렇듯, 이것은 두 자매의 합작품처럼 여겨진다. 이 집안용품은 브론테 일가의 것임을 보증하는 물건으로서 제2의 삶을 얻었다. 두 개의 판으로 이루어진 이 애도용 팔찌는 원래는 네 개나 다섯 개의 타원형 판을 끈으로 이어 만들었을 확률이 높다. 꽃과 잎사귀를 돋을새김한, 검은 배경에 새긴 검은색의 장식이 각각의 판 뒷면에 새겨져 있다. 브론테 일가는 다른 흑석 장신구도 가지고 있었는데, 조각으로 떨어져나간 또 다른 팔찌이다. 화석화된 나무로 만들어진 이 흑석은 요크셔 북부 해변의 휘트비 마을 근방에서 캔 것이다. 석탄 같은 먹색의 물질인 흑석은 장신구를 만들 수 있는 가장 값싼 돌 중 하나로, 재질이 물러서 아마추어 조각가가 작업하기에 좋았다. 흑석은 주로 빅토리아 여왕 시대에 애도용 장신구로 인기가 높았으나, 19세기 초부터는 감상과 연민의 감정을 나타내는 데 쓰였다. 아마도 이 팔찌는 그들의 이모나 어머니의 것으로 추정된다. 펜잰스의 브랜웰 가는 가난한 아일랜드 집안 출신인 패트릭과 달리 그런 장신구를 사들일 여유가 있었다. 자매들은 아마도 오래된 옷이나 보석에서 떼어낸 원석 등 자질구레한 것들을 반짇고리나 책상 상자 속에 가지고 있었을 것이다. 뚜껑을 밀어서 열게 되어 있는, 색칠한 나무로 만든 작은 반짇고리 안에는 칸이 여섯 개 있고 리본과 망가진 장신구, 금속으로 된 훅 등이 담겨 있었다. 아마도 샬럿은 어린 시절에 낡은 팔찌 조각을 보고 가위를 가져다가 긁어서 그런 낙서를 새겼을지도 모른다. 그러자 에밀리도 "내가 여기 있다"는 의미로 자신의 이름을 더하여, 팔찌는 결국 "우리가 여기 있다"는 증거품이 되었다. 《빌레트》에서 루시 스노는 폴 에마누엘에게 선물할 시곗줄을 만드는데, 그것을 작은 자개 상자에 담고 뚜껑 안쪽에 "가위 끝으로 이니셜을 새겼다." 아마도 샬럿은 흑석에 자신의 이름을 '새긴' 일화를 그 장면에 담아낸 것인지도 모른다. 캐서린 언쇼가 침대 안 창턱 곳곳에 자신의 이름을 새긴 장면도 함께 떠오른다.[22]

이 유물들은 진품일까? 그럴 가능성도 있지만—서명의 필적이 그들의 것과 흡사하다—, 출처가 분명하지 않아서 내가 알기로는 진품 여부를 단정 짓기가 불가능하다. 소설가 스텔라 기번스는 자신이 이 물건들을 2차 세계대전 기간에 "켄티시 타운 로에 있는 작고 더러운 골동품 가게에서 장사꾼의 부채질도 전혀 없는 가운데 샀다"고 말했다. "나는 더럽고 가난한 몰골을 한 주인에게 이 물건이 어디서 왔느냐고 물었고, 그가 큰 '집'에서 왔다고 대답했던 것이 기억나지만, 사실 그 대답은 그가 그것에 대해 아무것도 모른다는 걸 말해줄 뿐이었다." 그녀는 5파운드를 내고 그 장신구들을 샀고, 1971년 왕립 문학협회에서 만난 전기작가 위니프레드 게린에게 가져가 보이기 전까지 자신의 보석함에 몇 년 동안 보관했다. 당시 게린은 샬럿의 전기로 이미 명성을 쌓았고, 에밀리 브론테의 책을 내려던 참이었다. 기번스는 그 물건들의 진위 여부가 의심스럽다고 하면서, 이것이 "그냥 애들 장난일지" 혹은 가게 주인이 직접 낙서를 한 건지 모르지만, 그랬다면 그가 값을 더 부르지 않았을까 하는 생각이 든다고 말했다. 기번스는 게린에게 보내는 편지에 "이것으로 뭔가 하고 싶은 것을 해보세요"라고 썼다.[23]

이것은 기번스의 장난일 수도 있다. 그녀는 1932년에 《춥고 안락한 농장》이라는 재치 넘치는 패러디 소설을 썼는데, 자연과의 소박한 연결, 그리고 "느리고 깊고 원시적이고 말 없고 인정사정없는" 인간과 동물의 관계에 대한 소설이다. "그들은 땅 가까이 드러누웠고, 땅의 오래되고 맹렬한 단순함이 그들의 존재에 스며들었다." 기번스는 D. H. 로렌스의 작품 그리고 1910년대와 1920년대에 유행한 "시골주의자"들의 소설을 가볍게 놀리고 있다. 하지만 그녀의 풍자는 《폭풍의 언덕》의 멜로드라마와도 흡사한 면이 있다. 소설 속의 세련된 여주인공 플로라 포스트는 시골의 친척집으로 여행을 떠나고, 스타카더나 램스브레스 같은 농부 친척들과 '하울링Howling'이라는 집에서 살게 된다. 플로라의 사촌인 키 큰 소녀의 이름은 엘핀으로, 마치 에밀리 브론테를 묘사한 듯 보인다. 시를 사랑하며 "수줍은 숲의 요정" 같은 그녀는 "숲속 야생화와 새들 사이에서 춤을 춘다." 플로라는 그들을 문명화시키고, 여성들에게 피임을 가르치고, 엘핀에게 유행하는 스타일의 옷을 입히고, 자신은 지역의 부유한 지주인 딕 호크-모니터와 결혼한다.[24]

시골에 머무는 동안 플로라는 브랜웰 브론테를 연구하는 젊은 지식인을 만나게 되는데, 그는 브랜웰이 브론테 자매의 소설들을 전부 썼고, 주정뱅이였던 누이들(앤은 특히 진을 좋아했다)에게 그 공을 돌렸다고 주장한다. 여기서 기번스는 1860년대에 처음 제기된, 브랜웰이 《폭풍의 언덕》을 썼다는 가설을 비웃고 있다. "아시다시피, 이것이 에밀리의 글이 아니라 브랜웰의 글이라는 사실이 너무나 명백하잖아요. 어떤 여자도 이런 글을 쓸 순 없어요. 이건 남자의 글이라고요." 기번스의 소설에 나오는 지식인은 이렇게 말한다. 루캐스타 밀러는 기번스가 에밀리의 삶에 나 있는 틈들을 막연한 추측으로 메워 '신비화의 근원'이 된 1930년대의 브론테 전기작가들을 재치 있게 비꼬았음을 지적한다. 1970년대에 왕립 문학협회 강연에 기번스와 함께 자주 참가했던 그녀의 조카에 따르면, 사실 그녀는 게린을 좋아하지 않았고, 되도록 피하려 했다고 한다. 기번스는 브론테 일가와 관련 있을지도 모르는 유물들을 떠받드는 풍조를 풍자하기 위해 게린에게 흑석 장신구들을 보낸 게 아닐까?[25]

진짜든 가짜든, 이 물건들은 브론테 가에 얽힌 이야기가 아직도 사람들을 끌어당기고 있으며 관련된 장소와 사건에 집착하게 한다는 사실을 분명히 보여준다. 많은 사람들에게 브론테 가의 인물들은 속세의 성자나 다름없다. 그들이 만졌을지도 모를 물건들은 그들의 개인적 마법을 더 가까이 느끼게 한다. 물론 이런 강렬한 감정 없이도 이 사물들은 중요하게 취급되고, 출처의 불확실성은 크게 문제가 되지 않는다. 그것들은 물질적 잔재를 통해 삶을 소환할 수 있고, 사랑했던 이들의 움직임이 시간 속에서 영원히 사라져버린 것만은 아니라는 우리의 믿음을 반영한다. 브론테 가 이야기는 그들이 어루만지고 간 사물에 독특한 불멸성을 부여해준다. 설사 그것이 진품이 아니라 해도. 출처의 진위가 분명치 않다는 사실은 역사적 기억 속에서 서서히 자취를 감출 것이고, 시간이 흐를수록 브론테 유물이 띤 육체성은 수축되는 게 아니라 확장되어갈 것이다. 우리의 욕망은 유한성을 멀리한다.

이런 감당할 수 없는 열망은 하워스에서도 여전히 발견된다. 20세기 초 이래로 이 마을에는 여행자의 행렬이 끊이지 않는다. 최근 가을 여행에서 나는 브론테 코티지 비앤비Bed & Breakfast에 묵었고, 지하층에 위치한 '앤 브론테' 실에서 잠을 잤다. '에밀리 실'과 '샬럿 실'은 2층에 있다. 여행자들을 가득 실은 버스들이 주 도로를 메우고, '브론테 폭포'와 '브론테 의자'를 보러 가는 가이드 여행이 수두룩하다. 나는 교회에서 빅토리아 시대의 옷을 입은 사람들과 마주치고, 박물관 서재에서 브론테 유물을 연구하는 동안에는 브론테 일가가 살았던 곳에 관한 단편영화를 찍고 있는 영화 스태프들을 마주쳤다. 브론테 자매의 모습을 새긴 접시들, 작은 수건들, 티셔츠들이 가게에서 팔리고, '빌레트' 커피숍에선 차를 마실 수 있다.[26]

이 모든 일들에도 불구하고, 마을과 목사관 그리고 특히나 황야는 버지니아 울프가 말했듯이 브론테 일가를 "표현해내고" "껍데기 속의 달팽이처럼" 그들을 담아낼 것이다. 하늘이 어둡게 내려앉는 황야의 우울함이 마음을 휘젓는다는 사실은 부정하기 어렵다. 산책자가 덤불과 히스 가까이 다가가면, 불현듯 튀어나온 뇌조 우짖는 소리가 불모의 페나인 지층에 메아리친다. 늪지대가 점점이 땅을 수놓고, 시냇물과 바위 벼랑 근처에는 양치식물들이 자라나 있다. 하워스에서 개를 키우는 사람들은 황혼이 내려앉은 뒤에도 개들을 앞세우고 황야를 산책한다. 개스킬이 전기에 묘사한 험준하고 자갈 깔린 길은 18세기의 건물들이 대부분 그랬듯이 검댕으로 시커멓다. 마을 사람들은 여전히 석탄(그리고 가끔은 토탄)을 연료로 사용하고, 그 연기와 기름 냄새가 대기에 짙게 배어 있다.

가끔은 늦은 오후나 아침 일찍 짙은 안개가 내려앉아 1.5미터 앞도 분간할 수 없을 때가 있다. 내가 도착했을 때는 비가 끊임없이 내렸고, 해가 지는 오후 4시 30분쯤 되자 뼛속 깊이 추위가 스며들었다. 연녹색의 이끼가 회색 슬레이트 지붕 위에 돋아 있고, 교회 마당의 나무 위에서는 까마귀가 으스스하게 까악까악 울어댔다.[27]

어느 날 오후, 메인 가의 경사진 길을 걷던 나는 검은 가죽 바지를 입고 긴 머리칼을 검게 염색한 젊은 여성과 마주쳤다. 그녀는 가만히 서 있었다. 그녀의 얼굴엔 내가 나 자신을 들여다보는 듯한 열광이 어려 있었다. 그녀의 생생한 열정은 타인이 빤히 들여다보기엔 너무나 개인적인 것이었다. 그런 강렬한 감정, 순진한 감상을 비웃기는 매우 쉽다. 하지만 비웃기보다는 경탄하는 편이 낫지 않겠는가. 누군가의 삶의 모델이 된 여성 영웅들을 만나는 데 이보다 더 좋은 곳이 이 세상에 과연 존재할까.

부록

．
．
．

감사의 말

시종일관 경계심을 늦추지 못하게 하는 W.W. 노턴의 편집자 에이미 체리의 지성과 아이디어, 신념이 여러 모로 뒷받침되지 않았다면 이 책은 쓰이지 못했을 것이다. 나는 에이미와 그녀의 팀원 로라 로메인, 나의 에이전트인 르네 주커브롯과 대화하면서 이 유물들과 기록 보관소, 소장품을 찾을 길을 탐색했으며, 개 파일럿(《제인 에어》에 나오는 로체스터의 뉴펀들랜드 종 개의 이름을 따서 명명한) 덕분에 이 프로젝트의 개념을 형성할 수 있었다.

많은 친구들이 이 책의 일부를 일독했다. 폴리 슈먼은 내가 초고를 마치면 쉼 없이 열광적으로 코멘트를 남겼고, 편집자이자 생각하는 사람으로서 빈틈없이 길을 안내했다. 크리스토퍼 위드홈은 작가·독자·친구로서 솜씨를 발휘해 예민하고 멋진 피드백으로 페이지들을 더 풍부하게 만들어주었다. 탈리아 섀퍼가 내 작업을 오랫동안 일관되게 지지해준 것에 대해서도 감사한다. 그녀는 책을 다 읽었을 뿐 아니라(그녀에게 축복을!) 빅토리아 시대에 관한 지식으로 빛나는 조언을 남겼으며, 셀 수 없을 정도로 많은 칭찬의 편지를 보내주었다. 똑똑하고 근면한 빅토리아 시대 연구자 여럿을 친구로 둔 것만도 큰 행운인데, 그들은 이 책의 각 부분을 성심껏 읽어주었다. 캐럴린 버먼, 캐럴라인 라이츠, 타냐 아가토클레우스, 팀 앨번, 그리고 늘 그랬듯이 탈리아에게 큰 감사를 전한다. 개의 천성에 관한 정보를 나눠주고, 많은 (하지만 아직도 모자란) 멋진 식사 자리에서 당나귀에 대해 그리고 동물들과 눈맞춤을 하는 것에 대해 이야기를 해준 데니스 데니소프의 안내 덕분에 개에 관한 장을 쓸 수 있었다. 국립 초상화 미술관의 팀 모어턴은 산책에 관한 장을 쓸 때 사려 깊은 피드백을 제공해주었고, 많은 데스마스크를 보여주었으며, 맛있는 식사를 함께하며 초상화·문학사·박물관의 유물에 대한 광범위한 지식을 전수해주었다. 벤저민 프리드먼은 내 글을 능숙하게 바로잡고 윤을 내주며, 깊은 우정을 선사한다. 메기 넬슨은 나에게 언제나 큰 격려를 보내준다.

이 책은 미국, 영국, 서유럽의 큐레이터, 사서, 도서관과 기록 보관소, 박물관의 직원들이 발 벗고 나서서 친절하게 도움을 주었음을 알리는 증언이나 다름없다. 웨스트요크셔 하워스 지역 브론테 목사관 박물관의 세라 레이코크와 앤 딘스데일은 물건들과 책들, 원고들, 작은 종잇조각들을 참을성 있게 말 그대로 수백 번 이상 관람하도록 해주었다. 그들 덕분에 조용한 도서관을 여러 번 방문해 자리에 앉아 성에 찰 때까지 그 많은 자료를 들춰보고, 공부하고, 냄새 맡아보고, 돌려보고, 숙고할 수 있었다. 일클리의 캐슬 야드에 있는 매너 하우스 미술관의 헤더 밀라드는 원고를 함께 들여다보며 열광하고 브론테 일가 생전의 하워스 지역 날씨를 탐구하는 데 직업상 필요한 정도 이상의 열정을 바쳤다. 그녀는 브래드퍼드 기록 보관소의 문을 기꺼이 열어주었고, 샬럿 브론테의 지갑과 그 외 다른 브론테 유물들의 사진을 보내줬으며, 비길 데 없는 에너지와 시간을 제공해주었다. 포츠하이머 소장실의 매력적인 엘리자베스 덴링어와 그녀의 스태프는 나에게 온갖 종류의 유물을 보여주었고, 뉴욕과 영국에 흩어져 있는 유물들에 관한 지식을 보태주었다. 모건 도서관의 존 빈클러와 마리아 이저벨 몰레스티나는 시간을 내어 봉투·편지·원고·관련 복사본 들을 추려주었고, 버그 소장실의 아이작 거워츠·조슈아 매키언·린지 반스는 내 거듭된 방문에도 불구하고 원고와 유물 들을 모아서 보여주었다. 하버드 대학교 호튼 도서관의 수전 핼퍼트와 레슬리 모리스, 그리고 다른 직원들도 나를 환영해주었다. 로열 소장실의 캐스린 존스와, 빅토리아 여왕의 감춰진 보석과 물건 들을 보여주기 위해 프로그모어를 파헤쳐준 윈저 성의 알렉산드라 바버에게도 감사한다. 옥스퍼드와 그 부속 연구 장서관에서 셸리의 유물과 인간 가죽으로 장정된 책 들을 보여준 보들리언 도서관의 브루스 바커-벤필드에게도 감사한다. 런던 대학교 평의원 회관 도서관의 수전 카날리는 런던에서 죽음으로 인해 변형된 많은 사물에 관해 들려주었다. 뉴욕 대학교 페일스 소장실의 리사 담스와 샬럿 프리들에게도 감사한다.

나를 초대해주고 내 요청을 너그러이 받아들여준 아래 기관의 직원과 큐레이터들에게 깊이 감사드린다. 영국에서는 영국도서관, 빅토리아 앨버트 박물관, 영국박물관, 웰컴 소장실, 국립해양박물관, 키츠 하우스, 헌터리언 박물관, 펀들링 박물관, 프로이트 박물관, 찰스 디킨스 박물관, 존 손 경卿 박물관, 런던 박물관, 플로렌스 나이팅게일 박물관, 앱슬리 하우스, 하이게이트 묘지, 피트 리버스 박물관이다. 미국에서는 먼저 뉴욕 공립도서관의 로즈 메인 장서실, 일반 연구실, 예술과 건축 소장실, 사진 소장실의 도움을 받았고, 그 외에도 컬럼비아 대학교의 버틀러 도서관, 뉴욕 대학교의 봅스트 도서관, 토머스 J. 왓슨 도서관, 메트로폴리탄 미술관, 필라델피아의 뮈터 박물관을 찾았다. 그 외의 나라들에선 이탈리아 로마의 키츠–셸리 하우스, 오스트리아 빈의 지크문트 프로이트 박물관, 독일 베를린의 공예미술관, 그리고 이탈리아 베네치아의 성聖마가 교회 수장고를 찾았다.

옥스퍼드와 접촉할 여러 길을 열어주고 빅토리아 시대 유물에 관해 이야기할 기회를 주선해준 맥덜린 대학의 친절한 로버트 더글러스–페어허스트에게 특히 큰 빚을 졌다. 근사한 식사와 격려와 도움의 말에도 감사드린다. 옥스퍼드 영문학부에 재직 중인 많은 교직원도 시간을 내어 아이디어를 제공해주었다. 특히 스테파노 에반젤리스타와 샐리 셔틀워스에게 감사드린다. 빅토리아 시대 연구 세미나의 참석자들 역시 브론테 유물에 관한 내 생각들을 듣고 피드백과 비평을 해주었다.

회합과 대화, 동료, 친구, 작가, 큐레이터 들의 작업이 나에게 사고와 연료, 영감과 비전을 제공했다. 의미 있는 우정을 나눠준 일레인 프리드굿에게 감사하고 싶다. 월 머피 덕분에 학술서를 대중에게 내놓는 도약을 이룰 수 있었다. 브론테에 관해 나눈 대화들에 대해 섀런 마커스 · 마샤 포인턴 · 클레어 하먼에게 감사한다. 웨인

쾨스텐바움은 매력적인 동사 사용법을 가르쳐주었다. 이브 코솝스키 세지윅과 아비탈 로넬에게 감사한다. 죽음에 관해 이야기를 나눈 것 그리고 버크벡의 데스마스크에 관해 이야기해주겠다며 나를 초대해준 것에 대해 데이비드 매캘리스터에게 감사한다. 데버러 루빈은 나에게 온갖 것들을 가르쳐주었다. 스티브 커시너와 재니스 기터먼과는 장 제목에 관한 이야기를 나눴다. 멜리사 던, 도미닉 아미라티, 진 밀스, 레이철 체클리, 윌 피셔, 톰 파이, 커러 머리, 제임스 베드나츠, 존 러츠, 더크 도에게도 감사한다. 존 매리너는 런던의 아파트와 밤에 새의 노랫소리가 들려오는 숲속의 집을 빌려주었다. 존 커치크, 리처드 케이, 팸 서치월, 앤 험프리스, 거허드 조지프, 제프 돌번에게도 감사한다. '캐비닛'의 시나 나자히와 고와너스에서 죽은 돌고래에 관한 슬픔을 함께 나눈 일을 기억한다. 런던 소더비의 게이브리얼 히튼 박사는 경매 카탈로그를 보내주었다. 우너회르텐 딘제 박물관의 롤란트 알브레히트와 마리안네 카르베도 마찬가지이다.

에밀리 브론테의 '퍼즐' 봉함인의 의미를 두고 많은 이들이 나와 함께 숙고해주었다. 국립 퍼즐러스 리그의 회원들, 특히 로니 콘과 트리송은 그중에서도 많은 것을 해독해주었다. 데브 아믈린 역시 일부 암호를 풀어주었고, 미국 암호협회의 빌 런스퍼드, 국립 보안협회 암호사暗號史 센터의 베시 로헐리 스무트와 레니 스타인 역시 큰 도움을 주었다.

브론테 일가에 관한 훌륭한 작업들이 너무나 많다. 그 책들에 대한 감사의 말을 담은 책 한 권을 쓸 수도 있을 정도다. 그래서 주석과 참고 문헌에 가능한 한 그 책들을 많이 언급하고자 했다. 특히

줄리엣 바커의 책들은 내 사고의 기초가 되었는데, 브론테를 연구하는 많은 이들에게도 그러할 것이다. 마거릿 스미스Margaret Smith가 펴낸 샬럿 브론테의 편지들은 이 책의 씨앗이 되어준 놀라운 학구적 결과물이다. 스티븐 바인Steven Vine, 스티비 데이비스Stevie Davies, 엘리자베스 브론펜Elizabeth Bronfen의 글에서도 많은 영감을 받았다.

롱아일랜드 대학교에서 빅토리아 시대 여성들과 그들의 협업에 관해 토론을 나눈 나의 학생들, 그중에서도 ABC라는 별명의 어맨다 베스 캠벨과 니키 코센티노, 니콜 맥거번에게 고마운 마음을 전한다. 대학 도서관의 상호 대출 시스템을 이용하면서 클로뎃 알레그레차를 비롯한 많은 직원들의 신세를 졌다. 안식년 덕분에 이 책을 완성할 수 있었고, LIU 포스트 패컬티 위원회가 책에 쓰일 그림들에 대한 보조금을 제공했다.

여러 장에 대한 생각들을 가다듬을 때 방문한 하워스 지역의 여러 카페와 바, 특히 애시박스, 트루스트, 프로펠러, 털 스트리트 키친, 킹 암스, 검은 황소의 직원과 동료 손님들에게도 감사드린다.

가족의 애정에도 고마운 마음을 전한다. 패밀라, 샌디, 더그, 베로니카, 그리고 리로이에게.

마지막으로, 토니 시벅의 너그러움에 큰 빚을 졌다. 그는 빅토리아 시대의 개 허가법, 양치식물에 관한 열광 등 많은 주제에 대해 장시간 이야기하는 동안 끊임없이 흥미를 가지고 들어주었다. 그리고 또 있다. 이 책의 제목을 지어주고, 매 단계마다 코멘트와 아이디어를 제공해주고, 내 글의 변함없는 팬으로 남아준 데 대해 감사한다.

AB   앤 브론테
BB   브랜웰 브론테
CB   샬럿 브론테
EB   에밀리 브론테
EN   엘렌 너시
PB   패트릭 브론테

Berg 헨리 W.와 알버트 A. 버그의 영미 문학 소장고, 뉴욕 공립도서관
BPM 브론테 목사관 박물관
BST 브론테 소사이어티 연합
LCB 마거릿 스미스가 편집한《샬럿 브론테의 편지》, 1~3권(뉴욕: 옥스퍼드 대
     학 출판사, 1995).
PML 피어포인트 모건 도서관과 박물관

• 들어가는 말: 사물들의 사적인 삶

1 사도가 그려진 옷장은 현재 BPM에 품목 F32로 보관되어 있다.
2 Constance Classen, "Touch in the Museum", Constance Classen, ed., 《The
   Book of Touch》(Oxford, UK: Berg, 2005), 275~277p; 같은 책 인용, 277p;
   Zacharias Conrad von Uffenbach, 《Oxford in 1710》, ed W. H. Quarrell과
   W. J. C. Quarrell (Oxford, UK: Blackwell, 1928), 31p; Asa Briggs, 《Victorian

Things》(Chicago: University of Chicago Press, 1989), 29p 인용.

3 Elaine Freedgood, 《The Ideas in Things: Fugitive Meaning in the Victorian Novel》 (Chicago: Chicago University Press, 2006) 1장 참조. 물질문화에 관한 다른 주요 저작은 Bill Brown, 《A Sense of Things: The Object Matter of American Literature》 (Chicago: University of Chicago Press, 2003)과 John Plotz, 《Portable Property: Victorian Culture on the Move》(Princeton, NJ: Princeton University Press, 2009)이 있다. 철학자들은 물론 물질주의에 대해서도 숙고했을 것이다: 이마누엘 칸트는 인간의 의식을 사물로부터 분리하며 우리는 '물자체'를 결코 파악할 수 없다고 했다. 그것을 만나는 순간 우리는 시공간 속 지각으로 그것에 색채를 더하기 때문이었다. 마르틴 하이데거는 칸트의 생각을 확장하여 사물(예를 들면 주전자 같은)을 땅과 하늘, 필멸자(우리)와 신성의 핵심요소가 만나는 자리라고 보았다. 하지만 이는 우리가 사물을 진정으로 만날 때만 가능한 것으로, 하이데거는 자잘한 소음과 성급함이 가득한 세계에서 이런 만남은 점점 불가능해지고 있다고 보았다. 그레이엄 하먼과 다른 이들은 사물로부터 기인한 존재론(과 순정 현실주의에 관련된 생각)에 관한 하이데거의 생각을 확장해 인간을 모든 것의 중심에서 배제하고 대신 사물이 다른 사물과 맺는 관련에 더 집중했다. 하먼은 《The Quadruple Object》(Hants, UK: Zero, 2011), 21, 29, 46, 123p를 통해 이와 같은 철학에서 "모든 인간과 비인간의 실재성은 동등한 지위를 갖는다"고 했으며 "진정한 사물은 인간이나 다른 물건들과 맺는 어떤 관계보다 더 깊은 곳에 위치한다"고 했다. Martin Heidegger, "The Thing", 《Poetry, Language, Thought》, Albert Hofstadter 번역, (New York: Harper and Row, 1971) 참조.

4 Caroline Walker Bynum, 《Christian Materiality: An Essay on Religion in Late Medieval Europe》(New York: Zone, 2011), 233p; 터치피스는 왕족들이 평민들과의 직접적 접촉을 원치 않으나 그들의 신민이 접촉을 원한다는 사실을 알고 있었기 때문에 사용되었다. 웰컴 소장고The Wellcome Collection는 판석과 은을 입힌 자석으로 만든 이와 같은 터치피스들(품목A641031)을 몇 점 소유하고 있다 (1702~1714년 경), 이는 앤 여왕의 것으로 여겨진다. Walter Woodburn Hyde, "The Prosecution and Punishments of Animals and Lifeless Things in the Middle Ages and Modern Times", 〈University of Pennsylvania Law Review〉 64 (1915~1916년), 726p.

• 제1장: 작은 책들

1 모든 형제자매가 사망한 후 CB가 개축하기 전 목사관(과 부지)의 평면도. 《BST 9》, no. 1 (1936), 27p에 있는 F. Mitchell의 지도 참조. 엘리자베스 개스킬의 《The Life of Charlotte Brontë》(New York: Penguin, 1997)[이후 Life], 39p 묘사 참조. 개스킬은 CB와 친구가 되어 목사관을 방문했다. 개스킬의 평전 초판은 1857년, CB의 죽음 2년 뒤에 출간되었다. 날씨에 관한 모든 언급은 브론테 일가와 동시대인이었으며 킬리 인근에 살았던 지역 기상학자인 에이브러햄 섀클턴 Abraham Shackleton의 매일매일의 기록에 따랐다. 그의 날씨 기록 원고는 킬리의 클리프 캐슬 박물관에 소장되어 있다. 집 안을 데우는 연료로 토탄을 사용했으리라는 추측에 관해서는 Edward Chitham, 《A Life of Emily Brontë》(Oxford, UK: Blackwell, 1987), 17p 참조.

2 줄리엣 바커는 마리아가 학식이 있었으며 따라서 아이들이 어머니의 임종을 함께 지켰으리라 논했다. 《The Brontës》(New York: St. Martin's, 1994), 48p, 104p; 유모의 말에 관해서는 엘리자베스 개스킬이 1850년 8월 25일 캐서린 윙크워스 Catherine Winkworth에게 보낸 서신 참조, 《LCB》, vol. 2, 447p.

3 CB의 원고 "The History of the Year," 1829년 3월, BPM, Bonnell 80 (11).

4 나는 그녀가 사용한 가위가 아직도 BPM, H128로 남아 있는, 한쪽 손잡이에 염소가죽을 댄 커다랗고 녹슨 철제 가위라고 상상해보고 싶다. 책의 제작 과정은 그 책을 손에 쥐어보면 알 수 있다. 그 과정은 기록으로 남아 있지 않다. 책은 하버드대학 호튼 도서관의 MS Lowell 1(5)에 보관되어 있다. 시인 에이미 로월은 1905년 9월 11일에 런던에서 장서가이자 위조인인 토머스 제임스 와이즈로부터 원고를 받았다. 와이즈는 그것을 CB의 남편인 아서 벨 니콜스에게서 1895년에 사들였는데, 브론테 평전가인 클레멘트 쇼터가 이 거래를 중재했다(이에 관한 내용은 9장 참조). 에이미 로월은 1925년 하버드대학에 이 책을 기증했다. CB의 초기작에 관한 도움이 되는 사본은 크리스틴 알렉산더 Christine Alexander가 편집한 《An Edition of the Early Writings of Charlotte Brontë, 3 vols.》 (Oxford, UK: Blackwell, 1987)과 개스킬의 평전 74p 참조.

5 작은 글은 이런 내용을 담고 있다. "1829년에 헨리 더널리 선장이 살았는데, 그는 현세에서 1년에 20만 파운드를 벌었다. 그는 글래스 시에서 10마일쯤 떨어진 아름다운 영지의 주인으로, 편안하고 행복하긴 했지만 자신의 연수입보다 몇천 파운드 못 미치는 수준으로 살았다. 서른 살을 맞은 그의 아름다운 아내는 뛰어난 관리 능력과 분별을 갖추었으며 입을 자주 열지 않았다. 그들은 세 아이를 두었는데 첫째는 열두 살, 둘째는 열 살, 막내는 두 살이었다. 그들은 각각 오거스타 시실리아, 헨리 피어나싱(외가의 삼촌 이름을 따왔는데, 그 삼촌은 건실하

게 사는 이들과 더널리 家 그리고 그의 아내 집안이 속한 계급에서는 그리 중요치 않은 인물이었다), 그리고 사이나 로절린드라고 불렸다. 당연한 일이지만 세 아이는 성격이 서로 매우 달랐다. 오거스타는" CB, "History of the Year"; Margaret Oliphant, 《Annals of a Publishing House, William Blackwood and His Sons, Their Magazine and Friends》(Edinburgh: Blackwood, 1897); BB의 첫 〈블랙우드〉 지는 하버드대학 호튼 도서관 MS Lowell 1(8)에 보관되어 있다. 하버드대학이 보관하고 있는 BB의 미니어처 잡지 창간호의 훌륭한 사진은 http://nrs.harvard.edu/urn-3:FHCL.HOUGH:1077557 참조. 하버드대학이 보유한 브론테 일가의 소책자 아홉 권 모두를 도서관 카탈로그를 통해 볼 수 있다. CB의 〈블랙우드〉 첫 호 또한 호튼 도서관 MS Lowell 1(6)에서 볼 수 있다. 엘리자베스 개스킬이 조지 스미스에게 1856년 7월에 보낸 글. J. A. V. Chapple과 John Geoffrey Sharps, eds., 《Elizabeth Gaskell: A Portrait in Letters》(Manchester, UK: Manchester University Press, 1980), 149p.

6 CB, "Characters of the Celebrated Men of the Present Time". 원본 원고는 유실되었다. Alexander, 《Early Writings》, vol. 1, 127p.

7 브론테 작품집에 관한 더 많은 정보는 Fannie Ratchford, 《The Brontës' Web of Childhood》(New York: Russell and Russell, 1964) 참조. 어린이들의 장난감 목록에 대해서는 Barker, 《Brontës》, 6장 참조. 이들 장난감들 중 일부는 여전히 BPM에 남아 있는데, 목각 사자상(H163.3) 같은 것이다; 식탁에 둘러앉은 세 여자와 "부인들이여 원컨대 자유로이 드시고/ 차 맛이 어떠한지 말씀해주세요"라는 문구가 새겨진 어린이용 티세트. H167.1~4; 그리고 강철을 입힌 놋쇠 장난감, H165; CB, "History of the Year".

8 BB, "History of the Young Men", 영국도서관, Ashley 2468. BB가 만든 소책자의 사본을 보려면 Victor Neufeldt이 편집한 《The Works of Patrick Branwell Brontë》, 3 vols. (New York: Garland, 1999) 참조.

9 BB, "History of the Young Men".

10 Ratchford, 《Brontës' Web》, 19p에서 만들어낸 언어를 묘사하고 있다. "섬사람들 이야기Tales of the Islanders"가 실린 소책자들은 안타깝게도 분해되어, 이 페이지들을 담기 위해 만든 더 큰 가죽장정의 책에 부착되었다. 모두 1830년 3월 12일에 제작된 것으로, Berg에 있다.

11 CB, "History of the Year".

12 같은 글.

13 벚나무에 관한 적어도 두 가지 버전의 이야기가 있는데, 이는 1828년에서 1830년 사이에 일어난 일이다. 이 버전은 J. A. Erskine Stuart, 《The Brontë

Country》(London: Longmans, 1888), 189~90p에서 따왔다. 다른 이야기는 그들의 하녀였던 세라 가스의 말에 따른 것으로, 나무를 딛고 서서 도망중인 왕자 놀이를 했다는 이야기다. 이 두 번째 이야기는 Marion Harland, 《Charlotte Brontë at Home》(London: Putnam's, 1899), 32p 참조.

14 브론테 아이들의 다른 이야기와는 달리, BPM, Bonnell 78p의 남은 초기작은 날짜를 정확히 알 수 없다. 따라서 1826년이라는 숫자는 다른 원고들과 손글씨의 숙련도에 남은 증거를 바탕으로 조심스레 추측한 연도다. Christine Alexander의 《Early Writings》 vol. 1, 3p에서는 이것이 CB의 현존하는 첫 원고라고 말한다. 모두 작은 책들이지만 크기와 서체는 다양하다. 일부 내용은 깔끔하고 또렷하게 쓰였으나 확대경이 없으면 읽을 수 없을 정도다. 아마도 가장 작은 필치로 쓰인 가장 작은 책은 CB의 "The Poetaster," vol. 2, 1830년 6월 8일~12일, PML, MA 2696.10일 것이다. 책의 크기는 아이들의 신체 크기와 관련돼 있기 때문이다. 이에 관해서는 Kate E. Brown, "Beloved Objects: Mourning, Materiality, and Charlotte Brontë's 'Never-Ending Story,'" 〈English Literary History〉 65, no. 2 (1998), 395~421p 참조. CB, "Third Volume of the Tales of the Islanders", Berg.

15 개스킬, 《Life》, 81p; Christine Alexander와 Juliet McMaster, eds., 《The Child Writer from Austen to Woolf》(Cambridge, UK: Cambridge University Press, 2005). 러스킨이 아이들을 위해 쓴 글은 그의 평전인 《Praeterita》(New York: Oxford University Press, 1949), 43~45p 참조.

16 Richard Altick, 《The English Common Reader: A Social History of the Mass Reading Public, 1800~1900》, 2nd ed. (Columbus: Ohio State University Press, 1998), 262~78p; CB, "Last Will and Testament of Florence Marian Wellesley…" 1834년 1월 5일, PML, Bonnell Collection.

17 평전가들 사이에서는 브론테 가족이 책을 어디서 얻었는지에 대해 의견이 분분하다. 근처 살던 지주들, 편던 홀에 살았던 히턴 가, 혹은 킬리 기계공 전문학교에서 빌렸다는 의견 등이 있다. 바커는 가족들이 하워스 인근 마을인 킬리의 순환 도서관의 책을 구독했을 거라는 신빙성 있는 가설을 제시한다. Barker, 《Brontës》, 147~49p 참조. CB가 하틀리 콜리지Hartley Coleridge에게 1840년 12월 10일에 보낸 편지 참조, 《LCB》, vol. 1, 240p; 마리아 브랜웰이 패트릭 브론테에게 1812년 11월 18일에 보낸 편지 참조, Thomas James Wise와 John Alexander Symington이 편집한 《The Brontës: Their Lives, Friendship and Correspondence》(Oxford, UK: Blackwell, 1932), vol. 1, 21p.

18 브론테 가족이 지녔던 《오시안의 시Poems of Ossian》 판본은 현재 BPM, bb203

에 소장되어 있다; BB, 〈블랙우드〉 1829년 6월, 호튼 도서관, Lowell 1(7); CB가 W. S. 윌리엄스에게 1851년 6월 21일에 보낸 편지 참조, 《LCB》, vol. 2, 667p.

19 《Russell's General Atlas of Modern Geography》, PML, 129886; BB, "The Liar Detected", BPM, Bon 139; CB, "Leaf from an Unopened Volume", 1834년 1월, BPM, 13.2.

20 개스킬, 《Life》, 93p는 브론테 가의 책들을 묘사하고 있다; BB, "Liar Detected".

21 수공예로서의 재제본은 주로 여성들이 하던 작업이었다. Talia Schaffer, 《Novel Craft: Victorian Domestic Handicraft and Nineteenth-Century Fiction》(New York: Oxford University Press, 2011), 16p 참조; 하버드대학 호튼 도서관의 로월 수장고에는 이처럼 드레스를 재활용해 제본한 책들이 몇 권 있다. 《Sermons or homilies ppointed to be read in churches in the time of Queen Elizabeth》, BPM, bb57. 새겨진 글귀는 Barker, 《Brontës》, 30p에서 옮겼다.

22 CB, "History of the Year". 마리아와 엘리자베스의 다른 물건들과 마찬가지로 이 책도 알 수 없는 이유로 분실되었다.

23 신약성서, PML, Printed Books 17787.

24 기도서, PML, MA 2696.

25 John Frost, 《Bingley's Practical Introduction to Botany》, 2nd ed.(London: Baldwin, Cradock and Joy, 1827), BPM, 2004/47.9; Susanna Harrison, 《Songs in the Night》(London: Baynes, 1807), BPM, bb30. 여기엔 눌러 말린 많은 양치식물 및 다른 식물들뿐 아니라 인근이었던 토드모든의 로어 레이스에 사는 T. 로드Lord 부인이 보낸 삽입식 방문용 명함도 있다. 패트릭은 이 책을 해너라는 이에게 주면서 "안부를 전합니다"라는 서명을 남겼는데, 이 역시 놀라운 일은 아니다.

26 같은 책, BPM, Bonnell 35p; 성서, PML, 17769; CB의 종잇조각, BPM, Bonnell 108. 27 BB, 〈History of the Young Men〉

28 하워스 지역 문구점주인인 존 그린우드John Greenwood가 한 말. 개스킬, 《Life》, 216p.

29 종이의 역사에 관해서는 다음의 책들을 참조. Altick, 《English Common Reader》, 262p; Schaffer, 《Novel Craft》, 69p; CB, "Third Volume of the Tales of the Islanders"; CB, 무제 단편, BPM, Bonnell 88p; CB, "The Poetaster", vol. 1, 1830년 1월 6일, 호튼 도서관, Lowell I(2).

30 BB가 1833년 11월에 쓴 "베르도폴리스의 책략, 존 플라워 선장 이야기The Politics of Verdopolis, A Tale by Captain John Flower"의 표지 안쪽에 쓰인 글은 소포 배달지를 일러주는 내용이다. "레드 로버, 린 코치에 의해 마차삯 110 지

불, 목요일 밤, 1834년 3월 6일"이라는 글은 BB가 자신의 책을 쓴 후 몇 달 후에 제본하여 꿰맸다는 사실을 알려주는 듯 보인다. BPM, Bonnell 141p; BB, 〈블랙우드〉지, 1829년 1월, 호튼 도서관, MS Lowell 1(6); BB, "History of the Rebellion," BPM, BS112; CB, "Albion and Marina," 웰즐리 대학 도서관, 웰즐리. 아이들만 손제본으로 소책자를 만든 건 아니었다. 그들의 아버지인 PB 역시 작은 공책을 제작했으며 BPM, BS 178에 보관되어 있는데, 종이를 재활용하여 함께 꿰맨 것이다. 그는 CB와 EB를 학교에 데려다주기 위해 프랑스와 벨기에로 다니면서 사용할 프랑스어 문구들을 여기에 적어놓았다.

31 Leah Price, "Getting the Reading out of It: Paper Recycling in Mayhew's London,"《Bookish Histories; Books, Literature and Commercial Modernity, 1700~1900》(New York: Palgrave, 2009), 154p; CB가 조지 스미스에게 1851년 2월 5일에 보낸 편지 참조,《LCB》, vol. 2, 573p.

32 Leah Price,《How to Do Things with Books in Victorian Britain》(Princeton, NJ: Princeton University Press, 2012), 27~29p;《Geography for Youth》, 14th ed., Abbé Lenglet du Fresnoy 번역(Dublin: P. Wogan, 1795), BPM, SB 256. 이 책은 분명 고르지 않게 인쇄된 래그 페이퍼로 저렴하게 만든 것—브론테 일족의 가난을 증언한다—으로, 대부분의 여백에는 낙서와 메모가 가득한데, "휴 브론테가 1803년에 얻은 책"이라든가 윌시 브론테의 서명도 포함돼 있다.

33 셸리의 일기는 뉴욕 공립도서관 퍼츠하이머Pforzheimer 수장고에 보관되어 있다; Edward Trelawny,《Records of Shelley, Byron, and the Author》(New York: New York Review of Books, 2000), 145p; 보들리언 도서관, Shelley adds. d.6.

34 이 유골 조각은 진품일 가능성이 높지 않아 보인다. 유용한 정보를 많이 알려준, 이 물품을 보관한 콜렉션의 학예사들은 그 진위가 의심스럽다는 견해를 보이고 있다. 이 조각들을 처음 봤을 때 나는 이것이 뼛조각이 아니라면 대체 이 소재가 무엇일지 궁금해졌다. 이 사기극의 배경에는 어떤 이야기가 있을까? 로마의 키츠-셸리 기념관에 전시되어 있는 셸리의 턱뼈 일부분에 대해선 어떤 말을 할 수 있을까? 그의 머리칼과 잿가루를 담고 있다는 (섬뜩하면서도) 아름다운 책은 영국도서관 Ashley MS 5022에 소장돼 있는데, 1890년 경 장서가인 토머스 제임스 와이즈가 제작한 것으로, 그는 위조가이자 도둑으로도 유명했다(그에 관한 자세한 이야기는 9장에서 다룬다). 여기 담긴 원고 자체는 확실히 진품이지만, 셸리의 유해는 아마 아닐 것이다. 누군가의 머리칼이 앞 표지에 담겨 있으나, 뒷표지의 머리칼은 다른 사람의 것인 듯하다. 이 머리칼 조각들은 내 눈엔 검은색과 흰색의 돌들처럼 보인다. 와이즈는 또한 많은 브론테 일가의 원고를 소유했

고, 조지프 챈스더프Joseph Zaehnsdorf가 제본한 판본인 CB의 《교수》를 갖고 있
는데, 이 런던 제본업자는 간혹 동물가죽이 아니라 그슬린 인간의 피부를 사용
하기도 했다. "Books Bound in Human Skins," 〈New York Times〉, 1886년 1
월 25일 참조.

35 시신 탈취, 해부법, 시신 재사용 이야기에 관한 풍부하고 나무랄 데 없는 연구
를 보려면 Ruth Richardson, 《Death, Dissection, and the Destitute》(Chicago:
University of Chicago Press, 2000) 참조; 이 염가본은 현재 에든러버의 외과박물
관 소장.

36 BB, "Young Soults Poems with Notes", BPM, BS114; CB, "An Interesting
Passage in the Lives of Some Eminent Men", 호튼 도서관, Lowell 1(1).

37 개스킬, 《Life》, 14p; 묘지의 초만원 사태에 관해서는 다음의 책들을 참조.
Barker, 《Brontës》, 98p; C. Mabel Edgerley, "The Structure of Haworth
Parsonage," BST, 9, no. 1 (1936), 29p; EN의 추억담. 《LCB》, vol. 1, 600p 참조;
"아빌스arvills"에 관해서는 개스킬, 《Life》, 26~27p 참조; BB가 〈블랙우드〉 편집
자에게 보낸 1835년 12월 7일의 글, Wise and Symington, eds., 《Brontës》, vol.
1, 133p 참조.

38 많은 브론테 연구자들은 이 소책자 제작이 브론테 가의 두 자매가 다른 자
매들의 죽음 후 슬픔에 대한 반작용이 아닌가를 논하고 있다. 특히 Brown,
"Beloved Objects," Robert Keefe, 《Charlotte Brontë's World of Death》
(Austin: University of Texas Press, 1979)와 Winifred Gérin, 《Charlotte Brontë:
The Evolution of Genius》(London: Oxford University Press, 1967) 참조; CB, "An
Interesting Passage in the Lives of Some Eminent Men of the Present Time",
1830년 6월 17일, 호튼 도서관, Lowell I(1).

39 EN의 추억담, 《LCB》, vol. 1, 597p.

40 개스킬은 CB를 처음 방문했을 때, 창문 앞에 놓인 자리 때문에 집이 옛날식이
라는 느낌을 받았다. 개스킬, 《Life》, 39p, 105p. 오늘날 목사관에서는 창문 밖으
로 황야의 풍경을 보기 어렵지만, 브론테 일가 시절에는 풍경을 가로막는 현재
의 나무들이 존재하지 않았거나 혹은 매우 작았을 것이다. 부엌과 2층 침실 중
하나의 창가에 있는 나무들이 그 예다; CB의 친구 메리 테일러는 CB의 기이한
독서 습관을 편지에 언급했다. 개스킬, 같은 책. 78p.

41 Barbara Whitehead, 《Charlotte Brontë and Her 'Dearest Nell': The Story of
a Friendship》(Otley, UK: Smith Settle, 1993), 51p.

42 CB가 지니고 있던 《폭풍의 언덕》《애그니스 그레이》 그리고 그녀의 동생들
의 시집 초판에 쓰인 "엘리스와 액턴 벨의 전기문Biographical Notice of Ellis and

Acton Bell". 스미스 엘더 사에서 1850년에 펴낸 판. 부록2로 재출간되었다. 《LCB》, vol. 2, 742p 참조.

• 제2장: 깐 감자 한 알

1 에이브러햄 섀클턴은 이를 "좋은 날"이라고 부른다. 날씨 기록 원고. 크리프 캐슬 박물관, 킬리.

2 AB와 EB, 일기 종이, 1834년 11월 24일, BPM, Bonnell 131.

3 이 상자는 사라졌지만, 클레멘트 쇼터Clement Shorter는 아서 니콜스가 그에게 이 것을 1895년에 빌려주었을 때의 모습을 기록해두었다. 현재 BPM에 소장된 EB의 물품으로 여겨지는 H109는 이것이 아닐 것이다. 상자는 일기를 모아둔 "2인치 길이의" 깡통보다 두 배 이상은 크다고 했기 때문이다. Shorter, 《Charlotte Brontë and Her Circle》(Westport, CT: Greenwood, 1970) 146p, 원본은 1896년 출간; EB와 AB가 《Moore's Life of Byron》을 읽은 일에 대해서는 Edward Chitham, 《A Life of Emily Brontë》(Oxford, UK: Blackwell, 1987) 83p와 Winifred Gérin, 《Emily Brontë》(London: Oxford University Press, 1971), 44~45p 참조.

4 CB, "A Day at Parry's Palace, by Lord Charles Wellesley", BPM, B85.

5 EN이 목사관을 1833년 방문했을 때의 이야기는 《LCB》, vol. 1, 596p에 부록2로 수록되었다; EB가 CB를 이상한 동물들에게 가까이 데려간 이야기는 EN의 회고담에서 쇼터가 인용했다. Charlotte Brontë, 179p; CB, "Biographical Notice of Ellis and Acton Bell", 《LCB》, vol. 2, 745, 746p.

6 Harriet Martineau, 《Autobiography》, ed. Linda Peterson (Peterborough, Ontario: Broadview, 2007), 99p, 112p, 51p.

7 요크셔먼에서 초판 인쇄되고 재판을 찍은 마사 브라운Martha Brown과의 인터뷰 내용, 《BST》 14, no. 3 (1963), 28~29p; 하워스 목사관의 조슬린 켈릿의 말에 따르면 "뒤집기"란 젖은 옷들을 압착기에 넣는 것을 의미하기도 했다고 한다: 《The Home of the Brontës》(Bradford, UK: Brontë Society, 1977), 65p.

8 AB의 견본작(BPM, S12)은 CB의 남편인 아서 벨 니콜스가 초창기 브론테 수집가이자 평전가인 클레멘트 쇼터에게 준 것으로, 쇼터는 이를 훗날 BPM에 기증했다.

9 AB의 첫 견본작, BPM, S11; 잠언의 한 구절을 수놓은 마리아 브론테의 견본작(BPM, S5)는 1822년 5월 18일에 완성되었다. 엘리자베스의 것(BPM, S6)은 1822년 7월 22일에 완성되었다. 1791년 4월 15일 완성한 마리아 브랜웰의 견본작(BPM, S1)과 1790년 10월 11일의 엘리자베스 브랜웰의 견본작(BPM, S2). 이 두 가지 모두 펜잰스 시절에 만든 것이다; EB의 첫 견본작(BPM, S9)은 1828년 4월

22일에 끝났고, 두 번째 견본작(BPM, S10)은 1829년 3월 1일에 끝났다. CB의 첫 견본작(BPM, S7)은 1822년 7월 25일, 두 번째(BPM, S15)는 1828년 4월 1일에 끝났다.

10 Carol Humphrey, 《Samplers》(Cambridge, UK: Cambridge University Press, 1997), 5p; 액자에 담겨 브론테 목사관에 걸려 있던 한 견본작은 넬리 캐트럴이라는 사람이 13살이던 1781년에 만든 것이다. 하워스 교회 묘지기였던 윌리엄 브라운의 아들 로빈슨 브라운이 이를 물려받아 1898년 7월 2일 소더비 경매(품목 41번)에서 팔았다. Sotheby's Sales Catalog, BPM, Bon335 참조; 머리칼을 넣어 수놓은 견본작에 대해서는 Jane Toller, 《The Regency and Victorian Crafts》(London: Ward Lock, 1969), 68~69p 참조; 만국박람회에 전시됐던 견본작 중 하나의 사진은 Nerylla Taunton, 《Antique Needlework Tools and Embroideries》(Suffolk, UK: Antique Collector's Club, 1997), 187p 참조; 엘리자베스 파커의 견본작, 빅토리아 앨버트 박물관 T.6-1956.

11 Mary C. Beaudry, 《Findings: The Material Culture of Needlework and Sewing》(New Haven, CT: Yale University Press, 2006), 45p; CB, "Julia", Winifred Gérin, ed., 《Five Novelettes》(London: Folio Press, 1971), 92p.

12 Martineau, 《Autobiography》, 323~24p.

13 Beaudry, 《Findings》 45p. 여성의 부재를 통절하게 증언하는 바느질 도구의 예는 BPM, H201.1와 H201.2 품목인 나무 뜨개질 덮개로, 브론테 자매의 어머니인 마리아의 것이었다. 여기에는 "MB"라는 글자가 긁혀 새겨져 있고, 그녀의 사후엔 딸들이 사용했다. Mary Andere, 《Old Needlework Boxes and Tools》 (New York: Drake, 1971), 26p.

14 Sally Hesketh, "Needlework in the Lives of the Brontë Sisters," BST 22, no. 1 (1997), 73p.

15 이 구절에서 논의된 모든 반짇고리는 Taunton, 《Antique Needlework Tools》, 57, 108~9, 113p에서 온 것이다.

16 Hesketh, "Needlework," 74p. 브랜웰 이모의 상자를 묘사하고 있다. CB의 가죽 반짇고리(BPM, H180)는 아서 벨 니콜스가 간직하고 있다가 1907년 그의 두 번째 아내가 그의 사후에 경매로 팔았다. BPM이 이를 경매에서 사들였다.

17 Andere, 《Old Needlework Boxes》, 24~25p. 비밀 칸에 대해 거론하고 있다.

18 CB의 반짇고리의 내용물에 대해서는 Juliet Barker, 《Sixty Treasures: The Brontë Parsonage Museum》(Haworth, UK: Brontë Society, 1988), n. 50 참조; AB의 반짇고리는 1916년 소더비 경매에서 품목 664번으로 팔렸다. 판매자는 브론테의 열광적인 팬 J. H. 딕슨Dixon으로, 그는 이를 브론테 가의 하녀인 마사

브라운의 자매인 태비사 래드클리프로부터 사들였다. 이 경매 품목 안에는 미처 완성하지 못한 초록색의 손가방과 손으로 만들다 만 비단 지갑이 들어 있었다.

19 루이스 캐럴Lewis Carroll, 《거울 나라의 앨리스Through the Looking Glass: And What Alice Found There》(Philadelphia: Henry Altemus, 1897), 106p; 의복과 천이 19세기 초부터 공장에서 생산되기 시작했으나, 기계로 대량 생산된 의복은 1850년대와 그 이후 얼마 동안까지는 손바느질 한 옷을 완전히 대체하지는 못했다. 재봉틀은 1850년대에 고안되었으나 이것이 많은 가정에서 직접 쓰이기까지는 몇십 년이 더 걸렸다. "사물이 털어놓는 이야기it-narratives"와 그 의미에 관해서는 Elaine Freedgood, "What Objects Know: Circulation, Omniscience and the Comedy of Dispossession in Victorian It-Narratives," 〈Journal of Victorian Culture〉 15, no. 1 (2010), 33~100p 참조.

20 우산 모양의 바늘겨레, 빅토리아 앨버트 박물관 T.238-1969; 마리아의 선물, BPM, H129; 엘리자를 위해 만든 CB의 바늘책, BPM, H175; 기성품 카드를 바늘겨레로 바꾸는 것에 대해서는 Andere, 《Old Needlework Boxes》 76p 참조. 종이 위에 수를 놓는 것은 흔한 수공예로, '핀으로 구멍을 뚫어' 도안과 그림을 미리 그려놓은 종이도 만들어졌다. Toller, 《Regency and Victorian Crafts》 46~48p 참조; 크리스틴 알렉산더Christine Alexander와 제인 셀라스Jane Sellars가 설명했듯이 CB가 그린 많은 드로잉은 아마도 바늘겨레를 위한 것이었을 터이다. 《The Art of the Brontës》(London: Cambridge University Press, 1995), 188~89p 참조; CB가 EN에게 1848년 4월 22일에 쓴 편지 참조, 《LCB》, vol. 2, 53p; CB's "housewife", BPM, H149.

21 바구니, BPM, H108.5; 책 모양 핀쿠션은 CB의 휴대용 책상 안에 담겨 있었다. 글귀를 새긴 CB의 핀쿠션은 1898년 7월 2일 소더비 경매 88번 품목으로 경매되었다. BPM, Bon335; 워즈워스를 기리는 바늘겨레는 Taunton, 《Antique Needlework Tools》, 140~41p 참조.

22 CB가 EN에게 1839년 12월과 1840년 4월 30일에 쓴 편지, 《LCB》, vol. 1, 207, 216p; CB가 EN에게 1847년 1월, 1847년 4월, 1847년 9월에 쓴 편지, 《LCB》, vol. 1, 515, 523, 543p; CB가 EN에게 1840년 4월 30일에 쓴 편지, 《LCB》, vol. 1, 216p; CB가 EN에게 1845년 12월에 쓴 편지, 《LCB》, vol. 1, 441p; CB가 EN에게 1847년 4월에 쓴 편지, 《LCB》, vol. 1, 523p.

23 바느질 하는 동안 CB가 낭송을 했다는 이야기는 EN의 추억담으로부터 나왔다. 《LCB》, vol. 1, 609p; 미완성 조각보 퀼트(BPM, D145)는 아마도 브론테 자매들이 만든 것은 아닐 수 있으나 1898년 7월 2일 품목 47번으로 로빈슨 브라운에 의해 경매에 부쳐졌다.

24 빅토리아 시대 여성들의 수공예와 장편소설의 관계에 관한 Talia Schaffer의 이론은 《Novel Craft: Victorian Domestic Handicraft and Nineteenth-Century Fiction》(New York: Oxford University Press, 2011) 참조. 그녀는 이 구절에 언급한 모든 종류의 공예를 설명하고 있다. 공예와 계급적 지위에 관해서는 29p 참조. "Catalogue of the Contents of Moor Lane House, Gomersal, to be Sold by Auction on Wednesday and Thursday, May 18 and 19, 1898," BPM, P Sales Cat. 2; CB의 퀼링 차 상자(BPM, H34)는 바커Barker의 《Sixty Treasures》에 따르면 엘렌에게 줄 선물이었다.

25 Asa Briggs, 《Victorian Things》(Chicago: Chicago University Press, 1988), 207p 인용. Rozsika Parker, 《The Subversive Stitch: Embroidery and the Making of the Feminine》(London: Women's Press, 1984), 175~79p와 Schaffer, 《Novel Craft》, 34~35p도 참조.

26 CB가 EN에게 1839년 12월에 쓴 편지, 《LCB》, vol. 1, 207p; CB가 EN에게 1842년 1월 20일에 쓴 편지, 《LCB》, vol. 1, 278p; CB의 스타킹, BPM, D23; AB의 일기, 1845년 1월 31일, 개인 소장; CB가 EB에게 1893년 6월 8일에 쓴 편지, 《LCB》, vol. 1, 191p.

27 바느질과 브론테 자매에 관한 더 자세한 내용은 샐리 헤스키스Sally Hesketh의 훌륭한 글 "Needlework" 참조. 78p에서 그녀는 "강한 도덕심을 품은 인물들은 (평범한 바느질로 대변되는) 집안일을 기꺼이 떠맡는 반면, 도덕적으로 약한 인물들은 책임을 회피하고 하찮은 장식품 제작에 매달린다"고 썼다.

28 엘렌 위턴Ellen Weeton의 일기. 부분적으로 출간. Edward Hall, ed., 《Miss Weeton: Journal of a Governess》(London: Oxford University Press, 1939), vol. 2, 396p; Pam Hirsch, Barbara Leigh Smith Bodichon, 《Feminist, Artist, and Rebel》(London: Chatto and Windus, 1998), 54p 인용.

29 Geoffrey Warren, 《A Stitch in Time: Victorian and Edwardian Needlecraft》(London: David and Charles, 1976), 123p.

30 Edward Chitham, 《A Life of Anne Brontë》(Oxford, UK: Blackwell, 1991) 참조. 특히 9장은 AB의 이성적인 등장인물들을 광범위하게 분석하고 있다.

• 제3장: 산책길의 세 사람

1 "High waving heather' neath stormy blasts bending", 1836년 12월 3일. EB의 시 전체는 Janet Gezari, ed., 《Emily Jane Brontë: The Complete Poems》(London: Penguin, 1992)로부터 인용. EB가 따로 제목을 붙이지 않은 경우, 나는

시의 첫 줄을 제목 삼았다. 집필 날짜는 게저리Gezari가 학문적 탐구를 통해 알아
낸 것이다. 날짜가 추측일 경우에는 물음표를 삽입했다.

2 EN의 추억담,《LCB》, vol. 1, 601, 598p; EB, "Song," 1844.

3 EB의 시에 등장하는 실제 날씨에 관해서는 에드워드 치섬Edward Chitham, 《A
Life of Emily Brontë》(Oxford, UK: Blackwell, 1987)의 논의 참조. "자주 꾸지람
을 들으면서도 그곳에 돌아갈 수밖에 없었"다던 EB는 날짜를 기록하지 않았다.
이 시는 CB가 집필하고 EB에게 이름을 돌렸을 수도 있고, EB가 직접 썼다면 EB
의 많은 시들을 손보았던 CB가 개고했을 것이다. 치섬은《Emily Brontë》, 219p
에서 후자의 가능성을 논한다. 게저리는 이 시들을 전부 CB가 썼으나 여기에 EB
의 목소리가 드리워 있으며, CB가 일부러 EB의 이름으로 발표했을 것이라 논한
다. 후자의 논점에 대해서는《Last Things: Emily Brontë's Poems》(Oxford, UK:
Oxford University Press, 2007), 그중에서도 141~50p 참조.

4 BB의 단편적인 글. Victor Neufeldt, ed.,《The Works of Patrick Branwell
Brontë》(New York: Garland, 1999), vol. 2, 587p.

5 이 지팡이(BPM, SB: 337)는 1917년에 조지 데이 씨Mr. George Day가 박물관에 기
증했다. 그는 1897년에 창간된 브론테 협회의 연간 회원이었고, 1906년~1926
년 동안 평생회원이었다. 그는 지팡이와 함께 CB, BB, PB, 그리고 존 브라운John
Brown의 장례식 초청카드와 기타 품목을 기증했다. 1916년 12월 13일에서 15
일 사이에 열린 소더비 경매에서 그는 품목 668번인 지팡이를 구입하였다. 이는
해러게이트에 살던 열광적인 브론테 팬이자 유물 수집가인 J. H. 딕슨의 콜렉션
중 하나였다. 지팡이에는 BB의 실루엣 초상과 액자에 끼운 인증서가 덧붙여졌
는데, 여기엔 이 물품이 J. 브리그스Briggs로부터 H. 에드먼슨Edmundson에게 팔
렸고, 그가 이를 C. 스탠스필트Stansfield에게 팔았으며, 그것을 딕슨 씨가 구매했
다고 쓰여 있다. "Catalogue of Valuable Illuminated and Other Manuscripts,"
Sotheby's, 1916년 12월 13~15일, BPM 참조. 콜렉터로서 딕슨에 관한 이야기는
Ann Dinsdale, Sarah Laycock, and Julie Akhurst,《Brontë Relics: A Collection
History》(Yorkshire, UK: Brontë Society, 2012), 43p 참조; 자두나무 지팡이의 내
력과 만듦새에 관한 이야기는 A. E. Boothroyd,《Fascinating Walking Sticks》
(London: White Lion, 1973), 54~56p에서 참조; PB는 자두나무 지팡이 외에 무거
운 참나무 지팡이도 하나 더 가지고 있었다. 그가 노인이 되었을 때 사용했을 것
으로 보이는 이 물품은 BPM에 있다. John Lock, Canon W. T. Dixon,《A Man of
Sorrow: The Life, Letters and Times of the Rev. Patrick Brontë, 1777~1861》
(London: Ian Hodgkins, 1979), 52p.

6 Gerard J. Van Den Broek,《The Return of the Cane: A Natural History of the

Walking Stick》(Utrecht: International Books, 2007); Anthony Reál, 《The Story of the Stick in All Ages and Lands》(New York: J. W. Bouton, 1876), 234p; CB가 메리 테일러에게 1848년 9월 4일에 쓴 편지 참조, 《LCB》, vol. 2, 113p; Elizabeth 개스킬, 《The Life》(New York: Penguin, 1997), 166p; 지역 문구점주인인 존 그린우드는 EB가 사격연습을 했다는 이야기를 전했다. Chitham, 《Emily Brontë》, 159p에서 더 많은 정보 참조.

7 Wemyss Reid, 《Charlotte Brontë》(London: Macmillan, 1877), 30p에서 인용한 EN의 말; BB의 브래드퍼드 산책 이야기는 Juliet Barker, 《The Brontës》(New York: St. Martin's, 1994), 305p 참조; BB의 로히드 산책은 Barbara Whitehead, 《Charlotte Brontë and Her 'Dearest Nell': The Story of a Friendship》(Otley, UK: Smith Settle, 1993), 9p 참조; CB가 EN에게 1840년 6월에 쓴 편지 참조, 《LCB》, vol. 1, 221p.

8 에드워드 토머스의 글은 Lucy Newlyn, "Hazlitt and Edward Thomas on Walking," 〈Essays in Criticism〉 56, no. 2 (2006), 164p 인용. 이 글은 산책용 지팡이와 도보 여행 전반에 관한 섬세한 명상의 글이다. 하지만 현재는 성 카타리나의 지팡이를 만진다는 건 매우 어려운 일이다. 그녀가 살았던 이탈리아 시에나의 옛 집에 이 지팡이의 일부가 전시되어 있지만 성유물로서 진열장에 담겨 있다. 천주의 요한의 동상은 현재 런던 웰컴 소장고 A 61810에 보관되어 있다.

9 Richard Holmes, 《Coleridge: Early Visions》(London: Hodder and Stoughton, 1989), 60p; Morris Marples, 《Shanks's Pony: A Study of Walking》(London: Dent, 1959), 45p; 헉스는 Holmes, 《Coleridge》 61p 인용.

10 디킨스와 산책에 관해서는 Anne D. Wallace, 《Walking, Literature, and English Culture: The Origins and Uses of Peripatetic in the Nineteenth Century》 (Oxford, UK: Oxford University Press, 1993), 230~31p 참조. 디킨스의 컴퍼스는 현재 Berg에 있으며, 그의 지팡이는 국회도서관에 보관되어 있다. 다윈의 지팡이는 웰컴 소장고 A 4962에 있다.

11 순례자의 지팡이에 관해서는 Joseph Amato, 《On Foot: A History of Walking》 (New York: New York University Press, 2004), 53p 참조. 유골을 담은 지팡이에 관해서는 Max Von Boehn, 《Modes and Manners: Lace, Fans, Gloves, Walking-Sticks, Parasols, Jewelry, and Trinkets》(London: Dent, 1929), 98p 참조; 기념품 지팡이에 대해서는 Van Den Broek, 《Return of the Cane》 104~11p 참조. 19세기 말의 한 지팡이에는 웨일스 지역의 이름들이 곳곳에 새겨져 있어, 여행자의 끈기를 증명한다. 개인 소장품이지만 Boothroyd, 《Fascinating Walking Sticks》, 169p에서 사진과 그에 관한 글을 볼 수 있다.

12 1832년의 한 기이한 기념품 지팡이는 이렇게 조합하려는 기능에 맞게 제작됐는데, 지브롤터 해전 후 바다에 떠다닌 포대의 깃대와 그 대포 중 하나에 황동으로 부착된 손잡이를 결합한 것이다. 이와 비슷한 지팡이는 1831년 브리스틀 개혁법 폭동을 기념하는 것으로, 이런 물건이 남아 있다는 사실 자체가 놀라울 정도다. 이 지팡이는 폭동으로 불타버린 브리스틀 궁의 감독관이 사용한 기도용 책상 나무로 만들었다. 손잡이는 토머스 브레리턴 중령의 피스톨로 만들었는데, 그는 폭동이 발발하자 휘하 부대를 구하기 위해 그들을 철수시킨 죄목으로 군법회의에 회부되었고, 그 피스톨로 재판 중에 자살했다. "삼색기 술"이 달린 지팡이도 있는데, 이는 폭도들 중 일부를 교수형하는 데 쓰인 밧줄로 만든 것이다. 이 지팡이와 지브롤터 지팡이는 "Curiosities Sent to the Naval and Military Museum," 〈Age〉, Feb. 12 (1832), 54p에 언급된다. 넬슨 지팡이는 현재 개인 소장품이지만 Boothroyd, 《Fascinating Walking Sticks》, 167p에서 볼 수 있다.

13 리베카 솔닛Rebecca Solnit이 유려한 저서 《걷기의 역사》(New York: Penguin, 2001), 72p에서 설명했듯이 "길은 앞서간 자들의 기록이며, 그들을 따른다는 것은 거기에 더이상 존재하지 않는 이들을 따르는 것이다". "모든 잎사귀들이 나에게 행복을 이야기한다"는 1838년 EB의 글이다. AB와 EB, 일기 종이, 1837년 6월 26일, BPM, BS105; EB, "The Prisoner", 1845년 10월 9일; EB는 침실에서 이 의자에 앉은 자신의 모습을 1845년 7월의 일기 종이에 그렸다. 브론테 가의 하녀인 마사 브라운은 이 의자를 PB로부터 받았고, 그것을 자매인 태비사 래드클리프에게 줬으며, 그녀는 이를 리버풀에 사는 J. 로이 코번트리Roy Coventry에게 팔았다. 이 의자는 결국 BPM, F11에 보관되었다. 태비사는 EB가 이 의자를 들고 종종 밖에 나가 글을 썼다고 증언했다. Christine Alexander, Jane Sellars, 《The Art of the Brontës》(London: Cambridge University Press, 1995), 104p.

14 로버트 사우디가 CB에게 1837년 3월 12일에 쓴 편지 참조, 《LCB》, vol. 1, 166p.

15 알프스를 넘는 것에 대한 내용은 《The Prelude》 제6권, 629, 635, 640~41p에서 인용한 것으로, 생플롱 고개를 넘는 길에 관한 대목이다. 그들이 이 고개를 지날 때는 그 사실을 알지 못했기 때문에 이를 뒤늦게 깨달은 워즈워스는 처음엔 실의에 잠겼으나, 나중에 상상 속에서 그 영원의 감각을 경험할 수 있었다. Wordsworth, 《The Prelude or Growth of a Poet's Mind》, 2nd ed., ed. Ernest de Selincourt(Oxford, UK: Clarendon Press, 1959), 209~210p; Wordsworth, "Tintern Abbey," 49, 97~98p, 《Lyrical Ballads》, 2nd ed. (Oxford, UK: Oxford University Press, 1980), 113~15p; Wallace, 《Walking》과 솔닛, 《걷기의 역사》.

더 많은 이야기는 《Wordsworth and walking》 참조. 코라이엇의 글은 Marples, 《Shank's Pony》, 4p 인용.

16 스티븐의 글은 Marples, 《Shank's Pony》, 147p 인용. "매춘부"에 대해서는 Wallace, 《Walking》, 221~22p과 Deborah Epstein Nord, 《Walking the Victorian Streets: Women, Representation, and the City》(Ithaca, NY: Cornell University Press, 1995) 참조.

17 EB가 1838년~39년에 로힐에서 교사로 일할 때, 그녀는 어쩌면 시브던 홀에 살았던 앤 리스터와 스쳐갔을지도 모른다. EB는 아마도 리스터의 이야기를 들었을 터인데, 당시 리스터는 이미 인근에 사는 사람들에게 널리 알려진 인물이었기 때문이다. Jill Liddingon, "Anne Lister and Emily Brontë, 1838~39: Landscape with Figures," BST 26, no. 1 (2001); Anne Lister, 《I Know My Own Heart: The Diaries of Anne Lister 1791~1840》(New York: New York University Press, 1988), 278p 참조; 위턴에 관한 대략의 일대기는 Marples, 《Shank's Pony》 9장 참조; Edward Hall, ed., 《Miss Weeton: Journal of a Governess》(London: Oxford University Press, 1939), vol. 2, 24, 34, 45p; Lister, 《I Know My Own Heart》 113~14p.

18 CB가 EN에게 1839년 10월 14일에 쓴 편지 참조, 《LCB》, vol. 1, 200p; CB가 마거릿 울러Margaret Wooler에게 1850년 9월 27일에 쓴 편지, 《LCB》, vol. 2, 477p.

19 시위의 한 형태로 걷기를 선택한 여성들에 대해서는 솔닛, 《걷기의 역사》, 14장 참조; Frances Wilson, 《The Ballad of Dorothy Wordsworth》(London: Faber and Faber, 2008), 54p; 도러시 워즈워스가 크리스토퍼 크랙큰소프 부인에게 1794년 4월 21일에 쓴 편지 참조, Ernest de Selincourt이 편집한 《The Letters of William and Dorothy Wordsworth》(Oxford, UK: Oxford University Press, 1967), vol. 1, 116~17p.

20 《폭풍의 언덕》은 페미니즘 문학 이론의 핵심적 작품이 되었고, 내가 여기에 열거할 생각들은 매우 널리 알려진 것들이다. 페미니즘에 EB가 남긴 공로에 대해 쓴 가장 중요한 에세이는 틀림없이 샌드라 길버트Sandra M. Gilbert와 수전 구바Susan Gubar가 쓴 《다락방의 미친 여자The Madwoman in the Attic: The Woman Writer and the Nineteenth-Century Literary Imagination》(New Haven, CT: Yale University Press, 1979)에서 《폭풍의 언덕》을 서술한 장일 것이다. 이 책의 한 장은 《제인 에어》가 페미니즘에서 차지하는 중요성에 대해서도 설득력 있게 서술했다.

21 EB의 작품에 등장하는 자연의 모성적 역할에 대해 쓴 글은 많다. 그중 탁월한

책은 Margaret Homans, "Repression and Sublimation of Nature in Wuthering Heights," PMLA 93, no. 1 (1978)과 Stevie Davies, 《Emily Brontë: Heretic》 (London: Women's Press, 1994)이다.

22 EB의 산책에 관한 사실들 가운데서 나는 그녀의 동시대인들의 말에 의존하고 있는데, 그중 황야를 걷는 일에 관한 가장 중요한 말은 1833년 자매를 방문한 EN이 남겼다. EB가 쓴 편지들 중 유일하게 남아 있는 세 통은 모두 짧고 형식적인 것들이다. 우리가 보았듯이 그녀가 유년시절에 쓴 글들은 《폭풍의 언덕》 원고와 그녀가 아마도 죽기 전에 새로 쓰기 시작한 소설 일부와 함께 모두 사라졌다. 그녀의 시들과 한 편의 소설을 제외하고는 학교에서 쓴 몇몇 에세이와 일기 종이들, 그녀가 그린 그림들, 장부 조각들, 그리고 두 편의 글조각만이 남아 있다. EB에 관해, 그리고 BB와 AB에 관해서도 역시 우리가 알고 있는 모든 것은 CB가 주로 친구들에게 보낸 편지 속의 언급과, EB의 죽음 이후 쓴 짧은 글들, 그리고 주인공 셜리를 EB를 근거로 하여 쓴 소설 《셜리》에서 왔다. 루캐스타 밀러가 보여주듯, CB는 EB와 그녀의 혈육을 약간 뒤틀듯이 특정한 방식으로 묘사하며 모티프 삼았다. 《The Brontë Myth》(New York: Knopf, 2001) 참조. 많은 브론테 연구자들은 EB의 시들 중에서 어느 범위까지를 자전적으로 보아야 하는가에 관해 논의하는데, 특히 이 시들 중 많은 작품들이 곤달 세계의 사건과 인물들을 다루고 있거나 이런 상상 속의 인물들의 관점을 띠고 있기 때문이다. 나는 재닛 게저리의 《Last Things》에 등장하는 관점에 따라, 이 장에서 그 시들을 개인적인 맥락으로 읽었다.

23 E. M. Delafield이 편집한 《The Brontës: Their Lives Recorded by Their Contem-poraries》(London: Hogarth Press, 1935), 267p 인용; EB에 관한 이 묘사는 EN의 회고로부터 나왔다. 《LCB》, vol. 1과 EB의 초기 평전가 애그니스 메리 프랜시스 로빈슨Agnes Mary Francis Robinson의 《Emily Brontë》(Boston: Robert Brothers, 1889) 참조; CB, "Editor's Preface to the New Edition of Wuthering Heights", 《LCB》, vol. 2, 748p.

24 CB, "Editor's Preface", 《LCB》, vol. 2, 749p; Clement Shorter, 《Charlotte Brontë and Her Circle》(Westport, CT: Greenwood, 1970), 179p; 개스킬, 《Life》, 166p에서 인용한 EN의 말.

25 EB, "It was night and on the mountains", 1839년?; EB, "The Philosopher", 1845년 2월 3일, "Julian M. and A.G. Rochelle", 1845년 10월 9일; Wilson, 《Ballad》, 54p; EB, "I'm happiest when most away", 1838년?; Wordsworth, "Tintern Abbey", 46~47행, 《Lyrical Ballads》; EB의 글쓰기에서 자연이 차지하는 중요함에 관한 연구는 광범위하다. 이중 특히 좋은 결과물은 Margaret

Homans, 《Women Writers and Poetic Ideology: Dorothy Wordsworth, Emily Brontë, and Emily Dickinson》(Princeton, NJ: Princeton University Press, 1980).

26 개스킬이 존 포스터John Forster에게 1853년에 쓴 편지, 《LCB》, vol. 3, 198p; 《Oxford English Dictionary》인용. 'wuther'라는 단어에 관한 명료한 해설은 Steven Vine, 《Emily Brontë》(London: Twayne, 1998), 4장 참조.

27 CB, "Editor's Preface", 《LCB》, vol. 2, 749p.

28 EB, "Loud without the wind was roaring", 1838년 11월 11일.

29 Gezari, 《Last Things》, 17p.

30 EB는 독일어를 읽을 수 있었고, 그녀가 동경Sehnsucht이라는 단어를 알았을 가능성은 높다. 브론테 연구자들은 EB가 철학자로 간주되어야 한다고 말한다. 예를 들어 재닛 게저리는 EB를 "체제를 만들거나 그 안에 거하기를 거부한 덕분에 용맹할 수 있었던 독학 철학자"라고 말한다(《Last Things》, 4p).

31 CB, "Prefatory Note to 'Selections from Poems by Ellis Bell'", 《LCB》, vol. 2, 748, 752p; EB, "Why ask to know the date—the clime?", 1846년 9월 14일; EB, "All day I've toiled but not with pain", 날짜 미상; EB, "Honour's Martyr", 1844년 11월 21일; EB, "Loud without the wind was roaring"과 "F. De Samara to A.G.A.", 1838년 11월 1일; EB, "Tell me tell me smiling child", 1836년?; EB, "The inspiring music's thrilling sound", 1836년?

32 EB, "Faith and Despondency", 1844년 11월 6일.

33 프랜시스 윌슨Frances Wilson은 《Ballad》 54p에서 도러시 워즈워스의 도보주의를 이렇게 설명했다. 걷기는 "열망의 육체적 표현이다"; CB가 W. S. 윌리엄스Williams에게 1850년 5월 22일에 쓴 편지 참조, 《LCB》, vol. 2, 403p.

34 이 같은 연구는 Nicola Watson, 《The Literary Tourist: Readers and Places in Romantic and Victorian Britain》(New York: Palgrave, 2006), 특히 9p 참조; T. P. Grinsted, 《The Last Homes of Departed Genius》(London: Routledge, 1867), vi.

35 존 키츠John Keats가 벤저민 베일리Benjamin Bailey에게 1818년 7월 18일~22일에 쓴 편지 참조, Hyder Edward Rollins이 편집한 《The Letters of John Keats, 1814~1821》(Cambridge, MA: Harvard University Press, 1958), vol. 1, 342p; lines 1~2, H. W. Garrod가 편집한 《Keats: Poetical Works》(London: Oxford University Press, 1967), 385p; 애버츠버드 순례길에 대해서는 Simon Goldhill, 《Freud's Couch, Scott's Buttocks, Brontë's Grave》(Chicago: University of Chicago Press, 2011)와 Watson, 《Literary Tourist》 참조; 스콧의 무덤가에 자란 나무로 만든 도보용 지팡이는 토머스 폭스가 앤드루 카네기에게 1901년 5월 9

일에 증정했으며 그 사진은 피츠버그 카네기 도서관 CA-522에서 볼 수 있다.

36 Miller, 《Brontë Myth》 98p; Virginia Woolf, "Haworth, November 1904," 〈Guardian〉, 1904년 12월 22일; Matthew Arnold, "Haworth Churchyard," 154~55행, Humphrey Milford가 편집한 《The Poems of Matthew Arnold, 1804~1867》(Oxford, UK: Oxford University Press, 1909), 280p; Emily Dickinson, 《The Poems of Emily Dickinson》, R. W. Franklin 편집(Cambridge, MA: Harvard University Press, 2005), 73p; 무덤에 대한 혼동과 브론테 순례에 관한 좀 더 일반적인 내용은 Watson, 《Literary Tourist》, 111~18p 참조.

37 파크스가 언제 하워스에 갔는지를 재구성하기는 어렵다. 누가 썼는지 밝혀지지 않은 한 편지를 개스킬이 자신이 쓴 CB의 자서전에 실었는데, 여기에 하워스 방문이 기술돼 있고, 찰스 레먼Charles Lemon은 이 편지를 《Early Visitors to Haworth: From Ellen Nussey to Virginia Woolf》(Haworth, UK: Brontë Society, 1996)에 재수록하면서, 이 편지의 주인으로 파크스를 지목하고 그 날짜가 1850년 10월 3일이라고 했다. 하지만 마거릿 스미스Margaret Smith는 이 편지가 제인 포스터Jane Forster의 것이라 지목하고 날짜를 1951년 1월 말로 추정한다. 《LCB》, vol. 2, 569~70p 참조. 에마 라운디스Emma Lowndes는 《Turning Victorian Women into Ladies: The Life of Bessie Raynor Parkes, 1829~1925》 (Palo Alto, CA: Academica, 2012)에서 파크스의 딸이 어머니가 1855년 7월 개스킬과 함께 하워스에 갔다고 생각했음을 알리고 있다. 《Parkes written by her daughter: Marie Belloc Lowndes, I, Too, Have Lived in Arcadia: A Record of Love and of Childhood》(London: Macmillan, 1941) 참조; 개스킬이 신원 미상의 상대에게 보낸 편지로, Lemon, 《Early Visitors》, 21~23p 인용.

38 W. H. Cooke, "A Winter's Day at Haworth," 〈St. James Magazine〉 21 (1867년 12월~1868년 3월), 166p. 1861년에는 찰스 헤일Charles Hale을 포함한 다른 이들이 킬리로부터 걸어왔다. Lemon, 《Early Visitors》 73p 참조; 브래드퍼드에서부터 작은 보도와 길을 통해 걸어와 빙리로 가는 길이 하나 있었다; 다른 길은 히턴·윌스던·올드 앨런·브레이 황야로부터 이어졌다. 한 무명의 도보자는 〈브래드퍼드 옵서버〉 지에 1857년 4월 30일에 브래드퍼드 길에 대해 썼다. 윌리엄 스크루턴William Scruton은 이 후자의 길을 따라 1858년에 걸었다. Lemon, 《Early Visitors》 33, 46p 참조; 예를 들어, 《Month in Yorkshire》에 상세히 묘사된 월터 화이트Walter White의 1858년 도보 여행은 하워스를 들르는 것이었다. Lemon, 《Early Visitors》, 42p 참조; E. P. Evans, "Two Days at the Home of the Brontës", 〈Treasury of Literature and the Ladies' Treasury〉, 12월 2일 (1872), 302~4p; Helen H. Arnold, "Reminiscences of Emma Huidekoper

Cortazzo, 1866~1882", BST 13 (1958), 221p.

39 Sylvia Plath, 《The Unabridged Journals of Sylvia Plath, ed. Karen V. Kukil》 (New York: Anchor Books, 2000), 588~89p.

40 Algernon Charles Swinburne, 《A Note on Charlotte Brontë》(London: Chatto and Windus, 1877), 74p; EB, "Gleneden's Dream", 1838년 5월 21일; Anne Carson, "The Glass Essay", 97~101행, 《Glass, Irony, and God》(New York: New Directions, 1995), 4p.

41 많은 이런 사물들이 BPM에 보관돼 있다. 여기엔 신도석 앞면, 유골함, 촛대, 지팡이(Ch30) 등이 포함되어 있는데, 이 지팡이는 상아 손잡이에 은판으로 이런 문구가 새겨져 있다. "R. A. 헤이, 하워스 교회에 670년에 세워진/ 소우드 옥센호프의 참나무로 만듦." BST 11, no. 2 (1947), 115p에 따르면 이 지팡이는 1947년 하워스 지역 밀 헤이의 포스터 배니스터 부인이 박물관에 기증한 것이다. 서랍달린 책상은 아마도 BPM TA 230 품목의 책상일 터인데, 《BST》 15, no. 5 (1970), 333p에 따르면 1970년에 구입하여 서재에서 썼였다고 한다.

• 제4장: 키퍼, 그래스퍼, 그리고 집안의 다른 동물들

1 EB, 일기 문서, 1841년 7월 30일, 원본 원고는 유실됐으나 복사본을 Clement Shorter, 《Charlotte Brontë and Her Circle》(Westport, CT: Greenwood, 1970)에서 볼 수 있음; CB는 이 말을 엘리자베스 개스킬에게 했다. 《Life of Charlotte Brontë》(New York: Penguin, 1997), 200~201p 참조. 일부 브론테 연구자들은 이것의 진위를 의심하거나 적어도 개스킬이 이야기를 윤색했으리라 여긴다. 어쩌면 이 일은 사실일 수 있다. 물론 우리는 그 진위 여부를 결코 알 수 없을 것이다. 하지만 동물과 EB의 관계에 관한 많은 다른 이야기들이 있고, 그녀가 쓴 글 역시 개스킬의 이야기를 뒷받침해주는 최소한의 증거가 된다.

2 개스킬, 《Life》, 200p에 따르면 키퍼는 EB가 선물로 받은 개였다. 누가 줬는지―어쩌면 PB―키퍼가 어디서 왔고, 이 집에 도착했을 때 몇 살이었는지도 알 수 없지만, 이미 그런 평판을 얻고 있었다면 강아지는 아니었을 것이다; 이 표현은 존 스토어스 스미스John Stores Smith가 하워스를 방문하여 PB와 키퍼를 만난 후 키퍼의 종을 짐작하며 남긴 묘사였다. 그는 훗날 〈프리 랜스〉 지에 1868년 3월 14일 이 방문을 기록한 글을 썼다; 하지만 개스킬은 키퍼를 '불도그'라고 부르고 있으며 다른 글에서 그는 불매스티프라고 불린다. 제인 셀라스는 《The Art of the Brontës》(London: Cambridge University Press, 1995), 122p에서 그가 래브라도 믹스견이 아닐까 추측하고 있는데 그 종이 18세기 말까지 영국에 들어오지 않았고,

수십 년 후까지도 희귀종이었음을 고려하면 가능성이 높지 않다. 이에 관해서는 Carson I. A. Ritchie, 《The British Dog: Its History from Earliest Times》(London: Robert Hale, 1981), 151~52p 참조. 나는 EB가 1838년에 그를 모델로 그린 수채화를 들여다보고, 당대에 그려진 많은 불테리어들의 그림과 비교해보며 키퍼의 종을 추측하고 있다. 《William Secord's wonderful and comprehensive Dog Painting 1840 - 1940》(Suffolk, UK: Antique Collector's Club, 1992) 참조; 순종 개 육성의 역사에 관해서는 Harriet Ritvo, 《The Animal Estate: The English and Other Creatures in the Victorian Age》(Cambridge, MA: Harvard University Press, 1987), 91~98p 참조; 하워스에서 벌어진 개와 소싸움에 관해서는 Barbara Whitehead, 《Charlotte Brontë and Her 'Dearest Nell': The Story of a Friendship》(Otley, UK: Smith Settle, 1993), 113p 참조; 노동견과 동물학대금지법의 역사에 대해서는 Ritchie, 《British Dog》, 180, 141~44, 183~84p 참조.

3 Ritchie, 《British Dog》, 25p.

4 Walter Woodburn Hyde, "The Prosecution and Punishment of Animals and Lifeless Things in the Middle Ages and Modern Times", 〈University of Pennsylvania Law Review〉 64 (1915~1916), 730p; William Ewald, "Comparative Jurisprudence (I): What Was It Like to Try a Rat?" 〈University of Pennsylvania Law Review〉 143 (1994~1995), 1889; 그리고 Keith Thomas, 《Man and the Natural World: A History of the Modern Sensibility》(New York: Pantheon, 1983), 97~98p; 윌리엄 셰익스피어, 《베니스의 상인The Merchant of Venice》, 4.1; 과거의 동물권에 관해서는 Ewald, "Comparative Jurisprudence (I)," 1915 참조.

5 이 고대의 믿음들은 모두 Thomas, 《Man and the Natural World》 27, 75, 78, 98, 137p를 참조했다; CB, "Like wolf—black bull or goblin hound", Victor Neufeldt, ed., 《The Poems of Charlotte Brontë: A New Text and Commentary》(New York: Garland, 1985), 425p.

6 1803년에 필립 레나글Philip Reinagle이 〈스포츠먼스 캐비닛〉(London: Cundee, 1804) 지 102p에 실은 밀렵견 동판화를 예로 들 수 있다; 애완견의 반대편에 있는, 소설 속에 등장하는 노동견에 대해서는 Lisa Surridge, "Animals and Violence in Wuthering Heights", BST 24, no. 2 (1999), 161~73p 참조.

7 Katharine MacDonogh, 《Reigning Cats and Dogs》(New York: St. Martin's, 1999), 133p에서 인용한 빅토리아 여왕의 일기.

8 Henry Mayhew, 《London Labour and the London Poor》(New York: Dover, 1968), vol. 2, 48~50p; Margaret Forster, 《Elizabeth Barrett Browning: A

Biography》(London: Chatto and Windus, 1988), 117~18p.

9 Ritvo, 《Animal Estate》, 86p; 그림 제목들은 Thomas, 《Man and the Natural World》 108p에서 왔다; Secord, 《Dog Painting》 252p와 Ritchie, 《British Dog》 20p에서는 인간의 역할을 수행하게 된 개들과 박제된 애완동물들에 대해 논하고 있다; 푸들로 만든 숄 이야기는 MacDonogh, 《Reigning Cats and Dogs》 135p 참조. 심지어 PB도 이런 일종의 감상주의에 빠져 개의 관점에서 쓴 편지 두 통이 있는데, 그 중 하나는 플로시를 주인공으로 했다; 디킨스의 편지는 현재 Berg에 서 보관중이다.

10 개와 인간의 본성에 대한 EB의 감정을 다룬 이런 시각은 Stevie Davies, 《Emily Brontë: Heretic》(London: Women's Press, 1994), 특히 104~5p 참 조. Ivan Kreilkamp, "Petted Things: Wuthering Heights and the Animal", 〈Yale Journal of Criticism〉 18, no. 1 (2005), 87~110p와 Surridge, "Animals and Violence in Wuthering Heights"도 참조; EB, "Le Chat", Sue Lonoff, ed. and trans., 《The Belgian Essays》(New Haven, CT: Yale University Press, 1996), 56~58p.

11 EN의 관찰로부터 온 것. Shorter, 《Charlotte Brontë》, 179~80p; 개스킬, 《Life》, 199p에 등장하는 지인의 말 인용.

12 키퍼가 EB의 무릎에 올라앉는 일은 EN의 이야기에 따르면 흔했다. Shorter, 《Charlotte Brontë》, 179~80p 인용; EB가 동물을 자신의 "혈족"이라고 여겼다 는 말은 Davies, 《Emily Brontë》 3장 참조.

13 CB, "Eamala is a gurt bellaring bull", 1833년 6월, Neufeldt, ed. 《Poems of Charlotte Brontë》, 109p; 하워스 지역 문구점주인 존 그린우드가 마을에서 일어난 일을 일기에 쓴 것. Winifred Gérin, 《Emily Brontë》(London: Oxford University Press, 1971), 147p에서 인용.

14 CB는 이 광견병 이야기를 개스킬에게 말했다. 《Life》, 200p 참조; 1870년대에 외과의인 고든 스테이블스Gordon Stables는 물린 곳을 즉각 지지는 것을 포함한 최대한의 치료법을 설파했다. 《Dogs in Their Relation to the Public》(London: Cassell, 1877), 28p 참조.

15 CB, "Editor's Preface to the New Edition of Wuthering Heights", 《LCB》, vol. 2, 749p; 〈Cornhill Magazine〉, 1873년 7월 28일, 66p.

16 Kreilkamp, "Petted Things", 87~110p; CB, "Editor's Preface", appendix II, in 《LCB》, vol. 2, 751p.

17 Davies, 《Emily Brontë》, 118p.

18 EB, "Le Papillon", Lunoff, ed. and trans., 《Belgian Essays》, 176p; 여러 동물,

그 중에서도 댕기물떼새에 관한 유려한 고찰은 Davies, 《Emily Brontë》 3장 참
조; EB, "Redbreast early in the morning", 1837년과 "And like myself lone
wholly lone", 1841년 2월 27일, Janet Gezari, ed., 《Emily Jane Brontë: The
Complete Poems》(London: Penguin, 1992).

19 오늘날 우리 사회 역시 온갖 방법으로 개와 동물들을 학대하고 있으며 옛 시대
의 사람들보다 우리가 더 인간적이라고 말하기도 어렵다. 18세기와 19세기의
노동견과 마찬가지로 허스키들은 썰매를 끌어야 하고, 그런 다음엔 버려지며,
경주에 동원되는 그레이하운드는 다리에 극심한 손상을 겪기도 한다. 강아지 공
장, 약물을 사용하는 경마, 닭과 가축들이 끔찍한 환경하에 갇혀 지내는 공장
제 농장 외에도 많은 것들이 있다. 키퍼의 목걸이(BPM, H110)는 일클리에 사는
루시 런드 양의 소유물로, 그녀는 이를 1898년 박물관에 대여해줬고 그다음엔
1902년에 이를 기증했다. 그녀가 PB가 죽은 후 1861년에 열린 목사관 경매에
서 이 목걸이를 샀거나, PB에게 이런 물건을 받은 브론테 가의 하인들의 친지들
에게서 샀을 가능성이 높다; MacDonogh, 《Reigning Cats and Dogs》 132p 인
용; 개 보유세의 역사에 관해서는 P. B. Munsche, 《Gentlemen and Poachers:
The English Game Laws, 1671 – 1831》(London: Cambridge University Press,
1981), 82~83p 참조; 조지 클라크George Clark는 1862년 5월 18일에 세금징수
관을 살해했다. "Accidents and Offences", 〈Trewman's Exeter Flying Post or
Plymouth and Cornish Advertiser〉, Mar. 5, 1862, 3p; 계급적 조절의 수단으로
사용된 개 보유세에 관해서는 Ritvo, 《Animal Estate》, 188p 참조.

20 알버트 공의 산책용 지팡이는 현재 왕실 수장고 31205으로 보관중이다.

21. 목걸이들이 팔린 곳에 관해서는 Elizabeth Wilson, "Foreword", 《Four
Centuries of Dog Collars at Leeds Castle》(London: Leeds Castle Foundation,
1979), 2p 참조; 안감을 댄 목걸이에 대해서는, 윈저 성의 병기고에 소장된 목걸
이 참조. 금박을 입히고 붉은 모로코가죽과 파란 벨벳을 댄 이 구리 목걸이에는
"이 개는 왕세자 조지 어거스터스 전하의 소유이다, 1715년."이라는 말이 새겨
져 있다. MacDonogh, 《Reigning Cats and Dogs》, 131p 참조; "Advertisements
and Notices", 〈Belfast News-Letter〉, 1866년 6월 28일; 초기의 금속 목걸이의
사진들은 Secord, 《Dog Painting》의 특히 37p 참조; 배에서 일한 노동견의 이
야기는 Ritchie, 《British Dog》 149~50p 참조; 〈Ipswich Journal〉, 1841년 10월
16일; Nicolás C. Ciarlo, Horacio De Rosa, Dolores Elkin, and Phil Dunning,
"Evidence of Use and Reuse of a Dog Collar from the Sloop of War HMS
Swift (1770), Puerto Deseado (Argentina)", 〈Technical Briefs in Historical
Archeology〉 6 (2011), 20~27p.

22 리즈 성Leeds Castle의 개목걸이 박물관엔 이처럼 글귀가 새겨진 목걸이들이 많다. "태비넷/ 탤벗 백작 소유, 전 잉글랜드 전연령 대회의 위대한 우승자. 애시다운 파크에서 32마리의 개에게 20기니 수여, 1838년 12월 14일"; 웰즐리 목걸이와 윔블던 잭 자선 목걸이는 개 목걸이 박물관에 있다. 〈Four Centuries of Dog Collars〉, no. 38과 no. 48 참조.

23 비크넬의 목걸이는 영국제로 18세기에 만들어졌으며, 개목걸이 박물관에 있다; 두 목걸이에는 이런 글귀들이 새겨져 있다. "저는 그랜비 후작의 개 퍼튼입니다. 당신은 뉘댁 개이신지요?" 그리고 "나는 버크스 지역 웨이킹엄 인근 킹가에 사는 프랫 씨의 개입니다. 당신은 뉘댁 개이신가요?" 두 목걸이의 사진은 〈Four Centuries of Dog Collars〉, no. 52와 no. 22에 실려 있다; 넬슨 경의 개 목걸이는 런던 국립해양박물관, PLT0138으로 소장되어 있다; 디킨스의 개목걸이는 개인 소유이다; 번스의 개목걸이에 관해서는 George R. Jesse, 《Researches into the History of the British Dog》(London: Hardwicke, 1866), vol. 1, 67p 참조; CB, "The Poetaster", vol. 1, 1830년 7월 6일, 하버드대학 호튼 도서관, Lowell I(2).

24 EB의 가계부에 대해서는 Edward Chitham, 《A Life of Emily Brontë》(Oxford, UK: Blackwell, 1987), 195p 참조; 플로시의 목걸이(BPM, H111) 또한 자물쇠가 사라지고 없으며, "JW"라는 검증마크가 새겨져 있다; 플로시의 견종에 관한 오해는 EN으로부터 시작된 것으로 보이는데, 그녀는 CB의 편지에 CB가 "B 씨로부터" 플로시의 새끼인 "킹 찰스 개"를 받았다는 글을 연필로 썼다. 이 글은 그 개와 CB가 세상을 떠난 후 많은 해가 흐른 뒤에 쓰인 것이고, 따라서 EN이 잘못 기억한 것일 수도 있다. (《LCB》, vol. 1, notes, 362p 참조). 플로시의 종이 무엇인지는 브론테 일가의 그 어떤 편지나 일기, 혹은 개스킬의 묘사에도 등장하지 않는다. 〈스포츠맨스 캐비닛〉 181p에 제작자 미상으로 등장하는, 새를 뒤쫓는 스프링잉 스패니얼의 당대 동판화를 보면 EB가 그린 달리며 나비를 뒤쫓는 플로시의 모습과 매우 흡사하다; 스패니얼 종에 대해서는 Ritchie, 《British Dog》, 163~64p 참조.

25 CB가 EN에게 1841년 7월 1일에 쓴 편지, 《LCB》, vol. 1, 258~59p. 1845년 7월의 일기(개인 소장)에서 AB는 CB가 "응접실에 앉아 바느질을 하고 EB는 위층에서 다림질을 한다…. 키퍼와 플로시는 어디 있는지 모르겠다"고 썼다. 몇 줄 뒤에 그녀는 CB가 "여담이지만, 플로시를 안으로 들였고, 개는 지금 소파에 누워 있다"고 말한다.

26 비위크의 《영국 새들의 역사History of British Birds》가 브론테 자매의 예술 속에 차지하는 중요함에 대해서는 Alexander and Sellers, 《Art of the Brontës》

22p 참조; BB, "Thomas Bewick", 〈Halifax Guardian〉 초판, 1842년 10월 1
일, Viktor Neufeldt 재판, ed.,《Works of Patrick Branwell Brontë》(New York:
Garland, 1999), vol. 3, 397~400p.

27 "총을 든 무리"라는 제목으로 불리는 BB의 이 유화는 1860년경에 사진 촬영
된 후 사라졌는데, 여기서 EB의 모습을 잘라낸 조각만 남아 런던의 국립초상
박물관에 보관돼 있다. 이 그림과 그것의 재생산을 둘러싼 이야기에 관해서
는 Alexander and Sellars,《Art of the Brontës》, 307~10p 참조; 줄리엣 바커
는 그가 해고된 이유를 상세히 기술했다.《The Brontës》(New York: St. Martin's,
1994), 334~35p 참조; BB, "The Shepherd's Chief Mourner", Neufeldt, ed.,
《Works》, vol. 3, 337p. 그는 이 시를 수도 없이 고쳐 썼고, 이 시는 1845년 5월
10일 〈요크셔 가제트〉에 게재되었다.

28 AB, 일기 종이, 1841년 7월 30일, 원고 유실; Mrs. Ellis H. Chadwick,《In the
Footsteps of the Brontës》(London: Pitman, 1914), 124p.

29 EB, 일기 종이, 1845년 7월 30일, 개인 소장.

30 CB가 EB에게, 1843년 9월 2일에 쓴 편지,《LCB》, vol. 1, 329p; CB가 EB에게,
1843년 12월 1일에 쓴 편지,《LCB》, vol. 1, 331p.

31 EN의 말. Whitehead,《Charlotte Brontë and Her 'Dearest Nell,'》150p 인용;
CB가 PB에게 1852년 6월 2일에 쓴 편지,《LCB》, vol. 3, 50p.

32 EN가 메리 고럼Mary Gorham에게 1845년 7월 22일에 쓴 편지,《LCB》, vol. 1,
405p; CB가 EN에게 1844년 8월과 1844년 11월 14일에 쓴 편지,《LCB》, vol. 1,
363, 374p; AB가 EN에게 1848년 1월 26일에 쓴 편지,《LCB》, vol. 2, 19p.

33 CB가 W. S. 윌리엄스Williams에게 1849년 6월 25일에 쓴 편지,《LCB》, vol. 2,
224p; CB가 EN에게 1849년 6월 23일에 쓴 편지,《LCB》, vol. 2, 222p.

34 엘리자베스 개스킬이 신원 미상의 사람에게 1853년에 쓴 편지,《LCB》, vol. 3,
198p; CB가 EN에게 1851년 12월 8일에 쓴 편지,《LCB》, vol. 2, 726p; CB가
EN에게 1854년 12월 7일에 쓴 편지,《LCB》, vol. 3, 306p.

35 플래토와 케이토에 관한 정보는 PB의 공책(BPM, BS 173)에서 인용했다. John
Lock and Canon W. T. Dixon,《A Man of Sorrow: The Life, Letters, and
Times of the Rev. Patrick Brontë, 1777~1861》(London: Ian Hodgkins, 1979),
482~83p 또한 참조; 세 번째 황동 개목걸이(BPM, 2000.2)는 키퍼의 것보다 더
광택이 나고 모양도 근사하다(자물쇠는 마찬가지로 분실되었지만). 거기에 글을 새
긴 솜씨 역시 더 숙련되었고 장식도 넘쳐나는 걸 보면 키퍼의 목걸이보다 비싼
듯 보인다. 이런 이유에서 나는 이 목걸이가 그들이 더 나중에 키운 개들 중 하
나의 것이리라 짐작하는데, PB는 이 시점에서 CB의 책들로부터 받는 인세로 좀

더 안락하게 생활하고 있었을 터이기 때문이다(CB가 대부분의 유산을 유언장을 통해 남편에게 물려주긴 했지만, 두 남자가 함께 살면서 경제적 혜택을 공유했으므로 PB 역시 이로부터 수혜를 받았다). 이 목걸이는 진품이 아닐 가능성도 있다. 이것의 출처가 아서 니콜스에게까지 이어지지는 않으나, 그가 이것을 아일랜드로 돌아갈 때 가져갔을 확률이 있다. 그 역시 개 애호가였으며, AB가 죽은 후엔 플로시를 산책시키기도 했다. 아서는 플래토를 데려갔는데 이 개는 1866년에 죽었다. 니콜스의 편지 어디에도 케이토는 언급되지 않았지만 그 개 역시 데려갔을 것이다. 니콜스는 목사관 하녀였던 마사 브라운에게 이런 편지를 썼다. "가여운 플래토가 2주 전에 죽었어요. 키퍼처럼 굉장히 힘들게 세상을 떠났습니다." 이 세 번째 목걸이는 2013년 5월에 기증되기 전까지 BPM에 임대되어 있었다. 《BST》 26, no. 1 (2001), 108p 참조.

• **제5장: 덧없는 편지들**

1 CB가 EN에게 1855년 3월에 쓴 편지, 《LCB》, vol. 3, 328p; CB가 EN에게 1831년 5월 11일과 1832년 7월 21일에 쓴 편지, 《LCB》, vol. 1, 109, 114p.

2 CB가 EN에게 1832년 10월 18일과 1834년 11월 10일에 쓴 편지, 《LCB》, vol. 1, 119, 133p; CB가 EN에게 1836년 12월 5일과 6일에 쓴 편지, 《LCB》, vol. 1, 156p.

3 CB가 EN에게 1832년 9월 5일과 7월 21일, 그리고 1836년 5월에 쓴 편지, 《LCB》, vol. 1, 117, 115, 145p; CB가 EN에게 1835년 7월 2일에 쓴 편지, 《LCB》, vol. 1, 140p; CB가 EN에게 1840년 8월 20일에 쓴 편지, 《LCB》, vol. 1, 226p; CB가 EN에게 1843년 3월 6일에 쓴 편지, 《LCB》, vol. 1, 312p.

4 CB가 EN에게 1836년 12월 5일과 6일에 쓴 편지, 《LCB》, vol. 1, 156p; CB가 EN에게 1840년 9월에 쓴 편지, 《LCB》, vol. 1, 227~28p.

5 Kathryn Crowther, "Charlotte Brontë's Textual Relics: Memorializing the Material in Villette", 〈Brontë Studies〉 35, no. 2 (2010), 131~32p 참조.

6 《빌레트》의 폴리나는 약혼자의 머리에서 뽑은 "전리품"과 아버지의 "회색 머리칼", 그리고 자신의 머리타래를 함께 땋아 "그것을 로켓 안에 가두고 심장 위에 올려놓았다". 《폭풍의 언덕》의 캐서린 언쇼가 죽을 때, 그녀의 목에 걸린 로켓에는 남편의 금발 머리칼 한 줌이 담겨 있었다.

7 브랜웰의 연애사건에 관한 자세한 이야기는 Juliet Barker, 《The Brontës》(New York: St. Martin's, 1994) 456~70p에서 인용했다; BB가 존 브라운에게 쓴 이 편지는 현재는 유실됐으나 리처드 먼크턴 밀른스Richard Monckton Milnes가 축약본을

자신의 인용문집에 베껴 적었다. 같은 책 459~61p.

8 CB가 EN에게 1832년 7월 21일에 쓴 편지, 《LCB》, vol. 1, 115p.

9 Harriet Martineau, 《Autobiography》, ed. Linda Peterson (Peterborough, Ontario: Broadview, 2007), 370~71, 136p.

10 CB가 EN에게 1834년 2월 11일에 쓴 편지, 《LCB》, vol. 1, 125p; CB가 EN에게 1834년 7월 4일에 쓴 편지, 《LCB》, vol. 1, 129p.

11 AB는 EN에게 1847년 10월 4일 교차 쓰기로 편지를 썼다. 이미 국가적으로 페니요금제가 시행된 이후라 우편요금을 아끼기 위해서 그러지는 않았을 테지만, 종이가 작은 것밖에 없었을 수 있다. 《LCB》, vol. 1, 544~45p; John Pearce, 《A Descant on the Penny Postage》(London: J. Born, 1841), 6p.

12 James Wilson Hyde, 《The Royal Mail: Its Curiosities and Romance》(London: Black-well, 1885), 259, 181p.

13 CB가 EN에게 1838년 8월 24일에 쓴 편지, 《LCB》, vol. 1, 180p; CB가 EN에게 1837년 초에 쓴 편지, 《LCB》, vol. 1, 163p.

14 CB가 EN에게 1835년 5월 8일에 쓴 편지, 《LCB》, vol. 1, 137p.

15 William Lewins, 《Her Majesty's Mails: An Historical and Descriptive Account of the British Post Office》(London: Sampson Low, 1864), 100p.

16 CB가 EN에게 1840년 1월 12일에 쓴 편지, 《LCB》, vol. 1, 208p.

17 밸런타인스데이 · 크리스마스 카드와 그 외에 관한 내용은 Asa Briggs, 《Victorian Things》(Chicago: University of Chicago Press, 1988), 364p 참조.

18 Catherine J. Golden, 《Posting It: The Victorian Revolution in Letter Writing》 (Gainesville: Florida University Press, 2009), 27, 122p; CB가 EN에게 1852년 12월에 쓴 편지, 《LCB》, vol. 3, 91p; CB가 조지 스미스George Smith에게 1852년 2월 17일에 쓴 편지, 《LCB》, vol. 3, 21p.

19 벽지 조각에 쓴 이 편지는 현재 Berg에 보관중이다. 벽지 뒷면에는 개스킬의 손글씨 글이 있다. "샬럿 브론테가 결혼 전, 미래의 남편이 사용할 서재 벽에 바른 벽지 조각.—ECG"; CB가 아멜리아 링로즈Amelia Ringrose에게 1850년 3월 31일에 쓴 편지, 《LCB》 vol. 2, 373p; CB가 엘리자베스 스미스Elizabeth Smith에게 1850년 5월 25일에 쓴 편지, 《LCB》, vol. 2, 407p. 이 양말들과 편지는 BPM에 있다; CB가 EN에게 1847년 4월에 쓴 편지, 《LCB》, vol. 1, 523p. 레이스 조각은 EN이 캐머런 부인에게 준 것으로, 가보로 전해졌다고 한다. Barbara Whitehead, 《Charlotte Brontë and Her 'Dearest Nell': The Story of a Friendship》(Otley, UK: Smith Settle, 1993), 137p, n. 1; CB가 EN에게 1847년 1월에 쓴 편지, 《LCB》, vol. 1, 515p.

20 Michael Finlay, 《Western Writing Implements in the Age of the Quill Pen》 (Cumbria, UK: Plain Books, 1990), 59p; CB가 EN에게 1834년 6월 19일에 쓴 편지, 《LCB》, vol. 1, 128p.

21 Michael Champness, David Trapnell, 《Adhesive Wafer Seals: A Transient Victorian Phenomenon》(Kent, UK: Chancery House, 1996), 4~5, 13p. 봉투와 밀랍지에 대해서는 Finlay, 《Western Writing Implements》, 59p 참조.

22 예로 든 이 봉함인들은 Champness and Trapnell, 《Adhesive Wafer Seals》, 13~146p에 글과 사진이 실렸다.

23 CB의 편지들 중에는 봉투가 없는 것들이 많으며, CB가 추적하기 어려운 방식으로 편지를 보냈을 수도 있으므로, 그녀가 다른 교신자들에게도 봉함인을 썼는지 여부는 알 수 없다; CB가 EN에게 1846년 8월 9일에 쓴 편지, 《LCB》, vol. 1, 491~92p.

24 CB가 EN에게 1847년 9월에 쓴 편지, PML, MA 7315.

25 일부 브론테 연구자들은 EB에게 연인이 있었으리라 여긴다. 그 예로는 Sara Fermi, "Emily Brontë: A Theory", 〈Brontë Studies〉 30, no. 1 (2005), 71~74p 참조. EB가 세상을 떠난 후, CB가 EB의 책상을 물려받았기 때문에 이 봉인함들은 CB의 것일 수도 있다. 26 Champness and Trapnell, 《Adhesive Wafer Seals》, 4p.

27 빅토리아 시대 우체국의 사생활 침범 문제에 대해서는 Kate Thomas, 《Postal Pleasures: Sex, Scandal, and Victorian Letters》(London: Oxford University Press, 2012); Champness and Trapnell, 《Adhesive Wafer Seals》, 99, 107~111p 참조.

28 CB가 BB에게 1843년 5월 1일에, 그리고 CB가 EN에게 1842년 5월에 쓴 편지, 《LCB》, vol. 1, 317, 184p; CB가 콩스탕탱 에제에게 1844년 7월 24일에 쓴 편지, 영국도서관, add. MS 38, 732A. LCB, vol. 1, 357~59p도 참조; 이 편지들의 운명에 관한 이야기를 들려준 이는 루이즈 에제로, 에제 가의 딸인 그녀는 어머니로부터 그 이야기를 들었다. 그러고 나서 그녀는 그 이야기를 M. H. 스필먼 Spielmann에게 전했다. Spielmann's "The Inner History of the Brontë-Heger Letters", 〈Fortnightly Review〉, Apr. (1919), 345~50p.

29 CB가 콩스탕탱 에제에게 1844년 1월 24일에 쓴 편지, 영국도서관 add. MS 38, 732B. LCB, vol. 1, 370p도 참조; Spielmann, "Inner History", 346p.

30 CB가 콩스탕탱 에제에게 1845년 1월 8일에 쓴 편지, 영국도서관, add. MS 38, 732D. LCB, vol. 1, 379~80p도 참조; Spielmann, "Inner History", 346p.

31 Spielmann, "Inner History", 346p. 《LCB》, vol. 1, 64p의 마거릿 스미스Margaret

Smith의 "편지의 역사The History of the Letters"도 참조; CB가 콩스탕탱 에제에게 1845년 11월 18일에 쓴 편지, 영국도서관, add. MS 38, 732C. LCB, vol. 1, 435~37p도 참조.

32 Spielmann, "Inner History", 346p.

33 같은 책 348p.

34 CB가 콩스탕탱 에제에게 1844년 7월 24일에 쓴 편지, 《LCB》, vol. 1, 357p; CCB가 콩스탕탱 에제에게 1844년 10월 24일에 쓴 편지, 《LCB》, vol. 1, 370p; CB가 콩스탕탱 에제에게 1845년 1월 8일에 쓴 편지, 《LCB》, vol. 1, 379p.

35 에제 부인이 《빌레트》를 읽은 이야기에 대해서는 Barker, 《Brontës》, 787p 참조.

36 CB가 자신의 아버지에게서 받은 특별한 편지 한 묶음은 그녀에게 깊은 감명을 주었을 것이다. 어느 날, 그는 자신이 결혼하기 전에 그녀의 어머니에게 보낸 편지들 중 몇 장을 딸에게 주었다. 그녀가 처음으로 읽은 "세월로 바래진" 그 편지들은 "정직함·절제·일관성"을 담고 있었다. 이상하게도 CB는 "마음이 샘솟게 하는 그 기록"을 찬찬히 음미하기가 매우 어려웠다. 그 편지들에 어린 "형언할 수 없는 다정함" 때문에 그 경험은 그녀에게 슬픔과 달콤함을 동시에 선사했을 터이다. 그 편지들 때문에 그녀는 "어머니가 살아 있고 내가 그분을 알았더라면" 하는 소망을 갖게 됐다. CB가 EN에게 1850년 2월에 쓴 편지, 《LCB》, vol. 2, 347p; CB가 EN에게 1837년 초와 1836년 12월 5,6일에 쓴 편지, 《LCB》, vol. 1, 162, 156p; CB가 EN에게 1836년 9월 26일에 쓴 편지, 《LCB》, vol. 1, 152p; CB가 EN에게 1836년 10월과 11월에 쓴 편지, 《LCB》, vol. 1, 154~55p; Victoria Glendinning, 《Vita: The Life of V. Sackville-West》(New York: Knopf, 1983), 168p.

37 CB가 EN에게 1852년 10월에 쓴 편지, 《LCB》, vol. 3, 73p; CB가 EN에게 1843년 10월 13일에 쓴 편지, 《LCB》, vol. 1, 334p; CB가 마거릿 울러Margaret Wooler에게 1851년 7월 14일에 쓴 편지, 《LCB》, vol. 2, 666p; 레이디 모리슨Lady Morrison에게 보낸 EN의 편지 속의 말, Whitehead, 《Charlotte Brontë and Her 'Dearest Nell'》, 156p 인용.

38 일레인 밀러Elaine Miller는 CB와 EN의 열정적인 사랑에 대해 설득력 있는 논의를 제시하며, 이성애를 주축으로 한 평전에서 이 사실이 대부분 무시되어왔다고 말한다. "Through All Changes and through all Chances: The Relationship of Ellen Nussey and Charlotte Brontë", 《Not a Passing Phase: Reclaiming Lesbians in History 1840~1985》(London: Women's Press, 1989).

39 Sharon Marcus, 《Between Women: Friendship, Desire, and Marriage in Victorian England》(Princeton, NJ: Princeton University Press, 2007) 참조. EN에

게 보낸 CB의 편지 속 열렬한 언어는 당시엔 보기 힘든 경우도 아니었다. 마커스Marcus는 여성들 간에 오간 많은 편지들 속에 비슷한 말들이 등장한다고 논했다.

40 앤 롱무어Anne Longmuir는 셜리라는 인물이 레즈비언인 앤 리스터를 기반으로 했을 수도 있다고 논한다. "Anne Lister and Lesbian Desire in Charlotte Brontë's Shirley", 〈Brontë Studies〉 31 (2006), 145~55p; CB는 개스킬에게 셜리는 EB를 모델로 했다고 설명했다. 개스킬, 《Life》, 299p 참조.

41 CB가 EN에게 1839년 3월 12일에 보낸 편지, 《LCB》, vol. 1, 187p; 빅토리아 시대 이성애 관계가 여성들의 우정과 사랑보다 부차적이었던 경우가 종종 있었음에 관해서는 Marcus, 《Between Women》도 참조.

42 CB가 자신을 찰스라고 부르길 즐겨했음은 Whitehead, 《Charlotte Brontë and Her 'Dearest Nell'》, 45p 참조.

43 Sandra M. Gilbert과 Susan Gubar, 《다락방의 미친 여자The Madwoman in the Attic: The Woman Writer and the Nineteenth-Century Literary Imagination》(New Haven, CT: Yale University Press, 1979).

44 CB가 EN에게 1854년 10월 31일에 쓴 편지, 《LCB》, vol. 3, 296p; EN가 아서 니콜스에게 1854년 11월에 쓴 편지, 《LCB》, vol. 3, 297p.

45 CB가 PB에게 1849년 6월 9일에 쓴 편지, 《LCB》, vol. 2, 218p.

46 Abraham Shackleton, 날씨 기록 원고, 킬리의 클리프 캐슬 박물관.

• **제6장: 책상의 연금술**

1 AB의 일기 종이, 1845년 7월, 개인 소장.

2 EB가 종이를 재활용한 경우는 Berg에 보관된 "사슬에 묶인 새chained bird" 시 원고에서 볼 수 있다. 1841년 2월 27일로 날짜가 기록된 이 시는 라틴어가 손글씨로 쓰인 종이 뒷면을 사용했다; 여덟 편의 시가 적힌 종이도 Berg에 있는데, "낮의 아름다움이 베일을 걷을 때"로 시작하는 이 시들의 날짜는 1836년 11월이다; 데릭 로퍼Derek Roper는 이 원고들을 저서의 서문에서 자세히 분석했다. 《The Poems of Emily Brontë》(Oxford, UK: Clarendon, 1995), 특히 13~21p.

3 이 첫 번째 공책은 영국도서관 Ashley MS 175에 보관되어 있다. 1839년, EB는 여기에 시를 쓴 날짜와 옮겨 적은 날짜를 기록해두었다. 이 공책은 1839년에 완성되었고, 1837년으로 거슬러 올라가는 그녀의 시들 중 가장 좋은 것들을 담고 있다. 필기가 흘림체인데, 이는 그녀에겐 흔치 않은 일이었다. 곤달 시를 담은 공책 역시 영국도서관 add. MS. 43483에 보관되어 있다. 이 공책은 원래 제본의 형

태를 유지하고 있지만, 1839년도 공책은 소장가 토머스 와이즈에 의해 분해되어 낱장으로 다시 제본한 것이다. 곤달 시가 아닌 다른 시들은 이제는 혼레스필드 원고Honresfeld MS로 분류되는데, 20세기에 들어서면서 유실되었으나, 1934년에 사진 복제되어 셰익스피어 헤드판 브론테 자매의 글 17권에 포함되었다. Thomas Wise and John Alexander Symington, eds., 《The Poems of Emily Jane Brontë and Anne Brontë》(Oxford, UK: Shakespeare Head, 1934). EB는 이 두 권의 공책을 모두 1844년 2월에 시작했다.

4 EB와 CB의 책상, 그리고 그 내용물들은 모두 CB의 죽음 이후 아서 비콜스가 물려받았다. 그가 죽은 후엔 그의 둘째 아내가 1907년 소더비 경매에 내놓았다. "Catalogue of Valuable Books and Manuscripts", 7월 26~27일, BPM, P.S. Cat. 3 참조. CB의 책상은 출판업자 조지 스미스George Smith의 아들인 알렉산더 머리 스미스Alexander Murray Smith가 구입하여 훗날 이를 BPM에 기증했다. EB의 책상은 필라델피아의 장서가이자 브론테 수집가인 헨리 허스턴 보널Henry Houston Bonnell이 사들여 훗날 BPM에 기증했다; BPM에 있는 휴대용이 아닌 책상 역시 CB의 것으로 여겨져왔는데, 아마도 인세가 꾸준이 들어오기 시작한 1850년대에 산 것으로 추정된다; AB, 일기 종이, 1841년 7월, 원고 유실.

5 EB(BPM, BS105)의 그림을 보면, 그녀가 그리고 있는 페이지가 1837년 6월 26일의 일기 종이임을 뚜렷이 알 수 있다. AB와 EB는 식탁에 앉아 있고 그들이 작업하고 있는 일기가 그려져 있으며 여기엔 '종이들'이라는 라벨이 그려져 있다.

6 CB의 책상을 두르고 있는 벨벳 끄트머리에는 별 패턴이 반복되고 있고, 상자 바깥의 나무에도 황동을 입사한 패턴이 반복된다. AB의 책상의 경사면은 독특할 정도로 여성적인 모양인데, 버찌색과 분홍색의 벨벳을 둘렀다. AB의 책상은 어디서 왔는지가 가장 확실치 않은데, 내용물 없이 BPM에 기증되었다. 하워스 지역 문구업자 존 그린우드가 이를 소유했고, 그의 고손녀인 메리 프레스턴이 이를 1961년에 박물관에 기증했다; 이 머리타래(BPM, BS 171)는 PB의 소유인 공책에 끼워져 있으며 "앤 브론테/ 1833년 5월 22일/ 13세"라고 쓰여 있고, 1907년 소더비 경매에서 CB의 책상 속에 들어 있었다. 이 머리칼을 누가, 언제 거기에 넣어뒀는지는 확실치 않다. CB 혹은 그녀의 아버지, 혹은 CB의 사후에 그녀의 남편이 그랬을지도 모른다. 바느질 패턴에 대한 더 자세한 정보는 Christine Alexander and Jane Sellars, 《The Art of the Brontës》(London: Cambridge University Press, 1995), 265p 참조; 동전 지갑 패턴, BPM, C36.

7 니콜스가 양철상자를 책상에서 꺼낸 이야기는 Clement Shorter, 《Charlotte Brontë and Her Circle》(Westport, CT: Greenwood, 1970), 146p 참조; CB는 《교수》의 원고 일부분을 출판업자들에게 돌리기 전에 친구나 다른 이들에게 보내

읽혔다. 그래서 이 부분은 봉투에 들어갔던 흔적으로 인해 접혀 있다. 그 가능성을 설명한 예는 Margaret Smith and Herbert Rosengarten의 《교수》(Oxford, UK: Clarendon, 1987) 서문 참조; EB의 가계부에 등장하는 두 번째 양철상자에 관한 정보는 Edward Chitham, 《A Life of Emily Brontë》(Oxford, UK: Blackwell, 1987), 195p 참조.

8 EB와 CB는 각각 화구상자를 갖고 있었고, EB는 기하학 도구(접을 수 있는 뼈자와 금속 촉이 달린 접이식 펜 등이 포함된)를 담는 가죽상자를 갖고 있었다; 조지 엘리엇George Eliot의 레이스 상자는 뉴니턴 박물관 및 미술관Nuneaton Museum and Art Gallery, X/R0723에 보관돼 있다.

9 CB, "Last Will and Testament of Florence Marian Wellesley", PML, Bonnell Collection; 조지 엘리엇의 책상은 2012년에 워릭셔 뉴니턴 박물관에서 도난당했다; 나이팅게일의 책상은 런던의 플로렌스 나이팅게일 박물관Florence Nightingale Museum, FNM: 0371로 보관되어 있다.

10 런드 도매점에 관해서는 Michael Finlay, 《Western Writing Implements in the Age of the Quill Pen》(Cumbria, UK: Plain Books, 1990), 127p 참조; 미치에 관해서는 David Harris, 《Portable Writing Desks》(Buckinghamshire, UK: Shire, 2001), 20p 참조; 바이엄에 관한 문구는 Catherine J. Golden, 《Posting It: The Victorian Revolution in Letter Writing》(Gainesville, FL: Florida University Press, 2009), 132p 인용; 정교한 책상들에 관한 묘사는 Mark Bridge, 《An Encyclopedia of Desks》(London: Apple Press, 1988), 84p 참조; 개스킬의 책상(BPM, LI.2005.7.1.); 루이스 캐럴Lewis Carroll, 《이상한 나라의 앨리스Alice's Adventures in Wonderland》(Boston: Lee and Shepard, 1896), 7p.

11 윌리엄 메이크피스 새커리William Makepeace Thackeray, 《허영의 시장Vanity Fair》(New York: Penguin, 2003), 565, 168p.

12 CB가 EB에게 1839년 6월 8일에 쓴 편지, 《LCB》, vol. 1, 191p; CB의 〈로 히드 일기Roe Head Journal〉, BPM, Bonnell 98p; CB가 EN에게 1839년 6월 30일과 1842년 5월에 쓴 편지, 《LCB》, vol. 1, 191, 193, 253p.

13 제인 오스틴이 카산드라 오스틴Cassandra Austen에게 1798년 10월 24일에 쓴 편지, Deirdre Le Faye, ed., 《Jane Austen's Letters》, 3rd ed.(Oxford, UK: Oxford University Press, 1995), 15p; J. F. Haywood, 《English Desks and Bureaux》(London: Victoria and Albert Museum, 1968), 2p과 John R. Bernasconi, 《The English Desk and Bookcase》(Reading, UK: College of Estate Management, 1981), 28p; CB, 〈The Secret〉, 1833년 11월 7일, 미주리-콜럼비아대학 엘머 엘리스 도서관.

14 나는 CB의 두 번째 책상의 출처를 추적하지 못했지만, 이것은 알버트 A. 버그 Dr. Albert A. Berg 박사의 소유물로, 그는 미국 서적 연합의 회장이자 수집가인 윌리엄 토머스 힐드럽 하우William Thomas Hildrup Howe에게서 구입했다. 디킨스와 브론테 유물을 비롯한 하우의 콜렉션은 그가 1939년 사망한 뒤, 팔렸다. 나는 하우의 수집품 리스트를 구하지 못했다. 버그는 CB의 책상을 다음의 물품들과 함께 뉴욕 공립도서관에 기증했다. CB의 머리타래로 여겨지는 것(마사 브라운이 시신에서 잘라낸 것), 주인을 알 수 없는 다른 머리타래, 역시나 마찬가지로 주인을 알 수 없는 또 다른 머리타래, EN에게 보내는 봉투 안에 든 CB와 남편의 방문용 명함, 손으로 그림을 그린 마분지 상자, CB의 벨벳 팔찌, 동봉된 EN의 편지에 따르면 다음과 같은 것들 : EB, CB, BB, 그리고 PB의 장례식 안내문 카드, 그리고 그 외 잡다한 것들.

15 Anthony Trollope, 《North America》(New York: Harper, 1862), 263~64p; Anthony Trollope, 《Autobiography》(New York: Dodd, Mead, 1912), 89, 299p; 앤서니 트롤럽이 로즈 트롤럽에게 1875년 3월 17일에 쓴 편지, N. John Hall, ed., 《The Letters of Anthony Trollope》(Stanford, CA: Stanford University Press, 1983), vol. 2, 654p.

16 CB가 EN에게 1845년 7월 31일에 쓴 편지, 《LCB》, vol. 1, 412p; BB가 J. B. 릴런드Leyland에게 1845년 9월 10일에 쓴 편지, 《LCB》, vol. 1, 424p; Juliet Barker, 《The Brontës》(New York: St. Martin's, 1994), 476p.

17 CB가 EN에게 1844년 11월 14일에 쓴 편지, 《LCB》, vol. 1, 374p.

18 EB, "The Prisoner," 1845년 10월 9일, Janet Gezari, ed., 《Emily Jane Brontë: The Complete Poems》(London: Penguin, 1992); 게저리 같은 이들은 CB가 발견한 공책이 곤달 시 공책이라 믿지만, 바커 같은 이들은 곤달 시가 아닌 다른 시들일 거라 믿는다. Barker, 《Brontës》, 481p; CB는 몇 년 후 EB의 시를 발견한 일을 거래하던 출판사 사장이자 결국 친구가 된 W. S. 윌리엄스Williams에게 1848년 9월에 편지로 알린다. 《LCB》, vol. 2, 119p; 그녀는 그 발견의 다른 버전 이야기도 남겼다. "Biographical Notice of Ellis and Acton Bell", 《LCB》, vol. 2, 742p.

19 이 기간 동안 CB와 EB 사이에 벌어진 거리에 대한 일련의 분석은 Chitham, 《Emily Brontë》, 6장 참조.

20 CB가 W. S. 윌리엄스에게 1848년 9월에 보낸 편지, 《LCB》, vol. 2, 119p; EB가 주장한 필명을 두고 벌인 논쟁에 대해서는 Winifred Gérin, 《Charlotte Brontë: The Evolution of Genius》(London: Oxford University Press, 1967), 309p 참조; CB가 W. S. 윌리엄스에게 1848년 7월 31일에 보낸 편지, 《LCB》, vol. 2, 94p.

21 커다란 접이식 탁자에 모두 둘러앉은 그들의 모습을 EB가 1837년 일기 종이에 그렸다(개인 소장); 이런 글쓰기가 로히드 시절로 거슬러 올라간다는 사실은 Barbara Whitehead, 《Charlotte Brontë and Her 'Dearest Nell': The Story of a Friendship》(Otley, UK: Smith Settle, 1993), 3p에서 인용했다; 그들이 각자 장편소설을 언제 시작했는지는 알 수 없지만, 대부분의 브론테 연구자들은 그들이 1년 안에 작업을 마쳤을 거라 추정한다. 클래랜던Clarendon 판《폭풍의 언덕》서문을 특히 참조. Hilda Marsden and Ian Jack(Oxford: Clarendon, 1976), 《애그니스 그레이》에 관해서는 Hilda Marsden and Robert Inglesfield (Oxford, UK: Clarendon, 1988) 참조,《교수》에 관해서는 Margaret Smith and Herbert Rosengarten 참조.

22 CB, "《폭풍의 언덕》개정판에 부치는 편집자의 머릿말Editor's Preface to the New Edition of Wuthering Heights", 《LCB》, vol. 2, 749p.

23 CB가 W. S. 윌리엄스에게 1849년 9월 17일에 보낸 편지, 《LCB》, vol. 2, 255p; CB가 조지 스미스에게 1852년 10월 30일에 보낸 편지, 《LCB》, vol. 3, 74p. CB는 소녀시절부터《제인 에어》와 흡사한 열정적인 고딕 이야기들을 썼지만, 이런 글쓰기가 장편소설 안에 병합되는 방식에 관해서는《폭풍의 언덕》의 영향을 받았다.

24 CB가 EN에게 1847년 10월 7일에 보낸 편지, 《LCB》, 547p.

25 메리 테일러가 엘리자베스 개스킬에게 쓴 편지, 개스킬,《The Life》, 81p 참조.

26 EB가 펜을 두고 악전고투한 이야기는 Edward Chitham, 《The Birth of Wuthering Heights: Emily Brontë at Work》(New York: St. Martin's, 1998), 10p 참조; CB의 펜 닦개, BPM, H223. 이 물품은 "Museum of Brontë Relics: A Descriptive Catalogue of Brontë Relics Now in the possession of R. and F. Brown, 123, Main St., Haworth, 1898", BPM, P. Bib. 1p에도 올라 있다; CB가 EN에게 1849년 2월 16일에 보낸 편지, 《LCB》, vol. 2, 183p.

27 펜의 이러한 역사는 Leonée Ormond, 《Writing: The Arts and Living》(London: Victoria and Albert Museum, 1981), 57p에서 인용한 것이다.

28 J. Hunt, 《The Miscellany》(Buckingham, UK: J. Seeley, 1795), 47p.

29 개스킬,《Life》, 234p.

30 CB, "Biographical Notice", 《LCB》, vol. 2, 743p.

31 CB는 인용된 말을 1836년 "물에 뛰어들다Diving"라는 시를 기록한 종잇조각에 썼는데, 이 시는 마음 깊숙이, "너무나 검고 깊은 곳까지" 내려간다는 내용을 다루고 있다. 이 종잇조각(Bonnell 98(7), BPM)은 〈로히드 일기〉라 불리는 일기 공책의 일부이다; Harriet Martineau, "Obituary", 〈Daily News〉, 1855년 4월 6

일; 개스킬, 《Life》, 233p.

32 CB는 뉴비로부터 얼마간의 돈을 결국 받아냈다. 소설이 출간된 지 4년 만의 일 이었다. Barker, 《Brontës》, 747p 참조.

33 일리나 마틴Ileana Martin은 CB가 《셜리》의 원고를 자르고 붙일 때 헤런식 가위 (가위 다리에 날이 있는)를 사용했을 것이라 추측하는데, 이는 BPM의 전시물 중 하나다. "Charlotte Brontë's Heron Scissors: Cancellations and Excisions in the Manuscript of Shirley", 〈Brontë Studies〉 38, no. 1 (2013), 19~29p 참조.

34 AB가 언제 두 번째 장편소설에 착수했는지는 분명치 않다. 《Brontës》 530p에 의하면 바커는 그녀가 1847년 4월에 시작했을 거라 믿고 있으며, 반면 다른 이 들은 1846년 9월 정도로 날짜를 더 이르게 잡고 있다(Chitham, 《Emily Brontë》, 197p). 그보다 6개월 후에 시작했을 거라 추측하는 이들도 있다.

35 예를 들어 바커는 EB가 두 번째 장편소설을 시작했다는 데 대해 강력한 논거를 제시한다. 《Brontës》, 532~33p.

36 브론테 형제자매가 '하이 워터High Water' 게임을 했으리라는 추측은 Whitehead, 《Charlotte Brontë and Her 'Dearest Nell'》 110p에서 인용되었다.

37 EB의 책상 안에 든 CB의 물건에 대해서는 Juliet Barker, 《Sixty Treasures: The Brontë Parsonage Museum》(Haworth, UK: Brontë Society, 1988), 43p 참조; CB 가 EN에게 1852년 2월에 보낸 편지, 《LCB》, vol. 3, 17. 38p.

38 CB가 W. S. 윌리엄스에게 1849년 4월 16일에 보낸 편지, 《LCB》, vol. 2, 203p.

• 제7장: 죽음으로 만든 물건

1 자수정 팔찌(BPM, J14)는 CB의 것으로, 아서 니콜스가 그녀의 죽음 후에 간직했 다. 그가 죽은 후엔 AB와 EB의 머리칼로 만든 다른 팔찌(아마도 BPM, J43)와 함 께 니콜스의 둘째 부인에 의해 1907년 소더비 경매에 부쳐졌다. 둘 다 품목 34로 올랐고, 파란 구슬목걸이와 안경이 담긴 CB의 작은 마호가니 상자에 담겼다. 이 품목은 BPM이 낙찰받았다. "Catalogue of Valuable Books and Manuscripts", 1907년 7월 26,27일, 4, BPM, P.S. Cat. 3 참조.

2 BB가 J. B. 릴런드에게 1846년 6월에 보낸 편지, 《LCB》, vol. 1, 475p; BB가 존 브라운에게 1848년 8월에 보낸 편지, 《LCB》, vol. 2, 110p.

3 CB가 W. S. 윌리엄스에게 1848년 10월 6일에 보낸 편지, 《LCB》, vol. 2, 124p; CB가 W. S. 윌리엄스에게 1848년 10월 2일에 보낸 편지, 《LCB》, vol. 2, 122p.

4 찰스 디킨스Charles Dickens, 《Dombey and Son》(New York: Penguin, 2002), 297p, 《The Old Curiosity Shop》(New York: Penguin, 2001), 522p, 그리고 《올리

버 트위스트Oliver Twist》(London: Penguin, 2002), 192p; "좋은 죽음"에 관한 정
보는 Pat Jalland, 《Death in the Victorian Family》(Oxford, UK: Oxford University
Press, 1996), 19~38p에서 인용되었다; 같은 책. 22p 인용.

5 이모의 얼굴을 그린 브랜웰의 스케치북의 한 페이지는 Brian Wilks, 《The
Brontës》(London: Hamlyn, 1975), 79p에 복제본이 실려 있다; 디킨스의 딸이 한
말은 Peter Ackroyd, 《Dickens》(New York: Harper Perennial, 1990), xii 인용; 밀
레의 연필 스케치와 울너가 뜬 대리석 흉상의 석고본은 오늘날 런던의 디킨스 박
물관에서 볼 수 있다. 이곳에는 그 외에도 다른 유물들이 있는데, 디킨스의 "변
기", 그의 책상에 놓였던 도자기 원숭이, 개즈 힐의 시계 등이다. 다음과 같은 문
구가 새겨진 동판이 박힌 탁자도 있다. "(샬레에서 가져온) 이 탁자에서 찰스 디킨
스는 그의 마지막 글을 썼다."; 집 안에 데스마스크를 걸어두는 경우에 관해서는
Jalland, 《Death in the Victorian Family》, 290, and Philippe Ariès, 《Images of
Man and Death》(Cambridge, MA: Harvard University Press, 1985), 128p 참조; 개
스킬, 《My Lady Ludlow》(New York: Harper, 1858), 17p.

6 CB가 W. S. 윌리엄스에게 1848년 10월에 보낸 편지, 《LCB》, vol. 2, 138p; CB가
EN에게 1848년 10월 29일에 보낸 편지, 《LCB》, vol. 2, 130p; CB가 EN에게 1848
년 12월 10일에 보낸 편지, 《LCB》, vol. 2, 152p; 개스킬, 《The Life》, 277p; CB가
W. S. 윌리엄스에게 1848년 11월 22일에 보낸 편지, 《LCB》, vol. 2, 142p; CB가 W.
S. 윌리엄스에게 1848년 12월 7일에, 그리고 CB가 엡스 박사Dr. Epps에게 1848년
12월 9일에 보낸 편지, 《LCB》, vol. 2, 148, 151p.

7 CB, "Biographical Notice", LCB, vol. 2, 746p; EB가 개들에게 먹이를 준 이야기
는 A. Mary F. Robinson, 《Emily Brontë》(London: W. H. Allen, 1883), 228p 참조.

8 EB가 자기 방에 있을 때 일어난 일은 하녀 마사 브라운이 개스킬에게 들려준 이
야기를 기초로 하고 있으며, 개스킬은 훗날 이 이야기를 존 포스터에게 1853년
9월에 보낸 편지에 써보냈다. J. A. V. Chapple and Arthur Pollard, eds., 《The
Letters of Mrs. Gaskell》(Manchester, UK: Manchester University Press, 1997),
246p; 마사 브라운이 그 뼈빗(BPM, H121)을 받았는데—아마도 패트릭이 주었을
터이다—그녀는 이것을 자신의 자매에게 주었고, 그녀는 자기 딸에게 물려주었
다. 그 딸의 남편인 시플리의 올더슨 씨Mr. Alderson of Shipley가 J. H. 딕슨에게 이
것을 팔았고, 딕슨이 1916년 소더비 경매에 이를 올렸다. "Catalogue of Valuable
Illuminated and Other Manuscripts", 1916년 12월 13~15일 참조, BPM. 루캐
스타 밀러는 이 빗이 진짜인지 의심하는데, 그 근거로 인용한 것은 Godfrey Fox
Bradby, 《The Brontës and Other Essays》(Oxford, UK: Oxford University Press,
1932) 37p이다. 그녀는 이 글에서 "유리진열장 안에 모셔지는 영광을 기다리는

이 빠진 다른 빛이 다섯 개는 된다는 소문이다"라는 말을 인용했다. 하지만 브래드비는 이 "소문"의 출처를 밝히지 않았고, 따라서 "다른 이 빠진 빛 다섯 개가 결국 브론테 목사관 박물관의 유리 진열장 안에 있는 것을 대체하리라"는 밀러의 확신은 출처 없는 소문에 근거한 것이므로 믿기 어렵다. 밀러, 《The Brontë Myth》(New York: Knopf, 2001), 213p 참조; CB가 EN에게 1848년 12월 19일에 보낸 편지, 《LCB》, vol. 2, 154p; EB의 말은 개스킬, 《Life》, 68p 인용. 검은 소파는 BPM 응접실의, 에밀리가 세상을 떠난 바로 그 자리에 놓여 있다. 브론테 평전 가들 사이에는 그녀가 응접실에서 죽었는지, 아니면 2층 침실에서 죽었는지에 관한 의견이 분분하다; CB가 EN에게 1849년 4월 12일에 보낸 편지, 《LCB》, vol. 2, 200p.

9 관 크기는 BPM에 있는 윌리엄 우드의 장부 축약본에서 온 것이다; 조문용 장갑 한 켤레 역시 BPM, D60으로 보관되어 있다. 흰 비단실로 짠 이 장갑은 어틀리 부인Mrs. Uttley에게 준 것이다; CB가 EN에게 1848년 12월 23일에 보낸 편지, 《LCB》, vol. 2, 157p; 애도용 카드는 Berg에 소장돼 있다. 이 카드들을 누가 만들었는지는 명확치 않다.

10 CB가 EN에게 1848년 12월 23일 보낸 이 편지는 Berg 소장품이며 《LCB》, vol. 2, 157p에도 실려 있다; CB가 W. S. 윌리엄스에게 1848년 12월 25일에 보낸 편지, 《LCB》, vol. 2, 159p; CB가 W. S. 윌리엄스에게 1849년 1월 2일에 보낸 편지, 《LCB》, vol. 2, 165p.

11 천국 속의 교외 지역이라는 말은 Michael Wheeler, 《Death and the Future Life in Victorian Literature and Theology》(New York: Cambridge University Press, 1990), 121p에서 왔다; 존 울프John Wolffe는 유명인의 죽음을 두고 행한 19세기 영국 설교문에 관한 연구와 수없이 많은 위로의 편지에 관한 연구에서 망자들이 천국에서 살아 활동하리라는 생각이 압도적으로 강조되었음을 발견했다. 《Great Deaths: Grieving, Religion, and Nationhood in Victorian and Edwardian Britain》(Oxford, UK: Oxford University Press, 2000), 63, 179p 참조; CB가 EN에게 1843년 8월 6일에 보낸 편지, 《LCB》, vol. 1, 328p; W. S. 윌리엄스가 CB에게 1848년 12월 21일에 보낸 편지, 《LCB》, vol. 2, 156p; PB가 일라이저 브라운Eliza Brown에게 1859년 6월 10일에 보낸 편지 Dudley Green, ed., 《The Letters of the Reverend Patrick Brontë》(Stroud, UK: Nonsuch, 2005), 279p; PB가 존 버크워스John Buckworth 목사에게, 1821년 11월 27일. 같은 책, 43p.

12 CB가 W. S. 윌리엄스에게 1849년 6월 4일에 보낸 편지, 《LCB》, vol. 2, 216p; CB가 W. S. 윌리엄스에게 1849년 6월 13일에 보낸 편지, 《LCB》, vol. 2, 220p;

EN의 일기, 《LCB》, vol. 2, 215p 인용.

13 메리 테일러는 이 사건을 엘리자베스 개스킬에게 편지로 이야기했다. 개스킬, 《Life》, 104p 참조.

14 잴런드Jalland는 《Death in the Victorian Family》에서 호슬리의 이야기를 자세히 풀어놓으면서 그 관습을 전반에 걸쳐 논의한다. 특히 214p 참조. Bertram Puckle, 《Funeral Customs: Their Origins and Development》(London: T. Werner Laurie, 1926)에 따르면 고대 그리스인들은 부모가 사망했을 때 아이의 머리칼을 애도의 기념품으로 잘랐다고 한다. 어린아이의 머리타래는 부모와 함께 묻혔다. 특히 269p 참조.

15 호슬리에 관해서는 Jalland, 《Death in the Victorian Family》 214p 참조; 키츠에 대해서는 Andrew Motion, 《Keats》(London: Faber and Faber, 1975), 564p 참조; 루스 리처드슨Ruth Richardson은 우체부에 관한 일화를 이야기한다. 《Death, Dissection, and the Destitute》(Chicago: University of Chicago Press, 2000), 4p 참조.

16 다수의 이런 유물들이 고고학자 마거릿 콕스가 런던 스피털필즈의 크라이스트 처치에 안장된 18세기와 19세기 지하무덤을 발굴하는 과정에서 나왔다. 여기엔 어금니 두 개가 담긴 작은 나무통도 있었다. Cox, 《Life and Death in Spitalfields 1700~1850》(London: Council for British Archaeology, 1996) 참조. 콕스는 또한 대중이 "죽은 자의 유해가 온전히 되살아나는" 방식의 부활을 믿었음(101p)을 논한다. 콕스는 발굴 중에 관의 납땜이 시신을 썩지 않고 온전히 간수하기 위한 수단이었음을 설명한다; 리처드슨Richardson은 《Death, Dissection, and the Destitute》 29p에서 다음과 같이 설명한다. "해부란… 고의적 신체훼손이나 정체성, 혹은 영원불멸의 파괴로 여겨졌다." Puckle, 《Funeral Customs》 206p.

17 "The Relic", 6, 11행. 존 던의 "장례식The Funeral"에서 화자는 그가 죽었을 때 그에게 수의를 입힐 이가 그의 육신을 다치게 하거나 그의 "팔을 뒤덮은 섬세한 털오라기"에조차 "의문을 품지 않기를" 희망하고 있다(1~2행). Donne, 《The Poems of John Donne》, ed. Herbert J. C. Grierson (London: Oxford University Press, 1966), vol. 1, 58, 62~63p; "Locksley Hall", 56~58행, Tennyson, 《The Poems of Tennyson》, 2nd ed., ed. Christopher Ricks (Harlow, Essex, UK: Longman, 1987), vol. 2, 123p; "Triumph of Time" 114~115, 120행, Algernon Charles Swinburne, 《Poems and Ballads and Atalanta in Calydon》(London: Penguin, 2000), 32p.

18 이런 미신들 중 대다수는 그 기원이 잊혀져 왜 행해야 하는지도 모른 채 행해졌

다. 루스 리처드슨은 《Death, Dissection, and the Destitute》 7, 27p에서 자신이 그 시기의 '민간 신학'이라고 칭한 것들을 논한다. 이는 "기독교의 정통성과 잊혀진 것들과 모조인 것들, 그리고 유사 이교도 신앙일 수밖에 없는 것들"의 혼합물이다. 거울을 천으로 덮어둔 데는 다른 이유도 있는데, 유대교 전통에서는 거울을 천으로 덮어두는 것과 경야 기간 동안 몸을 씻지 않는 것이 외모에 전혀 신경을 쓰지 않음으로써 망자를 기리는 한 방법이다.

19 앤토니 포러에 관해서는 Irene Guggenheim Navarro, "Hairwork of the 19th Century", 〈Magazine Antiques〉 159 (2001), 484~93p 참조. 셜리 베리Shirley Bury도 《Jewellery, 1789~1910: The International Era》(Woodbridge, UK: Antique Collector's Club, 1991)에서 포러에 관해 언급하고 있다.; 만국박람회에 대한 상세 설명은 《Official Descriptive and Illustrated Catalogue of the Great Exhibition of 1851》(London: Spicer Brothers, 1851), 1137, 683, 1149p에서 왔다. 프랑스에서 머리칼 초상을 만든 예로는 플로베르Flaubert, 《보바리 부인Madame Bovary》(New York: Penguin, 2002) 36p 참조. 에마는 죽은 어머니의 머리칼로 만든 기념 카드를 갖고 있다; 빅토리아 시대의 머리칼 장신구 산업의 성장은 Christian Holm, "Sentimental Cuts: 18th-Century Mourning Jewelry with Hair", 〈Eighteenth-Century Studies〉 38 (2004), 139~43p에서 탐구할 수 있다; Pamela Miller, "Hair Jewelry as Fetish", Ray B. Browne, ed., 《Objects of Special Devotion: Fetishes and Fetishism in Popular Culture》(Bowling Green, OH: Bowling Green University Press, n.d.); Diana Cooper와 Norman Battershill, 《Victorian Sentimental Jewellery》(London: Newton Abbot, 1972); 그리고 Bury, 《Jewellery》; 머리칼 공예를 다룬 잡지로는 〈New belle assemblee〉와 〈The Cornhill Magazine〉이 있다. 빅토리아 시대 머리칼 장신구에 관한 더 많은 이야기는 Marcia Pointon, 《Brilliant Effects: A Cultural History of Gem Stones and Jewellery》(New York: Yale University Press, 2010) 참조. 십자수로 놓은 렘브란트에 관해서는 Nerylla Taunton, 《Antique Needlework Tools and Embroideries》(Suffolk, UK: Antique Collector's Club, 1997), 63p 참조; CB, "Passing Events", PML, Brontë 02, 1836과 "Captain Henry Hastings", 1839년, 하버드대학교 호튼 도서관.

20 헬렌 슈메이커Helen Sheumaker는 미국에서의 머리칼 산업의 역사에 대해 논하면서 서로 다른 방식의 머리칼 작업과 이런 헤어피스들이 어떻게 (그리고 누구에 의해) 만들어졌는가를 기술한다. 《Love Entwined: The Curious History of Hairwork in America》(Philadelphia: University of Pennsylvania Press, 2007) 참조. 미국의 머리칼 작업은 용어나 역사가 영국과는 매우 달랐으나, 패턴과 공정은

비슷했다; AB의 머리칼로 만든 팔찌(BPM, J8)는 그녀 사후에 1898년 경매(212 번 품목, "두 가닥으로 엮은 머리칼, 원통형태의 금 쐼새")로 팔렸고, 1932년 워딩 니덤 부인Mrs. Worthing Needham으로부터 BPM이 입수했다(BST 8, no. 1 [1932], 43~46p 참조). 이는 BPM이 1927년 경매 품목 27번으로 사들여 J12로 보관중인 EB와 AB의 머리칼로 만든 목걸이와 거의 한 쌍이라고 할 법하다. 긴 머리칼을 촘촘하고 매우 가늘게 짠 목걸이(BPM, J51)는 거의 직조판을 이용해 만든 것처럼 보일 정도다. 이는 EB의 머리칼로 알려져 있으며 하녀 마사 브라운을 통해 전해내려왔다. "Catalogue of the Contents of Moor Lane House, Gomersal, to Be Sold by Auction on Wednesday and Thursday, May 18 and 19, 1898", BPM, P Sales Cat. 2p.

21 CB, "Passing Events"; EB, "Why ask to know the date—the clime?" 1846 년 9월 14일, Janet Gezari, ed., 《Emily Jane Brontë: The Complete Poems》 (London: Penguin, 1992). 로켓, BPM, J42, SB: 636; 브로치(BPM, J15)는 엘렌 너시의 경매에서 제임스 마일스 씨Mr. James Miles가 샀고 여기에 든 머리칼이 AB, CB, 혹은 누구의 것인지는 명확치 않다. 22 황금 브로치, 빅토리아 알버트 박물관, M.21-1972, 1855; 엘리자베스 개스킬, 《크랜퍼드Cranford》(New York: Longmans, 1905), 104p.

23 벨벳 배경천 위에 놓인 머리칼 조각들, BPM, J81. Juliet Barker, 《The Brontës》 (New York: St. Martin's, 1994), 134p에서는 이 머리칼을 잘라 가진 이가 세라 가 스라고 지목하고 있다. 가스는 나중에 결혼하여 미국으로 이주했다. 그녀는 CB 가 죽었다는 소식을 듣고 아이오와에서 PB에게 편지를 보냈다. 브랜웰 이모의 머리칼은 이 그룹에서 보이지 않는데, 가스가 목사관을 영원히 떠난 후에 브랜 웰 이모가 목사관으로 와서 살았으므로 가스는 그녀를 잘 알지 못했을 것이다. 이 콜렉션 전체는 1989년에 존 D. 스틸John D. Stull 박사가 BPM에 BST 21 (1994 년), 3으로 기증했다.

24 존 에번스Joan Evans에 따르면, 사파이어 호부는 샤를마뉴와 함께 814년 엑스- 라-샤펠에 묻혔고, 1000년에 오토 3세가 무덤을 열었을 때 발견되었다고 한 다. 성당의 보물로 보관되고 있는 이 호부는 규범에 따라 1804년 조세핀 황후 에게 주어졌고, 그녀는 이를 대관식에 착용했다. 현재는 프랑스 랭스의 토Tau 성 수장고에 보관중이다. Evans, 《A History of Jewellery, 1100~1870》(Boston, MA: Boston Book and Art, 1970), 42p 참조; 찰스 1세의 유물에 관해서는 Diana Scarisbrick, 《Ancestral Jewels》(London: Deutsch, 1989), 67~68p 참조. 찰스 1 세의 머리칼 보석 일부는 빅토리아 앨버트 박물관에 있는데, 1650년 경에 제작 된 M. 103-1962 품목의 브로치는 그의 머리칼 위에 금사로 그의 암호문을 덮었

고, 뒷면에는 다음과 같은 글이 새겨졌다. "CR REX MARTYR."
25 적어도 4개의 두꺼비돌 반지를 비롯한 많은 액막이용 장신구의 예를 빅토리아
   알버트 박물관에서 찾아볼 수 있다. 박물관에는 치아나 여러 동물의 뼈-늑대나
   사슴-가 담긴 호부들이 있는데, 이는 수호용이거나 양육을 위한 것이다; 대망막
   장신구, 대영박물관 Cat. 229~30, 577p.
26 CB, "The Search after Happiness", 1829년 8월 17일, 영국도서관 Ashley 156;
   CB, "The Foundling", 1833년, 영국도서관, Ashley 159.
27 CB, "Caroline Vernon", Winifred Gérin, ed., 《Five Novelettes》(London: Folio
   Press, 1971), 301p; 제인 오스틴, 《이성과 감성Sense and Sensibility》(London:
   Richard Bentley, 1833), 84p.
28 디킨스, 《올리버 트위스트Oliver Twist》, 313p; CB, 〈The Secre〉. 1833년 11월 7
   일, 엘머 엘리스 도서관, 미주리-콜럼비아대학.
29 베리는 Jewellery, 681p에서 사랑하는 이들의 머리칼을 낯선 이들의 머리칼
   로 바꿔친 스캔들에 대해 거론한다. 미국의 머리칼 제조업에서도 유사한 사건
   이 발생했다. Sheumaker, 《Love Entwined》참조. 베리와 슈메이커 두 사람 모
   두 19세기 동안 인간 머리칼의 매매가 성했으리라 논한다. 당대에 가장 인기
   높았던 머리칼 취급법 가이드는 《Alexanna Speight's Lock of Hair》(London:
   Goubaud, 1872)로, 여성의 머리칼을 팔기 위해 자르는 방법을 광범위하게 다
   루고 있다; 〈The Family Friend〉 5호 (1853년), 55p. 〈영국 여성 가정잡지The
   Englishwoman's Domestic Magazine〉도 비슷한 지점을 지적하고 있다. "인간의 머
   리칼이 영원히 남는다는 점을 생각할 때, 우리는 죽은 자 가운데 속한 친구의
   앞머리에서 몇 가닥이나 한 타래의 머리칼을 잘라 간직하려는 이들의 불안을
   잘 이해할 수 있다."〈캐셀의 가정저널Cassell's Home Journal〉 역시 모든 머리칼
   제조 가이드가 그러하듯 이런 공포를 다루고 있다.
30 메리 테일러의 말은 개스킬, 《Life》, 103p 인용; 잉크스탠드, 왕실 소장고 15955.
   Jonathan Marsden, ed., 《Victoria and Albert: Art and Love》(London: Royal
   Collection, 2010), 206p도 참조; 윈저 성 프로그모어 하우스의 보관소에는 치아
   장신구의 예들이 수집돼 있다. 이들은 금을 씌운 법랑질로 만든 귀걸이와 펜던
   트(RCIN, nos. 52540, 52541.1, 52541.2)로, 겸손한 사랑을 상징하는 바늘꽃 모양
   으로 만들어졌다. 이 치아들은 비어트리스 공주의 치과 수술의 결과물이다. 펜
   던트에는 금으로 다음과 같은 글이 쓰여 있다. "우리 아기의 첫 이". 여기엔 머
   리칼을 담을 케이스도 있는데, 안에 머리칼이 담겨 있진 않다. 또 다른 예로는
   엉겅퀴 모양으로 만든 금과 법랑질의 브로치인데, 빅토리아 공주의 유치를 가
   지고 만들었다. 뒷면에는 그녀의 아버지 알버트 공이 1847년 9월 13일에 손수

뽑았다고 적혀 있다. 밸모럴 성, RNIN 13517; 부적 팔찌: 왕실 수장고, 65293. Marsden,《Victoria and Albert》, 337p도 참조.

31 Christopher Hibbert,《Queen Victoria: A Personal History》(London: HarperCollins, 2000), 286~87p; Bury,《Jewellery》, 666p에서 인용. Navarro, "Hairwork of the 19th Century"는 빅토리아 여왕이 많은 머리칼 장신구를 받았을 뿐 아니라 타인에게 주기도 했다고 논한다.

32 Hibbert,《Queen Victoria》, 293p 인용; Wolffe,《Great Deaths》, 204~5p 인용; 영지주의의 물질성과 그 전반의 역사에 대해서는 Janet Oppenheim,《The Other World: Spiritualism and Psychical Research in England, 1850~1914》(New York: Cambridge University Press, 1985)와, Alex Owen,《The Darkened Room: Women, Power, and Spiritualism》(Philadelphia: University of Pennsylvania Press, 1990), Marlene Tromp,《Altered States: Sex, Nation, Drugs, and Self-Transformation in Victorian Spiritualism》(Albany, NY: SUNY Press, 2006) 참조; 케이티 킹에 대해서는 Owen,《Darkened Room》, 55p 참조; 밀러가 이야기한 CB의 유령은《Brontë Myth》, 89p 참조.

33 Clément Chéroux, Andreas Fischer, Pierre Apraxine, et al., eds.,《The Perfect Medium: Photography and the Occult》(New Haven, CT: Yale University Press, 2005); 토머스 윌멋Thomas Wilmot은 그의 저서《Twenty Photographs of the Risen Dead》(Birmingham, UK: Midland Educational Company, 1894)에 CB의 사진을 담았다. Miller,《Brontë Myth》, 89p 참조.

34 수전 R. 포이스터Susan R. Foister의 "The Brontë Portraits," BST 18 (1984), 352p에 따르면, 이 네거티브는 국립초상미술관에 보관된 사진가 에머리 워커 경Sir Emery Walker의 수천 장의 필름 중 하나다. 스튜디오 명함 인덱스에는 이런 말이 적혀 있다. "샬럿 브론테의 방문용 명함으로부터, 그녀가 사망하기 1년 이내에 받은 것." 포이스터가 지적하듯 방문용 명함은 최소 1857년까지 영국에 도입되지 않았으므로, 그녀는 이 명함이 1854년 사진 촬영(재촬영) 때 받은 것이리라 추측한다. Juliet Barker, "Charlotte Brontë's Photograph," BST 19, nos. 1~2 (1986), 27~28p도 참조. 이 대목은 사진이 진짜임을 더 확실히 주장하고 있는데, 다른 소장고에서도 이 네거티브로 인화한 프린트가 발견되었음을 근거로 하고 있다. 바커는 나중에 자신의 결론에서 다른 이들과 함께 이것이 EN의 사진일지 모른다고 약간의 의혹을 던지기는 했다. 오드리 홀Audrey Hall은 다른 사진들을 추정해보고 있다. "Two Possible Photographs of Charlotte Brontë", BST 21, no. 7 (1996), 293~302p.

35 Jalland,《Death in the Victorian Family》 6, 373~74p. Audrey Linkman,

《Photography and Death》(London: Reaktion, 2011), 69p도 참조; 제이 윈터Jay Winter는 "산 자와 죽은 자를 재회시키고, 그들의 육신을 되돌리고, 그들에게 안전하고 식별 가능한 휴식 장소를 제공하려는 이들이 엄청난 문제에 직면했다"고 말한다. 《Sites of Memory, Sites of Mourning: The Place of the Great War in European Cultural History》(New York: Cambridge University Press, 1995), 28p 참조.

36 Ian and Catherine Emberson, "A Necktie and a Lock of Hair: The Memories of George Feather the Younger", 〈Brontë Studies〉 31 (2006), 161p.

37 EN이 조지 스미스에게 1860년 3월 28일에 보낸 편지, Barker, 《Brontës》, 773p 인용; PB가 E엘리자베스 개스킬에게 1855년 4월 5일에 보낸 편지, Green, 《Letters of Reverend Patrick Brontë》, 227p에서.

38 영국도서관, Egerton MS 3268B. EN이 다른 사람들에게 준 머리타래는 BPM, J26과 E.2007.9로 소장. 둘 다 봉투에 들어 있다; 니콜스의 반지, BPM, J29.

• 제8장: 기념 앨범

1 CB가 PB에게 1851년 6월 7일에 보낸 편지, 《LCB》, vol. 2, 630~31p; CB가 어밀리어 테일러에게 1851년 6월 7일에 보낸 편지, 《LCB》, vol. 2, 633p; "물건들의 마을"이라는 표현은 Kathryn Crowther, "Charlotte Brontë's Textual Relics: Memorializing the Material in Vilette", 〈Brontë Studies〉 35, no. 2 (2010), 129p에서 왔다.

2 큰 상자 안에 든 작은 상자의 세부 묘사는 Yoshiaki Shirai, "Ferndean: Charlotte Brontë in the Age of Pteridomania", 〈Brontë Studies〉 28 (2003), 124p에서 왔다; 팩스턴과 양치식물의 집에 관한 정보는 Sarah Whittingham, 《Fern Fever: The History of Pteridomania》(London: Frances Lincoln, 2012), 108, 113p에서 왔다; 수정궁 모양의 케이스에 대해서는 Nicolette Scourse, 《The Victorians and Their Ferns》(London: Croom Helm, 1983), 89p 참조.

3 킹즐리는 이 '열광'이 여성들이 야외활동에 나서고 자연 접촉을 즐기게 하는 감정을 불러일으킨다고 홍보했다. 열렬한 전도사였던 킹즐리는 자연이 신의 영광을 나타내며, 그는 "식물학에 빠지는 것"이 "소설, 가십, 코바늘, 베를린 울(당대의 인기 높은 편물 자수)"에 대한 여성들의 갈망을 대체할 수 있기를 희망했다. Charles Kingsley, 《Glaucus; Or, the Wonders of the Shore》(Cambridge, UK: Macmillan, 1855), 4p; 디자인 모티프로서 양치식물에 관해서는 David Elliston Allen, 《Naturalists and Society: The Culture of Natural History in Britain,

1700 – 1900》(Aldershot, UK: Ashgate, 2001), 16p 참조; 물주전자, BPM, H28; 양치식물 용품에 관해서는 Nerylla Taunton, 《Antique Needlework, Tools, and Embroideries》(Suffolk, UK: Antique Collector's Club, 1997), 160p 참조.

4 양치식물법에 관해서는 Allen, 《Naturalists and Society》 17p; Whittingham, 《Fern Fever》, 173p 참조.

5 양치식물 애호가로서 워즈워스에 관해서는 Whittingham, 《Fern Fever》 13p 참조; 워드의 틴턴 교회 케이스의 그림은 Allen, 《Naturalists and Society》 401p 참조; 양치식물과 무덤의 결합이 인기 높았던 현상의 이야기는 Charlotte Yonge의 1853년도 《Herb of the Field》(London: Macmillan, 1887), 69~70p에서 왔다; Whittingham, 《Fern Fever》, 225p에는 '유령 꽃다발' 그림이 실려 있다; 워디언 케이스 안의 폐허에 대해서는 Allen, 《Naturalists and Society》 404p 참조; 글레니 일화는 Whittingham, 《Fern Fever》, 119p 참조.

6 John Ruskin, "Remarks Addressed to the Mansfield Art Night Class, 14 October 1873", 《A Joy for Ever》(London: George Allen, 1904), 238p.

7 EB, "There shines the moon, at noon of night", 1837년 3월 6일, "Weaned from life and torn away", 1838년 2월과 "Often rebuked, yet always back returning", 날짜 미상. Janet Gezari, ed., 《Emily Jane Brontë: The Complete Poems》(London: Penguin, 1992) 인용; Yonge, 《Herb of the Field》, 74p와 Scourse, 《Victorians and Their Ferns》, 169p.

8 David Elliston Allen, 《The Victorian Fern Craze: A History of Pteridomania》(London: Hutchinson, 1969), 11~12p; Whittingham, 《Fern Fever》, 26~27p 인용.

9 Whittingham, 《Fern Fever》, 216p 인용.

10 양치식물을 배경으로 춤추는 요정들에 관한 예는 Charles Kingsley, 《The Water Babies: A Fairy Tale for a Land Baby》, ed. Brian Alderson and Robert Douglas-Fairhurst (Oxford, UK: Oxford University Press, 2013)에서 찾을 수 있다. 요정과 양치식물의 관계, 그리고 빅토리아 시대 일부 일러스트에 관해선 Whittingham, 《Fern Fever》 40~41p 참조; 양치식물과 은둔에 관해서는 Yonge의 《Herbs of the Field》에서 양치식물에 관한 장의 69p와 "How to Become Invisible", 〈Punch〉, 8월 11일 (1866년), 65p 참조. 정신이상과 양치식물에 관해서는 Whittingham, 《Fern Fever》, 223p 참조.

11 CB가 랜드 부인Mrs. Rand에게 1845년 5월 26일에 보낸 편지, 《LCB》, vol. 1, 393p; CB가 EN에게 1846년 7월 10일에 보낸 편지, 《LCB》, vol. 1, 483p; CB가 EN에게 1850년 1월에 보낸 편지, 《LCB》, vol. 2, 337p.

12 CB가 EN에게 1851년 7월에 보낸 편지, 《LCB》, vol. 2, 671p.

13 CB가 EN에게 1852년 12월 15일에 보낸 편지, 《LCB》, vol. 3, 93p.

14 CB가 EN에게 1853년 11월 2일에 보낸 편지, 《LCB》, vol. 3, 101p; CB가 EN에게 1853년 4월 6일에 보낸 편지, 《LCB》, vol. 3, 149p; CB가 EN에게 1853년 5월 16일에 보낸 편지, 《LCB》, vol. 3, 165~66p.

15 CB가 EN에게 1853년 5월 27일에 보낸 편지, 《LCB》, vol. 3, 168p.

16 엘리자베스 개스킬이 존 포스터에게 1854년 4월 23일에 보낸 편지, 《LCB》, vol. 3, 248p.

17 CB가 EN에게 1854년 5월 21일에 보낸 편지, 《LCB》, vol. 3, 263p; 이 웨딩드레스는 니콜스가 샬럿 브론테 니콜스라고 이름 지은 그의 조카에게 남겼다. 그는 그녀에게 그녀가 죽기 전에 이것이 팔리지 않도록 태울 것을 약속하게 했다. 1954년에 그녀는 이것을 태웠으나, 그녀의 기억에 근거해 복제본이 만들어졌다. Juliet Barker, 《Sixty Treasures: The Brontë Parsonage Museum》(Haworth: Brontë Society, 1988), item 53에 등장하는 이야기. 그래도 보닛과 베일은 아직까지 남아 있다(BPM, D97); CB가 신원 미상의 수신자에게 1854년 6월에 보낸 편지, 《LCB》, 3, 266p; CB가 EN에게 1854년 6월 11일에 보낸 편지, 《LCB》, vol. 3, 268~69p.

18 이 여행용 드레스는 BPM, D74로 보관돼 있다.

19 요크셔 지방에서는 일부 희귀한 품종의 양치식물이 발견되곤 했는데, 이 "필름 같은 양치식물"처럼 투명한 잎사귀의 양치식물들은 1724년 빙리에서 발견되었을 때 '작고 기는 양치식물dwarf creeping fern'이라고 불리다가 아일랜드에서 다시 발견된 후에 이름이 바뀌었다; 메리 테일러가 CB에게 1850년 4월에 보낸 편지, 《LCB》, vol. 2, 393p; 식물 채집통은 보통 가죽끈으로 몸에 매달았다. 압착 수집함은 나무상자로 만들었는데, 영치식물을 납작하게 누르기 위해 끈으로 묶고 벨트를 채울 수 있었다. "식물학자의 휴대용 수집 압착기"와 같은 이런 장치들은 런던의 세인트마틴스 플레이스 3가의 보그 씨Mr. Bogue 가게 같은 곳에서 팔았다. Whittingham, 《Fern Fever》, 67p.

20 "A Devonian Period", 〈Punch〉, 1889년 9월 14일; 마이어스 양 이야기는 Whittingham, 《Fern Fever》, 66p에서 왔다; CB가 캐서린 윙크워스에게 1854년 7월 27일에 보낸 편지, 《LCB》, vol. 3, 280p; 이 '유령' 이야기는 Eanne Oram, "Charlotte Brontë's Hon-eymoon", BST 25 (1975), 343~44p와 LCB, vol. 3, 280~81p에서 왔다.

21 CB의 양치식물 앨범(BPM, bb238)은 낱장에 이런 글이 새겨져 있다. "F. E. 벨Bell/ 1914년 1월 25일/ 바나거 집안의 니콜스 힐 부인으로 부터/ 샬럿 브론테가 킬라니에서 신혼 여행중에/ 수집하고 눌러 말린 양치식물." 앨범의 몇몇 페

이지에 1869라는 워터마크가 새겨져 있는 걸로 보아 이 앨범은 CB가 전부 다 만든 것은 아니다. 몇몇 페이지의 양치식물은 CB가 정리했을 수도 있고, 벨 가의 일원 중 누군가가 정리했을 수도 있고, 그다음에 당대의 관습에 따라 앨범으로 한꺼번에 정리했을 것이다. CB 혼자서 전부 수집하고 말려둔 것을 벨 가의 가족들이 나중에 앨범으로 만들었을 수도 있다. 이 앨범은 아서 니콜스의 둘째 부인(여기서는 니콜스 부인으로 기재되어 있다)의 조카인 프랜시스 벨로부터 나왔다. 니콜스 부인은 이를 그녀의 조카인 프랜시스에게 주었고, 그녀는 나중에 그녀의 조카인 마저리 갤럽Marjorie Gallop 부인에게 전했다. 앨범은 그녀의 후손인 크리스토퍼와 나이젤 갤럽Christopher and Nigel Gallop이 BPM에 기증했다. BST 21 (1994년), 4p 참조; 양치식물 잎맥 석판화는 "각종 양치식물" 종이라고도 불렸는데, 잘라서, 가끔은 진짜 양치식물과 함께 앨범에 넣어둘 수 있었다. Whittingham, 《Fern Fever》, 184p 참조; Allen, Victorian Fern Craze, 52~53p. 이런 '앨범들'은 이후 나타나게 될 사진 용 앨범들을 떠올리게 하는데, 여기엔 사진보다는 식물을 꽂기에 적합한 칸이 달려 있었다. 흡사한 종류의 인쇄된 시판용 책들에도 말린 해초나 이끼 표본을 장식 액자칸에 끼우고 정보를 적을 수 있었다. Mary Wyatt의 《Algae Damnonienses》나 《Dried Specimens of Marine Plants》 같은 책들로, 1834년에서 1840년까지 여러 권으로 제작되었다. Mary Howard의 《Ocean Flowers and Their Teachings》(Bath, UK: Binns and Goodwin, 1847)라는 책도 있다. 이런 멋진 책들의 몇몇 페이지를 되살린 장면은 Carol Armstrong, ed., 《Ocean Flowers: Impressions from Nature》(Princeton, NJ: Princeton University Press, 2004) 참조.

22 니콜스의 인용문 책, BPM, BS 244; 빅토리아 앨버트 박물관에는 1836~1854년 사이에 세라 블랜드Sarah Bland가 만든 멋진 책이 있다. E.372:343~1967. 뉴욕 대학교 봅스트 도서관의 페일스 수장고Fales Collection 역시 여러 권의 영국과 미국 앨범들을 보관하고 있는데, 손으로 쓴 요리법을 담은 1800년대 것으로, 몇 가지는 그보다 더 오래되었다. 펠리셔 히먼Felicia Hemans의 아들은 브라우닝에게 인용문 책을 주었다; '인용문 책commonplace book'이라는 말은 유연하게 적용될 수 있고, 여러 종류의 앨범을 지칭하기도 하는데, 여기엔 내가 우정 앨범이나 기념 앨범이라고 부른 것들까지 포함된다. David Allen, 《Commonplace Books and Reading in Georgian England》(Cambridge, UK: Cambridge University Press, 2010), 29~34p; 미국의 경우이긴 하지만 Ellen Gruber Garvey' 의 멋진 책《Writing with Scissors: American Scrapbooks from the Civil War to the Harlem Renaissance》(New York: Oxford University Press, 2013)는 19세기 유럽 앨범 문화에 대한 많은 이야기를 담고 있다. 그녀는 미국에선 1850년대

까지 스크랩북이 유행하지 않았다고 단정하고 있다.
23 자서전 앨범은 빅토리아 시대 한참 이전의 긴 역사를 지니고 있는데, 그 시
작은 적어도 17세기까지 거슬러 올라간다. Martha Langford, 《Suspended
Conversations: The Afterlife of Memory in Photographic Albums》(Montreal:
McGill-Queens University Press, 2001), 23p 참조; 도크러가 갖고 있던 조각(BPM,
E.2006.2). 적어도 PB의 편지 일곱 통이 아직 존재하는데, 이와 비슷한 내용을
전하고 있다. "친애하는 부인, 동봉한 종잇조각이 제가 드릴 수 있는 제 딸 샬럿
브론테의 서명 전부입니다. 예전엔 많이 갖고 있었지만 이젠 거의 바닥이 났습
니다. 친애하는 P. 브론테 드림." PB가 젠킨스 양Miss Jenkins에게 1857년 7월 9
일에 보낸 편지, Dudley Green, ed., 《Letters of the Reverend Patrick Brontë》
(Stroud, UK: Nonsuch, 2005), 256p. 제작자 미상의 한 19세기 앨범의 페이지
를 다른 예로 들면, PB가 한 하원 후보를 지원하겠다는 서약서가 있는데, 그 위
에는 "저를 믿어주세요/당신의 친애하는/C 브론테"라는 쪽지가 붙어 있다. 뉴
욕대학교 봅스트 도서관 페일 수장고 MSS 001, box 21, folder 16b.; Harriet
Martineau, 《Autobiography》, ed. Linda Peterson (Peterborough, Ontario:
Broadview, 2007), 219p; 이녹 사인은 Thomas Wise and John Alexander
Symington, 《The Shakespeare Head Brontë》(Oxford, UK: Shakespeare Head,
1938), vol. 2, 104p에 실려 있다.
24 CB가 EN에게 1845년 7월 31일에 보낸 편지, 《LCB》, vol. 1, 413p와 n. 14, 414
참조. EN의 기억담은 《LCB》, vol. 1, 609p 참조; 메리 피어슨Mary Pearson의 인
용문 책은 오스틴, 텍사스대학 해리 랜섬 센터에 있다. Christine Alexander
과 Jane Sellars, 《The Art of the Brontës》(London: Cambridge University Press,
1995), 355p와 Barker, 《Brontës》 512p.
25 로 히드 앨범, BPM, C109; 크리스틴 알렉산더Christine Alexander는 이 앨범에
대해 논하며 일부 혹은 전체 페이지가 낱장으로 팔리던 것으로, 거기에 소녀
들이 그림을 그리고 글을 쓴 것을 나중에 한자리에 모아두었으리라 추측한다.
"Charlotte Brontë, Her School Friends, and the Roe Head Album", 〈Brontë
Studies〉 29 (2004), 1~16p 참조.
26 와그너 앨범, Pforz BND-MSS (Wagner, A.), 뉴욕 공립도서관 퍼츠하이머 수
장고; 스토빈 앨범에 대해서는 S. P. Rowlands, "An Old Fern Collection",
〈British Fern Gazette〉 6, no. 10 (1934), 260~62p 참조; 스토빈 앨범은 나이팅
게일에게 준 것이다. 플로렌스 나이팅게일 박물관, FNM: 1072.
27 새가 있는 앨범 이야기는 Jane Toller, 《The Regency and Victorian Crafts》
(London: Ward Lock, 1969), 58p에서 왔다; 카드와 스탬프가 있는 앨범에 대해

서는 Asa Briggs, 《Victorian Things》(Chicago: Chicago University Press, 1988), 267, 350~52p 참조: 전쟁 앨범, 플로렌스 나이팅게일 박물관, FNM: 0600. 다른 크리미아 전쟁 앨범도 있는데, 전장의 식물을 끼워 말렸던 것으로 아서 월 버Arthur Walber가 만들었다(FM 0601.1~2); Wilkie Collins, 《The Law and the Lady》(New York: Penguin, 1999), 82p.

28 여왕의 해초 앨범에 대해서는 Thad Logan, 《The Victorian Parlour》(New York: Cambridge University Press, 2001), 124p; 여왕의 더 많은 앨범에 대해서 는 Jonathan Marsden, ed., 《Victoria and Albert: Art and Love》(London: Royal Collection, 2010), 185, 355p 참조.

29 CB가 이 앨범을 하워스로 가지고 돌아오지 않았을 가능성도 있다. 그녀는 그것을 아일랜드의 벨 가의 집에 두고 왔거나 양치식물이 마르도록 거기 놔두었고, 벨 가족 중 한 사람이 그것을 앨범에 끼웠을 수도 있다; CB가 EN에게 1854년 8월 9일에 보낸 편지, 《LCB》, vol. 3, 283~84p.

30 CB가 EN에게 1850년 7월에 보낸 편지와 CB가 마거릿 울러에게 1854년 11월 15일에 보낸 편지, 《LCB》, vol. 3, 282, 301p; CB가 EN에게 1854년 12월 26일에 보낸 편지, 《LCB》, vol. 3, 312p; CB가 어밀리어 테일러에게 1855년 2월에 보낸 편지, 《LCB》,vol. 3, 327p.

31 하워스의 기념 앨범, BPM, E 2013.2; "1903년의 풍경"이라는 제목의 사진들, Berg, box PB7. 이 상자는 각종 브론테 관련 물품을 담은 상자로, 머리타래 2개, 하워스 주변 환경을 담은 낱장 사진들, 다른 지역의 사진을 담은 앨범 낱장 페이지들, 오려낸 인쇄물 등이 들어 있다.

32 많은 것들 중에서 오로지 브론테 일가로만 주제를 엄격히 한정한 스크랩북 몇 권이 있다. BPM, TA.125, 이 두 앨범 중 한 권은 갈색이고 한 권은 파란색인데, 신문 조각과 엽서, 몇 통의 편지를 담은 것으로 메이블 에절리Mabel Edgerley가 제작했다. BPM, TA.138는 갈색 앨범에 책등이 파란색인 신문 스크랩 앨범으로 마일스 하틀리Miles Hartley가 제작했을 가능성이 있다. BPM, SB: 1258A 앨범은 엽서, 신문 조각과 사진으로, 채드윅 부인Mrs. Chadwick이 기증했다. BPM, SB: 764는 책등이 파란색인 스크랩 앨범으로 제작연도는 1855년이다; 갈색 앨범, BPM, SB: 2352; 스크루턴 앨범, BPM, TA.198. 《The Temple Dictionary of the Bible》붉은 색 하드커버판, ed. Rev. W. Ewing (London: Dent, 1909); 터너 앨범, BPM, SB: 2288.

- 제9장: 유물의 이동

1 찰스 헤일이 세라 헤일에게 1861년 11월 8일에 보낸 편지, Charles Lemon, ed., 《Early Visitors to Haworth: From Ellen Nussey to Virginia Woolf》(Haworth, UK: Brontë Society, 1996), 73~85p에 사진이 실림.

2 Martine Bagnoli, Holger A. Klein, C. Griffith Mann, and James Robinson, eds., 《Treasures of Heaven: Saints, Relics, and Devotion in Medieval Europe》(New Haven, CT: Yale University Press, 2010), 10~11p. 대영박물관은 여러 곳의 흙을 가지고 만든 이런 성찬용 빵을 보관하고 있다. 골고다나 무덤 성당 등에서 가져온 돌, 흙, 그리고 그 외 물질들은 성유물과 합체되어, 독일 츠비팔텐의 가톨릭 뮌스터사제관에 그곳에서 가져온 돌, 진짜 십자가 조각 등과 함께 보관되어 있다.

3 하디와 키츠에 관해서는 Claire Tomalin, 《Thomas Hardy》(New York: Penguin, 2006), 235p 참조. 키츠의 매장지에서 가져온 기념품들에 대한 더 많은 정보는 Samantha Matthews, 《Poetical Remains: Poets' Graves, Bodies, and Books in the Nineteenth Century》(New York: Oxford University Press, 2004), 12p와 chap. 4 참조. 셰익스피어의 나무와 번스의 기념품에 대해서는 Nicola Watson, 《The Literary Tourist: Readers and Places in Romantic and Victorian Britain》 (New York: Palgrave, 2006), 69p 참조; 일부 팬들은 작가가 만진 물건에 작가 자신이 깃들어 있어 소통할 수 있다고 생각했으므로, 반드시 그 작가가 죽은 작가일 필요도 없었다. 해리엇 마티노는 약간 알고 지내던 사람이 낯선 방문자를 데리고 찾아왔을 때의 일을 이야기했는데, 방문자는 "잉크 스탠드에 적셔져 있는 펜"을 훔쳐다가 "액자에 넣거나 라벤더로 장식하려고" 했다고 한다. Martineau, 《Autobiography》, ed. Linda Peterson (Peterborough, Ontario: Broadview, 2007), 309p.

4 켄트의 M. H. 스필먼Spilmann 부인은 1935년 드 로피탈de l'Hopital 부인으로부터 하워스 인근 황야의 히스꽃을 받았다(BPM, BSC 2,6,4). 시드니 비델Sydney Biddell은 1879년 하워스를 방문했을 때 개스킬의 평전(현재 BPM 소장)을 들고 와서 그가 본 것을 주석으로 달았다. 그는 페이지 사이에 검은까치밥나무 덤불에서 주운 잎사귀와 히스 잔가지를 끼워 넣었다; 번스의 지역에 묻히고자 하는 현상은 1840년대에 시작됐다. Watson, 《Literary Tourist》 74p 참조.

5 Virginia Woolf, "Haworth, November 1904" 〈Guardian〉, 1904년 12월 21일; Sylvia Plath, 《The Unabridged Journals of Sylvia Plath》, ed. Karen V. Kukil (New York: Anchor Books, 2000), 589p.

6 CB, "The Death of Napoleon", Sue Lonoff, ed. and trans., 《The Belgian

Essays》(New Haven, CT: Yale University Press, 1996), 272p; 부서진 나폴레옹의 관 조각이 20여 년 동안 묻혀 있던 것이라는 사실은 이 유물에 더욱 오싹함을 부여한다. 한 동세대인은 원래의 관을 다음과 같이 묘사했다. "흰 비단으로 안감을 댄 양철관을 땜질하고 다른 마호가니 관에 넣고, 세 번째로는 납관에 넣고, 그 다음엔 그 전체를 마호가니에 넣고 강철 나사로 봉했다." Mark R. D. Seaward, "Charlotte Brontë's Napoleonic Relic", BST 17, no. 3 (1978), 186~87p 인용; 관 조각, BPM, BS20a. Juliet Barker, 《Sixty Treasures: The Brontë Parsonage Museum》(Haworth, UK: Brontë Society, 1988), item 16도 참조.

7 로켓에 담긴 탄환조각은 〈런던 타임스〉, 1844년 6월 17일, p. 6, col G에 거론된다. 이 물품은 현재 윈저 성 왕실 수장고에 보관되어 있다; 넬슨의 상의(UN 10024)와 거론된 다른 물품들은 런던의 국립해양박물관에 있다. 넬슨 경의 머리칼로 많은 장신구가 만들어졌는데, 레이디 네빌Lady Neville이 지닌 브로치가 그 예로, 그 안에는 "국가적 손실, 1805년 10월 21일"과 같은 세부사항이 새겨져 있다; 예를 들어 영국도서관은 품목 add. MSS 56226의 나무상자를 갖고 있는데, 이는 트라팔가르 전투중에 격침된 HMS 빅토리Victory 호의 파편으로 만든 것이다. 여기에는 넬슨의 머리카락 약간이 같은 전장의 기념으로 담겨 있다. 이 상자 뚜껑에는 작은 황동판이 있고, "빅토리 트라팔가르, 1805년 1월 21일"이라는 글이 새겨져 있다. 빅토리아 앨버트 박물관의 코담뱃갑은 넬슨의 배 중 하나인 HMS 벨러로폰 호의 참나무로 만들었고, 넬슨의 데스마스크를 미니어처로 제작해 담았다.

8 주치의인 내과의가 사망증명서에 '폐결핵' 혹은 일반적인 소모성 질환이라고 적기는 했으나, 브론테 평전가들은 CB의 사망원인이 극심한 입덧이라는 쪽을 굳건히 지지하고 있다. Juliet Barker, 《The Brontës》(New York: St. Martin's, 1994), 772p; H. W. Gallagher, "Charlotte Brontë: A Surgeon's Assessment", BST 18 (1995), 363~69p; 《LCB》, vol. 3, 320~21p, n. 3; CB가 EN에게 1855년 1월 19일에 보낸 편지, 《LCB》, vol. 3, 319p.

9 엘리자베스 개스킬이 존 그린우드에게 1855년 4월 12일에 보낸 편지, J. A. V. Chapple and Arthur Pollard, eds., 《The Letters of Mrs. Gaskell》(Manchester, UK: Manchester University Press, 1997), 337p; 낙태에 관한 개스킬의 언급을 더 자세히 보려면 Barker, 《Brontës》 774~75p 참조; 의학지의 낙태에 관한 언급은 J. A. and Olive Banks, 《Feminism and Family Planning in Victorian England》(Liverpool: University of Liverpool, 1964), 86p 참조; 메이휴Mayhew 이야기는 Patricia Knight, "Women and Abortion in Victorian and Edwardian England", 〈History Workshop〉 4 (1977), 57p에서 인용. 약초·혼합제·광고

의 역사 역시 같은 책 60~62p. 그리고 John M. Riddle, 《Eve's Herbs: A History of Contraception and Abortion in the West》(Cambridge, MA: Harvard University Press, 1997), 202~3p 참조. 나이트는 "프랭 부인"이라는 혼합제를 만든 남성들이 "여성의 낙태를 촉진했다"는 죄로 감옥에 갇혔다고 설명한다(62p). R. Sauer, "Infanticide and Abortion in Nineteenth-Century Britain", 〈Population Studies〉 32 (1978), 88p 참조.

10 맨체스터 분만 병원 내과의사인 제임스 화이트헤드James Whitehead는 1847년에 그의 진료 경험에 관한 글을 썼다. 그가 문진한 2천 명의 여성 중 747명은 적어도 한 번 이상 낙태를 경험했다고 말했다. 화이트헤드 자신은 낙태 시술을 몇 번 하지 않았다고 덧붙였는데, 여성의 생명이 위험한 경우에만 맥각 마취하에 시술했다고 한다. Riddle, 《Eve's Herbs》, 238p.

11 PB가 세라 뉴섬 부인Mrs. Sarah Newsome(결혼 전 세라 가스)에게 1855년 6월 12일에 쓴 편지, Dudley Green, ed., 《The Letters of the Reverend Patrick Brontë》(Stroud, UK: Nonsuch, 2005), 231p; PB가 엘리자베스 개스킬에게 1855년 6월 20일에 쓴 편지, 같은 책 235p; 묘지기인 윌리엄 브라운은 찰스 헤일에게 매장된 기념 명판 이야기를 들려주었다. 찰스 헤일은 이를 1861년 11월 8일 세라 헤일에게 이야기했다. Lemon, 《Early Visitors to Haworth》 79~80p.

12 Barker, 《Brontës》 822~25p 참조. 바커는 왜 니콜스가 PB의 자리를 물려받지 못했는가에 대한 여러 다른 이론과 가능성을 논하고 있다; PB의 공책, BPM, BS 178. Barker, 《Sixty Treasures》, item 15p 참조; 침대를 해체한 내력은 Alan H. Adamson, 《Mr. Charlotte Brontë: The Life of Arthur Bell Nicholls》(Montreal: McGill-Queen's University Press, 2008), 125p에서 왔다.

13 이 판매에 관한 원고 경매 카탈로그(BPM, SB: 349)의 내용은 무엇을 팔았는가에 대해 매우 모호하게 기술되어 있다. 예를 들어 대부분의 책들은 '브론테 시집 3권', '제인 에어 3권', '로마의 역사'처럼 적힌 극히 드문 경우를 제외하고, 그저 '책들'이라고만 리스트에 올라 있고 다른 정보는 전혀 없다; 이 경매 리스트에 구매자로 오른 '그린우드'는 문구점주인이 아니라 지역 지주이며 다른 그린우드 일가와는 관계가 없는 사람일 것이다. 몇 가지 물품을 사들인 '스미스'는 샬럿의 출판업자 조지 스미스일 것이다. 경매에 오른 브론테 자매의 피아노는 옥센호프에 사는 존 부스가 샀고 현재는 BPM, F13으로 보관중이다. Barker, 《Sixty Treasures》, items 8과 23.

14 Berg는 이 엽서들 중 하나를 갖고 있는데, box PB7의 일부이다; 소금상자와 촛대에 관한 정보는 1916년 소더비 경매 기록에서 왔다. "Catalogue of Valuable Illuminated and Other Manuscripts", 1916년 12월 13~15일, 97p.

15 베일과 드레스는 각각 BPM, D97과 D74로 보관되어 있다. EB의 나무 의자와 CB의 코르셋 또한 마사로부터 그 자매에게 전해졌다가 결국 BPM으로 돌아왔다; Barker, 《Sixty Treasures》 item 51은 CB가 드레스를 고치고 재활용한 이야기를 담고 있다; 앞치마는 결국 콜윈 베이, 하워든 가, 비치 하우스에 사는 오머 로드 양Miss Omerod에 의해 BPM에 기증되었다. BST 11, no. 2 (1947), 115p 참조; '항아리' 인형(BPM, H153)에는 CB가 입었던 옷의 일부가 입혀져 있는데, 킬리의 그레이슨 부인Mrs. Grayson이 한때 소유했다. BST 11, no. 1 (1946), 49p 참조.

16 Ann Dinsdale, Sarah Laycock, and Julie Akhurst, 《Brontë Relics: A Collection History》(Yorkshire, UK: Brontë Society, 2012), 25p; "Catalogue of Brown Collection of Brontë Relics", Sotheby's sale, 1898년 7월, BPM, P.S. Cat. 1, "Museum of Brontë Relics, a Descriptive Catalogue of Brontë Relics Now in the Possession of R. and F. Brown", BPM, P. Bib. 1.

17 Adamson, 《Mr. Charlotte Brontë》, 136p.

18 같은 책 147~155p; 같은 책 156p 인용.

19 John Collins, 《The Two Forgers: A Biography of Harry Buxton Forman and Thomas James Wise》(Aldershot, UK: Scolar, 1992)과 Wilfred Partington, 《Forging Ahead: The True Story of the Upward Progress of Thomas James Wise》(New York: Putnam, 1939) 참조.

20 와이즈와 브론테 원고, 그의 장서목록에 관해서는 Dinsdale et al., 《Brontë Relics》 41p 참조; "Forgeries and Uncertain Attribution", LCB, vol. 3, 375~78p; 새커리에게 쓴 두 통의 편지가 있다고 하지만, CB가 그에게 쓴 편지는 남아 있지 않다.

21 Donald Hopewell, "The President on 'Follies of Brontë Obsession,'", BST 12, no. 4 (1954), 308p와 "New Treasures at Haworth", BST 12, no. 1 (1951), 21p.

22 BPM은 이 타원형 흑석(BPM, J82)을 200년 2월 24일 소더비 경매에서 사들였다. 이 품목들은 판매 카탈로그에 600에서 800파운드로 올라 있었는데, 아마도 1989년에 죽은 게린의 친척이 상속받았을 것이다. BST 26, no. 1 (2001), 106p 참조; 흑석 목걸이 파편, BPM J75.2; 반짇고리 BPM, H171.

23 스텔라 기번스가 위니프레드 게린에게 1971년 11월 5일에 쓴 편지 참조, BPM, BS IX Gib.1971-11-05. 이 편지에서 기번스는 자신이 이 흑석을 1950년대에 브론테 협회의 누군가에게 보였으나, 그가 별 반응을 보이지 않았다고 말했다. 그녀는 또 이렇게 썼다. "내가 이 목걸이를 아직 보내지 않은 건, 시간 잡아먹는

꾸물거리는 버릇 때문이다."

24 Stella Gibbons, 《Cold Comfort Farm》(New York: Penguin, 1994), 36, 123, 126p.

25 Lucasta Miller, 《The Brontë Myth》(New York: Knopf, 2001), 206~7, 216p. 밀러는 EB의 소설을 BB가 썼다는 이론의 역사를 말하고 있다; Gibbons, 《Cold Comfort Farm》 102p; Miller, 《Brontë Myth》 339p; 기번스의 조카 레지 올리버 Reggie Oliver는 기번스의 평전에 착수했다. 《Out of the Woodshed: A Portrait of Stella Gibbons》(London: Bloomsbury, 1998), 238p 참조; 흑석을 게린에게 보냈을 때 기번스의 나이는 거의 70세에 가까웠을 터이므로 그런 장난을 칠 시기는 지났을지도 모르나, 그녀는 나이가 들수록 더욱 재치가 넘쳤다.

26 '브론테 브랜드'라고 부른 것에 대해서는 Miller, 《Brontë Myth》 106~8p 참조.

27 Virginia Woolf, "Haworth, November 1904", 〈Guardian〉, 1904년 12월 21일; 교회 무덤의 키 큰 나무는 브론테 시대에는 존재하지 않았다. 이 나무들은 묘소에 시신이 너무 많이 안치되는 걸 막기 위해 1860년대에 심었다. Barker, 《Brontës》 98p.

삽화 출처

참고 문헌

Armstrong, Tim. 《Modernism, Technology, and the Body: A Cultural Study》, Cambridge, UK: Cambridge University Press, 1998.

Bachelard, Gaston. 《The Poetics of Space》, Boston: Beacon Press, 1964.

Barthes, Roland. 《Camera Lucida》, New York: Hill and Wang, 1981.

Bataille, Georges. 《Literature and Evil: Essays》, London: Boyars, 1997.

Batchen, Geoffrey. 《Forget Me Not: Photography and Remembrance》, New York: Princeton Architectural Press, 2004.

Bebbington, D. W. 《Evangelicalism in Modern Britain: A History from the 1730s to the 1980s》, London: Unwin Hyman, 1989.

Bourke, Joanna. 《Dismembering the Male: Men's Bodies, Britain and the Great War》, London: Reaktion, 1996.

Bradley, Ian. 《The Call to Seriousness: The Evangelical Impact on the Victorians》, New York: Macmillan, 1976.

Bronfen, Elisabeth. 《Over Her Dead Body: Death, Femininity and the Aesthetic》, Manchester, UK: Manchester University Press, 1992.

Brown, Bill, ed. 《Things》, Chicago: University of Chicago Press, 2004.

Brown, Peter. 《The Cult of Saints》, Chicago: University of Chicago Press, 1981.

Cohen, Deborah. 《Household Gods: The British and Their Possessions》, New Haven, CT: Yale University Press, 2006.

Cottom, Daniel. 《Unhuman Culture》, Philadelphia: University of Pennsylvania Press, 2006.

Curl, James. 《The Victorian Celebration of Death》, Stroud, Gloucestershire, UK: Sutton, 2000.

Davey, Richard. 《A History of Mourning》, London: Jay's, 1889.

Dávidházi, Péter. 《The Romantic Cult of Shakespeare》, New York: Palgrave, 1998.

Davies, Stevie. 《Emily Brontë: The Artist as a Free Woman》, Manchester, UK: Carcanet, 1983.

Di Bello, Patrizia. 《Women's Albums and Photography in Victorian England》, Aldershot, UK: Ashgate, 2007.

Douglas-Fairhurst, Robert. 《Victorian Afterlives: The Shaping of Influence in Nineteenth-Century Literature》, London: Oxford University Press, 2004.

Du Maurier, Daphne. 《The Infernal World of Branwell Brontë》, New York: Doubleday, 1961.

Eagleton, Terry. 《Myths of Power: A Marxist Study of the Brontës》, Basingstoke, UK: Macmillan, 1975.

Elfenbein, Andrew. 《Byron and the Victorians》, Cambridge, UK: Cambridge University Press, 1996.

Fraser, Rebecca. 《Charlotte Brontë: A Writer's Life》, New York: Pegasus, 2008.

Fumerton, Patricia. 《Cultural Aesthetics: Renaissance Literature and the Practice of Social Ornament》, Chicago: University of Chicago Press, 1991.

Fussell, Paul. 《The Great War and Modern Memory》, New York: Oxford University Press, 1975.

Gallagher, Catherine. 《The Body Economic: Life, Death and Sensation in Political Economy and the Victorian Novel》, Princeton, NJ: Princeton University Press, 2006.

Gallagher, Catherine, and Stephen Greenblatt. 《Practicing New Historicism》, Chicago: University of Chicago Press, 2000.

Gere, Charlotte, and Judy Rudoe. 《Jewellery in the Age of Queen Victoria: A Mirror to the World》, London: British Museum Press, 2010.

Gérin, Winifred. 《Branwell Brontë》, London: Hutchinson, 1972.

Glen, Heather. 《Charlotte Brontë: The Imagination in History》, Oxford, UK: Oxford University Press, 2002.

Gordon, Lyndall. 《Charlotte Brontë: A Passionate Life》, New York: W. W. Norton, 1996.

Hallam, Elizabeth, and Jenny Hockey. 《Death, Memory, and Material Culture》, Oxford, UK: Berg, 2001.

Harris, Jose. 《Private Lives, Public Spirit: A Social History of Britain 1870 – 1914》, New York: Oxford University Press, 1993.

Harvey, Anthony, and Richard Mortimer. 《The Funeral Effigies of Westminster Abbey》, Woodbridge, UK: Boydell, 1994.

Heidegger, Martin. 《Being and Time. Trans. Joan Stambaugh》, New York: State University of New York Press, 1996.

Herrmann, Frank. 《The English as Collectors: A Documentary Chrestomathy》, New York: W. W. Norton, 1972.

Hotz, Mary Elizabeth. 《Literary Remains: Representations of Death and Burial in Victorian England》, New York: State University of New York Press, 2009.

Jupp, Peter, and C. Gittings. 《Death in England: An Illustrated History》, New Brunswick, NJ: Rutgers University Press, 2000.

Kucich, John. 《Repression in Victorian Fiction: Charlotte Brontë, George Eliot, and Charles Dickens》, Berkeley: University of California Press, 1987.

Lee, Hermione. 《Virginia Woolf's Nose: Essays on Biography》, Princeton, NJ: Princeton University Press, 2007.

Llewellyn, Nigel. 《The Art of Death: Visual Culture in the English Death Ritual c. 1500 – c. 1800》, London: Reaktion, 1991.

Logan, Peter. 《Victorian Fetishism: Intellectuals and Primitives》, Albany: State University of New York Press, 2009.

Lutz, Deborah. 《Relics of Death in Victorian Literature and Culture》, Cambridge, UK: Cambridge University Press, 2015.

Maynard, John. 《Charlotte Brontë and Sexuality》, New York: Cambridge University Press, 1984.

Miller, J. Hillis. 《The Disappearance of God: Five Nineteenth-Century Writers》, Cambridge, MA: Harvard University Press, 1963.

Mitchell, Sally. 《The Fallen Angel: Chastity, Class and Women's Reading》, Bowling Green, OH: Bowling Green Popular Press, 1981.

Ousby, Ian. 《The Englishman's England: Taste, Travel, and the Rise of Tourism》, New York: Cambridge University Press, 1990.

Pascoe, Judith. 《The Hummingbird Cabinet: A Rare and Curious History of Romantic Collectors》, Ithaca, NY: Cornell University Press, 2006.

Pearce, Susan. 《On Collecting: An Investigation into Collecting in the European Tradition》, London: Routledge, 1995.

Plotz, John. 《Portable Property: Victorian Culture on the Move》, Princeton, NJ: Princeton University Press, 2009.

Polhemus, Robert. 《Erotic Faith: Being in Love from Jane Austen to D. H. Lawrence》, Chicago: University of Chicago Press, 1990.

Richter, David. 《The Progress of Romance: Literary Historiography and the Gothic Novel》, Columbus: Ohio State University Press, 1996.

Rosenman, Ellen Bayuk. 《Unauthorized Pleasures: Accounts of Victorian Erotic Experience》, Ithaca, NY: Cornell University Press, 2003.

Schaaf, Larry J. 《Sun Gardens: Victorian Photograms by Anna Atkins》, New York: Aperture, 1985.

____. 《Sun Pictures: British Paper Negatives 1839~1864》. Catalog 10. New York: Hans P. Kraus Jr., ca. 2001.

Schor, Esther. 《Bearing the Dead: The British Culture of Mourning from the Enlightenment to Victoria》, Princeton, NJ: Princeton University Press, 1994.

Shuttleworth, Sally. 《Charlotte Brontë and Victorian Psychology》, Cambridge, UK: Cambridge University Press, 1996.

Siegel, Elizabeth, Patrizia Di Bello, Marta Weiss, et al. 《Playing with Pictures: The Art of Victorian Photocollage》, Chicago: Art Institute of Chicago, 2009.

Steart, Susan. 《On Longing: Narratives of the Miniature, the Gigantic, the Souvenir, the Collection》, Durham, NC: Duke University Press, 1993.

Taylor, Lou. 《Mourning Dress: A Costume and Social History》, London: Allen and Unwin, 1983.

Thormählen, Marianne. 《The Brontës and Education》, Cambridge, UK: Cambridge University Press, 2007.

____. 《The Brontës and Religion》, Cambridge, UK: Cambridge University Press, 1999.

Thurschwell, Pamela. 《Literature, Technology, and Magical Thinking》, 1880~1920. New York: Cambridge University Press, 2001.

Westover, Paul. 《Necromanticism: Traveling to Meet the Dead, 1750~1860》, New York: Palgrave Macmillan, 2012.

Zigarovich, Jolene. 《Writing Death and Absence in the Victorian Novel: Engraved Narratives》, New York: Palgrave, 2012.

찾아보기

브론테 자매 평전

첫판 1쇄 펴낸날 2018년 1월 10일
첫판 2쇄 펴낸날 2021년 8월 18일

지은이 | 데버러 러츠
옮긴이 | 박여영
펴낸이 | 박남주

종이 | 화인페이퍼
인쇄·제본 | 한영문화사

펴낸곳 | (주)뮤진트리
출판등록 | 2007년 11월 28일 제2015-000059호
주소 | 서울시 마포구 토정로 135 (상수동) M빌딩
전화 | (02)2676-7117 팩스 | (02)2676-5261
전자우편 | geist6@hanmail.net
홈페이지 | www.mujintree.com

ⓒ 뮤진트리, 2018

ISBN 979-11-6111-010-3 03840

* 책값은 뒤표지에 있습니다.